Un Lugar para Nosotros

Un Lugar para Nosotros

Harriet Evans

Umbriel Editores

Argentina • Chile • Colombia • España
Estados Unidos • México • Perú • Uruguay • Venezuela

Título original: *A Place for Us*
Editor original: Headline Publishing Group – An Hachette UK Company, London
Traducción: Victoria Horrillo Ledesma

1.ª edición Junio 2017

Extracto de *Dear Octopus* de Dodie Smith reproducido con permiso de Laurence Fitch Ltd.

ISBN: 978-84-92915-95-8
E-ISBN: 978-84-16990-46-7
Depósito legal: B-12.835-2017

Fotocomposición: Ediciones Urano, S.A.U.
Impreso por Romanyà Valls, S.A. – Verdaguer, 1 – 08786 Capellades (Barcelona)

Impreso en España – *Printed in Spain*

Para Bea y Jockey, con cariño

Primera parte
La invitación

«La familia: ese pulpo entrañable de cuyos tentáculos nunca escapamos del todo y del que, en el fondo, tampoco queremos escapar.»

Dodie Smith, *Dear Octopus*

Martha

El día en que Martha Winter decidió dar al traste con su familia empezó como un día cualquiera.

Se levantó temprano. Siempre madrugaba, pero últimamente no podía dormir. Ese verano, a veces había estado en pie y vestida a las cinco: tenía tantas cosas en la cabeza que era absurdo quedarse angustiada en la cama.

Esa mañana en particular se despertó a las cuatro y media. Cuando abrió los ojos y empezó a recordarlo todo, supo que su subconsciente debía comprender la magnitud de lo que estaba a punto de hacer. Se incorporó y, al estirarse, notó los huesos doloridos y un pinchazo en la rodilla. Cogió su vieja bata de seda con estampado de plumas de pavo real y cruzó el dormitorio sin hacer ruido; como de costumbre, evitó la tabla que crujía y cerró la puerta con sigilo.

Pero David no estaba allí. Martha podía contar con los dedos de las manos las noches que habían pasado separados, y esa era una de ellas. Había ido a Londres a ver cómo iban los preparativos de la exposición, y Martha tenía pensado poner en práctica su plan antes de que volviera y pudiera decirle que cometía un error.

Estaban a finales de agosto y el sol todavía asomaba muy temprano por detrás de las colinas que se elevaban por encima de Winterfold. Los árboles frondosos tamizaban su luz rosa y anaranjada. «Pronto», parecían susurrar sus hojas cuando el viento las agitaba por las noches. Pronto nos secaremos y moriremos. Moriremos todos, llegado el momento. Porque el verano estaba tocando a su fin y el Arado se veía claramente en el firmamento, por el lado de occidente. Martha ya notaba el frescor del aire vespertino.

¿Se debía a que el otoño se acercaba? ¿O a su ochenta cumpleaños? ¿Qué había suscitado en ella el deseo de contar la verdad? Creía que tal vez fuera la exposición del año siguiente. *La guerra de David Winter*, iba a llamarse. Por eso decía David que había ido a Londres: para reunirse con sus galeristas y revisar sus viejos bocetos.

Martha, sin embargo, sabía que era mentira. Conocía a David y sabía cuándo estaba mintiendo.

Ese había sido el detonante: alguien de la galería de Londres decidió que había llegado el momento de hacer una exposición, sin sospechar el daño que podía causar. Era tan inofensivo pensar que el pasado estaba muerto y enterrado y que no podía dañar a nadie. «¿David Winter no hizo unas ilustraciones buenísimas sobre el bombardeo de Londres?». «¿David Winter? ¿El dibujante de *Wilbur*?». «Sí, claro.» «Uf, ni idea, tío. ¿De dónde era?». «Del East End, creo. Podría ser interesante. No solo dibujos de perros y esas cosas.» «Buena idea. Le escribiré para preguntárselo.» Y entonces empezaron a hacerse planes, los acontecimientos se pusieron en marcha y, lenta e inexorablemente, la verdad fue saliendo a la luz.

Martha se preparaba una taza de té cada mañana mientras canturreaba en voz baja. Le gustaba cantar. Usaba siempre la misma taza, de cerámica de Cornualles, con rayas azules y color crema. Sus dedos nudosos rodeaban como ganchos su parte central, tan caliente que abrasaba. Ahora tenía tiempo para beber té a montones, y le gustaba muy fuerte. «Bien cargado», solía decir Dorcas: una expresión que Martha había aprendido en Somerset, durante la guerra. La evacuaron de Bermondsey en 1939, a los siete años: cuatro niños en una habitación en la que la vida y la muerte parecían tan aleatorias como matar una mosca de un manotazo o errar el blanco. Un día la metieron a empujones en un tren y a la mañana siguiente se despertó en una casa extraña desde cuya ventana solo se veían árboles. Podría haber estado en la Luna. Había bajado las escaleras llorando y allí estaba Dorcas, sentado a la mesa.

—¿Una taza de té, querida? Está rico y bien cargado.

Pero de eso hacía mucho tiempo. Martha apuró su primera taza de té, sacó sus plumillas y el suave papel de color marfil. Se preparó para cuando se sintiera capaz de escribir.

Hacía muchos años que vivía en aquella casa decente y amable, edificada con esmero, redecorada con ternura. Habían vivido allí cuarenta y cinco años. Al principio pensó que no sería capaz de hacerse cargo de ella. Era un desastre cuando la vieron: el friso de madera original, estilo Arts and Crafts, estaba pintado de verde; la tarima, podrida, y el jardín era un enorme montículo de mantillo mohoso y pardo.

—No puedo hacerlo —le había dicho a David—. No tenemos dinero.

—Del dinero ya me encargo yo, Eme —le había contestado él—. Ya encontraré la manera. Tenemos que vivir aquí. Es una señal.

Los niños daban brincos agarrados a los brazos de sus padres: la pequeña Florence parloteaba de emoción como un mono y Bill se asomaba por las ventanas y gritaba:

—¡Aquí hay una rata enorme, está muerta y algo ha intentado comérsela! ¡Subid!

Incluso a Daisy se le iluminó la cara al ver el espacio que tendría *Wilbur* para correr.

—Pero ¿tenéis el dinero suficiente? —había preguntado, preocupada.

Daisy oía demasiadas cosas, Martha lo sabía.

Y David había cogido a su hija en brazos.

—Lo conseguiré, pequeña. Lo conseguiré. ¿A que valdrá la pena por una casa como esta?

Martha siempre recordaba lo que contestó Daisy. Había forcejeado para que su padre la dejara en el suelo, cruzó los brazos y opinó:

—Pues a mí esto no me gusta. Es demasiado bonito. Vamos, *Wilbur*.

Había entrado corriendo en la casa y Martha y David se miraron y se echaron a reír.

—Tenemos que vivir aquí —había afirmado ella, sintiendo el sol radiante en la cabeza mientras los niños gritaban alegremente tras ella.

David había sonreído.

—Casi no me lo puedo creer. ¿Y tú?

—¿Les decimos el motivo?

Su marido la había besado y le acarició la mejilla.

—No, creo que no. Vamos a guardar el secreto.

Ahora tenían dinero, claro, pero entonces no. David era el creador del perro *Wilbur* y de Daisy, la niña que creía entenderlo. En todas las casas había un paño de cocina, un estuche o un cómic de *Wilbur*. Pero en aquel entonces *Wilbur* pertenecía al futuro y los Winter no tenían casi nada, excepto el uno al otro. Solo ellos sabían por lo que habían pasado para llegar a aquel instante, para estar allí, en el césped, aquel caluroso día de 1967 en que decidieron comprar Winterfold.

Martha no había olvidado nada: ni lo que había pasado antes, ni después. Los secretos que guardan todas las familias: algunos pequeños —indiscreciones insignificantes, bromas sin importancia— y otros grandes, tan grandes que no podía seguir cargando con ellos.

El sol de la mañana se alzaba ya por encima de los árboles. Martha deambulaba por la cocina esperando a que el té estuviera listo. Había aprendido hacía mucho tiempo el arte de la paciencia: sabía por experiencia que tener bebés te frena y erosiona poco a poco tus sueños de tener una carrera propia. Ella también había querido ser pintora, igual que su marido. Pero cada nuevo embarazo la había atado con más firmeza a la casa: cada noche que pasaba despierta, tumbada de lado, sintiendo cómo se movía el bebé, con la espalda dolorida, la respiración agitada y sin nada que hacer, salvo esperar el momento del parto. Y después te hacías mayor y más lenta, y los niños crecían y te abandonaban. Podías aferrarte a ellos con fuerza, pero llegaba un día en que se marchaban, y eso era tan cierto como que el sol salía cada mañana.

Bill seguía allí, se dijo, pero él era distinto: no era como ella había esperado. Él tenía casi ocho años cuando se mudaron a Winterfold. Daisy y Florence pasaban todo el día fuera, en el jardín o en la casa del árbol, en el bosque, coleccionando amigos, mugre e historias que contar. Bill, en cambio, solía quedarse en casa jugando al mecano o a batallas de barcos, o leyendo un libro. De vez en cuando entraba en la cocina o en el cuarto de estar. Su cara, seria y dulce, tenía una expresión esperanzada.

—Hola, madre. ¿Estás bien? ¿Puedo ayudarte en algo?

Y Martha, que estaba arreglando un enchufe o tapando una ratonera —porque en aquella casa siempre había algo que hacer—, sonreía sabiendo lo mismo que él: que su hijo había estado demorando el momento de ir a verla, contando los minutos, porque quería estar constantemente con ella pero sabía que no podía. Era un niño delicado, y Daisy ya se metía con él a causa de ello, por no hablar de los chicos de la escuela. Así que, si pensaba que podía permitírselo, Martha le daba un abrazo y algo que hacer: lavar ropa o trocear verduras. Los dos fingían que él no quería estar allí: que solo trataba de ayudarla. ¿Dónde estaba ahora ese niño serio de ojos castaños cuyo amor le rompía el corazón a diario?

Por lo menos él seguía allí. Su hijas, en cambio, no. Después de Bill llegó Daisy y, en el momento en que se la pusieron en brazos por primera vez, al ver sus ojos verdes, idénticos a los suyos, sintió que la conocía. Era capaz de interpretar a la perfección sus expresiones furiosas y cambiantes, su pasión por la soledad, sus pequeñas maquinaciones. Daisy era lo único en lo que David y ella habían disentido fundamentalmente a lo largo de seis décadas. La gente no la entendía. Pero ella les había demostrado que se equivocaban, ¿no?

—¿Daisy? Ah, sí, está muy bien. Últimamente no sabemos mucho de ella. Está muy atareada y en la zona donde vive las comunicaciones son muy malas. Manda un mensaje de vez en cuando. Pero estamos muy orgullosos de ella.

Era un discursito muy pulcro y ensayado, Martha lo sabía. A Daisy le iban bien las cosas. No era como los demás creían que era. Mientras que Florence… Martha sentía a menudo que Florence era como una jirafa en una familia de anguilas. La quería, estaba orgullosa de ella, le asombraban su intelecto y su pasión y admiraba cómo se había convertido en quien quería ser, de esa manera tan espectacular y contra todo pronóstico. Pero a veces deseaba que no fuera tan… *Florence*.

Bill, Daisy, Florence. Martha se decía que amaba por igual a sus tres hijos, pero en su fuero interno, en un lugar secreto y recóndito de su ser, escondía una rima: Bill era su primogénito, Daisy su hijita y Florence la de su maridito. Sabía que sonaba fatal, pero no conseguía olvidarse de aquella cancioncilla. Se había descubierto cantándola en voz baja mientras quitaba las malas hierbas del jardín, iba al pueblo o se cepillaba los dientes. Como una melodía que se repetía continuamente dentro de su cabeza, como si alguien la tocara todas las noches mientras ella dormía. Descubrió que le espantaba la idea de que alguien pudiera escudriñar su corazón y ver lo que había hecho. Pero el tiempo de los secretos había llegado a su fin. Estaba volviendo. Estaba volviendo a ella, y pronto saldría a la luz.

¿Querría volver alguien cuando se supiera la verdad? En Winterfold había un programa de festejos fijo, cuyos pormenores nunca variaban en lo esencial. Su cóctel de Navidad era el mayor acontecimiento del calendario en varios kilómetros a la redonda: vino caliente con especias servido directamente de un enorme caldero de sesenta centímetros de alto colocado sobre la cocina de leña, las célebres galletas de jengibre de Martha cortadas en forma de estrellas y colgadas con cintas en el gran árbol de Navidad que se erguía en el cuarto de estar, junto a los ventanales, como había ocurrido durante años y tal como seguiría ocurriendo. El cóctel de San Valentín, cuando los niños repartían sándwiches en forma de corazón y los invitados bebían demasiado licor de endrinas y más de una vez se había cometido un desliz amoroso de madrugada, en el camino de vuelta al pueblo (de adolescente, Bill, al apearse del autobús una noche volviendo de otra fiesta, juró haber visto a la señora Talbot, de la oficina de correos, besando a la señora Ackroyd, la casera del Green Man, al otro lado de la marquesina del autobús). Todos los años había fuegos artificiales la noche de Guy Fawkes, una popular búsqueda de huevos en Pascua, y siempre se celebraba una fiesta de verano en agosto, en la cual la gente planeaba sus vacaciones: instalaban una carpa en el césped y farolillos de papel por todo el camino de entrada.

Nada había cambiado, ni siquiera después de la desastrosa fiesta del verano de… ¿1978 o 1979?, que ya formaba parte de las leyendas locales. Lo cierto era que nadie sabía por qué, ni podía explicar qué tenía de especial la casa de Martha y David. La casa era preciosa, desde luego, la comida estaba riquísima y la compañía era siempre grata y divertida. Martha solo deseaba que uno se sintiera bienvenido, fuera quien fuese. Podía ser la actriz de televisión que vivía en la mansión de lo alto de la colina o el cartero que se paraba a charlar con ella sobre críquet cada día de verano. No había ninguna «pandilla». Lo único que siempre habían deseado David y ella era crear un hogar, un lugar distinto a su pasado. Dar a sus hijos una infancia que les acompañara de por vida. Esforzarse juntos. Ser felices.

Un mirlo brincaba entre las plantas aromáticas del jardín, escarbaba con su pico amarillo en el suelo de color chocolate. Miró con ojos brillantes y cristalinos a Martha que, sentada junto a la ventana con el bolígrafo suspendido en el aire, le sostuvo la mirada hasta que se metió en un seto. Tomó otro sorbo de té, se entretuvo solo un segundo. Disfrutó de los últimos momentos de quietud. Porque sabía que en cuanto comenzara a escribir, algo se pondría en marcha: el temporizador de una bomba a punto de estallar. Echaría las invitaciones al correo y se celebraría la fiesta, y ella, Martha, podría contarles por fin todo lo que había hecho. Después, nada volvería a ser igual.

Una sola lágrima cayó sobre la mesa desgastada de la cocina. Se sentó muy derecha y se dijo:

—Venga, abuela. Ya es hora.

La plumilla raspó cuidadosamente la superficie del papel, las líneas fueron rizándose y entrecruzándose hasta formar algo, una casa, una casa baja y larga, el tejado, los contrafuertes de madera, la vieja puerta delantera. Debajo, con su bella letra cursiva, escribió:

David y Martha Winter solicitan el placer de su compañía para celebrar el 80 cumpleaños de Martha con una fiesta.

Habrá un anuncio importante.

Les pedimos por favor que vengan.

Cóctel con los amigos el viernes 23 de noviembre de 2012 a las 19:00 horas.

Almuerzo solo para la familia a las 13:00 horas del sábado 24 de noviembre.

Winterfold, Winter Stoke, Somerset

Rogamos confirmen la asistencia

David

Era un error. No debería haber vuelto.

David Winter estaba sentado a solas en el rincón del pub, tratando de no parecer tan fuera de lugar como sin duda se sentía. Regresar a su viejo barrio era una cosa. Quedar allí... Eso había sido un disparate, pero no se le había ocurrido otro sitio al que ir. El antiguo Lyons Corner House ahora era un banco, y los otros bares del vecindario habían desaparecido o estaban tan aburguesados que ya no eran pubs.

Flexionó las manos doloridas y echó otro vistazo a su reloj pestañeando con fuerza. Unos días se sentía mejor que otros. Y algunos tenía la sensación de que la nube negra iba a tragárselo entero en su mullida suavidad, de modo que estaba listo para irse flotando con ella. Estaba tan cansado... Listo para tumbarse y partir. Y sin embargo, no podía, todavía no.

Hacía setenta años, cuando él era niño, el Spanish Prisoners era el pub más escandaloso de toda la zona, y eso era mucho decir. Decían que el Destripador había tomado algún trago allí, en sus tiempos. Que una camarera había muerto asesinada y estaba enterrada debajo de la barra. Allí, los tópicos no eran cosa de risa: eran todos ciertos. En el Spanish Prisoners podían encontrarse toda clase de Bill Sikes, y también Nancys[1], mujeres como su propia madre. No había nada que David no supiera al respecto: acerca de rincones oscuros, mujeres aterrorizadas y un miedo que te calaba hasta los huesos tan profundamente que no sabías si alguna vez podrías sacudírtelo de encima, si conseguirías librarte de su sombra.

El Spanish Prisoners había apestado a tabaco, a orines y a sudor, a humedad, a cloaca y a cerveza negra. Había allí hombres que todavía se

---

1. Personajes de la novela *Oliver Twist,* de Charles Dickens. *(N. de la T.)*

acordaban de cuando las ovejas cruzaban por Islington High Street para ir al mercado de Smithfield, que recordaban la muerte de la anciana reina, que había perdido hijos en la guerra de los boers. Davy Doolan pasaba la gorra cada vez que su madre tocaba el piano con la esperanza de ayudar a su marido a regresar a casa. Siempre que decidiera regresar, claro. Por fuera el pub era una gran caja de estilo georgiano construida con amarillento ladrillo londinense y provista de grandes ventanales, por lo que era un misterio que el interior estuviera tan oscuro como una madriguera. Había que ser muy temerario o estar muerto de sed para entrar allí.

Ahora, en 2012, estaba irreconocible: se había convertido en un reluciente templo consagrado al culto al café y a la cerveza artesanal, y David habría deseado que no le dolieran tanto las manos para poder sacar un cuaderno y ponerse a dibujar allí mismo. La madera brillaba, el cristal relucía. La carta de cervezas era tan larga como su brazo. No había sabido ni por dónde empezar, y al final se había decantado por un zumo de naranja. El barman tenía barba, gafas de pasta de estilo carey y, cuando pasó por su lado al concluir su turno, David notó, con su ojo de caricaturista para el detalle, que llevaba pantalones cortos, calcetines, mocasines y una bolsa de loneta estampada. Antes de marcharse, sin embargo, le había llevado un vaso minúsculo de zumo de naranjas valencianas exprimidas a mano y había anunciado con educación:

—Cuatro libras, por favor.

¿Cuatro libras por un zumo de naranja? Pensó en cómo se reiría Martha si lo viera, prácticamente por primera vez, escandalizándose por el precio de algo. Pero Martha no estaba allí, y él no podía contárselo. Tenía que mantener la farsa de su visita a Londres. Y lo aborrecía: detestaba mentirle a su mujer.

Aunque no era del todo una farsa: era cierto que se iba a celebrar una exposición de sus primeros trabajos en el East End. Cuando lo habían llamado había dado su aprobación, ¿no? Con cierta desgana, eso sí: se le estaba agotando el tiempo. Dos semanas después de que lo llamaran de la galería para proponerle la idea, sacó por fin los dibujos escondidos durante décadas en carpetas duras, con el lomo de tela, en el armario de su estudio. Esperó a que Martha no estuviera en casa. Apretó los dientes y al principio todo fue bien. Luego, de pronto, volver a mirarlos fue demasiado: su peso era abrumador. Apoyó la cabeza en la mesa y lloró como un niño. Y no pudo parar de llorar, tuvo que decirle a Martha que se iba a la cama, que le dolía la cabeza otra vez. Entonces lo supo: comprendió que tenía que llamarla, que debía suplicarle que volvieran a verse.

—¿Davy?

Se sobresaltó al notar que le tocaban el brazo. Levantó la vista, atónito.

—No te levantes.

—Claro que sí. —Luchó por levantarse, tenía la respiración acelerada, cada bocanada le suponía un esfuerzo—. Claro que me levanto. Cassie, querida mía.

Le puso la mano en el hombro.

Se miraron cara a cara después de cuarenta y cuatro años.

Era de la misma altura que él, alta para ser mujer. A Davy siempre le había encantado eso de ella. Y sus ojos eran frescos, grises y cristalinos, como si pudieran ver a través de ti y se rieran de lo que veían. Tenía el pelo de color rubio ceniza, liso y recogido con esmero en lo alto de la cabeza. No llevaba alianza. Estaba muy… elegante.

—Sigues siendo alta —comentó—. Alta y preciosa. Te reconocería en cualquier parte.

Ella se toqueteó el cinturón del abrigo sin quitarle la vista de encima.

—No puedo decir lo mismo de ti, Davy. Estás… En fin. No te habría reconocido.

Él esbozó una sonrisa.

—Permíteme traerte una copa.

—No, Davy. Ya voy yo. Tú quédate sentado.

Regresó con un ron con coca-cola.

—¡Cinco libras con ochenta! ¡Cinco libras con ochenta, Davy! ¡Menudo robo!

Su sonrisa remolona consiguió relajarlo. Señaló su vaso.

—Cuatro libras me han cobrado por esto.

—El mundo se ha vuelto loco.

—Ni que lo digas, Cassie.

Se hizo un silencio incómodo. Ella bebió un sorbo de su copa. David carraspeó.

—Entonces… ¿te van bien las cosas?

—Sí, estoy bien, gracias.

—¿Dónde vives?

—En un piso cerca de Essex Road. Volví, ya ves.

—Me alegro —dijo, incómodo.

—No es lo mismo. Todo el mundo se ha marchado. Ahora no hay más que banqueros y abogados por aquí. O gente más joven. Ya no conozco a nadie. —Bajo el espeso flequillo, sus ojos se llenaron de lágrimas—. Hay un trecho muy largo entre Muriel Street y el sitio donde vives ahora, ¿eh?

Él asintió. Aquel no era su sitio. Había confiado en poder dar un paseo después, pero el miedo seguía asaltándolo en aquellas calles como lo había asaltado siempre. De pronto deseaba estar en casa, sentado en su soleado estudio, oyendo canturrear a Martha en la cocina, a Daisy y a Florence jugando en el jardín… Pestañeó. Daisy se había ido, ¿no? Y Florence… Cat seguía allí, ¿verdad? No, Cat también se había ido. Se habían marchado todas.

—¿Tienes más hijos? Lo siento. No sé…, no sé nada de ti. —Soltó una risa avergonzada.

—Ya sabes que no quería que estuviéramos en contacto —contestó ella—. Mira, cada uno tiene su vida. No. No tengo hijos, Davy. Terry y yo no tuvimos ninguno. —Volvía a clavarle la mirada llorosa—. Ya sabes a qué me refiero.

Él puso una mano sobre la suya.

—Sí, Cassie.

—Lo que no entiendo es por qué querías verme —dijo—. Después de tanto tiempo.

David se removió en su asiento.

—Me estoy muriendo —espetó.

Le sonrió tratando de ignorar ese dolor omnipresente. Ella abrió como platos sus ojos grises.

—Davy… ¿Es eso cierto? ¿Cáncer?

Le encantaba cómo pronunciaba las vocales. *Cáaancer.* Ese acento londinense. Él se había desprendido de su acento premeditadamente, ansioso por que se diluyera.

—No. El corazón. —Cerró el puño y volvió a abrirlo, como le había enseñado el doctor—. El músculo se está muriendo. No quiere seguir trabajando. Algún día… estiraré la pata. Y ya está.

Entonces ella se puso a llorar, unos circulitos negros manchaban las mesas de madera recién enceradas.

—Ay, Davy…

No se lo había dicho a Martha. Solo lo sabía su hijo Bill. Cuando Cassie lo abrazó y le hizo apoyar la cabeza sobre su hombro tembloroso, mientras la mujer lloraba con suavidad y en silencio, se le ocurrió pensar que ella era su único vínculo con el lugar del que procedía. Durante años había intentado alejarse, impulsarse hacia esa vida dorada que se había prometido a sí mismo y le había prometido a Martha porque, según creía él, se lo merecían. Y sin embargo, ahora buscaba de nuevo todo aquello obsesivamente. Pensó en la reunión que había mantenido esa mañana con su galerista de Dover Street.

—Hay un par que no sé si deberíamos exponer. Por si hieren la sensibilidad del público y todo eso. ¿Conviene que incluyamos este?

Jeremy, el director de la galería, había deslizado hacia él la ilustración a acuarela, tinta y plumilla.

David la había mirado y, como hacía siempre que veía uno de sus dibujos, había apretado los brazos contra las costillas: un pequeño truco para ayudarse a recordar qué era, por qué lo había hecho, de qué manera y cómo eran las cosas entonces. De hecho, se acordaba bien de la escena: un bloque de pisos bombardeado en Limehouse. Había llegado allí a pie, por la mañana, después de una mala noche. Los cohetes V2 habían llegado a Londres cuando la guerra estaba casi acabada y eran peores que las bombas de la *Blitzkrieg*. Solo los oías volar si no estabas en su trayectoria. Si iban derechos hacia ti, no te enterabas hasta que era ya demasiado tarde.

David dormía poco desde que aquella bomba cayó en su calle. Soñaba con liberar a su madre de aquel desastre, y también a su hermana, y con huir con ellas a algún lugar seguro. No a un refugio antiaéreo, sino a algún sitio lejano, fuera de la ciudad, donde hubiera árboles y sin muertos, y donde su padre no pudiera abalanzarse sobre él, enorme y renegrido, apestando a cerveza y a ese olor que desprenden los hombres.

Esa mañana se había levantado temprano. Caminó y caminó, como le gustaba hacer. Podía caminar durante horas. A fin de cuentas, a nadie le importaba adónde fuera. Tiró por el canal hasta Limehouse, dejó atrás los talleres bombardeados, los barcos abandonados, el fango. Vio una chica durmiendo en un banco con el carmín corrido y una falda de *tweed* verdosa enroscada alrededor de las piernas. Se preguntó si sería una de esas chicas, y se habría parado a dibujarla si un policía que pasaba en bicicleta no le hubiera dado un empujón para que siguiera circulando. Continuó andando y andando, porque John, un chico de su calle, le había dicho que allí había muy mal ambiente.

Los bocetos que hizo aquel día en Victoria Court se convirtieron en la ilustración que había visto esa mañana, casi setenta años después, en la blanca y silenciosa galería de Mayfair. Pero después de tantos años, todavía se acordaba de lo que había sentido entonces. Mujeres sollozando con el pelo escapando de las bufandas. Hombres aturdidos buscando entre los cascotes. Por lo demás, todo estaba muy tranquilo. Quedaba un muro en pie, pegado a la calle, y agachado allí se había puesto a dibujar el rincón de una habitación, la parodia de una naturaleza muerta.

Jirones de papel pintado amarillo con un estampado de cintas ondeando a la brisa de la mañana. Un trozo de taza, un paquete de arroz, un plato de hojalata, pintura azul descascarillada. Y el brazo de un niño, seguramente un bebé, con la manga de la camisa de algodón deshilachada allí donde la explosión lo había arrancado del cuerpo. Con los deditos rosas cerrados.

—Claro que hay que incluirla —había dicho.

Jeremy había vacilado.

—David, a mí me parece maravillosa. Pero es muy siniestra.

—La guerra es muy siniestra —había respondido, y el dolor casi lo había hundido—. O lo hacemos bien o no lo hacemos. Si lo que queréis son granujillas jugando entre los escombros, olvídalo.

Había agachado la cabeza, recordando, recordando, y los otros se habían quedado callados.

Ahora, mientras abrazaba a Cassie, se dio cuenta de que ya no la conocía y de que tenía que hacer lo que le había llevado hasta allí. Se reclinó en la silla y le dio unas palmaditas en la mano.

—No llores, cariño. Deja que te explique por qué quería que nos viéramos.

Ella se sonó la nariz.

—Está bien. Pero que sea algo bueno. Serás cabrón, hacerme llorar después de tantos años… Fuiste tú quien me dejó tirada, Davy.

—No empieces con eso. ¿Acaso no te ayudé?

—Me salvaste la vida —reconoció—. Y después se la salvaste también a mi pequeña. Lo sé, siempre lo he sabido. Davy… —Soltó un gran suspiro—. Querría que todo hubiera sido distinto, ¿tú no?

—No sé —respondió él—. Puede que sí. Puede que no. Nunca habría ido a Winterfold si no hubiera pasado lo que pasó. No habría conocido a Martha. Ni habría tenido a los niños.

—Dime cómo se llaman, entonces. Todos.

—Bill es el mayor.

—¿Dónde está?

—Bueno, Bill nunca se fue muy lejos. Vive en el pueblo, es médico de familia. Un pilar de la comunidad, podría decirse. Está casado con una chica muy maja, Karen, mucho más joven que él. En segundas nupcias; él tiene una hija mayor, Lucy. Luego está Daisy. Está… Bueno, ya no la vemos mucho. Está en la India. Trabaja en proyectos de cooperación. Está muy volcada en su trabajo. Recauda dinero para unas escuelas de Kerala.

—Caray. ¿Cada cuánto tiempo viene?

—Es una pena, pero la verdad es que no viene nunca.

—¿Nunca?

—Hace años que no viene. También tiene una hija. Cat. Vive en París. La criamos nosotros, después de que Daisy se marchara.

Cassie parecía fascinada.

—¿Abandonó a su propia hija?

—Sí, pero Daisy es difícil de explicar. Estaba… No es fácil comprenderla. Estamos muy orgullosos de ella.

Era una mentira tan fácil, una vez te acostumbrabas a ella. Pensaba mucho en Daisy últimamente. Se preguntaba qué habían hecho mal, si era culpa de él, si sería un problema genético.

—Y la otra, Davy. ¿Cómo se llama?

—Florence. Florence es la pequeña. Pero también es muy alta.

Lo miró a los ojos.

—Igual que su padre.

—Igual que su padre, y estamos muy unidos. Es… —Titubeó—. Muy culta. Es profesora, Cassie. De historia del arte. Vive en Florencia.

—¿Vive en Florencia y se llama Florence?

David sonrió.

—Sí, así es. Ella…

Un camarero aburrido se acercó a preguntarles si querían comer algo y rompió el hechizo. David miró su reloj y dijo que no, y Cassie metió el monedero en el bolso y chasqueó la lengua.

—Bueno, ¿qué querías decirme?

David respiró hondo haciendo caso omiso del dolor que se agitaba en su pecho.

—Quiero que vengas a Winterfold. Que los conozcas a todos. Antes de que yo muera.

Ella se rió. Su enorme carcajada, con un deje de histeria, cogió a David por sorpresa y siguió riéndose hasta que varios clientes se giraron para ver de qué se reían los dos ancianos del rincón.

Cuando paró de reír, tragó saliva y apuró el resto de su ron con coca-cola.

—No —dijo—. Rotundamente, no. Tú tienes una vida muy agradable y yo tengo la mía. Ese fue el trato que hicimos. Ojalá las cosas fueran distintas, pero no lo son. Olvídate del pasado, Davy.

—Pero tenemos que aclarar las cosas. Quiero hacerlo antes de… No sé cuánto tiempo me queda. Pueden ser meses, o un año, pero…

Ella lo cogió de la muñeca, le brillaban los ojos.

—Davy, siempre me decías que era más lista que tú. ¿No es verdad? Pues escúchame. Deja en paz el pasado. Olvida que me has visto. ¿De acuerdo?

—Pero ¿es que la familia no significa nada para ti? ¿Nada en absoluto?

David intentó agarrarla, pero ella apartó la mano y se levantó.

—Sí, querido. Significa dolor, tristeza y sufrimiento, y tú ya tienes bastante que ver con todo eso. Aprovecha el tiempo que te queda y disfrútalo —dijo sin mirarlo, mientras se arreglaba el enorme y llamativo pañuelo. Le tembló la voz, pero concluyó con firmeza—: Déjalo estar, Davy. Dios te bendiga, cariño mío.

Karen

Karen Winter estaba sentada frente al mostrador mientras la chica que tenía delante le quitaba las cutículas sujetándole los dedos. Fuera, la lluvia que caía constantemente del cielo metálico convertía la piedra dorada de Bath en arena sucia. Los ventanales empañados del salón de manicura emborronaban las figuras de la gente que pasaba a toda prisa por la calle y las tranformaba en manchas de color apagado. Karen miraba distraídamente la pantalla que pendía sobre su cabeza, sintonizada en un canal de música. Seguía con los ojos el vídeo, pero no lo estaba viendo.

La invitación había llegado esa mañana, cuando se disponía a salir. ¿Qué significaba? ¿Qué diantre se proponía Martha? ¿Lo habría averiguado? ¿Era una amenaza? Normalmente Karen no era muy dada a la introspección: primero actuaba y más tarde se paraba a reflexionar. Cuando su hijastra, Lucy, se quedaba con ellos, la sacaba de quicio y la hacía reír a partes iguales con su histrionismo de aficionada: se quedaba en la cama hasta las tantas, suspiraba cuando hablaba por teléfono, mandaba mensajes compulsivamente y garabateaba cualquier cosa que se le ocurría en un cuaderno que llamaba «diario», lo cual a Karen le parecía muy pretencioso. Luego se presentaba en la cocina a mediodía y decía que no había dormido bien porque tenía «muchas cosas en la cabeza». A Karen, que era solo diez años mayor que ella, siempre le daban ganas de contestar: «¿Y no puedes vaciar el lavavajillas al mismo tiempo que piensas en todas esas cosas?». Karen era una amante de los libros de autoayuda motivacional y sabía que el principio básico para vivir de manera eficaz, tal y como aparecía expuesto en *Los 7 hábitos de la gente altamente efectiva,* era la ética del carácter. A Lucy le hacía falta ética del carácter. Ella, Karen, la tenía y… En fin, qué más daba.

Suspiró. Coralie levantó la vista.

—¿Va todo bien, señorita?

—Claro.

Karen se encogió de hombros.

El local, pequeño y cálido, estaba abarrotado de gente. Vibraba con la alegre cháchara propia de las mujeres en los salones de belleza. Karen oía retazos de conversaciones: en Mark and Spencer había rebajas de ropa, un niño se negaba a comer pasta, alguien se iba a Menorca en un viaje organizado.

—Anoche no dormí mucho —añadió sin ningún motivo en particular.

—Ay, Señor. Eso no es nada bueno. ¿Por qué no durmió?

Coralie le dio unas palmaditas en las manos untándoselas con crema y a continuación se las masajeó, primero una y luego la otra.

Karen se moría de ganas de rascarse la cara, una costumbre que tenía desde pequeña cuando se sentía violenta. Inspiró despacio mientras veía cómo Coralie extendía la primera capa de base satinada en una de sus uñas.

—Cosas de familia.

—Uf, la familia. —Coralie tosió—. Vaya.

Karen sonrió.

—Mi suegra va a dar una fiesta. No me apetece nada. Ya sabes.

—Sí, claro que lo sé. —Coralie puso los ojos en blanco—. ¿Dónde viven?

—Un poco más al sur. Winterfold, se llama.

Miró a Coralie, esperando que reconociera el nombre, y luego sonrió. ¿Por qué diantre iba a reconocerlo? Ni que la gente dijera «Winterfold» en voz baja, como decía «la Reina» o «la Fundación para la Conservación del Patrimonio Nacional». Los Winter, sin embargo, eran famosos: tenían cierta pátina. Sus fiestas eran legendarias, conocían a todo el mundo en varios kilómetros a la redonda, y todo gracias a Martha. Por amor de Dios, si hasta tenía un armario lleno de mantas de lana para los pícnics veraniegos. Elaboraba licor de endrinas, encurtía tomates verdes, cosía banderines para las fiestas de cumpleaños. Se acordaba de los aniversarios y obsequiaba con lasaña a las parejas que acababan de tener un hijo. No se paraba a hacer carantoñas: simplemente entregaba la lasaña y se marchaba. No pretendía ser tu mejor amiga, solo hacía que te sintieras cómoda, te ofrecía una copa y sabía escuchar.

El único conato de algo parecido que había hecho Karen —el cóctel que habían celebrado Bill y ella la Nochevieja del año anterior— había sido un desastre. Susan Talbot —que regentaba la tienda y oficina de correos del pueblo, y a la que por lo visto había que tratar con sumo tacto o de lo contrario cerraría su establecimiento y Winter Stoke volvería a sumirse en la Edad Media— se había inclinado en exceso sobre la corona con velas de estilo sueco que Karen había hecho inspirándose en el artículo de una revista, y se le había incendiado el pelo. Aquello había echado a perder el ambiente. Treinta personas eran demasiadas para reunirse en una casa del tamaño de la suya y, aunque abrieron todas las puertas y todas las ventanas, el olor a pelo quemado persistía.

Aquello era, en cierto modo, sintomático de su vida con Bill, pensó Karen. No eran buenos anfitriones. Al menos la hija de Bill le daba una pizca de vida a la casa, aunque fuera desordenada, ruidosa y saltarina como *Tigger*. Lucy hacía sonreír a Bill. La gente parecía dejarse caer por allí cuando estaba Lucy. Era una mezcla perfecta de sus abuelos: irradiaba calidez como David y podía improvisar un plato con unas patatas asadas y un paquete de jamón y convertirlo en una deliciosa cena invernal, y entonces corría el vino, y el ruido y la risa florecían en la casa como florecía el desierto después de la lluvia. Karen le había regalado a Susan unos cupones para una sesión de belleza en Toni & Guy a modo de disculpa, y Susan se había mostrado profundamente ofendida. Karen sabía que, si hubiera sido Lucy la responsable del desastre de las velas suecas, unos segundos después todo el mundo se habría reído, el alcohol habría seguido fluyendo y Susan Talbot se habría ido a casa conmovida por la atención que le habían prestado y agradecida por su corte de pelo gratis.

Después, en la cama, Karen le había dicho enfadada a Bill:

—Seguro que tus padres nunca la han cagado tanto en ninguna de sus fiestas. Esto solo nos pasa a nosotros.

Bill se había reído.

—¿No estuviste en el Desastre de la Fiesta de Verano?

—¿Qué?

—Bueno, fue hace años. Nuestro perro, *Hadley*... —Había empezado a sonreír y luego había añadido—: La verdad es que fue espantoso. Pero todo el mundo se quedó hasta las tres, y eso que estaba lloviendo. Creo que recordar que bailamos la conga. Tiene gracia, ¿no?

No, no tenía gracia. Karen, que se moría por saber qué había pasado, se dio la vuelta y fingió que se dormía. Cómo no. Los Winter daban una fiesta y todo salía fatal, pero naturalmente eso formaba parte de la diversión, ¿verdad que sí? ¡Esos Winter!

Puede que fuera entonces cuando se abrió ese sumidero bajo su matrimonio, sin que nadie lo viera, desde luego. Karen se aborrecía por ser tan mezquina con sus suegros, pero no podía evitarlo. Winterfold no era más que una casa, por amor de Dios, no era una catedral. Y los Winter eran solo una familia.

—Mi suegra cumple ochenta años. Tienen una casa preciosa —le dijo a Coralie—. Cerca de aquí. Sí. Van a dar una fiesta para toda la familia.

Coralie la miró inexpresiva.

—Qué bien. ¿Y por qué no quiere ir?

Karen tensó las mejillas.

—Porque somos muy distintos. Yo no encajo allí.

Ignoraba cómo se apellidaba Coralie y dónde vivía, pero le resultaba más fácil decírselo a ella que a él. Llevaba ya cuatro años casada con Bill, conocía cada lunar y cada peca de su cuerpo delgado, sabía cómo le gustaban los huevos y qué quería decir cuando murmuraba «Humm» de quince maneras distintas, y sin embargo, no sabía cómo confesarle aquello. «Yo no encajo».

—¿A qué se refiere?

Coralie le apretó los minúsculos huesecillos de la mano con sus ágiles dedos. Karen dio un respingo.

—Es como si no encontrara mi sitio. En fin, da igual.

—Ya la entiendo. Se siente tonta con ellos.

Coralie cogió el brillo de uñas del estante y lo agitó.

Karen se quedó mirándolo.

—Algo así.

Pensó en la cara que pondría Martha si pudiera oírla. ¿Sabía lo que sentía Karen? ¿Lo sabía Bill? ¿O aquella loca de su hermana Florence, la chiflada? Florence apenas la saludaba. Era como si no existiera. Karen se rió para sus adentros. Se estaba acordando del día en que conoció a Bill, cuando él le dijo que su hermana estudiaba historia del arte.

—¿Se pasa el día mirando cuadros? ¿En serio? ¿Ese es su «trabajo»?

—Sí, eso me temo —había respondido Bill como si ella hubiera hecho una broma, y Karen se había sonrojado.

Aquel hombre tranquilo era —¿cuántos?— diez años mayor que ella y, sin embargo, tan guapo de una manera extraña, tan misterioso y educado. Había sido tan fácil seducirlo, en aquel entonces. Karen quería hablar con él solo para oír su voz suave, para ver el brillo de sus ojos cuando la miraba. Pero había hecho el ridículo, incluso aquel primer día.

Ahora, al pensar en el día en que se conocieron, le parecía que tenía gracia. Recordaba haber pensado: este hombre es un poco mayor que yo, pero podría ser el padre de mis hijos. Sintió al instante, y con total certeza, que había encontrado a alguien amable, sereno, divertido y de fiar. Pero se había equivocado con su edad: era diecisiete años mayor que ella. Casi tenía edad para ser su padre. Había estado casado durante veinte años y tenía una hija adolescente. Se había equivocado en muchas cosas, ¿no? Y ahora estaba pagando por ello, suponía. Pagando por no encajar.

Notó cómo vibraba su teléfono al recibir un mensaje de texto. Miró el interior del bolso con las manos atrapadas y, con el corazón acelerado, volvió a levantar la vista y procuró parecer calmada.

De pronto dijo:

—¿Puedo cambiar de color? Ya no lo quiero transparente.

—Claro. ¿Qué color quiere?

Coralie señaló la pared que tenía detrás, donde tenían alineados los frasquitos de esmalte de uñas en filas multicolores, como golosinas. Karen señaló con la cabeza.

—Quinta Avenida, por favor. El tercero contando desde el final.

Coralie alargó el brazo y cogió el tercer botecito del estante. Luego le miró la base.

—Sí —confirmó, impresionada—. Se llama Quinta Avenida. ¿Cómo lo sabía?

—Lo sé.

Karen se encogió de hombros.

—Un rojo vivo y sexy. —Coralie cogió una de las finas y bronceadas manos de Karen y desenroscó el tapón blanco—. ¿Va a salir esta noche?

—No —contestó Karen—. Vamos a quedarnos en casa.

—¡Ajá! —sonrió Coralie—. Quiere estar guapa, ¿eh? Una noche en casa con su maridito.

—Algo así.

Karen intentó sonreír.

Florence

—Santo Dios —dijo Florence Winter mientras caminaba a toda prisa por la calle, metiendo de nuevo la invitación en su enorme aunque repleto bolso de paja—. ¿A qué vendrá esto?

Estaba molesta. De repente, como salido de la nada, aparecía aquel extraño mensaje: había caído sobre las frías baldosas de piedra de su apartamento mientras ella se tomaba el café. Años atrás su hermano Bill solía decir en broma que por eso se había mudado a Italia: para tomar tanto café como quisiera. Pero Bill ya no hacía aquella broma: Florence ya llevaba veinte años viviendo en Italia. Además, últimamente costaba encontrar un *tabacchi* decente: en Florencia todo eran pubs irlandeses —los italianos, curiosamente, se chiflaban por ellos— o *pizzerie* sin ningún carácter que atendían a un carrusel siempre cambiante de turistas japoneses, norteamericanos, franceses o alemanes.

Florence ya no se sentía una traidora por reconocer que los peores turistas solían ser los británicos. Una de dos: o eran agresivos y obesos y estaban enfadados por encontrarse en una ciudad tan cargada de cultura pero con tan pocas diversiones, o estaban ansiosos por hacerse pasar por italianos y no paraban de hacer aspavientos y decir *grazie mille* o *il conto, per favore*, como si eso los convirtiera en italianos o como si los camareros no supieran hablar inglés como nativos porque ese era el único modo de progresar hoy en día. La deprimía, o sentía vergüenza de su patria, o tristeza por el mundo en que habitaba. La ciudad de Florencia, que en su día había sido la noble flor del Renacimiento, se estaba convirtiendo en una ciudad fantasma: un parque temático histórico lleno de rebaños de turistas trashumantes, pastoreados por guías provistos de sombrillas rosas y micrófonos. Aun así, la amaba con todo su corazón.

Cuando era pequeña, muchos años atrás, le había preguntado a su padre por qué se llamaba Florence.

—Porque fuimos a Florencia en nuestra luna de miel. Fuimos muy felices. —Le había dicho David solemnemente—. Le hice prometer a tu madre que, si teníamos una niña, la llamaríamos Florence, para acordarnos todos los días de lo enamorados que estábamos.

—Entonces, ¿por qué no llamasteis así a Daisy? Ella nació antes que yo.

Su padre se había reído.

—Porque ella no era Florence. Tú sí.

Y le había dado un beso en la frente.

Cuando Florence era pequeña, su regalo de cumpleaños consistía en ir a pasar el día en Londres con su padre: su persona favorita en el mundo entero. Hacían siempre lo mismo: primero iban a la National Gallery a ver los cuadros del Renacimiento italiano, prestando especial atención al preferido de su padre, *La anunciación,* de Fra Filippo Lippi. A Florence le encantaba la historia del casto monje que huía con la monja rubia, y adoraba la expresión entre serena y extasiada de David cuando miraba al apuesto ángel de rizos espesos y el grácil arco de la cabeza inclinada de María al recibir la noticia de cuál sería su destino.

—La obra de arte más bella del mundo —decía su padre cada vez, visiblemente conmovido.

Después caminaban cinco minutos hasta Jermyn Street y comían en el mismo anticuado restaurante inglés, Brights, con sus camareros terriblemente ancianos y ceremoniosos y sus manteles de hilo blanco como la nieve. Florence se sentía muy mayor cuando se tomaba una cerveza de jengibre en una gran copa de cristal y se comía un filete tan grande como su cabeza mientras mantenía auténticas conversaciones con su padre. Por una vez, no hablaban de *Wilbur.* Todo el mundo se empeñaba en preguntar a David por el dichoso perro y, cuando salían juntos por ahí, querían saber si ella era Daisy. Florence lo odiaba, aunque no tanto como lo habría odiado Daisy de haberlo sabido.

Durante aquellos almuerzos podía preguntarle cualquier cosa a su padre, así que no hablaban de cosas aburridas, como los cambios de humor de Daisy o las chicas del colegio o alguna serie de televisión. Hablaban de cosas que él había visto en sus viajes, porque de joven había estado en todas partes.

—Antes de que te casaras y mamá nos tuviera a todos.

—Mamá también venía. Éramos los dos artistas, queríamos ver mundo. Luego os tuvimos a vosotros. Y entonces nos mudamos a Winterfold. Después, se nos quitaron las ganas de viajar.

Lo cierto era que Florence no entendía por qué se habían mudado a Winterfold cuando podrían haber vivido en Londres. Ella quería vivir en Londres, pero cada vez que le preguntaba a su padre cómo era crecer allí obtenía la misma respuesta:

—Nunca me gustó mucho Londres.

Su padre nunca hablaba abiertamente de su infancia. Nunca decía «Tu abuela tenía los ojos azules» o «Vivíamos en tal o cual calle». Solo se refería de soslayo a cosas que le habían pasado. Florence adoraba a su padre y quería saber todo lo posible sobre él, así que intentaba sonsacarle todo lo que podía. Quería oírle hablar del señor Wilson, el profesor de dibujo del colegio, que le dejaba quedarse después de clase y le daba cartulinas y tizas de pastel para que se las llevara a casa. Del niño de la calle de al lado que nació sin nariz (papá juraba que era cierto). De aquella mañana de verano en que tomó el tren hacia Bath y caminó durante horas, hasta que vio Winterfold y se prometió a sí mismo que algún día volvería allí. Le encantaba caminar, en aquel entonces. Iba andando al centro y a los conciertos de la National Gallery, durante la guerra. Se habían llevado todos los cuadros a una cueva de Gales, pero la gente iba allí a tocar el piano. Una vez empezaron a sonar las sirenas antiaéreas y tuvo que quedarse allí horas, escondido en el sótano con todos los demás: oficinistas, parejas jóvenes que se reunían a la hora de comer, ancianos de vida acomodada. Estaban todos muy asustados, cantaban canciones y uno de aquellos ancianos tan pijos le dio un trozo de tofe.

Años después, Florence volvió a la National Gallery para dar una charla a unos alumnos delante de *La batalla de San Romano*, de Uccello. Se despistó y se descubrió pensando que su padre tenía que ser muy pequeño durante la *Blitzkrieg*: no podía tener más de nueve o diez años. La idea de que pudiera vagar a sus anchas por el centro de Londres a esa edad, y en medio de una guerra, la dejó atónita. Más adelante, cuando se lo mencionó, David sonrió.

—Era muy maduro para mi edad. Tú has tenido una infancia muy cómoda, Flo.

—Me alegro —había contestado ella, que nunca se sentía tan contenta y a salvo como cuando se cobijaba en uno o varios libros, sin que la molestaran los perros, la familia o el trato de favor que recibía Daisy.

—Bueno, eso está bien, ¿no? —había dicho su padre.

Florence se preguntaba ahora, en ocasiones, si no habría tenido una infancia demasiado cómoda. Tenía casi cincuenta años, y sentía que debía tener un mayor control sobre su vida. En cambio, tenía cada vez más la impresión de que la vida se le escapaba como un tren en marcha. Aquella niña que era demasiado alta para ponerse la ropa que se le quedaba pequeña a su hermana mayor y que solo quería leer y mirar cuadros era ahora profesora en el Colegio Británico de Historia del Arte de Florencia, autora de dos libros, colaboradora en varios más, profesora invitada en el Instituto Courtauld de Arte de Londres y, de vez en cuando, comentarista radiofónica: el año anterior había aparecido en el programa *In our time,* de Melvyn Bragg, aunque habían cortado casi todo lo que dijo. (Cuando estaba nerviosa tendía a irse por las ramas, y a menudo su discurso se convertía en una maraña enredada imposible de podar.)

Cuando estaba sola en su piso, escribiendo o pensando, todo estaba siempre clarísimo. Era el hecho de hablar en voz alta, de interactuar con otras personas, lo que hacía que metiera la pata. Era la realidad lo que le resultaba difícil.

La última vez que había estado en el Reino Unido, el julio anterior, la habían invitado a cenar en casa de Jim Buxton, un colega del Instituto Courtauld. Jim y ella habían sido novios en Oxford y seguían siendo buenos amigos. Él se había casado con Amna, una profesora de Estudios Islámicos que trabajaba en el University College de Londres, pasaba gran parte del año en lugares tan remotos como Taskent y hablaba al menos seis idiomas, y que a Florence, a decir verdad, le daba pavor. Vivían en Islington, no muy lejos del centro, pero debido a diversos contratiempos —entre ellos unas gafas rotas y la suela despegada de una bota—, Florence llegó tarde a la cena, muy alterada. Cuando Jim le presentó al resto de los invitados, entre ellos una mujer (una conocida editora de Penguin llamada Susanna) se levantó a medias de su asiento, le estrechó la mano y exclamó:

—¡Ah, la *famosa* profesora Winter! La escuchamos en la radio hablando de Masaccio. Estoy de acuerdo con usted en líneas generales, excepto en su interpretación de la *Expulsión de Adán y Eva*. Es simplista limitarse a decir que... ¡Ups! —dijo de pronto.

Porque Florence, sosteniendo aún su bolsa de tela, que hacía las veces de bolso, se había inclinado (y al hacerlo se le cayó la calderilla que llevaba en los bolsillos) y salió marcha atrás de la habitación, trastabillando por culpa de la suela de la bota, que seguía doblándose. Fue al cuarto de baño de la planta baja y estuvo cinco minutos sentada en el váter. Sabía que tendría que disculparse cuando volviera. Era consciente de que debía explicar lo de las gafas rotas, cosa que había provocado que se equivocara de autobús, y que la suela de la bota se le había despegado, lo cual había obstaculizado gravemente su avance, pero no se le ocurría un modo elegante de disculparse para que los presentes olvidaran aquel instante bochornoso.

Cuando salió del baño habían pasado todos al comedor, ella ocupó su asiento y los otros invitados no le hicieron el menor caso, pero a Florence no le importó. Casi prefería que aquella tal Susanna pensara que estaba completamente chalada. Que lo pensaran todos. Así no tendría que molestarse en entablar conversación.

Al día siguiente había ido a ver a Jim a su despacho.

—Siento lo de anoche, Jim, lo de esconderme en tu baño. Estaba un poco tocada cuando llegué. Y mi bota también. Ja, ja.

Y Jim había contestado con una sonrisa:

—No te preocupes. Susanna es un horror. La verdad es que, en mi opinión, fue lo mejor de la velada.

Sí, cada vez la obsesionaba más aquella idea, aquella duda de la que no conseguía librarse. ¿Cuál era la pieza que faltaba, esa cuya existencia conocía y que sin embargo nunca lograba ver? ¿Y si había malgastado los últimos veinte años mirando los mismos cuadros, trabajando sobre las mismas ideas, sin llegar nunca a una conclusión válida, limitándose a barajar opiniones que hacía pasar de una revista a un libro y de un libro a un grupo de estudiantes, del mismo modo que a un banquero le pagaban por mover el dinero? Amaba Florencia, pero ¿se había quedado en la ciudad por una razón, y solo por esa, por un hombre al que apenas le importaba que estuviera allí o no?

No, se decía en sus momentos de mayor optimismo. Sí que le importaba. Le importaba.

Cruzó a toda prisa el Ponte Santa Trìnita sin reparar apenas en los turistas que se agolpaban en el Ponte Vecchio, atestado de tiendas minúsculas como un decorado de pantomima. Era capaz de olvidarse del mundo moderno casi con excesiva eficacia. Si Lorenzo el Magnífico hubiera aparecido a caballo, cruzando el puente a medio galope, y le hubiera preguntado en su mejor italiano renacentista si le gustaría acompañarlo a su *palazzo* para comer un poco de jabalí, Florence no se habría sorprendido.

Estaba tan distraída imaginándose cómo iría vestido Lorenzo de Médici un día cualquiera al moverse por la ciudad (y solía moverse por la ciudad, por eso había sido un gobernante tan importante, verdaderamente «Il Magnifico»), que al doblar la esquina que llevaba a la Academia no miraba por dónde iba. Notó que tropezaba con algo, que se tambaleaba y caía al suelo con una extraña sensación de pérdida de gravedad, como si estuviera borracha.

—*¡Attento!* ¡*Signora*, por favor, tenga cuidado! —exclamó una voz airada, una voz que hizo que se le acelerara el corazón mientras yacía sobre los adoquines, agitando brazos y piernas como un escarabajo patas arriba—. *É molto…* Ah, eres tú. Por amor de Dios, mira por dónde vas, ¿quieres?

Florence se levantó con torpeza, ella sola, mientras Peter Connolly apartaba de un tirón las tiras de cuero de su bolso, que se le habían enredado en la pierna. Tiró tan fuerte que Florence estuvo a punto de gritar.

—Ay, Dios —dijo ella, mirando el suelo—. ¿Dónde están mis gafas?

—Ni idea. —Peter se frotaba el pie mientras la miraba con frialdad—. Me has hecho daño, Florence. Eres…. —Guardó silencio y miró alrededor.

Los estudiantes que llegaban a la Academia los miraban con curiosidad: el profesor Connolly, byroniano, ligeramente excéntrico pero imponente, autor de un sorprendente *best seller* sobre el Renacimiento que narraba la historia de los Médici como una telenovela obscena y había inspirado una serie de la BBC. ¡Era famoso, sus madres lo veían en la tele! Y la loca de la profesora Winter, con el pelo todo revuelto, buscando sus gafas. La montura de plástico estaba agrietada y a menudo se le salían las patillas de alambre si se inclinaba hacia delante, pero ella ni se enteraba. La semana anterior, alguien la había visto cantando un tema de Queen mientras pasaba ensimismada por delante de los Uffizi. Cantando a voces.

A Florence le daba vueltas la cabeza. Miró a Connolly, se sonrojó y se apartó el pelo de los ojos. Estaba tan cambiado últimamente, desde que había salido el dichoso libro y había empezado a escuchar los malditos cantos de sirena de «la Fama». Tan elegante y a la moda, con ese toque docto y algo desaliñado que tanto gustaba en televisión, muy alejado del hombre ligeramente inepto y de cabello rizado al que ella había conocido y amado hacía tiempo. Lo había amado tanto que…

—Espera.

El profesor Connolly le subió el bolso para que le colgara del hombro y no de la muñeca.

—¡Ajá! ¡Quíteme las manos de encima, profesor Connolly! —exclamó ella, llevándose una mano al pecho. Al hacerlo se le cayeron varias cosas al suelo.

Había imaginado que sonaría desternillante pero, como solía suceder cuando hacía algún comentario ingenioso, quedó suspendido en el aire y sonó fatal. Parecía, como siempre, una tarada: una vieja bruja chiflada a la que nunca había querido nadie ni podría querer, y menos aún el profesor Connolly, al que antaño había tenido tantas ilusiones de poder aferrarse.

El profesor se agachó y recogió algo del bordillo.

—Se te ha caído esto. —Miró hacia abajo, curioso—. Bonita invitación. ¿Es de tu familia? Qué manera tan curiosa de invitar a alguien a una fiesta. ¿Qué significa eso del final?

Florence le quitó la invitación de la mano con delicadeza y se mordió el labio.

—Gracias. Es de mis padres. No tengo ni idea de qué significa. Supongo que tendré que ir.

—¿Vas a ausentarte otra vez de Florencia, Florence? —Le dedicó una sonrisita—. Lo cierto es que empezamos a tener mucha práctica en el arte de echarte de menos.

Se meció sobre los talones y se tocó el ala de un sombrero imaginario.

—¿Por qué? ¿Es que me necesitabas para algo, Pet… profesor?

Él la miró un tanto perplejo.

—Santo cielo, no. ¿Por qué piensas eso?

Otro desaire, otra pequeña pulla, pero Florence no se inmutó. Conocía su secretillo y se alegraba de guardarlo a buen recaudo hasta que Peter sintiera la necesidad de servirse de nuevo de ella. Inclinó la cabeza como si fuera una dama despidiéndose de un caballero.

—Entonces, Peter, he de decirte adiós, por ahora. No para siempre, empero —dijo, pero también sonó mal.

Él se había alejado hacia la puerta giratoria sin decirle adiós. Florence se dirigió hacia la entrada, cojeando, y al echar un vistazo a la invitación volvió a asaltarla un sentimiento de extrañeza. Mamá quería que estuvieran todos presentes.

¿Por qué? ¿Se trataba de su padre? ¿De Daisy?

Y de pronto se dio cuenta, aunque no lo hubiera considerado hasta ese instante, de que ya conocía la respuesta.

Joe

Joe Thorne se apoyó en la lisa barra de roble del bar, cruzó los brazos y miró a su alrededor. Esperaba que, a media mañana, un día de entre semana, el pub estuviera… En fin, no exactamente lleno de gente, pero sí que hubiera al menos unos cuantos parroquianos tomando una pinta, y quizás un par de clientes almorzando. Pero no. El árbol de fuera, el que daba nombre al local, proyectaba su sombra sobre la sala. Aún no hacía tiempo de encender el fuego. Los platos de cortezas de cerdo agridulces que el propio Joe había asado y preparado esa mañana esperaban en la barra, intactos. Los barriles estaban llenos, los vasos centelleaban.

Y el pub estaba vacío.

Sheila Cowper, la dueña, apareció en la puerta del reservado.

—No te quedes ahí de brazos cruzados, Joe —dijo enérgicamente, dándole un suave latigazo con un paño de cocina—. No va a entrar nadie si se asoman y te ven ahí, enfurruñado como un oso. Ve a cortar el pan. Hace una hora que te lo pedí.

—¿Y para qué? —preguntó Joe sombríamente, aunque obedeció y entró en la minúscula cocina.

Cogió una hogaza de pan recién horneado y la sopesó. Le encantaba el pan, adoraba su olor, su textura. Le gustaba la elástica tersura de la masa recién hecha, que se pudiera golpear la parte de abajo de una hogaza recién hecha y obtener un agradable sonido semejante al de un tambor, y que el pan casero estuviera hecho con cariño y esmero, como una vida nueva. Empezó a cortar rebanadas finas y regulares, manejando el cuchillo con firmeza. «Para quién hago esto», se descubrió preguntándose. «Qué sentido tiene»

Seis meses antes había abandonado Yorkshire, a Jamie y su hogar para venir a trabajar para Sheila. Ella había pasado quince años en Londres, trabajando como encargada en diversos restaurantes, y el año anterior había vuelto a su pueblo natal, Winter Stoke, con algo de dinero en el bolsillo y el sueño de reflotar el Oak Tree. Quería hacer de él el mejor restaurante de Somerset, y convertirlo al mismo tiempo en un auténtico pub de pueblo.

—Mejor que el Sportsman de Whitstable, mejor que el Star de Harome. Quiero conseguir una estrella Michelin —le había confesado Sheila, y a él se le había acelerado el corazón.

Confiaba en aquella mujer y, aunque no la conocía de antes, estaba seguro de que podía lograr lo que se proponía. Y él, con su formación y su experiencia, le había venido como anillo al dedo. En la entrevista le había preparado panceta de cerdo al hinojo acompañada de empanadillas chinas de cerdo a la barbacoa y ensalada de col con salsa *rémoulade*, y un trío de postres con caramelo salado: helado con palomitas, crema de tofe y compota con malvaviscos. Él estaba un poco harto del caramelo salado, pero últimamente hacía furor, y mientras hablaba con ella por teléfono había intuido que iba a gustarle. Joe tenía buen ojo para adivinar lo que le gustaba comer a la gente.

Si había aceptado el trabajo era porque confiaba en Sheila. No podía rechazarlo: era una oportunidad demasiado buena para dejarla escapar, y además ya iba siendo hora de marcharse de Yorkshire. De no ser por Jamie, se habría ido hacía años. Había pasado allí toda su vida, menos el tiempo que había pasado formándose. Sí, el restaurante donde trabajaba tenía una estrella Michelin, pero allí ya no tenían nada más que enseñarle. El cocinero jefe era el típico psicópata y trabajar allí no suponía ningún placer: les preocupaban más los tiempos y la presentación del plato que hornear con esmero y preparar la comida con amor. Joe cocinaba para hacer feliz a la gente, no para oír cómo se desmayaban de admiración al ver sus ensaladas con flores de capuchina o sus sorbetes con sabor a zumaque, o cualquiera de las chorradas que había que cocinar hoy en día para ser un «joven chef de moda» (y a saber lo que significaba eso).

A él no le interesaban esas cosas. Quería trabajar en un sitio bien arraigado entre la gente. Quería ver a señores mayores charlando sobre sus vivencias de la guerra mientras tomaban una pinta, quería que la gente solitaria entrara a leer el periódico y a ver una cara amiga. Un local para parejas, para celebrar aniversarios, bodas, funerales. Una familia. Se imaginaba a un alegre grupo de parroquianos reunido en torno a la barra, quizás incluso cantando canciones crepusculares mientras Joe les servía deliciosos manjares preparados con amor, comida que unía a la gente, que la hacía feliz. Y no había mejor comida que la suya.

Pero las cosas no estaban saliendo así, en absoluto. Seis meses después, la gente seguía yendo al Green Man, al otro extremo de la calle mayor. En el Green Man tenían canales deportivos, moqueta de *velour* y montones de colillas a la entrada que nadie parecía molestarse en barrer. Servían aritos de cebolla con sabor a vinagre y empanadas rancias, y casi todos los sábados había pelea. Era un tugurio. Pero, al parecer, los vecinos de Winter Stoke y de los alrededores seguían prefiriéndolo. El Oak había pasado tanto tiempo cerrado que costaba cambiar de hábitos.

Sheila tenía aún varios meses por delante, pero prácticamente le había dicho a Joe que, si las cosas no mejoraban para Navidad, tendrían que cerrar. Ella tendría que vender y Joe se quedaría —metafóricamente— en la calle y tendría que regresar a Pickering, a casa de su madre. Pero, tal y como marchaban las cosas últimamente, sobre todo esas últimas semanas, no le parecía tan mala perspectiva. Echaba de menos su casa, a su madre y a su hermana más de lo que había imaginado. Pero sobre todo echaba de menos a Jamie.

A veces, cuando pensaba en él, casi le daban ganas de hacer las maletas y volver enseguida a Yorkshire. Como cuando pensaba en su pelo rubio, rizado y siempre revuelto, o en las ojeras oscuras que le salían bajo los ojos cuando estaba cansado o disgustado, o en la manchita roja de nacimiento que tenía encima del labio y en las cosas que decía que le hacían reír a carcajadas.

—De mayor voy a vivir en la Luna, papá. Podrás venir a visitarme por un tubo muy largo que pienso construir, ¿vale?

Cuanto más se esforzaba por no pensar en su hijo, peor se sentía. Ya se había dado cuenta de que mirar fotos suyas en el teléfono no hacía que se sintiera más cerca de él. A veces solo conseguía ponerlo más triste. Se suponía que podía verlo una vez al mes, pero con frecuencia no era así: Jemma había reservado unas vacaciones en Turquía, o Jamie tenía que ir a la fiesta de cumpleaños de su mejor amigo, o volvía demasiado tarde de una excursión escolar para ir hasta Somerset o para que Joe fuera a recogerlo y lo llevara a casa de su madre en Pickering, como hacía a veces. El caso era que Joe sabía que las cosas no iban a mejorar, porque Jamie nunca viviría con él a tiempo completo, claro que no, tenía que estar con su madre. Pero Joe lo echaba de menos, como si un cepo le estrujara el corazón cada vez que pensaba en él, o como si tuviera pimienta en las narices y se le saltaran las lágrimas, o pan seco en la garganta que le obligaba a tragar saliva con dificultad, a agachar la cabeza y a rezar una plegaria por él, preguntándose qué estaría haciendo. ¿Estaría jugando en el recreo? ¿Dibujando en una de esas mesitas, trasteando en el suelo con sus dinosaurios de juguete, bailando al ritmo de *Telephone*, esa canción de Lady Gaga cuya coreografía se inventaba?

—¿Joe? ¡Joe! —La voz de Sheila lo sacó de su ensimismamiento.

—Casi he terminado. —Pestañeó mientras se secaba la frente con el brazo—. Ya casi está.

—No, no es eso. La señora Winter pregunta por ti.

Dio un respingo, de vuelta al presente. Se le escurrió el cuchillo e intentó apartarlo de sí, pero le cayó sobre la mano izquierda y le abrió un tajo en el dedo. Todo pareció suceder casi a cámara lenta: sintió y —lo cual resultaba más perturbador— vio el destello blanco del hueso bajo la carne, observó casi con desinterés cómo la larga y gruesa línea se volvía de pronto roja, y la mano empezó a dolerle, comenzó a manar la sangre roja oscura. Y había mucha: goteaba, carmesí, sobre los muebles blancos de la cocina.

Sheila gritó.

—¿Qué ha...? Ay, Joe, cielo, ¿qué has hecho?

Joe levantó su dedo chorreante. Se lo envolvió en un paño. Ahora sí le dolía de verdad. Sonrió, sintiéndose casi mareado.

—Soy un idiota. Lo siento. Me has dado un susto. La señora Winter, ¿está fuera?

—Claro, pero no pasa nada, voy a decirle que...

—No. —Joe se apretó el nudo del paño—. No eches a nadie que entre, y mucho menos a esa gente.

Siguió fuera a Sheila.

—Hola, Joe —dijo Martha Winter—. Me alegro de verte. —Miró el paño ensangrentado—. Dios mío, ¿qué te has hecho en el dedo?

—Nada, gajes del oficio. —El dedo volvía a molestarle: un pálpito doloroso—. ¿En qué puedo ayudarla?

—¿Seguro que estás bien? —Él asintió, y Martha le dirigió una mirada un poco escéptica—. En fin, quería hablar contigo. Me preguntaba si podías hacer la comida para una fiesta que vamos a dar en noviembre. Será un viernes, un cóctel, así que necesitaría canapés para unas cincuenta personas.

Su voz ronca y desprovista de acento sonaba tranquilizadora.

—Claro que sí. —Joe comenzó a calcular mentalmente cuánto podía cobrar por preparar canapés para cincuenta personas—. No hay problema.

Martha carraspeó.

—Y luego, el sábado, damos una comida. —Hizo una pausa—. Es el acontecimiento principal.

—¿Cuántos seréis el sábado?

—Solo la familia. Siete, creo.

Los Winter eran famosos en aquellas inmediaciones. Joe siempre había dado por sentado que eran un montón.

—Creía que erais más —dijo con curiosidad.

—Sí, éramos unos veinte —contestó Martha—. Pero los he asesinado a todos y los tengo enterrados en el jardín.

—Eso facilita el cáterin —comentó Joe, y se sonrieron tímidamente el uno al otro.

—David dice que eres un cocinero maravilloso.

—David es muy amable.

David Winter venía a veces a tomar un whisky. A Joe le caía muy bien. Era una de las pocas personas de por allí con las que había mantenido una conversación como es debido.

—Es muy amable y además se toma muy en serio la comida.

—Lo sé —contestó Joe—. Nunca he visto a nadie comerse una empanada tan deprisa.

Una sombra cruzó el semblante sonriente de Martha.

—El caso es —dijo— que dice que debo aprovechar la ocasión y contratarte para esta fiesta. Cree que te marcharás muy pronto. —Se inclinó hacia delante, apoyando los codos en la barra—. Danos una oportunidad, ¿quieres?

Joe se puso tenso.

—Yo nunca… Me gusta mucho esto, señora Winter.

—No te me pongas ceremonioso otra vez, ¿quieres? —le suplicó—. Solo quería decir que sé lo duro que es. Cuando llegué aquí, no conocía a nadie. No era más que una londinense bocazas y esto me parecía el culo del mundo. Un sitio horrible.

Joe no creía que Martha Winter hubiera sido nunca una bocazas.

—¿Es usted de Londres?

—Sí, de Bermondsey. Pero me evacuaron cuando estalló la guerra y... —Meneó la mano—. Es igual. Sé por lo que estás pasando. Pero por aquí somos muy buena gente. Danos tiempo.

Joe estaba un poco mareado. El dedo le dolía tanto que tenía la impresión de que iba a estallarle de pronto.

—Sí, claro. —Intentó concentrarse y cogió un bolígrafo de la barra, sujetándolo inútilmente con la mano derecha—. Será mejor que le haga un presupuesto.

—¿Eres zurdo? Ay, señor, qué mala pata —dijo—. Yo también soy zurda, y David también. Los zurdos somos siempre los mejores. Mi nieta Cat también lo es. Vive en París. —De pronto añadió—: Te caería bien. Va a venir para la fiesta. Al menos, espero que venga. Hace mucho tiempo que no la veo.

Joe trató de asentir e hizo una mueca. Le dolía muchísimo. Martha decía que era diestra. ¡No, zurda! De pronto todo aquello le hacía mucha gracia.

—Eres muy amable. ¿Qué estábamos...? —Parpadeó de repente. Una exquisita punzada de dolor le atravesó todo el cuerpo, partiendo desde el dedo—. Disculpa.

—Joe, parece que eso sangra mucho —opinó Martha. Lo cogió de la mano, y el contacto de su piel, de su carne cálida tocando la suya, resultó casi embriagador. Sus ojos verdes lo miraron inquisidores, y Joe se sintió mareado—. Creo que será mejor que te llevemos a la clínica de Bill, solo para asegurarnos —dijo.

—No, no quiero... Eh, no se preocupe. —Se agarró con firmeza a la barandilla de la barra, pero de pronto todo le daba vueltas. Tragó saliva—. Estoy perfectamente, solo necesito...

Martha parecía flotar ante él. El suelo pareció alzarse, los párpados le pesaban mucho. Notó un peso sobre la cabeza y al desplomarse vio la cara de Martha, desprovista repentinamente de su calma, y su boca abierta dibujando una pequeña O. Después, poco a poco, todo se volvió negro.

Cat

Siempre tarde. Siempre tenía que estar en otra parte. Cat salió a toda prisa del Marché, pasó junto a infinitos ciclámenes de brillantes tonos de rojo, nudosos geranios de flores desvaídas y arbustos de bayas ácidas y colores cítricos. Como trabajaba en el mercado de las flores, siempre tenía presente el paso de las estaciones: todos los años temía la llegada del invierno, porque se pasaba el día a la intemperie, congelándose lentamente. Pero estaban en la primera semana de septiembre, todavía era verano y los turistas se agolpaban aún en las callejuelas de la Île de la Cité, avanzaban tan despacio como zombis, cabizbajos y con los ojos clavados en sus teléfonos.

Cat cruzó el estrecho puente para peatones que había al pie de Nôtre Dame, zigzagueando para sortear a la gente. El grupo de músicos de jazz que solía haber en el puente estaba tocando una versión melancólica y cantarina de *There's a small hotel*. Cat aflojó el paso un segundo. Era una de las canciones favoritas de su abuela. Solía cantarla por la noche, mientras trasteaba en la cocina con una taza de té en la mano. Su abuela siempre estaba cantando.

—¡Hola, inglesita! —le gritó uno de los músicos cuando pasó por su lado.

Cat puso los ojos en blanco. Tantos años allí y todavía la llamaban «inglesita», cuando seguramente hablaba francés mejor que ellos. En París, una era parisina o francesa sin necesidad de ir pregonándolo por ahí (eso habría sido muy, muy *outré*), pero había ciertas cosas, cierto refinamiento, cierta actitud ante la vida… Cat se consoló pensando que, en general, la tomaban por francesa. Era delgada y esbelta, tan esbelta como una francesa, y no porque se esforzara por serlo: sencillamente, no comía mucho. Sus ojos de color gris oscuro quedaban parcialmente escondidos bajo una cabellera castaña como la melaza. Llevaba puesta la única prenda cara que tenía: unas bailarinas rojas de charol, de Lanvin, que le había comprado Olivier cuando las cosas entre ellos todavía iban bien. Había intentado venderlas en eBay hacía un par de meses: estaba desesperada, necesitaba el dinero y era absurdo tener unos zapatos que costaban trecientas libras cuando ni siquiera podía comprarse un bocadillo para comer. Pero uno de los zapatos tenía una mancha de aceite de oliva, vestigio de un accidente provocado por *Luke*, y la compradora se había echado atrás cuando Cat, siempre tan sincera, se lo había advertido. En realidad se alegraba, porque eran preciosos: de un brillante rojo coral, le alegraban la vida de una manera que hasta entonces no había creído posible. Como toda amante de la moda —incluidas las no practicantes—, Cat despreciaba la cultura de la cartera, la estampación de las marcas en todo tipo de objetos (¡atención!, en mis gafas pone GUCCI en letras enormes, de lo que cabe deducir que tengo dinero). Pero bajar la vista y ver aquellos preciosos zapatos rojos siempre la hacía sonreír, aunque tuviera un día especialmente malo y la sonrisa fuera muy pequeñita. Le sorprendía —y le alegraba— descubrir que aún tenía esa capacidad de disfrute. Creía que a esas alturas ya debía de estar completamente extinta.

Echó a andar a buen paso por la calle principal de la Île Saint-Louis, su delgada figura sorteaba ágilmente a la muchedumbre que, desplazándose con lentitud, miraba pasmada los escaparates de la *boulangerie* y la *fromagerie*. Vio la cola que se había formado en Berthillon, el anticuado *glacier* con sus relucientes mostradores de mármol. Le encantaba Berthillon, sabía que era terriblemente turístico pero, a veces, cuando necesitaba con urgencia darse un capricho, cuando la niebla caía sobre los dos islotes y su situación le parecía particularmente lúgubre, deseaba más que nada en el mundo poder cruzar el puente a la hora de comer y pedir una tacita de chocolate negro caliente, servido con crema amarilla en una jarrita de plata lisa. Pero el dinero no le llegaba para tanto desde hacía más de un año, desde que Olivier había cerrado por completo el grifo.

Entró en la tienda de alimentación que había cerca de su piso, a la vuelta de la esquina, a comprar vermú. Era horriblemente caro, pero aquello era la Île Saint-Louis: por supuesto que era horriblemente caro, y además era para *madame* Poulain. No hay que escatimar en gastos, ese era el lema de *madame* Poulain, aunque vigilaba el dinero que le daba a Cat hasta el último céntimo, y Cat no podía disponer de nada de lo que compraba para *madame* Poulain. Eso estaba muy claro, había estado claro desde el principio: ella compraba en Lidl o en Franprix. Sonrió mientras esperaba para pagar, mirando las hileras de mostaza de Dijon. Por eso París era tan civilizado, a pesar de sus muchas desventajas. Incluso en un colmadito como aquel podían encontrarse cinco tipos distintos de *moutarde de Dijon*: *mais bien sûr*.

—*Bonsoir, madame.*

—*Ah, bonsoir, Catherine. Ça va?*

—*Ça va bien, merci, madame. J'ai pris le Vermouth. Je vous offre un verre?*

—*Oui, oui.*

Sentada en su sillón orejero, la anciana soltó una carcajada mientras Cat depositaba con cuidado la botella envuelta en papel sobre el enorme aparador. Si formulaba de inmediato la pregunta que ardía en deseos de hacerle, *madame* Poulain se enfadaría. Si esperaba solo un minuto, se sentiría halagada.

Cat soltó un breve suspiro, cogió un vaso de la estantería y dijo:

—Su medicina, *madame*. Está todo arreglado para que vaya a recogerla mañana, ¿no?

—Claro. —*Madame* Poulain apagó su cigarrillo—. Pero diles que esta vez lo comprueben. Estoy harta de que se equivoquen con la dosis. Estoy enferma. Tiene que ser la correcta. —Encendió otro cigarrillo—. ¿Puedes prepararme esa copa antes de volver a marcharte? Ya sé que estás muy ocupada, pero…

—Claro que sí —contestó Cat, intentando no sonreír.

La primera vez que había entrado en el apartamento de *madame* Poulain —un piso con vistas al Sena y orientado hacia el sur, en dirección al Barrio Latino—, se había quedado maravillada: el enorme espacio diáfano, las vigas de madera, las viejas contraventanas con sus tiradores de hierro forjado y el enrejado de filigrana del balcón. Entonces, como ahora, las únicas cosas que había en la vetusta cómoda de caoba (de Vichy, adquirida en circunstancias poco claras por su padre, un cobarde y un traidor sobre el que *madame* Poulain solo podía hablar si a continuación escupía en el cenicero) eran cigarrillos mentolados, un cenicero y jarabe para la tos. Lo cual, como había descubierto Cat más adelante, resumía bastante bien a su casera.

—¿Has tenido mucho lío hoy?

Madame Poulain se estiró en el sillón, flexionando sus manos largas, semejantes a garras.

—El mercado estaba abarrotado. Pero no hemos tenido mucho lío. Henri está preocupado.

—No me extraña. Ahora que ese necio está al mando del país, estamos perdidos. ¡Y que yo haya vivido para ver el socialismo aniquilado de esta manera! Cuando era niña, a ese lo habríamos llamado fascista. ¡Ja!

Madame Poulain sufrió un ataque de tos que la mantuvo ocupada un buen rato. Cat le llevó un vaso de agua y le sirvió vermú aguzando el oído por si advertía algún otro signo de vida en el apartamento. No oyó nada.

Pasado un rato, la tos de *madame* Poulain remitió y la anciana apartó el vaso de agua que le ofrecía Cat y agarró el vermú. Cat le pasó las pastillas y ella se las tragó una por una, con esfuerzo y después de numerosos suspiros seguidos de ásperas arcadas. La misma escena se repetía todas las noches, desde hacía tres años. A Olivier le había repugnado *madame* Poulain las dos veces que la había visto. Decía que era una falsa, una hipócrita. Que procedía de una familia de colaboracionistas. Cat ignoraba cómo lo sabía, pero los hipócritas eran las auténticas *bêtes noires* de Olivier. Una de sus muchas ironías.

«No pienses en Olivier. Uno… dos… tres…». Paseó la mirada por la habitación e iba contando objetos para distraerse. Sabía lo que tenía que hacer: cada vez que Olivier irrumpía en sus pensamientos, cosa que sucedía a menudo, buscaba un tiovivo de imágenes con las que distraerse. De lo contrario… De lo contrario se enfadaba, se ponía tan furiosa que le daban ganas de romper algo. Pensó en Winterfold. En la Navidad en que Lucy y ella hicieron un muñeco de nieve y usaron como molde para la cabeza un cubito de playa cubierto de arena del verano anterior en Dorset. Pensó en el camino hacia el pueblo un día de otoño, cuando las hojas eran amarillas como el membrillo. En su tío Bill, intentando cruzar el cuarto de estar con la papelera en la cabeza. En las mañanas de verano, cuando se sentaba en la cama de su soleada y acogedora habitación, y miraba por la ventana el amanecer de color melocotón, violeta y turquesa que iba extendiéndose por las colinas de detrás de la casa. Pensó en el cojín de *patchwork* que le había hecho su abuela, con su nombre en hexágonos azules, y en la rabia que le dio a Lucy que a ella no le hubiera hecho otro.

—¡Ella vive aquí! ¡Lo tiene todo! —había gritado.

Lucy era tres años más joven que Cat. A veces parecía una diferencia muy grande. Ahora, en cambio, tres años no eran nada, supuso Cat.

Pero en todo caso, no lo sabía. ¿Cómo era Lucy ahora? ¿Seguía siendo la misma?, se preguntaba a menudo. Iba a ser una escritora famosa y a vivir en un torreón: esa había sido siempre su meta. ¿Zocato seguía teniendo la pierna mal? ¿Y la abuela? ¿Seguía canturreando todo el día y dedicándote esa rápida sonrisa felina si le corregías la letra? ¿Y el cojín de *patchwork*? ¿Seguía allí, descansando en el viejo sillón de mimbre, esperando a que ella volviera?

Aun así, seguía viéndolo todo con claridad. Se acordaba de cada escalón que crujía, de cada marca en las columnas de madera, de cada libro viejo y vapuleado de la estantería de enfrente del sillón: *Las zapatillas de ballet* al lado de *Harriet la espía* y de *La historia de Tracy Beaker*, un regalo que le hizo su padre cuando todavía era demasiado pequeña.

Había cortado los lazos con todos y ya no podía volver. Llevaba años y años sintiéndose así, y sabía que su personalidad había cambiado. Ahora era otra Cat: esa Cat en la que, en el fondo, siempre había temido convertirse. Ahora, cuando una puerta se cerraba de golpe, ella se sobresaltaba.

—¿Cómo está *Luke*? —preguntó por fin cuando *madame* Poulain se hubo calmado.

—Dormido. Tumbado al sol. Lo mimas demasiado. Como suele decirse, los ingleses malcrían a sus mascotas e ignoran a sus hijos. Él es tu mascota, ¿humm?

Dado que *madame* Poulain parecía alimentar a *Luke* exclusivamente con galletas mientras ella estaba en el trabajo, Cat no se sintió capaz de abordar ese tema en aquel momento. No podía arriesgarse a provocar una discusión, algún cambio en el *statu quo*. El día estaba tocando a su fin y estaba tan cansada que tenía la impresión de que podía resbalar y caerse al suelo. Se frotó la cara. La tenía algo quemada por el sol y de pronto echó de menos el invierno. Los días fríos y ásperos, las veladas acogedoras dentro de casa, y no aquel calor reseco y pegajoso.

—Voy a ir a echarle un vistazo —anució, levantándose—. Luego le prepararé una tortilla, ¿de acuerdo?

—Bueno. —Para *madame* Poulain, cualquier muestra de preocupación por otro ser vivo era una pérdida de tiempo, de un tiempo precioso que podía dedicar a fumar—. Ve, anda. Y oye, antes de que te vayas, ha llamado tu abuela.

Cat se dio la vuelta. El corazón empezó a latirle con violencia.

—¿Ha llamado mi abuela? ¿Aquí? ¿Ha dicho por qué?

—Quería saber por qué no has contestado a la invitación.

Cat carraspeó.

—¿Qué... qué invitación?

—Lo mismo le dije yo. El correo francés. Ese hombre va a hundir el país. No sé...

—*Madame* Poulain, por favor. —Su desesperación casi se dejó entrever por una vez—. ¿Ha llegado alguna invitación?

—Lo curioso del caso es que sí, ha llegado hoy. Se lo he dicho a tu abuela cuando ha llamado. Y le he dicho también que te la daría en cuanto llegaras a casa. —Deslizó la mano huesuda por el costado del sillón, como una niña que guardara sus secretos bajo el cojín—. No lo saben, ¿humm? No saben que les has contado una mentirijilla, ¿verdad?

Le pasó la tarjeta de color crema a Cat, que la sostuvo entre los dedos como si fuera algo mágico.

—No es mentira —dijo con un hilo de voz.

La dirección estaba escrita con la elegante letra de Martha. No era mentira si sencillamente no lo habías dicho, ¿verdad?

Aquella letra: Cat la conocía mejor que ninguna. ¿Quién, si no, le había escrito aquellos cuentos inacabables, salpicados de diminutas ilustraciones que parecían joyas? ¿Quién le metía notas en la fiambrera para que las encontrara cuando se sentaba a solas debajo de los bancos arañados y pringosos del patio, con la barbilla apoyada en las rodillas llenas de costras?

Su abuela solía sentarse a la mesa de la cocina cada mañana junto a la tetera, contemplaba el jardín por la ventana —delgada, serena y perfectamente quieta—, y hacía planes para el día que tenía por delante, anotaba pequeñas ideas, argumentos y bromas en su cuaderno. También escribía notas. Notas que Cat encontraba detrás de sus sándwiches; solía arrugarlas y tirarlas, avergonzada, por miedo a que volvieran a encontrarlas.

¿Tu abuela te escribe notitas de amor?

Menudo bebé.

Tu madre es una hippie, todo el mundo lo sabe. Le entró miedo y se largó y por eso tienes que vivir con tu abuela.

¡Hippie! ¡Hippie! ¡Hippie! ¡Cat es una hippie!

Los recuerdos, las sensaciones enterradas hacía largo tiempo, amenazaron con embargarla. El papel del sobre era grueso, pesado, frío, y a Cat le temblaban los dedos. Intentó despegar la solapa con torpeza. Quería rasgar el sobre, quería saber lo que contenía y sin embargo, al mismo tiempo, temía descubrirlo. *Madame* Poulain la observaba asomando la cabeza por detrás del ala de su sillón, como una gárgola.

—El abrecartas está encima de la cómoda, Catherine. No lo rompas. No seas tonta.

«¡Cállese, vieja odiosa, repugnante, vil y asquerosa! ¡Cállese o le haré daño! ¡Le aplastaré la cabeza con su precioso jarrón de Sévres y la veré morir, y me reiré mientras se muere!».

Ya no la sorprendía la facilidad con que ese tipo de pensamientos se le colaban en la cabeza. Leyó la invitación, las letras trazadas a mano, la súplica que albergaban, y luego levantó la vista, con la mirada perdida, mientras aquellas voces que le gritaban desde que se levantaba hasta que se acostaba alcanzaban un tono febril. A casa, a Winterfold. ¿Podía pensar siquiera en volver, esta vez? ¿Qué les diría sobre lo que le había sucedido desde su marcha? ¿Por dónde empezar? ¿Y cómo llegaría hasta allí? No tenía dinero. La semana anterior ni siquiera había podido comprarse un bono de metro, ¿cómo iba a comprarse un billete del Eurostar para volver a casa? A casa.

Dejó caer la tarjeta al suelo mientras se retorcía incansablemente los dedos sobre el regazo, y *madame* Poulain interpretó su silencio como una rendición.

—Me apetece muchísimo esa tortilla. Ya que vas a echarle un vistazo a *Luke*, ¿por qué no me haces una?

—Sí, claro.

«Todo va bien», se dijo mientras entraba en la cocina y, cuando *madame* Poulain soltó un gruñido de curiosidad, se dio cuenta de que lo había dicho en voz alta, en inglés, para sí. «Todo va bien».

Lucy

—¡Lucy! La reunión. ¿Vienes? —preguntó Deborah, mirando hacia atrás al pasar.

Al oír repentinamente su voz suave tan cerca de ella, Lucy se quedó paralizada hasta la médula.

—Claro, claro. Enseguida voy.

Vaciló, garabateó una frase más en su cuaderno y se levantó de un salto del escritorio. «No te pongas nerviosa. No hables demasiado. Siempre hablas demasiado, ¡cierra el pico y no digas nada por una vez! Excepto cuando tengas que hacerlo. Entonces sé brillante e incisiva. Como Katharine Graham. O Nancy Mitford. O la abuela. Sé como la abuela». Al impulsarse hacia delante a toda prisa, chocó con Lara, la articulista de moda recién ascendida. Se oyó un golpe fuerte y sordo. Lucy rebotó hacia su mesa y se golpeó el muslo con el filo metálico de su armario archivador gris.

—Por favor, mira por dónde vas, ¿vale, Lucy? —Lara no se detuvo: siguió caminando como si el pasillo fuera su pasarela particular. Sus extrañas zancadas imitaban el paso de una modelo de alta costura. Volvió un poco la cabeza y señaló hacia abajo—. Son nuevos, ¿sabes? Y podría haber llevado un café en la mano.

Lucy hizo una mueca de dolor y miró los pies de Lara, como se suponía que debía hacer. Lara, cómo no, llevaba las nuevas zapatillas de bota exclusivas de Liberty que habían aparecido en *Grazia* esa semana. Cómo no: las zapatillas de bota hacían furor. Lucy no creía que pudiera caminar con ellas, pero seguramente tendría que comprarse unas. ¿Zapatillas deportivas con tacón? ¿Qué sentido tenía eso? Ninguno. Era como ponerle mallas a una jirafa. Pero tras pasar un año en la sección de Contenidos del *Daily News*, Lucy ya sabía a qué atenerse. Los hombres no tenían que hacer nada, salvo ponerse un traje cutre, pero, si eras mujer, tenías que seguir cada nueva tendencia obsesivamente. Nunca habías oído hablar de las cremas BB y de pronto estaban por todas partes, y si no las usabas era como si fueras proclamando por ahí «me odio y soy una fracasada». Lucy miró con ansiedad su chaquetita corta mientras Lara doblaba la esquina agitando su melena rubia y se perdía de vista. ¿Habían pasado ya de moda las chaquetas toreras? Y, si era así, ¿se lo diría alguien o de pronto la sacarían a rastras de la sala, la obligarían a quitarse la chaqueta y la quemarían en un barril de petróleo rodeado por un corro de burlonas y coléricas agentes de policía de la moda?

—¡Lucy!

—¡Ya voy! ¡Perdona, Deborah!

Echó a correr por el pasillo, haciendo caso omiso del dolor que notaba en la pierna. Fuera hacía un día radiante y ventoso. Nubes algodonosas surcaban velozmente el cielo sobre las aguas turbulentas del Támesis. Deseó estar fuera, paseando por los jardines del Enbankment, quizá. Viendo a un mirlo picotear el suelo. En Winterfold, los árboles del valle estarían empezando a cambiar de color. Verde pálido al principio, apenas distinguible. Luego amarillo mostaza y, pasadas unas semanas, naranja subido, rojo intenso, fucsia.

Entró a toda prisa en la zona de descanso y se sentó. El vestido de Topshop con estampaciones de batik le quedaba algo pequeño y le apretaba las piernas: a Lucy todo le quedaba algo pequeño. Se miró los muslos con piel de gallina y se preguntó si debía ir a Winterfold a pasar el fin de semana con su abuela.

Llevaba la rígida invitación en el bolsillo, y notaba como se le clavaba en la cadera. Siempre había creído estar al corriente de los planes de su abuela, pero aquello había llegado de repente, esa misma mañana, como salido de la nada. Había llamado a su padre para sonsacarle información, pero no había servido de nada. ¿Volverían Florence y Cat para asistir a aquella fiesta tan extraña? ¿Volvería Daisy?

Deborah carraspeó y las otras dejaron sus teléfonos.

—Bien, ¿estamos todas? —Recorrió la sala con la mirada, posó los ojos en Lucy y luego los apartó—. Vaya, Betty, me encanta tu fular. ¿Es de Stella McCartney?

—Sí, ¿verdad que es monísimo? Me encanta su paleta de colores.

Las demás asintieron con diversos ronroneos de admiración a los que Lucy se sumó demasiado tarde, y de mala gana, diciendo:

—Es bonito.

Ese día se cumplía un año de su ingreso en el *Daily News* como auxiliar de redacción. Se había pasado el día anterior, domingo, en la cama revisando sus finanzas o, mejor dicho, su falta de ellas. Aquella era otra cosa que no entendía de su trabajo: a ella apenas le alcanzaba el dinero para pagar el alquiler, y mucho menos para comprarse fulares de Stella McCartney. Así que, ¿cómo lo conseguían las demás? Los bolsos de Marc Jacobs, las sandalias de Christian Louboutin, las Ray-Bans. En su afán por estar a la altura, el mes anterior se había comprado unas gafas de sol azules, unas «Rey Sans» de un puesto de prendas de imitación de Leicester Square que había lucido triunfalmente en la oficina, y solo consiguió que Deborah le reprochara su apoyo a la piratería.

—Desde luego. Una nota de color encantadora, Betty. Muy visual. Está bien, vamos a empezar.

Deborah carraspeó de nuevo y cruzó las piernas, quitándose una mota imaginaria de su larga y esbelta pantorrilla.

Lucy sabía que ello se debía a que se había fijado en las zapatillas de Lara y tenía que hacerle saber que ella las evitaba (era lo único en lo que Deborah y Lucy coincidían) y que prefería los zapatos de tacón: en este caso, unos Jimmy Choo de piel tornasolada con tacones de siete centímetros de alto.

—Tormenta de ideas. La semana pasada fue un desastre, no sacamos prácticamente nada que pudiéramos usar. —Su voz sonaba baja y monocorde, y Lucy se descubrió, como siempre, inclinándose un poco hacia delante para oír lo que decía—. Espero que esta semana estéis más ocurrentes. Primero, moda y tendencias. *Stylist* tiene un artículo fantástico sobre superposición de prendas otoñales, ¿qué tenemos nosotros?

—¿Y si hablamos del *color block*? —propuso Betty—. Está muy en boga ahora mismo. He visto unas fotos geniales de Gwyneth Paltrow llevando a sus hijos al colegio…

—Genial. Lucy, toma nota.

—Abrigos de invierno —dijo Suzy, la auxiliar de redacción de la sección de Moda—. Hay algunos muy espectaculares de…

—No, eso ya está muy trillado, Suzy. Es demasiado tarde para ese tema. —Deborah alisó un mechón de su lustrosa melenita negra, lo hizo despacio, acariciándolo entre los dedos. Suzy se quedó paralizada, en su boca se dibujó una pequeña O—. ¿Qué más?

—Cejas —dijo Lara mientras Suzy empezaba a teclear en su BlackBerry, refunfuñando en voz baja—. Están super de moda, ¿no? Podríamos publicar un artículo sobre cómo perfilarlas correctamente. Ya sabéis, maquillaje de cejas, Cara Delevigne. El pelo vuelve a llevarse. Adiós a las pinzas. Lauren Hutton, Brooke Shields.

—Eso está bien. —Deborah dio unas palmadas enérgicas—. ¿Qué más?

Aliviadas, empezaron todas a parlotear a la vez. «Destinos de viajes de moda para 2013. Irán, entre los favoritos». «Vuelve el color cereza». «El año próximo, el pollo a la parrilla va ser lo más». *«Lifting* de glúteos». «Joyas en los pies». Lucy iba anotándolo todo: palabras distintas, pero las mismas ideas cada semana. Aquello no era una tormenta de ideas: más bien era un generador de palabras al azar. A menudo pensaba que podía levantarse y decir «El año que viene harán furor los zuecos hechos con huesos de dinosaurio fosilizados», y que todas asentirían, aquellas chicas idénticas, con sus melenas rubias con la raya en medio y sus anillos de compromiso de platino con diamantes (a ver qué novio gana más, ¿el tuyo o el mío?) pondrían cara de pánico por no haber oído hablar hasta entonces de los zuecos de huesos de dinosaurio.

—Ya tenemos varias cosas. —Deborah tocó de nuevo su móvil—. Gracias a todas. Ahora, reportajes. ¿Alguien tiene alguna…?

—Yo tengo varias ideas. —Lucy oyó su propia voz, demasiado alta, demasiado sonora. Sus palabras se elevaron sobre el círculo y quedaron allí, flotando—. Quiero decir que… Perdona, Deborah, te he interrumpido.

—Ya. Claro. —Deborah frunció los labios y se inclinó hacia delante como si se dispusiera a contar un secreto—. Chicas —murmuró—, hoy hace un año que Lucy se unió al equipo de Contenidos. La semana pasada tuvimos una charla y me comentó que tenía algunas ideas. ¿Verdad que sí, Lucy?

Aquel no era un resumen muy preciso de su conversación, que había empezado con Lucy pidiéndole un ascenso o al menos un aumento de sueldo y había acabado con Deborah diciéndole que, para serle sincera, no creía que tuviera futuro en la sección de Contenidos.

Lucy se había acostumbrado a ese triste sentimiento de alienación que define el trabajo de oficina durante los primeros años de una carrera profesional, el hundimiento gradual de tus ilusiones y tus sueños a manos de la realidad cotidiana. Ella había sido camarera, ensobradora, secretaria, empleada eventual, periodista júnior en el *Bristol Post* —de donde había salido por culpa de un expediente de regulación de empleo—, y ahora allí estaba, y sabía que tenía suerte, muchísima suerte.

Había sido Zocato quien le había hablado de aquel trabajo. Él todavía publicaba un par de viñetas al mes para el *Daily News* y, cuando aparecían, la primera plana llevaba impresa una enorme escarapela azul que anunciaba en grandes letras doradas «¡Nuevas tiras de *Wilbur* en el interior!», y la tirada aumentaba al menos diez mil ejemplares. Lucy prefería no pensar en cómo había conseguido aquel empleo: había pasado por dos entrevistas, aportado referencias y visto a cuatro personas distintas, pero no podía sacudirse la insidiosa sospecha de que estaba allí porque era la nieta de David Winter. No pegaba allí ni con cola y lo sabía. Aparte de su abuelo, carecía de los contactos necesarios y era completamente ajena al extraño mundillo de la moda londinense, donde la gente se movía en un nivel de conciencia mucho más alto que el suyo, un poco como en la Cienciología. Estaban al tanto de las tiendas *pop-up* y de los nuevos sabores de cócteles margarita, y sabían lo que significaba YOLO (*You Only Live Once*, «solo se vive una vez»), mientras que Lucy se dedicaba a releer los libros de Frances Hodgson Burnett y a planear excursiones a Charleston, Chatsworth y Highclere. Y, por si eso fuera poco, usaba una talla 44. Así pues, para ellas estaba gorda.

Paseó la mirada por el corro pasando de una cara expectante a otra, carraspeó y abrió su cuaderno. Intentó hablar en tono despreocupado y propuso:

—¿Qué tal un artículo divertido sobre cómo conseguir más seguidores en Twitter? Tuiteé una foto de un perro saltando en una playa y ahora me siguen unas treinta personas más. Pero cuando tuiteo cosas sobre esa campaña para que dejen de publicarse fotos de modelos en topless, nadie me hace caso.

—Es buena idea, Lucy. Pero desgraciadamente sacamos algo muy parecido el agosto pasado. Creo que tú estabas de vacaciones.

Hubo un silencio. Alguien carraspeó.

—O… un Top Diez. El Top Diez sobre cómo superar que tu novio te deje. —Se oyó una risita disimulada. Lucy notó que una oleada de rubor le nacía en la clavícula y le subía hacia el cuello—. El año pasado me dejó mi novio. Fue horrible. Cómo superarlo. Porque *¿De verdad está tan loco por ti?* es un libro genial. —Hizo una pausa y notó que se ponía aún más colorada—. Me lo regaló la mujer de mi padre y pensé que me iba a parecer un horror, pero la verdad es que dio en el clavo.

Lucy estaba segura de que esas semanas, después de enterarse de que Tom se estaba viendo con Amelia y de que todo el mundo, menos ella, lo sabía desde hacía meses, le habían producido un miedo instintivo a la casa nueva de su padre. Iba allí todos los fines de semana y se tumbaba a llorar en la cama hasta que se sentía como una zombi, con la cara hinchada y las neuronas tan agotadas que era incapaz de mantener una conversación sensata sin despistarse y quedarse con la mirada perdida o echarse a llorar. Una mañana de domingo, Karen, la mujer de su padre, le dejó el libro delante de la puerta de su cuarto con una nota: «Espero que esto te ayude. Karen». Como le sucedía a menudo con Karen, Lucy estaba segura de que sus intenciones eran buenas aunque en aquel momento no se lo hubiera parecido.

La voz de Deborah sonó glacial:

—No, de momento no. ¿Alguna otra cosa?

Betty soltó una risa nerviosa, compadeciéndose de ella a medias. Betty era simpática, pero su risa sonó triste. Las demás cruzaron las piernas. Lucy sabía que estaban disfrutando del espectáculo. Respiró hondo y miró la lista de su cuaderno.

Seguidores de Twitter: El temido número 267: por qué la mayoría de la gente tiene 267 seguidores.

Abandonada por tu pareja: Reportaje sobre cómo dar un vuelco a nuestras vidas y ver lo positivo

Cejas: ¿Por qué siempre tienes en las cejas un pelo larguísimo en el que no te habías fijado?

Y al final:

La invitación de esta mañana. ¿Un reportaje sobre nuestra familia? ¿Algo acerca de Zocato?

—Pues… las cejas. —Levantó la vista—. ¿Nunca os ha pasado que de pronto os dais cuenta de que tenéis un pelo larguísimo en las cejas, como de varios centímetros de largo, y que de pronto se riza y sobresale como un… bueno, como un pelo del pubis?

En medio del silencio que siguió, Lucy oyó el susurro de las rejillas del aire acondicionado y el runrún de un disco duro.

—Creo que eso no es… No —dijo Deborah—. Bueno, dejemos eso. La verdad es que estamos buscando algo más jugoso. —Lucy abrió la boca—. Vale, gracias, Lucy. ¿Alguna cosa más?

Y como la dueña de una tienda de animales que arrojara una manta sobre un loro charlatán, se volvió hacia las demás y la reunión siguió su curso.

De vuelta a su mesa, Lucy arrancó la hoja de su cuaderno. Se quedó mirándola, furiosa, y la tiró a la papelera. La frase «¿Un reportaje sobre nuestra familia?» parecía arderle en la retina. Pensó en volver a su húmedo y frío piso esa noche, en sacar la gruesa tarjeta de color crema y ponerla en el escritorio de su habitación. Aquellas palabras, en la hermosa y clara caligrafía de su abuela: «Un anuncio importante».

¿De qué iba todo aquello? ¿Qué estaba pasando?

Le dolió el corazón, como le ocurría siempre que pensaba en Winterfold. Era su hogar aunque no viviera allí, era su punto débil. Winterfold era para ella ese lugar feliz del que hablaban los artículos seudopsicológicos sobre relajación consciente que el *Daily News* publicaba al menos una vez por semana. «Visita tu lugar feliz». Lucy estaba siempre en él, ese era el problema: preguntándose cuándo empezaría a olerse el otoño en el aire, como sucedía siempre al final de las vacaciones; o pensando en las endrinas maduras de los matorrales que crecían junto al río, listas para su cosecha a finales de octubre, o en la primera helada, o en la Luna del Cazador.

Cuando sus padres se divorciaron y vendieron la destartalada villa victoriana del barrio de Redland, en Bristol, en la que se había criado, a

Lucy no le importó demasiado. Cuando Cat estaba disgustada por culpa de Daisy, su madre, o preocupada por alguna chica del colegio que se portaba mal con ella, o por la vida en general (cosa muy propia de Cat), era Lucy, a pesar de ser más pequeña, quien aportaba la dosis necesaria de sentido común. Cuando su padre estaba deprimido y ella se había ido a vivir con él unos meses al terminar la universidad, le había ofrecido su hombro, lo había ayudado a pintar la pequeña clínica que había comprado en el pueblo, lo había escuchado divagar sobre sus pacientes y había visto con él la trilogía completa de *El padrino* una y otra vez. Allí, en Winterfold, estaba a gusto. Era el único lugar en el que se sentía verdaderamente a salvo, auténticamente feliz.

Masculló algo para sí, se levantó y se acercó al despacho de la esquina. Llamó a la puerta.

—¿Sí? —Deborah levantó la vista—. Ah, Lucy. ¿Sí?

—¿Podemos hablar un momento?

—¿Otra vez? —Deborah tiró de uno de sus delicados pendientes de oro.

Lucy se pasó una mano por los rizos cortos y desordenados.

—Sí. Siento lo de antes. Pero he tenido una idea, una mucho mejor. Tú me dijiste que pensara a lo grande.

—No será otra vez algo sobre dietas, ¿verdad?

El mes anterior, Lucy había escrito un artículo titulado «El mito de la dieta: por qué el 85 por ciento del peso que se pierde gracias a una dieta se vuelve a recuperar al cabo de seis meses». Deborah había estado a punto de atragantarse con su café con leche de soja.

—Dios mío, si la gente supiera que eso es verdad perderíamos la mitad de nuestros ingresos publicitarios. ¿Estás loca? A las mujeres les gusta leer sobre dietas, ¿entendido?

Lucy notaba la fría y calculadora mirada de Deborah clavada en ella, metió tripa.

—No, no es sobre dietas. Ya sabes que el año que viene va a haber una exposición sobre Zoca… sobre mi abuelo. Quiero escribir un reportaje sobre nuestra familia. Creo que podría ser interesante.

Deborah no dio precisamente un brinco, pero dejó de mirar por encima del hombro de Lucy.

—¿Un reportaje de qué tipo?

—Eh... Cómo fue crecer con mi abuelo. —Confiaba en no estar sonrojándose—. Lo maravilloso que es. Nuestra familia. La casa. Ya sabes que viven en una casa preciosa y que...

—Sé lo de la casa —dijo Deborah—. Sí. Saldrían unas fotos muy bonitas. Es buena idea, Lucy. Dulces recuerdos del ayer. La familia del *Daily News*. «Nuestro entrañable humorista gráfico celebra equis años de carrera con una exposición de sus ilustraciones más emblemáticas del Londres de la guerra, y su nieta, la redactora del *Daily News* Lucy Winter, nos habla de su vida con su abuelo, el creador de la tira cómica más querida por los británicos». —Asintió—. Me gusta. ¿Piensas incluir a toda la familia? ¿Tenéis trapos sucios de los que debas informarme?

—Mi madre se llama Clare, es herborista y vive en Stokes Croft —dijo Lucy, muy seria—. En Bristol. Así que creo que no.

Deborah se rió, aunque parecía un poco impaciente.

—Me refería a la familia de tu abuelo.

—Ya. —Ahora que había llegado tan lejos, de pronto no se le ocurría qué decir—. Mi tía Daisy... Bueno, puede que en realidad no sea ningún misterio.

—¿Qué pasa con tu tía Daisy? —El tono de Deborah sonaba casi liviano, tratándose de ella.

—Eh... Bueno, nunca estoy segura de que sea algo grave. Pero siempre me ha parecido un poco raro. —Miró a Deborah, de pronto se sentía incómoda: ¿de verdad le correspondía a ella a hablar de esas cosas? Aunque ya era demasiado tarde—. Digamos que mi tía desapareció hace veinte o treinta años. Así, de repente. Dejó a su hija con mis abuelos cuando solo tenía cinco semanas y se marchó.

—¿Cómo que «desapareció»? ¿Se murió?

—No. Es muy raro. Quiero decir que sigue viva. Mi abuela recibe correos electrónicos suyos. De vez en cuando.

—Si tu abuela recibe correos electrónicos, ¿dónde cree que se ha marchando?

Había una nota de impaciencia en su voz. «¿Qué clase de padres no saben dónde está su hija?».

Lucy intentó explicarse pero, como ella tampoco lo entendía, le costaba aclararlo.

—Creo que siempre fue un poco difícil.

Recordaba haber tenido una rabieta de adolescente porque no le dejaron ir a la fiesta de Katie Ellis y su padre le gritó de repente: «¡Dios mío, Lucy! ¡No seas como Daisy!», como si aquello fuera lo peor que podía ser una persona. Y Lucy había visto a Daisy cuatro veces en su vida. En realidad, no la conocía.

—Es una persona genial. Esto… Bueno, creo que se quedó embarazada muy joven, y que eso la superó. —Abrió ligeramente las manos, casi como si le pidiera a Deborah que le diera la razón, y se devanó los sesos intentando encontrar el modo de explicarlo—. No hablamos de eso, ya sabes cómo son las familias: pasan las cosas más extrañas y la gente se comporta como si no fuera nada del otro mundo. ¿Sabes a qué me refiero?

Se encogió de hombros. Claro que no lo sabía.

Pero Deborah dijo:

—Uf, dímelo a mí. Mi madre no sabía quién era su padre, de hecho creció creyendo que estaba muerto, y una tarde estaba tranquilamente sentada con mi padre (yo por entonces estaba en la universidad) y llamaron a la puerta. Era un hombre que le dijo: «Hola, soy tu padre y llevo diez años buscándote».

—¿Qué?

Lucy abrió los ojos como platos. Llevaba un año trabajando para Deborah, pero no sabía nada de ella aparte de que era de Dorking —aunque ella decía que era «de cerca de Guilford»— y que le había pedido que le encargara un montón de novelas eróticas del tipo *Cincuenta sombras de Grey* para llevárselas de vacaciones ese verano.

—Ay, Dios. ¿Y qué pasó?

Deborah meneó la cabeza y cruzó las piernas con energía, como si lamentara haberle dicho aquello.

—No tiene importancia. Lo que quiero decir es que estoy de acuerdo contigo: las familias son muy raras. Sigue. ¿Qué pasó con…? ¿Cómo dices que se llama tu tía? ¿No me digas que la asesinaron?

—Eh… no. Daisy huyó a la India para trabajar en una escuela infantil y mis abuelos criaron a su hija. Mi prima Cat. Y eso es todo, básicamente. Daisy se quedó en la India. Ayudó a construir un colegio. Creo que le dieron un premio por eso. Ha vuelto a casa cuatro o cinco veces desde entonces. Normalmente, para pedir dinero.

Lucy arrugó el ceño, pensando en el recuerdo más claro que tenía de su tía Daisy: una mujer delgada, morena y arrugada, guapa, extraña y exótica y sin embargo, al mismo tiempo, tan familiar en el entorno acogedor de Winterfold. Había vuelto para la inesperada boda del padre de Lucy con Karen (que fue tan repentina que Lucy estaba convencida de que poco después anunciarían que estaba embarazada, pero no fue así) y a todo el mundo le sorprendió verla, Lucy se acordaba de eso. Daisy parecía estar allí solo a medias: como si en parte estuviera deseando integrarse y en parte, a punto de escapar. Tenía un elefante de plata que llevaba siempre en el bolsillo. Y unos ojos muy grandes y verdes, descomunales para su cara enflaquecida. De hecho, Daisy era la persona más flaca que Lucy había visto nunca. Evidentemente, no tenía ni idea de cuántos años tenía ella, y se empeñaba en preguntarle si había leído *Los cinco* y en hablarle como si se dirigiera a un bebé. La víspera de la boda tuvo una bronca con Bill, el padre de Lucy, por cuestiones de dinero. Y le dijo algo a Cat, Lucy no sabía qué, pero después se encontró a Cat llorando en su habitación, abrazada al viejo cojín de su cama, casi inconsolable, y desde entonces Cat casi no había vuelto y Lucy la echaba muchísimo de menos, aunque Cat se había vuelto tan sofisticada y tan distante, que nunca se le había ocurrido decirle cómo se sentía.

—Daisy suele discutir con mi padre o con mis abuelos —concluyó—. Se marcha y dice que no va a volver nunca más.

—Entonces, ¿ha perdido el contacto con todos?

—No, no es eso en realidad. —Lucy no quería exagerar—. Nunca estuvo muy unida a Flo, mi otra tía. Ni a mi padre, supongo. Pero todavía le manda correos electrónicos a la abuela. Es raro porque, por lo demás, siempre hemos sido una familia muy feliz. Es como si ella viniera de otro sitio.

Al decir esto, sintió que de verdad habían sido una familia feliz. Antes. Ahora no. Las cosas habían cambiado, ahora eran todos más tristes. No podía explicarlo.

Deborah se llevó las manos a las mejillas.

—Bueno, tienes razón: es interesante. Un reportaje sobre tu infancia con tu abuelo, esa casa tan bonita… Y luego todo eso sobre Daisy. Muy jugoso, sí. Imagino que a tu abuelo no le importará. —Parecía un gato a punto de abalanzarse sobre un ratón.

Lucy contestó con cautela:

—No quería decir que… No estoy segura de querer escribir sobre todo eso.

—¿Por qué no? No seas terca, Lucy.

—En realidad estaba pensando en un artículo acerca de nuestra familia, de lo felices que somos, de las cosas que nos gusta hacer, de Zocato haciéndonos dibujitos. Ya sabes. —A Deborah se le hincharon las aletas de la nariz—. Mira —Lucy trató de hablar con firmeza—, a mi abuelo no le gusta que la gente hurgue en su pasado. Ni siquiera dejó que un periodista del *Bath Chronicle* le hiciera una entrevista sobre esa nueva exposición. No creo que quiera que publiques un reportaje sobre Daisy y esas cosas.

La voz de Deborah adoptó un tono más suave y meloso:

—Claro. Mira, Lucy, no tiene por qué ser sensacionalista. Hay un montón de gente en situaciones parecidas: ya sabes, asuntos sin resolver. Y nunca se sabe: puede que averigües más cosas acerca de ella, y piensa en lo contentos que se pondrán tus abuelos. Tenemos dos millones de lectores, tiene que haber alguien que sepa algo. —Carraspeó con delicadeza—. Voy a serte sincera. Me caes bien, Lucy. Quiero ayudarte, ¿sabes? Quiero decir que… ¿Es que no quieres escribirlo?

—Podría preguntárselo a mi abuelo —contestó Lucy, indecisa, intentando hacer pie en aquel terreno resbaladizo—. Dentro de poco va a reunirse toda la familia y… No sé si vendrá Daisy. Es que me resulta un poco incómodo.

—Pregúntaselo a tus abuelos. O habla con su hija. Aunque no sé por qué no puedes escribirle directamente un correo electrónico a tu tía y preguntarle si va a venir para esa reunión familiar. Sería el gancho perfecto para publicar el reportaje. Imagínate. Supongo que tendrás su dirección en alguna parte. —Sonó el teléfono de su mesa y Deborah cortó la llamada pulsando una tecla con uno de sus dedos huesudos—. La semana pasada, cuando viniste a pedirme un aumento, me dijiste que estabas segura de que querías dedicarte a este oficio. No te estoy pidiendo que airees los trapos sucios de tu familia. Solo digo que pienses en investigar un poco, a ver si hay algo ahí.

Lucy asintió.

—De acuerdo.

—Tú sabes escribir, Lucy. —Deborah sacudió la cabeza y su media melena quedó en perfecto orden. Se la revolvió un poco y se puso brillo de labios—. Se te da bien plantear temas, y me convenciste de que querías trabajar escribiendo para un periódico. Pero todavía no has llegado a ese punto. —Se levantó, extrañamente desgarbada, y se echó un largo abrigo sobre los hombros, al estilo Cruella de Vil—. Tengo que irme, he quedado para comer con Georgie. Piénsatelo, Lucy. Adiós.

Y se marchó, dejando a Lucy sola en su gran despacho acristalado, mirando por la ventana y preguntándose en qué acababa de meterse. «Tú sabes escribir». Sacó la invitación de su abuela con la mente acelerada. No sabía qué hacer a continuación, pero de una cosa estaba segura: estuviera donde estuviese Daisy, no iba a volver para aquella fiesta.

Daisy

Marzo de 1969

Odio esta casa.

Ya llevamos un año entero aquí y sé que la odio. Tengo casi ocho años y no soy tonta, aunque todo el mundo parece creer que lo soy porque no me gusta leer cuentos como a la mocosa de Florence, ni estar en la cocina pegada a mamá como a Billy Lily. ¡Odia que lo llame así!

La primera vez que vimos esta casa yo no entendía que fuéramos a vivir solos aquí. Le dije a papá: ¡pero si es demasiado grande! ¡Solo estamos nosotros y los perros! A papá y a mamá les hizo mucha gracia, como si hubiera dicho algo superdivertido. Los mayores nunca entienden que las cosas se dicen en serio.

Nos enseñaron el jardín y a Flo y Bill les gustó un montón. Por el espacio y por los árboles. Pero yo la odio. Aquí tengo miedo. Ojalá volviéramos a Putney, donde las casas eran todas iguales y no había peligro.

Y, además, ahora que vivimos aquí, es verdad que es demasiado grande. Papá está contentísimo consigo mismo porque ha podido comprarla. Como tuvo una infancia triste y no tenía dinero. Oí cómo se lo contaba a mamá. Les escucho todo el tiempo cuando no saben que estoy ahí. Sé todo lo de su padre, y también cómo murió su madre. Toda la madera está pintada de verde (en la casa). Hay ratones y ratas por todas partes y a *Wilbur* se le da fatal cazarlos. Cuando aparecen, se esconde debajo del aparador y, una vez, en el armario de los juegos del cuarto de estar. También hay avispas debajo del tejado. Los demás no las han visto todavía. Y un jardín enorme. Mamá está todo el rato enfadada. Quiere dibujar pero no puede porque no tiene tiempo por culpa de los ratones y los perros y porque tiene que llevarnos al colegio y hacer la comida y todas las faenas de la casa. Papá se va a Londres, a reuniones y a comer con sus amigos. Vuelve tarde, sonríe, mamá le dice cosas en voz baja y se enfada todavía más. Gritan pero también susurran cosas, y entonces es cuando a mí más me gusta escucharles, cuando están en la cama por las noches y no pueden oírme pegada a la puerta.

Todo es distinto desde que vinimos aquí. Y Florence también está. Desde que llegó ella, todo va peor. Nos mudamos por ella. Por culpa suya tuvimos que dejar Putney y nuestra casa de antes, con su papel pintado de trigales y amapolas. Antes de que llegara, todo iba bien. Era tranquilo y agradable, y yo sabía dónde estábamos yo y Bill, y papá y mamá. Mamá tenía tiempo para mí y para *Wilbur*. Ahora siempre está enfadada.

Además, no tenemos dinero suficiente para pagar la casa. A mí eso me preocupa todo el tiempo. Intento decírselo a papá y mamá: no hay dinero, porque una vez me dijisteis que papá gana cien libras por un cuadro o un dibujo y esta casa costaba 16.000 libras. Y mamá no tiene nada de dinero. Y además es de familia pobre, aunque no tan pobre como la de papá. A su familia no la vemos mucho. En Putney no había sitio para que vinieran a quedarse con nosotros, pero la semana pasada durmieron aquí una noche y espero que no vuelvan a venir. Su hermana tiene un acento muy raro y fue mala conmigo. Me dijo que me callara cuando yo quería decir algo más sobre *Wilbur*. Así que antes de que se marchara cogí un trozo de cristal roto, de cuando fingí que había sido Florence quien rompió el cristal —tengo algunos trozos guardados en mi árbol, al lado de las margaritas del fondo del jardín— y se lo metí en el bolso. Así, cuando meta la mano para coger su pañuelo, se cortará los dedos. Espero que se los corte de raíz.

Hay tres cosas que quiero hacer. Una, volver a Park Street, Putney. Dos, librarme de Florence. Un accidente, como lo que le pasó a Janet, aunque eso me asusta y yo no quería que ocurriera. Tres, que todo el mundo diga que *Wilbur* es mi perro y no el de la familia. Que ellos se queden con *Crispin*. *Wilbur* es mío. Hice unos dibujos de él haciendo tonterías y los colgué en mi cuarto. El primero es de *Wilbur* escondido con el juego de serpientes y escaleras en el armario, cuando ve un ratón. El segundo es de él saltando como un loco al otro lado de la mesa cuando ve que le ofreces algo de comer. Está tan gracioso. El tercero es de él andando detrás de mí por la cuesta abajo, yendo al colegio. Lo hace todos los días y luego vuelve a Winterfold y se sienta con mamá y espera a que yo vuelva. Quiero mucho a *Wilbur*, más que a nadie en el mundo. Tiene el pelo un poco rubio, y es un cruce entre un labrador y un retriever, creo.

Lo que más me preocupa ahora mismo es esto: que justo antes de las vacaciones, Janet Jordan, la del colegio, se rió de él y dijo que era un chucho muy feo. Al día siguiente se cayó por la escalera y se dio un golpe en la cabeza y ahora no puede hablar. Para nada.

Me preocupa haberle hecho eso a Janet. No hice que pasara nada especial, como hago a veces, pero pensé mucho en ello, quería que se muriera por ser mala con *Wilbur*. De verdad. A veces me quedo mirando las cosas muy fijamente y estoy segura de que las muevo un poquito con el pensamiento, y me entra mucho miedo, pero no puedo evitarlo. Por las noches, cuando miro los libros de la habitación nueva, a veces se mezclan los colores y empiezan a saltarme delante de los ojos como si me estuvieran hablando. Y cuando me miro al espejo creo que me está hablando una persona malvada, y a veces es el espejo. Entonces pienso: ¿y qué? Janet no era buena, se rió de mí por ser nueva y por llevar un pichi, y también era mala con las otras niñas, pero empezó a ser más simpática conmigo cuando vio lo grande que era mi casa. Se lo merecía.

Pero cuando *Wilbur* está conmigo todo va bien. Dicen que a lo mejor ponen veneno para las ratas, y si *Wilbur* se lo come se moriría, así que tiene que acostumbrarse a dormir aquí dentro. A mí me gusta que esté aquí. Me siento segura. Somos amigos. Lo dibujo cuando está tumbado. No lo hago tan bien como papá, pero intento dibujar cómo dobla la espalda cuando se enrosca y cómo encoge las patas debajo del cuerpo, tan perfectamente. *Wilbur* es muy listo, aunque a veces sea también un poco tonto. La señora Goody dice que mis dibujos son muy buenos y que debería colgarlos en clase, pero yo no quiero que los demás los vean y se pongan a mirarlos boquiabiertos, así que los cuelgo en mi cuarto.

A papá le gustan. «Bien hecho, Daze», me dice cuando mira el dibujo de *Wilbur* en el armario de los juegos, escondiéndose de una rata. «Una idea estupenda. Muy divertida». Pero no tiene ni pizca de gracia, es una cosa muy seria.

Joe

Diez días después de su accidente, Joe Thorne salió del Oak Tree y subió andando hasta Winterfold, con mucho cuidado, con el paquete envuelto en papel marrón debajo del brazo. Estaba nerviosa, no podía evitarlo. Les había contado a un par de personas que iba a encargarse del cáterin.

—Uy, donde los Winter, ¿no? Esto está muy bien —había dicho Sheila—. Oye, Bob, Joe va a ir a Winterfold.

Bob, su único cliente fijo, había levantado las cejas.

—Vaya —había dicho. Y casi parecía impresionado.

Cuando pasó frente al monumento a la guerra y la oficina de correos, el sol de principios de otoño era como una neblina de oro que inundaba las calles tranquilas. Susan Talbot, la encargada de correos, estaba en la entrada hablando con Joan, su madre. Joe levantó la mano vendada y Susan le dedicó una amplia sonrisa y lo saludó con entusiasmo. Joe se sentía mal por Susan. No sabía por qué, pero siempre estaba intentando ligar con él. La última vez, le había pedido que cargara con unas cajas y luego que se quedara a tomar una taza de té, y luego otra, y al final se había puesto un poco pesada cuando, en el transcurso de la conversación (en realidad, cuando ella se lo había preguntado directamente), él le había dicho que no estaba buscando una relación de pareja. De momento, no.

—¿No tienes tiempo para el amor? —había dicho Susan—. Mucho trabajo y nada de diversión. —Le había sonreído, radiante, y él había fruncido el ceño porque odiaba verla con aquella expresión, como si intentara hacer de tripas corazón—. Más vale que te andes con cuidado, Joe, tesoro. Un chico tan guapo como tú, con esos preciosos ojos azules y esos pómulos de morirse. ¡Qué desperdicio! Alguien debería disfrutarlos. No puedes encerrarte solo en ese piso, noche tras noche.

Aquello le había asustado un poquito. Cómo lo había mirado ella, como si supiera algo.

Ahora la saludó amistosamente con una inclinación de cabeza y siguió andando, sujetando el paquete de papel marrón debajo del brazo, tan fuerte que soltó un gemido cuando empezó a dolerle el dedo otra vez.

Bill Winter era un buen médico, de eso no había duda. La enfermera del hospital de Bath en el que había acabado Joe aquel día le dijo que Bill le había salvado el dedo y quizá la mano entera. A Joe le parecía que exageraba un poco, pero le habían dicho que, si se hubiera extendido la infección, la cosa podría haber sido muy seria. ¿Y quién querría un cocinero que no podía usar un cuchillo, batir una salsa, amasar harina? ¿Qué habría hecho? Habría perdido su empleo, eso seguro. Habría tenido que dedicarse a otra cosa, trabajar de camarero, quizá. Además, quería ayudar a Jemma, darle dinero aunque ella dijera que no le hacía falta, que no necesitaba nada, como hacía siempre ahora que estaba con Ian.

Jemma había cancelado la última visita de Jamie, hacía un par de semanas: algo acerca de que ponían *El Grúfalo* en el teatro y no podía perdérselo, porque iban a ir todos los niños de su clase. Hacía más de dos meses que Joe no veía a su hijo. Jamie había pasado unos días con él a finales de julio, poco después de que empezaran las vacaciones de verano. Había sido fantástico. Habían ido a Farleigh Hungerford, a bañarse en el río. Había acampado en casa de Sheila: el apartamento que tenía Joe encima del pub era minúsculo, y Sheila tenía una casa de campo con un gran jardín que llegaba hasta el bosque, donde se oía pelear a los zorros y ulular a los búhos, y el extraño susurro de otros animales desconocidos. Hicieron una fogata, Joe asó las deliciosas salchichas del Oak Tree y las puso en los bollitos de pan con romero y nueces que preparaba él mismo, untados con mostaza. Se sentaron los dos bajo las estrellas a comer juntos, y Joe no recordaba haberse sentido nunca tan feliz. Le hizo a Sheila unas trufas cremosas y muy dulces para darle las gracias por prestarle el jardín, y Jamie y él hicieron una caja con cartón y la decoraron. Las marcas de cuando se les escapaba sin querer el rotulador al pintar la caja estaban todavía en la mesa de su cocina: rayajos azules, naranjas y verdes, hechos en un segundo. Ahora, cuando los veía por las noches, Joe sentía la aguda punzada de la ausencia de Jamie. Sheila se puso loca de contenta cuando le dio la caja, la noche siguiente de llevar a Jamie a York.

—No deberíais haberos molestado, ha sido un placer, Joe. Tu hijo es un cielo. Debes de estar muy orgulloso de él.

—Sí —había dicho él, tragando saliva—. Aunque no lo sea gracias a mí.

—Será una broma, ¿no? Es tu vivo retrato, tesoro. Es alucinante. —Entonces lo había mirado y había visto su expresión—. Te prometo que sí, Joe. Y por mí puedes traerlo cuando quieras.

Siempre le tendría aprecio a Sheila por haber dicho eso, pero estar allí lo alejaba de su hijo, cada vez más. El restaurante estaba a cuatrocientos kilómetros de Jamie. ¿Por qué había pensado que podía conseguirlo? ¿Por qué lo estaba echando todo a perder? ¿Por qué no volvía a York, o incluso a Leeds, o a casa de su madre en Pickering y le echaba una mano?

Jemma iba a casarse con Ian el año próximo, y aunque les deseaba sinceramente que fueran felices y se alegraba de que ella pudiera hacerse la manicura tantas veces como quisiera, era a él a quien habían abandonado. En realidad, nunca había sido la persona adecuada para Jemma. Todavía no se explicaba qué había visto en él al principio. Jemma siempre había estado muy fuera de su alcance. Él solo estaba en aquel restaurante porque uno de los cocineros iba a marcharse. El local era de un futbolista, y ella era el tipo de chica que salía con futbolistas profesionales.

Michelle, su hermana, le había puesto sobre aviso.

—Esa chica te traerá problemas, Joe. Va detrás de tu dinero.

—Sabe que no tengo dinero —había contestado él con calma.

—Está pasando el rato contigo hasta que consiga pescar a un millonario —repuso ella. Michelle era muy realista—. Tú no entiendes a las mujeres, ¿vale? Ya no eres ese chaval gordito y con granos que llevaba calcetines hasta las rodillas y se ponía el delantal de mamá para hacer *brownies*, ¿entiendes, corazón? Eres… En fin. —Cerró los ojos y se estremeció—. Eres un tío muy guapo, y además buena persona, ¿vale? Todas mis amigas andan detrás de ti. Así que usa la cabeza.

Solo llevaban saliendo algunos meses cuando Jemma le dijo que estaba embarazada. Joe se puso loco de contento, pero ella no. Ella estaba asustada. Joe comprendía ahora cuál había sido su juego: había querido buscarse un poco de seguridad porque había fracasado en los estudios y su madre no tenía nada. Y su padre, como el de Joe, se había largado hacía tiempo. Jemma era como Michelle: carecía de cualificación, no tenía nada que ofrecer. Lo único que tenía era su cuerpo y su atractivo físico, y se había servido de ambas cosas para conseguir a Joe, un hombre que jamás le pegaría ni la engañaría. Sin embargo, nada más decidir que sería él, se había dado cuenta de que no lo quería. Y para entonces ya estaba embarazada de cinco meses.

Si hubieran sido mayores y más sabios, tal vez lo suyo habría podido funcionar. Si él hubiera sido lo bastante maduro para darse cuenta de lo joven que era Jemma y de lo asustada que estaba, y de que muchas de sus reacciones se debían al miedo y a que quería ponerlo a prueba, tal vez habría podido retenerla a su lado. Pero Jemma empezó a salir otra vez cuando Jamie solo tenía unas semanas de vida, y volvía a las tantas, y él trabajaba sin parar, y cuando estaban juntos se gritaban: ella le gritaba porque nunca estaba en casa y no ganaba suficiente dinero, y el piso de Leeds era muy pequeño y estaban los dos siempre tan agotados que solo podían ser mezquinos el uno con el otro. Ella empezaba a gritarle —perdía completamente el control— y Joe se quedaba mirando a su hijo (su cabecita roja y arrugada, su boca tan seria, aquellos ojillos negros que se abrían de par en par y la súbita sonrisa cuando lo cogía en brazos) y se preguntaba si Jamie oía las cosas horribles que se decían sus papás. ¿Le estaba dañando aquello, le estaba convenciendo de que el mundo estaba lleno de rabia y de tristeza?

Un día volvió del restaurante a las cuatro de la madrugada y se habían ido. Había solo una nota que decía: «Lo siento, Joe. No puedo seguir así. Puedes ver a Jamie cuando quieras. J. X PD: Has sido un encanto conmigo».

Al principio las cosas fueron bien. Veía a Jamie todos los fines de semana y algunos días de entre semana, lo llevaba por ahí, al parque, o al grupo de juego de la parroquia. Le encantaban los niños, y las mamás eran siempre muy amables. A Joe le gustaba mucho aquello. Luego Jemma se mudó a York y se hizo un poco más difícil ver a Jamie, pero aun así todo iba bien. Él, Joe, siguió trabajando con la cabeza gacha, sin tener apenas vida. De vez en cuando salía con una chica o a tomar una pinta con algún amigo. En realidad solo esperaba la llegada del fin de semana para estar con Jamie, un tiempo que podía convertir en ladrillos, en un sólido muro de recuerdos.

Luego, en la fiesta del tercer cumpleaños de Jamie, apareció Ian Sinclair, un abogado. Jemma le había cortado el pelo y él la había invitado a salir, y ahora allí estaba, en el cuarto de estar de Jemma, haciendo fotos con su enorme y carísima cámara Nikon. Incluso había llevado un regalo: un camión para Jamie, de color rojo brillante, en el que el niño podía montarse. Joe había llegado tarde, con un bizcocho hecho por su madre, Liddy, que ella misma había decorado afanosamente con *smarties*. El bizcocho había quedado aplastado en el autobús. Joe se quedó al fondo, charlando con Lisa, la vecina de Jemma, y luego intentó coger a Jamie en brazos, pero el niño se puso a gritar y llorar. Entonces le dio un juego de arco y flechas, y Jemma se puso hecha una fiera: «¿Qué demonios va a hacer con eso, Joe? ¿Ir por Museum Gardens disparando flechas? Será una broma, ¿no?».

Ian Sinclair llevó una tarta en forma de tren y un pastelito de fondant para cada adulto, todo ello comprado en Bettys. El regalo de Joe seguía envuelto en una bolsa de plástico al lado del sofá, en el suelo, y al volver del cuarto de baño vio el bizcocho aplastado de su madre, abandonado e intacto en la aséptica y recién estrenada cocina. Los platos de papel entre los que Liddy lo había puesto con todo cuidado estaban manchados de grasa de mantequilla. Joe y Lisa, la vecina, acabaron bebiendo demasiado y luego se fueron al piso de ella, donde estaba seguro de que hicieron el amor, aunque ni siquiera se acordaba, lo cual empeoraba las cosas.

Pero la cosa no acabó ahí: al día siguiente, cuando se marchaba, Jemma apareció en la calle temblando de rabia.

—Las cosas están cambiando, ¿te enteras, Joe? —Clavó el dedo en la ventana del Jeep de Ian, en el que llevaba a Jamie a la guardería—. Estoy harta de que rondes por aquí como un perro que ha perdido a su dueño. Siempre va a ser tu hijo, ¿es que no lo entiendes?

Joe vio a Jamie en su silla de seguridad, mirando a su madre con el pulgar metido en la boca, un poco confuso. Los espesos rizos se le pegaban a la cabeza. Parecía todavía medio dormido. Alargó el brazo y él también clavó un dedito en la ventana.

—¿Papá?

—Sal a buscarte la vida —le siseó Jemma a Joe—. En serio.

Tenía razón, naturalmente. Pero Joe ignoraba qué aspecto tendría esa vida a la que ella se refería. Su padre se había marchado cuando él tenía cinco años y Michelle ocho, y al principio había vuelto muchas veces. Luego había desaparecido por completo. Derek Thorne era un embustero y un jugador que le quitaba el dinero a su madre y una vez le pegó estando borracho. Lo peor de todo era que Joe se acordaba muy bien de él. Siempre le había parecido que era un padre estupendo, hasta el momento en que se largó. Joe no sabía dónde había ido, su madre no quería hablar de ello, su hermana lo odiaba, y ya está: ni siquiera era un gran drama. Sencillamente, su padre se había ido difuminando.

Ahora Joe se daba cuenta de que eso podía suceder con mucha facilidad. Sabía que debía ser muy cuidadoso para mantener una relación amistosa con Jemma e Ian. Porque el recuerdo del tiempo que pasaba con Jamie se estaba volviendo cada vez más precioso. Él era el padre de Jamie, no Ian, y eso nada podía cambiarlo. Y no quería portarse como un capullo. No era uno de esos idiotas que se disfrazaban y se manifestaban para reclamar sus derechos como padre. Ni siquiera quería interponerse en el camino de Ian. Ian era quien estaba allí por las noches cuando se despertaba Jamie, quien abrazaba a su hijo cuando le daban miedo los monstruos de debajo de la cama. Hacía todas esas cosas.

Joe se detuvo en mitad de la cuesta y percibió el olor de las hojas caídas, del humo de leña y la lluvia, y parpadeó con fuerza para disipar las lágrimas que le ardían en los ojos. El recuerdo del cuerpo recio y nervioso de su hijo cuando se abrazaban era un placer exquisito, mezclado con un dolor punzante en el pecho. El olor a humo de su pelo, la cabeza de Jamie pegada a la suya en la tienda, por las noches, aquel verano. Su voz baja y seca, su forma de dormir con los puños apretados (eso lo había hecho siempre, desde que era un bebé). El modo en que enseñaba las encías cuando sonreía, su cháchara acerca de los niños del colegio y de su mejor amiga, una niña llamada Esme.

Joe sabía que, ahora que estaba en esa situación, tenía que seguir adelante. Pero sentía que lo estaba echando todo a perder. Que quizá ya fuera demasiado tarde.

A pie, se tardaba diez minutos en llegar a Winterfold. La calle, cada vez más empinada, zigzagueaba entre los árboles más allá de las ruinas del antiguo convento, hasta desembocar en una cancela de madera, y allí, grabado en el muro bajo que había detrás, estaba el nombre de la casa. Winterfold. Joe vaciló antes de desenganchar el pestillo. Aunque no le impresionaban especialmente ni el dinero ni los privilegios, mientras subía por el camino de grava se descubrió nervioso, como si se dispusiera a entrar en otro mundo.

Los árboles estaban secos: un amarillo brillante bruñía sus hojas de color verde oliva. Las ramas susurraron con suavidad cuando Joe levantó los ojos y vio Winterfold ante él. La puerta delantera estaba justo en el centro de una ele, de modo que la casa parecía abrazarte. La mitad inferior era de piedra de Bath de la región, de color gris amarillento salpicada de líquenes blancos. Cuatro grandes gabletes de listones de madera remataban la fachada, dos a cada lado, cada uno con su ventana abuhardillada, como ojos que te miraban desde arriba. Una mata de glicinias se retorcía siguiendo el borde de la viga más baja. Joe se asomó a una de las ventanas bajas de cristal emplomado que había junto a la puerta y dio un respingo. Alguien se movía dentro.

Se acercó a la gran puerta de roble ennegrecido, labrada con complicadas cenefas de hojas y bayas. La aldaba en forma de búho lo miraba fijamente, sin pestañear. Llamó con firmeza y dio un paso atrás, se sentía como Jack al ir a casa del gigante.

Esperó lo que le pareció una eternidad y, al alargar el brazo para llamar otra vez, la puerta se abrió de golpe y él cayó hacia delante y estuvo a punto de precipitarse en brazos de Martha Winter.

—Vaya, hola, Joe. Me alegro de verte. ¿Qué tal tu mano?

—Mucho mejor. —Agarró torpemente el paquete que llevaba bajo el brazo—. Te he comprado una cosa, de hecho. Para darte las gracias. Dicen que si el doctor Winter no hubiera actuado tan deprisa, habría perdido el dedo.

—Pasa. —Martha desenvolvió el pan y pasó las yemas de los dedos por su corteza dura y agrietada—. Pan de tigre. Es mi favorito, ¿lo sabías? No. Pues has sido muy perspicaz. Pero no quería nada, Joe. Cualquiera habría hecho lo mismo. Es a mi hijo a quien deberías darle las gracias.

—Sí —contestó él—. Claro.

—Es la primera vez que vienes, ¿verdad? Esto está precioso por las tardes, cuando el sol empieza a desaparecer por detrás de la colina.

Martha se las había arreglado de alguna manera para quitarle la chaqueta y colgarla en el viejo perchero de madera labrada. Joe miró a su izquierda cuando cruzaron el recibidor: un enorme y luminoso cuarto de estar flanqueado por armarios de madera oscura y paredes blancas cruzadas por vigas negras. Las ventanas de estilo francés estaban abiertas y más allá se veía el jardín, una neblina verde salpicada de tonos rojos, azules y rosas.

—Ha sido un verano estupendo para los jardineros. Con tanta lluvia. La casa del árbol está prácticamente destrozada, pero por desgracia no tenemos muchos niños por aquí últimamente, así que nadie la usa. —Martha abrió la puerta de la cocina y Joe la siguió—. Voy a cerrar la puerta porque David está en su estudio y, si no la cierro, vendrá a vernos.

—Ah. ¿Y tan malo sería eso?

—Tiene una entrega. Le encanta distraerse y, si te oye, vendrá. —Se atusó la melena corta con los dedos—. Siéntate, Joe. ¿Te apetece un té? Iba a prepararlo ahora. Toma unas galletas de jengibre.

Martha retiró una butaca grande de madera labrada y deslizó un plato azul y blanco sobre la mesa, hacia él. Joe cogió una galleta, agradecido: desde el accidente estaba siempre hambriento, y se preguntaba si sería una especie de respuesta retardada a la conmoción que había sufrido. Observó a Martha mientras se movía por la espaciosa cocina. Detrás de ella había dos puertas de madera plegadas que daban al comedor, forrado de paneles de madera. Sobre el aparador había un tarro de mermelada lleno de flores de guisantes de olor de color fucsia y malva. Liddy también cultivaba guisantes de olor: guiaba obsesivamente sus tallos por la espaldera de la fachada de su casita de campo. Joe aspiró su perfume intenso y embriagador. Paseó la mirada por la cocina mientras ella preparaba el té, pensando que debía decir algo. Demostrarle que estaba ansioso por hacer aquel trabajo, dispuesto a todo, comprometido.

—¿Eso es Florencia? —preguntó, señalando una acuarela que había en la pared.

Martha levantó la vista, encantada.

—Sí. Hicimos ese cuadro en nuestra luna de miel. Los dos juntos.

—Es precioso. Yo estudié en Italia. El curso de cáterin. Estuvimos un curso entero allí.

—Mi hija vive en Florencia —dijo Martha—. Qué maravilla. ¿Dónde vivías tú?

—En un pueblecito de la Toscana, en medio de la nada. Era fantástico. ¿A qué se dedica su hija?

—Es profesora de historia del arte. En el Colegio Británico, principalmente, pero también da clases aquí. Es muy lista. No como yo. Yo estudié arte, pero no se me da muy bien hablar de ello.

—¿Usted también es pintora?

Martha cruzó los brazos y miró su alianza de boda.

—Lo fui en tiempos, supongo. A David y a mí nos becaron para estudiar en la academia Slade. Esos pobrecillos del East End, nos llamaban. Estaban los niños pijos de los condados del Sudeste y nosotros dos. La chica con la que yo compartía piso se llamaba Felicity y su padre era brigadier. Madre mía, qué aires se daba. —Sonrió y sus labios se entreabrieron lo justo para mostrar el hueco que tenía entre los dientes—. Ahora no hay más que buscarlo en el teléfono, imagino, pero en aquel entonces yo no tenía ni idea de qué era un brigadier. Pasado más o menos un mes, le pregunté a David qué era eso. Era la única persona a la que podía preguntárselo.

—¿A David lo conocías de Londres?

Martha cerró de pronto el libro de recetas que tenía al lado y se levantó.

—No. Éramos de barrios distintos. Pero ya lo conocía de antes. Lo había visto una vez. —Su voz cambió—. El caso es que ya no pinto. Ya no. Cuando nos mudamos aquí… Había tantas cosas que hacer. —Esbozó una sonrisa un tanto mecánica—. Aquí tienes tu té.

«A ella tampoco le gusta hablar de sí misma».

—Pero cuando pintabas… ¿qué tipo de cosas hacías? Bueno, cosas no, perdona —se corrigió—. Obras.

Martha se rió.

—Lo de «obras» suena muy grandilocuente, ¿no? Bueno, de todo. Empecé haciendo pastiches, acuarelas, copiando a pintores famosos. Solía venderlos en Hyde Park los domingos. Pero después me dediqué más a la xilografía. Grabados. Naturalezas muertas. —Un destello de sol, reflejado por un avión que volaba muy, muy alto, entró en la cocina y sus ojos verdes centellearon, marrones y dorados—. Pero eso fue hace mucho tiempo. Y tener hijos no es lo más adecuado para convertirse en el siguiente Picasso, ¿sabes?

—Entonces, ¿tiene dos hijos?

—Tres. —Se levantó y se acercó al fregadero—. También está Daisy. Es la mediana. Vive en la India. Trabaja en cooperación. Escuelas y alfabetización en Kerala.

Joe no dijo «*Wilbur* y Daisy, la conozco perfectamente». Ignoraba por qué, pero nunca había pensado que la niña de las tiras cómicas que devoraba de niño fuera real.

—La India. Qué exótico.

—No creas que tanto, teniendo en cuenta el trabajo que hace. Pero ha obtenido resultados fantásticos. —Martha lavó una manzana y lo salpicó todo de agua—. Bueno, ¿quieres una? —Él negó con la cabeza—. Entonces, ¿hacemos una lista? Tengo varias ideas, solo un par de sugerencias.

—¿Va a venir por su cumpleaños?

Ella lo miró inexpresiva y volvió a sentarse.

—¿Quién?

—Daisy, su hija —contestó Joe con nerviosismo, preguntándose si ya había olvidado su nombre.

Martha comenzó a pelar la manzana con un cuchillo.

—Esto es lo que llaman «un momento de tensión». —Se hizo un silencio mientras la hoja plateada cortaba la piel verde brillante—. Me gusta pelar las manzanas en una sola cinta perfecta y, últimamente, estoy perdiendo facultades. —Luego añadió con aire casi distraído—: No, Daisy no va a venir.

—Lo siento, no debería haberlo preguntado.

Joe sacó su cuaderno del bolsillo, avergonzado.

—No, no pasa nada. En realidad, lo de Daisy no es ningún drama. Siempre ha sido un poco difícil. Tuvo una hija siendo muy joven, creo que fue fruto de una aventura que tuvo con un chico al que conoció en África mientras contruía pozos. Un chico muy simpático. —Martha arrugó la cara como si intentara recordarlo—. Giles no sé qué. ¿No es terrible? Un chico muy majo. Muy de los condados del Sudeste.

Guardó silencio como si recordara algo.

—El caso es que ella está en la India y ha hecho muchísimas cosas allí. En la zona de Cherthala donde ayudó a construir una escuela, la tasa de asistencia es ahora igual para chicos que para chicas, y el año pasado recaudamos (recaudó, mejor dicho, porque lo hizo todo ella sola), recaudó dinero suficiente para que todas las escuelas de la zona tengan acceso al sistema de abastecimiento de agua. Eso salva unas cinco mil vidas al año. Se dedica a ese tipo de cosas. Cuando una idea se le mete en la cabeza, es muy tenaz, ¿comprendes?

—Sabe usted mucho de ese tema.

Joe estaba impresionado.

—Bueno, es que la echamos de menos. Me interesa lo que le interesa a ella. Y Cat es su hija. Es muy triste, como yo digo.

Le brillaban los ojos.

—¿Nunca han estado juntas? ¿Ni una vez?

La espiral de piel cayó sobre la mesa. Martha cortó la manzana desnuda y cremosa.

—Bueno, unas cuantas veces a lo largo de estos años. A Cat la criamos nosotros. Daisy solo la ve cuando, ya sabes, cuando vuelve. Le encanta esto.

—¿Cuándo fue la última vez que vino?

Martha pareció pensativa.

—Pues no estoy segura. ¿Para la boda de Bill y Karen? Eso fue hace cuatro años. Se puso un poco difícil. Daisy tiene el fanatismo de los conversos, ¿conoces a alguien así? Para algunas personas es muy irritante. A su hermano, y también a su hermana, ahora que lo menciono. Es solo que… —comenzó a decir, y luego se detuvo—. En fin, nada.

—Adelante —dijo Joe, intrigado—. ¿Es solo que qué?

Martha titubeó y miró por encima del hombro, hacia el comedor. La luz dorada del otoño entraba desde el jardín.

—Es solo que… Bueno, Joe, las cosas no salen como uno imagina cuando sus hijos son pequeños. Cuando los coges en brazos, esa primera vez, y los miras. Y ves qué clase de persona son. ¿Sabes a qué me refiero?

Joe asintió. Lo sabía perfectamente. Todavía se acordaba de aquel momento después del parto, cuando Jemma estaba tumbada, exhausta, y la matrona se apartó de la encimera que había junto a la cama y, como una maga ejecutando un truco de magia, le entregó aquel bulto envuelto en una toalla. Emitía un sonido parecido a un maullido, como un tono de llamada insistente. Buaaa, buaaa, buaaa.

—«Su hijo», anunció la matrona con alegría.

Él miró la cara redonda y amoratada de Jamie y sus ojos, que abrió un instante y fijó en algo cerca de la cara de Joe, y lo primero que pensó Joe fue: «Te conozco. Sé quién eres».

—Sí —contestó al cabo de un momento—. Supe cómo era la primera vez que lo tuve en brazos. Con solo mirarlo. Como si pudiera ver su alma.

—Exacto. Eso es. Pero esto… esto no es lo que yo quería para ella. —Martha hizo una pausa y sus ojos verdes se llenaron de lágrimas. Se encogió de hombros—. Lo siento, Joe. Es que la echo de menos.

—Claro que sí. —Joe sintió lástima por ella. Bebió un sorbo de té y acabó de comerse la galleta y, durante unos instantes, compartieron un silencio amigable. Joe volvió a notar la extraña sensación de bienestar que experimentaba siempre en presencia de Martha. Como si la conociera desde hacía mucho tiempo.

—Bueno —dijo, dejando su taza—, se me han ocurrido un par de ideas. ¿Quiere que hablemos de ellas?

—Claro —respondió Martha mientras se quitaba algo de la mejilla. Esbozó una rápida sonrisa—. Me alegro mucho de que hayas aceptado, Joe.

—Y yo me alegro de haber aceptado. —Sonrió casi con timidez—. He pensado que para la comida familiar del sábado podemos preparar una gran selección de tapas y un montón de salsas y carnes. Ir juntos al ahumadero de Levels y comprar embutidos, salmón, paté y cosas así. Y también un cochinillo. *Porchetta* con semillas de hinojo y salvia, y canapés, y también verduras a montones y esas cosas. Ensalada de frutas y una gran tarta de cumpleaños para después, y una buena tabla de quesos; si son regionales, mejor. ¿Qué le parece?

—Me parece maravilloso —contestó Martha—. Sabía que lo harías estupendamente. —Alargó el brazo y le dio unas palmaditas en la mano buena—. Se me hace la boca agua solo de pensarlo. Puedes usar las hierbas aromáticas de nuestro huerto, sería bonito… —Se abrió la puerta tras ella y se volvió, medio irritada, medio divertida—: ¡David, querido, solo han pasado diez minutos! ¿Es que no puedes…? ¡Ay, Lucy! ¡Hola!

—¡Hola, abuela! —Una chica alta y de pelo rizado entró en la cocina y abrazó a Martha—. Qué alegría estar aquí. ¿Dónde está Zocato?

—¿Cómo es que has venido?

Martha le acarició el pelo.

—Siento la sorpresa, pero es que he pensado que... En fin, perdona otra vez. No sabía que tenías visita.

—Me llamo Joe —dijo él, levantándose—. Encantado de conocerte.

—Lucy. Hola. —Le tendió la mano, mirándolo, y él se la estrechó.

Lucy tenía los ojos grandes y castaños, la piel blanca y tersa y una sonrisa ancha y generosa. Tenía también un hueco entre los dientes, como su abuela, y se sonrojó al sonreírle, llevándose un brazo al pecho como avergonzada.

—¡Ay, qué sorpresa tan agradable! —dijo Martha. Abrazó otra vez a su nieta y la besó en la coronilla—. Lucy, Joe es el nuevo cocinero del Oak Tree. Va a ocuparse de la comida para la fiesta.

—¡Qué emocionante! —dijo Lucy, entusiasmada—. La mujer de mi padre no para de hablar de ti. Dice que eres lo mejor que le ha pasado al pueblo desde que llegó ella. —Cogió una galleta y se sentó—. Umm. Abuela, es estupendo estar aquí.

—¿Y quién es la mujer de tu padre?

Joe se metió otro trozo de galleta en la boca.

—Bueno, creo que está un poco enamorada de ti, así que ten cuidado. —Lucy comía galletas con desenfado—. Karen Bromidge. ¿Sabes quién es? Treinta y tantos años, bajita, se parece un poco a Hitler pero en chica y con camisetas ajustadas.

—Lucy, no seas maleducada —dijo Martha—. Joe, ¿estás bien?

Joe se había puesto a toser, intentaba no atragantarse.

—Un poco... —No podía hablar—. Yo...

—Tráele un poco de agua —ordenó Martha.

Lucy se levantó de un salto, corrió al grifo, le dio un vaso y él intentó beber, le costaba respirar y se sentía como un idiota. «Estupendo». Ella le dio una fuerte palmada en la espalda y él volvió a toser y se sentó.

Lucy se limpió las migas de la cara y se volvió hacia Martha.

—Entonces, abuela, ¿qué es eso tan importante? —preguntó—. Lo de la fiesta, quiero decir. Recibí la invitación. La mandaste a mi antigua dirección, por cierto.

—Te mudas tanto, cariño. No tengo la nueva. ¿Qué tenía de malo el otro piso?

—Asuntos domésticos —contestó su nieta sucintamente—. Ya era hora de que me mudara.

—Solo has estado allí tres meses.

—Había un palomo que no paraba de violar a otra en el tejado de enfrente.

—¿Qué?

Lucy tragó el último pedazo de galleta.

—Todas las mañanas. Era un palomo con el cuello muy grande e inflado. Perseguía a las palomas, ellas intentaban alejarse y él las seguía volando. Y yo estaba allí tumbada, en la cama, oyendo ese zureo que hacían, y miraba y me sentía fatal por las pobres palomitas.

—Es el ciclo de la vida —dijo Martha—. Haber echado las cortinas.

—No había cortinas. —Su abuela se tapó la cara con las manos y se rió, pero Lucy no le hizo caso—. Ahora vivo con Irene. Estoy bien así.

—¿Quién es Irene?

—Irene Huang. Irene, la de Alperton. Abuela, la conociste cuando comimos en Liberty. Es una bloguera de moda. Supuestamente. En realidad es bastante exasperante. Me deja notitas en la nevera advirtiéndome de que su gato tiene diarrea y de que bajo ningún concepto le dé nada de comer.

—¡Lucy! —exclamó Martha como si tuviera ocho años—. Por favor, no hables de diarrea.

Lucy le lanzó una mirada.

—Es el nombre apropiado.

—Pero no es nada apropiado hablar del tránsito intestinal de un gato.

—El gato se llama *Capitán Miau*. Eso sí que es apropiado. La verdad es que es un nombre fantástico. Me dejé engañar por lo genial que era el nombre de su gato y ahora ya es demasiado tarde.

—¿Y por qué querías vivir con ella? Aparte del gato, quiero decir —preguntó Joe, intentando respirar pausadamente a pesar de que todavía notaba el sitio donde se le había atragantado la galleta de jengibre.

—Vive en Dalston. Y hoy en día Dalston es el centro del mundo.

—Nunca había oído hablar de ese sitio —comentó Martha.

—Está al este de Londres —le dijo Joe—. Es un sitio muy de moda.

—Imagínate Greenwich Village en los años cincuenta, solo que en la actualidad —dijo Lucy.

—Ah, ya. ¿Qué tal el trabajo? Lucy trabaja en el *Daily News* —le explicó Martha a Joe.

—¿El trabajo? —repitió Lucy con alegría—. Genial. Genial, en serio. Oye, la verdad es que quería preguntarte una cosa sobre ese tema. ¿Tú crees que…?

Se oyeron pasos en el recibidor. Joe notó que Lucy se azoraba de pronto, se encogió de hombros y dijo:

—En fin, da igual.

En ese instante se abrió de golpe la puerta de la cocina y David Winter apareció en el umbral, sujetando la puerta con su bastón.

—¿Crees que podría tomar un té, Eme?

—Claro que sí. —Joe notó que Martha observaba a su marido—. ¿Pasa algo?

—Estoy teniendo problemas con *Wilbur*. ¿Puedes venir y fingir que te persigues la cola? —De pronto vio a Lucy y se le iluminó el rostro—. ¡Hola, Lucy, cariño! Esto está mucho mejor. Ven al estudio, necesito que corras en círculos. —Lucy soltó una carcajada de placer—. ¡Y Joe! ¡Qué maravilla! Buenos días tenga usted, señor. ¿Has venido a hablar de los planes para la fiesta?

—Hola, David. —Joe se levantó y le estrechó la mano. Se sentía aturdido—. Sí. Creo que ya nos hemos puesto de acuerdo sobre el menú.

David se apoyó contra la mesa.

—Vaya, qué bien. Y ahora voy a coger una galleta de jengibre y a volver a mi estudio. ¿Lucy?

—Tengo que preguntarle una cosa a la abuela. —Lucy miró a Martha—. ¿Puede ayudarte Joe?

—Joe, por favor, ven conmigo a correr en círculos fingiendo que eres un perro, ¿quieres? —dijo David con una sonrisa, y Joe volvió a pensar que uno haría cualquier cosa por complacer a un hombre con esa sonrisa.

—Claro.

—¿Sabes?, sería más fácil que lo vieras en YouTube —dijo cuando estaban en el estudio de David.

—¿En YouTube? —David se sentó pesadamente en su silla. Respiraba con dificultad. Joe lo miró. Tenía ojos marrones subrayados por unas profundas ojeras—. No se me había ocurrido. Es una idea fantástica. —Se reclinó un poco y cerró los ojos.

—¿Estás bien?

—Un poco cansado, nada más. No duermo muy bien. Antes tomaba pastillas para dormir. Pero ya no puedo. —Se tocó el pecho—. No me funciona bien el mecanismo.

—Lo siento.

Joe rodeó el gran escritorio de roble, se acercó a él y comenzó a teclear en el anticuado ordenador colocado precariamente en la esquina junto a un montón de hojas de papel, un tazón lleno de lápices y una altísima torre de libros de suspense que se tambaleaba. David se quedó con la mirada perdida y las manos posadas sobre el regazo.

—Este escritorio es un peligro, David —comentó a falta de algo mejor que decir.

La fama de David lo ponía nervioso. No era como los futbolistas o los concursantes de *Gran Hermano* que frecuentaban su restaurante de Leeds, pedían Cristal y se ponían a juguetear con sus teléfonos móviles. Era una persona a la que Joe admiraba de verdad, a quien había admirado toda su vida, y le resultaba raro y extraño.

—Yo te prohibiría trabajar en mi cocina.

—¡Ja! —exclamó David—. El trabajo de toda una vida está aquí. Y también todo nuestro papeleo. Es un desastre, y algún día alguien tendrá que organizarlo. Con un poco de suerte, no seré yo. —Se enderezó cuando Joe puso un vídeo—. Fíjate en eso. Qué maravilla. ¿Cómo sabías qué tipo de perro es *Wilbur*? Es su viva imagen.

—Yo tenía todos tus libros, David —contestó Joe, azorado—. Mi tío solía comprarme uno nuevo todas las Navidades. Conocía a Daisy y a *Wilbur* mejor que la mayoría de mi familia.

—¿En serio? —David pareció absolutamente encantado—. Eso es fabuloso. ¿Cómo se llama tu tío? —Cogió un lápiz y sus manos grandes y enrojecidas se cerraron en torno a él, pero no sirvió de nada, el lápiz le resbaló entre los dedos—. Maldita sea. Hoy tengo las manos fatal. Me cuesta un trabajo enorme hacer cualquier cosa.

—Alfred, y ya murió, así que no te preocupes. —Joe puso la manos sobre los dedos temblorosos del anciano; estaba muy conmovido—. En mi colegio todo el mundo tenía algo de *Wilbur*, David.

—Ah, vaya. ¿Verdad que es fantástico?

—Sí que lo es. —Joe sonrió—. Bueno, te dejo para que sigas.

—No, quédate, así podremos charlar —dijo David con tristeza—. Odio estar aquí solo. Sobre todo en días como hoy.

—Será mejor que vuelva. La señora Winter quiere que avancemos un poco.

Además, tenía la sensación de que ya había pasado suficiente tiempo en aquella casa, entrometiéndose en sus asuntos. La forma en que te arrastraban a su mundo privado sin pararse a preguntarte si querías que lo hicieran… Era una locura, una locura encantadora, pero también desconcertante. Le dolía la cabeza.

—Tengo que volver al pub para la hora de la cena.

—Vaya, qué mala noticia —comentó David—. Es una lástima, una verdadera lástima. —Se sacó la galleta de jengibre del bolsillo de la chaqueta—. Puede que me coma esto y que luego me eche una siesta. Pero no se lo digas a Martha. Tengo un plazo de entrega que cumplir.

Joe salió y cerró la puerta con cuidado mientras David volvía a empuñar su lápiz. Mientras regresaba a la cocina, oyó a Martha. Había levantado la voz.

—No, Lucy. De ninguna manera. No puedo creerlo. ¿Cómo se atreven siquiera a pedírtelo? ¡Con lo que ha hecho Zocato por ellos todos estos años! —Se oyó un estrépito, un ruido de porcelana al romperse—. Ay, porras. Me están dando ganas de llamarlos y ponerlos verdes.

Joe se detuvo, no sabía si debía entrar. Pero tampoco quería escuchar a escondidas.

—No, por favor, abuela. No fue idea suya, se me ocurrió a mí. Olvídalo.

—¡A ti! —Martha se rió—. Lucy, después de todo lo que ha… Desde luego que no.

La voz de Lucy sonó pastosa:

—No escribiría nada que tú no quisieras, abuela. Pero si es mala idea, lo dejo, claro. Solo quería saber por qué no puedo mandarle sin más un correo electrónico a Daisy y preguntarle por qué se…

Martha respondió en voz tan baja que Joe apenas la oyó.

—Porque sería muy mala idea, nada más. —Levantó la voz como si adivinara que había alguien fuera—. ¿Ya está, entonces, Joe? —Su voz sonó enérgica—. ¿Qué haces rondando ahí fuera, oyéndonos reñir?

—Perdón.

Joe entró rascándose la cabeza.

Lucy parecía avergonzada. Martha posó la mano sobre su pelo suave y se lo acarició.

—Perdóname, cielo. No debería haberme puesto así. Joe, ¿te apetece un poco más de té? O una copa de vino, quizá. A mí no me vendría mal una.

Joe miró el reloj.

—Será mejor que me vaya. En cuanto cerremos el resto del menú, me marcho.

Lucy apartó su silla.

—Voy a casa de papá a dejar mis cosas. Entonces ¿nos vemos aquí para cenar, abuela? Lo siento. —Todavía tenía los ojos brillantes, casi febriles. Tragó saliva y se volvió hacia Joe—. Te ha llamado alguien. Ah, y tu teléfono no paraba de vibrar como si te estuvieran mandando mensajes.

—Ah, será mi madre —comenzó a decir Joe.

Liddy le enviaba mensajes constantemente. Entonces bajó la mirada, vio brillar un instante el último mensaje antes de que la pantalla se volviera negra y se le secó la boca.

«Ya está —pensó—. Me han descubierto».

«¿Nos vemos luego? Puedo escaparme. Bss».

Pero Lucy miraba preocupada a su abuela, y Joe no supo si lo había leído o no. Le palpitaba el dedo como si le hubieran clavado unos dardos envenenados. Se armó de valor, pero Lucy se limitó a decir:

—Bueno, emm, puede que nos veamos algún día en el pub, espero.

—Sí, claro —contestó él—. Pásate cuando quieras. Dile a alguien del periódico que venga a hacernos una reseña. Nos vendrá bien.

Ella lo miró un tanto pensativa.

—Puede que lo haga. Gracias, Joe. —Se encogió de hombros y cogió el bolso—. Será mejor que vaya a ver a mi padre —dijo, y al salir le lanzó una rápida sonrisa cómplice.

Joe no alcanzó a saber qué significaba.

Florence

—*Pronto!*

—Profesor Lovell, ¿quería verme?

George Lovell dejó su bolígrafo y juntó suavemente las yemas de los dedos. Cerró los ojos e inclinó la cabeza muy levemente.

—Sí. *Adesso, signora.*

Florence cerró la puerta y se sentó en una de las sillas de caoba de respaldo alto que, según se rumoreaba, el profesor Lovell había «rescatado» de un *palazzo* abandonado, cerca de Fiesole.

—De todas formas —dijo Florence—, quería preguntarle si puedo tomarme unos días libres en noviembre. Tres días, creo.

—Imagino que no será para ese trabajo que está haciendo para el Courtauld.

—No, por vacaciones. Voy a ir a visitar a mis padres.

Florence se metió las manos en los bolsillos de la falda y sonrió lo más encantadoramente que pudo.

El profesor Lovell suspiró. Levantó los ojos hasta mirarse el mechón que le colgaba sobre la frente. Mientras lo observaba, Florence se preguntó cómo era capaz de mantener esa postura, totalmente inmóvil, como un búho.

—¿George? —dijo al cabo de un momento—. Emm, ¿George?

—Florence. Otra vez lo mismo. Otra vez.

Ella se sorprendió.

—¿Lo mismo? ¿A qué se refiere?

—A que se ausente otra vez a mitad de curso.

—¿Qué? —Florence hizo un esfuerzo por recordar—. ¿Eso? Pero si de eso hace dos años, y fue una operación —dijo—. Me quitaron un lunar y se me infectó. Seguro que se acuerda.

—Sí, su famoso lunar de la espalda —repuso el profesor Lovell en un tono de voz que daba a entender que dudaba de que todo aquello fuera cierto.

—Tuve una septicemia —le dijo Florence, confiando en que su tono sonara comedido—. Estuve a punto de morir.

—En mi opinión eso es un poco exagerado, ¿no le parece?

Florence cruzó las manos sobre el regazo. Conocía al profesor Lovell desde hacía mucho tiempo y sabía que no tenía sentido contradecirle. Todavía veía a las monjas del hospital alrededor de su cama mientras se hallaba en un estado de duermevela. Las oía preguntando ansiosamente en italiano por la *signora*. Querían saber si era católica y si querría que rezaran por ella, dado que tenía un pie en la tumba.

—Le pido disculpas otra vez. —No se podía discutir con George cuando se ponía así—. Se trata del ochenta cumpleaños de mi madre. Y ya sabe que me deben días de vacaciones.

—Umm. —El profesor Lovell asintió—. Puede ser. Ejem. Puede ser. Profesora Winter, el profesor Connelly y yo nos estábamos preguntando... —Al oír el nombre de Peter, Florence sonrió para sus adentros, porque el solo hecho de oír su nombre en público le parecía un lujo—. Ha sido idea suya, y puede que este sea el momento más adecuado para preguntarle si querría tomarse unas vacaciones.

Florence empezó a preguntarse si George Lovell estaría perdiendo la cabeza.

—Bueno, eso le estoy pidiendo. Sí. Tres días en noviembre.

—No, Florence. —El profesor posó la mano en su viejo escritorio—. Me refería a un curso o dos. Para que tenga tiempo de considerar sus alternativas. —No se atrevió a mirarla a los ojos—. Es usted una mujer muy atareada, ahora que tiene ese trabajo en el Courtauld. —Pronunció la palabra «Courtauld» como si dijera «tumor» o «nazi».

Florence lo miró estupefacta.

—Pero George... Tengo que acabar mi artículo sobre Benozzo y la identidad para el congreso de diciembre, no puede habérsele olvidado. Y mi libro. Tengo muchísimo que leer. Muchísimo.

El profesor Lovell soltó una risa sardónica.

—¿Su libro? Claro, claro.

—No está al mismo nivel que el de Peter, por supuesto —comenzó a decir Florence, y George sonrió burlón. «Por supuesto que no»—. Pero aun así es importante. Y la temporada de conferencias de primavera. La verdad es que solo quiero tomarme tres días libres en noviembre, no dos cursos.

—Ya. —George Lovell se recostó en su asiento y apoyó las manos sobre los brazos de la silla. Tenía una leve pátina de sudor en la tersa y amarillenta coronilla—. Florence, ¿cómo puedo explicárselo con claridad? Creemos que ha llegado el momento de que dé un paso atrás. No es que la estemos relegando, ni tiene nada que ver con su edad. Pero necesitamos profesores con un enfoque más versátil para complementar nuestro plan de estudios, y con ese fin...

—¿Qué?

—Con ese fin —repitió Lovell, ignorándola—, el profesor Connolly ha nombrado a la doctora Talitha Leafe para que nos ayude en el departamento de Historia del Arte. Sé que trabajarán muy bien juntas. La doctora Leafe tiene muchísimo talento, es muy entusiasta. Está especializada de Filippo Lippi y Benozzo Gozzoli...

Florence se sintió como Alicia cuando cayó por el agujero y aterrizó en un mundo que no tenía ni pies ni cabeza.

—Pero esa es mi especialidad. —Señaló hablando por encima de él—. ¡Mire! ¡Mire el libro que tiene ahí detrás, en la estantería! *¡Estudios sobre Benozzo Gozzoly y Fra Filippo Lippi*, editado por la profesora Florence Winter! Por eso me contrató a mí, George. No necesita a esa... ¿Tabitha Leaf? Yo soy...

—Talitha Leafe —la interrumpió George—. Tally —añadió innecesariamente.

Florence entornó los ojos e intentó pensar con claridad. Así que se trataba de eso. Sabía que no podían despedirla por su edad, porque el año anterior habían intentado librarse de Ruth Warboys, una excelente profesora de Historia Antigua, para sustituirla por un chico de veinticuatro años con el pelo repeinado y cuenta en Twitter. Ruth había contratado a un abogado y los había puesto en su sitio, y nunca más se había vuelto a oír hablar de aquel chico tan jovencito. Florence sabía perfectamente que a George le encantaban los efebos rubios, y si eran anglosajones y protestantes tanto mejor: habían ido juntos a Oxford, y Florence se acordaba muy bien de aquella vez en que George se presentó en una recepción oficial con un ojo morado, resultado de cierta confusión con un miembro del coro del Queen's College. George era singularmente engreído en cuanto a su propia capacidad de seducción. Florence había notado que los hombres poco atractivos solían serlo.

Pero las chicas jóvenes como esa tal Talitha —¿era Talitha?— Leafe. Eso no le interesaba. Aquello no tenía sentido.

—El profesor Connolly y yo lo hemos hablado largo y tendido. Además, su trabajo extra en el Courtauld repercute en nosotros. Eso por no mencionar su afición a viajar a conferencias y congresos, así como su, en fin, su comportamiento. Es posible que todo ello la esté afectando un poco.

El profesor Lovell se removió en la silla.

—¿Mi comportamiento? —preguntó Florense, atónita.

—Vamos, Florence. Seguro que sabe a qué me refiero.

—No, no lo sé. —Arrugó la nariz.

—Es usted un poco impredecible. Sobre todo últimamente. —George se tocó la nuez—. Y se ha convertido en fuente de habladurías, de diversas insinuaciones, etcétera.

—¿Insinuaciones? —Florence notó que una especie de sensación acuosa le invadía el cuerpo. Empezaba a darle vueltas la cabeza—. Explíquese, George, por favor. Lo siento, pero no tengo ni idea de a qué se refiere.

El profesor Lovell le mostró los dientes en una sonrisa que no se reflejó en sus ojos.

—Vamos, Florence. Me temo que su carga de trabajo habla por sí sola. —Y añadió en tono supuestamente amable—: Quizá, sencillamente, ha intentado abarcar demasiado, querida.

—¿Y Peter? ¿Él no abarca demasiado? —preguntó—. Desde lo de la serie de televisión y ese libro, nunca está aquí. Y además comete errores. Yo no. No pensará castigarme a mí cuando su jefe de departamento se ha propuesto convertirse en una especie de personaje mediático, George.

—Esa es una cuestión completamente distinta —replicó él con voz chillona—. *La Reina de la Belleza* ha tenido un éxito tremendo. Y para nosotros el hecho de que Peter sea un… un… «personaje mediático», como usted dice, es de un valor incalculable.

—Ni siquiera acertó con la fecha de la Hoguera de las Vanidades —repuso Florence, intentando no levantar la voz—. Estaba en no sé qué ridículo programa matinal de la BBC ¡y no supo decir cuándo tuvo lugar el acontecimiento más notorio del Renacimiento!

—Eso fue un lapsus sin importancia —dijo George, irritado—. La televisión en directo, Florence. En el libro lo puso bien, ¿no?

—¡Claro que lo puso bien! —gritó Florence, y se detuvo con brusquedad.

Se miraron los dos con los ojos muy abiertos.

«No lo digas. Déjalo estar». Se mordió la lengua.

—Puede que usted lo desprecie, pero lo que hace Peter es el futuro, Florence. Corren tiempos difíciles y el hecho de que usted se marche a Londres cada dos meses para dedicar sus mejores labores de investigación al Courtauld no es precisamente muy solidario, ¿no cree?

Al hacerse público el nombramiento de Florence en el Courtauld, también había trascendido que el profesor Lovell había solicitado un puesto parecido al mismo tiempo que ella, pero sin éxito. Su especialidad (Holman Hunt) estaba pasada de moda. Florence, que detestaba a Hunt, encontraba cierta satisfacción en la incapacidad de George para entender por qué a nadie le interesaban tanto como a él aquellos cuadros hiperrealistas y moralizantes de cabras simbólicas, mujeres deshonradas y fantasmagóricos bebés azules y rosas.

Se daba perfecta cuenta de a qué obedecía todo aquello. Ella les daba miedo, y el club de los amigotes estaba cerrando filas. Se recordó lo que sabía, el daño que podía hacer si abría la compuerta y daba rienda suelta a su locura. Oyó cómo se formaban las palabras.

«Tú sabes que el libro de Peter lo escribí yo en su mayor parte. Sabes que si se lo dijera a alguien, el escándalo sería tan grande que hasta la Academia podría acabar cerrada».

Y sin embargo, no podía hacerlo. No tenía valor suficiente. ¿O sí? De pronto deseó tomarse un café. Siempre pensaba mejor después de tomar uno. Se quedó sentada en silencio, casi encogida en la silla de respaldo alto, escuchando la voz puntillosa y aflautada de George Lovell.

—No tiene por qué ser algo inmediato. Querríamos que las cosas cambiaran para enero de 2013. La doctora Leafe se casa en Navidad, claro, y se incorpora a su puesto en Año Nuevo. Le encantaría conocerla, encontrar la manera de que las dos puedan...

Florence se levantó bruscamente.

—¿Es esa hora? Tengo que irme. Perdóneme. Tengo una reunión con… —Miró el techo intentando parecer serena—. Con los de control de plagas. Tengo ratas. Bueno, George, tendré en cuenta lo que me ha dicho. Ya le diré algo.

El profesor Lovell sacó su grueso labio inferior.

—Me pondré en contacto con usted, si no tengo noticias suyas.

Florence puso una mano temblorosa en la puerta y respiró hondo.

—Bien, no me cabe duda de que hablaremos pronto, aunque le advierto de que pienso defenderme con uñas y dientes. Por cierto, su escritorio tiene carcoma. ¡Adiós!

Incluso logró inclinar jovialmente la cabeza antes de salir.

Corrió hasta quedarse sin respiración. Solo se detuvo al llegar al otro lado del río, y entonces se dio cuenta de que estaba temblando de la cabeza a los pies. Le desagradaban los enfrentamientos casi tanto como los roedores. Por eso rehuía la docencia y se había dedicado a la investigación, solo para descubrir, cuando era ya demasiado tarde, que el mundo académico estaba tan plagado de luchas internas, de intrigas políticas y de traiciones soterradas como la Florencia del siglo XIV. Últimamente le recordaba cada vez más a su infancia con Daisy, cuando, por desconocer las normas, no acertaba a adivinar cuándo se desencadenaría el siguiente ataque. Al menos los florentinos se masacraban de vez en cuando en misa para despejar el ambiente. Un método mucho más directo y expeditivo que todas aquellas agresiones veladas y todo aquel estrés que la reconcomía por dentro, como cuando esperaba el estallido de alguna de las pequeñas maquinaciones de Daisy.

Talitha Leafe. ¿Qué nombre era ese? Se estremeció emocionada y se preguntó si estaría en su derecho de formularle esa pregunta a Peter.

—Ay, Peter —dijo en voz alta mientras restregaba con un zapato gastado los vetustos adoquines.

Cada instante de aquellas escasas semanas de aquel cálido verano había quedado impreso en su mente como un álbum de fotografías que podía hojear siempre que quisiera, es decir, con suma frecuencia. Y siempre que pensaba en él, cuando recordaba lo ocurrido, se sentía como una mujer de mundo. Le gustaba comportarse como si con él todo fuera normal, sobre todo delante de otras personas, pero la idea de que la gente pudiera chismorrear sobre ellos la llenaba de ilusión. «¿La profesora Winter y el profesor Connolly? Ah, sí. Por lo visto tuvieron una aventura hace un par de veranos. Tengo entendido que Connolly estaba loco por ella». Sí, así era como quería que la viera la gente. Florence Winter: una mujer de letras misteriosa y elegante, una estudiosa pero también una amante apasionada, una intelectual a la par que una mujer moderna y vitalista.

Notó un roce en la pierna. Dio un respingo y entonces se dio cuenta de que era su propio dedo. Su falda tenía un agujero en el bolsillo. Se había arañado la piel con la uña. Tenía pelos en las piernas: no recordaba cuándo había sido la última vez que se las había afeitado. Se imaginó que se encontraba con Peter allí mismo, andando por la calle, como sucedió aquel martes de enero. Él iba a cenar con unos amigos en el Oltrarno: Niccolò y Francesca, se acordaba muy bien de sus nombres, había buscado su dirección.

Se imaginó que se ponían a hablar y que ella lo invitaba a subir a tomar una copa de vino, y que se sentaban en la terraza de la azotea, un espacio minúsculo, no más grande que una manta de picnic, con vistas a la Torre Guelfa y al Arno. Se imaginó que se reían de George y de sus pecadillos como hacían en tiempos, antes de que Peter empezara a darla de lado, a tratarla como si fuera una estorbo y se avergonzara de ella. Se imaginó que él le ponía una mano en la rodilla al decir algo divertido, y que se reían.

—Ay, Flo. —Antes siempre la llamaba «Flo», y a ella le recordaba a su hogar—. Te echo de menos. ¿Tú me echas de menos a mí?

—A veces —diría ella con cierta malicia: no quería parecerle pueril.

Y se imaginó que él la tomaba de la mano y la llevaba al dormitorio, que le quitaba la ropa poco a poco y que hacían el amor en la cálida alcoba de color terracota oyendo, a lo lejos, el tañido de las campanas vespertinas, las sábanas arrugadas, sus rostros enrojecidos y resplandecientes de placer. Se imaginó que sucedía. A fin de cuentas, a él no le desagradaría, ¿no? Antes no le había disgustado. Había sido tan maravilloso estar así.

Levantó los ojos hacia el cielo azul, enmarcado por los negros edificios en sombras, y se apretó la cara sofocada con las manos mientras una sonrisa furtiva bailoteaba en sus labios.

Oyó una risa y levantó la vista, casi sorprendida. Dos turistas británicas del tipo Charlotte Bartlett la estaban observando. Siguió andando a toda prisa.

Vivía en el último piso de un viejo palacio dividido en apartamentos, en la Via dei Sapiti. Su piso había sido antaño la alcoba de un príncipe y, cuando ella se había instalado allí diez años antes, quedaban aún varias piezas de mobiliario que nadie reclamó y de las que Giuliana, su casera, decía no saber nada. A Florence le gustaba pensar que llevaban siglos allí y que quizás algún noble de talante maquiavélico había escondido cartas en el baúl o una daga debajo del butacón de madera.

Cerró la enorme puerta al mundo exterior sintiéndose un poco mareada. Necesitaba un café, eso era todo. Entró en la diminuta cocina, en la que había un hornillo eléctrico, una cafetera, unos paquetes de pasta polvorientos, alguna lata de tomate triturado y una planta de albahaca que desprendía un fuerte aroma y que, contra todo pronóstico, prosperaba en la repisa de la ventana, como en el cuento de Isabella y la maceta de albahaca, de Boccacio, que (¡ay!) siempre le recordaba a otro espantoso cuadro de Holman Hunt. Era tan típico de alguien como George... ¿Cómo se podía vivir allí, entre tanto arte excelso, y seguir admirando a Holman Hunt?

Puso la vapuleada cafetera Bialetti en el hornillo y abrió las puertas combadas que daban a la terraza. Respiró profundamente mientras el dorado sol de la tarde le daba de lleno en el rostro cansado. Oyó a unos niños jugando en la calle.

En momentos como aquel, se daba cuenta de lo mucho que le gustaba vivir allí. El sol, los olores, la sensación de estar viva, de que todo era posible. Cuando había llegado a Florencia en su año sabático, hacía ya veinte años, no tenía intención de quedarse. Pero allí su cerebro funcionaba, como enchufado a la toma de corriente correcta. ¡Cuánto echaba de menos Italia cuando estaba en Inglaterra, donde la humedad y el cielo gris la calaban hasta los huesos y la hacían sentirse mojada, reblandecida y hecha una sopa! No quería acabar como su padre, con las manos retorcidas como garras, pálidas y ávidas de sol, o como mamá, callada y encerrada en sí misma. Era allí donde había descubierto cómo era en realidad.

Mientras esperaba a que hirviera el café, puso sobre la mesa los libros que había traído y se quedó mirando el fresco de *El cortejo de los Reyes Magos*, que muchos años atrás había pegado con masilla en la pared. Se estremeció de repente al pensar en su conversación con George. No se le daba bien reaccionar por instinto: necesitaba tomar distancia y sopesar los datos que tenía ante sí.

—Ya pensarás en eso luego —se dijo.

Se marcharía si tenía que hacerlo. ¿Para qué iba a quedarse allí, en aquella universidad de segunda fila, humillada por hombres que no estaban a su altura intelectual? ¿Por qué le importaba tanto?

Pero ya conocía la respuesta. Por Peter. Se quedaría mientras él estuviera allí y ella pensara que algún día podía volver a necesitarla. A veces se preguntaba si no lo habría convertido premeditadamente en el motor que la mantenía en marcha, y si no era ya demasiado tarde para admitir que se había equivocado. Miró las láminas que había pegado en las paredes y buscó en ellas algún mensaje. Posó la mirada en la única que tenía marco: la reproducción del cuadro preferido de su padre, *La Anunciación* de Fra Filippo Lippi. Iban a verlo todos los años con motivo de su cumpleaños. Observó el rostro sereno y hermoso del ángel. Algo importante, enterrado en lo profundo de su conciencia, golpeteaba los márgenes de su cerebro agotado. Un pensamiento, un recuerdo, algo que era necesario rescatar. Miró de nuevo al muchacho, el rayo de luz sobre el vientre de María.

«¿Qué está pasando?»

La cafetera comenzó a borbotear en el hornillo, el líquido negro salía como petróleo por la boquilla. Florence sirvió el café y, mientras probaba el primer sorbo abrasador, sonó el timbre de la puerta: un sonido tan agudo e inesperado que ella dio un brinco, la taza tembló y vertió la mitad de su contenido sobre el suelo.

—Qué fastidio —masculló Florence en voz baja.

Se acercó a la puerta, ceñuda. Su casera, una mujer ligeramente excéntrica, tenía la costumbre de esperar a que llevara media hora en casa para subir las escaleras y exigirle que le tradujera o le explicara algo, o contarle que había discutido con tal o cual persona.

Pero no era Giuliana, y cuando abrió la puerta se le congeló el semblante.

—Hola, Florence. Se me ha ocurrido pasar a verte.

—¿Peter? —Florence se agarró a la puerta. ¿Había conjurado su presencia al pensar en él? ¿Era real?—. ¿Qué haces aquí? —Y sonrió con un brillo en los ojos.

—Tenía que verte —dijo él—. ¿Puedo pasar?

*   *   *

Lo conocía tan bien que, a fuerza de rememorarlo apasionadamente y de soñar con él año tras año, tenía cada centímetro de su cuerpo grabado en la memoria. A menudo, como ahora, la sorprendía advertir que llevaba una prenda que ella no conocía. Le sonrió mientras sostenía la puerta abierta y se fijó en el chirrido de sus zapatos nuevos, en el leve olor a loción de afeitado. Se había esmerado en arreglarse.

—Me estaba tomando un café.

—Qué raro.

Peter le dedicó una sonrisilla.

Ella se sonrojó. La conocía mejor que nadie.

Él carraspeó.

—Quería hablar contigo, Florence. ¿Tienes algo de beber? ¿Algo de vino, quiero decir?

—Claro que sí. —Se metió las manos en los bolsillos para dejar de moverlas con nerviosismo y entró en la cocina—. Un Garganega estupendo, delicioso, como el que...

«Como el que tomamos en Da Gemma aquella noche, cuando tú cenaste cordero y yo ternera. Bebimos un montón, y luego discutimos sobre Uccello y nos besamos por primera vez, y tú llevabas esa corbata con florecitas de lis y yo mi vestido azul de verano».

—Estupendo. Gracias, Flo, amiga mía. Escucha, siento presentarme así en tu casa. —Peter la siguió a la cocina. Vaciló—. Dios mío, hacía muchísimo tiempo que no venía por aquí. Tienes un piso precioso. Como suele decirse.

Soltó un pequeño resoplido y ella lo imitó, casi incapaz de creer que aquello estuviera sucediendo, que fuera real y no una intrincada fantasía elaborada por ella. «No lo es, ¿verdad? ¿O estoy completamente chiflada?».

En parte dudaba de si debía fiarse de él. Pero por otro lado sabía que Peter seguía sintiendo algo por ella. Estaba segura. Y aunque le diera una bofetada o le dijera que llevaba diez años casado y que quería que fuera la madrina de su hijo, o aunque orinara en el suelo, podría decir que había estado allí, que aún tenía algunos recuerdos frescos que añadir al álbum de fotos de su memoria. De hecho —pensó frenéticamente mientras le hacía salir a la pequeña terraza dándole un empujoncito en la espalda—, nada de lo que había poseído, pensado o tenido significaba tanto para ella como aquel instante.

Peter se sentó, plegando sus extremidades larguiruchas para encajarse en la silla. Florence lo observó con atención. Aunque su intelecto era el más refinado con el que se había tropezado nunca, su cuerpo, como le sucedía a ella, parecía pillarlo constantemente por sorpresa. Florence dejó las copas viejas y arañadas sobre la endeble mesa de la terraza y le acercó un cuenco de aceitunas. Peter cogió una, la masticó y tiró el hueso a la calle.

—Condenados turistas —comentó cuando el parloteo en japonés que se oía abajo se detuvo momentáneamente.

Florence le entregó una copa.

—*Salute* —dijo.

—*Salute* —contestó él, y entrechocó su copa con la de ella—. Por ti. Me alegro de verte, Flo.

—Y yo a ti, Peter. Últimamente casi no nos vemos.

—Ayer te estuve buscando. Quería preguntarte por una inscripción de Santa María Novella.

—¿Ah, sí? Deberías haberme llamado.

Quería parecer serena, feliz, dueña de sí misma, una mujer con vida propia y que, sin embargo, siempre, siempre lo estaría esperando.

—Sí. Quizá debería haberte llamado.

Se hizo un silencio. Florence metió otra vez el dedo por el agujero de su bolsillo, arqueó la espalda y se preguntó si podría disculparse y ausentarse un rato para afeitarse las piernas. Siempre hay que estar preparado: ese era el lema por el que su hermano Bill, el *boy scout*, regía su vida y, aunque había intentado inculcárselo a sus caóticas hermanas, había tenido muy poco éxito.

Tañeron las campanas del otro lado de la calle: un fuerte clamor metálico. El sonido de una sirena de la policía se disipó a lo lejos. Florence aspiró el cálido aroma a petróleo y a pinos del atardecer.

—Te echo de menos, Peter —dijo por fin—. Lo siento. Sé que tienes otras cosas en la cabeza, pero es la verdad. Ojalá…

Y entonces estiró la mano para tocarle el brazo.

Fue como si pulsara un interruptor. Peter levantó la cabeza con brusquedad y se volvió hacia ella.

—A eso me refería, Florence. Por eso necesitaba hablar contigo. Esto tiene que acabar.

—¿De… de qué querías hablar conmigo?

—De ti. De ti y de mí. De esa idea paranoica que tienes de que hay algo entre nosotros. —Su cara carnosa se crispó de pronto y la señaló con el índice—. Las alusiones, las insinuaciones que vas haciendo por ahí. Sé que le dijiste a ese tipo del Harvard Institute que estábamos liados. ¡Santo Dios, Florence! Y a los del Seminario de Estudios Renacentistas. Uno de ellos me preguntó si era cierto. Te advierto que estoy dispuesto a denunciarte por difamación si esto sigue así.

Florence se tiró del pelo que le colgaba a ambos lados de las mejillas.

—Yo… ¿Qué?

—¿Lo niegas?

—Nunca le he hablado a nadie de nuestra relación, a nadie. Peter, ¿cómo puedes…?

La voz de Peter rezumaba desdén cuando dijo:

—No fue una relación. —Apuró el resto del vino de un solo trago—. Fueron tres noches, Florence. Hace cuatro años. No seas ridícula. Eso no es una relación.

—Cuatro —repuso ella con voz chillona—. Fueron cuatro noches. Y dijiste… dijiste que me querías.

—¡No! ¡No lo dije! —Peter se levantó, tenía la cara roja de furia—. ¿Cuándo vas a renunciar a esa patética fantasía tuya, Florence? Sé lo que haces. Haces insinuaciones, asientes y sonríes, dejas las frases a medias y haces creer a la gente que hay algo entre nosotros.

—¡Yo nunca he hecho eso!

Él se limpió la boca y la miró con repugnancia.

—Florence, le dijiste a Angela que habías visto mi dormitorio, pero que evidentemente no podías decir nada más al respecto. ¡Le dijiste a Giovanni que habíamos hablado de casarnos, pero que tú no estabas preparada y que no se lo dijera a nadie! ¡Me llamó para preguntarme si era cierto!

Esto tiene que parar, es… —Buscó a su alrededor meneando la cabeza—. ¡Es mentira! Estuvimos juntos tres… Vale, vale, cuatro noches. Nada más. ¿Está claro?

Se hizo un silencio terrible.

—Di-di-dijiste que me querías —insistió Florence con voz temblorosa al cabo de un momento.

Peter se inclinó sobre ella. En el labio le brillaba una manchita blanca de saliva.

—¿Una frase dicha después de beber un montón de vino contra cinco años de total indiferencia? ¿En eso basas tus acusaciones? Tu caso no se sostiene, Florence. —Meneó sus largas y finas manos delante de ella—. ¿Es que no te importa parecer tan espantosamente patética?

Florence se levantó como si se estuviera estirando. Respiró hondo y le dio unas palmaditas en el brazo.

—No te pongas así, Peter —dijo. Necesitaba rehacerse. Necesitaba saber que todo volvería a estar bien cuando él se marchase—. Siento que te hayas enfadado. Está claro que algunas personas se han hecho una idea equivocada, han sacado las cosas de contexto. —Lo miró y se subió las gafas por la nariz—. Bueno, ¿de eso querías hablarme? ¿Nada más?

—Es… Sí. Y, bueno, también hay otra cosa. Está relacionada. Todo está relacionado, sin duda estarás de acuerdo conmigo —dijo en tono grandilocuente, pero la miró indeciso y Florence comprendió que volvía a dominar la situación aunque fuera solo por un momento.

A Peter le daban miedo las mujeres, ese grupo indefinido de seres humanos con pechos, hormonas y hemorragias.

—Pues toma un poco más de vino —dijo, volviendo a entrar en la cocina. Cogió la botella.

—Por amor de Dios, Florence —dijo él, y de pronto sus pobladas cejas temblaron de rabia—. ¿Estás escuchando lo que te digo? Por una vez no tergiverses las cosas en tu provecho y escúchame.

—Caray, Peter, sí que estás enfadado —dijo ella, tratando de que su voz sonara desenfadada a pesar de que de pronto estaba asustada—. ¿Por qué te pones así? ¿Es porque ahora eres una estrella y no quieres que te recuerden tus errores pasados? Errores, Peter. Porque has cometido errores, ¿verdad que sí?

La miró con desconfianza.

—¿Qué quieres decir?

Nunca hablaban de lo que había hecho por él. Florence se mordía la lengua, pero de pronto estaba tan alterada que no pudo impedir que las palabras brotaran de su boca.

—Ya sabes lo que quiero decir. Recuérdame… ¿cuántas semanas estuvo *La Reina de la Belleza* en el número uno de los libros más vendidos?

—Cállate.

—¿Cuánto te ha ofrecido tu editorial por tu próximo libro? —La pregunta se le escapó, llena de ansia y de amargura—. ¿Qué les respondiste cuando te dijeron que querían que tu nuevo libro fuera tan bueno como el primero? ¿Les dijiste que tendrías que pedirme que te escribiera otro? ¿Eso les dijiste?

—No sé de qué estás hablando —siseó él con los ojos dilatados y la cara pálida bajo el moreno.

Ella se rió. Se sentía desquiciada y ya no le importaba.

—Jim me preguntó si lo había escrito yo, ¿sabes? Así, de repente.

—¿Jim?

—Jim Buxtom. Del Courtauld.

—Venga ya. Ese hombre es un embustero. Y un idiota. Lo que Jim Buxton sabe del Renacimiento podría escribirse en una cerilla.

—Pero me conoce a mí. Dijo que le parecía que era mi forma de escribir, no la tuya.

—Eso es porque quiere acostarse contigo, supongo. Siempre ha sido un excéntrico.

La miró con repulsión y Florence estuvo a punto de echarse a reír.

Era tan caricaturesca aquella repulsión que sentía hacia ella.

—Jim no… —Florence cruzó los brazos largos—. Aun así, me preguntó expresamente si había escrito parte del libro. Alguien se lo regaló por Navidad. Puso mucho énfasis en decirme que no lo había comprado él. Me pareció muy gracioso. Dijo que, si uno conocía el resto de mi obra, saltaba a la vista que era mi estilo.

Peter Connolly se echó a reír.

—Eres patética.

—No, Peter, no lo soy —repuso ella con elegancia.

Casi volvía a sentirse segura de sí misma. Peter no podía mangonearla. Tenía que darse cuenta de lo mucho que significaba para ella, de hasta qué punto estaba dispuesta a someterse por completo a sus necesidades, de que ya lo había hecho.

—Me debes mucho, Peter. Pero, verás, no me importa. —Caminó hacia él. ¿Había interpretado bien la situación?—. Me gustan las cosas como están. —Lo miró a la cara: los ojos astutos y oscuros, la boca caída.

—Ay, Dios —dijo él.

—Lo sé —contestó ella—. Ahora estamos igualados, ¿es que no lo ves? Cariño, haría cualquier cosa por ti.

Él la apartó. Le dio un fuerte empujón en el esternón, rechazándola como un campo de fuerza, y Florence se tambaleó y tuvo que agarrarse a la barandilla oxidada.

—Dios. —Su semblante reflejaba una repulsión espantosa—. No lo entiendes, ¿verdad? No lo captas.

—¿Qué? —dijo ella.

—¿Qué? Que voy a casarme dentro de unas semanas. ¿No te lo ha dicho George? Porque antes de que llegue Tally tendremos que reorganizar el departamento y tú y yo tenemos que discutir la mejor manera de hacerlo. —Su voz adoptó un tono de súplica—. Escucha, antes trabajábamos bien juntos, por eso he pensado que lo mejor sería que te tomaras uno o dos años sabáticos. Para que Tally y tú os acostumbréis a la situación.

—Tally —repitió Florence desconcertada.

—La doctora Talitha Leafe. George me dijo te lo había dicho.

—¿Vas a casarte con ella?

—Sí. Ya te lo he dicho.

La miró con cansancio e hizo sonar las llaves que llevaba en el bolsillo como si dijera «¿Cuándo acabará esto? ¿Cuándo podré irme?».

—No puedes —se oyó decir ella.

—¿Qué?

Allí estaba de nuevo aquella voz, empujándola como un dedo que se le clavara en la espalda, al borde de un precipicio.

—Si te casas con ella, yo… le diré a todo el mundo que *La Reina de la Belleza* lo escribí yo. Te demandaré, Peter. Y demandaré a la editorial.

—No lo harás. —Peter se echó hacia atrás y se rió. Como si estuviera muy seguro de su posición en lo más alto y ella fuera un esbirro insignificante en la sombra—. No seas tonta. Mira, Tally está en La Sorbona ahora mismo. Pronto la conocerás. Solo tienes que hacerte a la idea, comprender que van a cambiar algunas de tus responsabilidades. Cuando nos casemos, Tally vendrá a vivir a Florencia y, naturalmente, George ha tenido la amabilidad de buscarle un hueco, lo que significa... —Se interrumpió—. ¿Florence? ¿Florence?

Porque Florence se había levantado y caminaba hacia la grande y vieja puerta de madera. Se volvió para mirarlo. Abrió la puerta mientras él la observaba.

—No. No puedes tratarme así —dijo con claridad—. Ya no.

—Oh, venga ya, no puedes huir como haces siempre —empezó a decir él levantándose, exasperado, pero Florence salió y cerró de golpe la puerta, tan fuerte que todo el edificio se estremeció.

Corrió escaleras abajo, dejó atrás la casa del *signor* Antonini y su minúscula esposa y la de Giuliana, que despotricaba en su cocina contra el pop italiano. Cruzó el viejo portal del *palazzo* y enfiló la calle, rozando con los talones desnudos los adoquines desgastados, con las manos enterradas en los bolsillos y el pelo agitándose a su espalda. Salió por la Porta Romana, la antigua puerta del sur de la ciudad. El sol ya se había puesto y el cielo se henchía en un profundo azul lavanda, allá arriba se acumulaban las nubes y las estrellas doradas se clavaban como alfileres en un firmamento aterciopelado.

Mientras corría, volvió a aflorar aquel viejo recuerdo: el día en que Daisy la acorraló contra la pared y le dijo de dónde venía. Le susurró al oído un torrente de chismorreos repulsivos, le metió en la cabecita un montón de horribles mentiras sobre su padre, sobre los Winter, sobre todo aquello en lo que creía Florence.

También entonces echó a correr por el bosque de enfrente de su casa, por el bosque que cubría la colina y bajaba hasta el pueblo. Tropezó con las zarzas enmarañadas entre los árboles y las espinas le arañaron las piernas flacuchas, pero siguió adelante. Acabó en la iglesia y se sentó en el cementerio, escondida detrás de uno de los ángeles que custodiaban la tumba de un niño muerto tiempo atrás. Tenía nueve años. Era la primera vez que se alejaba tanto de casa ella sola, y no sabía cómo volver.

Fue su padre quien la encontró esa noche, mucho más tarde, con las piernas recogidas bajo la barbilla, cantando en voz baja canciones de Gilbert y Sullivan para evitar que le castañetearan los dientes en medio del frío anochecer primaveral. Su padre se agachó y apoyó en el ángel la mano manchada de tinta.

—A ver, ¿qué tenemos aquí? ¿Es mi pequeña Flo? —Su voz sonaba ligera, pero un poco tensa—. Cariño, llevamos mucho rato buscándote, ¿sabes? No puedes escaparte así.

Florence había observado los líquenes que crecían en la piedra desgastada.

—Daisy me ha dicho que no sois mis papás.

David dejó de acariciarle el pelo y la miró.

—¿Que te ha dicho qué?

—Que no sois mis papás, que mis verdaderos padres no me querían y que por eso estoy aquí y no soy como los demás.

David se acercó a ella de costado, como un cangrejo, y rodeó con el brazo sus delgados hombros.

—Cariño… ¿Y tú te lo has creído? ¿Por eso te has escapado?

Florence asintió con la cabeza.

Él se quedó callado y Florence se sintió aterrorizada, más asustada que cuando estaba con Daisy. Pensó que iba a decir: «Sí, es cierto, no soy tu papá».

Aún recordaba esa sensación: el agujero negro del miedo a que le quitaran a la persona que más quería en el mundo. El temor a que Daisy venciera, a que tuviera razón.

Su padre acercó la cabeza a la suya. Florence oyó su respiración agitada. Contuvo el aliento. «Por favor. Por favor, que no ocurra. Por favor…»

Pero pasado un rato él se limitó a susurrarle al oído:

—Eso es una tontería. Tú sabes que eres mi hija mucho más que ella. —Entonces se echó un poco hacia atrás—. No le digas a nadie que tu papá ha dicho eso, ¿eh?

—No, no —dijo Florence con una sonrisita furtiva, sin levantar la mirada.

Pero cuando poco después lo miró de reojo, vio que él también sonreía. Entonces David le tendió la mano.

—¿Volvemos? Mamá ha hecho tarta de limón y está preocupadísima por ti. Todos lo estábamos.

Florence se levantó y se sacudió la tierra negra y fresca del pichi y los leotardos.

—Daisy no. Ella me odia.

—*Wilbur* acaba de morir, y por eso está triste. Aun así, tenemos que ser amables con ella. No tiene lo que tenemos nosotros. —Fue la única vez que lo reconoció, y Florence lo recordaría siempre—. Vamos. Es hora de volver a casa, Flo.

Echaron a andar trabajosamente por la carretera que subía a Winterfold y, cuando llegaron al camino de entrada, su padre dijo:

—Que esto quede entre nosotros, ¿de acuerdo? Tú haz como si Daisy no te hubiera dicho nada. Y si vuelve a decirte algo así, dile que venga a verme y yo le aclararé las cosas.

Hablaba con énfasis, y ella asintió. Su padre daba miedo cuando se enfadaba, miedo de verdad. Florence se preguntaba si le habría dicho algo a Daisy, porque durante un mes o dos la dejó tranquila, hasta la vez siguiente, cuando pasó lo del avispero y ella estuvo a punto de morir. Sabía, sin embargo, que nunca podría probar que hubiera sido Daisy. Su hermana no era tonta. Siempre sabía exactamente cuándo atacar.

Por fin dejó de correr. Se dejó caer en un banco pintarrajeado con grafitos, en una vieja plaza llena de coches destartalados, y se quedó mirando los adoquines. Esta vez no vendría nadie a buscarla, a decirle que era todo mentira. Nadie le diría: «Todos se equivocan y tú tienes razón».

Sabía que su padre no le había dicho la verdad. Ignoraba cómo ni por qué, pero lo sabía. Daisy nunca se equivocaba en esas cosas y, cuando le pellizcaba el brazo y le decía «Eras una huérfana bastarda y nadie te quería, hermanita, por eso te recogieron del estercolero. Si no, habrías acabado en un orfanato», Florence sabía que tenía razón. Ignoraba cómo lo había descubierto, pero Daisy siempre se las arreglaba para abrir cajones secretos, para escuchar conversaciones privadas, para tergiversar las cosas y salirse con la suya.

Entonces, mientras estaba sentada en aquel banco, rodeada de colillas y botellas vacías de Peroni, con el relente nocturno refrescando sus miembros sudorosos, comprendió que se hallaba de nuevo en la misma situación. Había vuelto a engañarse a sí misma.

Se preguntó cuándo podría volver al piso, si Peter seguiría allí. Se preguntó cuánto tiempo llevaba gestándose aquello, aquella revelación: la certeza de que, pese a su deseo de escapar, se había equivocado de principio a fin. ¿Cuánto tiempo llevaba engañándose acerca de su vida en Florencia, acerca de su exilio voluntario? Con la cabeza entre las manos, se preguntó si siempre había sabido que en algún momento tendría que regresar a casa y encarar nuevamente la verdad. Ignoraba qué pasaría a partir de entonces.

Karen

—Hola, cariño. Perdona que llegue tarde. ¿Cómo estás?

—Ah, hola, Bill. —Karen no levantó la mirada de la revista que estaba leyendo, o fingiendo leer, en el sofá. Movió una ceja y pasó una página—. ¿Qué tal el día?

No le hacía falta mirar para ver el pequeño ritual que su marido llevaba a cabo todas las noches. Se lo sabía de memoria. El esmero con que enrollaba la bufanda en la barandilla dándole una sola vuelta, siempre una sola. Su forma de quitarse la chaqueta empujando con precisión los botones con el dedo pulgar: uno, dos, tres, en fila. La pequeña sacudida que daba a la chaqueta antes de colgarla hábilmente con un solo dedo. Y, a continuación, carraspeaba y se frotaba las manos. Y la expresión afable y esperanzada de su semblante.

Ahora tenía esa expresión.

—Bien, gracias, mi amor. Siento llegar tarde. La señora Dawlish tiene muchos temblores desde el otoño. Me he pasado un momento por su casa para llevarle las pastillas y al final me he quedado a tomar una taza de té. Y… ¿tú qué tal?

—Fatal. Un rollo.

Karen se pasó un dedo por el puente de la nariz, hasta la frente.

—Vaya, lo siento.

Bill cogió el correo del estante de la entrada y lo hojeó con detenimiento.

Karen lo observó en silencio.

Desde hacía un tiempo, su matrimonio se basaba en el silencio. Cada vez más. Lo que no se decían lo era todo, y lo que se decían carecía de importancia.

Pasado un minuto, Bill apartó la mirada del extracto de su tarjeta de crédito con el ceño fruncido. Karen notó que intentaba recordar qué había dicho ella, retomar el hilo, seguir con los pasos del baile.

—Bueno, ¿y qué pasa? ¿Es por el trabajo?

Karen se encogió de hombros.

—El mes que viene anunciarán a quién van a despedir.

Bill la miró un momento.

—¿Estás preocupada? Seguro que no. Tu evaluación era muy buena, ¿no?

Ella no estaba de humor para darle la razón.

—Eso fue hace cuatro meses, Bill. Es una gran empresa. Las cosas cambian a toda velocidad. Tú no... —Se pegó las manos a las mejillas—. Es igual. —Sabía que parecía histérica. A veces tenía la sensación de que iba a volverse loca—. Me está entrando dolor de cabeza. Puede que salga a tomar un poco el aire. Le dije a Susan que me pasaría por su casa para llevarle la invitación para el cumpleaños.

—Ah, ya. —Dejó el montoncillo de cartas sobre la cómoda y se detuvo detrás de Karen. Luego cambió de sitio uno de los cojines del sofá—. Me alegro.

—¿De qué?

Karen había vuelto a coger la revista.

—De que vayas a ver a Susan. De que volváis a ser amigas.

—¿Después de que le prendiera fuego a su pelo, quieres decir?

—Bueno, está bien que tengas una amiga en el pueblo.

Ella le lanzó una mirada socarrona.

—Haces que parezca una verdadera hazaña.

Bill entró en la cocina.

—No lo decía en ese sentido.

No le gustaba discutir, y a Karen la sacaba de quicio. Tenía ganas de decirle que se callara de una puta vez y que no fuera tan calzonazos. Que la agarrara de los hombros, la besara y le dijera que iba a darle un buen repaso. Que tirara al suelo las dichosas cartas, le subiera la falda y la tumbara sobre el impecable sofá Next color crema, hasta que cayeran al suelo abrazados, sonriendo, él con el cabello revuelto y ambos acalorados por el contacto de sus cuerpos desnudos. Quería ver al hombre del que se había enamorado, aquel hombre encantadoramente torpón, minucioso y amable que llegó tarde a su primera cita porque se paró a ayudar a una joven mamá cuyo coche se había averiado en la A36. Que vivía para servir a los demás, que se hacía indispensable, que se reía a carcajadas —como un bebé al que hicieran cosquillas— cuando hablaba con su hija, y que solía mirarla a ella, a Karen, como si fuera una diosa que hubiera cobrado vida ante sus ojos. Cuando Bill estaba presente, todo iba bien.

Parpadeó, con la mirada perdida, y entró tras él en la cocina.

—¿Qué tal tú? —preguntó espoleada por la mala conciencia. Le pasó la mano por el pelo cortado a cepillo.

Él se estaba frotando los ojos, cansado.

—Bien. Otra vez ha venido Dorothy. Está muy mal. Ah, y me he encontrado con Kathy, dice que ha recibido la invitación de mi madre para el cóctel del viernes. Parecen todos muy animados por que vuelva a haber una fiesta en Winterfold. Es muy agradable.

Karen se acercó a la nevera.

—La cena ya está lista. ¿Quieres una copa de vino?

Bill negó con la cabeza.

—Antes me gustaría tomar una taza de té.

—No voy a hacer té. Voy a abrir el vino.

—Vale, entonces pondré yo la tetera —repuso él, imperturbable.

Karen se sirvió una copa mientras repasaba la lista que tenía en mente. Al día siguiente tenía que levantarse temprano: a las ocho tomaba el tren para ir de Bristol a Birmingham, a un congreso. Su traje estaba colgado en la habitación de invitados. Había preparado los bocadillos para el tren. Tenía la presentación guardada en el portátil y las notas de Rick pasadas a limpio. Su jefe le enviaba correos continuamente, y había que transcribirlos para no perder detalle. Rick era muy concienzudo, como mínimo, pero a Karen le gustaba el orden. Y también le gustaban los desafíos: se crecía con ellos. Lisa, su mejor amiga en Formby, su pueblo, siempre decía que había nacido para tener hijos.

—Eres la persona más ordenada que conozco —le había dicho la última vez que Karen estuvo en Formby—. No te importaría… Megan, déjalo, ¿vale? No te importaría tener que vigilarlos continuamente, tenerlo todo listo por la mañana, o meter a uno en la bañera mientras el otro cena. ¡No! ¡Niall! Para de una vez, animal. Ya estoy harta, ¿me oyes? De verdad, Karen, serías una madre fantástica. ¿No tenéis planes?

«¿No tenéis planes? ¿No tenéis planes?» Karen recordaba perfectamente la mirada intensa y ligeramente fanática de su amiga, la expresión que adoptaban todas las madres ante las mujeres sin hijos, como si se sintieran obligadas a hacerles entender con exactitud lo que era tener hijos. Como si de otro modo no pudieran hacerse una idea de lo maravilloso, lo natural y lo gratificante que era la maternidad. Karen se había marchado poco después, pero lo cierto era que lo que no conseguía olvidar, lo que más le inquietaba, era la calidez que emanaba del desorden y el caos de la vida de Lisa. Su bungaló junto al mar, rebosante de juguetes rotos y ropa desechada. Los horrendos dibujos infantiles pegados por todas partes. Aquellos absurdos imanes en la nevera. «Para la mejor mamá del mundo» y todo eso. La casa de Lisa era un hogar, un lugar seguro y acogedor, y mientras ponía la mesita para la cena, Karen contempló la vida que había creado con Bill. Y no vio ninguna muñeca sin brazos ni ningún Lego que hiciera que su casa pareciera un hogar.

Sus padres se habían divorciado cuando ella tenía diez años. Su madre y ella eran dos obsesas del orden y nada les gustaba más que un buen zafarrancho de limpieza. La primera vez que la señora Bromidge, su madre, estuvo en Winterfold, justo antes de su boda con Bill, agarró a Karen por el brazo mientras volvían a casa.

—¡Y esa chimenea! —había exclamado—. ¿No les molesta? ¡Todo ese hollín! Estamos en verano, no hace falta que la tengan encendida. ¿Por qué no se compran una buena estufa o ponen gas?

Su hija no había podido menos que darle la razón. Karen pensaba a menudo que la diferencia entre su mundo y el de los Winter estribaba en que ella creía en las chimeneas de gas mientras que en Winterfold parecían pasarse la vida encendiendo o avivando el fuego en la enorme chimenea del cuarto de estar. Eso, sin embargo, no se lo dijo a su madre. Tenía que ser leal a aquella estrafalaria familia en la que había decidido integrarse. Se aseguró, no obstante, de que en casa de Bill hubiera una chimenea de gas.

New Cottages era una hilera de cuatro antiguas casas de beneficencia situadas a corta distancia de la iglesia. Bill había comprado una después de su divorcio y, un par de meses antes de su boda, Karen, con su permiso, la había redecorado para que tuviera un aire un poco más moderno y no diera la impresión de que sus moradores usaban pijamas de nailon y olían a perfume de lavanda inglesa. Había llevado allí las cosas que le faltaban por trasladar desde su piso de soltera en Bristol, aunque en realidad no había sitio donde meterlas. La casa era muy pequeña. Aquella primera noche, mientras cenaban comida china y bebían vino blanco sentados sobre una estera tendida sobre la flamante moqueta de color crema porque aún no les habían llevado el sofá, Bill le había dicho:

—Si viene alguien más... En fin, tendremos que buscar un sitio más grande, ¿no?

Lo dijo de esa manera tan suya, medio en broma, con el ceño un poco fruncido para que ella no pudiera adivinar hasta qué punto hablaba en serio. Y cuando, un año y medio después, ella le había comentado «Hace casi un año que no tomo la píldora, Bill. ¿No es un poco raro que no haya pasado nada?», él se limitó a sonreír y le dijo:

—Creo que tardará un tiempo. Tú tienes treinta y tres años, pero yo soy mayor. ¡Tengo cincuenta!

Eso decía siempre Bill: «tardará un tiempo». Al final, como en tantas otras cosas de su matrimonio, ella se había dado por vencida. Bill era tan hermético. Como una ostra, igual que su madre. A Karen le caía bien Martha, siempre le había caído bien. Pero no la conocía. Solo sabía que detrás de aquella fachada de desenfado había algo más, una tormenta íntima. Pero ¿lo demostraba ella alguna vez? Claro que no.

Karen se sentía cada vez más frustrada intentando hacer reaccionar a su marido. Cuando, hacía un año, le había tirado una taza de té y los trozos de porcelana le habían hecho cortes en los tobillos, Bill se había limitado a decir:

—Eso ha sido un poco peligroso, Karen. Quizá no deberías volver a hacerlo.

Y hacía seis meses, cuando se había largado de casa hecha una furia después de una pelea por algo tan absurdo que ya ni siquiera recordaba y no había vuelto hasta el día siguiente, Bill le había mandado un mensaje a la hora de la comida.

«¿Sabes dónde está la linterna?».

¿Por qué era así? ¿Cómo podía ser tan pasivo? La sacaba de quicio. Al principio había intentando hacerle cambiar. Últimamente, sin embargo, había dejado de intentarlo.

Cenaron en silencio, uno frente al otro en la mesita. Bill comía metódicamente, preparaba cada bocado como si equilibrara el fiel de una balanza. A veces, a Karen su forma de comer se le antojaba hipnótica. Cuando la resbaladiza mantequilla de ajo del pollo Kiev salía despedida y caía en su servilleta en vez de mancharle la camisa, casi se llevaba una desilusión. Guardaba silencio porque se había acostumbrado a ello. Antes hablaba por los codos. Ahora costaba menos esfuerzo, era menos decepcionante, quedarse allí sentada y comer sin más. Como uno de esos matrimonios que veía en vacaciones: sentados sin nada que decirse el uno al otro. Prefería pensar en cosas. Reflexionar sobre esto o aquello, dar vueltas a la cabeza, pensar —con el corazón palpitante— en lo mala que podía ser si se lo proponía. Aquello constituía una sorpresa para ella: nunca se había considerado especialmente fantasiosa, y estaba en medio de una conversación con él acerca de su vida sexual cuando de pronto, sin venir a cuento, le oyó decir:

—No sé si vendrá Daisy.

Karen pestañeó.

—¿Adónde?

Bill pinchó un guisante con una púa del tenedor.

—A la fiesta de mi madre. No sé si se acordará siquiera de que su madre cumple ochenta años.

Karen no supo qué contestar.

—Claro que sí, ¿cómo iba a olvidar una cosa así? Además, tu madre os ha pedido a todos que vengáis, ¿no? Esa invitación tan rara y todo eso.

—No estoy seguro. Es típico de mamá. Tiene un sentido del humor tan extraño.

Karen no estaba de acuerdo. Tenía la impresión de que se trataba de algo más que de un sentido del humor ligeramente peculiar.

—Bueno, vale. Pero de todos modos estoy segura de que vendrá.

Bill abrió la boca, volvió a cerrarla y por fin dijo lentamente:

—Tú no conoces a Daisy.

«Quiere hablar del tema».

—Bueno, sé lo que contáis de ella. O más bien lo que no contáis. Está claro que quiere mucho a tu madre, aunque ni a Florence ni a ti os caiga muy bien.

—Claro que me cae bien. Es mi hermana.

—¿Y eso qué tiene que ver?

Bill suspiró.

—Quiero decir que siempre queda algo. A pesar de todo lo que ha hecho, sigo queriéndola. Somos familia.

—¿Y qué ha hecho exactamente?

Él se encogió de hombros como un niño.

—Nada. Es solamente que no es muy... —Empujó un cúmulo de guisantes con el cuchillo—. Es mala.

A Karen se le escapó una carcajada.

—¿Mala? ¿Qué pasa, es que escondía tus cosas y te llamaba «apestoso»? ¡Eso no es excusa, Bill!

—Me llamaba Lily[2] —dijo él con la vista fija en el plato—. Billy Lily. Porque ella se llamaba Daisy Violet y el segundo nombre de Florence era Rose, y decía que yo era la mayor nenaza de todas. —Se frotó los ojos—. Pero tienes razón, es una bobada. No hizo nada terrible.

—Yo creía que había robado el dinero del mercadillo de la parroquia y que se lo había gastado en marihuana.

—Ah, sí. —Bill se frotó el puente de la nariz—. ¿Cómo lo sabes?

—Tengo mis fuentes. —Se dio unos golpecitos con el dedo en la nariz—. Me lo dijo Lucy.

—¿Y cómo lo sabe ella?

—Tu hija lo sabe todo —contestó Karen—. Y también me contó que Daisy estuvo a punto de prender fuego al granero una vez que volvió de viaje y estaba fumándose un porro con un tipo del pueblo.

Bill se quedó mirándola un segundo, casi como si estuviera pensando si debía continuar o no con aquella conversación.

—Bueno, tengo que reconocer que antes de marcharse era un poquito drogadicta. Y hacía cosas. A menudo me he preguntado... —Se detuvo.

—¿Qué te has preguntado?

—Me parece que suena bastante paranoico dicho en voz alta. Son cosas que escapan a mi control. Aunque ahora que se ha convertido en una especie de figura angelical que salva a huerfanitos y recauda dinero, tenemos prohibido criticarla. —Se rió—. No se lo digas a mi madre, ¿de acuerdo?

---

2. Lily significa lirio en inglés. (*N. de la T.*)

—Estáis todos locos —repuso Karen, mientras apilaba los platos con estrépito y casi los arrojaba sobre la barra del desayuno que los separaba de la cocina—. ¿Por qué nunca habláis de ello? O sea, ¿por qué se marchó? Nunca ve a Cat. Es de locos. —Notaba en su voz el acento de Mersey, más audible cuanto más hablaba—. Y, ya que estamos, Cat también está como una cabra. Vive en París y no quiere que nadie la visite. Es como si tuviera la lepra o algo así.

—Eso no es verdad. Cat viene de vez en cuando. —Karen sabía que Bill le tenía mucho cariño a su sobrina—. Es solo que está muy ocupada, nada más.

—Trabaja en una floristería, tan ocupada no estará. Antes era periodista de moda, se codeaba con diseñadores y toda clase de gente, y ahora vende tiestos, Bill. —Sabía que lo que decía sonaba cruel, pero por una vez quería zarandearlo, sacarlo de aquella complacencia suya, tan serena y reprimida—. Hace más de tres años que no viene por aquí. ¿No te parece un poco raro?

Pero su marido se limitó a encogerse de hombros.

—Tenía ese novio, Olivier. No parecía muy buen tipo. Se fue a Marsella. Tenía un perro, *Luke*. Y lo abandonó, se lo dejó a Cat para que cuidara de él, por lo que cuenta mamá. Fue todo un desastre, pobrecilla. —Se sirvió otra copa de vino—. Ese tal Olivier era un mal bicho.

A Karen le dieron ganas de gritar.

—¿Qué quieres decir con eso? ¿Que la maltrataba? ¿Qué fue exactamente lo que le hizo?

—No lo sé, Karen —contestó él, entristecido—. La verdad es que me siento fatal por no haberla llamado. Pero uno va dejando pasar los días, ¿no? —Se frotó la frente, mirando inexpresivamente el mantel—. ¿Te he contado lo de Lucy? —No esperó respuesta—. Quiere escribir un artículo sobre ese tema para el periódico. «Los secretos de la familia de David Winter» o algo por el estilo.

Karen tardó un momento en asimilar la noticia.

—¿Se titularía así?

Él vaciló. Karen advirtió su mirada de tristeza y notó una punzada en el corazón.

—Ya sabes cómo son los periódicos. No han aprendido nada. Les encanta ensañarse con las cosas.

Karen se estremeció a pesar de que hacía calor en la habitación e intentó espabilarse con una sacudida mientras Bill se inclinaba hacia delante con los brazos cruzados.

—No quiero decirle que no, pero no estoy seguro de que deba hacerlo. No me parece buena idea remover las cosas. Mi madre se llevaría un disgusto.

—Cuando dices cosas así, nunca sé a qué te refieres exactamente, Bill —repuso Karen—. ¿Remover qué? —Lamentó no poder borrar aquella nota de impaciencia de su voz—. Daisy es muy egoísta, en mi opinión. Y también Cat. Podrían volver y no vuelven. Y en cuanto a Florence, vive en otro mundo. Y Lucy... Ya va siendo hora de que le dé un empujón a su carrera. Siempre está diciendo que quiere ser escritora, triunfar y todo eso, pero no hace nada para conseguirlo.

La intimidad que había entre Bill y Lucy la exasperó, como ocurría siempre que se enfadaba con su marido, y de pronto deseó hacerle daño. Su forma de reírse de las mismas cosas, el brillo que se reflejaba en su mirada cuando Lucy le mandaba un recorte de prensa, una postal o una viñeta del *New Yorker*. Lucy se había ido a vivir con él después del divorcio, y Karen se sentía excluida de su relación. Lucy estaba llena de vida, era un soplo de aire fresco, demasiado grande y patosa para aquella casita. Karen no formaba parte del mundo de ellos dos y, aunque procuraba que eso no la afectara, a veces sus sentimientos se traducían en un deseo pueril y vergonzoso de hacer daño.

—El único que parece preocuparse por tus padres eres tú. Tal y como están las cosas ahora mismo, eres el único que asume esa carga.

—Para mí no es ninguna carga. —Bill sonrió con tristeza—. Me gusta estar aquí. Me gusta ir a ver a mis padres. No soy como las chicas. Yo soy el aburrido. Me gusta llevar una vida tranquila.

Sus ojos se encontraron y se miraron el uno al otro por encima de la mesita. Se hizo un corto silencio. Karen sabía que había echado a perder la velada. Tal vez fuera el momento de irse. Se levantó y cruzó los brazos.

—Lo siento. Estoy cansada y ha sido un día muy largo. Trabajo demasiado. ¿Te importa que salga un rato a llevar esa invitación? —Su marido siguió sentado, mirando el granulado de la madera—. ¿Bill?

Pasado un momento, él dijo:

—Vas a casa de Susan, ¿no?

A ella le tembló la voz.

—Sí, eso es.

Él la miró.

—Dale recuerdos.

—Sí, sí.

Karen se dio la vuelta para ponerse el abrigo.

—He estado pensando... —Bill se recostó lentamente en la silla—. Puede que necesites un descanso. Después de la fiesta. A lo mejor podríamos ir a Italia. A Florencia. Podríamos visitar Florencia. O Venecia. Unas minivacaciones en diciembre, antes de Navidad. ¿Qué te parece, Karen?

El corazón le latía tan fuerte que pensó que Bill tenía que oírlo. Rebuscó en sus bolsillos y luego cogió las llaves, intentando ganar tiempo.

—Claro.

Bill se levantó y se acercó a ella.

—Sé que las cosas no van... Sé que está siendo difícil.

Ella asintió, levantó lentamente la barbilla para mirarlo a los ojos. Su marido. Sus ojos castaños, tan serios, tan dulces y amables. Una punzada de nostalgia la atravesó como un cometa surcando la oscuridad y le recordó que no había cometido un error, que alguna vez había habido algo entre ellos.

—Los dos nos merecemos un descanso. Podríamos practicar un poco para hacer un bebé —añadió en voz baja, como si fuera un secreto.

Karen acercó las manos a las suyas y se quedaron los dos inmóviles, rozándose con los brazos. Ella respiró hondo y exhaló lentamente, tratando de reprimir la oleada de náuseas que amenazaba con embargarla. «Eres médico —le dieron ganas de gritar— ¿No te das cuenta de que han pasado más de tres años y seguimos sin novedad?».

Pero se limitó a menear la cabeza.

—Puede ser.

—Ah. —Soltó una risita y le cogió los dedos a Karen. Tenía las manos cálidas: Bill siempre era cálido—. Un «puede ser» es mejor que nada, supongo.

—Será mejor que me vaya —dijo Karen—. Susan estará...

—Sí, ya sé —repuso él—. Seguramente estaré dormido cuando vuelvas. Ha sido un día muy largo.

—Claro. Claro.

Karen recogió la tarjeta que con tanto cuidado había colocado en la mesa del recibidor —sobre la que había más correo— y abrió la puerta. Bill dijo en voz baja:

—Buenas noches, entonces.

Y mientras se alejaba deprisa, estremecida por la fresca noche otoñal, Karen comprendió que debía sentirse libre y que, sin embargo, no podía.

Cat

Cat:

No puedo cuidar de Luke ese fin de semana de noviembre. Luke ya no es problema mío. Lo dejaste muy claro cuando me lo quitaste. Ahora no quieras tenerlo todo.

Si vas a ver a Didier al bar Georges, al once, te dará el sobre que tenía pensado darte. Contiene algo que te será de ayuda. Creo que lo encontrarás útil.

Olivier

Cat leyó el correo electrónico y cerró el portátil con tanta fuerza que el tejadillo de plástico corrugado del tenderete se estremeció. El agua de lluvia goteaba del tejado y caía en los bordes de las macetas de lavanda, caléndulas y geranios. Los turistas se apiñaban patéticamente contra las jaulas atestadas de canarios de colores brillantes que se pasaban el día cantando, un trinar incesante que saturaba el aire y que, sin embargo, Cat había dejado de oír hacía mucho tiempo.

No tenía tiempo de ir a ver a Didier, pero tendría que hacerlo. Olivier la tenía otra vez en sus manos. Tenía que regresar a Winterfold, y no podía permitirse comprar el billete de tren. Pero el hecho mismo de volver al once la ponía furiosa, además de asustarla. Le daba mucho miedo que Olivier aún tuviera el poder de arrastrarla a su vida de antes.

En otro tiempo, antes de conocer a Olivier, había vivido no muy lejos del distrito once. Si entonces hubiera podido verse a sí misma tal y como era ahora, se habría quedado perpleja al comprobar en qué se había convertido. Después de la universidad había pasado un año en paro, haciendo de vez en cuando trabajos de jardinería, hasta el día mágico en que supo que le habían dado el empleo de auxiliar de redacción en *Women's Wear Daily*. Aquellos meses buscando empleo fueron una dura prueba para ella, que era tímida en sus mejores momentos y, en los peores, daba muestras de una desmañada torpeza y una penosa inseguridad. Cuando llegó a Winterfold la carta ofreciéndole el puesto (aún guardaba aquella carta, la responsable de que estuviera en París. Ahora sonaba tan pintoresco: una carta.), se puso a dar saltos en el pasillo y se abrazó a su abuela, casi confiando en que Martha le rogara que no se marchara. A pesar de que siempre había querido vivir en París y de que aquella oferta de trabajo superaba todas sus expectativas, se le hacía muy cuesta arriba tener que abandonar Winterfold, aquel lugar donde se sentía tan a gusto y donde, a su modo de ver, había sido tan feliz. No era la primera vez que se marchaba: había estudiado en Londres, pero esas ausencias no eran más que largos paréntesis durante los cuales tenía la certeza de que volvería a Winterfold. Esto, en cambio, era distinto. Tenía veintidós años y era el verdadero comienzo de su vida.

—No quiero dejaros. No quiero desaparecer del mapa. Como Daisy.

—Siempre se le hacía raro pronunciar el nombre de su madre. La de resonaba como una campana y tenía la sensación de que los desconocidos iban a volverse para mirarla: «Ah, es esa chica, la hija de Daisy Winter. Ya veremos cómo sale».

Pero su abuela se mostró sorprendentemente firme.

—Tú no eres tu madre, cariño. No te pareces nada a ella. Además, no eres una reclusa que no haya salido nunca de casa. Has pasado tres años en Londres, tienes un título universitario y estamos muy orgullosos de ti, cielo. Creo que debes hacerlo. No tengas miedo de marcharte. Pero procura volver.

—Claro que volveré.

Cat se había reído, y recordaba muy bien aquel fragmento de conversación, lo ridícula que le pareció entonces la idea de no regresar a Winterfold. Al mismo tiempo, sin embargo, era consciente de que su abuela tenía razón. Todas sus amigas estaban empezando a trabajar y a mudarse a otros lugares. Iba siendo hora de que ella hiciera lo mismo.

Llegó a París en la primavera de 2004, un poco insegura y echando ya de menos su hogar. Encontró un apartamento no muy lejos del Café

Georges, en una pequeña *cité* a espaldas del Boulevard Voltaire. Tenía cuatro jardineras en las ventanas que cuidaba con esmero, una caja grande de infusiones traída de casa que le servía de mesita, una cama de Ikea, una cómoda que su abuela y el tío Bill le trajeron en coche quince días después, dos percheros comprados en un mercadillo de Abbesses con un alambre tendido entre ambos para que sirviera de armario, y un juego de diez perchas de madera con la marca Dior estampada, adquirido ese mismo día. Le encantaba jugar a las casitas, tener su primer hogar de mujer adulta. Hacía que se sintiera independiente por primera vez en su vida.

Sin embargo, su bonito y despojado piso estaba casi siempre desierto. Ella pasaba casi todo el tiempo en la oficina o con su jefe, tomando notas en reuniones con diseñadores, asistiendo a pases privados en diversos talleres o, cada dos años, durante la Semana de la Moda, corriendo de desfile en desfile, siempre sentada en la fila de atrás junto a otros *fashionistas* sin blanca, garabateando notas y tratando de aprender todo lo posible. Sin embargo, lo que más le gustaba de su trabajo era visitar los ateliers y observar a las recias y maduras costureras parisinas que llevaban años trabajando para Dior, ver sus ágiles dedos cosiendo la enésima lentejuela a la refulgente cola de un vestido, metiendo el dobladillo de la blusa de seda de una modelo, deslizando el terciopelo grueso y suave como mantequilla por sus máquinas de coser, alisando, rematando y transformando con sus dedos veloces un trozo de tela inerte en algo mágico.

Con el tiempo, el mundillo de la moda llegó a parecerle ridículo. Aquello, en cambio, no. Aquello era el corazón palpitante de la industria. Por esa misma razón siempre le había encantado trabajar en el jardín con su abuela: porque sabía que, para crear algo bello que los demás pudieran disfrutar, había que esforzarse mucho entre bastidores. Todo tenía que ser perfecto, hasta una costura que nadie iba a ver. Porque, si se hacía algo, había que hacerlo bien. Su abuela siempre decía que en cuestión de jardinería solo había una regla: «Cuanto más te esmeres, mayor será la recompensa que coseches».

Mandaba noticias a Martha con regularidad: primero cartas y luego correos electrónicos. Al principio no iba casi nunca de visita, quizá porque le gustaba demasiado Winterfold y romper limpiamente le parecía preferible a ir de visita a menudo. Luego, a medida que fue echando raíces en París, sus viajes a casa se hicieron cada vez más escasos. Al principio, Martha iba a visitarla una vez al año, y era estupendo. Iban a comprar a las Galerías Lafayette, a pasear por el Parc Monceau, a callejear por el Marais.

Una vez, mientras paseaban junto al Sena mirando grabados y libros antiguos, su abuela le preguntó:

—¿Eres feliz? ¿Te gusta estar aquí? Sabes que puedes volver cuando quieras, ¿verdad?

Cat se limitó a decir:

—Sí, querida abuelita. Esto me encanta. Es mi sitio.

Martha no dijo nada, solo sonrió, pero Cat vio lágrimas en sus ojos y dedujo que estaba pensando en Daisy. Se había forjado una vida a partir de casi nada, con el único cimiento del amor de sus abuelos y la insistencia de su abuela en que se labrara una carrera, y al decirle a Martha que aquel era su lugar estaba convencida de que así era.

Entonces conoció a Olivier.

Fue un caluroso día de junio, en una *boulangerie*, a la vuelta de la esquina de su apartamento. Era todo tan parisino, tan romántico.

—Nos conocimos en una *boulangerie* de París —les decía a las chicas de la oficina, sonriendo con timidez, con las mejillas encendidas de felicidad—. Olivier estaba comprando cruasanes, y yo *poilâne*, nos equivocamos de bolsa y... *voilà*.

Pero las apariencias podían ser engañosas. Resultó que Olivier no comía pan: los bollos eran para un amigo. Más adelante, cuando todo acabó, Cat se preguntó quién sería aquel amigo. Una chica, quizá, que estaría esperándolo en la cama mientras él ligaba con otra. Él le dijo:

—Me gusta tu vestido, inglesita.

Ella se volvió, dispuesta a lanzarle una réplica mordaz, y se quedó de piedra al ver su cabello negro y desaliñado, sus ojos castaños y su preciosa boca de color rosa, en la que bailoteaba una sonrisa divertida. Era trompetista de jazz, tocaba todas las semanas en el Sunset y tenía su propio grupo. Estaban intentando hacerse un hueco. Olivier era un buen trompetista, ella lo intuyó al primer vistazo.

Se sentía avergonzada —o quizás un poco orgullosa, no estaba segura— al recordar que se habían acostado ese mismo día. Sí, él la invitó a tomar un café y ella le dijo que le invitaba a una copa de vino esa noche, y después del trabajo se encontraron en un pequeño bar detrás del Palais Royal, en un sótano que presuntamente formaba parte del antiguo palacio de Richelieu. Pidieron los dos *kir*, comieron salchichón y pepinillos y, después de dos copas, él dijo sin más:

—No quiero beber más. ¿Te vienes a casa conmigo?

En su minúsculo apartamento, las contraventanas estaban abiertas de par en par y durante toda la noche, mientras se abrazaban de un modo que hasta entonces Cat no había creído necesitar, no dejaron de oír el bullicio de la gente que salía de fiesta, que discutía o cantaba al pasar por la calle. Cat era metódica, ordenada: temía más que nada en el mundo ser como su madre ausente, aquella mujer con tan poca idea de cómo vivir que se había visto impulsada a dejarlo todo atrás y a marcharse a la otra punta del mundo para ayudar a personas que se hallaban en peor situación que ella.

De modo que al principio la horrorizó descubrir que, después de tres años en París, donde se había forjado un mundo tan a su medida, todo se derrumbaba como un castillo de naipes. Que las fuertes y tersas manos de Olivier acariciándole los pechos y deslizándose por sus brazos hasta entrelazar los dedos con los suyos, que su rodilla abriéndose paso entre sus piernas, que sus labios rozándole el cuello, que las palabras que le susurraba al oído (aquellas palabras húmedas y obscenas que la hacían gemir), que todo aquello podía sencillamente castrarla y despojarla de sus asideros, a pesar de que nunca se había sentido tan femenina, tan sensual y erotizada. El resto de aquel verano quedaría para siempre grabado en su memoria como un pálpito entre las piernas, donde quería sentir eternamente a Olivier. Se volvió pálida y fibrosa: mientras sus compañeras de trabajo volvían bronceadas de sus vacaciones en el campo o el mar, ella estaba siempre en casa con Olivier. Pasaba fines de semana enteros extraviada en una especie de neblina en la que solo había espacio para el sexo, el sueño y el alimento, y vuelta a empezar otra vez. Era tan feliz. Se sentía como si fuera otra, como si hubiera renacido allí, en París, con él. Olivier no la había conocido siendo una adolescente flaca, patosa y llena de granos, la niña sin madre. La veía únicamente como la persona en la que se había reconvertido y a la que él amaba, o eso decía, y Cat lo quería por ello, a pesar de que íntimamente no dejaba de preguntarse «¿Cuándo se dará cuenta?».

Después, al echar la vista atrás, se daría cuenta de lo poco que había durado en realidad aquella dicha. En invierno ya eran visibles todos los indicios, pero ella prefirió no verlos. Se ponía enferma al pensar en lo estúpida que había sido. La locura que había sido permitir que aquello siguiera adelante.

¡Qué tonta había sido! Ahora se daba cuenta. En Año Nuevo dejó su piso y se fue a vivir con Olivier. En 2008 volvió a casa para la boda de Bill. Todo el mundo intentó sonsacarle información acerca de su misterioso novio, y Lucy hasta se mostró entusiasmada, pero Cat contestó con evasivas y ellos no preguntaron más. Llevaba tanto tiempo ejerciendo su papel de joven discreta y algo burlona que a nadie le sorprendió su reticencia a contar inofensivos chismorreos acerca de su novio francés.

—Típico de ti —la acusó su tía Flo—. Siempre has sido muy hermética, Cat.

«Pero no es verdad —quiso decirles ella—. Creo que he cometido un error terrible».

Durante el banquete en Winterfold, tras la extraña ceremonia en el ayuntamiento, estaba intentando mandarle un mensaje a Olivier, preguntándose qué querría él que le dijera, cuando notó que alguien la agarraba del brazo. Dio un respingo, sobresaltada. Era su madre. Daisy.

Cat miró los dedos pequeños y esqueléticos que tenía clavados en el brazo.

—Estoy intentando mandar un mensaje —dijo con sequedad.

Odiaba todo aquello, odiaba estar allí, sentirse tan fuera de lugar.

Daisy se inclinó hacia delante. Su cara huesuda reflejaba la de Cat como un espejo.

—No intentes fingir que no soy tu madre, Catherine. Somos iguales. Lo sé. Lo veo en ti. Somos exactamente iguales, así que deja de pensar que eres mejor que yo. Porque no lo eres.

El olor a lirios en el comedor fresco; el vestido blanco de Karen brillando en los márgenes de su visión; el sol ardiente fuera, cayendo a plomo sobre la hierba amarillenta; y la voz de su madre, ronca y argentina.

—Sé cómo eres, Cat. Deja de resistirte y asúmelo.

Cat le apartó los dedos del brazo. Se echó hacia atrás y se alejó de su cara flaca y horrenda.

—Si soy como tú, que Dios se apiade de mí —dijo, y se alejó hacia la puerta abierta.

No habían vuelto a verse desde entonces. Cat regresó a París sabiendo que jamás podría contarles lo que estaba pasando. Solo tenía que intentar sacarle el máximo partido, porque tenía suerte, ¿verdad que sí? Era maravilloso, ¿no? Se había creado unas expectativas muy elevadas por culpa de su madre y de todo lo demás. Lo que tenía que hacer era dejar de ponerse tan pesada y quedarse calladita, como decía Olivier.

Además, estaba todo tan visto, era tan aburrido. Aquel cambio paulatino, de tal modo que en el espacio de unos meses pasó de creer a ciegas en el amor de Olivier a estar absolutamente convencida de que la despreciaba, y con razón. Las ausencias repentinas, la conducta inexplicable, las horas que ella pasaba esperándolo y sus enfados cuando por fin aparecía y la acusaba de haberse equivocado de sitio. Perdió por completo la confianza en su capacidad para tomar decisiones. ¿Cuántas veces, al caer la noche, cuando empezaba a tener hambre, se había quedado dudando en el recibidor sin saber si debía hacerle la cena o no? ¿Faltaba poco para que llegara? ¿Querría comer algo? ¿O tardaría aún horas en llegar y se pondría a gritarle por haber permitido que se enfriara su cena?

—¿Cómo coño quieres que me coma esta porquería, Catherine? Qué egoísta eres. ¿Es que no podías esperar ni una hora? ¿Qué? Vale, una hora y media, ¿y qué? Me he encontrado con unos amigos. Son contactos importantes. ¿Es que tengo que volver corriendo a casa porque si no me quedo sin cenar?

Siempre se las arreglaba para que pareciera que tenía razón, y ella siempre acababa disculpándose.

Se compraron un perro, un fox terrier blanco y nervioso al que pusieron de nombre *Luke* por el abuelo de Olivier, un soldado inglés que se quedó a vivir en Bretaña. Cuando Cat se rió porque le pareció un disparate ponerle a un perro el nombre de su abuelo, Olivier se marchó del apartamento dando un portazo y no volvió hasta la mañana siguiente. Al principio estaba obsesionado con *Luke*, como si fuera su hijo o su nuevo mejor amigo: lo sacaba a pasear a los jardines de las Tullerías, y una vez hasta lo llevó a un concierto. El perro se sentó obedientemente en una silla junto a la funda de su trompeta y Olivier soltó un exclamación de placer cuando hizo *un caca* en el suelo de parqué. Pero al poco tiempo

Cat empezó a observar que, como le ocurría con todo, aquella obsesión suya perdía fuerza y era reemplazada por el desinterés, el fastidio y, por último, el desprecio puro y duro. *Luke*, que aún no había cumplido un año, no entendía por qué cuando se acercaba trotando a su amo y lo miraba esperanzado, Olivier no le hacía caso o lo apartaba con su mano grande y peluda.

—*Vas-y, vas-y*, perro idiota.

Fue a través de *Luke* como empezó a darse cuenta del error que había cometido, pero aún tardó algún tiempo más en comprender que no era ella quien había cometido un error de juicio, sino él quien la había embaucado. Para Olivier, ella carecía de valor salvo como un bonito juguete que podía desechar en cuanto se aburriese, como había hecho con *Luke*. El día en que todo cambió, Cat quedó para tomar un café con Véronique, una amiga muy querida del trabajo. Años atrás habían sido casi intercambiables: chicas con flequillo y el pelo largo y castaño que se reían por lo bajo viendo a los modelos de los desfiles, que cogían juntas un taxi después de tomar demasiadas copas de champán, que se ayudaban acarreando cajas por largos tramos de escaleras al mudarse a sus minúsculos apartamentos y que habían dormido la una en el sofá de la otra y compartido el almuerzo. Ahora, en cambio, Véronique era casi una parodia de todo aquello en lo que debería haberse convertido Cat. Había trabajado en *Women's Wear Daily* y ahora trabajaba en *Vogue*. Tenía una elegante y lustrosa cabellera, llevaba sandalias de piel de Marni, camisa negra de gasa de Paul & Joe, americana rosa entallada y las uñas a juego, pintadas de un rosa muy pálido. Cat, que en los últimos meses apenas se preocupaba por su aspecto, llevaba unos vaqueros sucios, una coleta y una camiseta bretona de rayas azules. No le apetecía arreglarse. Se sentía enferma constantemente, como si siempre tuviera una náusea atascada en la garganta, nunca tenía hambre y le costaba dormir.

—¿Se puede saber qué te pasa? —había preguntado Véronique de inmediato. Cuando Cat trató de explicárselo, se había encogido de hombros horrorizada—. Pero ¿por qué sigues con él? ¡Por el amor de Dios, Catherine, abandónalo! Ese hombre te está matando lentamente. ¿Y si tienes hijos con él?

Una lágrima resbaló lentamente por la mejilla de Cat. Se la limpió con el dorso de la mano.

—Ya lo sé —dijo—. Tuve un aborto hace seis meses. Él se alegró. Yo también, pasado un tiempo, y ahora… —Empezó a llorar apretándose los ojos con las manos y meciéndose adelante y atrás, sin importarle quién pudiera verla. Al cabo de un rato dijo—: A veces me gustaría que me pegara. Para hacerlo patente. Puede que me lo merezca.

Véronique se echó hacia atrás como si ella misma hubiera recibido una bofetada, y se hizo un silencio.

Cat no abandonó a Olivier ese día ni esa semana, pero desde el momento en que habló de ello se convirtió en algo tangible. En otro tiempo habían estado tan unidas, no solo por su temperamento sino por la fase que atravesaban sus vidas, que la cara que puso Véronique fue casi una revelación. Cat solo podía describir aquella cara como de absoluta perplejidad, mezclada con lástima y un leve y sutilísimo atisbo de desdén.

Cuando todo acabó, Cat se dio cuenta de la suerte que había tenido. Había logrado salir de aquella situación antes de que Olivier la hundiera aún más. No le quedaba nada, y habían pasado tantas cosas, había llovido tanto, que no pudo, ni entonces ni después, llamar a su abuela (a Martha, que estaba tan orgullosa de su Cat, que la había educado para que fuera como ella, no como su madre) y explicárselo todo.

No veía a Martha desde antes de las Navidades del año anterior, cuando vino a París a comer con ella, a hacer unas compras navideñas y «a verte, cariño, porque tengo la sensación de que ya no sé nada de tu vida».

Se encontraron en Abbesses y comieron *confit de canard* en un bistró pintado de color rojo oscuro con vistas a la ciudad. Esa vez no fue como las otras. Había tantas cosas que Cat ya no podía contarle a su abuela. Le había sucedido algo tremendo y, para intentar superarlo, le había dado la espalda a todo lo demás.

Habló de sí misma tan poco como pudo. Dieron una vuelta por las tiendas, sin rumbo fijo, hasta que, pasada una eternidad, llegó de pronto la hora de que Martha se marchara si quería coger el tren. Después de que su abuela desapareciera, sin embargo, Cat siguió sintiéndola a su lado. La mano enguantada sobre su brazo, las palabras que le había susurrado al oído:

—Siempre estaremos ahí si nos necesitas, cariño. No lo olvides.

En aquel instante, el deseo de contárselo todo casi se apoderó de ella. El deseo de llorar sobre el hombro de su abuela, de hablarle de Olivier, de *Luke*, de *madame* Poulain, de confesar que no tenía nada, que a veces no comía, que había cogido dos panecillos de la mesa del restaurante para comérselos más tarde. Que lo estaba haciendo todo mal y que no podía cambiar nada, que necesitaba empezar de cero si quería tener alguna esperanza de desenredar la enmarañada madeja que era su vida.

Pero en el momento crucial Martha había desviado sutilmente la mirada, solo una fracción de segundo. Luego había mirado su reloj y...

—Tengo que irme, cariño. ¿Seguro que estás bien? Dímelo. Me lo dirías si te pasara algo, ¿verdad?

—Sí, sí. —Cat besó a su abuela otra vez y vio cerrarse aquella rendija de luz—. Por favor, no te preocupes por mí. ¿Cómo va a ser alguien infeliz viviendo aquí?

Las nubes de diciembre surcando el cielo, las luces doradas titilando como fuegos fatuos en la penumbra del atardecer, las altas torres de Notre Dame y la sirena de un *bateau mouche* mientras veía alejarse a Martha, a toda prisa, camino del metro. Cuando se dio la vuelta para regresar a casa, sola otra vez, Cat era consciente de que algo había cambiado. Habían pasado demasiadas cosas, y ya nunca podría volver. Quisiera o no, aquella era su vida.

La tarde siguiente, Cat abrió la puerta del bar Georges, junto a la rue de Charonne. A pesar del recelo que le producía volver, le gustaba el distrito once. Estaba poblado por familias, por auténticos parisinos. Le recordaba a una época más feliz de su vida. Miró el reloj para asegurarse de que no llegaría tarde para ocuparse de Luke. Cuarenta minutos. Veinte en el bar y veinte para volver.

Saludó con un gesto a Didier, el dueño, y se sentó a la barra.

—*Ça va, Catherine?* —Didier, que estaba secando tazas de café, no pareció sorprenderse al verla a pesar de que habían pasado tres años—. *Un café?*

—*Non, merci* —contestó ella en francés—. Didier, ayer recibí un correo electrónico de Olivier. Decía que tienes un sobre para mí.

—Sí.

El barman asintió y siguió sacando brillo a las tazas.

—Bueno y... ¿me lo puedes dar? —preguntó Cat, intentando no parecer demasiado impaciente.

—Está muy triste, Catherine —repuso él—. Has estado muy fría.

Cat cerró los ojos muy despacio.

—Ya —dijo.

Asintió con un gesto. «No te enfades». Se imaginó a sí misma como una cochinilla de la humedad, haciéndose una bolita para que ninguna parte de su ser quedara expuesta. «Piensa en lo que tienes que hacer».

Didier metió la mano debajo de la fría barra de mármol blanco. Sacó un sobre marrón cuadrado. Cat lo miró extrañada. Era grueso.

—¿Es esto? —preguntó, aunque ya sabía la respuesta. Su nombre estaba escrito en la parte delantera, con aquella letra que conocía tan bien.

—Sí.

—Entonces, ¿has visto a Olivier? —preguntó.

—Estuve en Marsella, para el festival de jazz. Me preguntó si podía hacerle el favor. Le dije que sí, claro.

Didier deslizó el sobre hacia ella.

Cat no sabía si abrirlo delante de él o no. Le temblaban las manos. Finalmente se levantó y, agarrando el sobre, lo sacudió delante de Didier.

—*Merci, Didier. Au revoir.*

—¿No te importa cómo está?

Se detuvo y se dio la vuelta.

—¿Olivier? —Le dieron ganas de reír—. Eh... Sí, claro. ¿Le importa a él? ¿Lo nuestro?

—Claro que le importa —contestó Didier, ligeramente contrariado—. ¿Cómo puedes decir eso?

—Las pruebas sugieren lo contrario.

—Fuiste tú quien lo dejó.

Cat se quedó muy quieta.

—Estaba embarazada —dijo.

—Sí, y...

Ella lo interrumpió:

—Estuvo a punto de hundirme. —Lo dijo en voz muy baja, tan baja que se preguntó si Didier la habría oído—. Le habría hecho lo mismo a Luke.

—Quería a ese niño. Igual que quería al perro, y tú…

Cat negó con la cabeza.

—No, eso no es verdad, estás equivocado —dijo. De pronto le aterrorizaba que Olivier estuviera allí, en alguna parte, que exigiera ver a Luke, que la siguiera a casa como otras veces, que fuera todo una trampa—. Él eligió su nombre. Y yo permití que lo llamara como a su dichoso perro, ¿no te das cuenta de que es una locura? ¿No ves que yo habría hecho cualquier cosa por mantener la paz? ¿Por impedir que…?

Ya no importaba, ya no importaba nada. Y sin embargo, cuando pensaba en ello, se acordaba de lo bajo que había caído. Tenía que marcharse. Tenía que salir de allí, volver con su hijo inmediatamente. Sacudió el sobre.

—*Au revoir.*

—*C'est pour Luke* —lo oyó gritar al cerrar la puerta de golpe y salir a la calle estrecha.

Con dedos trémulos, tiró de la pestaña adhesiva y rasgó el fino papel. Se sentía ridícula y ansiosa allí parada, en la calle, incapaz de esperar a llegar a casa. Tocó algo suave, no áspero y quebradizo como esperaba. Y sacó un trozo de cartón. Un cartón grueso y ondulado, con un corazón dibujado a boli con trazo tembloroso. Tenía clavadas unas flechas de las que goteaba sangre.

Debajo había escrito:

ESTO LO HICISTE TÚ. ESPERO QUE ESTÉS CONTENTA.

Su primer impulso fue reírse. Qué patético. Después, la rabia hizo presa en ella, rabia de que pudiera zarandearla así, como a un perro atado a una correa. Podía oírlo riéndose de ella. Miró hacia arriba y a su alrededor como si esperara ver su tez morena observándola desde una ventana. Siempre le habían gustado las bromas pesadas, engañar a la gente. Se estaba carcajeando de su estupidez, de su convicción de ser libre cuando en realidad no lo era, dado que seguía estando dispuesta a dejarlo todo para ir a recoger un paquete suyo.

Era como un perro, como un perro vapuleado. Así la había llamado él al día siguiente de que se escapara *Luke*, de que saliera corriendo por la calle y no volvieran a verlo. El bueno de *Luke*.

—Ahora mi perro eres tú —le había dicho Olivier, y la agarró del cuello y le metió un trozo de pan en la boca hasta que se atragantó y consiguió desasirse.

Cat tiró el cartón a la alcantarilla.

Las voces del interior de su cabeza volvieron a hacerse oír, exigiéndole que hiciera una estupidez, que volviera donde Didier y le gritara que su amigo era una mala bestia, que él la había hecho así, que él mismo había arruinado cualquier posibilidad de tener una relación con su hijo. Haciendo un ímprobo esfuerzo, consiguió dominarse. Restregó los pies contra el sucio empedrado de la calle, sintiendo que se limpiaba a Olivier de las suelas de los zapatos. Cuando llegó al metro, empujó el torniquete con violencia, bajó al andén y se rodeó el cuerpo con los brazos, ciñéndose la fina chaqueta de punto para que nadie viera que estaba temblando.

Después de todo, llegó temprano. Sabía dónde encontrarlos. Justo antes del Pont Marie, en el pequeño Jardin Albert Schweitzer. Mientras se acercaba, Simone, la madre de François, el amigo de Luke, apartó la mirada de la revista que estaba hojeando.

—*Bonjour, Catherine.*

Cat asintió con una sonrisa.

—*Merci beaucoup*, Simone.

Simone sonrió, un poco tensa. Era una de las muchas personas con las que Cat tenía contraída una deuda inmensa, un deuda que nunca podría saldar. Cuando *madame* Poulain estaba exhausta, tenía que aprovecharse de la buena voluntad de personas como Simone, recurrir a la bondad de los desconocidos, de personas a las que nunca podría explicar por completo su situación.

—*Maman!*

Levantó la vista al oír su voz, los pasos precipitados, aquella sensación de lanzarse hacia la felicidad que era siempre, para ella, lo mejor del día.

—¡Mami, mami! *Maman...*

Luke, su pequeño Luke, se arrojó a sus brazos. Su espeso cabello oscuro, su duro cuerpecillo, sus balbuceos, su voz dulce y aguda, atrapada siempre entre el inglés y el francés, igual que la suya.

Era suyo, todo suyo. Y era lo único que importaba.

—¡*Maman*, Josef se come un caracol la semana pasada! ¡Se come un caracol!

Cat lo abrazó tan fuerte como pudo, le dio un beso en la frente.

—«Se comió», mi amor.

—Se comió. ¿Podemos cenar pasta?

Al acordarse de su triste estampa de pie en la acera, abriendo ansiosamente un sobre que no estaba lleno de dinero —que no era sino otro movimiento en el juego de poder al que jugaba Olivier—, sintió que algo se elevaba y se alejaba flotando por la calle, hacia el Sena, y se perdía flotando entre el agua turbia del río. De pronto se sintió más ligera. Se despidió de Simone, y Luke y ella cruzaron la calle en dirección al puente que los conduciría de nuevo a la isla. Agarró tan fuerte la mano de Luke que el niño protestó sacudiéndole el brazo.

Las cosas estaban mejorando. Ahora se daba cuenta. Algún día, todo volvería a ir bien. Besó la mano de su hijo. En cierto modo era una victoria para alguien que, como ella, se había dado por vencida hacía mucho tiempo.

* * *

Esa noche, Cat salió sin hacer ruido de la *chambre de bonne* y bajó a la cocina. *Madame* Poulain había salido a jugar al bridge, como hacía todos los martes por la noche: era el único momento de la semana que Cat tenía para ella sola, el único rato en que podía salir del cuartito que compartía con su hijo, asfixiante en verano y gélido en invierno, libre de la cháchara empapada en vermú de *madame* Poulain y del trabajo agotador, cuando tenía que quedarse hasta tarde en el mercado. A veces veía series que le prestaba Henri —ahora mismo estaba enganchada a *Juego de tronos*—, pero le resultaba extraño ver sola un episodio tras otro de *Spiral* o *The Wire*. Normalmente, leía. Se preparaba una tortilla y una ensalada y comía embelesada, mirando por la ventana hacia la oscuridad del Sena y las luces parpadeantes de la orilla izquierda. En realidad, no pensaba en nada: se limitaba a dejar que los engranajes de su cerebro aflojaran un poco el ritmo.

Luego se acurrucó en el gran sillón con una copa de vino y un Penguin verde que le había regalado uno de los libreros de la orilla del río, un señor mayor, muy amable, al que daba los buenos días cada vez que cruzaba el puente. Cada vez se sentía más atraída por las novelas de su infancia, los libros que llenaban las estanterías de la planta superior de Winterfold: Edmund Crispin, Georgette Heyer, Mary Stewart.

Estaba completamente enfrascada en la lectura cuando sonó el teléfono, y miró la pantalla con fastidio: Henri solía llamarla a esas horas para preguntar por su madre.

Pero no. *Appel international*. Llamada internacional.

—*Allô?*

Una voz vacilante al otro lado de la línea.

—¿Cat? ¡Ah, hola, Cat!

Se quedó callada un momento, la copa de vino a medio camino de la boca. Nunca nadie la había llamado al número fijo de *madame* Poulain.

—¿Quién es?

—Lucy. Ay, Dios. Tienes el móvil apagado. Ni siquiera sabía si este número servía. Lo siento, ¿te pillo en mal momento?

La voz de Lucy era la misma de siempre. ¿Cómo es que no la había reconocido enseguida? Dejó el libro y dijo con cautela:

—No, me alegro un montón de oírte. ¿Qué… qué tal estás?

—Bien, bien, gracias. —Lucy titubeó—. Aunque creo que vivo al lado de Bo el Hombre Abejorro, justo a la vuelta de la esquina. La verdad es que si te llamo es en parte por eso.

—No puede ser.

—Pues sí. Lleva la camiseta y todo.

Incrédula, y sin embargo deseosa de creerlo, Cat preguntó:

—¿Es negra y amarilla?

—Claro.

Bo el Hombre Abejorro era un clásico de sus vacaciones en Dorset, cuando eran niñas. Solía presentarse en la playa a mediodía, vestido siempre con pantalones de chándal negros, gorra de béisbol negra, camiseta a rayas negra y amarilla y unas enormes gafas negras. Pesaba unos ciento cincuenta kilos y caminaba muy despacio de un lado a otro del paseo marítimo. Lucy aseguraba haberlo visto una vez orinando encima de un perro atado, pero Cat nunca se lo había creído. Lucy era un poquito fantasiosa.

Cat se acurrucó un poco más en el sillón.

—Qué raro. ¿Cuándo lo ves?

—Cuando voy a trabajar. Lleva unos auriculares de espuma inmensos. Escucha a Bon Jovi y a Guns'n'Roses a toda tralla.

Cat no pudo evitar reírse al oír aquello, y el nudo que notaba en la garganta se aflojó un poco.

—Hazle una foto, por favor, te lo suplico —dijo—. Tienes que hacérsela.

—Intentaré pillarlo desprevenido. Suelo cruzarme con él cuando voy por Kingsland Road.

—¿En Dalston? ¿Y se puede saber qué haces allí, Luce?

—Bueno, vivo aquí —contestó Lucy—. Y me encanta.

—¡Pues márchate! Cuando yo vivía en Londres, Dalston era como el corredor de la muerte.

—¿Cuánto tiempo hace que te fuiste? —preguntó Lucy, un poco molesta—. ¿Ocho años? Dalston es… Es como el nuevo Hoxton.

—Claro, qué tonta soy —repuso Cat con suavidad.

Se hizo un silencio.

—Oye —dijo Lucy, azorada—, no quiero entretenerte. Solo quería saber si vas a venir a la fiesta de la abuela, el mes que viene.

Cat titubeó.

—Eh… Espero que sí.

—Ah.

Cat advirtió su tono de desilusión y comprendió que debía de haberle costado un gran esfuerzo decidirse a llamarla. Notó cuánto la echaba de menos y dijo:

—Sí que voy a ir. Claro que sí. Solo tengo que reservar el billete y organizar un par de cosas.

—¡Ah, vale! —Lucy pareció tan contenta que Cat sintió correr por sus venas el bienestar que producía saberse valorada, incluso querida—. Qué bien.

—¡Gracias! —repuso Cat, casi emocionada. Luego añadió con curiosidad—: Eh, ¿tú sabes de qué va todo ese rollo de la invitación?

—No estoy segura.

Se hizo una pausa. Cat deseó que hubiera un botón que, con solo pulsarlo, activara automáticamente el canal que antaño había compartido con Lucy, esa facilidad con que parecían retomar las cosas allí donde las habían dejado: en las vacaciones de verano, en los puentes y en Navidad. Clare, la madre de Lucy, viajaba con frecuencia, y Bill solía llevar a Lucy a Winterfold. Además, todos los veranos iban a Dorset, a la casa que una amiga de sus abuelos tenía en Studland Bay. Allí se lo pasaban en grande. Las dos eran hijas únicas y, aunque se llevaban unos años, les encantaba estar juntas. Durante un tiempo, habían sido más como hermanas que como primas. Lucy, atrevida e imaginativa, inventaba las obras que representaban y las canciones que cantaban. Y ella, Cat, podía hacer cualquier cosa: tocados para una representación acerca de los dioses griegos o frondosas colas de hojas para *El león, la bruja y el armario*. Y luego estaba aquella vez que de verdad se metió en un lío: el verano que cortó los vestidos de su madre para hacerle ropita a las muñecas.

Martha se había puesto furiosa —tan furiosa que daba miedo verla— cuando entró en el cuarto de Cat y Lucy, justo después de que empezaran las vacaciones de verano, y las encontró inclinadas sobre los vestidos de Daisy, uniendo trozos de tela con la enorme grapadora industrial de David. Cat nunca había visto a su abuela tan enfadada. Las arrugas de su cara de facciones delicadas y esculpidas adquirieron un rictus de cólera: se le hincharon las aletas de la nariz, enarcó sus finas cejas y enseñó los dientes como un gato furioso y sibilante.

—Este era su cuarto. Dejó esos vestidos para ti, Cat. Cuando se marchó. ¿Te acuerdas?

—Claro que no me acuerdo. Tenía un mes.

—No seas descarada. —Cat pensó que su abuela iba a darle una bofetada—. Los dejó para ti, dijo que no podía ponérselos nadie más y desde luego no quería que los estropearas. ¿Cómo has podido? —Martha recogió a puñados los trozos de tela cortada y los dejó caer entre los dedos—. Es lo único que te dejó, lo único. Quería que fueran tuyos y los has estropeado. No puedo. No, no puedo.

En sus ojos fríos temblaron sendos charquitos de lágrimas. Dio media vuelta y salió de la habitación.

Cat tuvo que quedarse en su cuarto el resto del día y de la noche, sola, mientras Lucy dormía en la habitación de su padre, en el suelo. Los largos vestidos florales de Laura Ashely, estilo años setenta, semejantes a los que llevaría una princesa medieval, el recatado vestido de terciopelo violeta, el vestido de encaje blanco de la Confirmación, los vestiditos de seda de verano con estampados, todos ellos hechos trocitos, desaparecieron, y Cat nunca volvió a verlos. Pasaron las vacaciones como pasaban siempre, en un carrusel constante de vocecillas absurdas, bailes ridículos, tesoros escondidos y canciones a las que les cambiaban la letra y que entonaban una y otra vez.

Después de un silencio, Lucy dijo:

—Si te soy totalmente sincera, por aquí las cosas están un poco raras. La invitación es solo una parte.

Cat sintió un zarpazo de miedo en el estómago cuando dijo:

—Ya me parecía que había algo raro en cómo estaba escrita.

Lucy se quedó callada un momento.

—Bueno, la abuela debe de tener algo que decirnos, ¿no?

—¿Está bien?

—Creo que sí. Bueno, va a cumplir ochenta años. —Lucy respiró hondo—. Creo que Zocato está un poco decaído últimamente.

—¿Sí? ¿Y eso? ¿Qué le pasa? ¿Está...? —Pero las palabras se le apagaron en la boca. «Ve a casa y lo verás por ti misma».

—La verdad es que no se trata de él.

—¿Y de qué se trata entonces? —preguntó.

Procuró controlar su tono de voz, pero le pareció que temblaba. No estaba del todo segura. Y sin embargo, tenía miedo. Lucy era como la puerta de entrada a Winterfold, a un mundo que debía mantener cuidadosamente cerrado.

Lucy soltó un suspiro tembloroso.

—No sé, Cat. Cuanto más vueltas le doy... A lo mejor no debería decírtelo.

Parecía triste, y Cat sintió una oleada de compasión por ella.

—Oye, Luce —dijo—, no me lo digas si no quieres.

—Es por mi padre. Por mi padre y Karen. Estoy preocupada por él. Bueno, por ella, en realidad.

—¿Qué quieres decir?

—Ahí está pasando algo. —Lucy chasqueó la lengua—. Creo que... La oí hablar por teléfono la última vez que estuve allí. Estaba hablando con alguien. Estoy segura de que tiene un lío.

—Ay, no, Luce. —Cat dejó su copa—. ¿En serio? A lo mejor estaba hablando con tu padre.

—Mi padre estaba en el baño, cantando *The gondoliers*. Y yo sé que no era él. Se notaba. —Su voz se volvió distante—. Parecía muy emocionada. Feliz. Hacía siglos que no la oía hablar así. Ay, pobre papá. Ya sabía yo que acabaría haciéndole daño —dijo, enfadada—. Lo supe en cuanto la conocí.

—A mí me cayó bien Karen —repuso Cat—. ¿No puedes hablar con ella? A lo mejor estás equivocada. ¿Tienes idea de quién puede ser?

—No —contestó Lucy—. Pensaba que podía ser un tal Rick, del trabajo. Siempre está hablando de él.

—¿Y quién es?

—Su jefe. Decía algo sobre que no quería darle problemas en el trabajo, que no quería que se metiera en un lío por ella. Con esa voz seductora tan horrible. Qué asco. Seguramente es él, ya sabes. Es un baboso. Pero… En fin, no sé. —Se la oyó tragar saliva con esfuerzo—. Es que no sé qué hacer. Y tengo la sensación de que si pudiera hablar con mi padre, explicárselo con delicadeza…

—A veces no se puede hacer nada, Luce —dijo Cat—. Siempre te has preocupado demasiado por tu padre. Seguro que está bien.

Era la verdad y, como sucedía a menudo cuando se decía la verdad en voz alta, quedó suspendida en el aire como un mensaje escrito con el humo de una avioneta. Guardaron las dos silencio.

—Tienes razón —masculló Lucy—. Mira, lo siento, no quería llamarte para, ya sabes, desahogarme contigo, Cat. Solo quería preguntarte si vas a venir. Y, bueno, decirte hola y tal. ¿Qué tal? —Titubeó—. ¿Qué tal te va la vida?

—Bien. ¿Y a ti?

—Bien. No me puedo quejar. —Lucy parecía desanimada—. Bien. Tengo suerte por tener un trabajo, es lo que me digo siempre. Y, bueno, ya sabes. En mi piso hay ratones y el gato de mi compañera no los caza. Mi vida amorosa es un desastre. Menos por un chico que acaba de empezar a trabajar en el pub. A ti te encantaría. Yo ya estoy loca por él.

Cat sabía que a su prima le daba por hablar cuando estaba nerviosa.

—¿Trabaja en un pub de Dalston? ¿Es un *hipster*? ¿Tiene bigote? ¿Lleva los pantalones arremangados?

—¡No, Cat! ¡En el Oak de Winter Stoke! Se llama Joe, es el nuevo cocinero. Antes tenía una estrella Michelin. Está buenísimo. Y es tímido. Tan tímido que no dice ni una palabra. Tiene unos ojos azules oscuros que te miran como si...

Cat la interrumpió:

—¿En el Oak? ¿El pub más cutre del mundo? ¿Por qué trabaja allí?

—Lo han reformado por completo. Pero es una pena: no entra nadie. Le he dicho a Joe que voy a pedirle a Jereboam Tugendhat que hable del pub. Es el crítico gastronómico del *Daily News* y está colado por mí. Bueno, quiero decir que es un viejo verde al que le gusta invitar a comer a jovencitas. Le prometí ir a comer con él a principios de diciembre, es el primer hueco que tenía libre. Si intenta quitarme los pantalones, llamaré a mi padre para que vaya a recogerme y le pegue una paliza.

Cat sonrió, aunque no se imaginaba a su encantador tío Bill irrumpiendo en un pub y dándole una paliza a alguien.

—¿Vas a pedirle a Joe que salga contigo?

—¡Qué va! —exclamó Lucy, avergonzada—. Seguro que me diría que no. Quiero decir que es muy amable conmigo y todo eso, pero está muy triste. Echa de menos a su hijo. Tiene un hijo. El problema es que tampoco cuenta gran cosa. Pero, en fin, ya basta de hablar de él. Te mantendré informada. Quizá debería pedirle salir. No sé. Bueno, ¿y a ti qué tal te va, Cat? —preguntó sin pararse a tomar aliento—. Ojalá te hubiera llamado antes. Hacía demasiado tiempo. Ya sabes...

—Ah, gracias —se apresuró a decir Cat—. Me va bien. —Sabía cómo desviar la cuestión: dar la información justa para que no le preguntaran por las cosas importantes que guardaba en secreto—. Aquí todavía hace calor. Me encanta vivir aquí en esta época del año, menos por los turistas. Y *madame* Poulain mejora cuando acaba el verano.

—Tú y esa vieja loca, es tan divertido. La verdad es que nunca lo he entendido.

—Bueno, me gusta hacerme la misteriosa, Luce. En realidad, soy una espía.

—¡Ja! Qué risa. La verdad es que tiene gracia que lo digas porque quería preguntarte una cosa para un artículo.

—Entonces, ¿estás escribiendo para el periódico? Eso es genial.

—Solo esto, de momento. Y la verdad es que primero tengo que acabarlo. —Lucy se interrumpió—. A lo mejor puedo esperar a que vengas el mes que viene. Estarás ocupada.

Cat bebió otro sorbo de vino.

—No, adelante. No estaba haciendo nada.

—Pues... Vale. Quería preguntarte por tu madre.

—¿Qué pasa con ella? —preguntó Cat.

Se hizo un silencio y notó que Lucy, que siempre hablaba espontáneamente, pensaba con cuidado lo que iba a decir.

—No sé si conviene que lo hablemos por teléfono.

«Es todavía tan ingenua —pensó Cat—. ¿Cómo puede ser solamente tres años y pico más joven que yo? Me siento como una anciana.»

—Voy a escribir un artículo sobre Daisy y... Ay, espera, me suena el otro teléfono.

Se oyó un sonido amortiguado y Cat miró fijamente la pared de enfrente, contrayendo los dedos de los pies y pestañeando como si esperara que ocurriera algo más, que el mero hecho de pronunciar el nombre de su madre pudiera invocar a un espíritu. Se llevó la mano al pecho.

—Vamos —se dijo, respirando a través del dolor que le producía todo aquello, del estrés del largo día, de la lucha constante por mantener unidos cuerpo y alma, por sí misma y por Luke. Pero ahora no podía pensar en su hijo. No podía pensar en cuánto temía estar repitiendo los errores del pasado, haberse convertido en su madre, ser igual que ella, como había predicho Daisy.

—¿Sigues ahí? —susurró Lucy—. Era Irene. Dios, qué lata. Mi compañera de piso, tiene un gato y...

Cat la interrumpió:

—¿Vas a escribir un artículo sobre mi... madre?

Era una de las peculiaridades de haber visto a tu madre cuatro veces en toda tu vida: que nunca sabía como referirse a Daisy. Llamarla «madre» le sonaba demasiado victoriano, y «mamá» demasiado... demasiado como si fuera su madre de verdad; y no lo era, desde luego.

—Bueno, me ofrecí a escribir algo sobre Zocato, con motivo de esa exposición que va a hacer, y se enteraron de lo de Daisy y les interesó muchísimo. Todo ese asunto de Daisy y *Wilbur* y de dónde fue ella. El caso es que… Mira, he pensado que tenía que pedirte tu opinión antes de seguir adelante. Si pudieras hablarme de ello. De cómo fue tenerla como madre.

Cat había oído decir muchas veces a maestros y familiares bienintencionados que tenía suerte por vivir en una casa tan bonita con sus abuelos, rodeada de personas que la querían. Pero lo cierto era que no tenía madre. Y eran las pequeñas cosas las que se lo recordaban constantemente. Era una idiotez afirmar que no se puede echar de menos lo que no se ha tenido, porque ella lo había echado siempre de menos, de mil maneras distintas. Como cuando a Tamsin Wallis la besó su madre después del Día del Deporte, en el campo que el vicario les dejaba usar todos los años, detrás de la iglesia. Lo recordaba con claridad: iban juntas, Tamsin y ella, cogidas de la mano, corriendo hacia la madre de Tamsin. Gritaban «¡Han ganado los Rojos! ¡Hemos ganado!». Y la madre de Tamsin sonreía de oreja a oreja, sonreía tanto que su pelo rubio y corto se estiraba hacia arriba y sus pendientes verdes se columpiaban. Tenía los brazos tan abiertos que podría haber cogido a quince Tamsins. Pero no lo hizo: solo cogió a una. Cat se quedó de pie a su lado, jadeando, mientras Julie Wallis daba un gran abrazo a su hija y luego le apartaba el pelo y la besaba en la frente morena como si para ella fuera la cosa más preciosa del mundo, como en efecto lo era.

Ahora Cat se daba cuenta. Ahora lo entendía. Entonces solo sintió perplejidad al acercarse a Julie Wallis y pedirle que con ella hiciera lo mismo. La señora Wallis la miró con pena y le dio un besito.

—Claro, Cat.

Un abrazo tenso y corto, un rápido roce de los labios, una palmadita en la espalda.

—¿Tú qué crees?

Cat se dio cuenta de que el teléfono se le estaba resbalando de la mano mientras contemplaba la oscuridad con la mirada perdida. Oyó el ruido de una puerta al abrirse, el chasquido que hizo al cerrarse. Un sonido temible.

—¿Qué creo de qué?

—¿Nunca te preguntas dónde está? —La voz de Lucy sonó estentórea al otro lado de la línea—. ¿No te parece raro que no venga nunca?

Cat oyó a *madame* Poulain subiendo las escaleras.

—Qué pregunta más tonta —contestó con más aspereza de la que pretendía—. Era mi madre. Es mi madre —puntualizó—, eso no puedo cambiarlo. Pero eso no significa que no le dé vueltas. O que quiera hablar de ello para que tú puedas publicarlo en un periódico.

—Escucha, Cat, yo solo quería saber…

Levantó la mano como si su prima pudiera verla. La rabia bullía en su interior.

—Eres una auténtica oportunista, ¿eh? Husmeando donde no te importa. No sé nada de ti, nunca me preguntas cómo estoy y ahora, de repente, me llamas y te pones encantadora porque quieres algo de mí.

—¡Eso no es verdad, Cat! Eres tú quien nunca escribe. Esto es… Estaba contenta por tener una excusa para llamarte. —A Lucy le tembló la voz—. Eres tú quien nos ha dado de lado a todos, igual que tu madre, así que no me acuses ahora de estar traicionando a la familia o algo así.

—Si no vuelvo es por un buen motivo. Tú no lo entiendes.

La puerta se abrió de golpe. *Madame* Poulain lanzó al suelo su viejo paraguas morado.

—*Les idiots!*

Cat se dio cuenta de que estaba temblando.

—A ver si maduras, Lucy —dijo sin importarle parecer mezquina—. A ver si maduras de una vez. Ahora me doy cuenta de que es mejor que no vaya. Adiós.

Colgó violentamente el teléfono y enseguida se arrepintió de lo que había dicho y se dio la vuelta, intentando contener las dolorosas lágrimas que se le agolpaban en los ojos cansados.

—¿Puedes prepararme una infusión, por favor, Catherine? —*Madame* Poulain tiró su abrigo al suelo y se dejó caer en el sillón—. No uses esas copas, me preocupa que las rompas. ¿Una infusión? Muchísimas gracias.

Cat enderezó los hombros, se frotó los ojos un momento.

—Claro, *madame* —dijo—. ¿Ha tenido una buena velada?

Miró su reloj. Diez minutos más de conversación hipócrita y podría subir a su cuarto, meterse en la cama, tumbarse junto a Luke y observar su cuerpecillo cálido y suave subiendo y bajando con cada respiración. Esperar a que el sueño la embargara, hasta que la mañana gris se colara en la minúscula habitación y todo empezara de nuevo.

Mientras preparaba la infusión, rezó por no soñar con su madre. Antes solía tener esos sueños: Daisy corría hacia ella por la playa de Dorset, con el pelo agitándose a su espalda, la abrazaba con fuerza y le decía al oído:

—Lo siento. Ya he vuelto y no volveré a marcharme. Tú eres mi niñita, tú y nadie más.

Incluso sabía dónde vivirían: en la vieja casita de la maestra, junto a la iglesia, un edificio de color galleta con el tejado de brezo y la puerta rodeada de rosas. Con sitio suficiente para dos, nada más que para dos.

Martha

Siempre disfrutaba haciendo planes para Halloween, aunque ya no hubiera nadie con quien celebrarlo. Últimamente, entre que los niños se habían hecho mayores y que en el pueblo había cada vez más segundas residencias, apenas iba nadie a pedir caramelos. Cuando los niños eran pequeños, la fiesta que celebraban era famosa en aquellos contornos. En aquel entonces Halloween era una novedad importada de América. Ahora, en cambio, estaba hasta en la sopa. Martha montaba una Cámara de los Horrores, vendaba los ojos a los niños y los acompañaba por la habitación, haciéndoles palpar repugnantes tesoros: una rodaja de limón inserta en una botella, de modo que, cuando el niño metía el dedo con mucho cuidado en el cuello de la botella tenía la sensación de estar tocando la cuenca del ojo de un muerto; ruidos fantasmagóricos, susurros hechos con papel de periódico, y un esqueleto auténtico que David había comprado para dibujar del natural. Colocaba a la víctima con los ojos vendados delante del esqueleto y dejaba que palpara los huesos.

Los niños casi siempre chillaban, se ponían histéricos, y luego comían enormes cantidades de chili con carne servido con una dorada capa de polenta de maíz, patatas asadas y queso. La expectación que la fiesta despertaba en el pueblo iba creciendo durante meses. ¿Qué nuevos horrores les tendría preparados la señora Winter? Los niños de ocho años se arremolinaban a su alrededor cuando entraba en Winter Stoke.

—Señora Winter, ¿es verdad que ha encontrado una cabeza clavada en una pica? ¿Es verdad que tiene un lobo muerto y que va a disecarlo? ¿Es verdad que ha atrapado a un fantasma y que lo tiene en una habitación de arriba?

—Sí —contestaba ella siempre, muy seria, y los niños se ponían a chillar de alegría y salían corriendo—. ¡Este año va a ser aún peor!

Había seguido celebrando la fiesta con Cat y Lucy. A Lucy le encantaba. Cat, en cambio, se asustaba de veras, era la única que pasaba auténtico miedo. Y años atrás a Daisy también le encantaba, cómo no. Era su época preferida del año.

Ahora no era lo mismo, claro, pero aun así Martha tenía siempre junto a la puerta un viejo caldero de plástico lleno de golosinas compradas en la gasolinera por si acaso venía alguien, y ese año sus esfuerzos se vieron recompensados: Poppy y Zach, los hijos de la vicaria, llegaron sobre las seis, ella vestida de Hermione y él disfrazado como un zombi amorfo, con el maquillaje rojo y plata de la cara surcado por franjas de color carne por culpa de la lluvia. A Martha le hizo un poco de gracia: el austero vicario victoriano que regentaba la parroquia al llegar ella a Winter Stoke no habría permitido que sus nietos celebraran Halloween. Era una fiesta pagana, impropia de aquel pueblecito tradicional y apacible que había cambiado tan poco con el paso de los años. Los hijos de Kathy, encantadores y muy educados, se pusieron a brincar por la emoción y el exceso de azúcar y le dieron las gracias muy amablemente por las golosinas, y con razón, porque Martha nunca escatimaba en dulces.

Estaba empezando a llover otra vez cuando cerró la puerta, sonriendo al oír sus gritos roncos por la emoción. Mientras corrían hacia su padre, que los estaba esperando, Martha se estremeció. Entró en el salón vacío y se agachó con esfuerzo para echar otro leño a la chimenea. La resina chisporroteó, algo se prendió súbitamente y una bola de chispas doradas se alzó en el aire y se esparció por el espacioso hogar. Martha se tambaleó hacia atrás sobresaltada, estuvo a punto de tropezar con el guardafuegos y se quedó allí un momento, inmóvil, escuchando el lejano resonar de los gritos de los niños por la callejuela a oscuras, el inquietante fragor de los leños al quemarse y el sonido del viento en las ventanas. El domingo anterior habían retrasado los relojes y había llegado definitivamente el invierno. Aquel había sido un otoño muy duro. Húmedo, áspero y de un frío súbito y lacerante. ¿La dolorosa estación de las nieblas, podría decirse? Pero ¿qué clase de idiota sentimental eres tú?

El señor McIntyre, su antiguo tutor en la facultad de Bellas Artes, siempre les había hecho dibujar en invierno. Aseguraba que el tétrico ambiente invernal era beneficioso para sus almas de artistas. Le gustaba la poesía y les hacía leer a diversos poetas. A menudo citaba a John

Donne: «donde, como a los pies del lecho, la vida está encogida». La vida se había encogido. Bien, si no había más remedio, que así fuera. Ya no tenía nada que temer, se decía continuamente. Aquella cosa que llevaba arrastrando tanto tiempo pronto habría desaparecido.

Trató de concentrarse solo en lo positivo: su familia volvería a reunirse, estarían todos allí, de nuevo. Florence iba a volver, Karen, Bill y Lucy estarían juntos otra vez, y naturalmente su querida Cat... casi cuatro años de ausencia.

Había sido la falsa jovialidad de aquella extraña comida con Cat el año anterior, en París, lo que le había hecho comprender que tenía que cambiar algo. Cat la necesitaba, y también Bill, y Florence, y Lucy y... En fin, todos ellos. En otro tiempo habían sido una piña, gracias a ella. Ella los había mantenido unidos como un invisible hilo de seda, ligándose a ellos, envolviéndolos. Desde hacía un tiempo, sin embargo, ya no eran de verdad una familia como lo habían sido antaño. El tiempo los había cambiado, y ella sabía que era la única que podía arreglar las cosas. Para eso serviría la comida. Más allá del 24 de noviembre, no veía nada. No tenía ni idea de qué les deparaba el futuro.

No se dio cuenta de que se había quedado absorta mirando el corazón del fuego hasta que la sobresaltó un ruido al otro lado del pasillo. Un gemido de dolor.

—¿David?

Entró en el estudio.

—No es nada.

Su marido estaba inclinado sobre el escritorio, en una extraña postura, con una mano apoyada sobre un amasijo de papeles arrugados, frente a la pared desnuda, de espaldas a la ventana.

—¿Qué ocurre? —preguntó Martha desde la puerta, sin saber si quería entrar o no.

—Maldita sea —dijo David.

De perfil presentaba un aspecto terrible. Alrededor de la boca y en la frente hundida tenía arrugas de dolor tan profundas que parecían sombreadas a carboncillo. En aquella extraña pose, vuelto hacia la pared, Martha lo vio claramente por primera vez desde hacía mucho tiempo y sintió una punzada de temor al reparar en lo delgado y descolorido que estaba.

—No es nada. Otra vez las dichosas manos, nada más. Me canso tanto, cariño. Lo siento.

—Las tienes hinchadísimas. —Martha lo miró—. Peor que nunca. Ay, cariño mío.

—No puedo —dijo él con una especie de sollozo—. Lo necesitan para el viernes. Les dije que se lo mandaba mañana.

—Eso no importa. Lo entenderán.

—No, no lo entenderán. —Cerró los ojos lentamente—. Se acabó, Em. Ese artículo que quieren que escriba Lucy... Es una puñalada en la espalda. Están buscando un motivo para librarse de mí.

—Cariño, Lucy no va a escribir ese artículo. Le pedí que no lo escribiera. Me llamó ayer. Me dijo que había hablado con Cat y que no cree que sea buena idea publicarlo. No tienes que preocuparte por eso. De veras.

—Ay, pero no es justo. ¡Pobre Luce! Se merece una oportunidad.

Martha no pudo evitar reírse.

—Cariño mío. Eres demasiado bueno. Y olvídate de esos buitres del periódico. Da igual, ¿verdad que sí?

Miró el esquemático boceto del papel que David tenía delante y echó un vistazo a los ojos oscuros y tiernos de su marido, tan llenos de dolor, de tristeza.

—Llevas muchísimo tiempo así. No puedes seguir matándote para entregarles dos viñetas a la semana. No es justo. No es...

—Por favor, Em —dijo David—. Solo una vez más. Solo esta.

Hubo algo en su voz y en el hipnótico tamborileo de la lluvia que pareció envolverlos, unidos, junto a la lámpara verde bajo la cual descansaba, resplandeciendo en la penumbra del estudio, una hoja de papel blanco marfil.

Martha tragó saliva.

—Es la última vez, cariño. Esto ya dura demasiado. Y, además, no es bueno para ti. Te está matando. Estás enfermo porque te esfuerzas demasiado. Y la verdad es que no hace ninguna falta, David.

—De todos modos me estoy muriendo —repuso él con aspereza.

—De eso nada. No, hasta que yo te lo diga.

Él sonrió.

—Puede que trabajar me mantenga cuerdo. Me impide pensar.

Martha agachó la cabeza y se sentó en el escritorio, cogió el plumín y se puso a dibujar. No tuvo que preguntarle cuál era su idea. Llevaban más de cincuenta años casados: no necesitaba que se lo dijera.

David se sentó en la silla de enfrente y miró por encima de su hombro mientras ella dibujaba con trazo rápido y seguro.

—Gracias —dijo—. Amor mío. ¿Qué habría hecho yo sin ti todos estos años?

—Lo mismo digo, David. —Levantó la vista y le tendió la mano—. Fíjate en lo que has hecho tú por mí.

—Si la gente supiera…

—Creo que eso puede decirse de la mayoría de las familias —repuso ella—. Todo el mundo tiene sus secretos. Nosotros tenemos esta casa. Nos tenemos el uno al otro, y a los niños.

—Pero, Em, ¿no crees que ese es precisamente el problema? —Ella lo miró, sobresaltada—. Hemos pasado tanto tiempo diciendo que tenía que valer la pena que ya no estoy seguro de que fuera cierto.

Con gran esfuerzo, se levantó de la silla baja y se acercó a la ventana. Miró hacia la oscuridad, hacia la lluvia plateada que caía como una cortina sobre las ramas desnudas de la glicinia.

—Tú lo haces todo. Nos has mantenido unidos todos estos años, amor mío, y yo no he hecho nada. Nada excepto…

—Para de una vez —ordenó ella en voz más alta de lo que pretendía—. Deja de hablar así, David. Claro que valía la pena. Conseguiste salir de esa vida, te salvaste, y a Cassie. Me trajiste aquí otra vez. Ganabas dinero. Me diste a nuestros hijos. Hiciste que diera gracias al cielo cada día de mi vida.

—Cassie… —Seguía mirando por la ventana—. No quiere verme. No quiere vernos a ninguno.

—¿Qué?

David no le hizo caso.

—Mira lo que pasó. Mira cómo salieron las cosas. Todas estas mentiras que hemos contado por el camino. Fíjate en nosotros, somos desgraciados.

—No, no lo somos. —Martha dio una palmada en la mesa—. Somos viejos y estamos cansados, y es invierno, y tenemos que enfrentarnos a la tristeza. Pronto será Navidad y nos habremos olvidado de todo esto. Volverás a ser feliz. Te lo prometo.

—No sé.

Parecía tan derrotado, tan viejo de repente, que a Martha se le encogió el corazón al mirarlo.

—David, me has hecho muy feliz. Has hecho felices a millones de personas. Yo no habría podido hacer eso. —Dejó el plumín, se pellizcó el puente de la nariz y respiró hondo—. No se me da bien ser espontánea, despreocuparme, armar un lío y que no me importe lo que pase. A ti sí. Siempre se te ha dado bien. Por eso la gente te adora.

Se quedaron callados. Solo se oía la lluvia allá fuera y el gemido de la chimenea, a su espalda.

—Tú tenías otras cosas que hacer —dijo David. Tenía la cara gris—. Hacías todo lo demás. —La última palabra sonó como un sollozo—. Mi querida, mi queridísima niña. No sé qué haría sin ti. Ay, Em.

Ella se estiró por encima de la mesa para cogerlo de la mano. Los dedos rígidos e hinchados de David permanecieron inmóviles sobre su manita cálida. Le apretó la palma con la yema del pulgar. Se miraron. David bajó los ojos, le costaba respirar. Pasados unos segundos, Martha volvió a empuñar el plumín y comenzó a dibujar. Él la observaba.

—Vas a contarles lo de Daisy, ¿verdad?

Las figuras empezaron a cobrar vida en el papel: una niña bailando, un perro loco de contento. Aun así, Martha no se detuvo.

—¿Martha?

—Sí —contestó con voz queda—. Voy a contárselo.

—¿Que está muerta? ¿Todo?

Ella se sobresaltó y el plumín se trabó en un bulto invisible. El papel se rasgó un poco y la tinta manó como sangre: negro sobre blanco.

—No, todo no —dijo pasado un momento, y retomó su trabajo.

Segunda parte
La fiesta

¡Ahora, mi precioso niño, eres *mío*! Y ya veremos si este árbol no crece tan torcido como el otro si es el mismo viento el que lo retuerce!

Emily Brontë, *Cumbres borrascosas*

Daisy

Wilbur ha muerto. Lo enterramos anoche, en el bancal de las margaritas. Y a nadie le importa, solo a mí.

Era viejo, es lo que dijo el señor Barrow, el veterinario, pero yo no creo que tuviera que morirse por eso. Hay mucha gente vieja, como la señora White, la del pueblo, que tiene (atención) pelos blancos en la barbilla. Tiene noventa y cinco años: se lo dice a todo el mundo en cuanto tiene oportunidad. Menuda idiota. *Wilbur* tenía la misma edad que yo (cumplo doce en octubre). No era viejo.

Mamá se portó muy bien. Me ayudó a enterrarlo. Cavamos un hoyo grande, lo envolvimos en una sábana y cantamos *Quédate conmigo*. Encendimos velas. Había polillas revoloteando en la oscuridad.

Pero los otros no se portaron bien. Bill dijo que lo de celebrar un funeral para un perro era una estupidez, y se fue a jugar a pistoleros al bosque. A mí siempre me hace mucha gracia porque juega solo. ¿De quién se esconde y a quién dispara? Luego, cuando me acerqué a él sin hacer ruido y disparé una de sus pistolas de fogueo, casi se mea en los pantalones. Creo que a lo mejor se meó y todo.

Y Florence dijo que no le gustaba *Wilbur* porque siempre saltaba y la asustaba, y no quiso venir. Se quedó mirando por la ventana de nuestra habitación. Miedica, idiota, cerdita. CERDA.

¿Y papá? Papá estaba fuera, pasando la noche en Londres. Mamá lo llamó para decírselo. Ni siquiera le importó. Mamá no dijo eso, dijo: «Papá está muy triste. Me ha dicho que te diga que te quiere mucho». Pero yo sé que no dijo eso. Papá no me quiere. Quiere a Florence, a Bill más o menos, pero sobre todo a Florence, porque a ella le gustan los cuadros y es una listilla de mucho cuidado, una empollona, y algo mucho peor que pienso pero me callo.

A papá no le gusto porque piensa que siempre estoy armando líos. PERO NO ES VERDAD. Yo le di la idea para *Wilbur* y a él no le importa. *Wilbur* ha pasado un montón de años con nosotros, ha sido el sostén y el pilar de nuestra familia (eso lo leí en un libro sobre lo mal que lo pasaban las criadas en la época victoriana) y a mi familia no le importa ni para venir a su entierro. Solo a mamá y a mí. Además, papá también me robó un montón de ideas. Él sabe que es así, sabe lo de las historias que me inventaba sobre *Wilbur*. Por eso ahora es famoso y aun así no quiso venir.

Pero ni siquiera es por eso: es porque creo que *Wilbur* me entendía y yo lo entendía a él. Porque era peludo y torpón (no como yo, yo no soy así, yo tengo mucho cuidado con todo), y se entusiasmaba por todo, por eso a veces asustaba a la gente aunque él solo pretendía ser amable. Para mí, la gente que no comprende eso de los perros es imbécil.

Florence, tengo tu nombre escrito en mi lista. Ojalá te mueras. Si *Wilbur* ha muerto, tú también deberías morirte.

Florence no tendría que estar aquí. Ni siquiera es como nosotros. No hay más que verla y verme a mí.

Hay un avispero en nuestro cuarto, debajo del tejado. Las avispas ya estaban aquí cuando llegamos y ahora han vuelto. El año pasado había un avispero en el granero y a Joseph, el jardinero, le picaron un montón. Tuvo que ir al hospital. Lo de este avispero no se lo he dicho a nadie. El arte de la guerra no son esas ridículas pistolitas de plástico de Bill con sus cartuchos de papel para bebés. Es estrategia.

Por la noche me tumbo en la cama y las oigo zumbar en el alero. Les gustan los tejados de madera. A las avispas les gusta la madera. A veces zumban muy despacito, pero otras hacen mucho ruido, como si fueran a reventar el nido por la parte trasera y a meterse en mi habitación. No me dejan dormir. Me da miedo, pero tener miedo también me gusta. Me gusta ese cosquilleo. Odio aburrirme. La verdad es que lo odio más que nada en el mundo.

Voy a hacer una lista para planificar mi vida y lo que voy a hacer cuando sea mayor. Estoy deseando ser mayor. Odio estar aquí.

1. Me iré de Winterfold en cuanto pueda.
2. Seré rica.

3. Tendré un marido. Hijos no, no quiero tener hijos.
4. La gente que se haya portado mal conmigo lo lamentará.
5. No volveré ni siquiera para ver a mamá.
6. Seré famosa y todo el mundo sabrá quién soy y se arrepentirá de no haberme tratado mejor.
7. Me vengaré de Florence, de Verity y de las otras niñas del colegio que son amigas mías y que luego me fastidian o dejan de hablarme.
8. Tendré otro perro y se llamará *Wilbur*.
9. Conseguiré que todos se enteren de la verdad sobre Florence.

Pero para conseguir eso primero tengo que decirle la verdad a ella. Lo que yo sé, y lo poco que sabe ella. Es que ayer oí discutir a papá y mamá. En su habitación. Estaba fuera, escuchando tranquilamente porque sabía que si me pillaban podía decirles que iba al cuarto de baño.

Tengo que pensar un poco sobre lo que dijeron, porque no estoy segura de entenderlo del todo.

Ya no discuten como cuando llegamos aquí. Creo que se han acostumbrado a esta casa, pero yo no.

Mamá dijo:

—Cuando vino Florence dijiste que cuidarías de ella.

Y papá contestó:

—Y eso hago. Pero tú también tienes que ocuparte de ella, Em. Dijiste que mandarías a Daisy a un internado si no empezaba a portarse mejor.

—No quiero hacerlo —dijo mamá—. Tú deberías saber mejor que nadie por qué no quiero.

Eso fue exactamente lo que dijeron, así que sé dos cosas: que Florence vino de otra parte y que papá quiere que me marche.

Yo no quiero portarme mal. Simplemente, pasa. Me aburro, o me enfado, o no entiendo algo, y entonces, de repente, se rompe un vaso, o una pizarra, o llora un niño. Quiero sentir remordimientos, pero no puedo. ¿Los siente papá por *Wilbur*? Remordimientos es lo que dijo la señorita Tooth que debía sentir cuando le metí la cabeza a Verity en el váter y tiré de la cadena, después de clase. Verity es una cobarde, se puso a chillar y a llorar. Yo no lloro. La madre de Verity vino a Winterfold y se puso a gritarle a mi madre. Dijo que yo no iba a volver nunca a su casa. A mí eso me da igual, Verity vive en una casa asquerosa, no tienen televisión en color y su padre huele a sudor. Odiaba ir allí a merendar.

Estoy sentada en nuestra habitación. En la esquina de la casa. Veo a Bill y a Flo jugando a no sé qué tontería con *Hadley*, el perro nuevo. Las espadas viejas de Bill están en el prado, junto al bancal de las margaritas, mi bancal, el de Daisy. Deberían haberme preguntado porque ese es mi sitio y tienen prohibido jugar ahí, sobre todo ahora que *Wilbur* está enterrado allí. Todo el mundo tiene un sitio propio. Ese es el mío, el sitio al que puedo ir. Flo siempre está en nuestro cuarto cuando quiero estar sola. No debería estar también allí. Los veo allí y me pongo muy, muy furiosa. Veo a mamá en el jardín cortando las rosas muertas, con un pañuelo en la cabeza. Es un pañuelo bonito.

Sé dos cosas más: que *Hadley* es peligroso. A su padre lo sacrificaron porque era muy peleón. *Hadley* ha mordido a gente. A mí no me gusta. Lo trajeron cuando descubrieron que *Wilbur* se estaba muriendo.

Y también veo las avispas entrando en el alero del tejado. Tranquilamente, una a una. Están agrandando su nido, y un día habrá tantas que reventarán la casa.

Odio estar aquí. Ojalá pudiera escaparme. Mami siempre me está preguntando por qué no me arrepiento de nada. Es algo que no puedo sentir. Ojalá pudiera, me gustaría ser como ellos pero no puedo. Siempre lo he sabido.

Florence

Estimado profesor Lovell:

Le escribo la presente carta con profundo pesar. Pero, dado que se me ha dejado muy claro que mi puesto en la Academia Británica corre peligro, y en circunstancias extremadamente dañinas para mi persona, me siento impelida a actuar.

Me baso nada menos que en la más grave de las faltas académicas: el plagio.

Le escribo para exponerle con detalle la acusación que lanzo contra nuestro colega el profesor Peter Connolly. A saber, que su libro *La Reina de la Belleza: guerra, sexo, arte y religión en la Florencia del Renacimiento* (un best seller traducido a quince idiomas) contiene secciones enteras escritas por mí, sin que se reconozca mi autoría. Calculo que cerca del 75% del libro es mío.

Le ruego tenga a bien revisar, en el archivo adjunto, el facsímil del borrador de un capítulo acerca del arte del retrato en tiempos de los Medici, con mis anotaciones dirigidas al profesor Connolly escritas al margen. El original está guardado en lugar seguro y se halla a su disposición si desea examinarlo. Mi colega el profesor Jim Buxton, del Instituto Courtauld, está dispuesto a actuar como perito experto en caso de que este asunto llegue a los tribunales. Créame que para mí resulta sumamente penoso contemplar siquiera la posibilidad de traicionar al hombre al que una vez

—¿Flo? Florence, ¿no quieres té?

—¡Ya voy!

—¡Se está enfriando!

—¡De verdad que voy enseguida, mamá!

Florence sonrió al oírse: el año próximo cumpliría cincuenta, y sin embargo, solo tenía que pasar un día en casa de sus padres para adoptar su papel de siempre. Curvó la espalda, movió la cabeza y notó el chasquido de varios huesos del cuello y los hombros. Parpadeó rápidamente y se quedó mirando la pantalla. Luego borró la última frase y escribió: «En otro tiempo consideraba al profesor Connolly un hombre extraordinario, pero no es más que un...».

No. No pongas nada de eso por escrito.

«Le aseguro, profesor Lovell, que hago esta acusación con gran pesar. Únicamente me mueve a ello la certeza de que tanto usted como el profesor Connolly están amenazando mi puesto de trabajo y mi reputación...»

No. Demasiado amargo, sonaba a venganza. Y ella no era una amargada, ¿verdad?

Confío en recibir pronto noticias suyas. Como verá, envío copia de esta carta a mis colegas del Instituto Courtauld, así como al agente literario del profesor Connolly y a sus editores.

Atentamente,

Prof. Florence Winter,
Doctora por la Universidad de Oxford

Guardó el documento y abrió sus correos electrónicos.

Resultaba extraño trabajar en el escritorio de su padre. Sus dibujos cubrían el suelo y las paredes, y detrás de la mesa, en el tablón de corcho, había clavados diversos bocetos dibujados con mano temblorosa, postales amarillentas y cartas de amigos y admiradores. Incluso había enmarcada una carta con el membrete del número 10 de Downing Street: se la sabían todos de memoria. Mientras la vieja conexión a Internet por cable se ponía en marcha haciendo ruido, Florence se volvió para leerla de nuevo.

Estimado señor Winter:

Al Primer Ministro le agradó enormemente su viñeta de ayer en el *Daily News* en la que aparecían Daisy y *Wilbur* arrojando huevos a un manifestante. Es un gran admirador de su trabajo y me ha pedido que le haga llegar sus mejores deseos.

Atentamente, etc.

Debajo se veía un garabato totalmente ilegible. Una carta sin ningún contenido. ¿Por qué le había gustado tanto esa viñeta al primer ministro? Qué cosa tan insulsa, había dicho David, y había enmarcado la carta a modo de recordatorio: para acordarse de que para eso trabajaba, para mantenerse lúcido y activo, para no volverse insulso. «Atentamente, etcétera» se había convertido en una frase habitual entre ellos. En un sinónimo de memez.

Esta vez, volver a casa le había parecido distinto. La semana anterior, antes de marcharse, le había mandado un correo electrónico a Daisy. Había firmado «Atentamente, etc.». Naturalmente, no había recibido respuesta. Durante el vuelo, había empezado a preguntarse por qué volvía a casa, por qué no se había escaqueado. Sin embargo, ahora que estaba allí, se daba cuenta de que se estaba cociendo algo. Su madre estaba de los nervios, pero jamás se sinceraría con ella. Y su padre parecía tan distante, tan metido en sí mismo. Sonreía mientras la escuchaba hablar, pero de un modo que la hacía sentirse otra vez como una niña pequeña parloteando sobre algo que había leído en un libro.

Abrió sus correos y chasqueó la lengua con desdén al ver que una de sus alumnas intentaba que le ampliara el plazo de entrega otra vez.

«No significa no, Camilla», escribió con energía. «Me da igual cuándo empiece la temporada de esquí. Espero que me entregues el trabajo el viernes, a más tardar. FW.». Y pulsó Enviar. Quería acabar cuanto antes y, con las prisas, estuvo a punto de no ver el correo que había más abajo.

De: Daisy Winter
Para: Florence Winter
Martes, 20 Nov, 2012, 11:30
Flo:

Gracias por preguntar, pero no voy a volver para la reunión familiar. Es complicado. Mamá te explicará por qué. Espero que te vaya todo bien en Italia.

Bss, D

A Florence le dio un vuelco el corazón. Se inclinó hacia delante, como si acercándose a la pantalla pudiera obtener más información sobre su hermana. ¿Dónde, por qué, quién? Daisy, Daisy, contéstame, por favor.

Daisy había vuelto hacía seis años, dos años antes de que se casara Bill. Para recaudar fondos. Había hecho una visita relámpago a Winterfold y solo se había quedado una noche. Florence se había esforzado por llegar a tiempo. Por suerte, tenía que ir a un congreso en Manchester. No sabía por qué estaba tan ansiosa por ver a su hermana mayor, que la había atormentado durante toda su infancia, pero así era. ¿Se trataba de simple curiosidad? ¿O acaso buscaba la aprobación de Daisy?

El discurso de su hermana la había impresionado. Daisy disponía de todo tipo de información acerca de la alfabetización, la potabilidad del agua y la educación femenina. Como siempre, había hecho que se sintiera apocada. Le habían dado una medalla, aunque no le gustaba hablar de ello (fue Martha quien lo mencionó). Había viajado un poco para visitar otros proyectos. Y dijo que volvería por Navidad y así, con un poco de suerte, podría ver a Cat.

Al final dijo que no podía volver por Navidad porque su escuela no iba a cerrar en Año Nuevo. Mandó por correo farolillos de papel: estrellas de papel plegado, de color rojo y blanco, con agujeritos en forma de estrella para que saliera la luz. Martha los había colgado en el comedor el día de Navidad y brindaron a la salud de Daisy, que por fin se estaba portando bien. Nadie lo dijo, pero todos lo pensaban.

Así que cuando volvió aquel verano, dos años después, para la boda de Bill y Karen, Florence estaba deseando volver a verla, confiando en que las cosas siguieran marchando así de bien. Se sentía más feliz que nunca: su breve idilio con Peter Connolly estaba en su apogeo y por primera vez tenía la sensación de que el universo entero estaba de su parte. De que no era un bicho raro, como afirmaba todo el mundo a sus espaldas. Y Daisy tampoco: no era la niña cruel que, según creía Florence en sus momentos más bajos, pretendía matarla. ¡Era su hermana! ¡Su familia! Se equivocaba, desde luego.

—¿Te has cortado el pelo desde la última vez que te vi, Flo? Me parece que no, ¿verdad? —preguntó pasándole la mano por el pelo corto, entre gris y castaño rojizo, y Florence retrocedió alarmada.

(Había olvidado que los gestos de su hermana siempre habían sido invasivos: de pequeña abrazaba a la gente a la que no conocía, acariciaba el brazo de la maestra en la función de Navidad, apretó en exceso al doctor Phillips cuando este le vendó el brazo a Florence después de aquel accidente con la cuerda deshilachada del columpio).

Entre su hermana y ella había una brecha demasiado grande para salvarla. Daisy tenía un aspecto extraño. Durante el desayuno, la mañana posterior a la boda, estaba inquieta, se removía en la silla, parecía todo el tiempo a punto de hablar y agujereaba con sus dedos largos y finos el panecillo que tenía en el plato. No comió nada. Su padre tenía que ingresar en el hospital ese mismo día para una operación de rodilla prevista desde hacía tiempo, y cuando Martha le preguntó a Florence si podía llevarlo en coche, ella tuvo que explicarle de mala gana que se marchaba después de comer a Londres, a un congreso sobre Piero della Francesca que empezaba esa tarde. El congreso lo organizaba Jim Buxton, y tenía que asistir. Intentó explicárselo y averiguar si podría ver a Daisy en Londres antes de que se marchara, pero Daisy, con ese desprecio de hermana mayor por cualquier logro de la pequeña, se limitó a soltar una risilla.

—Qué graciosa eres, Flo. Disfruta de tu congreso. ¡Cuánto me alegro por ti! Yo me voy a ir dentro de nada. No volveré a verte. Tengo que recaudar dinero para problemas de verdad. Ya sabes, pozos para que la gente pueda beber, por ejemplo. Y desagües para que no se mueran, ¿comprendes?

Le había lanzado un beso con despreocupación, se levantó y salió de la cocina, se encerró de un portazo en su cuarto y se quedó allí todo el día. Florence no había vuelto a verla desde entonces.

Mientras miraba su correo, se pellizcó los dedos y arrugó la frente. Lo leyó una y otra vez, hasta que perdió por completo su significado. «Es complicado».

—¡Flo! ¡Tu bollo está casi frío!

La gruesa puerta se abrió y Florence levantó la cabeza con brusquedad, azorada. Martha se detuvo en el umbral.

—¿Qué haces?

—Nada. ¡Nada! Estaba trabajando un poco. Leyendo correos.

Su madre entornó los ojos y metió las manos en los bolsillos del descolorido blusón azul de pintora que solía usar en casa.

—¿Ah, sí? Qué bien.

—Ya está. Solo una cosa más.

Florence pulsó «borrar» y la primera palabra, «Flo», desapareció ante sus ojos cuando la papelera virtual se tragó el mensaje. Al verlo, se acordó de las bolsas de patatas fritas que solían quemar en la hoguera, viendo cómo se encogían y se retorcían. Las usaban como prendas, y el que conseguía más prendas era el que mandaba. Florence recordaba haber intentado explicárselo a una niña del colegio. «En verano acampamos en el bosque y llevamos prendas hechas con bolsas de patatas fritas derretidas en el horno. La persona a la que los demás regalan más prendas para darle las gracias por las cosas que ha hecho, es rey o reina por un día».

Como sucedía con otros muchos aspectos de la vida de la familia Winter, los extraños acogían aquella costumbre con perplejidad.

—¿Por qué sonríes? —preguntó Martha.

Su tono sonó ligero, pero Florence tuvo la impresión de que parecía extrañamente rígida, apoyada contra el quicio de la puerta, observando a su hija.

—Estaba pensando en cuando acampábamos en el jardín, y en las bolsas de patatas fritas arrugadas. —Florence se levantó—. Me está pasando algo muy raro. No paro de recordar cosas que tenía olvidadas. Quizá sea por el invierno —añadió sin convicción, contemplando la lluvia de fuera—. Qué día tan horroroso.

—Sí, horroroso. Hay tanta agua en la carretera que por algunos sitios no se puede cruzar la calle. Ni siquiera aquí arriba. A Joe le ha costado un montón llegar esta mañana. Ha tenido que dejar el coche fuera.

—¿Joe?

—Joe Thorne, el cocinero que va a encargarse del cáterin para el viernes y el sábado. Es simpatiquísimo. Ven a conocerlo y a tomarte un té. —Enlazó el brazo de su hija—. No has parado de trabajar desde que llegaste.

—Sí, bueno... Ha pasado una cosa un poco rara en la facultad.

Martha se detuvo.

—¿Qué?

—Pues un caso de plagio, me temo. Puede que acabe en los tribunales —contestó Florence.

Dicho en voz alta, le sonó extraño. Iba a hacerlo, ¿verdad? ¿Iba a atreverse a mandar la carta a George Lovell? ¿A ponerle un sello, a echarla al correo?

—¿A los tribunales? Pero tú no tienes nada que ver, ¿no? —Martha le dio unas palmaditas en la mano—. Tú nunca has tenido que copiarle nada a nadie, ¿verdad que no? ¡Mirad! ¡Traigo a Florence! —dijo levantando la voz al entrar en la cocina.

La cocina estaba más limpia y recogida que de costumbre, y al echar un vistazo alrededor Florence se dio cuenta de que debía de ser el sello de un cocinero profesional. En las encimeras, entre el desorden habitual, había montones de canapés en fila india, y en un rincón parloteaba Radio 3 a un volumen ligeramente alto (Martha era un poco sorda, pero se negaba a reconocerlo). Su padre estaba sentado en su silla de siempre, haciendo un crucigrama. Mordisqueaba el bolígrafo y tenía una de las manos hinchadas apoyada en el regazo.

—Hola, cariño —dijo alegremente al entrar Florence—. ¿Has dado carpetazo al mundo académico por hoy?

Florence le apoyó la mano en el hombro y se sentó a su lado.

—Sí, gracias, papá. Siento haberte echado así de tu estudio. Pero tenía que hacer unas cosas.

David le dio unas palmaditas en el brazo.

—Descuida, cariño. ¿Qué pasa?

«Aquí estás en confianza». Su sonrisa era cálida. Florence respiró hondo.

—Bueno, papá, es que...

De pronto se abrió la puerta trasera y entró un hombre alto y moreno.

—Mierda. Quiero decir, ostras. Las... Eh, ¿me permites, por favor? —Estiró un brazo por detrás de Florence, abrió la puerta de la cocina Aga y sacó una bandeja de pequeñas tartaletas horneadas, de color amarillo huevo. Las dejó sobre una rejilla de enfriar, metió otra bandeja de las que había en la encimera y cerró la puerta del horno—. Perdone. Un minuto más y se habrían quemado. —Se limpió la mano en el delantal—. Hola, soy Joe. Tú debes de ser Daisy.

Se hizo un breve silencio.

—Soy Florence. —Le estrechó la mano rápidamente—. Eh, soy la... Florence. Sí.

Joe se puso colorado.

—Lo siento mucho. Lo había olvidado. Sí, Florence. Florence —susurró como hablando consigo mismo.

—No pasa nada. Somos tantos. No te preocupes —dijo ella—. Encantada de conocerte. Mi madre está contentísima con tu trabajo.

—Tómate una taza de té, Joe —dijo David, empujando la tetera hacia él—. Martha ha hecho sus galletas de jengibre. Seguro que te gustan. Incluso a ti, que eres cocinero profesional. Siéntate.

—Ya las he probado y están deliciosas. —Joe cogió una taza de uno de los ganchos que había sobre el aparador y retiró una silla—. Lo siento mucho —dijo, pasándole el plato a David y luego a Florence—. Sé que eres Florence, eres la que vive en Italia y sabe un montón sobre arte.

—Algo así —contestó ella, avergonzada.

Estaba acostumbrada a que la situaran por detrás de su hermano, que era el héroe local, y su exótica y gatuna hermana, y a que los desconocidos o los amigos de sus padres le dijeran: «Ah, tú debes de ser Florence. ¡Tengo entendido que eres el cerebrito de la familia!». O, como le dijo en cierta ocasión memorable el anciano editor de un periódico (después de decirle a Daisy «Querida, estás deslumbrante. ¿No has pensado en ser modelo?»): «Cuánto has cambiado, querida. Qué pena».

Así que prefirió cambiar de tema.

—Vives aquí, ¿verdad? ¿Ya conoces a los demás?

—Sí, a casi todos —contestó Joe—. Tu hermano me cosió el dedo hace un par de meses, cuando me corté. Hizo un trabajo estupendo. —Levantó la mano y Florence lo miró impresionada.

—Madre mía, qué corte tan espantoso.

—Para mí habría sido un desastre si no me lo hubieran cosido bien. Le debo mucho. —Se tragó el resto del té y se levantó—. Bueno, tengo que ir a comprar un par de cosas que se me han olvidado. Ha sido un placer conocerte, Florence.

Y se marchó sin un solo gesto de despedida. Martha lo siguió fuera.

—Qué tipo tan curioso —comentó Florence antes de beber un sorbo de té—. ¿Siempre es así?

—¿Cómo?

—Tan nervioso —contestó ella—. Como si acabara de robarte la cartera.

David estaba revolviendo el tarro de lápices que siempre había sobre la mesa.

—No seas esnob, Flo. Creo que aquí se siente incómodo. No sé por qué.

—¡Yo no soy esnob! —exclamó Florence—. Es que ha estado muy raro, nada más. Como si creyera que íbamos a detenerlo o algo así.

Su padre se tapó un ojo con la mano, se recostó en la silla y dijo tranquilamente:

—Pues a mí no me preguntes. Últimamente no hago más que dibujar y dormir la siesta.

—¿Tú? —preguntó ella con alegría, aunque notó que su padre entornaba los ojos como si no la viera bien—. ¡No creo!

—No puedo permitirme hacer nada más, cariño.

Florence lo miró con atención.

—¿Qué quieres decir?

—Lo que he dicho.

David no quiso mirarla.

—Papá —dijo ella con el corazón acelerado—, ¿estás bien? No tienes buen aspecto.

Su padre se rió y se enderezó un poco en la silla.

—Eres un cielo.

—Perdona, quería decir que desde que he vuelto estás un poco apagado.

El semblante de David se iluminó.

—Tienes toda la razón.

Florence respiró hondo.

—Ah. —Notó que se le cerraba la garganta y que las lágrimas se le agolpaban en los ojos—. ¿Es grave?

David cogió la mano de su hija y se la besó.

—¿Te acuerdas de cuando íbamos a la National Gallery por tu cumpleaños?

—Claro que me acuerdo —contestó ella, alarmada por que creyera que podía haberlo olvidado.

—Me gustaría volver contigo a Londres alguna vez.

—Claro que sí, papá, me encantaría. Podemos ir a ver *La Anunciación* y almorzar por ahí. Comernos un filete, ir a dar un paseo por Green Park, pasarnos por esa tienda de quesos que tanto te gusta.

Hablaba casi con frenesí.

Estaban a solas en la cálida y atiborrada cocina. David sonrió.

—«La representación de la maternidad más hermosa del arte occidental. En ese momento, María es toda mujer, viva o muerta».

—Eso lo escribí yo —dijo Florence, sorprendida.

—Lo sé —repuso su padre.

Levantó la vista cuando Martha pasó ante la ventana de la cocina trayendo una cesta del jardín. Se protegía de la lluvia tapándose la cabeza con la mano, sonrió y saludó a Florence con un gesto. Joe Thorne subió a su coche, le dijo algo y cerró la puerta. Oyeron que el motor del coche se calaba y se aceleraba de nuevo cuando dobló el recodo del camino.

—Puede que no tengamos otra oportunidad —dijo David con urgencia, en voz baja. Florence tuvo que inclinarse hacia él para oírle—. Escúchame. Os quiero a todos, pero a ti te quiero más que a los otros dos. Lo sabes, ¿verdad? Siempre has sido especial para mí. Eras la niña de mis ojos. Yo te salvé.

—Papá… —Florence sacudió la cabeza. Tenía la boca seca. Miró los ojos vidriosos de su padre—. No entiendo. ¿A qué te refieres?

—Tienes que prometerme que siempre recordarás lo que acabo de decirte. Eras mi favorita, aunque no debería decirlo. Algún día lo comprenderás. Estoy muy orgulloso de ti, cariño.

—¡Está diluviando! —oyó exclamar a su madre fuera.

Florence no se movió. Miró fijamente los ojos de su padre, le apretó la mano con suavidad.

—Papá, ojalá me explicaras qué quieres decir.

—Pronto lo sabrás —contestó él sonriendo, y a Florence le dieron ganas de llorar al ver su sonrisa—. Muy pronto.

Fuera, Joe se alejaba por el camino. Aturdida, Florence oyó gritar a Martha:

—¡Adiós!

Ocurrió a cámara lenta. Florence levantó los ojos y vio, a través de la neblina de la lluvia, que su madre saludaba con la mano, soltaba la cesta y gritaba llevándose las manos a las mejillas. Luego se oyó el choque, el ruido de cristales rotos, alguien que gritaba y daba voces. Después se hizo el silencio.

Florence y David se levantaron —él con esfuerzo—, a tiempo de ver que una figura delgada y con el pelo alborotado venía corriendo por el camino.

—Dios mío —dijo Florence—. ¿Qué...?

La figura gritaba:

—¡Luke! ¡Luke! ¡Ay, Dios mío! ¡Luke, cariño!

Se oyó un estrépito cuando la taza de té de Florence cayó al suelo. Miró por la ventana.

Había un niño pequeño delante de ellos, con el pulgar metido en la boca abierta de par en par y la cara morada de tanto gritar. Le chorreaba sangre de la frente. Gritaba tirándose del pelo negro, manchándose de sangre las mejillas mojadas.

Detrás de él venía corriendo una mujer, también con la boca abierta, tenía los ojos desorbitados, estaba pálida, enloquecida. Rodeó al niño con los brazos y el pequeño se desplomó, gimiendo todavía de dolor.

—¡Luke! —gritó la mujer, volviéndose a un lado y otro, y al verlos sollozó—: ¡Abuela! ¡Zocato! ¡Ayudadme! Luke está herido.

Y acercó la cara a la del niño, llorando y acariciándole el pelo.

Cat

Por una vez, había llegado con tiempo de sobra. ¡Por fin! Un milagro. El Eurostar llegó puntual. Recogió el coche sin contratiempos, aunque estaba algo nerviosa por subirse a un vehículo completamente desconocido porque hacía años que no conducía, y más aún por el lado izquierdo. Abrochó a Luke a la silla de seguridad y enfiló Euston Road, una de las arterias más transitadas de Londres. Por suerte, un miércoles por la tarde había poco tráfico y, al emprender la marcha entre la llovizna, tenía un ánimo casi alegre. Cuando llegaron a Richmond encendió la radio y se puso a cantar una tema de Blondie. *One way or another*. «De un modo u otro». Iba a volver a casa. Y, aunque no lo había planeado así, llevaba a Luke consigo y tal vez fuera maravilloso.

—¿Qué vamos a ver, *maman*? ¿Veremos al tigre que vino a tomar el té?

Luke estaba muy emocionado. Nunca había estado en Londres, ni en Inglaterra, ni fuera de Francia. Aún no entendía del todo que era medio inglés, a pesar de que Cat se lo decía todas las noches mientras le acariciaba el pelo y lo arrullaba antes de dormir, en su habitación. Era demasiado pequeño para comprender que se podía ser también de otro país.

Una vez en la autovía, se quedó dormido y Cat se volvió un par de veces para echarle un vistazo. Tenía las mejillas coloradas, la boca fruncida en un mohín y una arañazo en la frente: una línea de costritas, resultado de una de sus acaloradas disputas con Benoit por una pelota, en la guardería. Estaba allí. Su hijo estaba allí, con ella.

La semana previa a su marcha, una noche, estando en su habitación sentada en la cama, absorta en la lectura de una novela de Ngaio Marsh, oyó de pronto un ruido y sintió que la manita de Luke se metía bajo el edredón y buscaba la suya al borde de la cama.

—Quiero ir contigo.

—¿Qué?

—A Inglaterra.

—Ay, Luke —dijo.

Había estado tan atareada haciendo planes, intentando tenerlo todo controlado para que su hijo se sintiera seguro y a gusto, que no se le había ocurrido pensar que quizá quisiera acompañarla.

—¿No quieres quedarte con Josef? Solo serán dos noches. Lo pasarás bien.

—Quiero ver a la reina. Y quiero ver los perros de papel.

—¿Los que me dibujaba Zocato, cariño?

Se le hizo un nudo en la garganta.

—Los del marco. Quiero verlos.

Su vocecilla sonó diáfana en la penumbra de la habitación.

Al final, como sucede a menudo con las cosas importantes, fue fácil decidirse. ¿Por qué no iba a poder llevarlo? Aún no tenía cuatro años: no pagaba billete. Cuando llamó para asegurarse, la operadora le dijo que había *overbooking* en el tren que había reservado y que estaban ofreciendo un descuento especial para transferir las reservas a otro que salía el día anterior. Aceptó encantada. Llegaría a Winterfold antes de lo previsto y les daría a sus abuelos toda una sorpresa al presentarles a su hijo, aquel precioso y amado niñito al que había mantenido en secreto. Por fin les diría la verdad. Además, la idea de llegar un día antes de lo previsto quitaba hierro a la situación. Al paradero desconocido de su madre. Al motivo de aquella fiesta de cumpleaños. Y, sobre todo, al hecho de haber tenido un hijo y habérselo ocultado a su familia durante tres años.

Cuando se enteró de que estaba embarazada, había tocado fondo. Olivier ya no le decía cómo debía vestirse, ni arremetía contra ella, furioso, hasta tal punto que se sentía arrinconada por el miedo y caminaba de puntillas por la casa, lo cual ponía aún más furioso a Olivier y aumentaba su rencor hacia ella. Ahora la despreciaba abiertamente. Ya casi no aparecía por casa y, cuando aparecía, traía a gente consigo: músicos, artistas, filósofos… Cat se sentía muy burguesa porque no entendía cómo podía ser uno filósofo de profesión teniendo veintitantos años. Los amigos de

Olivier se quedaban hasta las tantas de la madrugada, hablando, bebiendo cerveza, tocando música y marcando el ritmo sobre el viejo baúl de Cat que servía de mesa. Ella nunca se les unía. Había empezado a trabajar en el puesto de flores del mercado, en la orilla de la Île de la Cité, y tenía que levantarse temprano. El sueldo era irrisorio, pero lo había aceptado porque no se le ocurría a qué otra cosa podía dedicarse, y Olivier le había dejado bien claro que no quería verla rondando por la casa durante el día, cuando él estaba durmiendo la mona. Además, el trabajo le gustaba, aunque la jornada fuera larga, el sueldo escaso y a veces el clima fuera duro. De todos modos, no era una profesión. Por las noches, cuando llegaba a casa agotada y se tumbaba en la cama, rezaba para que Olivier no le pidiera que saliera a ver a sus invitados, llamándola «la inglesa gorda que vive conmigo».

—Es patética. Parece mi perro: me sigue por toda la casa, jadeando.

Una vez, le oyó follarse a una tía en el sofá: a una chica casi impúber, de unos dieciocho años, delgada y de cabello rubio rojizo, que por la mañana, cuando Cat se levantó soñolienta, con su camiseta ancha, para meterse en la ducha, le sonrió con aire condescendiente y le ofreció un café. A partir de entonces empezó a ponerse auriculares. No se le ocurría otra solución. No tenía valor, ni voluntad, ni energías para luchar.

Había tenido un aborto espontáneo seis meses antes, y enseguida había vuelto a tomarse la píldora. Cuando no le vino la regla, no se preocupó. La tenía irregular: su cuerpo se comportaba de manera extraña. Cuando pasó otro mes y por fin se hizo la prueba, se quedó de piedra. ¿Cómo era posible que de aquella relación tóxica, de aquel espantoso embrollo compuesto de humillaciones e infelicidad saliera algo bueno? Olivier no quería tener hijos, se lo había dejado muy claro la vez anterior, y ella se resistió a asumir la noticia una o dos semanas, quizá con la esperanza de que fuera un error o de tomar la decisión de abortar.

Se había embarcado en aquella relación con Olivier creyendo que le aportaría algo que antes nunca había tenido: un hogar propio, una familia que fuera solo suya. De ahí que resultara paradójico que fuera precisamente la noticia de su embarazo lo que le dio fuerzas para romper con él. Sabía, no obstante, que si quería hacerlo tenía que pensarlo muy bien. Debía seguir adelante como si no ocurriera nada fuera de lo corriente. No le dijo nada a su abuela cuando vino a visitarla. Y tampoco a Véronique cuando quedaron para tomar algo. De ese modo sembró las semillas de su secreto.

Cuando por fin se lo confesó a Olivier, ya tenía ultimado su plan de huida. Henri, su jefe en el puesto de flores, siempre se estaba quejando de su anciana madre. Estaba claro: *madame* Poulain necesitaba una interna, pero tenía un carácter tan difícil que ninguna de las muchas asistentas que pasaron por su casa quiso quedarse. No era un trabajo tan arduo, así que ¿por qué costaba tanto encontrar una?

Madame Poulain necesitaba a alguien que le hiciera la compra, que fuera a la farmacia por ella y que se cerciorara de que tomaba sus medicinas (había tenido cáncer y estaba mal del corazón, además de sufrir diabetes y osteoporosis. Durante los años siguientes, Cat tendría que recordarse a menudo que, en efecto, *madame* Poulain tenía muchos defectos, pero que en parte se debía a su mala salud). Necesitaba a alguien que se sentara un rato con ella por las noches, una dama de compañía en toda regla. No, no le importaba que hubiera un bebé. Había una *chambre de bonne* y allí el niño no estorbaría. Además, justo al otro lado del río había una guardería pública estupenda. Todo saldría a pedir de boca. A Cat, que estaba desesperada, le pareció un golpe de suerte sacado de una película o de un cuento de hadas. No se detuvo a pensar cómo sería en realidad.

De modo que, cuando estaba embarazada de unos cuatro meses y empezaba a notársele la tripa, un hermoso día de primavera, mientras París se llenaba de verdor y los árboles estaban cuajados de flores, metió todas sus pertenencias en el baúl que hacía de mesa, se despidió de *Luke*, el perro, con un beso, mojando con sus lágrimas el pelo suave y alborotado del animal, le acarició las orejas, lo estrechó entre sus brazos y se marchó. Una semana después, una abogada especializada en derecho familiar, mujer de un excompañero de trabajo en *Women's Wear Daily*, escribió a Olivier informándole de que Catherine Winter estaba embarazada y de que, puesto que él era el padre, debía pasarle una pensión para la manutención del pequeño.

Cat no recibió ni un céntimo ni quería recibirlo, pero aquella artimaña cumplió su propósito: pasó de ser una persona en la que él podía tener algún interés —aunque fuera breve y, en todo caso, dañino— a ser una zorra patética que intentaba sacarle dinero, lo que permitió a

Olivier convertirse en la parte agraviada. Cat solo cometió un error, y fue al ponerle nombre al niño. Un par de meses después de su marcha (y mucho después de que *Luke*, el perro, se escapara para siempre), Olivier, que había decidido jugar un poco con ella, logró culparla de la desaparición del perro y le exigió que le dejara escoger el nombre del bebé si era un varón. Escogió Luke. ¿Una penosa manera de recordarle a Cat que le pertenecía? ¿Qué otra cosa podía ser?

A ella, sin embargo, no le importó en líneas generales. El nombre le gustaba, y había querido mucho al otro *Luke*. Sencillamente, los tejemanejes de Olivier ya no la afectaban, o eso se dijo. Y luego, cuando Luke tenía un año, Olivier se mudó a Marsella. Veía a su hijo muy de tarde en tarde, cuando iba a París. Le traía regalos: un elefante de mimbre que ocupaba un rincón de su minúscula habitación, algunos discos de jazz, un par de zapatos demasiado pequeños pero nuevos.

Cat quería que Luke supiera que tenía un padre, y que su padre lo quería. De modo que dejaba que Olivier viera al niño cuando estaba en París. En la última visita, cuando llegó tres horas tarde, sin afeitar, desaliñado y oliendo a sucio, Luke se quedó mirándolo y dijo:

—¡Apestas! —Luego se rió—. Apestoso.

Cat vio que Olivier entornaba los ojos, señal de que iba a montar en cólera. Vio que le temblaba ligeramente el labio. Advirtió el tono de su voz cuando dijo:

—No vuelvas a decir eso.

Y tuvo miedo por su hijo, miedo del daño que podía hacerle su padre si Luke se encariñaba con él.

El niño le preguntaba a veces por qué su padre vivía tan lejos, pero aparte de eso nunca se refería a él, y su vida extraña pero segura siguió adelante en aquel cuartito de la Île Saint-Louis. Los días —que Cat afrontaba a medida que iban llegando— se fueron convirtiendo en semanas y luego en meses, y su hijo tenía ya tres años.

Desde que tenía a Luke, se descubría pensando sin cesar en su madre. Sabía dónde estaba su padre, un cooperante que vivía en Kent, con su esposa, Mary, y sus tres hijos. Siempre había mantenido el contacto con ella, con la suficiente asiduidad como para despejar cualquier misterio en torno a su persona. Siempre que se veían, Cat acababa preguntándose cómo era posible que fueran familia. Ella procedía de Winterfold, no de aquel hombre amable, bueno, larguirucho y de maneras suaves que llevaba gafas montadas al aire y el pelo de punta, en penachos.

A los nueve años la había llevado a Bath a ver una función de teatro infantil como regalo especial de Navidad («Creo que deberías llamarme Giles, ¿no te parece, Catherine?»). Mientras se comían una pizza no había parado de hablar del hambre en el mundo y después, en el teatro, se había sentado con los brazos cruzados y había mirado la función con perplejidad. Cuando Cat levantó la mano para subir al escenario, le susurró:

—No, Catherine, de verdad, creo que es mejor que no subas. A fin de cuentas, estás a mi cargo. ¿No te importa? Lo siento muchísimo.

Cat se hundió en su butaca, furiosa, y vio con envidia cómo elegían a una niña llamada Penelope y no a ella, y cómo Lionel Blair la hacía salir despedida de un cañón de mentira montado sobre un balancín. Giles se negó a comprar un programa o un helado, y luego olvidó dónde había aparcado el coche. Al volver a casa, Cat le había dicho a su abuela que su padre parecía un búho y que además era muy aburrido.

Había vuelto a verlo después, en Londres, para comer, e incluso había visitado su casa, en Kent, cuando estudiaba en la universidad. Pero era aquel encuentro en Bath el que recordaba con más claridad y el que a menudo le causaba remordimientos. Cuando tuvo a Luke empezó a pensar que para Giles tenía que haber supuesto un gran esfuerzo dejar a sus tres hijos (que por entonces eran muy pequeños) con su mujer faltando pocos días para Navidad y viajar de Kent a Somerset con el único fin de llevar a una niña enfurruñada a una función que costaba un ojo de la cara. A Cat le caía bien porque le mandaba tarjetas por Navidad, y porque siempre la avisaba de dónde podía encontrarlo («Querida Cartherine, quería avisarte de que nos hemos mudado, por si necesitas ponerte en contacto conmigo. Estamos todos bien. Emma está…»).

Podía localizar a Giles si quería, pero en realidad no tenía ningún interés en hacerlo. No, era su madre la que la obsesionaba, la que se le aparecía en sueños. Durante el sofocante verano que precedió al nacimiento de Luke, solía tumbarse en su cuartito nuevo y pensar en Daisy tratando de recomponer todo lo que sabía sobre ella. La única prueba concreta que tenía de su existencia era la ropa que había dejado al marcharse, hacía casi treinta años. Un vestido para cada año, uno para cada ocasión. Los colgó todos en fila, salió de la casa y siguió caminando, y eso era todo. Vestidos que nadie más debía ponerse. En cierto modo, Cat se compadecía de su madre por ese afán suyo de dejarle su ropa. Daisy no había entendido que, al abandonarla así, se había asegurado de que su hija no tuviera nada, más que sus cosas. Cuando Lucy iba a pasar temporadas a Winterfold, Cat estaba tan ansiosa por compartir con ella sus juguetes que a menudo su prima, aburrida, se marchaba al jardín.

—Me da igual tu casa de muñecas, Cat. Yo lo que quiero es jugar con este palo.

Eso era lo que había impulsado a Cat, aquel día aciago, a hacer tiras con los vestidos de su madre y confeccionar con ellos ropita para sus muñecas. Le parecía un desperdicio tan grande tenerlos allí colgados sin que nadie se los pusiera. Ella, desde luego, no iba a ponérselos nunca, eso seguro.

Cuando dio a luz en el Hôpital Pitié-Salpêtrière, Luke era tan pequeño que se lo llevaron a la unidad de neonatos y lo metieron en una incubadora. Cat estaba en una habitación del piso de más abajo. Como no podía dormir, por las noches se paseaba lentamente por los pasillos con su camisón amarillo claro, muy dolorida y con la barriga todavía hinchada, sintiendo que anadeaba como un pato. Al tercer día sus hormonas le jugaron una mala pasada y un enfermero la encontró llorando desconsoladamente junto a una pared, agotada de cansancio y angustiada por su bebé: porque era tan pequeño que podía sostenerlo con una mano, por no tener leche suficiente para amamantarlo, por cómo iba a llevarlo a casa cuando saliera del hospital y por lo horrible, turbio y cruel que era aquel mundo del que ella no podía protegerlo.

El enfermero la hizo sentarse en una silla de plástico en el aséptico pasillo del hospital, donde solo se oía el leve maullido de los recién nacidos en la sala de al lado, y le dio palmaditas en la mano mientras ella lloraba, vertiendo lágrimas que caían como gotas de lluvia sobre el suelo reluciente.

—Tómatelo día a día —le dijo, y fue más tarde cuando Cat se dio cuenta de que le había hablado en inglés—. Día a día. No te preocupes por el futuro ni por el pasado. Piensa en el hoy y en lo que tienes que hacer para superar el día, y todo irá bien.

Y eso fue lo que hizo. Cada día. Cuando pensaba en el futuro, en que Luke no podía criarse en una habitación minúscula con su madre, en que no tenía dinero, en que algún día tendría que confesárselo a sus abuelos, en cómo había permitido que las cosas llegaran a ese punto y en cómo lo había embrollado todo, cuando las paredes de su vida parecían empezar a cerrarse sobre ella asfixiándola, se concentraba en el presente inmediato. Ir al banco. Comprar más vermú para *madame* Poulain. Reservar veinte euros por semana para comprarle unos zapatos nuevos a Luke. Respirar. Sencillamente eso, respirar.

Quería probar a salir de aquella vida, algún día. Montar un vivero en el que vendiera de todo, desde macetas para personas que no tenían tiempo para la jardinería a huertos urbanos totalmente autosuficientes. Pero ¿cómo iba a hacerlo si ella misma no era autosuficiente? Años atrás había sido una persona dinámica, pero hacía mucho tiempo que esa persona se había perdido, y ya no sabía si podría volver a encontrarla, quitarle el polvo y ponérsela como uno de los vestidos del armario de Daisy con los que solía disfrazarse antes de que acabaran hechos trizas.

Cuando llegaron a Stonehenge despertó a Luke y salieron del coche. Luke se acercó todo lo que pudo a las piedras por detrás de la valla metálica y las miró con fascinación, a pesar de que la llovizna lo emborronaba todo a su alrededor.

—¿De dónde son las piedras?

Cat entornó los ojos. Había ido con frecuencia de excursión a Stonehenge, que estaba relativamente cerca de su colegio, pero recordaba muy poco sobre el monumento.

—Es una buena pregunta. No tengo ni idea.

—Son muy grandes. —Luke miró uno de los carteles—. No sé leer.

—Creo que las pusieron sobre troncos para que rodaran y las trajeron así, tirando de ellas. —Su explicación no pareció convencer a Luke—. Y tengo la sensación de que proceden de Gales. O de algún sitio así. Pesan unas dos toneladas cada una. —De eso sí se acordaba. Contemplaron los enormes megalitos. Había olvidado lo grandes que eran—. Está bien, ¿verdad? —Se volvió hacia él con ansiedad, y sonrió al ver que su hijo se reía y asentía con la cabeza.

Siguieron su viaje por la Llanura de Salisbury. Cat iba señalando los misteriosos cerros y montículos, túmulos de reyes enterrados, los tanques del ejército abandonados junto a las estrechas cunetas, las ovejas apiñadas en las laderas de las colinas. Luke, entretanto, miraba por la ventanilla con la nariz y un dedo aplastados contra el cristal.

Cuando emprendieron el lento pero constante ascenso hacia Winter Stoke, Cat se sintió cansada, aturdida y mareada. Tenía el cuerpo tan inundado de adrenalina que pensó que iba a desmayarse al volante. Había intentado restarle importancia a lo que iba a suceder, como si aquel no fuera el momento más importante de su vida desde el nacimiento de Luke. Regresar a casa, tal vez incluso volver a ver a su madre. Porque, desde su conversación telefónica con Lucy, estaba segura de que todo aquello estaba relacionado con Daisy de alguna extraña manera. Fuera cual fuese el motivo de la reunión familiar, ya no había forma de esconderse. Tenía que recordarse a sí misma que aquello era bueno. Y sin embargo, estaba aterrorizada.

¡Su decimotercer cumpleaños! ¿Cómo podía haberlo olvidado? Y no obstante allí estaba, de pronto, aquel recuerdo. El punto culminante de su deprimente existencia, o así lo veía ella en aquel momento. Diciembre de 1995. Fueron al Pizza Hut de Bath, la abuela, Zocato, sus cinco mejores amigas y Lucy, y después al cine a ver *Goldeneye*. A Lucy no la dejaron entrar, aún era demasiado pequeña. Tuvo que regresar pronto a Winterfold con la abuela, y estaba de muy mal humor. Cat, Liza, Rachel, Victoria y… ¿quién más había? ¡Qué horror, no poder acordarse! Después fueron todas a dormir a Winterfold y Martha dejó que tomaran media copa de champán cada una. La abuela sabía cómo celebrar un cumpleaños. Estaban aturdidas por la emoción, les daba la risa floja y estuvieron despiertas hasta muy tarde escuchando a Take That y llorando porque Robbie dejaba el grupo, y cuando ya iban a dormirse, Rachel, que era la que más molaba de todas, dijo:

—Jopé, Cat, me das una envidia por vivir aquí… Tu abuela es la bomba.

Pero lo dijo en voz muy baja, con la boca pegada a la ropa de la cama, y Cat nunca supo si las demás lo habían oído. Pero ella sí que lo escuchó y sonrió en la oscuridad. Todavía se acordaba de cómo se había sentido: pensar que aquella chica tan guay (a saber qué había sido de ella) o que cualquier otra persona le tuviera envidia le produjo una sensación de alegría casi pueril.

Fuera seguía cayendo la lluvia, suave pero espesa. Luke se apartó de la ventana y empezó a chuparse el dedo ruidosamente. De vez en cuando murmuraba algo en francés. En cierto momento gritó:

—¡Mami! *Maman! Le grand cheval blanc! Le cheval!*

—Silencio —dijo Cat, porque su hijo tenía con frecuencia pesadillas en las que aparecían leones y grandes cebras, y pensó que estaba soñando—. No pasa nada, no hay ningún caballo blanco, cariño.

—¡Sí, sí que lo hay, *maman*! ¡Mira!

Se volvió rápidamente y vio que Luke señalaba por la ventana del copiloto. Corrigió un poco la dirección y miró a un lado. Entonces se acordó de que, en efecto, en aquella zona había caballos blancos por todas partes. A lo lejos, en la ladera de un cerro, corveteaba un caballito de color blanco hueso impreso entre el verdor de la hierba.

—Claro, lo siento, qué tonta soy. Por aquí hay muchos.

—Pero ¿por qué, mami? ¿—*Maman*? —preguntó Luke.

—Ni idea, lo siento. Debería haber… Compraremos un libro, ya que estamos aquí. Un libro sobre historia de Inglaterra en el que también se hable de Stonehenge. Así podrás enseñar en el cole lo que hemos visto. Y el caballo blanco de Westbury.

Westbury. Claro. ¿De dónde había surgido aquel recuerdo?

Se remontó aún más atrás en su memoria a medida que se acercaban a Winterfold. Los setos estarían llenos de endrinas en esa época del año, y el río Frome, más abajo de la casa, estaría crecido por las lluvias de otoño. El liquen sería de un color gris plateado y la hojarasca roja y amarilla cubriría los caminos.

—Ya falta poco. Estamos muy cerca, Luke.

Avanzaban por la vertiginosa carretera de Winterfold.

—Hace siglos que mamá no venía por aquí —dijo mientras se preparaba para entrar en el camino que llevaba a la casa, con un nudo en la garganta—. Vas a conocer a…

Se oyó un fuerte estruendo y una fuerza inmensa, como un peso que le apretara el pecho, la impulsó hacia atrás. Se le torció dolorosamente el cuello y chilló. El coche giró tan bruscamente que no supo qué sucedía. Más tarde solo recordaría que la puerta se había abierto de golpe, que había cristales por todas partes, que Luke gritaba y que se oía el bronco y estentóreo sonido del claxon. Salió del coche aturdida. La sangre le chorreaba por la frente en cintas rojas. ¿Era aquello Winterfold? ¿Había llegado a casa? Pero ¿por qué era tan distinta la casa? ¿Por qué eran tan grandes las ventanas?

—Luke...

Su hijo se alejó corriendo de ella cuando lo depositó en el suelo. Después, Cat sintió que le fallaban las piernas y cayó de rodillas. Se levantó temblando y corrió por el camino como si estuviera soñando otra vez. Llamó a Luke a gritos y, al acercarse a la casa, vio que alguien de corta estatura corría delante de ella. ¿Era Luke? ¿Quién era? ¿Era ella? Había sangre en la grava (se acordaba de la grava). Había un hombre alto, cubierto de sangre, sujetando al niño. Era Luke. Sus abuelos estaban allí. Una mujer gritaba, y el hombre alto se volvía hacia ella y le preguntaba algo. Pero ella no lo escuchaba, y por eso pensó que tenía que ser un sueño, porque todo lo demás se volvió negro.

Martha

La operadora del servicio de emergencias dijo que habían tenido suerte porque en aquel momento pasaba cerca de allí una ambulancia que volvía de dejar a un paciente. Martha les hizo pasar para que esperaran dentro, a resguardo de la lluvia. Se reunieron en medio del cuarto de estar y Florence extendió una estera y desperdigó unos cojines por el suelo. Luke lloraba sin parar y su madre también, abrazando su cabecita morena. Cat tenía el jersey azul manchado de sangre. De vez en cuando, el niño miraba a los adultos reunidos en la habitación. Luego cerraba los ojos y volvía a llorar.

Martha lo miraba todo y apretaba los dientes nerviosa. Su mente no funcionaba como debía. Se sentía como si hubiera chocado contra algo. Ya estaba claro que Luke no tenía nada grave.(Porque aquella personita se llamaba Luke, ¿no? Pero ¿Cat no tenía un perro que se llamaba *Luke*?). Tenía una brecha en la cabeza, eso sí, una brecha muy fea, y estaba conmocionado. Estaban todos conmocionados. Miró la cara de su nieta, tan flaca y manchada de barro, sangre y lágrimas. Era Cat. Y Cat era madre. Martha, que ya tenía previsto lo que cenaría dos días después, que podía hacerse cargo de cualquier cosa, no estaba preparada para asumir aquello.

—¿Se puede saber en qué ibas pensando? —Cat abrazó la cabeza de su hijo y miró con furia por detrás de Martha, hacia la puerta.

—Lo siento muchísimo, muchísimo —dijo Joe, cayendo de rodillas al lado de Luke. Se frotó los ojos. Tenía la voz ronca—. No sé cómo ha sido. No te he visto cuando retrocedía y…

—Eres un maldito loco, no deberían dejarte conducir.

A Cat le temblaba la voz.

Se arrodilló y levantó a Luke en brazos, apoyándolo sobre su hombro de modo que diera la espalda a Joe. Tenía en las mejillas sendas manchas sonrosadas que destacaban sobre su piel demasiado pálida. Martha se acordó de la vehemencia con que Cat se enfurecía o se entusiasmaba cuando era pequeña, y de cómo se apoderaba la pasión de su flaco cuerpecillo en esas ocasiones.

—¿Cómo narices se te ocurre hacer algo así? ¿Es que no has pensado que antes de dar marcha atrás a cincuenta por hora por ese camino y doblar la curva tenías que girar la cabeza y mirar?

—No estaba concentrado —dijo Joe con voz queda—. Me he distraído. No tengo excusa.

Cat le lanzó una mirada de lástima teñida de desagrado. Joe se sentó en cuclillas a su lado, retorciéndose las manos. Apretó suavemente el hombro de Luke y dijo en voz baja:

—Hola, amiguito. Lo siento muchísimo. Vas a ponerte bien.

Cat lo miró con frialdad y los ojos grises llenos de furia.

—Apártate de él. Déjanos en paz.

Luke se removió en sus brazos y se giró.

—Lo que has hecho con el coche ha estado muy mal porque me he hecho daño en la cabeza. —Hipó con un ligero sollozo—. Me duele la cabeza y… *Maman, je ne comprends pas pourquoi nous sommes ici.*

Su madre lo estrechó aún más fuerte.

—No pasa nada, mi niño. La ambulancia viene para acá, van a…

Mientras hablaba se oyó una sirena y unas luces parpadeantes se reflejaron en las paredes del cuarto de estar. Luke se enderezó, alarmado.

—No pasa nada, Luke —dijo Joe—. Te lo prometo. Han venido unas personas muy simpáticas que van a echarle un vistazo a tu cabeza, y después te daré un trozo de tarta.

—No le hables —ordenó Cat incorporándose, y al levantar a Luke en brazos hizo una mueca—. Vete a la mierda, ¿vale?

—Cat… —dijo Martha.

—Perdona, abuela. —Se le metió el pelo en los ojos cuando se giró para mirar a Martha. Se lo apartó con una mano, enredándoselo—. Pero ha estado a punto de matarnos. No deberías estar…

—Cat, no sabes cuánto lo siento. —Joe retrocedió hasta las puertas cristaleras cuando ella pasó a su lado.

Oyeron subir la ambulancia por la cuesta y Martha se puso tensa al ver que un coche de policía doblaba el recodo del camino.

—Siempre mandan a la policía cuando hay un accidente de tráfico —le susurró David al oído en tono tranquilizador—. No pasa nada, Em. No te preocupes.

Ella sintió el impulso de girar sobre sus talones y estrechar a su marido entre sus brazos, de besar su ajada mejilla y acariciar sus manos gruesas y calientes. Siempre estaba a su espalda.

—Ha vuelto de verdad —dijo—. ¿Verdad que sí?

—Sí, ha vuelto —contestó David, y vio que Joe se acercaba al joven agente de policía que había salido del coche patrulla.

El cocinero señaló su parachoques meneando la cabeza y se señaló el pecho con el dedo.

—Pobre Joe. Pobre muchacho.

Más tarde, después de que se marcharan Jan y Toby, los enfermeros, llevando consigo galletas y un termo con té y dejando a Luke con una pulcra y breve línea de puntos de sutura en la parte superior de la frente, Joe se acercó a Martha, que estaba en el pasillo limpiando el polvo inexistente del marco de un cuadro.

—He prestado declaración y se han marchado. Les he dicho que el seguro de Cat no debe verse afectado. He guardado las samosas y los pasteles en la despensa. ¿Qué más puedo hacer, Martha?

—Vete, Joe —contestó ella, mirándolo—. A no ser que quieras otra taza de té. —Él negó con la cabeza y Martha comprendió que estaba deseando salir de allí—. Vete a descansar un poco. Deja el coche aquí y vuelve a casa andando, el aire fresco te sentará bien.

Cat apareció en el pasillo con los brazos cruzados. Martha le dio unas palmaditas en el hombro a Joe.

—Pareces muy cansado, querido. Te llamaré si te necesitan. Aunque estoy segura de que no van a necesitarte para nada.

—Tengo que hacer el resto de las tartaletas. Las hornearé en casa. —No miró a Cat—. Señora Winter, una vez más le…

—Por favor, Joe, ha sido un accidente. Un accidente, nada más. Pareces absolutamente agotado, ¿sabes?

—Gracias. —Esbozó una sonrisa débil—. Últimamente no duermo bien. Tengo muchas cosas en la cabeza. La culpa de lo que ha pasado es mía. Acababa de enterarme de una cosa que me impresionó y… Pero eso no es excusa.

Martha lo miró con preocupación. Había algo en Joe que le recordaba a un niño pequeño. Esos ojos tristes, esa mandíbula tan firme, casi siempre cerrada con fuerza. Su manera tímida y torpe de explicar las cosas, y aquella sonrisa que, cuando aparecía, era como un fuerte abrazo que te envolvía con su calor.

—¿Va todo bien?

—Sí. —Cogió las llaves de la cómoda y Cat se enderezó y se apartó de su camino como si la hubiera golpeado—. Será mejor que me vaya. Los dejo solos. Traeré las... ¿Quieres que vuelva mañana?

Martha soltó una risa aguda.

—¡Más te vale, Joe! Venga, ha sido un accidente. ¿Verdad, Cat?

Su nieta clavó la mirada en el suelo.

—Claro.

Martha abrió la puerta y lo vio alejarse por el camino, casi como un autómata.

—¡Adiós! —gritó, pero Joe no la oyó—. Ya se ha ido.

—Menos mal —masculló Cat.

Martha cerró la puerta y se volvió hacia ella con la mano sobre el picaporte y una expresión pensativa.

—¿Quién era ese? —preguntó Luke saliendo del cuarto de estar.

—Sí —dijo Cat, e hizo una mueca al frotarse el cuello—. ¿Quién era ese idiota?

—El cocinero. Se está encargando del cáterin para este fin de semana. Pobrecillo. Te habría caído bien si lo hubieras conocido en otras circunstancias.

—Lo dudo. —Cat besó a su hijo en la cabeza—. Abuela, querida, estoy tan... No es así como quería volver. Se suponía que tenía que ser una sorpresa bonita. —Esbozó una sonrisa indecisa y besó de nuevo a Luke en la coronilla—. Lo siento. Siento todo esto.

Martha estiró un brazo y tocó la mejilla de su nieta. Su mejilla sonrosada y tersa. Luego acarició la cabeza de Luke, sintiendo su cabello espeso y la forma de su cráneo. Tenía entre las manos la cabeza de su bisnieto. Cerró los ojos un momento, casi abrumada por la intensidad de aquel instante, y luego logró reponerse.

—No te disculpes, cariño mío. Vamos a prepararnos una taza de té. ¿Florence? ¿Puedes poner agua a hervir? Y trae el molde para tartas. Está en la despensa, junto a las bolsitas de té.

—¡Habéis pintado! —exclamó Cat al entrar en la cocina detrás de su abuela. Estaba pálida, pero sonreía. Dio un gran abrazo a Luke y lo sentó sobre su rodilla—. Ah, las sillas azules todavía están. Y los cuencos de las limas. Ay, Dios mío. Luke, aquí era donde vivía mamá de pequeña.

Su hijo asintió con la cabeza mientras se mordisqueaba el pulgar y miraba su alrededor con una especie de aturdida fascinación mezclada con cansancio extremo. Martha no podía parar de mirarlo. Era su bisnieto.

—Antes era de color anaranjado, ahora es más bien ocre, ¿no? Muy a la moda —comentó Cat.

Martha se rió.

—No la habíamos pintado desde que la pinté yo misma cuando vinimos a vivir aquí. Florence tenía cuatro años y recuerdo que metió el pie en la lata de pintura. Había huellas naranjas por todas partes.

—¿En serio? —preguntó Florence—. Ay, Dios, lo siento. ¿De verdad hice eso?

—Me temo que sí, y además tardamos siglos en quitarte la pintura del pie. Pero hiciste una flores preciosas con forma de pie en aquellos azulejos. —Martha señaló la pared—. Esta vez he llamado a alguien para que viniera a pintar. Estoy muy perezosa. —Se acercó a Luke y le acarició suavemente la mejilla con un dedo—. ¿Qué tal te encuentras, Luke? Has sido muy valiente.

—Sí, ¿verdad? —dijo Luke—. Tenía ganas de llorar. Pero mira esto. —Se dio unos enérgicos golpecitos en la cabeza, arrugó el ceño y rompió de nuevo a llorar—. ¡Me duele! —gimió—. *Maman...* —Empezó a balbucear en francés y Martha no lo entendió.

David, que estaba de pie en la puerta, le tendió la mano.

—Luke, ven conmigo, hijito. Quiero enseñarte una cosa. Y en mi estudio tengo bizcocho.

Luke miró inquisitivamente a su bisabuelo, luego asintió con la cabeza y corrió hacia él. Lo tomó de la mano y, cuando se perdieron de vista, Cat se dejó caer en la butaca de madera labrada de Zocato con la mirada perdida.

—Va a hacerle un dibujito de *Wilbur*, ¿verdad?

Martha pensó en la última vez que David había intentado dibujar a *Wilbur*: una parodia grotesca y patética del perro que antes dibujaba en cinco segundos para un niño ávido o un admirador embelesado.

—Seguro que se le ocurrirá algo.

—No puedo creerlo —dijo Cat—. Todavía me cuesta creer que estemos aquí. —Cuadró sus delgados hombros y dijo en voz baja—: Abuela, querrás saber qué ha pasado. Por qué no te dije lo de Luke. Quién es y todo eso.

—Bueno, deduzco que es tu hijo y que su padre tiene el pelo negro —repuso Martha—. Pero lo que quiero saber es por qué no me lo contaste. —Cat dijo algo en voz tan baja que Martha no la oyó y tuvo que inclinarse hacia ella—. Soy un poco sorda. Repítelo.

—Me perdí —dijo su nieta con mucha suavidad.

—¿Qué quieres decir?

—Suena tan absurdo dicho en voz alta —repuso Cat—. Mi amiga Véronique lo llama «la niebla». Como si me hubiera perdido en ella y no viera la salida.

Martha se levantó para ir a coger la vieja tetera y sacó las tazas del aparador que había detrás de Cat. En ese momento se abrió la puerta y entró Florence.

—Ah, estáis aquí. Papá se lo está pasando en grande con Luke. Voy a hacer café. Cat, cariño, ¿quieres un poco?

Martha asintió satisfecha y le pasó las tazas a Cat.

—Prefiero té. Ah, estas viejas amigas —dijo Cat mirando las tazas—. La del Jubileo de la reina, la de ese programa concurso, la del castillo de Leeds...

Martha vio caer unas lágrimas sobre la mesa de madera.

—¿Por qué lloras, cariño? —preguntó, acariciando los hombros de su nieta.

Cat se inclinó hacia delante, se apoyó la cabeza en las manos y lloró como si se le estuviera rompiendo el corazón, en silencio, meciéndose adelante y atrás, sacudida por los sollozos. Pasó un minuto largo antes de que pudiera hablar. Florence tuvo la delicadeza de entretenerse fregando algo en la pila mientras Martha se sentaba junto a su nieta y esperaba a que levantara la cabeza. De pronto se sentía inmensamente culpable. Ella era la responsable de todo. Era ella quien había creado aquella situación.

Entonces oyó la voz de Daisy con toda claridad.

«Tiene que saberlo, mamá. Tienes que explicarle lo que has hecho».

Sonaba tan clara que se volvió. Pero allí no había nadie. Se encogió de hombros, alejó lo invisible de un manotazo, y agarró el hombro tembloroso de su nieta.

—Cariño, dime qué pasa. Dime por qué lloras. Así podré ayudarte.

Cat la miró y dijo en voz baja:

—Pasan tantas cosas... No debería haber venido. Ver las tazas, los dibujos de Zocato en la pared y el búho en la puerta. Yo no puedo volver allí, ahora que lo sé.

—¿Ahora que sabes qué?

—Cuánto lo odio. No puedo. No puedo seguir así.

Se llevó las manos a la cara.

—Podéis quedaros aquí —dijo Martha—. El pequeño Luke y tú.
—Se le atascó la respiración en la garganta—. No tenéis que volver.

Cat se rió.

—No podemos quedarnos aquí.

—Sí que podéis. Cariño —le susurró al oído—, esta es tu casa. No tienes por qué irte nunca más.

Solamente después de decir esas palabras se acordó de a quién se las había dicho antes y por qué.

Lucy

El timbre sonó a las siete con ferocidad. Lucy trató de hacer oídos sordos, como casi todas las mañanas. Luego suspiró, dejó escapar un gruñido de fastidio, salió de la cama y recorrió el pasillo con paso enérgico. Había dejado de llover y, cuando abrió la puerta, una fuerte racha de viento entró en el piso húmedo.

—Un paquete. —El mensajero, con gesto hosco, le tendió una caja y una pequeña BlackBerry con la pantalla muy rayada—. Una firma, por favor.

Lucy dibujó una línea recta mientras se preguntaba si podría escribirse un artículo acerca de las firmas de las entregas por mensajería, porque ni una sola vez había conseguido garabatear algo que se pareciera ni por asomo a su nombre en una de aquellas pantallitas. El mensajero se marchó sin decir palabra (siempre se comportaban como si los hubiera tenido esperando diez minutos, en vez de diez segundos) y Lucy cerró de un portazo, con más ímpetu del que debía.

—Un paquete para ti, Irene —gruñó, tirando la caja delante de la puerta cerrada de su compañera de piso.

Irene era una usuaria compulsiva de eBay y, al menos una vez al día —normalmente más—, llegaba a Amhurst Road alguna prenda *vintage* lista para que se pusiera como loca de contenta, le hiciera fotos y hablara de ella en su blog. Lucy no entendía cómo podía permitírselo pero, como no quería que la mandaran a la cárcel por ser cómplice de los tejemanejes de Irene, prefería no hacer preguntas y ansiaba que llegara el día en que tuviera su propia casa.

Empezó a hacerse café y entonces se acordó de que estaba intentando prescindir del café por ese artículo que había leído según el cual cada taza te acortaba la vida entre tres y cinco minutos. De modo que se preparó agua caliente con una rodaja de limón, que era lo que tomaba Lara al empezar el día, como le gustaba informar a toda la oficina con su estruendosa voz de bocina:

—Es increíble, superpurificador. Y no te entran ganas de desayunar.

Lo decía todos los días.

El piso estaba en la planta baja de una casa victoriana llena de corrientes de aire, en pleno Hackney. La habitación de Lucy era mucho más grande que la de Irene, y al poco tiempo de instalarse Lucy había comprendido por qué su compañera de piso había escogido la más pequeña: su habitación era una nevera incluso en verano. Daba al noreste y el sol nunca alcanzaba el enorme y grisáceo ventanal, que atraía las corrientes de aire como un imán. Olía vagamente a gatos y a humedad. La habitación de Irene, en cambio, olía a productos de limpieza, a materiales de embalaje sintéticos y a Gucci Envy.

Lucy volvió a meterse bajo el edredón con su agua caliente con limón, abrió el portátil sobre la cama y, mientras esperaba a que se encendiera, miró distraídamente la pantalla negra. Le habría gustado poder sacudirse aquella sensación de temor que tenía últimamente. Era como una nube suspendida sobre su cabeza, pero no conseguía entender a qué se debía.

No se debía solo a la aprensión que se apoderaba de ella cada vez que pensaba en la invitación de la abuela, ni a la mirada de horror de Martha cuando le había preguntado por el dichoso artículo. Ojalá no le hubiera dicho nada a Deborah. Tampoco se debía a las manos hinchadas y la expresión de fragilidad de Zocato. Al día siguiente a aquella hora estaría en casa de su padre y de Karen. Karen habría comprado cruasanes de Mark and Spencer. Su padre, como siempre, tendría alguna cosa que enseñarle. Algún libro divertido, algún artículo recortado del periódico. Y Karen estaría allí, tomando café y mirándolos.

Siempre era igual, pero la última vez que había estado en su casa, hacía casi dos semanas, se había dado cuenta de que sucedía algo entre ellos. ¿Sería cierto? ¿Se habría enterado su padre de algo? Karen estaba muy irritable, no quería comer nada. Y su padre también se comportaba de manera extraña. Aquella jovialidad suya tan simpática que conocía tan bien se había redoblado. Y su padre solo se comportaba así cuando sentía pánico. Cuanto más preocupado estaba, más alegre se volvía. Lucy lo había vivido durante años. De niña, siempre sabía si su madre estaba especialmente trastornada o enfadada si, cuando se levantaba por la mañana, su padre estaba haciendo tostadas francesas en la cocina mientras cantaba a pleno pulmón una canción de Gilbert y Sullivan. ¡Por aquí todo va de maravilla! ¡No pasa nada!

—Así que en Winterfold va todo bien —le había dicho Lucy—. La abuela dice que los preparativos marchan sobre ruedas. Ha sacado brillo a toda la plata.

—¡Ah, sí! —había contestado su padre—. ¿Más café, Karen? ¡Ah, la fiesta! ¡Va a ser genial!

Karen había levantado la mirada de su revista.

—No, gracias. —Había apartado su plato con el cruasán casi intacto—. La verdad es que no me encuentro muy bien.

—Vaya por Dios —había dicho Bill, y luego había añadido—: Pobrecilla. Últimamente trabajas mucho, ¿no?

Lucy había visto a su padre observando a Karen, pero no había entendido su expresión y se había sentido incómoda.

—Pues sí, muchísimo —repuso Karen. Arqueó la espalda y se levantó. Luego dijo con excesivo desenfado—: Se me olvidaba decírtelo, por cierto. Iré a la comida, claro, pero al cóctel del viernes por la noche no sé si llegaré. Ese día tenemos una conferencia con Estados Unidos a las seis de la tarde.

—¡Ay, no! —exclamó Lucy, siempre tan solidaria—. ¿No puedes decirles que es importante?

Karen estaba en la puerta. Se frotó los ojos y miró a su marido.

—Ya se lo he dicho, varias veces. Pero Rick no me hace caso. Iré al día siguiente.

—Pero es una pena que tengas que perderte el cóctel. Las fiestas de la abuela y de Zocato son las mejores —contestó Lucy, que era literalmente incapaz de imaginar nada mejor que una reunión familiar en Winterfold, con la casa llena de gente, luz y risas.

Su padre no dijo nada. Se levantó, se acercó al fregadero y aclaró la cafetera.

—Es una verdadera lástima, Karen.

Y se puso a canturrear.

«¡Y yo estoy bien, y tú también, y todo marcha a pedir de boca!».

Lucy hizo una mueca al beber un sorbo de agua caliente. El limón estaba agrio, el agua tibia y la habitación helada. Lo cierto era que no soportaba la idea de darle un disgusto a su padre. Después de la ruptura con su madre se había comportado como un perro viejo y tristón: se paseaba por su casa nueva en el pueblo con las pantuflas puestas y trataba de invitar a gente a barbacoas coreanas y disparates parecidos. Karen le había venido bien. Y la verdad era —tenía que reconocerlo— que a ella le caía bien.

Era divertida, cuando no tenía aquella mirada torva. Le gustaban *X Factor* y las comedias románticas: se sabía de memoria *La proposición* y *The Holiday*, pero, al igual que Lucy, odiaba *Love Actually*. Decía que era demasiado empalagosa, que era justamente lo que pensaba Lucy. Y además era muy lista, tenía un trabajo impresionante. Lucy la había escuchado hablar una vez por teléfono con su jefe, y había dicho unas quince frases que Lucy no había entendido, y mucho menos asimilado. A su padre le había sentado muy bien. Había conseguido que se relajara. En cambio Clare, la madre de Lucy, lo sacaba de quicio con su malhumor y su obsesión por las modas pasajeras: el tai chi, el renacimiento uterino, el yoga Bikram. Lucy se había criado en aquel ambiente y había visto lo duro que era para él. Karen no lo acaparaba todo constantemente. Dejaba que su padre se comportara con naturalidad, y al principio pensaba que era maravilloso. Se le notaba: lo miraba como si fuera la voz de la sabiduría. Lucy tenía a veces la sensación de que su padre actuaba bajo el yugo de los Winter: fingía que todo iba bien cuando no era cierto, y siempre trataba de animar el ambiente, de aparentar alegría aunque fuera una alegría falsa. Ansiaba la aprobación de sus padres más que nada en el mundo y, como estaba cerca, a mano, y tenía un talante poco dado al dramatismo, nunca parecía conseguirla. Lo cual era una estupidez, en opinión de Lucy. Era el mejor padre del mundo y un médico estupendo: para él, nada era demasiado trivial. Se preocupaba por la gente. Como cuando la bursitis de rodilla del señor Dill se agravó tanto que el pobre hombre ya no podía caminar. Su padre estuvo dos semanas yendo a verlo todos los días. Le llevaba sopa y le dejaba hablar. O el dedo de Joe Thorne: Joe le había dicho a Lucy la semana anterior en el pub que, de no haber sido por su padre, lo habría perdido. Se habría quedado sin trabajo y sin nada. Incluso le había salvado la vida a aquel imbécil de Gerald Lang en esa desastrosa fiesta de verano que ya formaba parte del folklore de los Winter. ¿Y aquella vez que se metió en el río para sacar a *Tugie*, el último perro que tuvieron la abuela y Zocato, obsesionado con encontrar nutrias, mientras ella y Tom, su novio de entonces, lo miraban pasmados? Tom le había dicho después:

—Yo me habría metido, pero no quería estropearle el numerito a tu padre. Creo que necesitaba exhibirse un poco.

«Sí, ya —le habían dado ganas de decir a Lucy— Tú tienes veinticinco años, corres todos los días y antes hacías remo. Mi padre tiene casi cincuenta y le crujen las rodillas cuando anda. Sí, ha sido muy amable por tu parte.»

«Ay, ¿por qué no había hecho nada?».

Un ruido en el pasillo, un crujido de madera y un maullido le indicaron que Irene se había levantado a dar de comer a *Capitán Miau*. Lucy salió de su ensimismamiento y miró a su alrededor. Eran las siete y treinta y dos. Pensó en levantarse, en meterse primero en la ducha y llegar temprano a trabajar, anticiparse para que, cuando Deborah le preguntara por cuarta vez qué pasaba con el artículo sobre Zocato, pudiera decirle «Lo siento, necesito investigar un poco más, decidir qué enfoque darle. Pero se me ha ocurrido una idea para un artículo sobre las Kardashian. Los Óscar. Rihanna. Jennifer Aniston y sus penas de amor secretas».

Había llamado a su abuela para decirle que ya no iba a escribir el artículo, y lo decía en serio. Su conversación con Cat la había dejado muy tocada, y no solo por la saña que había demostrado su prima. No se trataba solo de eso. Llevaba dos semanas posponiendo el momento de decidir si debía olvidarse por completo del asunto o seguir indagando un poco más, aunque solo fuera por enterarse de lo que sucedía. Aunque no le enseñara el artículo a nadie más, sentía que tenía que escribirlo. Porque allí había gato encerrado, eso seguro.

Revisó rápidamente sus correos electrónicos. La morralla de todas las mañanas: descuentos de The Outnet; cotilleos sobre famosos; y la inauguración de una cervecería artesanal llamada The Dalston Hopster[3] en el pub de la calle de al lado (hasta a ella le pareció casi espeluznante la falta de ironía del nombre).

---

3. Juego de palabras intraducible, mezcla de *hipster* y *hops*, «lúpulo». *(N. de la T.)*

Estuvo a punto de no ver el correo que le había mandado su madre la noche anterior, muy tarde, y al abrirlo tensó los hombros con nerviosismo.

Hola, cariño:

Mañana me voy a la India, solo quería recordártelo. Me cuesta quedarme en Inglaterra con las celebraciones de este fin de semana. Siento que tus abuelos me han excluido y eso me causa profunda tristeza.

En respuesta a tu pregunta, yo también he intentado comunicarme con Daisy. Quería pedirle consejo para viajar sola, sobre todo por Delhi. He intentado contactar con ella varias veces, pero no he recibido respuesta. En todo caso, me acuerdo de que cuando iba a Kerala usaba otro nombre: Daisy Doolan. Echa un vistazo a esto porque, aunque es de hace cuatro años, me parece muy interesante:

http://bitly.com/perssonch

No les dijo a tus abuelos que la habían echado, ¿verdad? ¿Qué ha sido de ella, entonces? Ya te avisaré si contesta.

No vuelvo hasta la semana anterior a Navidad. Raymond tiene mi itinerario y los datos del *ashram* por si surge algo urgente y tienes que ponerte en contacto conmigo.

Cuídate mucho, cariño, disfruta y llénate de luz y amor.

Besos,
Clare

¿Quién era Raymond? Típico de su madre. Lucy pulsó el enlace y, mientras leía lentamente, abrió los ojos como platos y se quedó boquiabierta.

«No —dijo para sí—. Ella nunca haría una cosa así. Tiene que haber un error».

Cooperante internacional despedida en medio de un escándalo

El despido de la británica Daisy Doolan de la Escuela Infantil Doolan ha causado tristeza y consternación entre los vecinos de la zona. La señorita Doolan recibió recientemente una medalla de manos del alcalde (ver fotografía) por su contribución a la mejora de la escolarización y la prosperidad del vecindario. En 1982, cuando llegó a Cherthala, la alfabetización estaba ya muy extendida, pero la tasa de escolarización era baja y la pobreza enorme. La señorita Doolan recaudó dos millones de rupias destinadas a la construcción de una nueva escuela para niñas, cinco de cuyas alumnas, como es bien sabido, han llegado a la Universidad de Bombay, donde estudian diversas disciplinas. El director de la escuela acusa a la señorita Doolan de haber incurrido en un desfalco que ascendería a un total de un millón de rupias en algo más de cinco años. La señorita Doolan ha sido despedida y la policía intenta averiguar su paradero. Una compañera de trabajo afirma que ha abandonado el país para regresar a Inglaterra.

Cat

El viernes ya tenía la impresión de llevar meses en casa. ¿De veras había estado fuera tanto tiempo? Solo advirtió una diferencia la primera noche, al mirarse al espejo del cuarto de baño de arriba, que seguía igual después de tantos años: el mismo papel pintado William Morris, la misma taza en forma de cerdito para los cepillos de dientes, sin el asa; la misma alfombrilla, los mismos frascos polvorientos de champú Ice Blue y gel de ducha de uva de Body Shop. Después de aquel día tan largo, había visto su semblante cansado y macilento reflejado con la crudeza propia de los espejos antiguos y familiares, y había estado a punto de gritar. No lo había hecho, sino que había pensado: «Me parezco a ella. Soy idéntica a ella».

Aquella primera noche durmió como si la hubieran drogado. Y Luke también. Era la primera noche que pasaban en habitaciones separadas, y le preocupaba que el niño se despertara por culpa de la brecha que tenía en la frente, pero merecía la pena haber vuelto a casa solo por el hecho de que pudiera tener su propio cuarto. Cuando fue a ver cómo estaba, lo encontró profundamente dormido, con los brazos extendidos como si corriera a abrazar a alguien, el edredón enredado alrededor de los pies y las mejillas coloradas.

Era tan extraño lo fácil que resultaba acostumbrarse de nuevo a la vida en Winterfold. Era como si la casa hubiera estado esperando que su hijo y ella llegaran para acogerlos. Fácil y al mismo tiempo aterrador. ¿Había cambiado ella? ¿Era distinta? ¿Lo eran los demás? No había podido evitar preguntárselo a medida que se acercaba el día de la comida de cumpleaños, y ya estaban a viernes.

—Manzanas, leche para Luke, bolsas de basura. Volveré a la hora de comer. ¿Luke? —Miró a su alrededor—. ¿Luke?

—Está con Zocato. —Florence entró en la cocina, donde estaban sentadas Cat y su abuela, y se sirvió un poco más de café—. Están haciendo algo juntos. Embadurnados de pintura. —Se encogió de hombros—. Parece un dragón.

Cat se levantó.

—Es genial. Nunca había visto a Luke así. Suele ser muy retraído con los hombres.

—Tu abuelo es un niño en muchos sentidos —comentó Martha con una sonrisa. Se levantó lentamente—. Compra también unos limones, ¿quieres? Ah, y ¿puedes hacerme un favor?

—Claro.

Cat hurgó en el bolso confiando, contra toda esperanza, en encontrar alguna libra más en su interior.

—¿Puedes pasarte por el Oak y decirle a Joe que he encontrado unas copas de champán en el desván y que no hace falta que traiga más?

—Eh, sí, claro.

Si Martha advirtió su vacilación, no dijo nada al respecto. Cogió una galleta de chocolate.

—Cómete esto, cariño, estás demasiado delgada. Y no tengas prisa. La comida está preparada y Luke está bien.

Mientras se alejaba a pie de la casa, bajando por la cuesta que llevaba al pueblo, Cat estiró los brazos y aspiró el aire húmedo con olor a mantillo. Era cierto que Luke estaba bien. Mejor que bien, en realidad. Desde que estaba allí no paraba de hablar: canturreaba continuamente para sí mismo en una mezcla de inglés y francés mientras correteaba por el cuarto de estar sacando libros de las estanterías que llenaban las paredes y haciéndole cientos de preguntas a Zocato. Y también a su tía abuela Florence. Parecía fascinado con ella y con la cantidad de cosas que sabía.

—¿Por qué tienes el pelo tan alborotado? —le había preguntado la noche anterior durante la cena (aunque había dicho *albogotado*), y Florence había echado la cabeza hacia atrás y soltado una enorme carcajada.

Al acordarse ahora de aquella bobada, al pensar en el regocijo de Luke al ver reír a Florence, en toda la familia reunida y en el buen humor que reinaba en el ambiente, sintió una punzada dolorosa en el pecho. Por más que se dijera que era solo para el fin de semana y que debía disfrutarlo, era consciente de que, si no había querido volver, era en parte porque siempre había sabido que, una vez allí, le resultaría imposible marcharse de nuevo.

Allí, en Winterfold, un día tan hermoso como aquel, con la sinuosa carretera desplegándose ante ella, el pueblo a lo lejos y el suave tono ocre de las hojas que aún quedaban en las copas de los árboles, le parecía irreal haber sido aquella otra persona que vivía en París. El cielo era de un límpido azul grisáceo y las nubes semejaban retazos de algodón. Respiró hondo de nuevo para despejarse. «Tres días más», se dijo al apartarse del camino para cruzar entre los árboles, siguiendo el mismo atajo que tomaba siempre, cruzando el arroyo. «Olvídate de todo lo demás. Haz lo mismo que Luke. Disfrútalo».

Eran poco más de las doce cuando entró en el pub con sus bolsas de la compra y las mejillas sonrosadas por el viento húmedo y fresco que soplaba en el pueblo. La puerta se cerró de golpe a su espalda y la señora que atendía la barra levantó la vista, al igual que los dos únicos clientes que había en el local: una pareja sentada en una esquina, que enseguida retomó el hilo de su conversación.

—¿Puedo ayudarla en algo? —preguntó la camarera.

Cat se quedó mirándola.

—¿Sheila? ¡Soy Cat! ¡Cat Winter! Me habían dicho que habías vuelto a Winter Stoker. ¡Madre día! ¿Qué tal estás?

Sheila la miró extrañada. Luego abrió los ojos como platos y dio una palmada.

—¡Pero si…! ¡Cat, cielo! Ven aquí, dame un beso. —La abrazó—. Había oído que ibas a volver para la fiesta, pero pensaba que no era cierto. ¿Vienes a ver a Joe por lo de esta noche?

—Eh… —comenzó a decir Cat.

Pero Sheila añadió con firmeza:

—De todas maneras ya casi ha terminado. ¡Joe! —gritó con energía.

Le dio un vuelco el corazón cuando el hombre del rincón se volvió y, al verla, se puso de pie con cierta torpeza. La mujer que estaba con él se levantó de un salto.

—¡Cat! —dijo con alegría.

Cat se quedó helada.

—¿Karen? ¡Karen! —La había visto solo una vez y hacía tanto tiempo que tardó un momento en reconocerla. La miró a ella y luego a Joe—. ¿Qué tal estás?

—Muy bien, Cat. Me alegro mucho de que hayas vuelto. Sé que están todos encantados de que hayas podido venir.

A Cat le pareció que Karen tenía muy mala cara. Tenía ojeras amarillentas y saltaba a la vista que había estado llorando. Se ceñía la ancha chaqueta negra alrededor del cuerpo como si quisiera defenderse de algo, y Cat, procurando no llegar a conclusiones precipitadas, le sonrió con simpatía.

—Gracias. —Pero solo acertó a pensar «La pobre Lucy tenía razón», y deseó que su prima estuviera allí, deseó no haber discutido con ella. Puso una mano sobre la barra y le hizo una seña a Joe—. Hola. No quería interrumpir. Mi abuela me ha dado un recado para ti.

Joe miró a Karen, que dijo:

—He venido a hablar con Joe de la tarta de tu abuela. Bill se ha encargado de eso, y nos hemos divertido mucho diseñándola, ¿verdad, Joe? —concluyó, vacilando como si no estuviera segura de su nombre.

Cat asintió con un gesto. Miró a Joe y sus ojos se encontraron.

Él también tenía un aspecto horrible, pensó Cat, aún peor que el miércoles. Quizá fuera siempre así. Recordaba que Lucy le había dicho que era guapísimo, con los ojos azules oscuros y todo eso. A ella le pareció un hombre que ya no podía más. Tenía la piel grisácea y no se había afeitado. La barba negra empezaba a ensombrecerle la mandíbula y tenía los ojos enrojecidos.

Se frotó la barbilla.

—¿Qué tal está tu niño? —preguntó—. ¿Y el coche? ¿Ya lo has arreglado todo con la empresa de alquiler?, ¿me avisarás si necesitas cualquier cosa?

—Sí, gracias. Y Luke está bien. Gracias.

—La verdad es que quería darte una cosa para él. No he…

—No hace falta, de verdad. —Cat carraspeó—. Mira, no quiero entretenerte. Solo he venido a decirte que mi abuela no necesita más copas de champán. Ha encontrado las que tenía en el desván.

Joe hizo un gesto afirmativo sin dejar de mirarla, pero no dijo nada.

—¿De acuerdo? —preguntó ella al cabo de unos segundos.

—Joe —dijo Sheila con firmeza—, contesta.

Él dio un respingo.

—Sí, claro. Es estupendo. Gracias por avisarme. Tendrás muchas cosas que hacer.

—¿Yo? No, qué va —contestó Cat—. En serio, ¿estás bien? Tienes mala cara, como si estuvieras incubando algo.

—Me voy, entonces —dijo Karen con alegría, sin dirigirse a nadie en particular—. Nos vemos luego, entonces. ¡Adiós! Gracias por el café, Joe.

La puerta se cerró ruidosamente tras ella. Joe se sobresaltó y meneó la cabeza.

—Perdona. Es solo que estoy cansado.

—No duerme nada —comentó Sheila—. Es por la fiesta, ¿verdad, Joe?

—Algo así. —Él esbozó una sonrisa. Vibró su teléfono, pero se lo guardó en el bolsillo y miró a Cat—. ¿Puedo invitarte a algo?

A su pesar, Cat sintió de pronto lástima por él. Parecía completamente solo, de pie junto a la barra, con los anchos hombros caídos y la mandíbula tan tensa que casi parecía sonreír. Era, sin embargo, el mismo hombre que había destrozado su propio coche, que había causado daños en el coche alquilado de Cat por un valor de varios miles de libras y que había estado a punto de matar a su hijo. Y Karen. ¿Qué pintaba viéndose con la mujer de Bill en pleno día?

—No, gracias. Entonces, conoces a Karen, ¿no? —preguntó con cierta brusquedad.

—Sí. —Joe cogió un posavasos con tanta fuerza que el cartón se partió entre sus dedos—. Se ha portado muy bien conmigo desde que llegué.

—Sí —contestó ella, indecisa—. Claro.

—Es extraño. Trasladarte a vivir a un sitio tan alejado de tu familia, sin conocer a nadie. —Se quedó mirando el cielo gris a través de la ventana—. Cuando quieres integrarte y no puedes. Le estoy muy agradecido.

Cat, que esperaba una respuesta anodina, frunció el ceño.

—Sí, claro.

Él meneó la cabeza como si volviera al presente.

—Mira, de todo modos le he comprado un libro a Luke. Pensaba llevárselo hoy. A Jamie le encantaba cuando tenía su edad.

Desapareció detrás de la barra y sacó un paquete que había junto a la caja. Se levantó una nube de polvo, y pareció horriblemente simbólico verlo caer de nuevo en el pub desierto.

—Ah... —dijo Cat, avergonzada—. No tenías por qué molestarte.

—No, pero me apetecía hacerlo. Jamie y yo lo leíamos constantemente.

Le dio una bolsa de papel y ella sacó un libro largo y delgado y miró indecisa la portada.

—*El hombre palo* —leyó—. De la autora de *El grúfalo*. Tiene buena pinta. Gracias. No conozco *El grúfalo*, pero seguro que es bueno.

—Perdona —dijo Joe con suavidad—, pero ¿no conoces *El grúfalo*?

—No. Eh... —No quería ser maleducada—. Estoy segura de que es buenísimo. Parece genial.

—¿Nunca has oído hablar de *El grúfalo*? —insistió él—. ¿En serio? —Miró a su alrededor—. ¿Es una broma? A lo mejor en Francia se llama de otra manera. Mira la contraportada. Hay un dibujo del Grúfalo.

Cat, molesta, dio la vuelta al libro.

—No, lo siento. Pero hay libros infantiles a montones y...

—Es que me parece muy raro que no conozcas *El grúfalo*, nada más. ¿En qué clase de país vives que no tienen *El grúfalo*?

—Ya me lo has dicho.

Cat guardó el libro en la bolsa.

—Permíteme que te ponga en antecedentes —le dijo Joe—. Es como no haber oído hablar de Winnie de Pooh.

—Qué tontería.

—Exacto —repuso él con insistencia—. Absolutamente.

—Bueno, pues le leeré *El hombre palo* esta misma noche. Gracias.

—El Hombre Palo es básicamente un tonto que siempre anda metiéndose en líos: está a punto de quemarse en una hoguera o se lo lleva un pájaro. Deberías leerle *El grúfalo*. Es genial, en serio. —La miró—. Mira, voy a regalarte mi ejemplar.

—¿Tienes un ejemplar? Vaya, eso sí que es raro, ¿no?

Él sonrió de repente y su semblante se transformó.

—Entiéndeme, es para cuando viene Jamie. Mi hijo. Puedo prestártelo para este fin de semana. Ya iré a buscarlo cuando pueda.

—Esta noche, el cóctel...

—Sí. —Joe se detuvo de pronto—. Claro. Mira, será mejor que siga trabajando. Si no quieres nada más.

—Eh, no. —De pronto se sintió como una idiota, le pareció que estorbaba—. Gracias otra vez por el libro. Eh…, hasta luego. —Saludó a Sheila con la mano—. Me ha encantado volver a verte, Sheila. Adiós.

—¡Oye! —exclamó Joe—. Quiero pedirte perdón otra vez.

Cat se volvió.

—¿Me lo dices a mí?

—Sí. —Joe se llevó las manos al pelo—. Lo siento de veras. Me siento fatal cada vez que pienso en su carita. No sabes cuánto me alegro de que esté bien. Fue una estupidez.

Se quedó mirando el suelo.

Sheila había desaparecido en la trastienda y no había nadie más en el pub. Cat cruzó los brazos.

—Bueno, fue un accidente. ¿No? —dijo con una leve sonrisa, pero él la miró con seriedad.

—Por supuesto que sí, Cat.

—Era una broma —repuso ella—. No creo que intentaras matarnos.

—Ya. —Volvió a rascarse la cabeza—. Ya ni siquiera me doy cuenta cuando la gente bromea. Esta mañana, el tío de la cervecería me ha hecho ¡bu! y he estado a punto de darle un puñetazo en la cara.

Cat se rió.

—Estarás muy agobiado con esto de la fiesta.

—Bueno, es el único encargo que tenemos. Aquí no tengo mucho que hacer. Así que la fiesta… Sí, quiero que salga bien. Impresionar a la gente para que empiece a venir al pub. Es… Sí, supongo que le doy muchas vueltas.

Cat lo observó con atención.

—¿Puedo hacer algo?

Él le dedicó una sonrisa tímida.

—Quedarte extasiada cuando veas la comida y fingir que nunca habías probado nada tan delicioso. Eso puedes hacer.

Ella se rió.

—Muy bien. De todos modos, la abuela dice que va a ser alucinante. Y ella no miente.

—Pero tú vives en París. Debes de ser muy exigente.

—No, qué va. Estoy deseando darme un festín como es debido. Normalmente me alimento de congelados y de algún que otro cruasán.

«Y de las sobras de Henri y *madame* Poulain, y una vez me comí una *baguette* que alguien había dejado intacta en un banco de las Tullerías. La verdad es que no como mucho porque vivimos con ochenta euros a la semana. Y encima la gente me felicita por lo delgada que estoy».

—Bueno, espero que disfrutes esta noche. Y con la comida de mañana. Para tu abuela es muy importante que todo salga perfecto —dijo Joe, situándose detrás de la barra.

Cat lo observó mientras levantaba sin esfuerzo una caja de botellines de tónica, casi como si pudiera moverla con un dedo.

—Gracias —dijo, intentando no ponerse a la defensiva—. Pero creo que sé de qué va todo esto. —Le lanzó una mirada penetrante—. Si lo piensas, es bastante obvio, ¿no?

Él dejó la caja y sus ojos volvieron a encontrarse. Cat tenía una sensación muy extraña cada vez que lo miraba. Como si lo conociera de algo.

—Bueno, en todo caso se alegra mucho de que hayas vuelto. Te echaba de menos. Y tu abuelo también. No se encuentra muy bien, ¿verdad?

Cat negó con la cabeza. El corazón le latía con violencia.

—No sé.

—Es un hombre encantador. Últimamente me tiene preocupado. Quería preguntarle a alguien de la familia si estaba bien.

—Podrías habérselo preguntado a Karen —repuso ella con despreocupación.

Se hizo un silencio.

—Sí —contestó él despacio. Agachó un poco la cabeza y sus ojos volvieron a encontrarse—. Mira, Cat...

Cat ignoraba qué habría pasado a continuación si en ese momento no se hubiera abierto la puerta.

—Hola, Joe. ¡Vaya, hola, Cat!

Ella se giró.

—Hola —dijo con recelo.

Una mujer alta, mayor que ella, con el pelo corto y rubio y una gran sonrisa, se acercó a ella con entusiasmo. Cat se estrujó el cerebro a toda prisa. ¿Quién era?

—¿Qué puedo hacer por ti, Susan? —preguntó Joe.

Cat le lanzó una mirada agradecida.

—Lo que quieras, Joe, ya lo sabes —contestó Susan, y soltó una risilla nerviosa.

Joe sonrió, crispado. Susan... Cat siguió intentando recordar. «Susan Talbot. De la oficina de correos. La hija de George y Joan Talbot». Le puso una mano en el brazo.

—Hola, Susan. Me alegro de verte.

—Y yo a ti, tesoro. —Susan volvió a reírse, entornando los ojos de un modo un tanto desconcertante—. Me hace muchísima ilusión la fiesta de esta noche. Estaréis todos allí. No se habla de otra cosa. ¡Y yo todavía no sé qué voy a ponerme! —Compuso una mueca traviesa y maternal y sonrió a Cat cruzando los brazos bajo sus grandes pechos—. He venido a comprar una botella de vino para llevarla esta noche. Con eso sí podrás echarme una mano, ¿verdad, Joe?

Él asintió con un gesto, se agachó y sacó tres botellas distintas.

—Claro que sí. ¿Te sirve alguna de estas?

—No hace falta que traigas nada esta noche —le dijo Cat a Susan, y sintió desagrado al ver cómo miraba a Joe.

Susan siempre había sido una loca. Uno de los muchos recuerdos comprimidos en su memoria comenzó a desplegarse ante sus ojos. Una vez, cuando estaban en el colegio, despidieron a un maestro porque Susan lo había acusado de ser un pervertido. Era falso.

—¡No, no! ¡Ni hablar! Quiero poner mi granito de arena. Para mí sois como mi familia. ¡Los Winter!

Susan sacó su cartera y miró a Joe desde debajo de sus espesas pestañas negras, que tanto contrastaban con su tez pálida.

Cat y Joe se miraron un momento.

—Bueno, será mejor que regrese —volvió a coger la bolsa—. Luego os veo. Y... eh... —Sonrió a Joe—. Gracias otra vez. Vamos a empezar con este. Pero estoy deseando leer el otro. *El grúfulo.*

—Algo así —repuso él, y Cat no supo si estaba bromeando o no.

Lo dejó a solas con Susan y emprendió el camino de regreso a casa subiendo por la cuesta, deseando que Lucy se diera prisa en llegar. Cuanto más tiempo pasaba allí, más raro le parecía todo.

Karen

—Me fastidia mucho no poder ir, de verdad, Bill.

Estaba sentada al pie de la escalera viendo cómo su marido se ponía la chaqueta e intentando que la mirara.

Él se abotonó la chaqueta.

—Seguro que sí —contestó sin mirarla.

—Es solo que... —Se ciñó la bata—. Sigo encontrándome fatal. Creo que es mejor que me quede en la cama después de la conferencia. Que descanse para mañana. Porque mañana voy seguro.

Bill no dijo nada. Se acercó a la puerta, pero en lugar de abrirla apoyó la mano en el quicio. Karen tragó saliva. Notó un sabor metálico en la boca. Se sentía débil. Deseaba que su marido dijera algo. Aquellos últimos días había estado esperando a que hablara. Porque ya lo sabía.

—¿De acuerdo? —preguntó—. ¿Me estás escuchando?

—Lucy ya está allí. Será mejor que me vaya. Adiós, Karen —dijo.

—Mira, Bill, hace semanas que te dije que no iba a poder ir y lo siento, ojalá pudiera. Así que vete y dales recuerdos a todos. Diles que nos vemos mañana, ¿vale?

Bill miró sus ojos implorantes y a Karen le pareció que sonreía, que le daba la razón. Durante un par de segundos, efímeros pero felices, pensó que todo iba bien otra vez. Luego él abrió la puerta y dijo:

—Creo que es mejor que no vengas mañana, Karen. Y creo que tú también lo sabes.

Una ráfaga de aire frío entró en la casa caldeada.

—¿Qué quieres decir? Claro que voy a ir.

—Karen, no me trates como si fuera tonto. No lo soy.

Ella se quedó donde estaba. Le daba miedo moverse.

—No lo entiendo.

—Sí, claro que lo entiendes. Karen, sé lo tuyo con él.

La puerta estaba abierta de par en par. Pasaba gente, miraban hacia la casa.

—¡Hola, Bill! ¡Ah, Karen! Ahora nos vemos, ¿no?

Bill se volvió con precisión militar, la mano de nuevo en la puerta.

—Buenas noches, Clover. Enseguida voy para allá. Ahora nos vemos. —Cerró la puerta y se acercó a Karen. Se cernió sobre ella, sentada al pie de la escalera—. Hace semanas que lo sé.

Karen tragó saliva.

—¿Quién te lo dijo?

—¿Eso es todo lo que tienes que decirme? —Su voz estaba cargada de ira, y de emoción, pensó Karen. Pero Bill nunca se dejaba dominar por las emociones—. ¿Estás engañándome con otro hombre y lo único que te importa es saber cómo me he enterado? Me lo dijo Susan Talbot, así me enteré. Vino el mes pasado a enseñarme su verruga. —Soltó una risa colérica—. Y de paso me dijo que había algo que quizá me interesara saber.

Se le quebró la voz y ella desvió la mirada, incapaz de soportar su expresión.

Las semillas que había plantado, todo lo que había hecho, empezaba a pasarle factura, y tenía que asumirlo. No le quedaba otro remedio que quedarse allí sentada y aceptarlo.

—Así fue como me enteré de que mi mujer se estaba… —Bill se tapó la cara con las manos—. Se estaba acostando con otro a mis espaldas. Tuvo que decírmelo esa chismosa de Susan Talbot.

Se volvió y clavó la mirada en la estantería vacía. Tenía la respiración acelerada.

—No es… —comenzó a decir Karen.

Pero eran frases tan manidas. «No es lo que piensas». ¿Cómo podía explicarle qué era? Se había acostado con otro, llevaba meses haciéndolo. Esa era la verdad.

«Te quiero. Y sé que tú no me quieres a mí. Esa es la razón».

Se levantó, haciendo caso omiso de la oleada de náuseas que se abatió sobre ella. Se agarró a la barandilla y dijo:

—Sí, es verdad.

—Gracias —dijo Bill, casi como si se alegrara de estar en lo cierto—. ¿Y también es verdad lo que dice Susan? Dime quién es.

—Bill…

—¡Dime quién demonios es, Karen!

Ella retrocedió hasta el otro lado del sofá y se rodeó con los brazos.

—No voy a pegarte —dijo Bill—. No seas absurda. Pero dime quién es. Di su nombre.

—Joe —susurró—. Es Joe Thorne.

—Lo sabía. —Bill bajó la cabeza—. El muy... Dios mío. Creía que había algo sólido entre nosotros. Sé que hemos tenido nuestros problemas, que somos muy distintos, pero pensaba que me querías.

—Y te quiero —dijo Karen en voz baja—. Siempre te he querido, Bill. Pero tú no me quieres a mí. No tienes espacio para mí. Hace tiempo que me di cuenta.

Fue como si no la oyera.

—¿Cuánto tiempo lleva pasando esto?

—No está «pasando». —Juntó las manos—. Solo fueron unas pocas veces, la última en septiembre y luego él rompió conmigo. Cuando se enteró de que estaba casada.

«La noche que dije que iba a llevarle a Susan la invitación para el cumpleaños, de hecho.

»Dio la casualidad de que tu hija le dijo que la mujer de su padre se llamaba Karen Bromidge cuando coincidieron en Winterfold. Él no se había enterado hasta entonces. Así que puedes darle las gracias a Lucy. ¡Gracias, Lucy!».

—Fue él quien rompió, no tú. —Bill se quedó mirando el suelo—. Él... Ay, Dios, Karen.

—No era mi intención. Yo no buscaba... Bill... —Sabía lo endebles que sonaban sus excusas—. Somos parecidos. Es un buen hombre.

—¡Un buen hombre! Si no te importa que te lo diga, Karen, tu sentido del bien y del mal es muy cuestionable.

—Él... —Tenía los ojos llenos de lágrimas. «Un buen hombre, como tú»—. Entiende cosas. —Pero no podía reprocharle nada. Ahora no—. Entiende lo que es vivir aquí.

—¿Qué es lo que entiende? ¿La vida espantosa que lleváis los dos aquí, en este pueblo tan bonito, con un trabajo estupendo y una casa preciosa? Se me parte el corazón. —Bill tenía los ojos oscurecidos por la ira—. Siempre has creído que estabas por encima de nosotros, Karen. Esa es la verdad, ¿no es cierto?

Ella se rió y cruzó los brazos.

—Pero ¿qué estás diciendo? Eso es absurdo. En todo caso al contrario, Bill. Soy yo la que no está a vuestra altura, y os encanta hacérmelo notar.

Él meneó la cabeza.

—No tienes ni idea. Crees que siempre tienes razón. Tu punto de vista y nada más. He visto esa sonrisita aburrida que pones cuando mi familia organiza algo, o cuando Lucy está contenta o cuando mi madre habla del jardín.

—¡No es cierto!

Aquello se le estaba yendo de las manos.

—Claro que sí. Flo te parece una excéntrica, nada más —añadió él con voz queda—. En el fondo es maravillosa, la persona más divertida que conozco, pero tú nunca te has molestado en averiguarlo. Crees que somos todos unos esnobs, pero eres tú la que desprecia a Florence por no usar suavizante ni hacerse la manicura. La esnob eres tú, Karen. —Bill tenía la cara colorada—. Y te he visto cuando hablamos de un libro que hemos leído, o de cine, o de cualquier tema que tenga que ver con la cultura. Te pones a suspirar como si fuéramos todos un hatajo de idiotas. Crees que si a uno le interesa la cultura es un fracasado, un perdedor.

—No, Bill —repuso ella. No quería parecer resentida, pero no pudo evitarlo—. Pero supongo que de vez en cuando sería agradable que hablarais de algo que no sean libros, o cuadros, o Radio 4. Solo por una vez.

—Mis padres de pequeños no tenían nada. Y esas cosas son las que les interesan. No exageres.

—No estoy exagerando. Para nada.

Le tembló la voz.

—En ese caso —replicó Bill con furia—, imagino que un hombre que se gana la vida cocinando pollo con patatas está más o menos a tu mismo nivel, ¿no?

—¡Es un cocinero de verdad! ¡Eres… eres… idiota! ¡Y por lo menos hablamos de cosas! ¡Nos reímos de cosas! No nos sentamos en silencio sin hacer nada, sin decir nada, noche tras noche! Él estaba disponible, mientras que tú estabas siempre fuera, Bill. Que si el señor Dill esto, que si la señora Cooper aquello. Vas a ver a tu padre dos veces por semana como mínimo, justo cuando yo vuelvo de trabajar.

Bill puso esa cara de crispación que Karen conocía muy bien.

—Mi padre lo pasa mal por las tardes, sobre todo si no está mi madre. Tú no lo entiendes.

—¡Porque nunca me cuentas nada! —A Karen se le quebró la voz—. Te encanta que te necesiten, Bill. Pero yo estoy aquí y te necesito, soy tu mujer.

Se tapó la cara con las manos, furiosa consigo misma por haberse echado a llorar.

En su tercera cita fueron a la playa, a Clevedon, y se sentaron en el hermoso embarcadero a comer aquellos sándwiches de sabor tan extraño que había preparado Bill. Él sacó una manta del coche y le tapó las rodillas con ella. Hacía mucho frío. Pasaron largo rato en silencio, sonriéndose el uno al otro.

Luego él dijo:

—He estado toda la semana practicando para hacer sándwiches de pollo Kiev. Cuando hablamos la semana pasada dijiste que de pequeña era tu comida preferida. Pero no sé si me han salido muy bien.

Y Karen apartó la mirada del mar grisáceo, del cielo blanco e infinito y de las gaviotas que volaban describiendo círculos, y la fijó en el hombre pulcro y tranquilo sentado junto a ella. Se sonrieron ambos, y él la cogió de la mano, bajo la manta.

—Me siento como una jubilada —dijo ella con alegría.

—Pues yo no, por primera vez en mucho tiempo —contestó él, y se inclinó para besarla muy despacio, apretándole las manos con fuerza. Le acarició la mejilla y dijo—: Eres la cosa más bonita que he visto nunca, ¿lo sabías?

Karen, que sabía que tenía todas las de ganar con su precioso vestido de Karen Miller preferido, sus tacones y su bolso a juego, le había creído, o al menos había creído que así lo creía Bill. Le entendía, entendía su vida juntos, pero después habían llegado las dudas, la soledad y la necesidad de atención, que había sido su ruina. Pero no se estaba comportando como una cría por desear todas esas cosas, ¿verdad? ¿Por querer tener a alguien con quien reír, con quien hablar?

Se rascó las mejillas con furia, mirándolo, mientras se acordaba de todo aquello. Lo suyo se había acabado, quizá para siempre.

Tras un largo silencio, Bill dijo:

—Me cuesta creer lo equivocado que estaba contigo.

Ella ahogó un sollozo.

—No se trata solo de mí, Bill. Desde hace un tiempo estás siempre tan distante. Estás encerrado en ti mismo.

Él comenzó a pasearse de un lado a otro de la habitación: dos pasos a un lado, otros dos al otro.

—Tengo muchas cosas en la cabeza últimamente. —Karen lo miró—. Pero no por ti. Es... —Se frotó los ojos.

—Dímelo, Bill. ¿No puedes decírmelo? ¿Es por esa comida de mañana? ¿Por lo que va a anunciar tu madre?

—No es por ella. Es por mi padre. —Se meció sobre los pies como un niño cansado—. Pero de todos modos no se trata de eso, Karen. No intentes desviar la cuestión.

—No lo estoy haciendo, Bill. —Intentó pensar en la mejor manera de hacerle ver que de eso se trataba justamente—. No estoy desviando la cuestión. Eres tú quien la desvía. Es como si debajo de nuestro matrimonio se hubiera abierto de pronto un desagüe. Y lleva siglos agrandándose. Yo lo veo, aunque tú no lo veas. Tú prefieres taparte los ojos. No verme, no darte cuenta de cómo nos hemos distanciado. No se me ocurre otra forma de describirlo.

Él parpadeó y dijo con voz queda:

—Entonces, ¿se acabó? ¿Lo tuyo con ese hombre? ¿Y lo nuestro?

—Con él, sí. —Tragó saliva, rezando por que no le dieran náuseas o algo peor—. Creo que sí.

¿Cómo podía ponerle punto final a aquello, contarle toda la verdad?

—Ah, claro, fue él quien te dejó, ¿no? Pobrecilla. —Su voz destilaba desprecio. Era horrible. Bill nunca se burlaba de los demás, ni se ponía sarcástico. Siempre era amable—. Bueno, me encantaría quedarme, pero ya llego tarde. Te dejo para que te lamas tu orgullo herido. A lo mejor puedes comerte unos bombones y ver una película triste, ¿no? —Cerró los puños—. ¡Maldita sea, Karen! ¡Precisamente ahora! ¿Por qué tenías que...?

—No fue decisión mía. Nada de esto es decisión mía.

Se rascó otra vez la cara, notando un hormigueo de dolor en la piel.

—No te hagas la sorprendida. Tú sabías que lo sabía. Te he estado observando estos últimos días. Eras como una rata acorralada.

—Sí —contestó ella con franqueza, y vio un brillo de sorpresa en sus ojos—. Lo soy. Estoy atrapada, Bill. Siéntate. Tenemos que hablar como es debido. Hay otra cosa que conviene que sepas.

Daisy

Enero de 1983

Está todavía dormida. Si sigo, puede que no se despierte. No creo que duerma como dormimos los adultos. Los puños cerrados. La carita fea arrugada en una mueca de rabia. Las horrorosas rodillas dobladas y los pies largos encogidos, y esos pañales que no consigo ponerle bien. El imperdible tiene la punta roma y, cuando lo meto a la fuerza por el dichoso pañal, siempre la pincho.

Veo con claridad, y luego no. Estoy tranquila, y luego no. Me preocupa hacerle daño. No creo que lo notara, eso es lo que me digo. Es tan diminuta, tan pequeña y rabiosa. Solo abre los ojos para mirar fijamente, sin enfocarlos en nada. No quiero que me quiera, no lo hice por eso. Podría haberme deshecho de ella. Pero me gustaría que me mirara.

A veces, cuando intento amamantarla y no puedo, y le doy de la otra leche y no se la bebe, me tumbo a llorar en la cama, muy bajo para que no me oigan, y ella también llora y llora. Al final se queda dormida y yo la miro, pequeña y colorada, tendida sobre mi tripa. Sus labios aletean como una mariposa. Es tan minúscula. Dentro de mí parecía enorme, y ahora es tan pequeña.

Odio estar aquí. Siempre lo he odiado, y ahora estoy atrapada. Creen que esto va a ser mi salvación. Detesto su condescendencia. Billy Lily dijo en Navidad: «Esto te va a venir de perlas. ¡Todo el mundo debería tener un bebé, Daisy!». ¿Qué sabrá él? Esa hippie asquerosa y egocéntrica con la que sale no le pega nada, es evidente, pero están todos tan contentos de que por fin haya encontrado a alguien con quien follar que no les importa que sea un espantajo, además de una mema y una maleducada. La odio, en serio.

Y Florence. De Florence no quiero ni hablar. Me estremezco de repulsión. A lo mejor soy alérgica a ella. No sé qué hay dentro de mi cabeza pero, sea lo que sea, algo reacciona cada vez que tengo que acercarme a ella. Detesto que sea tan concreta. No entiende nada. La verdad es que creo que quizá tenga un retraso mental. Leí un artículo sobre eso. Es brillante, ya lo sé: no paráis de recordármelo. Pero es absolutamente incapaz de mantener una conversación. Ni siquiera puede saludar sin hacer quince ruidos distintos y toquetearse las gafas. Me da grima. Pero me lo tomo con bastante tranquilidad.

Estuvo aquí en Navidad, manoseando al bebé, acariciándole la cara como una pervertida y haciéndole arrumacos. Me dan ganas de decirle: «No sé qué haces aquí, Florence. Tú no formas parte de esta familia. ¿Por qué no te largas?».

Pero soy yo la que no tiene hueco aquí. Sé que es lo que piensan todos, lo noto. No se enteran de que yo sí soy de la familia y ella no. Así que tengo que irme.

Esta cosa que tengo aquí… He pensando en dejársela en la puerta a Giles. Pero sé que le da terror que su novia se entere de que follamos. Nada más terminar me dijo: «Ha sido un error». Bonito, ¿eh? Se apartó de mí y se puso a sudar en la tienda de campaña. Yo oía a las hienas fuera, chillando y copulando.

No dije nada. Me di la vuelta y me hice la dormida. Recuerdo que el colchón picaba y que había un trocito de crin de caballo que se me estuvo clavando en el cuello toda la noche. Se me clavaba y no me dejó pegar ojo, pero cuando lo busqué no pude sacarlo. Y durante toda esa noche esta cosa estuvo arraigando dentro de mí, invadiéndome.

Lo había hecho otras veces, con chicos del pueblo como Len, el hijo del granjero, y con ese hombre que vino a traerle las galeradas a papá. Era un tipo larguirucho, un ñoño. Ahora que lo pienso, se parecía un poco a Giles. Creo que me pasé de segura, porque Gerald Lang, el de Stoke Hall, me hizo mucho daño. Les encanta que aparentes seguridad: les da tanto miedo… Yo les decía que se reunieran conmigo en el bosque y luego los esperaba con los pantalones quitados y dejaba que me tocaran ahí, y entonces siempre querían hacerlo aunque en realidad no quisieran, ¿me explico? Porque pensaban que era poco viril decir que no. Los hombres me parecen patéticos. Pero a Gerald no le gustó no poder hacerlo del todo la primera vez.

Me dijo que podíamos volver a vernos. Yo le dije que sí. Así que nos encontramos otra vez al fondo de la arboleda y él estuvo distinto: me dio patadas, me mordió los pechos y luego me la metió a la fuerza, y estuve dolorida un montón de días y sangré. Siguió aunque yo me puse a gritar y, cuando le mordí, me mordió aún más fuerte. Me dijo que era una zorra estúpida, no paraba de decírmelo. No pude pararlo. Le decía «me estás haciendo daño». Una y otra vez.

Lo curioso es que le gustó.

Es raro, pero cuando acabó, se paró y volvió a estar normal, y me dijo: «Eso para que escarmientes, chavalita».

Chavalita. Nos criamos juntos. De hecho, soy seis meses mayor que él. «Chavalita».

A la semana siguiente lo vi por la calle y, ahora que lo pienso, cuando han pasado unos cuatro años, me doy cuenta de que me violó. ¡Y me saludó con la mano! «Hola, Daisy, tía, ¿qué tal?».

No entiendo el mundo, cómo funciona. Cada vez lo entiendo menos.

Creo que todo eso forma parte de las cosas que he aprendido. En lo único que me equivoqué fue en lo de Giles. El mundo de ahí fuera es un sitio solitario y peligroso. De día soy una heroína, pero de noche me asusto y no sé dónde ir. Pensé que estaría bien volver a hacerlo con alguien que no fuera tan bruto. Y Giles no era bruto, era un ñoño, un patoso, un insulso. Como un plato de espinacas hervidas, frío y aguado. Pensé que no pasaría nada, y mira dónde me he metido.

No sé por qué tengo que darle un nombre. No quiero darle nada, así no tendrá ningún vínculo conmigo. Y además sería mucho más fácil así.

Mis padres andan de puntillas a mi alrededor. Se creen todo lo que les digo. Si les digo que tiene hambre, hacen como que no pasa nada porque se tire horas llorando, porque no quieren molestar a Daisy precisamente ahora que por una vez está haciendo algo útil.

La verdad es que estoy ordenando la ropa del armario, prenda por prenda. Todos mis vestidos favoritos, todos juntos por fin. Es una bobada, pero también era una bobada que tuviera que darle toda mi ropa a Florence o a Caroline, la del pueblo, o a cualquier otra persona. Nunca podía quedarme con mis cosa. Siempre estaba en el medio, apretujada por ambos lados por unos y otros.

Falta poco para que amanezca. Está llorando otra vez y no puedo amamantarla. Lo intento, pero es un incordio. No paran de decirme que mejorará, pero no mejora. No entiendo nada de esto, qué hace esto aquí y qué debo hacer con ello. Estoy segura de que le irá mejor sin mí. La miro en la cuna. Qué furiosa está. Su boca es una O enorme. Morada, tiene la cara morada. Huele mal. Si le pongo encima la toalla, casi no la oigo.

Es fantástico dejar de oír ese ruido.

Estoy sentada al borde de la cama, meciendo la cuna. Si se calla, le quitaré la toalla.

Ya se ha callado. Levanto la toalla. Qué raro. Está llorando, pero ya no la oigo.

Miro la cara de mi hija como si fuera la primera vez. ¿Quién eres? ¿Quién eres, chiquitina? ¿De verdad has salido de mí? Sé que sí, y sé que me necesita, y pensarlo me da ganas de ponerme a llorar otra vez. Aunque estemos a oscuras, noto que le ha cambiado la cara. Se parece a mi madre.

Me doy cuenta del lío en el que me he metido. De lo crudo que lo tengo. No puedo quedarme aquí, ahora lo sé. Así que es cuestión de reunir valor para largarse.

De modo que escribo la nota. La ropa es para ella.

La miro en la cuna y le toco la mejilla. Es muy, muy suave. Creo que siempre recordaré su tacto, aunque me olvide de lo horrible que ha sido todo estas últimas semanas.

Sé que cuando cierre la puerta ya no seré madre. Puedo ir hasta Londres haciendo autoestop, y Gary me ha dicho que me guarda el billete. A veces desearía que no fuera tan fácil ser así.

La miro mientras duerme. Adiós, niñita. Lamento que formes parte de mí. Te deseo de todo corazón que cuando crezcas no te parezcas en nada a tu madre.

Lucy

Todos estaban de acuerdo en que los Winter daban las mejores fiestas. Aunque fuera una noche fría, como hoy, y la niebla se arremolinara en espirales por las calles y los caminos, una de esas noches en que dan ganas de quedarse en casa, acurrucado en el sofá con una copa de vino, nadie que estuviera invitado a Winterfold dejaba de acudir.

Era una delicia subir por la colina hasta la casa, y esta vez los invitados tenían la certeza de que Martha se había superado. La voz de Ella Fitzgerald y el efervescente sonido de las conversaciones bajaba flotando por la carretera. Al doblar la curva que daba al camino de entrada aparecían los farolillos de plástico de colores que colgaban de las ramas y los setos, y las ventanas proyectaban una luz dorada en la llovizna. La puerta principal estaba abierta de par en par, y dentro uno de los hijos de la vicaria se hacía cargo de los abrigos y otra persona —Martha, tan elegante como siempre con su chaqueta de tafetán tornasolado, azul medianoche y oro, y una sonrisa en los ojos verdes oscuros, o quizá la inteligente y llamativa Florence, radiante como un pavo real, vestida de seda verde y morada, charlando risueña, o Bill, el taciturno pero amable doctor Winter, que siempre lo atendía a uno tan bien, que escuchaba con paciencia tus quejas sobre la artritis o tus miedos sobre el cáncer o tus preocupaciones acerca de tu marido—, uno de ellos te daba un beso y una copa de champán, y lo hacían de tal forma que te hacían sentir verdaderamente bienvenido. Te apartaban del frío para conducirte al alegre cuarto de estar, donde el fuego brincaba en la chimenea empotrada, rodeada de bonitos mosaicos en tonos azules y blancos, y otra persona te ofrecía una bandeja llena a rebosar de suculentos canapés. Cuando el primer trago de champán, diáfano y burbujeante, te atravesaba con un cosquilleo, miraste a tu alrededor y viste a una chica morena y atractiva apoyada contra la pared y a David sonriendo a su lado. ¿De veras era Cat, la nieta pródiga regresada de París? Y mientras te empapabas de aquella atmósfera, de aquella luz en medio de la oscuridad invernal, del calor y la seguridad de aquella casa, te sentiste arrastrada hacia el centro de algo, hacia un lugar donde deseabas estar.

Había acudido todo el pueblo. Kathy, la vicaria, estaba allí, y también Sheila, la del pub, y hasta Tom y Clover, que sufrían las inquietudes de los padres primerizos y a los que la gente siempre se refería como «esa pareja joven tan simpática que vive en el pueblo», habían contratado una canguro por una vez. Tom tenía el pelo de punta y Clover estaba acalorada y encantadora con un vestido que enseñaba buena parte de sus grandes pechos. Los Range Rover, que casi nunca acudían a las celebraciones del pueblo, también estaban presentes. Y ese pedante de Gerald Lang, de Stoke Hall, y su mujer, Patricia, que hacía años que no venía a una fiesta de Winterfold después de lo que le pasó a Gerald. Incluso ellos estaban allí. Pero la mayor atracción era la actriz de esa serie policíaca de ITV y su marido, que era director, que vivían en una enorme casona colina arriba y nunca venían a nada. Pero ellos, igual que tú, eran simples invitados que se divertían en esta casa encantadora, y lo único que teníais todos en común era que en el fondo, en un rinconcito de vuestro fuero interno, todos deseabais poder vivir allí, formar parte de la familia, gozar de aquella vida.

Últimamente, sin embargo, cada vez daba más la impresión de que los Winter también tenían sus problemas. Sabías que no debía mencionarse a Daisy y que la otra hija estaba cada vez más pirada, ¿no? ¿Y por qué la mujer del hijo, aquella antipática, estaba misteriosamente ausente? Susan Talbot llevaba toda la semana difundiendo rumores acerca de Karen, y al mezclarte con los invitados descubriste que Cat había vuelto con un hijo al que por lo visto había mantenido en secreto hasta entonces. Y Bill estaba pasándose con la bebida y Lucy, su hija, hablaba demasiado, y el bueno de David parecía acabado, ¿verdad que sí? Tenía muy mala cara. Y la homenajeada, Martha, parecía fuera de sí, eso no podía negarse, estaba distraída y respondía mecánicamente, como si tuviera la cabeza en otro sitio.

Pero aunque todo eso era cierto, cuando pasaba más o menos una hora, apareció Joe Thorne, aquel tipo tan simpático, con una tarta de cumpleaños iluminada por tantas velas que parecía envuelto en un halo de fuego, y cuando todo el mundo se puso a cantar *Cumpleaños feliz*, una especie de emoción pareció iluminar desde dentro el semblante de Martha, bañado por el resplandor de las velas, el champán y el ambiente de celebración. Y estuviste segura de que, aunque las cosas no fueran fáciles para nadie, pese a lo que pudiera parecer desde fuera, los Winter tenían que saberse afortunados.

Justo cuando acababa de repartir otra ronda de canapés, Lucy vio que Cat se llevaba de la habitación a Luke, que no parecía tener ganas de marcharse, para llevarlo a la cama. Su prima se volvió, levantó los ojos y, al ver a Lucy, dijo moviendo los labios sin emitir sonido: «Qué raro es esto».

Lucy tenía que reconocer que lo era. Un poco irreal, como un sueño o una escena de una película, no como esperaba. Se frotó los ojos. Había sido un día muy largo. Cat tenía un hijo. Karen no había venido. Todo lo demás parecía igual: las luces que titilaban y las fuentes de loza de Clarice Cliff, desgastadas después de tantos años sirviendo rollitos de salchicha y pasando por el fregadero, las copas antiguas de cristal emplomado, las mismas caras de personas a las que conocía de toda la vida, algunas de ellas encorvadas por la edad, los niños correteando entre las piernas de la gente, la abuela hablando acaloradamente con Kathy, la vicaria. Parecía cansada. Lucy pensó que debía de estar hecha polvo. La fuente del ponche a un lado, el fuego encendido. Y sin embargo, esta vez todo parecía distinto. Mientras estaba allí, quieta, paseando la mirada por la habitación, deseó poder marcharse en ese instante y anotarlo todo rápidamente para acordarse. Tenía la sensación de que su mundo giraba cada vez más deprisa, como un tiovivo antes de que la música se parara de repente.

—Hola, guapa. —Florence le puso la mano en el hombro—. No hemos hablado en toda la noche. ¿Cómo estás, cielo?

Lucy besó a su tía, intentando espabilarse y salir de la bruma que la envolvía.

—Bien. Oye, ¿has visto a Joe?

—¿Al guapo de Joe? —Florence sonrió—. Es un encanto.

—Eh... —Lucy notó que se sonrojaba—. No seas mala. Tengo que decirle una cosa. Oye, Flo, ese vestido verde y morado te sienta de maravilla. Deberías ponerte colores vivos más a menudo. Pareces Cleopatra.

Florence echó la cabeza hacia atrás y se rió.

—Pero qué bobadas dices. —Parecía complacida, sin embargo, y esa noche desprendía una especie de fulgor—. La verdad es que estoy bastante animada.

—¿Y eso?

Florence apuró su bebida.

—Bueno, Lucy, he estado poniendo mis asuntos en orden.

—Eso suena muy vago.

Se oyó un ruido de cristal en un rincón y, al mirar por encima del hombro de su tía, Lucy vio que su padre intentaba dejar con brusquedad una copa de champán vacía en una bandeja, armando mucho ruido.

—Sí, ¿verdad? Pero he enmendado un error. Tuve que armarme de valor para hacerlo. Y ya no hay marcha atrás.

Una de las cosas que más le gustaban de su tía Florence era que no parecían importarle cosas que para ella eran fundamentales.

—Te estás poniendo muy misteriosa, Flo.

—Cierta persona me ha traicionado. Suena muy melodramático pero es la verdad. —Se le nubló el semblante y de pronto pareció muy joven y asustada—. He sido una perfecta idiota. Pero he decidido que no voy a seguir soportándolo. Dios mío, espero no haber cometido un inmenso error.

—¿Qué has hecho? —preguntó Lucy.

—He hecho algo por mí misma —contestó su tía—. Ya te lo contaré en otro momento. De hecho, quizás hasta puedas ayudarme.

—¿Cómo?

—Bueno... —Florence se mordió el labio—. No quiero decir demasiado de momento. Pero puede que en algún momento recurra a tus contactos en el mundo del periodismo. Mi sobrina, la estrella en alza de Fleet Street.

—Bueno, yo no soy nada de eso —repuso Lucy con franqueza—. No podría...

Alguien la empujó y Lucy volcó su copa, derramando el champán. Al volverse vio a su padre, que se tambaleaba ligeramente, toqueteando su teléfono.

—Hola, papá —dijo. Él la miró y soltó un gruñido—. Bonita fiesta, ¿eh?

Le pasó una bandeja de minúsculas florentinas. Bill miró las galletas y luego a ella como si intentara recordar qué hacía allí. Tenía los ojos un tanto empañados.

—¿Estás bien, William? —Florence señaló a su hermano, y Lucy se dio cuenta de que ella tampoco estaba del todo sobria—. Mira qué pecas. ¿Te acuerdas de que en verano solíamos unir todos los puntos de tu cuerpo con uno de los plumines de papá? Cuando se hizo un poco mayor intentaba defenderse, pero Daisy siempre le ganaba, ¿verdad, Bill?

Él se encogió de hombros.

—Era tan fuerte que daba miedo.

—¿Tus hermanas podían contigo? —preguntó Lucy.

—Pues sí. —Florence se rió.

—Soy el hazmerreír de la familia, ¿verdad? —dijo Bill—. Una irrisión, ese soy yo.

—No, Bill, qué va, solo me refería a que... —comenzó a decir Florence, pero su hermano la interrumpió con brusquedad.

—Oye, Flo, a lo mejor me voy. No me encuentro muy bien y mañana va a ser un día muy largo.

—Voy contigo —dijo Lucy.

—No, tú quédate aquí, ¿quieres? —Bill apretó el hombro de su hija—. Piensa que la abuela quizá necesite que la ayudes. Como os decía, Karen no se encuentra muy bien. Te lo he dicho ya, ¿verdad? Puedes dormir en el cuarto de Cat, ¿no? Quédate aquí, es lo mejor.

Lucy lo agarró del brazo.

—Eh... ¿Qué es lo que pasa, papá? —preguntó en voz baja—. ¿Va todo bien?

—Sí, muy bien, cariño —contestó Bill. Pestañeó y se tambaleó un poco—. No debería beber. No me sienta bien.

—No, no te sienta bien —dijo Lucy—. ¿Te acuerdas de mi cumpleaños?

—Ah, eso. —Su padre se interrumpió—. Eso fue distinto. Había mucho ruido en ese bar. Dije claramente que no me sirvieran mezclas, pero la chica se empeñaba en ponerme *gin-tonics* triples.

—Tonterías —dijo Lucy. Miró a su tía buscando apoyo, pero Florence se había alejado—. Papá, me voy a casa contigo.

—No —contestó su padre con aspereza—. He dicho que te quedes a dormir aquí.

—Me refería a que voy a acompañarte a casa. —Lucy sintió que se le saltaban las lágrimas—. Para asegurarme de que estás bien. No quiero llegar y...

—¿Más champán por aquí? —preguntó alguien detrás de ella, y ambos se giraron.

—Ah, hola —dijo Lucy con una sonrisa—. Papá, este es Joe. —Le dio un codazo y sonrió a Joe, que los miraba a ambos con una botella en la mano, petrificado. Lucy se tiró del vestido de flores, azorada, y lamentó que fuera tan estrecho—. Yo... eh...

—¿Que si quiero más champán? —la interrumpió su padre con voz demasiado estridente—. ¿Es eso lo que estás preguntando?

Lucy no le hizo caso. Dijo muy animada:

—Tengo buenas noticias. Casi se me olvida decírtelo. Creo que he convencido a nuestro crítico gastronómico para que haga una reseña del Oak. Dice que puede ser el siete de diciembre y que...

Se quedó callada y miró a Joe y luego a su padre, que se miraban el uno al otro, cada uno a un lado de ella.

—Espero que te pudras en el infierno por lo que has hecho —dijo Bill en voz baja.

Dejó su copa sobre la mesa con violencia, donde se tambaleó de un lado a otro, como borracha, y volcó un vaso de plástico vacío. Joe la agarró hábilmente con una mano mientras Bill salía de la habitación sin mirar a nadie, con la cabeza gacha. Un murmullo de sorpresa se extendió como una onda en torno a ellos cuando la puerta de la casa se cerró de golpe.

Ya está empezando, pensó Lucy. Se volvió hacia Joe con una sonrisa cortés en la cara y al ver su rostro tuvo una revelación. En ese momento lo vio perfectamente claro casi todo. ¿Cómo podía haber estado tan ciega? Naturalmente. Él la miraba con fijeza, con la rabia y la ira pintadas en el semblante. Ni siquiera parecía avergonzado, allí de pie, sosteniendo la botella de champán y la copa vacía. Lucy deseó de pronto que se marcharan todos, que aquello se acabara de una vez. De pronto, todo le parecía insoportablemente falso. Y lo que quería ahora era la verdad. Ahora lo sabía. Por eso estaban allí todos, al completo.

Cat

—Entonces, has vuelto, cariño. ¿Para cuánto tiempo?

—Me han dicho que tienes un hijo. ¿Cuántos años tiene?

—Y entonces ¿sigues trabajando en el puesto de flores?

—Debe de ser una maravilla vivir en París, corazón.

—Tu abuela siempre está hablando de ti, querida. Estará encantada de que estés aquí.

Escondida en el aseo que había junto al gélido cuartito de los abrigos, Cat se preguntaba cuánto tiempo más podría quedarse allí. ¿Hasta que alguien aporreara la puerta, quizá? Lamentó no haberse llevado una copa, pero ya había bebido demasiado. Tal vez tuviera que comer algo. Aquellos canapés estaban riquísimos. Joe Thorne podía haber estado a punto de matar a su hijo y de haberle destrozado el coche de alquiler, pero desde luego sabía hacer hojaldre, y Cat, como cualquier parisino digno de tal nombre, se tomaba el hojaldre muy en serio.

No se había dado cuenta de lo difícil que sería lo de volver a casa. Llevaba dos días en Winterfold y ya se había acostumbrado a la conmoción de lo conocido, pero eso había sido antes de la fiesta. Después de una hora de interrogatorio, de besos en la mejilla y miradas curiosas, estaba deseando esconderse en la planta superior. Nunca había tenido el entusiasmo de Lucy. Si a su prima le hacían una pregunta a la que no quería contestar (como Clover, esa cabeza de chorlito del pueblo, que le había preguntado «¿Ya tienes novio, Lucy?», y Cat tenía la impresión de que era el tipo de persona que hacía esa pregunta a menudo), Lucy se limitaba a desviar la cuestión: «Qué va, ahora mismo no. ¿Tú ves *X Factor* o *Strictly*? Yo este año me he enganchado a *Strictly*».

Cat no sabía cómo hacerlo. Así que cuando Patricia Lang, que era una engreída, había clavado la mirada en ella y le había preguntado «¿Por qué has tardado tanto tiempo en volver, querida?», había notado que se sonrojaba de irritación. Nunca le había caído bien la señora Lang, y detestaba a su marido, Gerald, que siempre le recordaba a una especie de sapo con la cara colorada. Se acordaba de él, de cuando era pequeña. Y Le daba escalofríos.

—Te pareces mucho a tu madre —le había dicho una vez, trabándose al hablar, después de la Misa del Gallo, a la que se había presentado ostensiblemente borracho, y luego había dejado que su manaza carnosa se deslizara por las costillas y la tripa de Cat, como si le tomara medidas. Cat, que entonces tenía trece años, se había zafado, le había agarrado del brazo y le había mordido con fuerza en la parte más carnosa de la mano. Después, le había dado una patada en la espinilla. Luego, sorprendida y un poco alarmada por su propia violencia, lo había dejado cojeando y maldiciendo en voz baja en el pórtico, y había vuelto corriendo a casa, a oscuras. Nunca se lo había contado a nadie.

Él debía de tener ya cincuenta o sesenta años, pero Cat se dio cuenta de que todavía le repugnaba. ¿Verdad que tenía gracia, toda esa gente en la que una no pensaba durante años y años? Miró a su alrededor buscándolo con la mirada. La abuela solía decir con cierta vaguedad que a nadie podía extrañarle que casi nunca viniera a sus fiestas teniendo en cuenta lo que le pasó en Winterfold, pero nunca conseguían sonsacarle qué ocurrió exactamente. Era casi como una broma. Cat supuso que también él era una broma en cierto modo: un tipo agresivo y desagradable que no se daba cuenta de que era un dinosaurio. Su mujer, sin embargo, parecía más mezquina que nunca, y Cat, francamente, no había sabido qué decirle. Se había puesto aún más colorada y al final se había excusado para ir al baño.

¡Bang! ¡Bang! Cat se sobresaltó.

—¿Hola? ¿Hay alguien?

Cat abrió el grifo y se secó las manos.

—Perdón, enseguida salgo.

Al abrir la puerta vio la cara grande y redonda de Clover esperándola.

—Ay, cuánto lo siento. No sabía… No estaba segura… Por eso he llamado. Es que no se oía nada y como ha pasado tanto rato y tengo que… Tenemos una canguro, pero ya casi es la hora de volver a casa. ¡Ya casi nunca salimos! —Le dedicó lo que Cat solo habría podido describir como una sonrisa afectada y añadió—: ¿Tú sales mucho, Cat? ¿En París?

—No mucho —contestó ella.

—Sí, claro. —Clover asintió como si Cat le hubiera hecho una gran revelación—. Y el padre de Luke, ¿él…? —dijo, y se interrumpió.

Cat dejó que la pregunta quedara suspendida en el aire.

—Él sí.

—¡Ja, ja! —Clover soltó una risa estentórea—. Vaya, la verdad es que creo que eres muy valiente. Dime una cosa, ¿tú le diste el pecho a tu hijo? Porque tengo entendido que en Francia lo de dar el pecho está muy mal visto. Es una lástima. Una amiga mía de la Asociación Nacional para la Crianza…

—¡Estupendo! —exclamó Cat, dándole unas palmaditas en la espalda—. Me ha encantado volver a verte, Clover. No quiero entretenerte, hace un tiempo horrible. ¡Adiós!

Mientras Clover se alejaba mascullando algo acerca de posibles citas para que jugaran los niños, la señora Lang salió por la puerta de la cocina.

—Hola otra vez, querida. Justo ahora le estaba diciendo a Gerald que tenía que preguntarte si…

Cat no pudo soportarlo más.

—¡Gracias! Perdone, tengo que salir un momento, mi abuela me ha encargado que mire una cosa.

Apuró con ímpetu la copa de vino que había sobre el aparador, abrió la puerta y se escabulló fuera.

Todavía estaba lloviendo y el suave vapor que desprendía el césped se fundía con la luz de la casa produciendo un resplandor fosforescente. Cat bordeó rápidamente la terraza y dejó atrás el cuarto de estar y las siluetas de los invitados, enmarcadas por las ventanas como ilustraciones de un libro infantil. Se detuvo y miró hacia el valle. Era una noche muy negra. La lluvia tapaba por completo la luna y las estrellas.

«Creo que eres muy valiente».

Dobló la esquina de la ele que formaba la cocina y estaba añorando un cigarrillo por primera vez en años cuando una voz suave preguntó con nerviosismo:

—¿Hola? ¿Quién está ahí?

Se llevó las manos a la boca, sobresaltada.

—Soy Cat. ¿Quién eres?

—Cat. Soy Joe.

Joe Thorne salió de la oscuridad y ella se apartó las manos de la boca.

—Ah, menos mal. —El alivio, la adrenalina y el alcohol hicieron que casi pareciera loca de contenta al verlo—. ¿Qué haces aquí?

Él golpeó suavemente la tierra blanda con los pies.

—Solo quería tomar un poco el aire. He pensado que era un buen momento para tomarme unos minutos de descanso. La fiesta está empezando a decaer.

Cat se acercó y se detuvo a su lado, al resguardo del porche.

—Debes de estar rendido —dijo con torpeza.

Él asintió.

—Sí. Pero ha sido una buena noche. Espero que tu abuela se haya divertido. Quería que estuviera contenta.

—Sé que lo está. Muy contenta.

Se hizo un silencio breve y violento. La lluvia caía con suavidad sobre las baldosas de la terraza.

—A Luke le ha encantado *El hombre palo* —comenzó a decir ella—. Y…, eh… He buscado *El Grúfalo*. Por lo visto soy la única persona del mundo que nunca ha oído hablar de ese libro. Me siento fatal.

—Puede que en Francia esté prohibido. Por asuntos de competencia. Puede que tengan su propio Grúfalo.

—Seguro que sí. A veces, con Luke, no me entero de muchas cosas. Pero da igual. Leemos todas las noches y le encanta, pero no… —Bajó la mirada—. En fin… Allí tenemos una vida un tanto extraña. Por eso es tan estupendo estar aquí. Todos reunidos.

Joe cruzó los brazos.

—Ya.

Cat lo miró de reojo. Siempre parecía tan serio, tan cauteloso. De pronto no sabía si quería tomar otra copa o si se arrepentía de haberse bebido la última tan rápido.

—Para ti esto es un infierno, ¿verdad? —preguntó.

—No, no, qué va. —Miró hacia la puerta—. Pero supongo que las cosas relacionadas con la familia me ponen… —Se interrumpió.

—Te gusta *Juego de Tronos*, ¿verdad? —dijo ella de repente.

—¿Cómo lo sabes?

—Ayer, cuando estábamos todos en la cocina, vi el DVD en tu bolsa.

—Por favor, no me digas que *Juego de Tronos* te recuerda a tu familia. Ay, Dios mío. —Miró a su alrededor, fingiéndose alarmado—. Invernalia, Winterfold. ¿Sois los Stark? ¿Los Lannister? Ay, no. Los Lannister no, por favor.

Cat se tapó la boca con las manos y rió en voz baja.

—No, no seas tonto. Solo quería decir que hay que tomárselo todo con sentido del humor. La familia, quiero decir. Si no, es demasiado.

Él asintió.

—Sí. Bueno, *Juego de Tronos* aparte, las reuniones familiares como esta me ponen muy…, ejem…, muy triste.

Ella intentó echarle una mano.

—Echas de menos tu casa.

Joe se rió.

—Qué va. Mi madre me manda mensajes cada quince minutos. «¿Sabías que Di Marsden se ha casado?». «¿Te has enterado de que Steve estuvo en la tele con sus conejos?». No, mamá, no lo sabía. Es a mi hijo a quien echo de menos —añadió con brusquedad.

—Claro. Se llama Jamie, ¿no?

—Sí.

—¿Dónde vive?

—En York, con su madre. Es una manera muy diplomática de hacer la pregunta, ¿verdad?

—Tengo práctica, como habrás notado. ¿Cuándo os separasteis? —Se detuvo—. Perdona, soy una entrometida. No tienes por qué contármelo.

Joe se frotó las manos. Cat vio que tenía una cicatriz reciente, larga y fina, en la mano izquierda.

—No me molesta. Jamie tenía un año. Era un bebé, en realidad. —Tenía la mirada fija en el suelo. De pronto levantó la cabeza y dijo con firmeza—: Ahora ella está con otro. Un buen tipo. Puede darle a Jamie todo lo que necesita.

—Tú sigues siendo su padre.

—Sí. Claro. Pero puede que eso no importe.

—Sí que importa. —Cat se apartó de él, retirándose hacia el rincón más oscuro del porche—. No debería importar, pero importa. Es tu hijo.

«Mi madre sigue siendo mi madre —quiso decirle— y una parte de mí siempre la querrá, pase lo que pase». Pero le resultó imposible decirlo en voz alta. Se pasó las manos por los costados como si quisiera reconfortarse.

—Lo que quiero decir es que la sangre no puede copiarse. Es tu hijo, y aunque durante unos años no lo veas muy a menudo siempre será tu hijo. Aunque estés lejos, siempre puedes volver.

—Como has hecho tú, quieres decir.

—Como he hecho yo. Aunque me ha llevado un tiempo.

—Imagino que a veces debe de ser duro —dijo Joe con voz queda.

Cat dio unos zapatazos en el suelo, adentrándose más en la oscuridad. «No seas amable conmigo».

—No me refería a mí. Yo estoy acostumbrada a estar sola. No conozco a mi madre, ni a mi padre tampoco, en realidad. No tengo hermanos, ni hermanas. Así que tuve que acostumbrarme, no me quedó más remedio.

Quería ahuyentarlo, quitárselo de encima como había hecho con la señora Lang, pero él se limitó a decir:

—Lo has pasado muy mal, ¿verdad?

Su voz era tan amable que a Cat se le saltaron las lágrimas.

—Bueno, no pasa nada. Así son las cosas. —Tragó saliva. Tenía que zanjar aquel asunto—. Pero ya vale de hablar de mí. Puede que esté mejor sin ti.

—¿Quién?

—Tu ex.

—De eso no me cabe ninguna duda, Cat.

Joe soltó una risa amarga.

Ella se avergonzó.

—No lo decía en ese sentido.

—Sé lo que quieres decir. Y es cierto.

—Me refería a que no os llevarais bien. ¿Qué sentido tiene que dos personas se hagan infelices la una a la otra?

—Sí que nos hacíamos infelices el uno al otro. Pero me duele no haber podido dejar todo eso a un lado y seguir adelante por el bien de Jamie. Él se merece tener un padre y una madre que... ¿Sabes a qué me refiero?

—No. —Cat negó con la cabeza—. No, no, no es verdad. Para mí no habría sido nada bueno seguir con el padre de Luke. Ni para mí, ni para Luke.

Ya estaba. Ya lo había dicho. La culpa que la había abrumado todos esos años se alzó en el aire, abandonó sus hombros y se perdió flotando en la noche. Era cierto, y Cat hizo un gesto de desdén al verla marchar.

—Pero es curioso estar solo, ¿verdad? —Joe volvió la cara hacia ella—. Crees que estás bien y luego, de repente, te das cuenta de hasta qué punto estás encerrado en ti mismo, cavilando sobre un montón de cosas que no tienen importancia.

—No deberías hacer eso, Joe, no te conviene.

—No lo hago, en serio. Es solo por la noche, cuando estoy en la cama. Si no estoy trabajando. Pienso en Jamie. Antes le leía un cuento todas las noches. A Jemma no le gustaba leerle cuentos. Había un libro que le leía constantemente. Me lo pedía una y otra vez. *El conejito andarín*. Seguro que de ese tampoco has oído hablar.

Ella meneó la cabeza.

—No.

—Me encantaría ver los libros que tenéis en Francia. En serio. *El conejito andarín* es genial. —Su voz sonaba suave y cálida en la oscuridad—. Ya sabes, es sobre un conejito que...

—¿Que quiere escaparse?

—No. Que monta un banco de inversiones. Sí que quiere escaparse. —Sonrió, y Cat pensó que estaba muy distinto cuando sonreía. Le cambiaba la cara—. Y el conejito...

—Odio ese tipo de cuentos —dijo Cat—. ¿Va a hacerme llorar?

—Seguramente. A mí me hace llorar. Cada vez.

—¿Por qué?

—Porque el conejito dice todo el rato «Voy a escaparme y a convertirme en un pez». Y la mamá conejo dice «Si te conviertes en pez, yo me convertiré en pescador y te pescaré, porque eres mi conejito». Entonces el conejito dice «pues si tú te conviertes en pescador, yo me convertiré en una roca muy, muy alta». Y la mamá contesta que entonces ella se hará escaladora y trepará hasta lo alto. En fin, ya te haces una idea. Diga el conejito lo que diga, la mamá siempre dice: «Iré a buscarte y te encontraré».

—Ya —repuso Cat, avergonzada por estar a punto de llorar. Tragó saliva y soltó una risa desganada—. Qué tontería.

—Pues sí —contestó Joe—. Pero a mí me hacía llorar cada vez. Todavía me hace llorar porque… Es mi niño, ¿entiendes? Y puede que algunas veces quiera estar conmigo, cuando está asustado, o cuando alguien ha sido cruel con él, y yo no estoy allí porque me he marchado. Creía que lo hacía justificadamente, para dejarles un poco de espacio a su madre y a su novio, para labrarme una vida nueva, y ahora, en cambio, solo pienso qué demonios estoy haciendo aquí.

—Ay, Joe. No digas eso.

Él miró su copa.

—Cuando lo único que quieres es hacer feliz a la gente cocinando comida rica y tratando de ser una buena persona.

—Yo estoy acostumbrada a estar sola —dijo ella con energía—. Y lo prefiero, en serio.

—Ah. Ya —dijo él.

Cat se rió.

—Pareces decepcionado.

Joe levantó la mirada rápidamente.

—Yo…

Ella se puso colorada por su atrevimiento y se descubrió negando con la cabeza.

—No estaba… No pretendía decir nada. Perdona.

Joe se movió hacia la luz y su cuerpo proyectó una sombra sobre la cara de Cat. Ella parpadeó en la oscuridad y lo miró.

—Debería irme —dijo.

—Claro. Cat…

Estaba frente a ella.

—¿Sí?

—Me alegro de que hayamos aclarado las cosas. Lo siento mucho. Pero me alegro de que no me odies.

Cat vio su sombra tras él, sobre la puerta de la cocina.

—¿Odiarte? —El corazón le latía con violencia en el pecho. Hacía meses, años incluso, que no se sentía tan despejada—. ¿Por qué iba a odiarte?

—Por... ya sabes. Por lo del coche. —Joe meneó la cabeza—. Yo... En fin, no quiero insistir sobre ese tema —dijo en voz baja.

Solo los separaban unos centímetros.

—Ya te he perdonado —dijo ella mirándolo fijamente, y lo tomó de la mano—. En serio.

—No... —dijo él, pero no se apartó—. Cat... —Se interrumpió, mirándola.

Cat sintió los huesos de sus manos, sus dedos apretando los de ella en un gesto extrañamente anticuado, y siguieron así, arrimados el uno al otro, temblando de frío, con las cálidas manos entrelazadas.

—Voy a hacerlo de todos modos.

Cerró los ojos, se inclinó hacia delante y lo besó.

El vello de su barba le rozó las mejillas, Joe se apretó contra ella, era alto y robusto. Pero Cat era casi tan alta como él. Ella lo besó primero, pero entonces notó que la agarraba del hombro y su lengua se afirmaba dentro de su boca. Joe la empujó hacia la pared de la casa y Cat se apretó contra él frenéticamente, sentía el peso de su cuerpo, su sabor, el denso sonido de su aliento en el oído.

Luego, de pronto, Joe se apartó negando con la cabeza.

—Perdona. No.

Cat se rió, todavía tenía su sabor en la boca. Se sentía ebria, temeraria.

—¿Qué?

—No. —Meneó la cabeza—. No debería. No.

La miraba como si hubiera visto un fantasma. A Cat le dieron ganas de reír.

—Vale. —La ira se agitó dentro de ella—. ¿Cuál es el problema?

—Yo... no debería haberlo hecho. Nada más.

Cat se iba despejando rápidamente.

—¿Es que estás con otra?

—No —contestó él—. Sí. No lo sé.

—¿Qué rayos significa eso?

Él se llevó los dedos a la boca, respiraba agitadamente.

—Significa que no debería haberte besado. Eso es lo que significa.

—Te he besado yo a *ti*. Quería hacerlo.

—Y yo quería que lo hicieras. Pero no puede ser.

Cat apoyó la mano en la pared de la casa para sostenerse.

Se hizo un breve y pesado silencio.

—Karen —dijo ella, de repente lo veía todo claro. Súbitamente, sentía el alcohol como ácido dentro del estómago—. ¿Estás liado con Karen? Porque Lucy me dijo que sospechaba que podía estar... Y cuando os vi a los dos en el pub me pregunté si... —Se interrumpió—. Ay, Dios. Qué mierda. Claro.

Joe intentó agarrarla de la mano.

—Cat, es complicado. No puedo explicártelo.

Ella se apartó riendo.

—¡Vaya! Eres un auténtico zorro, ¿verdad que sí? Aquí estás, sirviendo copas, charlando sobre libros infantiles, haciéndoles la pelota a mis abuelos. Ah, Joe es maravilloso. ¿Y te estás acostando con Karen? —siseó—. Serás capullo. ¿Qué coño haces aquí? Mi tío, mi prima. ¿Por qué has venido? ¿Por qué no te largas? ¿Por qué no desapareces?

—Ojalá pudiera. —Meneó la cabeza—. Pero no puedo. Todavía no.

—La verdad es que no creo que nadie vaya a echarte de menos.

—Le estoy dando vueltas —dijo Joe con voz queda—. En serio. Mira...

—Ay, Dios —repitió Cat, y se limpió la boca con la manga—. Qué idiota soy. No puedo creerlo.

—Debería haberlo parado. Pero no tienes ni idea de cuánto deseaba besarte.

Cat notó que las lágrimas le ardían en los ojos. Se apartó de él.

—Me voy dentro. Nunca vuelvas a...

—Shh.

Joe la agarró del brazo y se volvió hacia el jardín, alerta como un animal que hubiera olfateado algo.

—No me digas lo que... —comenzó a decir ella, pero se quedó paralizada al notar que la agarraba con más fuerza y siguió su mirada.

En el camino de piedras elevado, junto al bancal de las margaritas y el huerto, apareció una figura. Caminaba rápidamente, en silencio, entre la lluvia, sin hacer ruido. Cat y Joe se refugiaron instintivamente bajo el porche al verla acercarse. La lluvia arreciaba ahora y les fue imposible verla con claridad hasta que dobló el recodo del huerto y se detuvo. Se volvió hacia la oscura arboleda.

—Hasta mañana, Daisy querida —dijo con voz desfallecida, y lanzó un beso al aire nocturno.

Cat contuvo la respiración y se descubrió buscando de nuevo la mano de Joe, cálida, húmeda y fuerte, pero se apartó en el instante en que Martha miraba hacia ellos casi directamente. Sus ojos centellearon en la oscuridad. Luego dio media vuelta, hacia la parte delantera de la casa, y se perdió de vista.

Daisy

Agosto de 2008

No debería haber vuelto.

No imaginaba cuánto iba a dolerme.

No se me da bien ser esta persona. Pero ¿qué clase de persona es esa? Una hermana que lanza confeti y finge alegrarse por su hermano. Esa clase de personas.

Así que Bill vuelve a casarse, y acudimos todos y aparentamos felicidad. Para ser sincera, a mí me parece muy sospechoso. Siempre he pensado que Bill era homosexual o uno de esos tíos que tienen madera de solterones, ya se sabe, de esos que salen en las novelas de detectives. El vicario de antes era así. De los que no se casan, solían decir.

Supongo que yo tampoco soy de las que se casan. Cada vez que miro a Bill y a esa chica con cara de rata que le ha clavado sus horrendas garras pintadas de rojo, me dan ganas de reír. Suena todo tan absurdo, ¿verdad?, cuando hay gente que escarba en el suelo buscando comida o niños que mueren a miles por picaduras de insectos, o mujeres a las que violan y matan sin que nadie mueva una ceja, a diario. Y mientras tanto aquí, en este ayuntamiento de estilo Regencia, la gente se comporta civilizadamente y todo el mundo se muestra respetable. Mi hija está aquí. Nos sonreímos y decimos «Hola, ¿qué tal?» como si fuéramos primas lejanas en una reunión familiar.

No se parece nada a mí, y me alegro. Tampoco se parece a su padre, pero Giles era un pánfilo, así que es un alivio que no se parezca a él. Se parece a mamá. Mejor para ella. Mamá se está haciendo mayor. Zocato tiene la rodilla machacada, casi no puede andar, y parece acabado. Bill ha llegado por fin a la madurez, que era hacia donde se precipitaba tan rápido como podía desde que era un niño. Y Florence… Ay, Dios. Florence sigue exactamente igual, pero se ríe por lo bajo sin parar y lleva un vestido de flores de Laura Ashley que daría risa si no produjera sonrojo.

Sospecho que ha persuadido a algún iluso para que se la folle y por eso se ríe con esos dientes de caballo.

Dios mío, detesto Bath, detesto estar en casa y volver a recorrer estos caminos. Yo no soy así. En Kerala no soy esta persona, no lo soy. Me levanto por la mañana y sé lo que hay que hacer, y nadie me mira ni olfatea ese hedor a años de desilusión y temor que aquí todos perciben cuando se me acercan. Desde que estoy aquí, no paro de repetirme que pronto volveré a Cherthala, que solo necesito un poco más de tiempo para que todo salga bien. Entonces me acuerdo de lo que hice y de que no puedo volver.

Soy tan idiota, tan jodidamente estúpida. Quería cosas, quería más de lo que tenía. Un casa más bonita, ropa más bonita, dinero para un coche. Un par de chucherías para mí, quizá. Y la gente decía que me lo merecía. Y para ser sincera, totalmente sincera, es verdad que me lo merecía, después de todo lo que he hecho por ellos. Pero lo hice mal, fui una idiota. Soy confiada por naturaleza. Me fie de quien no debía y me traicionaron. Lo he perdido todo en dos meses, y ya no hay nada que se me dé bien, nada a lo que pueda dedicarme.

Catherine está muy delgada. Tiene ojeras y sonríe con timidez, como si no estuviera segura de que se le permita disfrutar de algo. Acaba de empezar a vivir con un novio que tiene en París y trabaja en el mundo de la moda, lo que tiene gracia porque a mí me parece una persona muy solitaria. No consigo calarla. Nunca he podido. La moda no parece sentarle bien, se lo dije a mi madre, y se limitó a decir:

—Es un juego de palabras malísimo, Daisy. Ay, cielos, ¿de verdad no te das cuenta de por qué se dedica a eso?

Ay, cielos. Claro que no me doy cuenta, porque no entiendo nada.

Si tuviera alguna ayuda, algo que me tranquilizara, que hiciera que todo pareciera lejano y borroso. Aborrezco la idea del matrimonio. Te encadena a alguien y te quedas ahí, paralizada, y lo admites, en una sala llena de gente que presuntamente te quiere. Claro que también detesto que se crean que tienen algún derecho sobre mí.

Para ser sincera, estoy muy cansada. Muy cansada de todo. Pero tampoco creo que nadie lo entienda. No debería haber vuelto.

Cuando Karen tiró el ramo —unas horrendas gerberas de plástico—, Lucy lo cogió de un salto como un perrito rechoncho. Se rieron todos y dieron palmas, y Karen la besó y todo el mundo decía «Todo queda en familia», mientras la siguiente tanda de idiotas que iba a casarse se abría paso a empujones por la escalinata del ayuntamiento. Pensé en largarme en ese momento. Me fui al otro lado de la calle y me quedé junto a la entrada de una tienda de deportes. Los paletos que había dentro mirando zapatillas deportivas se volvieron al oír los gritos de júbilo de mi familia. Y allí me quedé, con mi elegante vestido, a medias en ese mundo de luz, confeti y sonrisas, y a medias en el mundo normal, ese mundo gris, triste y aburrido. El fotógrafo los puso a todos en fila y empezó a gritar:

—La familia cercana, por favor.

Estaban todos allí. Sonriendo aún, vibrando de expectación.

Y nadie me buscó, nadie dijo: «¿Dónde está Daisy?». Estuve observándolos escondida entre los expositores de zapatillas que había fuera y nadie pareció darse cuenta.

Fue entonces cuando comprendí que, si me marchaba, no lo notarían. Mientras los miraba, deseé hacerles daño, hacerles sentir una pizca del dolor que sentía yo, para que se odiaran a sí mismos como yo me odio a mí misma. Pero sobre todo quería dejar de sentir. Saber que todo ha terminado.

* * *

Sábado, 24 de noviembre de 2012

Exactamente a la una en punto de la tarde, al día siguiente de la fiesta, Martha, de pie en la puerta del cuarto de estar, tocó el gong.

—Por favor, pasad a comer —dijo con un gesto.

Luego se volvió, atravesó la cocina y el resto de los Winter la siguió en silencio. Cat fue la última en salir de la habitación. Al poner la mano sobre el hombro de Luke, empujándolo para que cruzara la cocina, levantó la vista y se encontró con la mirada de Joe, que la observaba mientras secaba mecánicamente un cuenco metálico.

Lo miró un momento mientras su cerebro, cansado y afectado aún por una ligera resaca, chasqueaba una y otra vez. De pronto deseó poder cerrar la puerta al resto de la familia, que iba sentándose con sumo cuidado a lo largo de la mesa de roble, todos arrastraban las sillas por el suelo y murmuraban en voz baja, con un temor mudo pintado en las caras. Eran conscientes de que algo se avecinaba, como un tornado sobre las llanuras. En algún lugar, alguien estaba disfrutando de un sábado perfectamente plácido y normal: salía de compras, o tal vez al jardín a jugar con sus hijos, aquel día hermoso y soleado, impropio de la estación. Las gruesas copas de cristal centelleaban al sol fulgurante del otoño. El champán intacto que contenían brillaba como miel en un tarro. Había gruesas y níveas servilletas de hilo, relucientes cubiertos de plata y la antigua vajilla Wedgwood, la compraron cuando David firmó el primer contrato importante. El dibujo de los platos —vagamente chino, azul y blanco en el borde, amarillo y coral en el centro— se había descolorido hasta adquirir tonos pastel, y cientos de finísimas grietas surcaban la porcelana tras años y años de comidas familiares: ganso por Navidad, patatas asadas la Noche de las Hogueras, pollo asado en los cumpleaños y pastel de pescado los viernes.

Al sentarse, Cat reparó en el gran jarrón de calicantos del Japón que ocupaba el centro de la mesa: las vivaces flores amarillas semejaban destellos de sol sobre el oscuro fondo del friso de madera. Su abuela había ocupado su sitio a la cabecera de la mesa, mirando hacia las puertas de la cocina. Zocato estaba frente a ella, con la vista fija en su plato vacío. Bill, inescrutable, recorría la habitación con la mirada. Florence parecía ensimismada mientras untaba mantequilla en un trozo de pan y se servía agua, pero tenía unas profundas ojeras. Lucy estaba callada, pero movía nerviosamente las manos sobre el regazo. Parecía muy joven y asustada. Karen estaba sentada al lado de Zocato. Cat pensó que estaba muy guapa sin maquillaje. La suya era una belleza grave e infantil que casaba mal con el carmín de color coral que solía ponerse, sus imponentes trajes y sus maneras resueltas. Se rascaba la cara con sus manitas y las uñas dejaban marcas sobre la piel pálida. Se sobresaltó al levantarse Martha y, al volverse, Cat vio a Joe en la puerta.

Martha dio unos golpecitos en su copa.

—Luke —dijo inclinándose un poco—, Joe va a llevarte al cuarto de estar. Te ha preparado una empanada especial con patatas fritas. Puedes ver *Ratatouille* mientras nosotros comemos.

El niño miró a Cat, sorprendido de que se le concediera semejante gracia. Ella asintió con un gesto, sonrió y besó su cabello oscuro cuando pasó por su lado, ansioso por coger a Joe de la mano.

Cuando Joe apoyó la mano en el picaporte, sus ojos volvieron a encontrarse. Después, las puertas correderas se cerraron. Cat oyó a su hijo charlar con Joe, oyó el ruido de sus pasos sobre las viejas baldosas de la cocina. Luego se hizo un silencio absoluto.

—Empezaremos a comer dentro de poco —dijo Martha, y señaló el gigantesco costillar de ternera y las fuentes de verduras que descansaban sobre el aparador.

Carraspeó y meneó la cabeza, casi sonriendo. Apoyó las manos sobre la mesa y echó los hombros hacia delante mientras los observaba a todos atentamente por debajo del flequillo.

—Como sabéis, tengo algo que deciros. Por eso he organizado este cumpleaños. —Torció el gesto—. Veréis, es un cumpleaños especial. Y ya es hora de que sea sincera.

—¡No!

Se sobresaltaron al oír gritar a David desde el otro extremo de la mesa.

—No quiero que hagas esto. —Un pliegue de piel temblaba bajo su barbilla. Su boca se movía con nerviosismo, se mordisqueaba las mejillas, los labios. Estaba blanco y demacrado—. He cambiado de idea.

Martha se levantó rápidamente. Se acercó a él y al pasar apretó ligeramente el hombro de Karen. Ella dio un respingo, sorprendida.

—Amor mío —susurró Martha al oído de su marido—, no puedes. Esto ha ido demasiado lejos.

A David se le quebró la voz.

—No quiero que te expongas así. Soy yo quien tiene que hacerlo, no tú, Em.

—No, es a mí a quien le corresponde —contestó ella con calma—. A mí. —Le cogió de la mano—. Queridos míos, lo único que he querido siempre ha sido daros un hogar. —Recorrió la mesa con la mirada—. Y la verdad es que he fracasado.

—Qué tontería, mamá —dijo Bill con claridad, y Karen sintió que se le encogía el corazón.

—¿Sí? —Su madre le sonrió—. Mi querido niño. Tú eres el único que sigue aquí. —Levantó la mano—. Solo quiero que entendáis un poco mejor las cosas. Explicaros por qué hice lo que hice. Llevo tanto tiempo intentando que todo sea perfecto. Ya sabéis que me evacuaron durante la guerra. Con una familia muy parecida a esta. En una casa que se parecía mucho a esta. —Sonrió—. Antes había vivido en Bermondsey, con mi padre, que nunca estaba en casa, y mi madre, que trataba de sacarnos adelante. Y no tenía zapatos, ni comida suficiente, y tenía piojos y raquitismo y... En fin, que las pasaba canutas.

—Martha... —David la miró—. No, cariño.

—Y entonces conocí a David y con él todo parecía posible. —Miró a su marido—. Sí, así era. Procedíamos los dos de ese mundo gris, y de pronto había arte y música y poesía, cosas con las que yo nunca me había tropezado, y mi mente se ponía en marcha cuando me acercaba a ellas, funcionaba mejor que nunca. No había una ópera que no conociera, un poema que no pudiera recitar. Me empapaba de todo, absolutamente de todo. Y cuando nos casamos... En fin, renuncié a mi idea de ser pintora. Voy a volver a sentarme. Estoy un poco temblorosa.

Martha volvió a su silla al otro lado del comedor.

—En aquel entonces, las mujeres creíamos que no podíamos tener las dos cosas. Dedicarnos a la profesión que amábamos y tener una familia. Y es una pena, porque a mí me encantaba pintar. —Se acomodó en la silla y miró distraídamente los calicantos—. Me encantaba de verdad. Pero eso fue lo que sucedió. Erais todos muy pequeños y me necesitabais, muchísimo. Sobre todo tú, Flo.

Florence miró a su madre desde el otro extremo de la mesa.

—¿Yo? ¿Por qué? —preguntó con energía, y Lucy vio que se le mudaba el semblante, advirtió en él algo que no había visto hasta entonces. «¿Qué es lo que sabe?».

—Porque para mí fuiste una sorpresa, nada más —repuso Martha—. Una bonita sorpresa. Pero no es de eso de lo que quiero hablar. Cuando empaqueté el caballete y los cientos de pinceles que había comprado con tanto esfuerzo, ahorrando durante años, decidí que, si no podía pintar, tendría una familia perfecta. Imagino que es lo que quiere todo el mundo, ¿no? Formar una familia, subir el puente levadizo y sentir que tus hijos y tú estáis a salvo por las noches.

Karen ahogó un sollozo sin dejar de presionarse los labios con los dedos. Lucy cerró los ojos con los brazos cruzados.

Martha miró hacia el jardín. Serena, en calma. Hablaba como si recitara los diálogos de un guión.

—Creo que os educamos bien. Creo que os lo dimos todo, que intentamos que os sintierais seguros y bien arraigados en el mundo. Pero pusimos tanto empeño que creo que al final, en algún momento, nos equivocamos. Lo que parecían cosas sin importancia fueron creciendo y pudieron con nosotros. —Miró a Florence—. No hemos sido sinceros contigo. Con todos vosotros.

Bebió de la copa que tenía delante. Oyeron el ruido de su garganta al tragar, el burbujeo del líquido en la copa.

—Todo empieza con Daisy. Y acaba con ella. La verdad es que no sé cómo explicarlo. —Soltó una risilla y dio vueltas a su anillo alrededor del dedo—. Tiene gracia, después de tantos años de planificación.

—Mamá —terció Bill con voz ronca—, ¿dónde está Daisy?

Martha y David se miraron, con sus hijos y la mesa en medio.

—Está aquí —dijo Martha después de un silencio—. Daisy está aquí.

Se hizo otro silencio, denso y preñado de implicaciones.

—¿Qué quieres decir? —preguntó Cat pasados unos segundos—. ¿Cómo que está aquí? ¿Dónde está?

Martha miró a su nieta con desesperación.

—Cariño, lo siento muchísimo.

—¿Dónde está? —repitió ella otra vez, volviendo la cabeza.

Su abuela miró hacia el jardín soleado. Con su voz serena y clara dijo:

—La enterré allí. En el bancal de las margaritas. Porque lo plantamos juntas cuando era pequeña y a ella le gustaba mucho. Allí enterramos también a *Wilbur*. Pensé que a ella también le gustaría reposar ahí.

—¿Enterrada? —preguntó Florence con voz temblorosa, y Bill dijo al mismo tiempo:

—¿Está muerta? ¿Está…? ¿Daisy está…?

—Ay, no —se oyó decir Lucy a sí misma—. No, abuela, no.

Pero Martha dijo:

—Se suicidó. Aquí. Hace unos años.

—No puedo creerlo —murmuró Karen.

—No quería que nadie se enterara. Veréis, solo quería volver a su antigua vida. Difuminarse poco a poco y dejaros a todos con la idea de que ya no existía.

—¿Qué? —Florence sacudió la cabeza—. Mamá, ¿tú la ayudaste? ¿Lo hizo aquí? —Abrió y cerró las manos, apoyadas sobre la vieja mesa, y luego agarró la mano de su padre.

Pero David no reaccionó. Tenía la mirada perdida. Una gruesa y reluciente lágrima rodó por su mejilla en línea recta.

Cat no se movió, no pudo decir nada. Su abuela trató de cogerle la mano, pero ella se echó hacia atrás, juntó las manos y las apretó con fuerza. Miró hacia el jardín, hacia el bancal de las margaritas.

—Devolví todo el dinero —continuó Martha—. Lo repusimos todo. Con creces. Tengo todos los papeles. Daisy hizo mucho bien. No era una... —Su rostro terso y sereno se contrajo—. No era una mala persona. Lo hizo lo mejor que pudo.

Se hundió de nuevo en la silla. Agarró el mantel con las manos venosas, los miró a todos y entonces, con una especie de sorpresa pintada en la cara, se echó a llorar.

Martha

Se dio cuenta de lo mal que estaban las cosas cuando ya era demasiado tarde.

Al día siguiente de la boda de Bill y Karen, Daisy le dijo que no se encontraba bien. David se había ido en taxi a primera hora de la mañana para su esperada operación de rodilla, el primer gesto de normalidad tras el tibio romanticismo de aquella boda singularmente rígida.

—No permitas que te mangonee —le había dicho David mientras Martha lo ayudaba a subir al taxi—. Nos vemos mañana, ¿de acuerdo?

Ella le dio un beso.

—No lo permitiré. Pero de todos modos ya no hace esas cosas, David, de verdad.

Él suspiró y esbozó una sonrisa.

—Siempre dejas que se salga con la suya, cariño. No lo permitas. Sé Martha. Sé fuerte.

Martha le llevó a Daisy una taza de té a su antiguo cuarto, que luego había sido el de Cat. Su nieta se había marchado muy temprano esa mañana para volver a París, a su nueva vida, y Daisy había vuelto a ocupar la habitación. Martha había oído su torpe despedida.

—Ha estado bien volver a verte, Catherine. Si alguna vez vas a la India, ve a visitarme —había dicho Daisy, y Cat, que ya iba camino del coche, donde la esperaba Florence para llevarla a Londres, se había dado la vuelta.

—Ay, vaya. —Dio un paso atrás y a Martha se le encogió el estómago—. ¿En serio? Me encantaría —dijo Cat, esbozando una sonrisa y con los ojos brillantes—. ¿Cuándo puedo ir? ¿Me alojaría en tu casa? ¿Podríamos montar en elefante?

Daisy la miró con una media sonrisa remolona en la cara, entre divertida e incrédula. Luego, enrojecida por la ira, Cat meneó la cabeza.

—Es una broma. Es muy raro que digas eso, ¿sabes? —Tenía una expresión desagradable—. No voy a ir a verte a la India. Seguro que a estas alturas ya lo sabes. ¿Es lo único que tienes que decirme? ¿No vas a preguntarme ni una sola vez cómo estoy o qué tal me va la vida? ¿No te importa? —Encogió sus delgados hombros como si aquella sencilla pregunta fuera demasiado penosa para contestarla—. Da igual. Adiós, Daisy.

Miró hacia la casa, festoneada de glicinias como una guirnalda de boda.

—Adiós, casa.

Martha había sentido en ese instante que su nieta se despedía de Winterfold para siempre, y se preocupó por ella. Más tarde, después de todo lo demás, aquel instante se disolvió y no arraigó en su memoria. Un raro desliz, teniendo en cuenta que se preciaba de saber en todo momento cuándo la necesitaban.

—Creo que eres la única persona de esta familia a la que no he intentado matar —le dijo Daisy a su madre, después de que se marchara Cat.

—Qué tonterías dices —repuso su madre con cautela, porque Daisy nunca se dejaba llevar por la histeria.

Al nacer, no lloró. Emitió un suave maullido al salir y nada más. En el hospital comarcal pensaron al principio que quizás estuviera enferma. Pero Martha sabía que no. Solo estaba tranquila, observándolo todo. Su hija la miró con unos ojos como profundas pozas de mercurio líquido, abiertos desde el principio, no como los de Bill. Siempre parecía tranquila, hasta el punto de que nunca sabía una qué iba a pasar de repente, ni cuál era el detonante. Un verano, en Dorset, después de que Daisy derribara a patadas el castillo de arena que Bill había tardado horas en construir en la playa, su hijo, normalmente tan pacífico, le pegó una fortísima bofetada en la cara. Naturalmente, David y Martha lo castigaron, pero no con demasiada dureza. Daisy lo hizo a propósito, por el solo hecho de que la gente que pasaba se detenía a elogiar el castillo, con sus cuatro torres y sus almenas hechas a mano, y porque Bill —cosa rara en él— había disfrutado siendo el centro de atención por una vez. Después de la bofetada y de que mandaran a Bill a la cama sin cenar, Martha pasó en vilo el resto del verano. ¿Qué le haría Daisy a su hermano?

Porque Martha sabía ya que Daisy no era como Bill, que se ofuscaba y lloraba, ni como Florence, que se ponía histérica y se aferraba a los mayores. Daisy era distinta. Era diferente a los demás, no había duda. Pasaba ratos sentada, muy quieta y callada, y luego salía y se marchaba, y una nunca sabía qué pasaba tras aquellos ojos del color del musgo, en aquella extraña cabecita suya.

Al principio bromeaban con ello. «¿Daisy? Bueno, una de dos: o nos mata a todos o llega a reina», solía decir David. Había, sin embargo, indicios, detalles que Martha advertía en su hija y que empezaban a cobrar sentido. Y, cuanto más sentido cobraban, más la asustaba Daisy. Florence, atrapada en su cuarto durante diez minutos con las avispas y la puerta atrancada (por lo visto se había hinchado por el calor del verano) y David encendiendo la motosierra para que nadie oyera los gritos de Florence. Y el histerismo de Florence, los disparates que dijo después, las mentiras sobre Daisy. ¡No era cierto! Los cortes y moratones que tenía en los brazos, de los que se quejó a Martha, quien, deseando que Florence madurara y que Daisy no fuera mala, le dijo que no armara tanto jaleo. El mercadillo de las *girl scouts* en el que desapareció el dinero, y luego, cuatro meses después, la expulsión de Daisy del colegio por fumar marihuana. Martha seguía pensando que era la única persona que había relacionado ambos hechos. Porque Daisy sabía aguardar su momento, Martha ya había llegado a esa conclusión. Justo antes de Navidad, después del incidente del castillo de arena, Bill resbaló en el suelo del cuarto de baño con una mancha de aceite Johnson's para bebés y se rompió el tobillo.

Fue entonces cuando Martha se dio cuenta de que le daba miedo comentárselo a David, por si acaso él confirmaba sus temores. No sabía si su marido compartía sus impresiones. Por las mañanas, cuando se sentaban a la mesa del desayuno a comer tostadas o gachas de avena y Florence recitaba verbos latinos y balanceaba las piernas calzadas con medias o les contaba alegremente lo que iba a hacer en el colegio, o Bill explicaba con minuciosidad los fundamentos de la última misión del Apolo haciendo cuidadosos bocetos sobre la mesa para su padre, Martha observaba a Daisy en medio de aquel trajín. Su hija comía cuidadosamente, observaba y escuchaba, pero jamás dejaba entrever lo que pensaba. Un agujero negro en el corazón de la familia. Después, mientras recogía los cacharros del desayuno, Martha intentaba sacudirse aquella impresión y se reía de su tendencia al dramatismo. ¡Qué ridiculez!

Ella, sin embargo, había parido a su hija y, cuando la miraba, como hizo aquel día de agosto, intuía lo que se agitaba dentro de su pecho. Conocía tan bien a Daisy porque la había visto a los pocos segundos de nacer, cuando se la entregaron, y tenía la misma expresión que ahora, cuarenta y siete años después. Serena, como la de Martha (todo el mundo decía que se parecía a ella), pero también otra cosa.

—Menudo temple tiene la criatura —comentó la enfermera mirando a Daisy, envuelta en brazos de su madre—. Nunca había visto a un recién nacido que no llorara.

—¿Qué pasa, tesoro? —le preguntó Martha a Daisy ahora.

Era casi la hora de comer. Se preguntaba si Daisy comería algo, o si dormiría allí.

—Necesito hablar contigo de una cosa —dijo su hija. Tocó con el dedo las borlas de color crema de la colcha ajada —. No va a gustarte.

Martha tensó los hombros ligeramente.

—Adelante.

—Últimamente no soy muy feliz, lo sabes, ¿verdad?

—Sí —repuso Martha—. ¿Qué ocurre? Porque algo pasa, lo sé.

Daisy meneó la cabeza para apartarse el pelo de la cara. Los rizos oscuros le llegaban por debajo de los ojos.

—No puedo hablar mucho.

—¿Por qué?

Daisy tragó saliva.

—No puedo y ya está. —Puso la mano sobre la de su madre—. Mira, me despidieron el mes pasado. He vuelto definitivamente.

—¿Te despidieron? —Martha se había quedado helada—. ¿Y eso, cariño?

Daisy se frotó los ojos.

—Es una larga historia. Me quedé con un dinero. Es lo que dicen ellos, por lo menos. Será lo que digan si alguien les pregunta. Pero no es cierto. Solo lo cogí prestado, aquí y allá. Era la única que sabía dónde estaba todo. ¿Comprendes? No pasa nada. —Se pellizcó la punta de la nariz—. Pero, sí, era para drogas. Y bueno, para drogas.

Martha se quedó muy quieta. No sabía cómo reaccionar. Intuía que le estaba diciendo la verdad.

—¿Eso es todo?

Daisy asintió con la cabeza.

—Sí. He vuelto a cagarla. Es una auténtica lástima, porque es lo único que he hecho. En mi vida. Ya sabes. —Hablaba casi con despreocupación—. Pero así son las cosas, imagino. La culpa la tengo yo, nadie más. Es solo que a veces me gustaría poder cambiarme por otra persona. Ser otra, a veces.

Una nube pasó por la ventana y Daisy miró a su madre. «Se está haciendo mayor». Martha comprendió entonces que su hija era ya una mujer de mediana edad, no una niña cruel, preciosa y fascinante. Había dejado atrás la edad en que todo lo que hacía podía achacarse a la juventud o la inexperiencia, y aquello se le clavó en el corazón como una flecha. Ella había hecho a Daisy tal y como era. ¿Verdad?

Así pues, dijo lo que decía siempre, porque no sabía qué otra cosa decir.

—Eres una chica lista y con talento —dijo—. Estoy muy orgullosa de ti. Encontrarás otra cosa, puedes...

—No —la atajó Daisy con aspereza—. No. Mira, necesito tu ayuda.

—Está bien —repuso Martha con cautela.

Normalmente, era dinero. Históricamente, solía ser algún problema con los profesores del colegio. Una vez había tenido que ir a recogerla a la comisaría de Bristol, donde la encontraron deambulando por las calles después de pasar cuarenta y ocho horas desaparecida. Últimamente, en cambio, siempre era dinero.

—He estado despierta toda la noche, dándole vueltas —prosiguió Daisy.

—Seguro que sí, cariño. ¿Estás segura de que no puedes defenderte? Volver y encontrar el...

Pero su hija volvió a interrumpirla:

—Mamá, es demasiado tarde para eso. Demasiado tarde. No quieren que vuelva.

—Pero ¿no puedes intentar...?

—Dios mío, confiaba en que lo entendieras. Escucha. Si vuelvo a la India, es probable que me detengan, ¿no te das cuenta?

—Ah. —Martha cerró los ojos un momento—. Entiendo.

—Solo necesito tu ayuda una vez más. No he pegado ojo en toda la noche pensando en ello. ¿Puedes darme un par de pastillas de las de Zocato, de las que guarda en el armario del baño?

A David le habían recetado píldoras para dormir y calmantes para la rodilla, que le dolía más a medida que se acercaba la fecha de la operación.

—No, Daisy —dijo Martha con firmeza—. Desde luego que no. Ya te dije la última vez que no iba a volver a darte. Son demasiado fuertes.

—Vale, de acuerdo —repuso Daisy.

Bebió otro sorbo de té, se echó hacia atrás y cerró los ojos. Martha le posó la mano en la muñeca y la rodeó con sus dedos morenos. Estaba caliente al tacto.

—Creo que me voy a echar un rato. Gracias, mamá. No quiero comer. Ahora, déjame.

Parecía ya casi dormida. Martha salió, cerró la puerta y se quedó un momento en el descansillo, frente a la puerta del cuarto de su hija, escuchando el silencio con la esperanza de que Daisy encontrara algo de paz. Sabía que la boda se le había hecho muy cuesta arriba. Sabía que era duro para ella ver a Cat, aunque fingiera lo contrario.

Meneó la cabeza tragándose las lágrimas, recogió la cesta de la colada que había dejado frente a la puerta de Daisy y empezó a doblar toallas. Se descubrió canturreando en voz baja una melodía de *El Mikado*. La habían tocado en los Proms la noche anterior, mientras recogían los restos del (modesto) banquete de bodas. Había sido una boda muy extraña, se dijo, distrayéndose. Daba vueltas a las cosas, tratando de averiguar qué sucedía para poder actuar lo mejor posible. La madre de Karen parecía simpática. ¿Debían invitarla a pasar un fin de semana en otoño? La vida de Cat en París la tenía preocupada. ¿Tenía que hablar con ella al respecto? Florence se comportaba de manera un tanto extraña, pero parecía contenta. Martha sabía, sin embargo, que se traía algo entre manos.

Cuando entró en el baño cinco minutos después, se preguntó si había oído roncar a Daisy, como solía. Sonrió al mirarse al espejo mientras se lavaba las manos. Tal vez Daisy se estuviera ablandando con la edad.

Aquel desasosiego, aquel hormigueo del que nunca lograba librarse del todo, eso era lo que la molestaba, no la cadera, ni los dolores de cabeza. Y de pronto dio un grito ahogado y abrió el armario del baño. Antes de abrirlo, sin embargo, ya sabía lo que iba a ver. El frasco de las pastillas estaba abierto y vacío.

Abrió de golpe la puerta del baño, apartó de una patada las toallas y las sábanas, y se tropezó al engancharse el pie con una funda de almohada. Cayó al suelo, dio un grito y entonces se acordó de que estaba sola. Florence había ido a llevar a Cat a la estación, David se había marchado. Se había marchado. Avanzó tambaleándose hacia el dormitorio de Daisy.

Adivinó lo que la aguardaba antes de abrir la puerta. Su hija estaba tendida en la cama, con la cabeza echada hacia atrás, pero no roncaba. Tenía los ojos entornados, como cuando era un bebé. Martha se inclinó sobre ella. El corazón le latía tan fuerte que no oía nada más. Llamó a gritos a su hija, una y otra vez. La zarandeó, pero no se movió.

Entonces vio la nota, escrita con la letra pulcra y minúscula de Daisy y salpicada de té.

Queridísima mamá:

No te pongas triste. Ya me había tomado las pastillas cuando has entrado. Me alegro de haber podido hablar contigo antes de empezar a quedarme dormida. He hecho lo que quería hacer, ni más ni menos. Además, sé cómo hacerlo, llevaba un tiempo planeándolo. Uno de los motivos por los que me despidió la asociación fue por las drogas. Heroína. Heroína, sí, ya sé. Me enganché hace unos años, gracias a un tipo de una ONG. Nadie lo pensaría de una cooperante, ¿verdad? Pero es una buena forma de matarse si sabes cómo mezclarla y con qué. Algunas cosas he tenido que aprender por el camino, ¿no?

Ya no tengo nada que hacer aquí, y nada de lo que hacía se me daba bien. Nunca se me ha dado bien nada, eso lo sabemos todos. Además, detesto estar aquí otra vez. Papá es un hipócrita, cada vez que lo veo me acuerdo de lo falso que es. Tú sabes cómo odio cuánto ha mentido.

De dónde viene. De dónde viene Florence. Porque es una bastarda, ¿verdad? Sé que no es tuya. Me acuerdo de aquel verano que os fuisteis y volvisteis con un bebé, y se suponía que teníamos que creer lo que nos contasteis. Tuvo un lío con alguien, ¿verdad? Te mintió. Sé que Florence es hija suya, la quiere más que a mí, más que a Bill, se le nota.

Me dan ataques de rabia cuando no puedo ver con claridad y quiero... no sé. Matar a alguien. Supongo. Siempre he sentido que este no era mi sitio. Claro que tampoco tenía sitio en otra parte. He probado en muchos lugares, me fui tan lejos como pude, pero no me siento a gusto en ninguna parte.

Mientras escribo esto te estoy oyendo cantar *The sun whose rays*, y me gustaría que cantaras más. Antes cantabas constantemente. Ahora tengo la impresión de que estás triste. Gracias por decir que no me dabas las pastillas. Así queda todo mucho más claro, ¿verdad?

Mamá, ¿puedes enterrarme aquí, junto a *Wilbur*? En el jardín. *Wilbur* era amigo mío, y fue idea mía.

Ya estoy cansada. Por favor, cuida de Catherine, ¿vale?
Ella

Ahí terminaba la nota.

De pie en la habitación caldeada, Martha miró a su hija. Tenía la cara flácida, los miembros pesados. Descansaba al fin.

Luego entró en su dormitorio y cerró la puerta. Escuchó de nuevo. Todo estaba en silencio. No había nadie cerca, nadie a excepción de Daisy. Se sentó en el borde de la cama y contempló su huerto: las cuidadas ringleras de lechugas, los manzanos a lo lejos. El bancal de las margaritas, repleto de agujeros de topillos. Entonces se levantó y se persignó, aunque ignoraba por qué razón o cómo podía ayudarla aquel gesto. Salió al cobertizo y cogió una pala. «Un tiempo para nacer y otro parar morir, y yo he estado presente en ambos. Te quiero, Daisy, y ahora te tendré cerca, como no te he tenido nunca».

Había aprendido mucho de los años que pasó en el campo durante la guerra. Sabía cómo enterrar a un anciano y a una oveja muerta, y había enterrado a un par de perros a lo largo de su vida. Había enterrado a *Hadley* ella sola, cuando tuvieron que sacrificarlo después de aquella fiesta de verano en que atacó a una persona. Había que cavar un hoyo tan profundo que no se pudiera llegar fácilmente a su fondo. Estuvo trabajando todo el día, intentando no sentir nada. Y cuando Florence volvió de su excursión a Londres, sofocada, feliz y trayéndose algo entre manos, Martha le dijo que Daisy se había marchado.

—Recibió un correo electrónico del orfanato, sobre una beca que les habían concedido —explicó sentada a la mesa de la cocina, mientras se bebía una taza de té frío, como si aquello pudiera conectarla con algo.

—¿Se ha ido así, sin más? —preguntó Florence—. Dios mío, esto es el colmo. ¡Ni siquiera se ha despedido!

—Ya conoces a Daisy —le dijo Martha—. Debía de ser algo importante.

—Qué idiotez. Lo que pasa es que estaba harta de estar aquí, eso es todo, y de que nadie le prestara atención. No cambiará nunca. —Miró su reloj—. En fin… Tengo que llamar por teléfono. —Su rostro se contrajo en una sonrisa alegre—. Y trabajar un rato.

Martha la vio salir de la sala con paso brioso y entrar en el estudio de David. La siguió y se detuvo en la puerta.

—Pareces muy contenta —dijo.

—Bueno… ¡La verdad es que no es nada! —repuso Florence, tensando la boca. Luego arrugó el ceño—. Ay… El Yahoo de Daisy está abierto.

—¿Qué?

—Su correo. Parece que… —Florence empezó hacer clic en la pantalla.

—Para —dijo Martha al darse cuenta de algo—. Déjame a mí. No ha tenido tiempo de cerrarlo, ha tenido que marcharse tan de repente…

Florence, que estaba más en su mundo que de costumbre, se enderezó y se puso a escudriñar las estanterías canturreando en voz baja.

—¿Por qué cantas eso?

Martha se sentó ante el ordenador. Miró fijamente la pantalla. Si salía del correo de Daisy, se acabó: no podría volver a entrar. Así…

—¿El qué?

—*The sun whose rays.*

Florence se volvió.

—Ni idea. ¿No lo pusieron ayer en la radio?

Con el corazón acelerado y la sangre palpitándole en los oídos, Martha abrió la configuración de la cuenta de correo de Daisy. «Dispones de unos diez segundos. Debes aparentar calma. Si tardas demasiado, empezará a sospechar». Mi cuenta. Cambiar la contraseña. Pulsó el enlace. ¿Cuál es el nombre de soltera de tu madre? ¿Cuál es tu fecha de nacimiento?

Tragó saliva.

—Siento que no hayas podido despedirte de ella —dijo. Deseó con todas sus fuerzas, más de lo que había deseado nada en el mundo, que Florence se marchara un momento—. Cariño, ¿puedes poner la tetera?

Florence la miró extrañada, pero se fue a la cocina sin dejar de canturrear. Martha se sentó, cambió la contraseña por una que pudiera recordar (Daisy61) y cerró la aplicación. Cuando volvió Florence, se levantó.

—Me encantaría tomar un té si vas a prepararlo —comentó su hija.

Martha se quedó mirándola.

—No, no voy a prepararlo. Luego te veo.

Subió tranquilamente al piso de arriba y cerró con llave la puerta de Daisy.

La mañana siguiente, después de que se marchara Florence, bajó a su hija mediana a rastras por la escalera curva, cruzó la cocina y salió al jardín. Aunque en vida Daisy había sido extremadamente delgada, muerta pesaba mucho y Martha era mayor, y lloraba mientras la arrastraba porque aquello le parecía indigno y ella quería que el entierro de su hija fuera digno, un colofón adecuado para la vida de su pequeña, de la niña a la que ella, sin saberlo, había roto y echado a perder. La había mimado demasiado o demasiado poco, no sabía cuál de las dos cosas, pero Daisy nunca había estado bien, y ahora que por fin podía hacer algo que su hija le había pedido, tenía que hacerlo con esmero. Al sol de la tarde, envolvió a Daisy en la lona negra con la que solían cubrir el césped y la ató con una cuerda de plástico. A veces tenía que pararse, embargada por el dolor, y entonces se arrodillaba junto a su hija y lloraba tan calladamente como podía. Luego contaba hasta cinco. Volvía a levantarse y fingía que estaba haciendo otra cosa. Algo sin importancia.

Entre tanto, tuvo la sensación irreal de que aparecería alguien, de que alguien se enteraría de lo que estaba haciendo y la detendría. Pero no apareció nadie, y se alegró, porque sabía que era lo que quería su hija. Antes de que el último nudo tapara la cara de Daisy, se armó de valor, acarició la frente de su hija y le pasó el dedo por el puente de la nariz, como hacía cuando era pequeña, para que cerrara los ojos y se durmiera. Enterró el cuerpo y lo cubrió todo con mantillo lo mejor que pudo, confiando en que nadie se acercara por allí hasta varios meses después. David no podría aventurarse tan lejos cuando volviera a casa y, últimamente, nadie más visitaba el jardín. Cat se había marchado, Bill tenía a Karen y Lucy ya era adulta. Solo quedaban ella y Daisy.

Los días soleados, salía al bancal de las margaritas y a veces hablaba con ella. Pero casi siempre se quedaba allí sentada, muy quieta, haciéndole compañía. Conocía a su hija lo suficiente para saber que era ridículo pensar que Daisy querría oírla parlotear acerca de la vida. No le había interesado nunca cuando vivía, y ahora tampoco. De algún modo, a Martha le parecía lo más coherente.

Martha

Fue Karen quien rompió el silencio. Se levantó, se acercó al aparador y le sirvió un poco de vino tinto a Martha.

—Ten —dijo, agachándose junto a su suegra para darle la copa.

Le sacó del bolsillo un pañuelo muy bien planchado y se lo alcanzó. Martha se sonó la nariz, llorando todavía, mientras Karen le acariciaba el brazo y la nuca.

—Ya está, ya pasó —dijo Karen en voz baja—. No pasa nada. Hiciste lo correcto. Hiciste lo correcto.

Los demás la observaban sin moverse, clavados en sus asientos como por un encantamiento. Los sollozos de Martha quedaban suspendidos en el aire pesado y mudo. Del otro extremo de la casa les llegaba el leve sonido de la música del DVD de Luke.

Por fin Karen volvió a levantarse y regresó a su asiento. Abrió las manos, dejó escapar una risilla casi histérica y dijo:

—¿Sabéis?, alguien tendrá que decir algo en algún momento.

Se volvió hacia su marido, que no quiso mirarla. Tenía los ojos llenos de lágrimas.

—Yo le di dinero —dijo Florence por fin—. Para su escuela. El año pasado. Y me mandaba correos —añadió en voz más alta—. Me mandó uno hace un par de días, mamá. ¿Eras tú?

Martha hizo un gesto afirmativo.

—¿Eras tú quien mandaba los correos? —insistió Florence con voz ronca—. ¿Todo este tiempo?

—Desde después de la boda de Bill y Karen. —Martha se limpió la nariz y se guardó el pañuelo en el bolsillo—. Antes no. Antes era ella.

—¿Qué pasó con el dinero? —preguntó Bill.

Martha lo miró.

—¿Eso es lo único que te importa? ¿De verdad, Bill? Te cuento esta historia ¿y eso es lo que quieres saber?

Bill contestó en voz baja:

—Solo tenía curiosidad, nada más. Tuvo que ser mucho, mamá.

—La asociación benéfica y los orfanatos la despidieron por robar. Les devolví el dinero en su nombre, como disculpa. Y luego seguí mandándoles dinero como si fuera de ella, de todos nosotros. —Martha se encogió de hombros con las manos en los bolsillos—. Pensaba que Daisy lo habría querido así.

—Daisy solo pensaba en sí misma... —comenzó a decir Florence, pero se detuvo—. Lo siento. —Se limpió la nariz con la manga y miró a sus padres sucesivamente—. Mamá, esto es de locos. Absolutamente de locos. ¿Por qué no se lo dijiste a nadie?

Martha se enderezó en la silla. Aquello era lo más difícil de todo.

—Quería que la gente pensara bien de ella. No era como vosotros dos. Todo le costaba más.

—¡Pero...! —estalló Florence con la boca abierta, pero volvió a cerrarla rápidamente y meneó la cabeza—. Todos tenemos dificultades, mamá, ya lo sabes. Eso no significa que uno pueda mentir, robar y engañar, y abandonar a la gente, y hacerle daño y... —Se le quebró la voz—. No significa que tengas que hacer esas cosas.

—Lo sé —repuso Martha—. Lo sé. —Se tocó la frente con los dedos como si intentara ganar tiempo. Después de un silencio, miró a su nieta mayor—. ¿Cat?

Ella sacudió la cabeza con los labios apretados, haciendo una mueca. Se tapó la cara con las manos. David tendió la mano y le acarició el brazo.

—Mi querida niña —dijo con una voz tan débil como un susurro, pero Cat no dijo nada.

—No sé qué hacer —comentó Bill, casi en tono despreocupado—. La verdad, no sé qué deberíamos hacer.

—Bueno, yo opino que deberíamos llamar a la policía. —Florence recorrió la mesa con la mirada—. Lo siento, mamá, pero lo que hiciste es ilegal.

—Ah, no, Florence —dijo Lucy, tomando la palabra por primera vez.

—Pero alguien lo averiguará tarde o temprano —contestó Florence—. No podemos dejarla ahí.

—Sí que podemos —repuso David—. Se puede enterrar a una persona en terreno privado.

—¡Así no! —Florence pestañeó con los ojos desorbitados—. ¿Cómo es, Bill? ¿Cómo lo llaman?

—Deshacerse de un cadáver e impedir su enterramiento conforme a la ley —susurró Bill.

—Exacto. Es ilegal. Podrías ir a la cárcel. Madre mía… —Florence se echó a reír—. Esto es de locos, es de locos…

Lucy se volvió hacia la izquierda y señaló a su tía con el dedo.

—Vale ya —dijo—. Por amor de Dios, Florence, ten corazón. Para de una vez.

Su tía meneó la cabeza, incrédula, y Lucy se detuvo e intentó pensar qué era lo que debían hacer, el siguiente paso a dar.

—¿Alguien conoce algún abogado? Creo que nos hace falta uno.

—Yo —contestó Karen.

Lucy asintió.

—Estupendo, Karen.

Bill miró a su mujer desde el otro lado de la mesa.

—¿Quién?

Pero Karen lo miró con tristeza y se volvió hacia Cat.

—Cat, cielo, esto nos ha dejado a todos muy impresionados, ¿verdad? ¿Por qué no dices algo?

Cat, que tenía la mirada perdida, meneó la cabeza. Por fin susurró en voz muy baja:

—No sé qué decir.

Bill acercó su silla a la de su sobrina. La rodeó con el brazo.

—Cat, al margen de lo que haya pasado, ahora estamos todos aquí, ¿verdad que sí? Esto no cambia lo mucho que nos alegramos de que hayas vuelto y hayas traído a Luke. Forma parte de nuestra familia, igual que tú, o que yo o que… —Posó un momento la mirada en Karen y luego miró la mesa. Su plato se había roto cuando había dejado caer el cuchillo. Juntó con cuidado las dos mitades—. Daisy era maravillosa, pero nunca fue feliz. Puede que sea… —Se interrumpió.

—¿Lo mejor? —Cat se echó a reír—. No sé. —Se le saltaron de nuevo las lágrimas—. ¿Qué le pasaba? ¿Qué me pasa a mí?

—Ay, tesoro —dijo Florence, apenada—. A ti no te pasa nada. Pobrecita mía. —Se levantó—. Creo de verdad que tenemos que llamar a la policía.

—No. —Karen negó con la cabeza—. Vamos a esperar un día o dos. Luego lo decidiremos.

Florence le lanzó una mirada mordaz, pero no dijo nada.

—¿Quién te ha nombrado portavoz de la familia así, de repente? —le preguntó Bill a su mujer.

—Vamos, Bill —repuso ella despachando su comentario con gesto cansino.

Se erguía sobre él, menuda y decidida, y con la mano derecha jugueteaba con su alianza y su anillo de compromiso, dándoles vueltas.

—Vete —dijo él de repente—. No deberías estar aquí.

Karen se quedó mirándolo.

—¿En serio, Bill? ¿Ahora?

—Vosotros dos, ahora no —dijo Martha.

—Papá… —Lucy extendió la mano con gesto apaciguador—. Ahora no, papá, si vais a…

Bill la miró y dijo:

—No te preocupes, Lucy, cariño.

—Pero papá, por favor, no…

—Lucy —Su voz sonó áspera—, esto no es asunto tuyo.

—¡Claro que es asunto mío! —exclamó ella con voz quebrada—. Es asunto mío, es asunto de todos.

—No —sollozó David débilmente—. No debemos pelearnos. Maldita sea, somos una familia. Por eso lo hice todo.

Pero su voz débil quedó ahogada por el ruido de las puertas al abrirse. Karen se levantó y Bill se volvió hacia ella y la agarró de la muñeca.

—Lo único que quería era hacerte feliz, formar un hogar contigo, nuestro propio hogar, lejos de todo esto. ¿Y qué has hecho tú? ¿Por qué estás aquí?

—Tienes razón. Debería irme —dijo Karen—. Aquí nunca ha habido sitio para mí. Es una pena, porque pensaba que quizá lo habría, pero tienes razón. —Levantó la voz y no vio a las dos figuras que esperaban en la puerta abierta—. ¡Tenéis tanto miedo de ser sinceros los unos con los otros, de decir la verdad aunque solo sea por una vez, de hablar con franqueza, que no me extraña que hayáis acabado así!

—¡Maldita hipócrita! —gritó Bill, y Martha vio con espanto cómo se transformaba el semblante de su hijo. De pronto parecía casi enloquecido. Señaló hacia la puerta—. Está embarazada, ¿sabéis? ¡Embarazada de tres meses! Y yo no soy el padre, por cierto. ¡Ese idiota de ahí! ¡Joe! ¡Él es el padre, por amor de Dios! ¡Y todavía me acusa a mí de no ser sincero!

Karen se llevó una mano al cuello y se lo frotó. Sus ojos parecían enormes en medio de su carita blanca.

—Bill, te lo dije ayer. Puede que sea suyo o puede que no. Ya te lo dije, como durante años no ha pasado nada, pensaba que... —Meneó la cabeza—. Ahora no. No hablemos de esto ahora, Bill.

—¿Por qué no? —Bill se irguió en toda su estatura y apretó los labios, temblorosos—. ¿Por qué no vamos a hablar ahora?

—Cállate, papá —ordenó Lucy—. Este no es momento.

—¿Cómo iba a contártelo? —dijo Karen de repente, con ojos llorosos—. Cuatro años juntos sin quedarme embarazada. Creía que era yo. Tú ya tenías una hija. Y no podía hablarte de ese tema.

—No. —Bill la miró angustiado—. Claro que podías.

—No podía, Bill. Lo intenté y... Tú sabes que lo intenté. Tienes tiempo para todo el mundo, cariño. Menos para mí. —Se le hizo un nudo en la garganta y no pudo continuar—. Y la única vez que no..., que me descuidé..., la única vez que no... Ay, Dios. Esto es un lío. Yo... —Se tapó la cara con las manos y empezó a llorar en silencio.

—Mamá, ya ha acabado la película —dijo una vocecilla—. Ya no me gusta estar aquí. Quiero que nos vayamos a casa.

Luke y Joe estaban en la puerta. Karen retiró bruscamente la silla, que cayó al suelo con estrépito, y pasó corriendo a su lado sin mirar a Joe.

—¡Karen! —la llamó él en voz baja—. ¿Adónde vas? ¡Karen! —Con la mano sobre el cuello de Luke, lo empujó suavemente hacia su madre.

Cat abrazó a su hijo y miró a Joe.

—Ve con ella —dijo.

Él asintió y salió de la habitación. Sus pasos resonaron con fuerza por la casa. Segundos después oyeron un portazo.

Al otro lado de la habitación, Martha dijo:

—Os devolveré todo el dinero, por supuesto.

—No seas tonta —la atajó Florence. Se levantó y se acercó a su madre—. Ay, mamá. Eres muy valiente por habérnoslo dicho. No sé por qué era así Daisy.

Martha se quedó mirándola y se llevó las manos a las mejillas.

—Flo... ¡Ay, Florence, cariño, tú...! —Estaba muy pálida y tenía los ojos vidriosos. Miró un momento a David y luego volvió a fijar la mirada en Florence—. Yo tampoco lo sé, tesoro. Las familias son así. Tenía que decíroslo. Lo entendéis, ¿verdad?

Bill se acercó y se puso al lado de Florence.

—Flo tiene razón. —Besó a su madre en la cabeza—. Lo siento, mamá. Lo siento muchísimo.

—Solo quería sacarlo todo a la luz. Quería que volviéramos a ser felices. —Miró a su marido, al otro extremo de aquella mesa tan larga, y de pronto dejó escapar un grito.

—¿David? ¡David!

Lucy miró a su abuelo y también gritó. David tenía la cabeza caída hacia delante y la boca abierta de par en par.

—¡Ay, no! ¡No, no! —Bill se acercó corriendo a su padre y cayó de rodillas. Le aflojó la corbata, le dio palmadas en la cara—. Lucy, llama a una ambulancia. —Su hija salió corriendo de la habitación—. Diles que es urgente.

Martha se levantó y se acercó a su marido, tambaleándose.

—¡Urgente! —gritó Bill dirigiéndose a su hija, mientras sostenía la cabeza de David entre las manos—. ¡Diles que es urgente! —Se volvió hacia Cat y señaló a Luke con la cabeza—. Llévatelo de aquí.

Cat se marchó y los demás se miraron entre sí con el pánico pintado en las caras. Un débil sol invernal brillaba en la habitación caldeada.

—Ayúdame —le dijo Bill a Florence, y entre los dos levantaron a su padre de la silla con mucho cuidado y lo tumbaron sobre la alfombra ajada.

Tenía la cara gris y la boca curvada hacia abajo, como si imitara a un lúgubre payaso.

—El sombrero de Violet —dijo.

—¿Qué ha dicho? —Martha se acercó un poco más.

—Violet. Enterradme con mi viejo sombrero.

—¿Qué? —preguntó Florence, acercando la cabeza de su padre a la suya, como si sujetándolo con fuerza pudiera ayudarlo—. ¿Qué sombrero? ¿El que tienes en la puerta? Claro, papá querido, pero no digas bobadas. —Tuvo que tragar saliva para seguir hablando—. Vas a ponerte bien.

David levantó la mano para intentar tocar las de Florence, pero estaba demasiado débil.

—Eres mi niña —dijo—. Estoy tan orgulloso de ti, Flo.

No pudo seguir sosteniendo la cabeza y Florence la abrazó con ternura mientras le susurraba con voz entrecortada.

Murió cinco minutos después, con la cabeza en el regazo de Florence y las manos cruzadas sobre el pecho. Martha, arrodillada en el suelo, a su lado, vio que algo se movía más allá de la ventana. Levantó los ojos y vio a Cat en el jardín, con Luke de la mano. La sombra de la casa caía sobre ellos. De pronto oyeron sirenas. Su estruendo subía por el camino que llevaba a la casa. Levantaron la vista, se miraron los unos a los otros, y luego, instintivamente, miraron a Martha.

Ella cogió la mano cálida de David entre las suyas y cerró los ojos con suavidad. Necesitaban que se hiciera cargo de la situación. Y lo hizo. Era perfectamente dueña de sí misma.

—Está cansado —dijo con gran calma—. Está descansando. Llevaba mucho tiempo cansado. No dejéis que entren aún. No va a pasar nada. Solo necesita un poco más de tiempo.

Sintió que todos la miraban. Luego se oyó el ruido de la aldaba resonando con fuerza en el silencio de la casa.

Tercera parte
El pasado y el presente

¿Serpentea el camino cuesta arriba sin cesar?
Sí, hasta su mismo final.
¿Durará el viaje todo el largo día?
Del alba hasta la noche, amiga mía.

Christina Rosetti, «Cuesta arriba»

Martha

Un día, muchos años atrás, Martha había presentido la muerte.

Nunca trató de explicárselo a nadie: sonaba demasiado extraño. Cenaron todos temprano y ella estaba en la cocina, fregando los platos, mientras David trabajaba en su estudio. Cat ya dormía en la planta superior. Debía de tener unos doce años.

Era una de esas claras noches de primavera en las que los pájaros cantan con suavidad, la tierra negra rebosa promesas y el aire es fresco y dulce. En la radio sonaba *Rhapsody in Blue*. A Martha le encantaba Gershwin, y estaba siguiendo el ritmo de la música, golpeando la pila con una cuchara de madera, con la mirada fija en el agua jabonosa, cuando de pronto lo vio justo ante sus ojos.

Ella y David. Iban andando juntos por el camino, como la primera vez. David llevaba el sombrero que le había regalado Violet muchos años atrás. La luz se colaba entre los árboles. Caminaban hacia ella con alegría: parecía ser la luz del sol. Pero entonces la luz cayó sobre ella como un manto y cambió de pronto. Martha miró hacia el cielo, pero solo vio una nada grisácea y densa, y entonces se dio cuenta de que no sabía de dónde procedía aquella luz y empezó a gritar pidiendo socorro. El camino, los árboles, el seto, David, todo desaparecía, y solo veía tonos grises a su alrededor, como si fuera en un avión que cayera en picado entre las nubes. Escuchaba a David llamándola, escuchaba sus propios gritos, se sentía correr frenéticamente hacia algo, pero nada parecía funcionar, nada cambiaba, y ella se metía corriendo en la niebla, en la nada.

En aquel instante había cruzado la casa corriendo, hacia el estudio. Había abierto la puerta de golpe y solo entonces se dio cuenta de que estaba chorreando: tenía agua de fregar en la camisa, en el pelo, en las mejillas. Estaba llorando, temblaba de la cabeza a los pies.

—¿Qué te pasa, amor mío? —preguntó David, levantándose.

—Yo... —empezó ella, y de pronto se sintió como una idiota. «Acabo de ver cómo voy a morir. Voy a dejarte». No podía dejar de temblar y tenía un intenso sabor metálico en la boca. Se llevó las manos a las mejillas.

—He visto una cosa horrible mientras fregaba. Parece una locura, pero... He visto cómo... tú y yo...

La música llegaba desde la cocina, pero por lo demás la casa estaba en silencio. David rodeó la mesa y la estrechó en sus brazos.

—Cariño... ¿Verdad que fregar los platos tiene sus riesgos? ¿Has sentido un escalofrío?

La apretó con fuerza y ella apoyó la cabeza en su hombro como hacía siempre. Lo quiso entonces más que nunca, si eso era posible. David lo entendía todo, lo sabía todo.

—Algo así. No puedo explicarlo. He tenido mucho miedo.

Sin dejar de estrecharla contra su cuerpo, David le dio unas palmaditas en la espalda.

—Seguro que sí.

—No quiero dejarte. No quiero estar sin ti. Nunca.

—No vas a estar sin mí —repuso él con una nota risueña en la voz—. Tontuela. Estoy en el estudio, dibujando, y dentro de veinte años seguiré en el estudio, dibujando.

Pero Martha no pudo reírse.

—¿Me lo prometes?

—Te lo prometo. Tú y yo, ¿recuerdas? Solo nosotros dos.

De la radio de la cocina les llegaron los apoteósicos acordes finales, un redoble de tambor y luego aplausos, y aquel sonido rompió la tensión. Se rieron.

—Me siento como una tonta —dijo Martha, pero seguía notando dentro la intensidad de aquel pánico, y se sentía mareada.

David descolgó de la percha su viejo y maltrecho sombrero.

—De todos modos ya he terminado. Vamos a sentarnos fuera y a tomar algo, cariño —dijo—. Primera salida del año. Se acabaron los fantasmas por hoy.

Esa noche, más tarde, David le había dicho de repente mientras estaban sentados en los escalones de las puertas cristaleras:

—Me moriría si me dejaras, lo sabes, ¿verdad?

—David, no te pongas tan dramático.

Martha se sentía de nuevo dueña de sí misma: distante, divertida, al mando de la situación. ¡Qué impropia de ella había sido la escena anterior! ¡Qué bobada! El sentimental —el que lloraba con las películas, el que había soltado una lagrimita cuando a Cat se le cayó el último diente de leche al comprender que esa sería la última vez que harían de Ratoncito Pérez, que dibujaría flores y estrellas con tiza en el suelo junto a la cama de la niña— era David. Era él quien los había traído a todos aquí, quien había integrado a Florence en la familia, quien había luchado con uñas y dientes para sobrevivir. Ella, Martha, era la pragmática, la que decidía que había que sacrificar al perro y luchaba con el cableado eléctrico.

La vida sin el otro quedaba tan lejana que era imposible pensar en ella. De jóvenes habían superado todas las dificultades, y el futuro no les preocupaba. No suscitaba en ellos ningún temor. Martha alejó de su mente aquella premonición durante muchos años. Ninguno de los dos consideró siquiera la posibilidad de que pudieran separarse. Nunca pensaban en ello: lo cierto era que Martha sabía que David nunca la abandonaría.

David

Junio de 1968

Martha había aguardado en el pasillo esa mañana con la boca fruncida en un mohín de preocupación, observando a David mientras se ponía su sombrero y recogía su vieja y ajada carpeta, que contenía la que él consideraba su mejor obra hasta el momento.

—Si te dice que no —dijo Martha—, tendrás que... En fin, por lo menos tendrás que preguntarle si puede encargarte otra cosa. Caricaturas o algún otro trabajo. Tienes que volver con algo, David. Te conoce desde hace años. No puede dejarte en la estacada.

—Por todos los santos, una persona como Horace Wilson no hace favores, Martha. Ni yo los pido —replicó él levantando la voz—. Esta reunión es muy importante. Deja que yo me ocupe, por favor, ¿de acuerdo?

—Eras tú quien quería que nos mudáramos aquí —repuso Martha con energía, y el acento del este de Londres que había dejado atrás volvió a insinuarse en sus consonantes, como le sucedía siempre que se enfadaba. David lo controlaba mejor. Nunca dejaba entrever sus orígenes.

—Los dos queríamos volver aquí, Martha.

—¡Santo Dios, David! —Llevaban meses teniendo aquella misma discusión—. Fuiste tú quien dijo que todo iría perfectamente. Y hay humedades en el comedor, y ratas por todas partes. Odio esta pintura, no hay modo de calentar la casa y no podemos permitirnos comprar una nevera. Por amor de Dios, Daisy necesita zapatos nuevos. Los únicos que tiene le están pequeños, ¡tiene que encoger los dedos y cojea al andar! Y todo por tu culpa y por ese dichoso afán tuyo de reescribir la historia. —Martha se había acercado a él. Sus ojos verdes brillaban de furia. Se apartó el pelo de la cara—. Dejé mi trabajo por venir aquí, David.

Su marido sabía que dibujaban los dos igual de bien. Los dos lo sabían. Pero por alguna razón aquello enfureció a David.

—Daisy es una mentirosa, es capaz de decir cualquier cosa para que te pongas de su lado.

—Muy bien. Haz lo que quieras.

Martha dio media vuelta y entró en la cocina, cerrando de golpe la puerta recubierta de gamuza verde.

David debería haber cerrado la boca. Martha no quería ni oír una palabra en contra de Daisy. Se quedó allí, en el recibidor vacío, mirando a su alrededor y preguntándose si todo aquello había merecido la pena. Pero se dijo que sí, que tenía que merecerla, que debía conseguir que todo se arreglase. De lo contrario, otra cosa —no estaba seguro de qué— se impondría a ellos, los vencería. Mientras forcejeaba por última vez con su corbata, sintió que un hocico húmedo se apretaba contra su corva y, volviéndose, se puso en cuclillas.

—A ti te gusta esto, ¿verdad que sí, amiguito? —le preguntó a *Wilbur*, que lo miraba con sus solemnes ojos oscuros y la lengua rosada y torcida colgándole de la boca con desenfado.

El perro profirió un ladrido suave y bajo, como diciendo «Por mí no te preocupes». David acarició sus orejas tersas y cálidas y acercó la mejilla a su hocico.

Detrás de él, una voz dijo con suavidad:

—¿Papá?

David se sobresaltó. Daisy estaba de pie a su lado. Nunca la oía acercarse.

—Papá, ¿has visto los dibujos? ¿Los de *Wilbur*?

—Ah. No, cariño, lo siento. —Se levantó y recogió la carpeta.

La carita de su hija se contrajo en una mueca inexpresiva.

—Ah.

—Los veré esta noche.

Deseó que Daisy se marchara. Quería mirarse al espejo, venirse un poco arriba. Daisy siempre lo desconcertaba. En términos abstractos, deseaba acercarse a ella. En la práctica, sin embargo, se descubría a menudo deseando poder mantenerla a una distancia prudencial.

—¿Cómo has dibujado a *Wilbur*, entonces?

Daisy se enroscó un mechón de pelo en el dedo.

—Mira, están aquí. —Sacó con cuidado una hoja de papel de un libro sobre flores silvestres que había encima del aparador—. Mira este.

Está saltando tanto como el otro día para coger el trozo de carne. Salta tanto que se golpea con mi mano y se cae patas arriba. Luego, en el otro, está esperando a que yo vuelva del colegio y haciendo esos ruiditos tan raros que hace. Y en el otro se está persiguiendo la cola. Y dice: «Es como un tiovivo. Agarro esta cola y me bajo».

Le brillaron los ojos cuando David se rió y miró el dibujo que sostenía con fuerza. Qué graciosa era. David se descubrió dándole un beso en la cabeza.

—¿Te gustan?

—Me encantan, cariño. Parece que tiene el hocico muy mojado. Luego veré los demás. Pórtate bien con Florence.

La voz de Daisy adquirió aquel tono sorprendido y mimoso:

—¡Papi! Claro que voy a portarme bien con ella, yo siempre me porto bien con Florence, es solo que…

Él le dio unas palmaditas en el hombro y le dijo adiós.

—Voy a perder el tren.

Mientras se alejaba por el camino miró, como si la contemplara con ojos nuevos, la verja que colgaba de su bisagra, sin poste al que sujetarla. Las palomas torcaces se arrullaban perezosamente en los árboles. David se volvió para contemplar el valle a lo lejos y respiró de nuevo. Sabía de dónde había salido para llegar hasta allí. Cualquier cosa era mejor que eso.

—Pasa, pasa, amigo mío, siéntate. ¿Quieres algo de beber? June, tráele una copa al señor Winter. ¿Qué? ¿Un *gin-tonic*? ¿Un whisky?

—Pues whisky, por favor.

—Estupendo, estupendo. ¿Entendido, querida? Muy bien. David, me alegro mucho de verte. ¿Qué tal está tu guapísima esposa?

—Muy bien. Me ha pedido que te diga que tienes que venir a Winterfold algún día.

—Me encantaría. —Horace Wilson se encorvó y deslizó los brazos por la mesa tocándose la punta de los dedos—. ¿Qué tal vuestra casa? Me han dicho que es un sitio increíble.

—Estamos muy contentos con ella.

—Tú viviendo en lo más profundo de la campiña inglesa. La verdad es que tiene gracia. ¿Cuánto tiempo hace ya?

Horace se metió un largo dedo en la oreja y comenzó a moverlo con intención exploratoria.

—Cerca de un año ya.

David puso la carpeta sobre la mesa. Se moría de ganas de abrirla. No quería entretenerse charlando. Y, sobre todo, no quería hablar de la casa.

—Imagino que todavía os estaréis adaptando.

David descubrió que estaba sudando. Hacía un día nublado y sofocante: los gruesos nubarrones suspendidos sobre Londres impedían que escapara el calor. La sala de juntas de la revista *Modern Man* era oscura y apestaba a humo de tabaco, como una típica oficina del Soho.

—Me muero de ganas por ver lo que me has traído, amigo mío —dijo Horace, encendiendo otro cigarrillo y apartando su copa—. La verdad es que no tenemos nada para el próximo número. Puede que hoy sea tu día de suerte.

David sacó con delicadeza las hojas de cartulina. Había trabajado día y noche durante meses en aquel proyecto y, aunque sonara pedante dicho en voz alta, representaba el clímax de todo cuanto quería lograr como artista. Había ignorado a Martha y alejado de sí a los niños, había caminado absorto por aquella casa mastodóntica y destartalada mientras la lluvia invernal se colaba por el ruinoso tejado y los roedores campaban a sus anchas en la cocina.

Entre tanto habían ido pasando los plazos de entrega de sus encargos: la viñeta mensual para el *News Chronicle*, las ilustraciones para el *Punch*, las pequeña caricaturas que debía dibujar para la columna de crítica teatral del *Daily News*. Todo eso lo había abandonado durante esas últimas semanas para perseguir un fantasma. Sabía desde hacía algún tiempo que tenía que exorcizar aquello que lo atormentaba, sobre todo ahora que se había mudado a Winterfold, y aquella le había parecido la única manera de hacerlo.

—Voy a enseñarte... Yo también estoy muy emocionado con este trabajo. —Carraspeó—. Bueno, allá vamos.

—Estupendo.

Horace se frotó las manos. Pero su fina sonrisa se volvió rígida cuando David comenzó a desplegar los dibujos sobre la mesa.

—Como sabes, comencé esta serie cuando era… —Tragó saliva. Su voz sonaba aguda y ceremoniosa— más joven. Surgió de mis experiencias durante la guerra. Siempre he querido retomar ese tema, indagar en el impacto que han tenido los últimos veinte años en las zonas de Londres que fueron bombardeadas y en la gente que sigue viviendo allí. Así que fui al East End, hablé con los vecinos, dibujé los nuevos paisajes que están surgiendo junto a los cráteres que todavía no se han rellenado.

—Ya. —Horace no lo estaba escuchando. Miraba los dibujos, tamborileando con los dedos sobre la mesa—. Deja que les eche un vistazo. Ah, ya veo. Qué tétrico, David.

—Sí, lo fue.

Dentro de su cabeza empezaron a surgir imágenes: cascotes que caían del cielo como una lluvia de piedras, casas partidas en dos como si fueran de papel, cadáveres en las calles, escombros por todas partes, y los sonidos: los gritos, el silbido de las bombas, los lloros, las súplicas angustiadas de los que pedían socorro, los niños desquiciados por el miedo, el olor a excrementos, a orín, a terror, a arena y a fuego.

De pronto volvía a estar allí, hecho un ovillo como le decía su madre una y otra vez, agachada a su lado en el suelo de la cocina.

—Así, mi niño. No quiere hacerme daño. Pero si te escondes, no podrá verte y no te hará daño a ti. Así que hazte pequeñito. Así.

No podía refrenar aquellos recuerdos. Le producían una punzada de dolor en el corazón y no podía detenerlos, pero tampoco reconocer su existencia. Tenía que seguir adelante como había hecho siempre, en aquella época…

—¿David? —Aquella voz lacónica lo devolvió al presente—. ¡Eh, David!

—Perdona. —Se tapó la boca intentando disimular su respiración agitada—. Me he distraído.

Horace lo miró con curiosidad.

—Ya. Oye, ¿vas a estar en Londres esta tarde? Porque me apetece mucho ir a un bar de Pimlico que creo que te gustaría. Tienen un…

—No —contestó en voz más alta de lo que pretendía—. Solo he venido a enseñarte los dibujos. Tengo que volver esta noche. Tengo trabajo y cosas que hacer.

Confiaba en que su respuesta sonara lo bastante vaga. Como si el verdadero motivo por el que tenía que regresar a casa no fuera que detestaba estar alejado de Martha, aunque ella no le hablase. Esa era la verdad, sin embargo. Solo era feliz cuando estaba con ella, solo se sentía capaz de trabajar cuando oía su voz clara canturreando suavemente por la casa. Ella era su hogar.

—Pues es una lástima.

Horace lo miró por encima de los dibujos hechos a lápiz y tinta. Se rascó la barbilla, agitó con la otra mano el vaso de hielo derretido y masculló algo en voz baja. David solo entendió la palabra «domesticado».

—Mira —prosiguió Horace al cabo de un momento—, desde luego es un trabajo impresionante, chaval. Eso lo reconozco. Eres muy valiente. Pero creía que habías escarmentado el año pasado, cuando quisiste endosarme esa colección sobre oficios en extinción.

David se quedó mirando las hojas desplegadas sobre la mesa.

—Esto no son caricaturas de uno de esos dibujantes que pintan los domingos en Hyde Park, Horace. Es mi mejor trabajo. Lo que sucedió allí, todo eso se ha olvidado. Construimos cosas nuevas, levantamos casas y las apisonadoras arramblan con todo, pero no debemos olvidar. Solo digo eso. —Notó lo desesperado que parecía y procuró modular su voz—. Esperaba que aceptaras algo más parecido a esa serie sobre un prisionero de guerra que hiciste con Ronnie Searle, ya lo sabes.

—Ah, es que él lo tiene todo. Es un tipo maravilloso. El caso es que esto no es lo que la gente quiere hoy día, David. —Horace hizo girar lánguidamente el líquido de su vaso—. El mundo está cambiando a una velocidad de locos, el viejo orden ha desaparecido y...

—Exacto —dijo David—. Lo que yo quiero es...

Un destello de cólera animó el semblante de Horace Wilson.

—Déjame acabar, chaval, si no te importa. Voy a serte sincero. Podemos ofrecerte trabajo, pero tiene que ser algo ligero y entretenido, ¿conforme? Queremos que la gente se ría. Darles un respiro, conseguir que se olviden un rato de sus vidas mezquinas y aburridas.

David no soportaba mirar los dibujos expuestos ante sus ojos. Vio, en cambio, la factura de la luz, el rictus de Martha esa mañana, la verja colgando de la bisagra. Vio su propia y ridícula locura, cómo su empeño por distanciarse del pasado los había conducido a aquella casa, lo estúpido que era por querer algo que no podía permitirse ni se merecía.

—Me parece que he metido la pata. No tenía claro lo que estabas buscando, pero es culpa mía —dijo, tratando de conservar la atención de Horace, saltando con agilidad por encima de los cascotes de la conversación para llegar a un terreno seguro, lejos de los demonios que lo perseguían.

Sabía, sin necesidad de detenerse a pensarlo, que todo dependía de aquel instante.

—¿Y los perros? ¿Tampoco están de moda?

—¿A qué te refieres?

—Tenemos un perro llamado *Wilbur*. —Su mente funcionaba a toda prisa. Aparentó calma, como si aquello formara parte del plan—. Un chucho estupendo. Mestizo, muy cariñoso, un poco tontorrón pero listo a su manera. Ya sabes. —Levantó la barbilla y miró a los ojos a Horace al tiempo que esbozaba una sonrisa, como si compartieran una broma que ni siquiera se le había ocurrido aún—. Se lo regalaron a Daisy, mi hija mayor, hace un par de años, pero en realidad es de toda la familia. Daisy es muy traviesa y *Wilbur* suele sacarla de apuros. Da gusto verlos juntos. La otra tarde, por ejemplo, entré en la cocina. Hacía mucho calor y me apetecía tomar una cerveza. Vi a *Wilbur* persiguiéndose la cola, dando vueltas y vueltas…

Hizo un movimiento giratorio con el dedo en el aire, y Horace asintió con la cabeza. David comprendió que había conseguido captar su atención.

—Daisy lo estaba mirando, asentía con la cabeza, muy seria, y yo me imaginé que él le estaba hablando, que le decía: «Esto es como un tiovivo, amiguita. Espera, cojo esta cola y me bajo». —Horace se rió—. Y cuando estamos cenando se pone a brincar como un loco al lado de la mesa, por si acaso le damos alguna sobra. Es muy gracioso. Espera —dijo con el corazón acelerado—, voy a enseñártelo. ¿Tienes un…? —Buscó papel a su alrededor, pero no había ni una sola hoja en la sala de juntas—. Es igual.

Dio la vuelta a uno de sus bocetos, se sacó la pluma del bolsillo y reprodujo rápidamente el dibujo que le había enseñado Daisy esa misma mañana de *Wilbur* dando vueltas sobre sí mismo, pero añadió también a

Daisy, ceñuda y con los brazos cruzados, mirando al perro entre confusa y enfadada.

—Algo así. Un niña pequeña y su perro. Podría llamarse «Las aventuras de Daisy y *Wilbur*». Una página semanal. Cómo ayuda *Wilbur* a la familia y, al mismo tiempo, lo trasto que es. ¿Umm? —Comenzó de nuevo a trazar líneas sobre el papel. De pronto sabía qué quería hacer, había recuperado el control—. *Wilbur* espera al final de la calle a que Daisy vuelva del colegio. —Se rió—. Lo hace todos los días. Es un encanto. Pero no la reconoce, se acerca corriendo a otras personas y les da lametazos y a menudo... En fin, digamos que no les hacen mucha gracia sus efusivas muestras de cariño. La joven madre con el carrito que grita y dice: «¡Deja en paz a mi Susan!». O el vicario. A *Wilbur* le gusta morderle el chaleco. Y la camarera del Oak Tree, en fin, ya te puedes imaginar, y siento decirlo, lo que *Wilbur* busca bajo su falda.

Horace soltó una risita.

—Suena idílico. Eres un tipo listo, David. Me gusta. Creo que ahí hay algo. ¿Le importará a tu hija?

—¿A Daisy? Descuida, tiene seis años. —De pronto deseaba recoger los otros dibujos y guardarlos en lugar seguro—. Le va a encantar. Entonces ¿te traigo algo dentro de un par de días? Tengo un plazo de entrega pero puedo arreglármelas para...

—Conviene que ultimemos esto cuanto antes, ¿sabes? —dijo Horace—. Ven a mi despacho para que hablemos de los términos del contrato y esas cosas.

—¿Y estos? —David señaló los otros dibujos mientras los recogía y los guardaba en la carpeta—. ¿Te interesa echarles otro vistazo?

—Ay, Dios, no. Por aquí, por favor. June, ¿puedes traerme otra copa? David, ¿otra para ti? Estupendo. Sí, creo que esto podría ser el principio de algo muy especial.

* * *

Más tarde, cuando salió del edificio con un contrato y un cigarrillo, pensó en ir directamente a Paddington, pero no lo hizo. Se fue al Soho, cruzó Bloomsbury y subió por la ancha y frondosa cuesta de Rosebery Avenue, camino de Angel Station.

Ignoraba por qué, después de tantos años. No habría podido explicarlo. Sencillamente, siguió caminando, acercándose cada vez más. Al principio pensó que no había problema: solo iba a revisitar su antiguo barrio como parte interesada. Sin embargo, enseguida empezó a notar calambres en el estómago e hizo una mueca al ver el parque de bomberos de Clerkenwell. Cuánto tiempo había pasado allí, aguardando noticias después de la muerte de su madre en vez de irse a casa, como si, a fuerza de esperar, fueran a decirle que su madre no había muerto y que todo había sido un error. Había oído sonar las campanas y había visto salir a los bomberos a toda mecha. Al final de la guerra, estaba tan acostumbrado a todo aquello, que con solo oír cómo se desplomaba un edificio ya sabía dónde era y si su casa estaba en peligro.

Los recuerdos volvieron a aflorar como fogonazos mientras subía por City Road, en dirección a las callejuelas que rodeaban Chapel Market. Una lluvia de cascotes, bebés chillando, los rostros aturdidos de los niños pequeños que se apiñaban unos contra otros, moviéndose en manada hacia el refugio de la estación de metro de Angel. Volvió a notar un nudo en el estómago. No había comido y el whisky de Horace le había agriado el café con leche del desayuno. Sintió una oleada de bilis y se le cerró la garganta como si de pronto la tuviera hinchada. Siguió caminando, dejó atrás el Lyons y el viejo Peacock Inn.

—¿Estás bien, cielo? —le preguntó una señora mayor con un pañuelo en la cabeza que lo miraba con interés.

Estaba agarrado a una barandilla, intentaba no vomitar.

Mientras bajaba por Chapel Market, más allá de dónde había estado la misión, adonde su madre iba a que le curaran la cara cuando su marido le daba una patada, o la golpeaba con una sartén, o le acercaba un ascua a la cara o lo que fuese, los recuerdos se fueron intensificando y ya no pudo dejar de sudar. Tenía calambres en el estómago. Oía ruidos. Y allí estaba otra vez, corriendo hacia casa, hacia el infierno de su vida familiar, aquella gélida noche de enero de 1945.

Había visto a su padre en el pub y sabía que ya estaba borracho, pero no se le ocurría otro sitio adonde ir. Siempre le pasaba lo mismo: ¿debía ir a casa cuando sonaba la sirena para asegurarse de que su madre y la bebé estaban a salvo? Porque el miedo a que su padre la emprendiera con él siempre estaba presente. Así pues, corrió por la calle mientras sonaban las sirenas, intentando armarse de valor, llegó a la puerta, entró sin hacer ruido, oyó los sollozos, los gritos estremecedores cuando su padre estrelló a su madre contra lo que fuese que hubiera decidido golpearla esa noche. A Tom Doolan no le asustaban los putos alemanes. Él no le tenía miedo a nada, joder, no como ese pedazo de mierda que ella decía que era hijo suyo.

La primera vez que cayeron bombas David tenía diez años. Se acostumbró a los bombardeos, se acostumbró a los refugios, a la tragedia y a los llantos. Aprendió a trepar por los escombros y a fingir que no tenía miedo. Pero en 1945, cuando todo el mundo pensaba que la guerra estaba tocando a su fin, los bombardeos empezaron de nuevo. Los misiles V2. Al principio, David no entendía nada. Había pasado el Día D, habíamos invadido Francia, ¿acaso no había acabado todo? Sin embargo, durante enero, febrero y marzo, aquellas bombas nuevas e infinitamente más aterradoras comenzaron a caer sobre Londres, y uno no las oía llegar hasta que era ya demasiado tarde y te hacían saltar por los aires. Esta vez, David se asustó de verdad.

Su madre estaba muy cansada últimamente. La bebé ocupaba todo su tiempo. Había salido de la nada, era una cosita diminuta, y cuando David la miraba no sentía ningún vínculo con ella. Tenía catorce años, casi quince. Aquel saco de huesos y piel enrojecida que maullaba como un gato no tenía nada que ver con él, ¿verdad que no? Estaba enfadado con su madre por haberla tenido, por estar tan triste, por dejar que su padre le hiciera aquello. ¿Es que no había aprendido a no tener más bebés?

La noche en que ella murió oyeron pasar los V2 hacia Shoreditch y la City. Los oías pasar cuando no iban derechos hacia ti, lo que no hacía que resultaran menos aterradores. Solo significaba que quizá no oyeras el siguiente y estarías perdido. Corrió a casa después de haber estado jugando frente al Spanish Prisoners, el pub que había en su calle, un poco más abajo de su casa. Había allí un hombre que te daba unas naranjas si le tocabas sus partes, y un amigo de David le había hecho una paja, pero a David no le apetecía hasta ese punto comerse una naranja. Se había quedado rondando frente al pub por si veía a su padre volver a casa y notaba de qué humor estaba. Le gustaba hacerlo, para avisar a su madre. Tenía que intentar velar por ella. Era lo que había hecho siempre.

Cuando llegó corriendo a casa y entró, en el piso de arriba estaban teniendo otra bronca por algo y su madre estaba tocando su amado piano (para tapar el ruido, pensó David). Parecía muy tranquila, con el cabello liso rodeando su largo y esbelto cuello y la bebé a su lado, dormida en un cajón. La niña movía las piernecitas. David pensó que quizá tuviera frío. Se le había caído la manta.

—Mamá —dijo—, ¿no has oído las sirenas?

—No, estaba cantando, para animar a la niña —contestó, dándose la vuelta con una sonrisa—. Hola, mi precioso niño. Bueno, supongo que habrá que ir a la estación, entonces.

—Demasiado tarde, mamá —dijo él, entre enfadado y orgulloso por que se hubiera puesto a tocar su polvoriento piano pintado mientras la ciudad estallaba a su alrededor—. Ya no hay tiempo. Además, viene para acá, mamá. Y está muy mal.

Aún recordaba la cara que puso ella en ese momento.

—Ay, Davy.

Se escondieron debajo del piano, porque David estaba seguro de que ya no les daría tiempo a llegar al refugio. En realidad, no sabía si se estaban escondiendo de las bombas o de su padre. La respiración pausada de su madre, sus manos acariciándole el pelo: sesenta años después aún recordaba el tacto de sus dedos enrojecidos, llenos de cortes y pellejos. Lo pequeña que parecía siempre, acurrucada a su lado.

Estuvieron quietos como ratones durante diez minutos espantosos. La bebé no hizo ningún ruido. Y justo cuando el silencio estaba a punto de hacerse insoportable, la niña se despertó y comenzó a llorar, se oyó de pronto un estruendo, una explosión, un crujido brutal, como si la tierra misma se estuviera desgarrando. El piano se volcó sobre ellos por el peso del techo que acababa de desplomarse y David sintió que el cuerpo cálido y pesado de su madre caía encima de él y de la niña al tiempo que la casa se derrumbaba a su alrededor. Aquello pareció prolongarse durante horas, entre un ruido ensordecedor. Un gran peso cayó sobre ellos de golpe, la niña chillaba, él notaba pinchazos en la espalda, como si le estuvieran clavando puñales, y su madre lo aplastaba, empujada por un peso inmenso, semejante a un ariete.

Todo quedó en blanco. David no recordaba haberse hecho pequeñito, reducir su tamaño todo lo que pudo como siempre le decía su madre.

Pero sin duda tuvo que hacerlo. Se quedó allí hasta que estuvo seguro de que no iban a caer más bombas, hasta que por el rabillo del ojo vio que el cielo pasaba de negro a gris. Pensó entonces que desde su casa no se veía el cielo, y que algo había cambiado.

Debió de pasar mucho tiempo. Apestaba a su propio orín y creía que no podía moverse. Oyó voces que llamaban y salió lentamente, arrastrándose, de debajo de su madre, pestañeando para quitarse el polvo de los ojos. Su madre tenía arrancados un brazo y parte de un costado. Las costillas parecían tiras de carne. David miró su cara. Luego desvió los ojos y vomitó en el suelo.

—¿Hay alguien ahí? ¿Es la casa de Emily?

Se olvidó de la bebé hasta que un ruidito junto al cadáver de su madre le hizo mirar. Allí estaba aquella cosita. Su madre la había sacado del cajón. Debía de tenerla en el regazo y había caído al suelo, junto a su madre. Todavía agitaba las piernas. Estaba cubierta de polvo. David le echó la manta encima, la envolvió en ella y la cogió con cuidado, apretándola contra sí como había visto hacer a las niñas con sus muñecas cuando jugaban en las calles bombardeadas. Casi le fallaron las piernas, pero consiguió echar a andar hacia las voces. No sabía dónde estaba la puerta, dónde estaba.

—Aquí hay un niño. ¡Hola, hijo! ¿Estás bien? ¿Me oyes?

—Es el chico de Emily. ¿Dónde está Tom Doolan? —oyó que preguntaba otra persona—. Puede que esté debajo de todos esos cascotes.

Había un agujero al borde de algo. Lo vio y supo que había sido la puerta de la casa. La cruzó con su hermana en brazos. La luz era muy brillante y los ojos le picaban por el polvo.

—No pasa nada, Cassie —le dijo al pequeño bulto que sostenía en brazos y que apenas le pareció vivo, o humano—. Ahora solo estamos tú y yo. Pero no va a pasarnos nada.

*   *   *

No había pasado por allí desde… Sabía muy bien desde cuando. Hacía cinco años. Se preguntaba si ella trabajaría aún al otro lado de la esquina. Tal vez fuera eso lo que lo había impulsado a subir la cuesta. La esperanza de volver a verla.

David se acercó al Spanish Prisoners con un ligero tambaleo, veía destellos en los márgenes de su campo de visión que lo emborronaban todo, y, como no se le ocurrió qué otra cosa podía hacer, decidió entrar. Durante la guerra, y también antes, había sido un lugar oscuro, pero no como lo era ahora. Entonces tenía uno al menos la sensación de pertenecer a una comunidad, aunque fuera una comunidad pobre, temerosa y desesperada. Su madre tocaba el piano allí, y él a veces se sentaba a su lado en la larga y desgastada banqueta de madera y juntos cantaban viejas canciones. Todo el mundo entraba en el pub, aunque muchos salieran de él tan borrachos que a menudo se ponían violentos. Era, sencillamente, donde iban todos.

Ahora era un lugar sucio, desangelado, polvoriento. Lleno de recuerdos. Un señor mayor detrás de la barra, enjuto y tan encorvado que casi parecía doblado sobre sí mismo. Moscas zumbando alrededor de los sándwiches resecos, junto a la caja registradora. Ceniceros llenos a rebosar. Unos cuantos parroquianos malencarados, con la mirada fija en sus vasos vacíos. Hombres, únicamente. David se preguntó si alguno de ellos sería su padre. Ignoraba si estaba vivo o si habría muerto en alguna parte, en un túnel del ferrocarril o arrojado al río después de una pelea. O si estaría esperando, aguardando el momento propicio para volver y abalanzarse sobre su hijo, el hombre del saco de sus pesadillas.

Los retortijones de su estómago empezaban a hacerse insoportables. Salió al aseo que había fuera, en el patio trasero. Vació temblando el líquido de sus entrañas, con la mirada perdida en el estrecho y agobiante retrete, contento de que nadie pudiera oírle. Al volver a la barra pidió una ginebra y se la bebió de un trago mientras se preguntaba qué debía hacer, si tenía valor suficiente para quedarse por allí, para ver si la encontraba. Solo verla unos segundos, nada más, y asegurarse de que estaba bien. La tía Jem le había dicho que ahora vivía allí, que trabajaba a tiro de piedra del bar. Por eso había vuelto, ¿no? Aunque ni siquiera supiera del todo si debía cruzar la plaza del mercado, por si acaso se tropezaba con ella. Estaba seguro de que no quería verlo.

Aquella estúpida viñeta otra vez. Hizo otro esbozo de *Wilbur* en su cuaderno, arrancó la hoja, la abandonó sobre la madera vieja y sucia. Miró fijamente al perro. La cabeza le daba vueltas. ¿Qué se había comprometido a hacer en aquella oficina? ¿Y por qué demonios había venido aquí?

Apuró su copa y bajó sin prisas por Chapel Market. Compró una manzana por el camino con la esperanza de que le sentara bien, y al notar el intenso dulzor de su jugo recuperó en parte su sentido del yo, la versión de sí mismo en la que había depositado su fe. Había salido de allí y había sacado a su hermana. Había ido a la escuela de Slade, había acabado sus estudios. Había conocido a Martha y eso lo había salvado, estaba seguro. Ella era su ángel, su gran amor, su musa, su amiga, todo lo hacía por ella, primero por ella y luego por los niños. A veces se preguntaba qué habría sido de él si aquel día no hubiera salido ni la hubiera conocido.

De algún modo había logrado escapar de su padre y de aquella vida que había estado a punto de engullirlo. Pero no por eso había olvidado. No podía olvidar, por más que lo intentase.

Faltaba un minuto para que pasase por delante del trabajo de Cassie. Una tienda de marcos. Bien mirado, tenía gracia. A fin de cuentas, él era pintor. Los puestos del mercadillo ocultaban casi por completo las tiendas que había detrás. Justo delante de la tienda de marcos había un tipo vendiendo un montón de zapatos, y David no pudo echar un vistazo dentro. Se detuvo detrás de un puesto de pescado y echó un vistazo por si distinguía su pelo rubio a través del escaparate. No estaba, menos mal. ¿Qué iba a decirle, de todos modos?

—¡Davy! Davy, ¿eres tú?

Se quedó paralizado.

Comprendió al instante que había sido un error buscarla. Cálmate, haz como si no pasara nada. Echó a andar tranquilamente.

—¡Davy! —La voz surgía del gentío y volvía a desvanecerse—. ¡Davy! Es él, sé que es él. —Se oyó un sonido amortiguado—. ¡Déjeme pasar! ¡Por favor, para! ¡Soy yo, Cassie!

David lamentó no tener agallas para seguir adelante. Pero no podía hacerlo: había algo en su tono de voz que lo atravesaba de parte a parte.

—Hola, Cassie —dijo.

Se giró tan bruscamente que casi chocó con ella.

—¡Eres tú! Lo sabía, joder. —Su hermana le dio un golpe en el brazo—. ¿Estás sordo o qué? Llevo gritándote desde el mercado.

La miró y el corazón empezó a latirle con violencia en el pecho. Deseó no sentir nada, deseó que le pareciera una extraña, pero no era así. Le sonreía azorada, tan alta como siempre, delgada y larguirucha. Seguía siendo tan joven. ¿Cuántos años tenía? ¿Veinticuatro? Pensó en la última vez que la había visto: cansada, aterrorizada, su pálido rostro lleno de decisión.

—¿Qué tal te va, Cass? —preguntó.

—Muy bien —contestó ella, y se encogió de hombros.

David comprendió que se arrepentía de haberlo llamado. Cassie cruzó los brazos y sacudió la melena corta al decir:

—Terry encontró trabajo en el almacén de materiales de construcción de Essex Road. Ahora vivimos aquí. Tiene gracia cómo son las cosas, ¿verdad? ¿Qué tal estás, Davy?

—No me va del todo mal.

Casi no soportaba mirarla a los ojos. Su hermana pequeña, la que se chupaba el pulgar con tanto ímpetu que tenía una marca colorada en el nudillo, la de las espesas pestañas negras y los deditos de los pies arrugados, la que chillaba como una rata atrapada si le pasabas un peine por el pelo. Su hermana, que tanto se parecía a su madre.

—Hacía mucho tiempo, ¿verdad?

—Ni que lo digas. Te vi en el periódico, por una de esas exposiciones. ¡Fíjate, le dije a Terry! ¿Quién se creerá que es?

—¿Qué quieres decir? —David se encogió de hombros—. Es mi trabajo, ¿no? No puedo evitarlo.

—Llevabas puesta una corbata de flores, pedazo de maricón.

—Me la suelo poner para… —Se interrumpió. Sonaba tan ridículo. Ella se echó a reír.

—¡Te estaba tomando el pelo, Davy! Soy tu hermana, ¿no? ¿Es que no puedo tomarte el pelo? Soy la única familia que tienes.

Pero eso ya no era cierto. Cassie se dio cuenta mientras lo decía. David lo notó.

—¿Cómo están todos? Tu familia.

—Están todos bien.

Sintió que el corazón le latía dolorosamente en el pecho.

—¿Cómo está ella, Davy? ¿Mi niñita?

Se dio cuenta de que por eso estaba tan asustado. Le aterrorizaba que quisiera recuperarla.

—Está muy bien. Es muy lista, Cass. Siempre metida en sus libros. Le encanta la historia. Le leo todas las noches.

—¿Le has dicho de quién es hija?

Se removió, apartándose de él, y David pensó que quizá saliera huyendo de pronto, otra vez.

Negó con la cabeza.

—No, nunca. Como tú querías.

Entonces Cassi lo agarró de la muñeca. Su cara fina se veía muy pálida a la luz del atardecer.

—No se lo digas a nadie, nunca. Me lo prometiste, ¿verdad que sí? Sé que yo fui un error. Papá me odiaba. Yo sé lo que es eso. No quería que ella fuera otro error. Está mejor contigo.

—Puedes venir a verla cuando quieras, Cass. —Deseó poder transmitirle aunque solo fuera un atisbo de la alegría que le producía la hija de Cassie, su hija—. Es maravillosa. Venimos juntos a Londres, ella y yo, vamos a visitar alguna galería, comemos por ahí y siempre…

—No me hables de ella —dijo Cassie, y bajó la cabeza. Desvió la mirada y su semblante se crispó en un rictus de dolor—. No quiero saber nada. Quiero empezar de cero, ¿entiendes? Terry y yo… Estoy segura de que pronto tendremos hijos. Esa pequeñina fue un error, yo era demasiado joven. —Su rostro se ensombreció—. Aquel cabrón del piano, ¿eh? La tía Jem quería que aprendiera, como mamá; y mientras, él solo pensaba en bajarme las bragas.

Fue la tía Jem quien llamó a David. Desde una cabina telefónica, frente a la estación de metro. Por suerte, lo cogió él.

—Cassie está metida en un lío.

Así, de pronto, después de… ¿Cuánto tiempo había pasado? ¿Diez años? Y enseguida había sabido quién era, cuál era el problema, qué querían exactamente.

Ella tenía casi diecinueve años. Fue su profesor de piano. Como a su madre, a Cassie siempre le había encantado el piano. Jem, siempre tan sentimental, le regalaba clases todos los años por su cumpleaños. Un chico famélico y sin dinero, de cara enjuta y ojos redondos, venido de Edimburgo para estudiar música, decía haberse enamorado apasionadamente de ella. Angus, se llamaba. Quería casarse con Cassie. Ella, aterrorizada y llena de vergüenza, le dijo que no. Ya salía con Terry por aquel entonces. Y no soportaba la idea de tener que dejar la escuela de secretariado por haberse quedado preñada. Además, le había tomado la medida a

Angus y consiguió que aceptara pagarle el aborto clandestino. La tía Jem —una caja de sorpresas— conocía justo a la mujer indicada. Pero Angus se largó el día de antes y no se presentó con el dinero. La tía Jem no lo tenía, y entonces Cassie empezó a decir que iba a escaparse. Que lo tendría y se desharía de él. Fue entonces cuando Jem llamó a su sobrino.

—No sé qué hacer —le dijo con la voz quebrada—. Creo que puede hacer alguna locura. O hacerle daño al bebé. ¿No puedes venir a verla?

Esa había sido la última vez que había estado allí. Ese verano hizo varias visitas que culminaron el día en que fue a recoger a su nueva hija. Porque, aunque las cosas estaban cambiando en King's Road y en todas partes, en el barrio obrero de Walthamstow donde Cassie vivía con la tía Jem, una madre soltera de diecinueve años se habría encontrado sola y sin amigos muy pronto. Terry acabaría por largarse, Cassie estaba segura. Y ella perdería su plaza en la escuela de secretariado.

Le dijeron a todo el mundo que iba a pasar el verano en Irlanda, que se marchaba a cuidar de su tía enferma. En realidad regresó a su antiguo barrio, a Penton Street, con la tía Jem. Alquilaron una habitación junto al mercado y Cassie tuvo a la niña en el hospital del University College, en aquella misma calle.

Cuando le entregó la niña de diez días a su hermano, David la cogió con delicadeza, sujetando su cabecita suave y arrugada con una mano.

—Ahora escúchame —le suplicó Cassie—. No quiero volver a verla. —Hablaba con mucha calma—. No quiero tener nada que ver con ella. Quiero seguir con mi vida y olvidarme de todo esto.

David recordaba su cara al decir aquello. Solo los niños que habían tenido una infancia como la suya comprendían la necesidad de empezar de nuevo, de dejar completamente atrás el pasado. A fin de cuentas, él había hecho lo mismo, ¿no?

—Claro —había dicho, y se inclinó para besarla en la frente—. Descuida, Cassie. No te preocupes más.

Pensaba en ello ahora, y en cómo crecía Florence en casa, y en las goteras y en el dinero que se iba por los desagües de Winterfold.

—No me arrepiento de lo que hice —dijo Cassie—. Quizá debería, pero no me arrepiento.

David dijo entonces la primera cosa sincera que había dicho en todo el día:

—Yo también me alegro de lo que hiciste, Cassie. La quiero más que a... —comenzó a decir—. Más que si fuera mía.

Ella no dio ninguna indicación de que aquello la alegrara, pero David comprendió que así era.

—¿Qué nombre le pusisteis, al final?

—Florence. Pero casi siempre la llamamos Flo.

—Flo. —Lo repitió un par de veces—. Es bonito. ¿Se parece a mí?

—Sí —contestó su hermano—. Mucho. Es muy lista.

—Anda, vete a la mierda.

—Pero habla mejor que tú. —Ella se rió—. Es muy desgarbada, pero muy simpática.

—Debe de salir al rarito de su padre.

—Creo que también sale a nosotros. A mamá.

Se apartaron para dejar paso a dos señoras mayores.

—Hice bien, ¿verdad? ¿En dártela? Dime que hice bien.

—Creo que hiciste bien.

Lamentó sentirse tan angustiado, tan temeroso de estar de nuevo allí. Le habría gustado abrazarla, estrecharla con fuerza.

—Sé que hiciste bien, Cassie. ¿No quieres venir a verla algún día? —Pensó en Florence, arrodillada en su cama esa mañana, intentando hacer una flor de papel, sacando la lengua para concentrarse—. Es un encanto.

Cassie cerró los ojos un momento y esbozó una sonrisa amarga.

—No, Davy, corazón. No quiero volver a verla, ¿vale? Por favor, no vuelvas a preguntármelo. Dijiste que no ibas a volver nunca. ¿Qué haces aquí?

—No lo sé —contestó David.

Su padre no había querido tener a Cassie, pero al menos su nacimiento tuvo la ventaja de que pasó algún tiempo sin molestar a su madre. En vez de vapulearla a ella, vapuleaba a David. Una vez lo dejó sentado en la repisa de la chimenea y allí se quedó, con las piernas colgando y las ascuas quemándole los pies descalzos, mientras su padre cenaba y se reía, y cuando regresó su madre y lo dejó en el suelo, Tom Doolan le dio un puñetazo en la cara. Esa vez le rompió la nariz.

Así que cada vez que pensaba en su madre, afloraban también otros recuerdos. Pero David no entendía que los recuerdos eran de vital importancia, que no debía enterrarlos en lo más profundo de su corazón, que así podían resultar aún más dañinos. Solo veía cuánto le dolía todo aquello a él, y a su hermana, y el daño que podía hacerle a Florence. Estaba seguro de que Daisy sabía la verdad, aunque ignorara cómo lo había descubierto. Y a veces tenía la sensación de que Martha no entendía a Florence como la entendía él.

Se estremeció. Cassie le puso la mano en el brazo.

—Oye, Davy. Más vale que me vaya. Se estarán preguntando dónde me he metido. Les he dicho que iba a la oficina de correos. Tú vuelve a casa, con Molly y los críos.

—Martha.

—Vale. —Se revolvió el pelo y David comprendió que sabía perfectamente cómo se llamaba Martha. Aquel gesto había sido pura bravuconería: era lo que hacían los Doolan de Muriel Street para sobrevivir—. Me alegro de haberte visto, Davy. De verdad.

David cayó de pronto en la cuenta de que ahora se apellidaba Bourne, como Terry. Y él también se había cambiado el apellido, se había puesto Winter. La tía Jem había muerto el año anterior de un ataque al corazón. Transcurrida una sola generación, no quedaría nada de su antigua familia, ni de su apellido paterno. Únicamente los hijos de ambos, criados en la misma casa. David sacó su pequeño cuaderno de dibujo, anotó su dirección, arrancó la hoja y se la puso a Cassie en la mano fría.

—Ten. Por si alguna vez me necesitas.

Ella meneó la cabeza con la boca bien cerrada y los ojos grises llenos de lágrimas.

—No vuelvas a pedírmelo —dijo pasados unos segundos. Miró el papel y se lo guardó en el bolsillo con un gesto que recordaba a Florence: lleno de confianza y al mismo tiempo extrañamente torpe—. Anda, vuelve al trabajo. Me alegro mucho de haberte visto, hermano mayor.

—Lo mismo digo. —Le dio un beso en la mejilla—. ¿Terry te trata bien?

Ella meneó la cabeza.

—Más o menos. No está mal. Me va bien. Espero que el año que viene tengamos hijos. Es lo que quiere Terry. Supongo que yo también. Bueno, adiós, entonces.

Levantó la mano como si hiciera una señal y se marchó.

Mientras caminaba por las bocacalles atestadas de gente, por los viejos caminos que tan bien conocía, más allá de la misión, del parque Grimaldi y de las antiguas pescaderías, siguiendo Cally Road en dirección a King's Cross, supo que no iba a decirle a Martha que había visto a Cassie. Y más tarde, en el tren de regreso a Winterfold, volvió a hojear las ilustraciones de los bombardeos fijándose en cada detalle como si pudiera encontrar en ellas una solución. Sabía que cuando llegara a casa las guardaría, que tal vez no volviera a mirarlas. Tal vez estuviera bien que permanecieran en el pasado. Quizá Cassie tuviera razón. Durante el resto del viaje practicó dibujando a *Wilbur* mientras el vapor negro del tren arrojaba carbonilla contra las ventanas del vagón y lo alejaba cada vez más del infierno, de regreso a su hogar.

Esa tarde, cuando entró en la cocina, los niños ya habían merendado y estaban fuera. Los oyó canturrear, entretenidos en algún juego extraño. Martha estaba picando cebollas para la cena. David se detuvo en el umbral y estuvo observándola mientras sus dedos delgados echaban al puchero rojo las rodajas de cebolla cortadas en forma de media luna. En cierto momento Martha se enjugó los ojos con el antebrazo y el cabello le cayó sobre la cara. Levantó la vista y parpadeó, riéndose de sí misma, y entonces vio a David.

—Hola —dijo, y él comprendió que la quería más que a nada y a nadie en el mundo.

—Hola —respondió acercándose a ella—. Siento lo de esta mañana. Siento todo lo que ha pasado. No he vendido los dibujos, pero he tenido una idea. Una idea maravillosa. —La agarró de los hombros y la besó—. Todo va a salir a pedir de boca.

Ella dio un paso atrás, con el cuchillo en la mano, sonriendo todavía.

—Ten cuidado, voy armada. Vaya, esa es muy buena noticia. ¿Se puede saber qué mosca te ha picado?

—Como te decía... —Arrojó su sombrero sobre la mesa—. Todo lo malo ha quedado atrás. Y todo lo bueno está en el porvenir.

Martha le acarició la mejilla y le pasó el dedo por debajo del ojo.

—Pareces agotado.

El olor a cebolla de sus dedos hizo que le lagrimearan los ojos. La besó otra vez y ella se reclinó en sus brazos curvando la espalda hacia atrás, con los brazos estirados. Luego se lanzó hacia él y lo abrazó.

—Perdóname —le susurró al oído con la cabeza apoyada en su hombro—. Odio discutir contigo. Te quiero, cariño.

—Em, Em... —Aspiró su olor, cerró los ojos—. Eso es agua pasada. Voy a preparar unas copas. Te quiero.

Después de que preparara sendos *gin-tonics* bien fuertes y aromatizados con lima, Martha echó al pollo un poco de tomillo de su huerto y salieron a sentarse en el césped, donde estuvieron viendo a los niños perseguir a las libélulas danzarinas, cuyas alas irisadas reflejaban la luz veraniega. Martha se recostó en su silla y se puso a canturrear, interrumpiéndose de vez en cuando para llamar a uno o a otro. David apuró su copa como si estuviera muerto de sed. Sabía que ese día había visto su pasado en todas sus formas. Y ahora tenía que rehacer el futuro.

Martha

Bill, Daisy, Florence.

Durante la semanas posteriores a la muerte de David, Martha se dio cuenta de que ya no veía las cosas con claridad. Había perdido por completo la noción de lo que era normal y lo que no. Veía el miedo reflejado en los ojos de los demás cuando entraba en el pueblo, o cuando iba a la tienda o a la iglesia. El horror de la pena. Se sentía marcada, como una leprosa. La rehuían por lo que había hecho, y por lo sucedido en su casa aquel día.

Tuvo que alterar varios aspectos de su vida cotidiana. Al principio le costó un poco, pero era mucho mejor así.

Ya no entraba en el estudio. Habría tiempo para revisar los papeles, los bocetos de David, los documentos familiares. Pero todavía no.

La noche en que murió David había encontrado a Florence allí dentro y algo en su semblante, en sus ojos escrutadores, fue como una señal de alarma. El estudio estaba demasiado impregnado de David, era todo él. No podía seguir entrando allí, y no quería que entrara nadie más. Lo vio con toda claridad.

—Necesito utilizar el estudio —le dijo a Florence—. Tengo que buscar unos papeles.

—Solo estaba buscando una cosa. —Florence tenía los ojos enrojecidos. Sus dedos se movían inútilmente. Tenía unas manos preciosas. Tragó saliva, a punto de hablar—. Mamá…

Entonces se echó a llorar. Martha miró el rostro hundido, en forma de corazón, de su hija y comprendió que no podía decirle nada. Le acarició ligeramente el brazo.

—Déjame sola unos minutos, por favor, cariño. La policía necesita unos datos.

Florence se marchó al día siguiente. Abandonó la casa cuando aún no hacía veinticuatro horas de la muerte de su padre. Algo acerca de un manuscrito cuyo préstamo tenía reservado en Londres y cumplía al día siguiente. Era mentira, desde luego.

—Si no me voy ahora… No puedo explicarlo.

Se había abalanzado hacia delante, abrazó un instante a su madre y, en el momento en que Martha aspiraba aquel aroma suyo tan familiar a café y a algo especiado y picante y su cabello suave le rozaba la mejilla, Florence dejó escapar un débil sollozo que pareció atascársele en la garganta.

—No sé qué más decirte —había mascullado.

Después, Martha no estaría segura de qué había dicho exactamente. Porque ¿cómo iba a saberlo? ¿Cómo iba su niña, la que le habían servido en bandeja sin que ella decidiera tenerla, a la que al principio no había querido en absoluto, cómo podía saberlo? ¿Era un recuerdo, la verdad de los años apartada como una piedra para desvelar el vacío de los comienzos, la gran mentira que habitaba en el centro de todo?

«Cuando eras pequeña te encantaba mordisquearme el dedo. Tus deditos largos, finos y blancos agarraban los míos, tus encías pequeñitas y rosadas eran muy duras. Me chupabas el nudillo, y tus ojos eran inmensos y azules, tan claros como el cielo de verano. Tu peso sólido y liviano cuando te cogía en brazos. Tú, en tu casa, con nosotros. Y yo te quería, aunque no fueras mía».

Y después se marchó, así, sin más.

Regresó para el entierro, aquel día horrible, frío y gélido, cuando lloraron todos menos Martha y la tierra estaba tan congelada que los hombres tardaron el doble de lo normal en cavar el hoyo, y el hielo parecía inserto en el barro, brillaba bajo sus pies mientras la familia se hallaba reunida en torno a la tumba abierta, viendo cómo bajaban el ataúd. Martha lo vio allí, vio la tierra que había desparramado sobre la tapa de madera, vio los rostros de sus seres queridos: los ojos de Bill, empañados por la pena; a Florence, con los ojos enrojecidos de tanto llorar y las manos sobre la boca; los hombros hundidos de Lucy, sus mejillas coloradas, su boca curvada hacia abajo como la de un payaso; y a Cat mordiéndose el dedo enfundado en un guante de lana.

Ella, Martha, no lloró. Entonces no.

Desde el entierro, Florence estaba desaparecida, igual que Daisy. Se hallaba inmersa en un litigio. Siempre estaba ocupada: «Mañana he quedado con mi abogado. Tengo que acabar un artículo». Dijo que volvería, pero no volvió. «Voy a quedarme con Jim en Londres. Ya te llamaré». Pero no llamó. «El juicio es en mayo».

Pero en diciembre y enero, mayo parecía tan lejano que daba risa. Él ya habría vuelto para entonces. Todo aquello era como aquel episodio en la cocina, cuando había sentido que se perdía, que se le escapaba la vida. David se había marchado, pero volvería. A ella le parecía perfectamente lógico.

Bill, Daisy, Florence.

Esto es lo que Martha recordaba constantemente: cómo fueron las cosas cuando volvieron del hospital, hacía casi cinco años, un caluroso día de verano. Las colinas de más allá de la casa se veían doradas y lánguidas bajo la calima del atardecer. David cojeaba, llevaba la rodilla vendada. Ella lo ayudó a bajar del coche y luego cruzaron juntos el jardín.

—Quiero enseñarte una cosa.

Sentía el peso de su brazo alrededor del cuello mientras lo ayudaba a avanzar por el camino de piedras, hacia el bancal de las margaritas. Cuando llegaron a la cicatriz dejada por la tierra recién removida, David se quedó mirándola con fijeza.

—¿Qué ha pasado? —preguntó con voz extraña, y ella supo que lo había entendido.

—Daisy —comenzó—. Cariño… Se ha ido.

Él asió con fuerza la muleta metálica que le habían dado en el hospital. Se clavó en la tierra húmeda.

—Ay, Daisy —dijo. Hizo una mueca y miró a Martha. Tenía los ojos oscurecidos—. ¿Qué ha pasado, Em?

—Lo… lo hizo ella misma. —No podía decir «se ha suicidado». Era tan brutal.—. Y la enterré.

David miró la tierra revuelta y las margaritas aplastadas en torno a la larga tumba rectangular. Pasó largo rato callado, pero por fin dijo:

—¿No quieres decírselo a nadie, Em?

Lo único que había pedido Daisy era que la enterraran allí, que no la molestaran más. Y Martha había sentido que tenía que cumplir su deseo. Podía haber llamado a la policía, sí, naturalmente. Pero se daba cuenta de que, desde que había sucedido aquello, no le importaban los demás. Nunca le habían importado. Le importaba que su hija, que nunca se había sentido a gusto en aquella casa, hubiera querido reposar allí, al fin.

«¿No quieres decírselo a nadie, Em?».

—He pensado que no —contestó—. He pensado que es mejor dejar que todos crean que ha vuelto a marcharse.

—Sí —repuso él con voz queda.

—Creo que ahora es feliz aquí. ¿Tú...?

Pero Martha vaciló embargada por la fatiga y la pena. Sollozó, se apoyó contra su marido y David la sostuvo un momento.

—¿Crees que tiene sentido?

—Sí. Sí, claro.

Exhumaron a Daisy, cómo no. Tres agentes de policía, varios técnicos forenses y un patólogo. Levantaron una gran carpa blanca alrededor del bancal de las margaritas y la luz de los enormes focos inundó el lateral de la casa. Removieron la tierra, formando nuevos taludes de barro marrón. Martha se sentó junto a la ventana y los observó con su acostumbrada taza de té y una galleta de jengibre, tratando de convencerse a sí misma de que no podían hacerle daño, de que ya nadie podía. Se levantó y corrió las cortinas de la ventana del comedor que daba al bancal de las margaritas y al huerto. Desde ese momento las mantuvo echadas. Y se olvidó del jardín.

Bill, Daisy, Florence.

Tenía ochenta y dos años. No era ninguna niña. Cuando llegó Año Nuevo, no soportaba ver a nadie como no fueran desconocidos o familiares cercanos, porque siempre había alguien que exclamaba «¡Ochenta y dos años! ¡Has vivido lo tuyo!», y temía perder el control y revolverse, furiosa, contra aquellas personas.

«David no me dijo que estaba enfermo. Yo podría haberlo ayudado y no me lo dijo. Vi cómo sufría. Lo vi morir».

Así que dejó de ir al pueblo. Karen le hacía la compra y luego, cuando Karen se fue a vivir con Joe a principios de año, se ocupó Bill. Bill y Lucy.

Karen estaba allí el día en que se llevaron a Daisy, dos o tres semanas después de la comida de cumpleaños. Se sentó con ella en el comedor y estuvo viendo a los hombres hacer su trabajo. Había llevado su ordenador portátil y fingió estar trabajando, pero de vez en cuando levantaba la vista y le hacía una pregunta a Martha, o se levantaba para preparar más té o para ir a buscar un libro.

Durante aquellos días, después de la muerte de David, cuando se acercaba la Navidad y se suponía que todo debía seguir como siempre, Karen irradiaba sosiego, parecía envuelta en una especie de lógica serenidad. Martha se alegraba de contar con su compañía.

Pero al llegar Año Nuevo, dejó a Bill y se fue a vivir con Joe. David, Daisy, Florence, Cat, y ahora ese pequeñín, otro nieto perdido. Bill había sabido desde el principio que su padre estaba enfermo. Martha estaba segura, aunque no sabía cómo. Verlo ahora y acordarse del niño alegre, serio, flacucho y manchado de barro que había sido en otro tiempo casi bastaba para hundirla. La hundiría si se detenía a pensar en ello. Aquel niño que se arrojaba en sus brazos, que corría por la calle a su lado dando brincos como un canguro mientras le hacía preguntas, que siendo un joven de dieciocho años, desgarbado y con acné, dijo desde la puerta al irse de casa para estudiar Medicina «Gracias por una vida estupenda hasta ahora, mamá. Tenía muchas ganas de decírtelo», y luego montó en el coche con David, la saludó con la mano y se marchó.

Bill, Daisy, Florence.

Durante las largas y frías noches de finales de invierno solía quedarse despierta, mirando el techo negro azulado y escuchando el silencio del exterior. Aunque en realidad el silencio nunca era absoluto: se oía a los búhos, el horrendo sonido de la depredación nocturna entre los setos, el ladrido de un perro solitario en alguna parte y siempre, todas las noches, el canto de un mirlo en el árbol de fuera.

Una noche estaba tumbada con los ojos fijos en el techo, como si fuera una pantalla de cine, cuando de pronto se volvió a mirar el lado de la cama que siempre había ocupado David. Estaba vacío, pero el libro que estaba leyendo antes de morir seguía allí. *Chacal*. El estropeado marcapáginas de crochet verde que hizo Cat en un campamento cuando tenía nueve años señalaba el sitio por el que se había quedado: a mitad del libro.

De pronto, Martha vio la pena cubriéndolo todo como el cielo, desplegándose ante ella y a su alrededor, imposible de penetrar. Aquel sentimiento otra vez, el que ya había tenido anteriormente. La niebla gris que llenaba la habitación, que se deslizaba por el suelo, subía por la cama y la cubría como agua.

«No va a volver».

«Sí. No lo pienses».

«No volverá nunca, Martha. Echaste tierra sobre su ataúd. Vaciaste su armario. Está muerto. David está muerto».

Luchó literalmente contra aquella sensación: forcejeó con la ropa de la cama, salió a trompicones del cuarto, cerró la puerta a su espalda. Los recuerdos formaban un torbellino. David en calzoncillos pintando la cocina. Tendido en la hierba con Bill a su lado, escuchando el críquet en la radio. Su cara tierna e ilusionada mirándola mientras yacían juntos en la cama. El largo y triste día en que separaron definitivamente a Florence de Cassie y la súbita alegría que reflejó su rostro en el hotel, cuando miró el pequeño hato que Martha sostenía en brazos. Sus gritos por la noche, cuando tenía pesadillas y gemía y sollozaba con fuerza, y a veces se orinaba encima o se hacía un ovillo tan prieto que ella tenía que despertarlo para liberarlo de la angustia.

David la necesitaba, allí donde estuviera. Ella no estaba allí, y la necesitaba. ¿Quién lo abrazaría con fuerza y lo reconfortaría, quién estaría a su lado para acariciarle el pelo, para cogerlo de la mano y susurrarle las palabras que lo ayudaban a dibujar, a cocinar, a construir una casa, un hogar, una familia? Estaba solo. Nunca había estado sin ella y la necesitaba más que nunca. Solo verlo una vez más, hablarle una vez más, pasar una noche más juntos. Las lágrimas corrieron por sus mejillas. Sintió una arcada, la pena le oprimió la garganta con tanta fuerza que pensó que iba a desmayarse. Se apoyó contra la pared, jadeante, y sollozó intentando recuperar la respiración. Pero la casa estaba vacía y no había nadie que la oyera. Nadie.

Pasado un rato, volvió a respirar con normalidad. Se llevó la mano a la garganta, deseando que se disolviera aquel nudo, aquel espesor. Se inclinó y pegó el oído a la puerta de la habitación. Como si tratara de oír algo.

Todo estaba de nuevo en silencio.

«Está en alguna parte, por aquí», se dijo, y chasqueó la lengua.

Se sonrió en la oscuridad. Ahora lo entendía. Decidió no contárselo a nadie, aunque sabía que estaba en lo cierto.

Solo tenía que organizar unas cuantas cosas y luego, cuando todo estuviera listo, volvería a verlo. A partir de entonces, no regresó a su habitación por las noches. Empezó a acostarse en el cuarto de Cat, abrazada al viejo cojín de *patchwork* con el nombre de Cat escrito en azul. Olía ligeramente a su nieta. Evitó las llamadas de Lucy porque quería ir a verla, cuidar de ella, mangonearla y entrometerse, averiguar cosas. Y eso Martha no podía permitirlo.

Como no podía ir al pueblo, empezó a ir a Bath o a Bristol a hacer sus compras. Caminaba por el supermercado empujando un carrito, pensando en lo que le gustaría a David para cenar, y de vez en cuanto veía a otra persona como ella. Ojos inexpresivos. Cara tersa, lisa, congelada. Y pensaba: «yo sé por qué están así. Ellos también están esperando a alguien. Espero que esas personas a las que esperan vuelvan pronto».

Dejó de limpiar la casa, de abrir el correo, de contestar al teléfono. Leía y releía sus viejos libros de jardinería. Se aprendió el nombre y la clasificación de todas las plantas, el suelo y la ubicación que les convenía. Lo memorizó todo para que, si alguien empezaba a hablarle de David y de lo triste que era su muerte, pudiera asentir con la cabeza, sonreír y hacer oídos sordos mientras recitaba de memoria las distintas variedades de nomeolvides y así dejar de escuchar lo que le decían. Porque si no oía sus palabras, no podían afectarla. Desde aquel primer día, desde el día en que conoció a David con aquel absurdo sombrero en la cabeza, desde que se alejaron juntos del pasado para adentrarse en el futuro, siempre habían estado cerca el uno del otro.

Karen

—Tranquila —dijo Dawn mientras se cargaba la bolsa de la compra al hombro—. Yo te la llevo hasta la puerta. Entonces, ¿dónde está Joe?

—Ha subido a Levels a hablar con unos carniceros —dijo Karen—. Gracias, Dawn. Ya estoy mejor.

Dawn miró la enorme tripa abombada de Karen, oculta por el abrigo.

—Fíjate. Ese bebé debe de ser enorme, ¿no? ¿Seguro que no son gemelos? —Soltó una risotada.

Karen sonrió y volvió a cargarse la bolsa al hombro mientras abría la puerta.

—Hasta luego.

—¿Seguro que estás bien ahí arriba? —insistió Dawn, mirando hacia el anodino pasillo enmoquetado y las escaleras que conducían al piso de Joe.

Karen comprendió que intentaba recabar información sobre su presunto nido de amor. Porque, por más veces que repitiera que no estaban juntos, que solo estaba viviendo un tiempo con Joe, nadie la creía. A fin de cuentas, todo indicaba lo contrario, ¿no?

—Sí, seguro. Hasta que decida qué voy a hacer. Joe es muy amable por haberme acogido.

—Ya —dijo Dawn—. Debes de sentirte muy sola, con todo el jaleo que tienen Joe y Sheila en el pub últimamente.

—No me importa. Joe se lo merece. Los dos se lo merecen.

—Pero es de locos, ¿no?

Dawn se cruzó de brazos y se apoyó contra la puerta.

—Sí, es genial. Por favor, Dawn, espero que no te importe que suba la compra y… —comenzó a decir intentando no ser desagradable.

Su dolor de pies aumentaba por momentos y tenía la sensación de que, si no se sentaba pronto, se desplomaría sobre los escalones y tendría que esperar a que Joe saliera del trabajo para que la subiera a cuestas hasta su piso.

—¿Estás bien, Karen? —preguntó Sheila al salir del pub—. ¿Te ayudo a subir las bolsas? Bueno, adiós, Dawn, me alegro de verte. ¿Len está bien?

—Pues sí, estupendamente —respondió Dawn—. Desde que se operó de las varices parece otro. Y todo gracias al doctor... —Se interrumpió—. Bueno, adiós, entonces.

—Es buena chica, pero no sabe qué hacer con su tiempo ahora que Bill le ha arreglado las piernas a Len. —Sheila subió trabajosamente, entró en la diminuta cocina y dejó las bolsas en la encimera mientras Karen la seguía—. Antes, con andar siempre detrás de él, lo tenía todo hecho. Bueno, ¿quieres que ponga la tetera? Pareces hecha polvo.

Karen se sentó despacio y apoyó los pies en la mesa de café.

—Eso sería estupendo.

—¿Cuánto te queda?

—Salgo de cuentas a finales de mayo. Ojalá hubiera parido ya, Sheila. Todas esas famosas que salen en el *Hola* y en las revistas hablando de que nunca se han sentido mejor. ¿De qué van? Y todavía me quedan dos meses por delante.

—Esas revistas conspiran contra las mujeres para tenerlas controladas. Es el patriarcado en acción —dijo Sheila muy seria, y Karen la miró con sorpresa—. En fin, la recta final es lo peor —añadió con su voz normal—. Todo el mundo lo sabe. ¿Ya lo tienes todo listo?

Las mismas preguntas, veinte veces al día. «¿Cuánto te queda? ¿Ya lo tienes todo preparado? ¿Es niño o niña? ¿Cómo te encuentras? ¡Tienes buena cara!». Karen sabía por otras embarazadas del curso de preparación al parto que había, sin embargo, muchísimas otras preguntas que nadie le hacía. Si iban a quedarse en el piso o a mudarse a otra casa más grande, por ejemplo. Eso no se lo preguntaba nadie del pueblo.

—He comprado algunas cosas, pero no quiero tirar la casa por la ventana hasta que esté aquí el bebé. Soy supersticiosa. La semana pasada vino una periodista de Londres a ver a Joe, y juraba por IKEA. Y ahora Joe está obsesionado, se pasa la vida intentando comprar cosas por internet, pero hay tantas que no te queda más remedio que ir a la tienda a comprar. Así es como ganan dinero, ¿no?

—Esas dichosas copas de vino. A diez libras la docena, las venden. Y esas cajas de almacenaje de cartón con estampados. —Sheila se apoyó en la encimera, riendo—. Cada vez que voy, me juro a mí misma que solo voy a comprar un escritorio para el despacho o algo así, y siempre salgo con un montón de esas cajas de cartón con estampados y con un cargamento de copas. Las copas se me rompen en el trayecto y las cajas nunca las uso.

—Pues quizá deberías darte un gustazo, Sheila. —Karen trató de tocarse el pie, pero la tripa se lo impidió—. Llévate a Joe. Se muere de ganas de ir. Yo no podría soportarlo: pasarme horas dando vueltas por IKEA como una ballena con zapatos bajos. Ni hablar.

—Estás guapísima —dijo Sheila. Se sirvió té de la tetera—. De verdad. Te sienta bien estar un poco más... —Se detuvo—. Bueno, es igual.

—Ahora sí que me has preocupado.

Karen sonrió. En realidad, nunca le había preocupado mucho su físico. Sabía que era atractiva (era un hecho que aceptaba con el pragmatismo propio de su carácter) y a menudo le aburría que los hombres se le acercaran porque era bajita y tenía las tetas grandes. Esa era una de las cosas que le habían gustado de Bill: que no le interesaba su ropa, ni sus uñas o su pelo, ni que fuera diecisiete años más joven que él. Le gustaba ella.

Para Joe, en cambio, sí se había acicalado, casi como si supiera que tenía que hacer el papel de mujer fatal para dar sentido a lo que estaba haciendo, y lo irónico del caso era que a él no le gustaba que se arreglase. Solo se habían acostado cuatro o cinco veces, pero se habían visto algunas más. En verano, a principios de septiembre, antes de que él se enterase de que no era solo Karen Bromidge, una chica solitaria dos años mayor que él, nueva en aquella zona, del norte, sexy y divertida a más no poder, una mujer con la que podía hablar de su hijo y de lo raro que era el pueblo, y empezar de cero y luego tener sexo: un sexo intenso, acalorado, sudoroso y taciturno, acorde con el húmedo y sofocante verano. Él ignoraba que su nombre de casada era Karen Winter y que vivía calle abajo con el médico que le había dado puntos en el dedo. Estaba casada, y Joe... Joe —empezaba a sospecharlo— era un mojigato de tres pares de narices. La había dejado tirada a toda velocidad y se había enfadado con ella, ¡se había puesto furioso!

—Deberías habérmelo dicho, Karen —le había dicho con suavidad, pero su voz sonaba muy fría.

Era principios de octubre y hacía mucho frío en el pequeño piso donde había transcurrido su idilio de verano. Pero el verano se había terminado definitivamente, no había duda.

—Eso lo cambia todo.

—¿Qué diferencia hay? ¡No estabas enamorado de mí! —le había gritado ella, sin importarle quién les oyera ni lo desquiciada que pareciera. Para entonces ya estaba embarazada de dos o tres semanas: qué raro se le hacía pensarlo—. No querías salir conmigo. Lo sé. Pensé que te alegrarías de no tener ataduras. ¿Qué es lo que te pasa?

—¿Qué te pasa a ti? —replicó él, enfurecido—. Karen, no puedes ir por ahí mintiendo a la gente así. Me gustabas mucho. Si lo hubiera sabido, entonces…

Le había costado bastante conseguir que se acostara con ella. Después descubrió que, si seguía haciendo el papel de chica mala, empezaría a creérselo y no se sentiría tan mal. Pero las cosas no habían resultado así. Ella había armado todo aquel lío, era la única responsable, y ya no había nada que hacer salvo intentar salir a flote.

El recuerdo de aquella conversación la hizo estremecer. Cogió una galleta de la lata y la mojó en el té que le había dado Sheila.

—Qué maravilla. Gracias, Sheila.

Desde que se había instalado en casa de Joe, justo después de Navidad, Sheila se había portado muy bien con ella. No tenía que haber sido fácil para ella que su cocinero estrella se hiciera cargo de pronto de una mujer casada con otro, embarazada y sin techo, cuatro semanas después de aquella crítica en el *Daily News*.

Tenía gracia, pensándolo bien. Lucy se había pasado semanas hablando sobre aquel compañero suyo de trabajo, un tipo mayor y tristón que sentía debilidad por ella y que decía que iba a hacer una reseña del Oak Tree. Pero Karen no la había creído. Estaba demasiado preocupada por la evidente atracción que Lucy sentía por Joe para ver más allá.

A veces se preguntaba si Lucy sabía hasta qué punto lo había cambiado todo. La reseña había salido la semana posterior al entierro de David, el sábado 1 de diciembre. Sobre la barra del pub colgaba una copia enmarcada.

«Los platos creados por Joe Thorne, el joven y amable chef que pasó dos años a las órdenes de Jean Michel Folland en Le Jardin de Leeds, reúnen lo mejor de la cocina británica actual. La aparente sencillez de su nombre oculta la extremada dificultad de su elaboración: tarrina de codillo de cerdo, *roulade* de salmón con salsa de remolacha, ravioli de queso de cabra. Todo suena muy sencillo y directo, y lo es, porque no nos hallamos ante una carta rebosante de esnobismo, ideada para deslumbrar e intimidar a los comensales. Es, por el contrario, la carta de un restaurante de barrio que casualmente se halla ubicado en un pub tan antiguo como la Guerra Civil inglesa, en un rinconcito idílico de Somerset a las afueras de Bath. Todos los ingredientes proceden de proveedores locales: nada de perifollos exóticos, ni de agua de borrajas. La presentación de los platos es impecable. El ambiente —vigilado con ojo de águila por la dueña y encargada, Sheila Cooper— es acogedor y relajado, pero posee un toque de magia: sirvan como ejemplo los escaramujos de la mesa y el licor de ciruelas con el que me agasajaron después de la comida. Al marcharme hice otra reserva para la semana siguiente. He vuelto dos veces desde aquella primera y mágica visita. Y recomiendo encarecidamente este estupendo restaurante».

Todo había sucedido muy deprisa. Ese mismo día empezaron a recibir peticiones de reserva para cenas y comidas navideñas. Mesas de seis, ocho y diez. Después, para comidas de fin de semana, y para fiestas de cumpleaños, salones privados, etcétera. En Nochevieja, el restaurante tenía las reservas completas hasta dos semanas después, y aunque Sheila y Joe esperaban un bajón en enero, nunca se produjo. Algunos vecinos del pueblo refunfuñaban porque hubiera tantos coches aparcados en la calle mayor, y tantos londinenses en el bar que apenas había sitio para moverse. Hubo varias deserciones, gente que se pasó al Green Man, pero, como Joe le dijo a Karen, estaba seguro de que volvería a conquistar a esos clientes. Si era necesario, comprarían el terreno que había detrás de la casa de Tom y Clover y lo convertirían en huerto y aparcamiento. Tal vez pudieran instaurar una noche reservada exclusivamente a los vecinos del pueblo: habría que presentar un recibo de un impuesto municipal para pedir mesa y dos personas podrían comer todo lo que quisieran por 40 libras, vino incluido.

Joe tenía infinidad de planes. Igual que Sheila. Karen les seguía la corriente y sonreía ante su entusiasmo, mientras iba pasando el invierno interminable y los días se volvían más húmedos y largos y su cuerpo se hacía más y más grande y empezaba a pesarle. Ignoraba qué le deparaba el futuro. Le daba demasiado miedo preguntárselo y evitaba que los demás la interrogaran al respecto.

Había dejado a Bill después de Navidad. Desde la muerte de su padre era como un robot: todas las mañanas se ponía el abrigo, iba a la clínica, resolvía los problemas de sus pacientes y por la tarde volvía a casa y, o bien subía a ver a su madre, o bien se sentaba en el sillón orejero a escuchar viejos episodios de *La media hora de Hancock* con la mirada perdida, tamborileando sobre los brazos del sillón con sus recios dedos. Karen trataba de ayudar: hacía recados para Martha, respondía llamadas, contestaba cartas. Pero Lucy no le hablaba, Florence había desaparecido de la faz de la Tierra y Cat había vuelto a París. Karen estaba preocupada por Martha, y no solo por cómo estaba sobrellevando la situación. Había algo extraño en ella, en el lenguaje que empleaba. Karen no se creía algunas cosas que decía, tenía la impresión de que no estaba bien.

Se esforzaba por hablar con Bill, le preguntaba qué opinaba, qué quería para cenar, qué le apetecía ver en la tele, pero él se limitaba a decirle:

—No sé, Karen. Lo que tú quieras.

En Nochevieja, se sentó ante el televisor con un *gin-tonic* en la mano: un grueso cuarto de lima atrapado entre cubitos de hielo. Siempre lo tomaba con lima, no limón, igual que Martha y David. Era una peculiaridad de los Winter: en Winterfold había siempre un montón de limas semejantes a joyas en una fuente de esmalte marrón, sobre la mesa, incluso en pleno invierno.

Karen se situó detrás de él y comenzó a retorcerse las manos.

—Bill. ¿Bill?

Él se había vuelto y ella vio sus lágrimas, su mirada vidriosa. En realidad, no estaba viendo la tele.

—Sí.

Carraspeó y se levantó, con el sofá entre ellos.

—Creo que debería marcharme —dijo ella—. Quería saber qué opinas tú. —Se hizo un silencio y, como la aterrorizaba su respuesta, añadió con atropello—: Creo que necesitamos pasar un tiempo separados. Para que puedas aclarar qué es lo que sientes acerca de todo esto. Ahora mismo tienes mucho en qué pensar.

Él negó con la cabeza.

—No, no es eso, Karen.

Había depositado con cuidado su copa vacía sobre el estante. A ella le encantaba lo cuidadoso que era con todo, lo precisos y humildes que eran sus gestos, lo cómodo que parecía sentirse en su espacio, lo segura y a salvo que se sentía con él y...

Se tapó los ojos con las manos para que no viera que estaba llorando.

Bill dijo con suavidad:

—Creo que deberías irte porque tienes que averiguar qué quieres hacer. Yo no puedo hacerte feliz, eso está claro. Te quería. Si quieres irte, creo que es mejor que te vayas. Nos equivocamos, ¿verdad? —Levantó la vista y frunció el entrecejo, la boca crispada en una torpe sonrisa—. Pero era un riesgo, ¿no? Imagino que mereció la pena. —Entonces rodeó el sofá y le apretó el brazo—. ¿Tienes algún sitio adonde ir?

Ella rechinó los dientes para que no viera lo mal preparada que estaba para aquello. No había reservado una habitación de hotel, ni llamado a una amiga. De todos modos, ya no tenía amigas allí.

—Pues sí. He pensado que... Sí, voy a quedarme con un amiga —mintió.

—¿Sí? —Bill cogió las llaves—. Bueno, entonces —dijo en voz baja—, te dejo sola para que recojas tus cosas. Me voy a ver a mi madre.

Se detuvo a un par de metros de ella y ambos asintieron, intentando mantener a flote la conversación. La distancia entre ellos... Luego, Bill se puso el abrigo.

—Hablamos pronto, entonces. Ya me contarás cómo estás.

Y se marchó, dejándola sola en la casita. Karen hizo las maletas mientras lloraba sobre el edredón. Veía cada paso del camino que la había conducido hasta allí, cada desvío equivocado, cada error. Estaba completamente sola y no había acaloradas discusiones que marcaran el fin de su relación con Bill. Él le había preparado sándwiches de pollo Kiev. De pronto, no podía pensar en otra cosa.

Joe salió a esperarla al principio de la calle y la ayudó con las maletas. Le cedió su cama, y esa primera noche no le hizo muchas preguntas.

—Yo puedo dormir en el cuarto de Jamie. Está perfectamente.

Se mostraban muy ceremoniosos el uno con el otro.

—Gracias —dijo ella, mirando su pelo corto y rizado, el vello oscuro de sus brazos, sus manos fuertes agarrando su maleta. Trató de recordar cómo era estar desnuda a su lado, sentirlo dentro de sí. No se acordaba en absoluto.

—No voy a quedarme mucho tiempo. Quiero empezar a buscar otro sitio.

Él seguía quieto ante la puerta.

—Por favor, Karen, quédate todo el tiempo que quieras. Sé que esto debe de ser muy difícil para ti. También es responsabilidad mía. —Luego carraspeó—. ¿No?

—Supongo que tiene que serlo —repuso ella—. Todas las pruebas así lo indican.

Joe tragó saliva y pareció aterrorizado por un instante. Pero fue algo tan pasajero que Karen apenas se dio cuenta. Él se apretó contra el pecho la toalla que sujetaba.

—Me encantan los niños, Karen, ya lo sabes. No voy a dejarte en la estacada. Puedes contar conmigo, te doy mi palabra.

De eso hacía cuatro meses. Karen oyó los pasos atronadores en la escalera y se animó.

—Ahí está Joe —dijo Sheila sonriendo—. Él se ocupará de todo, ya verás cómo sí.

—Eso ya lo has hecho tú, Sheila —repuso Karen, levantando la taza mientras entraba Joe.

—¡Sheila! Hemos conseguido que Brian se comprometa a ser nuestro proveedor, y nosotros venderemos su carne a través del pub. —Saltó por encima del respaldo del sofá y aterrizó junto a Karen, que dio un brinco y derramó parte del té.

—¡Ay!

Karen intentó limpiarse el regazo mojado.

Él le puso la mano debajo de la taza.

—Lo siento, Karen. ¿Cómo estás?

—Estaba cansada, pero esto me ha espabilado. —Le sonrió—. Deja que te traiga un café.

—Ya voy yo —dijo él, poniéndose en pie—. No puedo quedarme mucho tiempo.

—Creía que esta noche no trabajabas.

Karen procuró ocultar su desilusión. A fin de cuentas, solo eran compañeros de piso y él afirmaba rotundamente que estaba dispuesto a ayudarla. Habían hablado en serio de que Karen comprara la desvencijada casa que había dos puertas más abajo. Ella había abierto su ordenador portátil y se había puesto a hacer cálculos en Excel, repasando mecánicamente un plan que, en realidad, la deprimía y la aterrorizaba a partes iguales. Y todo para que, cuando naciera el bebé, Joe pudiera ir a ayudarla casi todos los días y hasta quedarse a dormir cuando viniera Jamie: la casa era más grande, tenía jardín y Jamie y su nuevo hermanito o hermanita tendrían espacio para crecer.

Cuando se sentaban en el sofá a ver la tele, las pocas noches que Joe tenía libres, siempre había entre ellos medio metro de distancia, como mínimo. Y de todos modos nunca se ponían de acuerdo sobre lo que querían ver. A ella le gustaban los documentales sobre personas con trastornos físicos. A él, las series americanas. A Joe le parecía morboso que grabara programas acerca de hombres con los testículos anormalmente inflamados o sobre hermanos siameses. A ella le parecía un síntoma de insensibilidad que disfrutara viendo a un rey fantástico asesinando a una prostituta o a un personaje obligado a llevar sus propias manos cortadas colgando del cuello. Karen era consciente de ello, pero no podía decirlo en voz alta, no podía bromear sobre ello como solía hacer con Bill, del que se burlaba por lo mucho que le gustaban las comedias de la Ealing.

—Tengo que trabajar, lo siento —repuso Joe, mientras miraba por el ventanuco de la cocina—. Pero voy a prepararte en un momento una tortilla de verduras y te la sirvo en una bandeja. He traído casi todos los ingredientes. Sheila. —Le lanzó un trozo de papel arrugado—. Son los tiques del pescadero. Dice que ahora somos sus mejores clientes. ¿Puedes hacerme un favor? ¿Puedes prepararle un baño a Karen?

Sheila desdobló los tiques y se los guardó en el bolsillo mientras miraba a Joe con afecto.

—¿Un baño caliente y la cena en una bandeja? Ay, Karen, qué suerte tienes.

Karen vio cómo Joe meneaba la cabeza en la cocina y sintió moverse al bebé, cambiando de postura y retorciéndose dentro de ella. Pero solo se le ocurrió pensar que la tortilla de verduras era el plato preferido de Bill, que cocinaba cantando al son de sus discos de *northern soul* con su voz de bajo, torpe y desafinada.

—Sí, ¿verdad? —dijo.

Cat

Al final había vendido los zapatos rojos de Lanvin por cien euros en eBay. En octubre había solicitado además una tarjeta de crédito y con ambas cosas pudo pagar los billetes del Eurostar para ir a Winterfold con Luke a principios de abril a ver a su abuela. Llegaron el viernes, muy tarde, y tenían previsto marcharse el domingo antes de la hora de comer.

Mientras contemplaba la todavía gélida primavera inglesa por la ventanilla del tren, Cat pensó que hacía bien en volver, aunque su abuela le hubiera dicho lo contrario. Todo había cambiado aquel día de noviembre, de modo que era absurdo temer lo que podía suceder en un futuro, como hacía siempre, porque ya había sucedido. Carecía de sentido aferrarse a los recuerdos o tener miedo de contraer una deuda, porque la gente que te necesitaba te necesitaba ahora.

Aquella primera noche, al acostarse junto a Luke en una de la dos camas altas del cuarto de Lucy, se preguntó si había hecho lo correcto. Martha dormía en su antigua habitación. Por lo visto, en la suya había humedades. Cat no se lo creía. Su abuela le había dicho que tenía que ir a un sitio al día siguiente, a comprar leche. Cuando Cat le preguntó adónde, Martha respondió que a Bristol. Cat se rió pensando que era una de las incomprensibles bromas de su abuela, pero Martha hablaba en serio.

Allá donde mirara la casa parecía cubierta por entero, como un cadáver amortajado. Las cortinas estaban echadas. El polvo se acumulaba sobre las superficies. Las puertas estaban cerradas con llave. Chales y mantas que no había visto nunca antes cubrían los sillones y sofás, y cuando Cat preguntó el porqué su abuela se limitó a contestar:

—Son peligrosos. No se pueden tocar.

—Claro —dijo Cat con cautela, intentando que Luke no se diera cuenta de lo asustada que estaba.

Se debía a que aquellos eran los sillones en los que se sentaba Zocato, las cosas de la casa que usaba con más frecuencia. Su butaca de la cocina, un armatoste de madera de roble y patas torneadas: Martha decía que tenía carcoma y que habría que tirarla.

El sábado por la mañana estaban sentados en silencio, Luke se llenaba de cereales el cuenco del desayuno, Cat comía unas tostadas y Martha aguardaba muy quieta, con la mirada perdida, canturreando en voz baja. Fuera hacía un frío atroz. El cielo estaba gris y no había ni rastro de la primavera.

—Tengo que irme enseguida. Habrá mucho tráfico para entrar en Bristol.

Martha se levantó.

—¿En Bristol? —Cat lo había olvidado por un momento. Se frotó los ojos—. No, abuela, no seas... —Se interrumpió.

Su abuela habló con tono sosegado, como si Cat se estuviera poniendo histérica:

—Necesito leche y ya no la compro en la tienda del pueblo. Problemas con el suministro.

—Abuela... De verdad que no tienes que ir a Bristol, en serio. Yo puedo ir al pueblo dentro de un rato y comprar la leche y lo que me digas.

—No, gracias.

Se puso a recoger los platos a pesar de que Cat y Luke no habían terminado.

Luke se encaramó a la butaca de David y tiró al suelo sin querer el viejo chal verde que la cubría. Comenzó a balancearse adelante y atrás, contra la mesa.

—Para, Luke —dijo su madre.

Martha, que estaba frente al fregadero, se volvió.

—No hagas eso —ordenó, pero Luke no le hizo caso.

La vieja butaca crujía cuando la inclinaba hacia atrás apoyando todo el peso de su cuerpo en ella.

—Luke, para ya —insistió Cat.

—Quiero sentarme en esta silla —dijo el niño—. Lo echo de menos. Echo de menos a Zocato.

Martha cruzó la cocina sin que se le alterara el semblante. Con gesto firme, agarró el delgado brazo de Luke y lo levantó de la silla de un tirón.

Como si fuera un muñeco de trapo. Se tambaleó un poco cuando el niño chocó contra ella y agitó las piernas frenéticamente en el aire. Luego, Martha lo soltó y Luke cayó al suelo.

—Te he dicho que no hicieras eso.

Luke lloraba en el suelo y miraba a su bisabuela con incomprensión. Cat lo ayudó a levantarse con una mano.

—Cariño, te ha pedido que no lo hicieras. —Lo abrazó—. Lo siento, abuela. Ayer estuvo todo el día encerrado en el tren y ahora...

—Me da igual. —Martha, que les había dado la espalda, se volvió y cubrió de nuevo la butaca con el chal—. Más vale que salgáis, entonces.

Cat, que estaba acostumbrada a controlarlo todo, se sentía impotente. No recordaba haber estado nunca en Winterfold y haber tenido ganas de escapar. No sabía cómo dirigirse a su abuela. Lucy, con quien ahora hablaba con frecuencia por teléfono, la había puesto sobre aviso, pero Cat acababa de darse cuenta de que en realidad no había entendido las advertencias de su prima.

Echaron a andar por la calle, Luke volvía a estar contento, correteaba en zigzag, y Cat llevaba en la mano la lista que le había dado Martha. La había impresionado ver de nuevo la letra firme, elegante e inclinada de su abuela.

- Leche
- 3 limas
- 3 patatas
- Ginebra Bombay Sapphire. Del pub. No de la oficina de correos. Allí solo venden Gordon's.

Se guardó la hojita de papel en el bolsillo y apretó el paso para alcanzar a Luke. No quería entrar en el pub. No le apetecía ver a Joe. Cuando pensaba en él, aquellas tétricas noches de invierno en París, tumbada en la gélida y diminuta *chambre de bonne* del Quai de Béthune, pensaba: «Resulta casi cómico, el primer hombre que dejo que me guste, el primero al que beso desde hace años, el primero del que pienso que quizá sea un buen chico, un hombre decente... ¡Ja!».

Comparado con lo ocurrido después, ese mismo fin de semana, suponía que su escarceo con Joe había sido solo un paréntesis agradable y frívolo. No sabía juzgar a los hombres, eso estaba claro, y tenía la impresión de que se había librado de una buena, seguramente. Olivier, Joe... Los dos con mucha labia, y los dos con mal fondo. Y cuando pensaba en cómo la había besado, en cómo se habían encontrado sus cuerpos en medio de la noche fría y húmeda, en cómo había fingido él entenderla para seducirla mientras Karen, su novia embarazada, la tía de ella, dormía en su casa a menos de dos kilómetros de allí... Al llegar a la tienda del pueblo meneó la cabeza, se sorprendió al advertir que cinco meses después de aquello seguía enfadándose tanto al pensar en él. Tendría que mentirle a la abuela. Decirle que en el pub se les había agotado la Bombay Sapphire.

Después de hacer la compra en la oficina de correos, Cat se despidió de Susan y condujo a Luke por la calle principal del pueblo, hacia el parque. Pensó de pronto que el Oak Tree era ya tan famoso que quizás hubiera montones de gente fuera, blogueros gastronómicos, críticos y mirones aguardando a Lily Allen o a cualquier otro personaje conocido al que le encantara comer allí, y se apoderó de ella la curiosidad de ver cómo había cambiado el pub. Con el pretexto de echar un vistazo a los feos chalés que estaban construyendo justo al final de los campos, caminó con paso enérgico hasta el extremo de la calle mayor y, al pasar por delante del Oak, echó un rápido vistazo por las ventanas. Pero era última hora de la mañana y las luces estaban apagadas aún, los taburetes y las sillas puestos sobre las mesas. No había señales de vida. Miró las habitaciones de encima del pub. Sabía que Karen y él vivían juntos allí.

Cuando dieron la vuelta y cruzaron el encharcado prado del pueblo camino del parque infantil, Cat se sentía más alegre. Como si hubiera exorcizado un absurdo amor juvenil y pudiera reconocer, pasado ya aquel estado de atontamiento, que Joe le había gustado. Que le había gustado que la besara. Joe Thorne era un sol: era guapo, divertido, tímido, le encantaba *Juego de tronos* y le había hablado de *El grúfalo*.

Resultaba que además era un caradura. Pero ¿y qué? Solo era un tío al que había besado después de un día muy largo y de beber demasiado vino. Lo hecho, hecho estaba. Llevaba años viviendo como una monja. Necesitaba más experiencias como aquella con Joe.

—Mamá, ¿me das vueltas? —preguntó Luke, dando brincos a su lado, con la cara enrojecida por el frío y una mirada implorante en sus enormes ojos.

—Claro.

Una de las muchas desventajas de ser madre soltera era que no había otra persona con la que balancear a tu hijo cogiéndolo cada uno de una mano. Así que Cat hacía otra cosa, consistía en agarrar a Luke por debajo de los brazos y hacerle girar y girar sobre la hierba encharcada hasta que se mareaban los dos y empezaban a tambalearse. Hizo esto tres o cuatro veces y luego fingió parar.

—Bueno, se acabó.

—¡Pero si casi no me has dado vueltas! ¡No! ¡Otra vez! ¡Venga!

Luke se echó a reír, dando brincos, y Cat también se rió, feliz por estar a solas con él en aquella vasta extensión de verdor, lejos de la casa oscura y polvorienta, llenándose ambos los pulmones de aire fresco. De pronto se sentía casi ebria de placer.

—Vale, una más.

—¡Vale! ¡Vale, vale, vale, vale! —gritó Luke sin dejar de brincar.

—¡A dar vueltas! —chilló ella, mientras giraba frenéticamente y los gritos de euforia de Luke se oían cada vez más altos.

Cuanto más se reían ambos, más mareada se sentía ella y más deprisa iba. De repente una de sus botas de agua se hundió en el agua y el barro, y se tambaleó. Resbaló y cayó al suelo con Luke encima.

—Vaya —dijo—. Estoy llena de barro.

—¡Joe Thorne! —gritó Luke—. ¡Mami, es Joe, el que se chocó con nuestro coche! —Se levantó a toda prisa y señaló con el dedo como si acababa de presenciar un milagro—. ¡Mami! Va con un niño. ¡Con UN NIÑO!

Luke se soltó de su mano y corrió hacia las dos figuras situadas al otro lado del campo de críquet pisoteando el suelo duro con sus piernecillas.

—¡Luke! —gritó Cat—. ¡Ven aquí! —Cuando consiguió alcanzarlo estaba jadeando—. Hola —dijo sin mirar a Joe—. Luke, no vuelvas a escaparte así, ¿me oyes?

—Quería ver a Joe, mami, no te pongas así. —Luke brincaba de nuevo, casi fuera de sí por ver no solo a Joe, sino también a un niño mayor—. ¿Es que no quieres ver a Joe? ¿Tú quién eres? ¿Quién es? ¿Su chaqueta es azul o verde? No sé de qué color es.

Joe empujó al niño hacia delante con suavidad.

—Este es Jamie. Tiene cinco años, Luke. Luke tiene tres, Jamie. A él también le gusta *El grúfalo*.

Jamie asintió tímidamente con la cabeza. Su cabello rizado, abundante y rubio, formaba una especie de agreste aureola alrededor de su cabeza. Tenía la piel de color caramelo oscuro y los ojos de un gris cálido.

—Hola, Jamie, soy Cat.

—Hola —dijo Jamie con voz grave—. ¿A él le gustan los Moshi Monsters?

—¡Me encantan! ¡De verdad que me encantan!

Luke empezó a dar saltos como si tuviera muelles en los pies y Joe le puso una mano en el brazo, riendo.

—Vale, Luke. Me alegro mucho de verte, tontorrón.

Su tono cariñoso hizo sonreír a Cat sin querer y sus ojos se encontraron. Joe estaba exactamente igual que como lo recordaba. Un poco más delgado. Con barba de un par de días en su mentón firme, y con el cabello espeso y rizado. Sintió que la atravesaba una punzada de desilusión, y se sorprendió.

Joe la miraba fijamente.

—No sabía que habías vuelto.

—Solo para el fin de semana —contestó ella.

—Me preguntaba… —Carraspeó—. Me preguntaba qué tal te iban las cosas.

—Odio a *madame* Poulain. Antes me caía bien. Joe, ¿podemos ver juntos *Ratatouille* otra vez?

—Está hablando conmigo, Luke.

—Yo vivo en Francia, Jamie, ¿y tú? ¿Sabes hablar francés?

Jamie, serio y taciturno, miró a su papá un tanto alarmado.

—¿Es simpático, papá? —preguntó en voz baja, Cat se tapó la boca intentando no reírse.

Joe se agachó y apoyó la mano en la cabeza de su hijo con suavidad.

—Oye, Jamie, ¿por qué no le enseñas el columpio a Luke? Seguro que no lo habrá visto. Es nuevo, ¿verdad?

—Sí —contestó el niño, mirando muy serio a su padre—. ¿Vamos a comer pronto como decías, papá?

—Claro —dijo Joe—. ¿Puedes coger también unas hojas de laurel de aquel árbol de allí? Sería genial. Sabes cómo son, ¿no?

Levantó a Jamie en brazos y luego fingió dejarlo caer. El niño soltó un chillido de alegría y corrió hacia el parque de juegos seguido de Luke: uno con chaqueta roja y el otro con chaqueta azul, o quizá verde.

Se quedaron allí parados, observándolos. Joe carraspeó.

—No voy a preguntarte cómo estáis. Debe de ser muy duro todavía.

Cat se metió las manos en los bolsillos.

—Estamos bien.

Durante el día, estando en el puesto del mercado, la asaltaban aún oleadas de tristeza y a veces, cuando miraba por la ventana del cuarto de estar de *madame* Poulain, le corrían lágrimas por las mejillas. Luke le decía «¡Ven aquí, mami! ¡Mamá! ¿Por qué lloras?». Lloraba por el jersey que solía llevar puesto su abuelo cuando estaba en el estudio, de lana azul marino, tan apolillado que parecía una telaraña. Por sus ojos risueños y brillantes, por sus queridas manos, tan hinchadas y doloridas. Y por su madre, en la que ni siquiera había podido pensar aún con la debida calma. En absoluto. En cuanto a su abuela y la familia y todo eso… No sabía por dónde empezar, por dónde comenzar a tirar del hilo capaz de desenredar aquella madeja. Volvió la cabeza para que Joe no viera que tenía lágrimas en los ojos.

—No es cierto. La verdad es que no estamos nada bien.

Él hizo un gesto de asentimiento pero no trató de abrazarla como había hecho Susan Talbot, ni de agarrarla de las manos con lágrimas en los ojos, como Clover, ni meneó la cabeza con aire compasivo. Se limitó a decir:

—Lo siento mucho, Cat.

—Yo también.

—¿Cómo está la señora Winter?

—No muy bien. No sé. A veces no estoy segura de que entienda de verdad lo que ha pasado.

—¿A qué te refieres?

Cat se descubrió explicándoselo.

—Creo que está... Creo que piensa que mi abuelo va a volver. —Hablaba con voz queda—. Mi abuela siempre daba en el clavo. Siempre tenía un plan. Ahora no sé qué hacer.

—No creo que puedas hacer nada —contestó él—. Simplemente estar ahí por si te necesita.

—Pero no estoy ahí, ¿verdad? —Su comentario le pareció una muestra de insensibilidad evidente—. Estoy en París. —Procuró que no le temblara la voz—. No puedo hacer nada por ella.

—Lo siento. No es asunto mío.

—En eso tienes razón —repuso ella, y Joe se puso tenso.

Cat se arrepintió al instante de haber dicho aquello. No tenía intención de entrar en ese tema. Era tan pueril. Una de las cosas que la deprimían constantemente desde la muerte de Zocato, desde la exhumación del cadáver de su madre, era lo mucho que le costaba pensar en otra cosa, en cualquier cosa que entrara dentro de lo normal. Tenía la idea de que debía concentrarse únicamente en ellos, llorar su muerte y no pensar en pequeñas tonterías como cuánto odiaba la forma en que se le corría el carmín a *madame* Poulain, como gruesas venas rojas que le llegaban hasta la nariz siempre mojada. O en lo largo que se le estaba haciendo el invierno ese año en el puesto de flores, y en lo inútiles que eran sus calcetines térmicos. O en que la rabia que sentía hacia Olivier cobraba fuerzas con el paso de los días, hasta el punto de que sentía el impulso de ir a buscarlo, agarrarlo del cuello como solía hacer él y ver cómo se le hinchaban las venas de la cara y el miedo reflejado en sus ojos. «Estuviste a punto de acabar conmigo. Pero tengo a nuestro hijo, voy a encontrar el modo de salir de esto y tú ya no puedes hacerme nada». O en lo enfadada que estaba con Joe, o en el recuerdo de aquella noche, cuando habían hablado bajo el porche, rodeados por la lluvia que los envolvía como una cortina.

Se removió, inquieta.

—Olvídalo. Lo siento.

—¿Qué nos pasó, Cat? —Joe se volvió hacia ella—. Yo no suelo portarme así normalmente.

—¡Normalmente! ¿Qué quieres decir con eso?

Él cerró los ojos y se encogió de hombros.

—No debí hacerlo. Fue un error.

—Sabías que ella estaba embarazada cuando nos besamos.

—Sí.

—Exacto. —Joe abrió la boca pero Cat le cortó—. ¿Qué tal está Karen?

—Bien. Cansada y con mucha tripa. Todavía le queda un tiempo, pero ya ha tenido que aflojar el ritmo. Le está costando.

—Ya.

—Vive conmigo.

—Sí, lo sé.

Cat pensó en la voz de Lucy cuando su prima la había llamado para darle la noticia:

—¡Se ha ido a vivir con él, así, sin más! ¡Recogió sus bártulos y se fue nada más pasar Año Nuevo! ¡Qué cara más dura! Y por lo visto están pensando en reformar juntos la vieja casa de Barb Fletcher.

Cat se había alegrado más que nunca en aquel momento de que nadie supiera que se habían besado.

—No. ¿La que tiene esa chimenea antigua y ese jardín enorme? Pero el retrete está fuera, ¿no?

—Bueno, Joe puede permitirse comprarla. Pronto estará forrado. No puedo creerme que fuera yo quien le facilitó esa reseña gastronómica. No puedo creerlo.

—Pero la verdad es que se lo merece —había comentado Cat, intentando ser justa—. Es muy buen cocinero.

—Bueno, sí —había dicho Lucy—. Pero todavía me cuesta creer que se haya portado así. ¡Y pensar que me gustaba! Ay, Dios mío. Y mientras tanto él estaba tirándose a Karen. Todo ese tiempo.

«Todo ese tiempo».

Allí, parada al aire libre, con él, con todo ante su vista, Cat comprendió que era hora de marcharse.

—Será mejor que vuelva con mi abuela —dijo.

—Lo siento, Cat. Lo siento de veras. Ojalá las cosas no hubieran sucedido así.

Cat se inclinó hacia delante: Joe había hablado en voz tan baja que al principio no estuvo segura de haberle oído bien. Luke corría en círculos alrededor de Jamie con un par de hojas de laurel en las manos, gritando cosas que creía que podían interesar a su nuevo amigo: «Hago de pez en la función del colegio. Me comí una hamburguesa con Gabriel. Estamos leyendo un libro sobre coches».

—Ya, gracias —respondió Cat con el tono remilgado de una institutriz.

Él miró la bolsa de la compra que llevaba en la mano y luego la miró a ella.

—A la mierda. ¿Puedo decir una cosa más?

—¿Qué?

—Cat, escucha, sigo pensando…

Más adelante, Cat se preguntaría a menudo cómo habría acabado Joe aquella frase de no haberse detenido. No hubo interrupciones: ni niños gritando, ni intervenciones providenciales como en una comedia romántica. Sencillamente, se detuvo y dijo:

—¿Sabes?, creo que es hora de que nos vayamos.

—¿Qué llevas en la bolsa? —preguntó ella de repente.

—Ah. —Miró dentro de la bolsa de plástico azul—. Hemos estado recogiendo hierbas mientras dábamos un paseo. Acedera, rúcula, un poco de romero. Y algunas raíces. Vamos a probar un par de cosas en el pub.

—¿Sabes dónde crecen los ajos silvestres? ¿Más allá de la colina, pasado Iford? Los hay a miles. Y no está muy lejos. Y en mayo también hay espárragos por todas partes.

—No lo sabía. No tenía ni idea. Gracias.

—Sí. Yo solía ir a cogerlos con… Es igual. ¡Luke! ¡Vamos! Tenemos que irnos a casa.

—¿A casa? —Luke se quedó paralizado por la sorpresa—. Pero si dijiste que íbamos a pasar el fin de semana aquí.

—Me refiero a casa de la abuela —puntualizó ella—. Tenemos que volver a ver qué tal está la abuela y hacer la comida.

—¡Vale! —gritó Luke.

—Bueno, hasta otra, entonces —le dijo ella a Joe, intentando que se despidieran en términos amigables—. Buena suerte con todo.

Él asintió con un gesto.

—Lo mismo digo. Gracias.

Jamie se acercó corriendo a él y escondió la cara contra la tripa de su padre. Joe lo apretó contra sí y lo tapó con su chaqueta. El niño se quedó muy quieto unos segundos. Luego abrió la chaqueta, miró a su padre y gritó:

—¡Bu, papá!

Joe echó la cabeza hacia atrás y se rió, y Cat se dio cuenta de que era la primera vez que lo veía reír de verdad. Como si su cara estuviera hecha para adoptar aquel gesto. Levantó a su hijo en brazos y le dio un gran beso. Luego se volvió y vio que Cat y Luke seguían allí, mirándolos como dos niños que esperaran a que alguien fuera a recogerlos al colegio.

Cat echó a andar por el campo en dirección a la salida norte. Caminaba con energía, con el áspero viento invernal acariciándole las mejillas. Luke se esforzaba por seguirle el paso.

—¿Luego vamos a ver a Joe? —preguntaba sin parar.

—No —le dijo Cat—. Mañana volvemos a casa.

A casa.

Al día siguiente, el tren estaba lleno de gente. Luke tuvo que ir sentado sobre sus rodillas casi todo el camino, apretujado contra una señora marroquí que le dio pan de pita y trozos de melocotón. Cat pensó en su abuela. Estar con ella era casi peor que marcharse de su lado, porque resultaba evidente que no podían ayudarla, que nadie podía, y Cat ignoraba qué iba a ocurrir.

Todos ellos se habían burlado cariñosamente de Lucy durante años por ser tan sentimental respecto a Winterfold: las ceremonias de entrega de premios en Navidad, las listas de sus cosas preferidas de las vacaciones que colgaba en la pared. Pero ellos no le iban muy a la zaga, ¿verdad? Lucy era la más franca de la familia. Al menos ella decía la verdad, siempre había dicho la verdad.

Entraron en el túnel, la súbita oscuridad se hizo vertiginosa y Luke apoyó la cabeza contra la ventanilla y estuvo observando las luces que iluminaban el trayecto. Cat, entre tanto, hizo planes. Seguiría llamando a Lucy y a su abuela, y escribiéndoles y mandándoles correos electrónicos, aunque Martha no quisiera saber nada de nadie. Y seguiría acordándose de Zocato e intentando recordar la vida de su madre y los errores que ella, Cat, había cometido y no debía volver a cometer. Se dijo que el verano llegaría pronto y que entonces las cosas cambiarían.

Pero durante las semanas siguientes casi se alegró de que volviera el frío y de que empezara a llover. Así tenía una excusa para sentirse tan infeliz como quería.

Martha

Natalie, la abogada, era una persona enérgica y de ojos oscuros, amiga de Karen. A Martha le recordaba a Karen, de hecho.

—Tenemos buenas noticias —dijo mientras extendía los papeles sobre la mesa del comedor—. Para explicarlo en pocas palabras...

—¿Puedo abrir las cortinas antes de que empecemos? —Bill se levantó—. Esto está muy cerrado.

—Está perfectamente —dijo Martha—. Déjalo así.

—Está muy oscuro, mamá.

—Bill, ha dicho que lo dejes. Si ella lo prefiere así, no hay más que hablar.

Florence tamborileó con los dedos sobre la mesa.

Natalie miró a Martha sin saber cómo reaccionar y Bill regresó a su asiento con los dientes apretados. Fuera brillaba el sol, el primer destello de la primavera. Entraba a raudales por las cortinas, invadiendo la habitación iluminada por la luz eléctrica. En los aleros de la casa cantaban los pájaros.

Martha sabía qué aspecto debía de tener el bancal de las margaritas un día como aquel. Pero transcurridos casi seis meses aún no había hecho nada por volver a sembrar la hierba y las margaritas. Había pensado dejarlo para cuando volviera él. Quizá pudieran hacerlo juntos, recordar juntos a Daisy. Le gustaba idear pequeñas cosas como aquella para hacerlas con él. Cuando estuviera allí.

—¡Mamá!

Martha se dio cuenta de que le estaban hablando.

—¿Sí? —dijo—. Perdón, Natalie. Continúa.

—Ha habido suerte —afirmó la abogada, y bebió un sorbo de agua—. Ya tenemos cita en el juzgado. Creo que en otros condados y en otras circunstancias nos enfrentaríamos a un juicio o al menos a una detención, pero estoy segura de que en este caso solo tendrá que comparecer ante el juez instructor y de que le darán la libertad condicional.

—A mí eso no me parece poca cosa —comentó Bill, mirando con cautela a su madre.

Florence parecía incrédula.

—¿Nada más? ¿Después de lo que ha pasado?

—Sí. —Natalie miró a madre e hija—. Parece sorprendida, Florence. ¿Hay algún motivo para ello?

—No, en absoluto.

Florence cruzó los brazos.

Martha no sabía qué decirle a Florence. Seguía teniendo los párpados enrojecidos, como si tuviera un eccema. De pequeña lo tenía, igual que Bill. Daisy no. A David le salía un eccema cuando estaba preocupado o agobiado por el trabajo. Ella le compraba una crema especial en la farmacia antigua de Bath, esa a la que, en tiempos, iba Jane Austen. Siempre había funcionado. Martha se preguntaba si quedaría un poco, y tomó nota mental de que debía echar un vistazo en la planta superior. David la necesitaría dentro de poco.

—Le pondrán una pequeña multa y seguramente también tendrá que pagar las costas judiciales, señora Winter, pero eso será todo.

Martha asintió con la mirada perdida mientras los pensamientos se arremolinaban en su cabeza; estaba confusa. Oyó que Bill le comentaba algo en voz baja a Natalie, quien se volvió hacia ella y añadió:

—De todos modos, no puede probarse que hubiera intención dolosa y no hay argumentos contrarios que rebatir. Además, tenemos pruebas suficientes de que el suicidio fue la causa probable de la muerte. Eso debería bastar a la policía. Y lo que es más importante: tenemos el testimonio de varios testigos, que sin duda respaldarán ustedes, de que la señora Winter estuvo sometida a una enorme tensión psicológica durante las semanas que precedieron a la muerte de su hija mayor, debido, en gran medida, al comportamiento de la fallecida. Tenía alteradas sus facultades mentales.

—Daisy era quien tenía alteradas sus facultades mentales —repuso Florence, estirando las piernas bajo la mesa—. Estaba loca.

—No, Florence. —Martha dio un enérgico golpe con el puño en la madera bruñida—. No estaba loca.

Natalie carraspeó.

—Con todos mis respetos, es el estado mental de la señora Winter el que nos interesa en este caso. Y podemos afirmar que desempeñó un papel muy importante en su extraña conducta.

Bill había cruzado los brazos. Se inclinó hacia delante e intentó acelerar las cosas.

—Entonces ¿ya está?

Natalie era amiga de Karen. Martha pensó de pronto que tal vez debería haber consultado a otra persona. Todo aquel asunto de Karen... Pero Bill se comportaba de una forma tan extraña últimamente. Daba órdenes a todo el mundo, metía las narices donde no lo llamaban, actuaba como si fuera el dueño de aquella casa. El problema de Bill era que siempre había estado convencido de que había sido un fiasco para sus padres. De que no se parecía lo bastante a David. Aquello, a Martha le daba ganas de reír. Nadie podía parecerse a David, absolutamente nadie, ni en el cielo ni en la Tierra, o como fuera esa frase que siempre decían en misa.

—¿Ya está qué? —preguntó Florence con sequedad.

Bill miró a su hermana.

—Todo este asunto, supongo. ¿Se acabó?

—¿De verdad lo crees posible? —Florence se rió. Se echó hacia delante y dio unas palmadas en la mesa, cerca de Natalie—. Natalie, ¿de veras no hay que hablar de nada más? ¿No hay ningún otro tema que quieras sacar a relucir?

—Florence, no sé qué pretendes —dijo Bill con aspereza, y Florence se volvió y lo miró con enojo.

—Cállate —le dijo con furia—. Cierra la boca de una maldita vez, Bill. No tienes ni idea de lo que estás diciendo.

—Pues da la casualidad de que sí la tengo, soy yo quien...

—He dicho que te calles —siseó Florence, como si estuvieran solos—. Por amor de Dios, Bill, eres un hombrecillo patético. Ni siquiera lo sabes, ¿verdad? —Se volvió hacia su madre—. No lo sabe, ¿verdad?

Martha no supo qué responder. El poema en el que pensaba continuamente, ese que les habían hecho aprender en la escuela, hacía mucho, muchísimo tiempo. No podía quitárselo de la cabeza últimamente. El primer verso le recordaba al camino que subía a la casa.

«¿Serpentea el camino cuesta arriba sin cesar?».

Pero no lograba acordarse del resto. Miró a Bill y a Florence, que la observaban, y fue como si no se conocieran entre sí, como si se hubieran encontrado en aquella habitación por primera vez. Se odiaban mutuamente, ¿verdad?, se descubrió pensando. Aquel hombre retraído y hermético y aquella mujer desquiciada y estrafalaria. Se suponía que eran niños. Se suponía. Tenía gracia, ¿no?

Se levantó. Le dolían las caderas. Le crujían las rodillas. Últimamente se sentía vieja. Vieja y frágil, hecha de huesos, no de carne. Miró a Natalie y asintió.

—Muchísimas gracias, querida. ¿Te quedarás a comer?

Natalie, que estaba guardando los papeles en su carpeta de plástico, no la miró a los ojos.

—Es usted muy amable, pero no. Tengo que irme. Volveré a ponerme en contacto con ustedes cuando tenga noticias del SFC.

—¿El SFC?

—El Servicio de Fiscalía de la Corona.

Natalie recogió su abrigo.

—Ah, claro. —Martha se retorció los dedos. Dijo mecánicamente—: ¿Una galleta? ¿Otro té?

Natalie negó con la cabeza.

—Usted siempre tan hospitalaria, señora Winter. Ojalá pudiera quedarme, pero no puedo, gracias otra vez. Como les decía, estaremos en contacto. —Consultó su reloj—. Confío en que este asunto se resuelva satisfactoriamente dentro de poco.

—¿Qué hay del cuerpo? —preguntó Florence, levantándose. Martha se sobresaltó. Había hablado en voz muy alta—. ¿Qué pasa con eso?

Natalie la miró inquisitivamente.

—¿Con el de Daisy, quiere decir?

—Naturalmente. A no ser que haya alguien más enterrado en el jardín y no nos hayamos enterado aún.

Bill dio una palmada en la mesa.

—Por todos los santos, Flo, ¿por qué estás tan in-in-insoportable hoy?

Aquel tartamudeo cayó como una piedra en la atmósfera cargada de la habitación y, por primera vez aquel día, Florence pareció sorprendida y vulnerable.

—Imagino que me gustaría que fuéramos sinceros los unos con los otros. —Se volvió hacia su madre—. Voy a preguntártelo otra vez. ¿No hay nada más que quieras decirme? ¿Nada?

—¿Qué, por ejemplo? —preguntó Martha, sacudiendo la cabeza divertida.

No sabía qué se le había metido a Florence entre ceja y ceja, pero sabía que tenía que seguir representando su papel. Aquel era el verdadero secreto que no podía desvelar, porque sabía que, si lo desvelaba, algo se alteraría irremisiblemente. David se había mostrado inflexible al respecto, y se enfadaría muchísimo. Florence no debía saberlo. La puerta del estudio permanecería cerrada con llave. Ella solo tenía que ceñirse a su versión.

—¿De qué se trata, cariño mío?

Florence la miró con enfado. Luego, sin embargo, su expresión se suavizó y dijo con tristeza:

—Nada. No importa.

De joven, a Martha le encantaba Florence porque, en muchos sentidos, no era creación suya: era como un animal exótico venido de lejos para quedarse en su casa, para que lo cuidaran y atendieran. Y en muchos otros sentidos era como David, con sus miembros larguiruchos, su gran sonrisa, su ternura y su formalidad. Se sabía los nombres de reinas persas y de extrañas mariposas, de las sinfonías que ponían en la radio y de los distintos tipos de columnas griegas. Y allí estaba ahora, convertida en una desconocida.

La mente de Martha, falta de sueño y de emociones, se quedó en blanco. Ya no parecía capaz de ver las cosas con claridad. Se aferraba a una sola idea: tengo que seguir así.

Florence dio varias vueltas a su portafolios con los ojos fijos en la mesa. Martha se preguntó por qué llevaba un portafolios —¿qué había dentro?— y de pronto, sin previo aviso, Florence empujó su silla hacia atrás y se levantó.

—Tengo que irme ya —dijo—. Debo volver a Londres. No sé cuándo volveré. Si eso es todo, claro. Natalie, ¿vas a volver a necesitarme?

—No. —La abogada se apretó la carpeta contra el pecho, visiblemente incómoda—. Eso es todo. Gracias.

—Tengo que recoger una cosa de arriba antes de irme —dijo Florence alzando la voz—. Una cosa que necesito. No tardaré mucho, pero prefiero despedirme ya.

—¿Vas a entrar en el baño? —preguntó Martha con cortesía.

—¿Qué?

—En el cuarto de baño. ¿Puedes mirar en el armario a ver si hay algún tubo de la crema para los eccemas de tu padre? Si no, quizá tenga que comprar más.

Florence negó con la cabeza.

—No sé qué te pasa, mamá. La verdad es que no lo sé. Gracias, Natalie. Adiós, Bill.

Bill no levantó la vista cuando su hermana salió de la habitación. Menos de un minuto después la oyeron recorrer el pasillo de arriba, la oyeron rebuscar en el cuarto de baño, abrir puertas de armarios, volver a cerrarlas.

—¿Qué demonios está buscando? —masculló Bill—. Lo siento —dijo volviéndose hacia Natalie—. Está trastornada. Todos lo estamos. No debería haberme puesto tan desagradable con ella, pero... En fin, es igual. —Se sentó de nuevo y se tapó la cara con las manos.

—Por supuesto —contestó Natalie, azorada, mientras Florence bajaba ruidosamente las escaleras.

Martha esperó en silencio. Sin duda su hija entraría para darle una respuesta. Pero la puerta de la calle se cerró sin que le dijera una palabra. Un minuto después se oyó el rugido del coche bajando por el camino.

En la cabeza de Martha sonaba una especie de zumbido turbio y borroso. Como si un aislante acústico se estuviera despegando y el sonido se colara por sus bordes. Se tapó los oídos con las manos intentando bloquear aquel ruido.

—Bueno —dijo Natalie tras un breve silencio—. Florence ha preguntado por el cadáver. Me pondré en contacto con la oficina del forense. Habrá que solicitar una orden de enterramiento y un permiso para volver a enterrar los restos de su hija o su incineración, como prefieran.

El zumbido se intensificó. Si todos sabían lo de Daisy, entonces es que había ocurrido. David había muerto y ella no volvería a oírle reír viendo la tele, ni escucharía su voz suave y amable hablando con alguien por teléfono, ni levantaría la vista de un libro y vería sus ojos marrones claros posados en ella a última hora de la tarde, cuando se sentaban a solas en el cálido cuarto de estar. Ya nunca más podría volverse hacia él cuando cayera la noche y decirle con una sonrisa: «Otro día, David querido».

Nunca volvería a coger su plumín todavía caliente y a hacerle su trabajo, nunca volvería a sentir cómo se apoyaba en ella, nunca entraría en una habitación y sabría que él estaba allí, esperándola. Nunca volvería a abrazarlo por las noches, cuando tenía pesadillas y gritaba y lloraba en sueños, llamando con voz ronca, despertándose entre sollozos, sudando tanto que se le empapaba el pijama, y solo ella podía calmarlo. Su niño, su hombre, su querido esposo.

Aquel ruido sonaba de pronto muy fuerte. Como las avispas en el cuarto de Florence. Martha sintió que una bola le oprimía la garganta, que el dolor le inundaba el corazón. Fijó los ojos en el jardín, contó las capullos de los árboles por detrás de la cabeza de Natalie.

—Eh… Puede que se nieguen, dadas las circunstancias. Pero en cuanto lo hayamos aclarado y se acaben los trámites, estará todo arreglado.

—¿Qué estará arreglado? —preguntó Bill.

—Bueno, quiero decir que enterrarán su cuerpo o sus cenizas y que el caso quedará cerrado —repuso Natalie, moviéndose hacia la puerta como si percibiera el veneno que había en la atmósfera de aquella casa y no quisiera quedarse ni un minuto más—. Podrán seguir con sus vidas.

Bill y Martha recorrieron con la mirada la mesa vacía y luego se miraron el uno al otro y asintieron.

—Muy bien —dijo Bill.

Martha lo miró deseando poder verlo. Pero de pronto solo veía negrura. Se quedó muy quieta confiando en que se le pasara.

Lucy

—El India Club. El Strand. Está justo antes del puente de Waterloo. Pasado el Courtauld.

Lucy escuchó de nuevo el mensaje y miró desconcertada a su alrededor. Los autobuses y los taxis pasaban a una velocidad alarmante y los peatones que cruzaban desde el Strand a Lancaster Place la empujaban, zarandeándola. Los primeros días de buen tiempo parecían haberle tomado el pelo, como le sucedía cada año: se había puesto un vestido de mezclilla azul marino de manga larga que se le pegaba a la espalda sudorosa.

—No lo veo, joder —masculló, mirando las tiendas que tenía enfrente—. Arrrg —gruñó por lo bajo—. Ay, Florence.

—¿Florence? —Un hombre de mediana edad y aspecto amable avanzó desde un portal—. ¿Eres...? Lamento interrumpirla. Debe de parecerle un tanto extraño. Eres Lucy, ¿verdad? Soy Jim Buxton. Conozco a tu tía.

Le tendió la mano y ella se la estrechó, indecisa.

—Buenos días —dijo con energía, pensando que si hablaba como una heroína de un drama bélico de la BBC tal vez pudiera impedir que aquel extraño individuo la atracara o la asesinara, en caso de que esas fueran sus intenciones—. Estoy buscando el India Club. Se suponía que tenía que encontrarme con...

—Acabo de dejarla allí. Está arriba —dijo Jim con una sonrisa. Se guardó el teléfono en el bolsillo y abrió una puerta negra y arañada—. Te acompaño.

Lucy encontró a Florence dos pisos más arriba, en el pequeño restaurante casi vacío, con sus paredes de un amarillo turbio. Estaba sentada a una

mesa grande, con papeles dispersos por todas partes, escribiendo frenéticamente. Ni siquiera había probado la *dosa* que tenía al lado.

—Hola, tía Flo —dijo Lucy alzando la voz. No estaba segura de que
Florence fuera a oírla.

—Florence —dijo Jim—. Es tu sobrina. Me la he encontrado en la
calle. Es Lucy —añadió, indeciso.

Florence levantó la vista, se subió las gafas y sonrió.

—Hola, cariño. —Envolvió a Lucy en un abrazo grande y torpón.
Varias hojas de papel cayeron al suelo—. Entonces, ¿conoces a Jim?
—preguntó algo confusa, esforzándose por entender la situación.

—No, Florence —contestó él con impaciencia—. Me he tropezado con ella al salir. —Se tiró de la patilla de las gafas, un poco como
Eric Morecambe, y luego abrazó la bolsa de tela de Daunt Books que
sujetaba pegada al pecho—. He olvidado preguntarte si vas a cenar en
casa.

—No, Thomas quiere que hablemos con los abogados por teleconfe-
rencia.

—Y a mí me quiere Dios para que sea un rayito de sol.

—Muy bueno —dijo Florence, y se metió un poco de *papadam* en la
boca.

Jim se colgó la bolsa del hombro.

—Te guardaré un poco de cena, ¿te parece?

—Eso sería estupendo. Por cierto, he dejado la *London Review of
Books* encima de la mesa de la cocina. Échale un vistazo. Se equivocan
del todo respecto a Gombrich, pero el artículo es bueno.

Lucy, que no entendía una sola palabra de aquella conversación, se
sentó y miró la *dosa* con deseo.

—Por cierto, ¿Amna vuelve esta noche?

—No, qué va —contestó Jim. Hubo algo en su tono que hizo que
Lucy lo mirara con curiosidad—. No vuelve hasta mayo, seguro que te lo
he dicho, ¿no?

—Los abogados necesitan hablar con ella. —Florence deslizó la carta sobre la mesa—. Elige algo, Lucy, está todo buenísimo.

—¿De qué quieren hablar con ella? —preguntó Jim.

—Bueno, es una tontería. Los secuaces de Peter andan diciendo
por ahí que tú y yo estamos liados. Que tú no eres un testigo imparcial,

etcétera. —Florence puso los ojos en blanco—. Maldito idiota. A mi modo de ver parece bastante desesperado.

Jim se tocó el pelo gris y revuelto.

—Ya veo. Florence, quizá deberíamos discutir ese asunto luego.

—Claro —repuso ella con vehemencia—. Estoy viviendo contigo, debe de parecer bastante extraño. Pero tenemos que despejar las dudas. Confiaba en que Amna pudiera aclarar las cosas o hacer una especie de declaración que... —Rebuscó entre sus papeles—. Está por aquí, en alguna parte. Ah. Vaya, había olvidado este pasaje. —Sacó un bolígrafo resquebrajado y empezó a escribir afanosamente.

—Adiós. No, no me oye. —Jim sonrió a Lucy. Puso la mano en el hombro de Florence con suavidad y se volvió hacia su sobrina—. Adiós. Ha sido un placer conocerte. Me alegra haber conocido a algún miembro de la familia de Florence, de hecho. Empezaba a sospechar que era una especie de hada surgida del agua o algo así. Pide la *pakora*, está deliciosa.

—Eh... —comenzó a decir ella, pero Jim ya se había marchado.

Florence le hizo un vago gesto de despedida y siguió garabateando con su letra enorme e inclinada.

—Un momentito. —Escribió una línea más y dejó el bolígrafo—. Perdona, Lucy. Gracias por venir.

—De nada. Me alegro de verte —dijo Lucy con cautela, pero Florence la interrumpió:

—Quería pedirte una cosa.

Lucy miró a su tía con curiosidad. Florence no era la clase de tía que te llevaba al ballet o a tomar el té en Fortnums. Era la clase de tía que se pasaba horas jugando a batallas o inventando canciones absurdas contigo. Pero por lo general no te hacía confidencias, ni esperaba que tú se las hicieras.

Había, además, otra cosa. Algo que Lucy había arrumbado a un rincón de su mente desde aquel día espantoso. La noche del día en que murió Zocato. Al entrar en el estudio de su abuelo para decir a Florence que la cena estaba lista, encontró a su tía sentada en la silla de Zocato, con una copa de vino al lado y una postal en la mano.

Estaba llorando a lágrima viva. Al ver entrar a Lucy, se limpió la nariz y dejó escapar un enorme suspiro.

—Es cierto —dijo atravesándola con la mirada. Tenía los ojos vidriosos y había apartado de sí un trozo de papel que descansaba arrugado sobre el vade de mesa—. Ay, no. —Su cara volvió a crisparse en una mueca de dolor—. Ay, no. Es cierto de verdad.

Lucy había alargado el brazo por encima de la mesa.

—Ay, Flo. ¿Qué es lo que es cierto?

—Nada. —Su tía se había limpiado la nariz—. Nada. Ya voy —había dicho, doblando la postal y guardándola en uno de sus grandes bolsillos.

Pero no se movió, se quedó muy quieta hasta que entró la abuela y la sacó de allí.

Ahora Lucy preguntó con cautela:

—¿Qué es lo que quieres, entonces?

—¿Por qué no pides y luego te lo cuento? —contestó su tía.

Cuando llegó su *pakora* —que, en efecto, estaba deliciosa—, Lucy comió en silencio unos instantes. Estaba hambrienta. Últimamente daba la impresión de que solo tenía ganas de comer.

—Vives en Hackney, ¿verdad? —dijo Florence—. No está muy lejos de casa de Jim y Amna.

—Sí, claro.

—Jim es un tipo listo. Muy astuto. Nos conocemos desde Oxford. Nos llevamos muy bien.

—Parece encantador.

Lucy miró su reloj.

—Deberías pasarte por allí una noche. Es un sitio fantástico. Lleno de libros. Jim está…

—Flo, ¿de qué va todo esto? —la interrumpió Lucy—. No quiero ser maleducada, pero es que tengo que estar de vuelta a las dos. —Su tía pareció sorprendida y Lucy se apresuró a añadir—: No me va muy bien en el trabajo ahora mismo. No puedo quedarme mucho tiempo.

Florence cogió la *dosa* que no había probado aún.

—Ah. ¿Y por qué no te va bien?

—Porque no estoy hecha para eso. Y mi jefa va a por mí.

«Sobre todo ahora que ha muerto Zocato», quiso añadir, pero no pudo. El artículo acerca de Daisy estaba descartado, por supuesto.

Nadie le había hablado de un ascenso y, la semana anterior, Lara se había despedido para irse a trabajar a *Vogue* y Deborah había mirado a Lucy y le había dicho: «No te ofendas, Lucy, pero sería una pérdida de tiempo. Y no es que quiera parecer negativa. Solo estoy siendo sincera. ¿Vale?».

Lucy se lo contó a Florence.

—Ay, Dios. ¿Y a qué te gustaría dedicarte?

La pregunta pilló desprevenida a Lucy. No se le había ocurrido que pudiera dedicarse a otra cosa. Se removió en la silla.

—Pues me gustaría ser escritora.

Florence no se rió ni pareció perpleja, ni tosió avergonzada. Dijo:

—Buena idea. Me alegra saberlo. Podrías venirme muy bien, ¿sabes? —Lucy pareció desconcertada y Florence movió las manos—. Es una buena idea, Lucy. Tú sabes escribir. ¿Te acuerdas de esas historias tan divertidas que le contabas a Cat? ¿Tienes algo entre manos?

—Eh... No, nada. —Lucy se rió, medio avergonzada—. Bueno, escribo algunas cosillas. —Últimamente le había dado por escribir a todas horas en su portátil. Sobre todo de madrugada. Escribía sobre su padre, sobre Karen, sobre la abuela y Zocato—. Tengo una idea sobre nosotros. Es... —Bajó los brazos para ocultar sus axilas sudorosas y luego se acordó de que a Flo no le importaban esas cosas y se relajó—. No me preguntes aún. Creo que todavía no estoy preparada.

—No hay mejor tiempo que el tiempo presente —dijo Florence muy seria—. ¿Qué quieres escribir?

—Cuentos —contestó vagamente.

Ahora que lo había confesado, que le había dicho a alguien «Quiero ser escritora», lamentó no poder recoger del aire aquella frase y volver a guardarla en su caja, como si de un muñeco sorpresa se tratara. Se encogió de hombros y dijo con alegría:

—Algún día me pondré a ello. Bueno, ¿cuánto tiempo llevas en Londres?

—Pues más de un mes —contestó Florence con brusquedad—. La semana pasada tuve que ir a casa, a Winterfold, a dormir una noche. Pero creo que voy a quedarme en casa de Jim hasta junio. ¿Has oído hablar del proceso judicial en el que ando metida?

—Claro que sí.

—El juicio empieza la semana que viene —añadió Florence—. Le exijo a Peter un porcentaje de los derechos de autor y el reconocimiento como coautora del libro.

—Madre mía. ¿Es ese tipo de la tele? ¿No estuvisteis...?

Florence la interrumpió:

—Pues sí. He sido una imbécil integral. Y no quería que las cosas llegaran hasta este punto. —Esbozó una sonrisa amarga—. La verdad es que me da un poco de miedo lo que van a sacar a la luz. —Se rió con nerviosismo y se subió las gafas por el puente de la nariz—. Cosas embarazosas.

—¿Como qué?

—Ay, Lucy —contestó su tía en voz baja—. Soy una persona solitaria. He pasado mucho tiempo metida en mí misma todos estos años. Y una se acostumbra. Es bastante agradable.

—Sé lo que quieres decir.

—Sí, ¿verdad? Una se hace ciertas ideas sobre las cosas. El caso es que hice el ridículo con él. —Florence tragó saliva—. Cuando pienso mucho en ello, me pongo enferma. Y me siento muy... —Titubeó, buscando la palabra precisa—. Muy sola.

—No estás sola. —Lucy puso la mano sobre la de su tía, pero Florence la apartó.

—Lo estoy. Créeme. Ahora que ha muerto el abuelo y todo eso... —Se mordió el labio y se tapó la cara con las manos.

—No tienes por qué seguir adelante —dijo Lucy—. Podrías retirarte, ¿verdad?

A su tía se le mudó el semblante. Se sentó más derecha y juntó las manos. Asomó la barbilla con expresión resuelta.

—Lo único que tengo es mi reputación, Lucy. A los hombres de mediana edad se los considera en la flor de la vida. Las mujeres maduras somos prescindibles, mi querida niña. Espera y verás. —Hizo una pausa y Lucy pensó que intentaba convencerse a sí misma tanto como a los demás—. Mira, quería pedirte ayuda.

—¿En qué necesitas que te ayude?

—¿Puedes escribir un artículo? ¿Para tu periódico? Te agradecería muchísimo que escribieras una pieza digamos un pelín persuasiva a mi favor. —Florence se inclinó hacia ella y se manchó un poco el pelo con *chutney*—. No quiero hacer el ridículo. Un artículo breve acerca de lo respetada que soy como profesora. Tu periódico no se negaría, ¿verdad?

—Ah.

Lucy dejó el tenedor y se limpió la boca con la servilleta para ganar tiempo. Cogió el mechón de pelo de su tía y le limpió el pegote de *chutney*.

—Eh… Soy tu sobrina, Flo. Quedaría un poco ridículo. «¿Por qué Florence Winter es tan fantástica», autora Lucy Winter (no están emparentadas). Estarían dispuestos a comprar algún reportaje sobre nuestra historia familiar. Querían publicar un artículo sobre Daisy y Zocato, pero no tuve valor para hacerlo y luego… Luego pasó todo lo demás.

—¿Y no puedes escribirlo ahora? ¿Incluyéndome a mí?

Lucy la miró con impotencia.

—Pues no. No puede una escribir artículos sobre sus familiares sin darles cierto enfoque. Por eso no quise hacerlo la otra vez.

—¿Qué enfoque querían darle ellos?

—Pues lo triste que había sido la infancia de Zocato, Daisy la hija desaparecida, etcétera. Pero me parecía demasiado duro y ahora, obviamente, no voy a hacerlo.

Florence extendió el brazo y cogió un trozo de pollo de su sobrina.

—¿Y si yo pudiera darte más información?

Lucy miró las manos de su tía. Le temblaban.

—¿Qué? —preguntó incrédula.

Florence susurró:

—Yo… Bueno… «Venga, Flo, venga» —añadió en voz baja—. Mira, Lucy, yo no soy tía tuya.

—¿Cómo que no eres…? ¿Qué?

La angustia había nublado el rostro en forma de corazón de Florence.

—Ay, señor…

—Flo, ¿qué quieres decir?

—Que soy adoptada. Eso es lo que quiero decir.

Lucy notó que se le atascaba algo al fondo de la boca. Tosió.

—¿Adoptada? Ay, no, no puede ser.

—Me temo que sí. —Florence esbozó una sonrisa torcida—. Daisy me lo dijo cuando éramos pequeñas. Yo no la creí, pensé que era una de sus malas pasadas, pero con Daisy nunca las tenía una todas consigo. —Tragó

saliva—. En realidad, tenía razón. Es cierto. Yo... —Se interrumpió y miró
la comida que se enfriaba en su plato—. Encontré mi partida de nacimiento. La noche en que murió Zocato.

—Te vi... —comenzó a decir Lucy.

—Sí. Estaba buscando el pasaporte de Daisy, la policía lo necesitaba y
tu abuela dijo que estaba allí, así que entré a buscarlo. Estaba mirando en
una carpeta vieja con dibujos del abuelo, sus dibujos del East End, y allí
estaba. Metido allí, fino como papel de fumar. Estuve a punto de tirarlo.

—Ay, Dios mío, Flo...

—En realidad siempre lo he sabido. Sabía que no era como ellos.
Pero descubrirlo así fue bastante traumático. —Se le llenaron los ojos de
lágrimas otra vez. Se subió furiosamente las gafas por la nariz—. En fin.
He pensado que tú podías ayudarme. Escribir un artículo, da igual que
digas que eres mi sobrina o no. Solo quiero que se hable de mí sin que
parezca que estoy completamente chiflada. Ganar este juicio se ha vuelto
muy importante para mí. Tengo que conservar parte de mi reputación
cuando pase todo esto, ¿no crees?

—Florence —dijo Lucy—. Por favor, espera un minuto. ¿Lo sabe
papá? ¿Quién más lo sabe? ¿Sabes quién era tu madre?

Su tía sacudió la cabeza con energía.

—Una chica de dieciocho años. Ni idea de quién era el padre. Fue en
Londres. Anoté el nombre de la chica. Cassie no sé qué. Un apellido ir-
landés. —Se cubrió la cara con las manos largas y sus hombros se agita-
ron—. Siempre he sabido que mi madre no me quería como quería a los
demás. No entendía por qué. —Su voz sonaba amortiguada—. Puedes
sacarlo todo a la luz si quieres.

—Ay, Flo, yo no podría hacer eso. —Lucy alargó la mano sobre la
mesa—. La abuela te quiere, ¡claro que te quiere! Siempre nos está hablando de ti, de lo impresionante que eres, de que no hay nada que no
seas capaz de hacer.

Florence se recostó en la silla y dijo con voz muy queda:

—Mira, es la verdad, Lucy. Antes creía que era feliz. Pensaba que no
me importaba no integrarme, no llegar a encajar, que si quería hablar con
alguien tenía a mi padre y que nuestra casa era un lugar perfectamente
seguro, y ahora me doy cuenta de que era todo mentira.

—Era un lugar seguro. Sigue siéndolo.

—No. Cada uno ha tirado por su lado, y ¿por qué? Hazte esa pregunta. Mira, creía que quizá quisieras ayudarme. Si puedes hablar con alguien del periódico, conseguir que escriba el artículo si tú no quieres...

Florence se levantó y comenzó a meter hojas escritas y recortes de periódico en una maltratada carpeta roja mientras Lucy se echaba para atrás en su silla, aturdida. Se sentía mareada.

—¿Te parece sensato? ¿Has escuchado lo que he dicho?

—Sí, te he escuchado, Flo. Pero no sé qué decir.

—No me crees.

—Sí. Ay, Flo, ojalá hablaras de esto con la abuela.

—Lo he intentado, pero es como un muro de ladrillo. —Su boca se crispó en una horrible sonrisa parecida a una mueca y dejó escapar un gran sollozo—. Lo he intentado, Lucy. Si papá estuviera vivo quizá... Pero no consigo que ella me escuche. Me he dado cuenta de que es mejor no intentarlo, al menos de momento.

Lucy cerró los ojos con fuerza.

—Te necesita. —Sentía angustia por Flo, por su abuela—. Flo, tú sabes que sigues siendo de...

—No lo digas. No digas «de los nuestros», Lucy, o te juro que... No lo digas, por favor. —Se puso la carpeta bajo el brazo y carraspeó—. Entonces no vas a ayudarme.

—¿Escribiendo un artículo en el que revele que eres adoptada? ¿Solo para darte buena publicidad? Rotundamente no, Flo. Venga ya, ¿es que no ves que es una idea pésima? Lo que pasa es que estás muy disgustada y no piensas con claridad.

Era un error hablarle a su tía así. Florence tenía la boca fruncida, el rostro crispado. Lucy arrugó el entrecejo. «¿Cómo es posible que no seamos familia? Es igual que mi padre». Todavía le daba vueltas la cabeza. Le abrumaba pensar en todos aquellos fragmentos de porcelana familiar esparcidos por el suelo, y tenía la sensación de ser la única que quería empezar a juntar todas las piezas.

—Estoy harta de todo este asunto —afirmó Florence—. Verás, me he convencido de que en realidad esto facilita las cosas. Ahora ya puedo seguir con mi vida. Sin todos vosotros. —Se sacó algún dinero del bolsillo de la chaqueta y se le cayeron algunos tiques y monedas al suelo, dejó un par de billetes sobre la mesa—. Adiós, Lucy.

—Flo…, no te vayas.

Florence salió del restaurante con paso decidido y volcó una silla al pasar. Lucy se quedó muy quieta, no sabía qué hacer. Se acercó un camarero con aire de disculpa y le dio la cuenta. Luego empezó a recoger el desorden creado por Florence.

«Estaba equivocada por completo —se dijo Lucy—. Esa idea que me inculcó la abuela durante años de que éramos la familia perfecta evidentemente es mentira. Porque nos han pasado cosas terribles y no parece que podamos ayudarnos los unos a los otros. Abandonamos, nos retiramos de la partida.»

El camarero le trajo el cambio y, mientras las monedas tintineaban en el platillo que tenía al lado, Lucy miró el cielo azul claro por la ventana. Fuera se oía como un zumbido el suave tronar de Londres. Deseó que alguien fuera a recogerla y la sacara de la ciudad para devolverla a su luminosa y acogedora habitación de Winterfold, oír a Martha canturrear en el piso de abajo y a Zocato charlando sobre algo, la radio encendida, los perros ladrando, las voces de la gente. Pero ese mundo había desaparecido para siempre y Florence tenía razón. Recogió el cambio y bajó lentamente las escaleras para salir al cálido sol primaveral de Londres.

David

El día anterior había estado dibujando en Limehouse, donde había visto a cuatro niños pelearse por una muñeca con carita de porcelana y chapetas rosas en las mejillas. Tenía la nariz aplastada y hundida, y sonaba como un sonajero cuando tiraban de ella y forcejeaban en la calle adoquinada.

—Dámela, imbécil, es mía.

—De eso nada, que te jodan.

—Voy a decirle a tu madre lo que me has dicho, Jim.

—Me da igual.

La muñeca procedía de una casa bombardeada al final de la corta travesía, un chalecito victoriano. Habían entrado a excavar, aunque no mucho. No había habido supervivientes, David lo sabía por la Oficina del Registro Público. Había procurado olvidar sus nombres. ¿Quién sabía lo que había aún allí? Aquella muñeca había pertenecido a alguien. Tal vez se la hubieran regalado a una niña las Navidades anteriores sin sospechar que pronto cambiaría de manos.

David no había sido capaz de soportarlo. Había hecho unos bocetos que nunca le enseñaría a nadie. Había visto cosas, observado detalles que la mayoría de la gente prefería pasar por alto. Como el hecho de que todavía hubiera pedazos de cuerpos por todas partes. Una vez había encontrado un dedo en un hueco entre los cascotes, justo al lado de donde estaban jugando aquellos niños. El dedo de una persona mayor, con la articulación nudosa y la piel arrugada.

Ahora su padre, Cassie y él estaban esperando, como tanta gente, las casas que supuestamente iban a construirse después de la guerra. Iban a construirlas a lo largo de City Road y detrás del mercado, y luego —imaginaba David— su familia tendría un nuevo hogar. Menuda broma, que ellos fueran una familia.

La tía Jem y el tío Sid se habían mudado a Walthamstow. La tía Jem venía a veces a tomar el té, a ver a la pequeña Cassie, decía. Para asegurarse de que estaba bien atendida. Pero nunca se quedaba más de una hora. Aparte de eso, evitaban pisar Islington. Demasiados malos recuerdos. Habían visto Angel bombardeado, habían visto los saqueos, cómo cambiaba la gente. A un primo del tío Sid lo habían mandado a chirona por robar plomo después de un ataque aéreo. Decían que era demasiado duro volver. Pero David sabía que también era porque no querían ver a Tom Doolan. Mandaban pequeños regalos a Cassie, chaquetitas de punto, una cinta para el pelo, ese tipo de cosas, pero a David no le mandaban nada. Tenía casi diecisiete años. A él iban a irle bien las cosas: iría a esa escuela de arte de tanto postín, cerca de Bloomsbury, ¿no? El señor Wilson, el profesor de dibujo del colegio, les había escrito y ellos habían pedido ver a David y su trabajo y le habían ofrecido una beca completa. La tía Jem estaba orgullosa y al mismo tiempo atónita ante la idea de que su sobrino no hiciera nada más que dibujar.

—Emily estaría tan orgullosa de ti si lo supiera —había dicho—. La harías tan feliz, cariño.

El sábado más caluroso en lo que iba de año, la tía Jem vino a tomar el té. No tenían nada que ofrecerle, como no fuera té hecho el día anterior, amargo y turbio, y ella trajo unas galletas de jengibre que le había dado una vecina a cambio de unas cortinas que le había confeccionado. David y su tía se sentaron en el suelo, cada uno a un lado del viejo baúl que hacía las veces de mesa en el cuarto de estar del piso. Cassie se agachó a su lado y se puso a jugar con la muñeca de la que nunca se separaba. Se la había hecho su madre el invierno antes de morir: una niñita de *patchwork* cosida con esmero usando minúsculos retales de desecho.

Aunque se veía el cielo azul y diáfano por la ventanita que había al fondo, el piso era oscuro.

—¿Te pagan para que vayas a sus clases, te sientes allí y dibujes? —preguntó ella, mientras recogía del suelo las migas de las galletas con los dedos y se los lamía, como si le diera miedo dejar algún indicio de su paso.

—No es que me paguen. Me han dado una beca que cubre la matrícula y todo eso. Todo lo demás tengo que pagármelo yo. Gastos varios, lo llaman ellos. O sea, el calzado y todo eso. —David la miró esperanzado—. Necesito un trabajo, tía Jem.

Clive, el hermano del tío Sid (no aquel primo que estaba en prisión), tenía una pescadería cerca de Cally Road. Antes de la guerra su madre solía llevarlo allí y le dejaba escoger un pescado para la cena, cuando les iban bien las cosas. Clive le daba un cubo de anguilas para que jugara con ellas. A David le parecía lo mejor del mundo meter la mano en un cubo de animales relucientes y resbaladizos como culebras, del color del alquitrán.

—¿Sabes si Clive necesita a alguien?

Jem negó con la cabeza.

—No, cariño, no necesita a nadie; y si quieres mi opinión, yo no se lo pediría.

—¿Por qué?

—Porque sí, amor —contestó ella, y se inclinó hacia delante para acariciarle la mejilla.

—Tía Jem… —Cassie miró a su tía—. ¿Puedo ir a vivir contigo? —Acarició el chal de su tía.

Jem se echó a reír y miró de nuevo hacia la puerta.

—¿Conmigo? Pues… ya veremos. Estaría bien —dijo con esa vaguedad empleada por los adultos para decir que no sin que se notara.

—Pero ya no me gusta vivir aquí.

—¿Por qué, Cass, chiquitina? —preguntó Jem, fingiendo sorpresa, y a David le dieron ganas de abofetearla o de darle un puñetazo en el brazo.

«Ya sabes por qué. Porque vivimos con nuestro padre y es un monstruo».

—Papá es horrible —afirmó Cass en voz baja mirando a su alrededor—. Me pegó en la cabeza por hacer ruido.

A Jem se le saltaron las lágrimas.

—Ay, no, cariño.

—Pega a Davy y grita.

—¿Solo pega? —Jem se inclinó y agarró a su sobrina de las muñecas—. No hace nada más, ¿verdad?

Pero Cassie la miró sin entender.

—¿Por qué?

Se lo decía a David constantemente. «¿Por qué?». Como si hubiera un montón de cosas que no entendiera. David odiaba que fueran siempre cosas malas que él no sabía explicar, como que su padre les pegara, o que hubiera moscas por todas partes, o lo de ese viejo que se había muerto de frío en la calle el invierno anterior, o lo de las mujeres que caminaban por el mercado llorando para sí. «¿Por qué?».

—No pasa nada —le dijo David interponiéndose entre ellas—. No, no hace nada más, y no le metas esas ideas asquerosas en la cabeza. No le preguntes cosas así. —Se levantó—. Será mejor que te vayas si quieres coger el tren, Jem. Muchas gracias por venir. Ha sido un verdadero bálsamo.

Su tía se levantó con esfuerzo, se puso el sombrero y lo agarró de los hombros.

—Ay, Davy. —Él se apartó—. No me gusta dejaros aquí.

Él detestaba su mala conciencia. Era pura ficción. No significaba nada.

—Gracias otra vez, tía Jem.

—No me he portado bien contigo. Con ninguno de los dos. Pero es que Sid está tan emperrado con el tema. No quiere que tenga nada que ver con…, con vuestro padre. Se cree que puedo desentenderme de todo porque nos hayamos ido de Angel. Ojalá pudiera. Pero cuando pienso en Emily… Ay, Dios. —Volvieron a saltársele las lágrimas—. El estado en que la dejaba a veces. —Dio un gran sollozo—. Dios mío, ojalá fuera todo distinto. No creerás que puede haceros daño de verdad, ¿no?

David iba a decirlo, iba a decirle lo que quería oír. «No, claro que no. Estamos bien, Cassie y yo. No te preocupes por…».

Pero algo lo detuvo. El calor sofocante, el zumbido de las moscas, la cara magullada de Cassie. Lo callada que estaba últimamente.

—Ya no estoy seguro —dijo con sinceridad—. Bebe, bebe constantemente. No le importa que sea de día o de noche. Pegó a Cassie tan fuerte que no pudo oír en todo el día. A veces todavía le cuesta oír. Yo… no lo sé.

—¿Qué quieres decir? ¿Cómo que no lo sabes? —preguntó Jem, chasqueando la lengua contra el paladar con una mirada de frío miedo en los ojos.

David respondió, mirando al suelo:

—Le saltó dos dientes de leche. Y eso no está bien, Jem.

—Ay, Dios. Ay, no —masculló ella.

En todas las calles viejas había un padre así. Desde la guerra, en cada casa había alguien afectado por lo ocurrido. Una hija muerta en un bombardeo. Un hijo desaparecido en algún lugar de Birmania o Francia. Un padre encarcelado por apalear a sus hijos. Una madre juzgada por robar en una casa bombardeada. La guerra había cambiado a todo el mundo. Ahora, te encontrabas un perro muerto en la calle y seguías caminando. Quizá las cosas volvieran a ser como antes, solo que David no se acordaba de cómo eran las cosas antes de la guerra. Cada vez le costaba más acordarse de su madre, solo recordaba el roce de su pelo cuando se sentaba a su lado en el piano y el sonido de su voz cuando le cantaba por las noches. Le encantaban Gilbert y Sullivan.

No te confundas, te lo ruego,
no somos tímidos,
estamos bien despiertos,
la Luna y yo.

Estaba tratando de no pensar en su madre, de no acordarse de cómo era, cuando se oyeron voces en la calle. Alguien lanzaba improperios y una mujer gritaba.

—¡Maldito seas! ¡Así te pudras en el infierno, Tommy Doolan! Eres...

—Ya está aquí —susurró Cassie. Se sentó muy derecha en el suelo con los ojos como platos—. Ya viene.

Y la tía Jem tragó saliva y contuvo la respiración. Murmuró algo para sí misma. David oyó el nombre de su madre. Luego las aletas de la nariz de la tía Jem se hincharon, y se levantó.

—Escúchame, Davy, ¿me oyes? Tienes que marcharte de aquí.

—¿Qué quieres decir?

—Que te marches. —Le puso las manos en el cuello y le sujetó la cabeza bien fuerte—. No puedo llevaros conmigo a los dos. Lo siento, pero no puedo. ¿Lo entiendes?

Él no entendía, pero asintió. Ahora que se había decidido, Jem parecía más resuelta.

Luego añadió con atropello:

—Sid no lo consentiría. Sabe Dios cómo voy a arreglármelas para que acepte a Cassie, pero me las arreglaré. Tendrá que hacerse a la idea, no le quedará más remedio que transigir. Pero si me presento con los dos me echará a patadas, tan seguro como que me llamo Jem. Ay, Emmy, tesoro, cuánto lo siento. —Miró hacia arriba, sollozó un poco y dio unas palmaditas a Cassie en el hombro—. Anda, Cassie, corazón. Nos vamos.

La niña la miró.

—¿Por qué?

—Porque voy a llevarte a casa. A mi casa. Pero tenemos que darnos mucha prisa y no hacer ruido. No quiero que tu padre nos oiga. —Se agachó—. ¿Te apetece venir a vivir con el tío y la tía?

Cassie miró a su hermano.

—¿Y Davy?

—Yo estaré bien —dijo él—. Voy a ir a la universidad, ¿verdad que sí? No voy a seguir viviendo aquí.

Tom Doolan se había parado a discutir con alguien en la calle. David lo vio tambalearse apoyado en una barandilla, agitando el brazo como una hoja al viento. «Acabaré con esto yo mismo si no acaba otro antes, pensó.»

Cassie cruzó los brazos y se volvió a su tía. Sus ojos grises tenían una mirada decidida.

—Quiero quedarme aquí con Davy.

—No, Cassie, cielo —dijo Jem débilmente—. Tienes que salir de aquí. Es hora de marcharse, ¿de acuerdo?

—Cassie —terció David—, yo voy a irme a la universidad dentro de poco. Tengo planes. No puedo hacerme cargo de ti, ¿comprendes?

Ella lo miró fijamente y se metió las manos en los bolsillos con aire resuelto.

—No quiero irme. —Le tembló el labio—. Quiero quedarme aquí contigo, porque dijiste que estábamos juntos, tú y yo, dijiste que estábamos tú y yo contra todos los demás. Lo dijiste.

Se lo había dicho constantemente: cuando caían las bombas, cuando aparecían los saqueadores, cuando su padre llegaba a casa a las tantas y tenían que esconderse en el pasadizo en el que estaba la cama de David, cuando no tenían qué comer, cuando estaban asustados y tenían frío y se sentían solos. Lo decía cada dos por tres.

Cerró los ojos con fuerza. Se dijo que sería más fácil tener que ocuparse solo de sí mismo, y decidió creerlo. Se lo repitió para sus adentros un par de veces. Luego asió a su hermana por la muñeca.

—Escucha, Cassie. No quiero tenerte por aquí. Me tienes harto. Más vale que te largues y te vayas a vivir con la tía Jem. Ellos cuidarán de ti.

Ella agarró con sus manitas la andrajosa camisa de David. Tenía una expresión confusa en su delgada cara.

—Pero dijiste que solo nos teníamos el uno al otro, Davy.

—Pues no lo decía en serio. No pasa nada, así que lárgate de una vez.

Estiró un brazo con despreocupación y le acarició los rizos suaves de la cabeza. Solo una vez más. «Solo nos teníamos el uno al otro».

Ella se quedó mirándolo, la carita demudada por la pena. Luego se apartó.

—Vámonos, tía Jem.

—¿Cómo vamos a salir? —preguntó Jem en voz baja, con urgencia—. Llegará en cualquier momento.

David abrió la puerta de golpe, esquivando la mirada de su hermana. No creía que pudiera soportar mirarla.

—Venid conmigo.

—¿Y el camisón? —preguntó Cassie.

Recorrió con la mirada la habitación mohosa y desnuda que era su hogar desde hacía dos años.

—No hay tiempo, corazón —contestó Jem—. Ya te compraremos uno nuevo. No pasa nada.

Cassie se agachó.

—Me llevo a Flo —dijo. Cogió su muñeca de trapo y la estrechó contra su cuerpecillo.

—Sí, llévate a Flo. —David avanzó por el pasillo y llamó a la última puerta—. ¿Joan? —Aporreó la puerta frenéticamente—. Joan, déjame entrar, ya está aquí otra vez.

Una señora mayor abrió la puerta con desconfianza. Tenía el pelo separado en mechones, recogido con trozos de trapo para que se le rizara y cubierto con un pulcro pañuelo de seda.

—¡Ay, si eres tú, pequeñina! —exclamó pellizcando la mejilla de Cassie—. No pasa nada. Podéis quedaros conmigo hasta que se le pase. No tiene mala intención. Es solo que está enfadado. Ah, hola, Jem. ¿Qué quieres?

—Déjalas entrar, Joan. —Sonaron pasos en la escalera, tras ellos—. Enséñale a Jem la salida de incendios. Adiós, entonces. —Apretó el brazo de Jem—. Es lo correcto, tía Jem, tú lo sabes.

Su tía empujó a Cassie para que entrara en la casa, pero se quedó un momento en el umbral.

—Eres un buen chico, Davy. Ven a vernos, ¿de acuerdo?

La cara de su hermana asomó por debajo de la axila de Jem.

—¿Davy? —Le corrían lágrimas por las mejillas—. Quiero a Davy.

David intentó dominarse. Tragó saliva. Oía los pasos violentos de su padre pisando los tablones agrietados de la escalera. Maldiciendo.

—¿Dónde está ese pedazo de mierda? ¿Ese puto crío? ¿Por qué diablos no viene cuando se lo digo? Un malnacido intenta estafar a su padre y él se queda tan fresco. No quiere ni oír hablar del asunto, le voy a... Juro que...

David se agachó.

—Escúchame, Cassie —dijo en voz baja—. Tienes que irte con Jem. Puedes volver aquí cuando seas mayor y no esté papá. Pero estarás mejor sin él. ¿De acuerdo? Si alguna vez me necesitas, solo tienes que venir y preguntar por mí en el pub o en el mercado, alguien sabrá dónde encontrarme. Te lo prometo. Siempre podrás contar conmigo si me necesitas. —Agarró sus hombros delgados—. ¿Lo entiendes? ¿Me lo prometes? —Ella asintió—. Pero eso será cuando seas mayor —dijo, y tragó saliva—. Bueno, será mejor que os vayáis ya, no queda tiempo.

Los ojos grises y serios de la niña se clavaron en él un segundo y David sintió que se le partía el corazón en dos. Luego ella asintió otra vez.

—Sí.

Se dio la vuelta y desapareció con Flo debajo del brazo. David percibió el olor a sudor que desprendían las axilas de Jem. Se incorporó.

—Adiós, entonces —dijo.

Su tía le dio un beso en la mejilla y le apretó el brazo tan fuerte que le hizo daño.

—Adiós, Davy. Vendré a verte pronto. Márchate de aquí en cuanto puedas, ¿eh? Trabaja duro y sé bueno, ¿de acuerdo? —Se le atascaron las palabras en la garganta.

Se dio la vuelta y le cerró la puerta en la cara mientras los pasos se hacían cada vez más fuertes.

David se volvió para enfrentarse a su padre.

Tom Doolan ya era de temer antes de la guerra, pero entonces las cosas eran distintas. A fin de cuentas, había luchado en la Gran Guerra. Tenía un trozo de metralla incrustado en la rodilla y le dolía. Así pues, en tiempos había sido un héroe, aunque tuviera una vena violenta. Los había peores: él por lo menos tenía trabajo, esposa y un poco de respeto aparente, aunque golpeara a su esposa con el jarrón que ella había comprado en la tienda de Sainsbury y la dejara tirada en el suelo, o diera puñetazos en la cara a su hijo cuando llevaba encima unas copas de más, y aunque David oyera gritos y sollozos de madrugada, cuando debía estar durmiendo. Por lo menos tenían casa, un techo.

Ahora, Tom Doolan era un despojo. Siempre había sido un borracho, pero ahora estaba siempre bebido. David le tenía miedo, y con razón. Vivían los tres en el minúsculo apartamento de una sola habitación que les había buscado el ayuntamiento cerca de Essex Road. A veces se despertaba y veía a su padre mirándolo fijamente, o mirando a Cassie mientras dormía, en el rincón de la habitación, liando un tabaco imaginario con los dedos, con los ojos negros centelleando. La semana anterior había despertado a Cassie, la había sacado a rastras de la cama agarrándola por los brazos delgados y le había golpeado la cabeza contra la pared hasta que ella se había puesto a gritar. Por eso todavía oía mal. Y todo por haber dicho esa tarde, cuando no pudieron cenar, que tenía hambre.

Claro que tenía hambre. Tom no trabajaba, ni se ocupaba de ellos. Vivían de las limosnas de los vecinos y la tía Jem, y de lo que les daba el auxilio social, y eran afortunados por tener el piso, David lo sabía: había miles de familias que no tenían ni eso, que debían hacinarse en las casas de otra gente. Pero David deseaba vivir con otra familia, porque así su padre no podría utilizarlos como sacos de boxeo.

Cuando su padre llamó a Cassie «Emily», y no una, sino varias veces, empezó a darse cuenta de que el peligro era auténtico. Estaba seguro de que, si su madre no hubiera muerto en aquel bombardeo, su padre habría hecho algo terrible poco después. Habría matado a alguno de ellos, estaba convencido.

—¿Qué haces rondando por aquí como un ladrón?

Su padre lo agarró del brazo, lo arrojó contra la pared y tiró de él por el pasillo, hacia su piso. Un desgarro en el hombro hizo gritar a David. Su padre lo empujo por la puerta abierta y la cerró de golpe tras él. Miró a su alrededor y David le clavó los ojos.

Era alto y rubio. Antes de la guerra, la gente decía que parecía un actor de cine. Ahora tenía la cara colorada y estaba fofo, había perdido casi todos los dientes y siempre tenía una mueca horrible en su boca grande y los ojos enrojecidos siempre abiertos, miraba a su alrededor en busca de problemas.

—¿Dónde está Emily?

—Cassie, papá.

David retrocedió arrastrándose y se incorporó. Le ardían el hombro y el cuello. Lo primero que pensó fue que al menos no era el brazo lo que le dolía.

—No es Emily, es Cassie. Tu hija.

Tom Doolan dio un paso hacia él y le dio un fuerte puñetazo en la cara. David se tambaleó mientras su padre seguía caminando y lo empujaba contra la pared.

—Se ha ido. No va a volver —dijo David—. La he sacado de aquí. Se la ha llevado la policía y han dicho que si ibas a buscarla te detendrían. —Escupió a su padre a la cara—. Van a dársela a una familia que la quiera y que cuide de ella como se merece. No se merece un padre como tú. Ni Hitler se merece un padre como tú.

Le dio un empujón. El corazón le latía con tal violencia que pensó que iba a estallar.

«Se acabó, me va a matar —pensó—. Adiós, mundo.»

—Pedazo de mierda —dijo Tom Doolan.

Agarró a su hijo por el cuello, lo empujó hacia el fogón del rincón y le bajó la cabeza hacia el hierro candente. Y mientras David gritaba pidiendo auxilio, su padre le golpeó una y otra vez contra el fogón, sujetándole el cuello con saña, allí donde solo unos minutos antes su tía Jem lo había tocado con mano firme y cariñosa.

—A mí nadie me deja. De aquí no se larga nadie, ¿me oyes? ¿Lo entiendes, marica de mierda?

David forcejeó, retorciéndose frenéticamente y moviendo brazos y piernas, lanzando patadas contra su padre. Y cuando Tommy Doolan le apretó más fuerte y ya no pudo hablar, David miró fijamente su cara, sus ojos rojos, le escupió de nuevo y siguió pataleando. No podía articular una sola idea, pero un instinto profundo y primigenio le ordenaba seguir luchando hasta que su padre lo matara, y aunque ya no veía nada ni podía pensar con claridad siguió retorciéndose con todas sus fuerzas, pataleando, tosiendo y carraspeando, haciendo todo lo que podía, hasta que al fin su padre lo soltó y él cayó al suelo como un fardo. Su padre le dio una fuerte patada en el estómago y luego se dejó caer en la butaca.

—Dentro de poco te mataré —dijo—. No vas a salirte con la tuya. ¿Me oyes?

David se quedó quieto, se concentró en respirar y pensar en Cassie y Jem, en la puerta que se había cerrado tras ella, en dónde estarían en ese momento. Juntas en el autobús, yendo hacia el noreste. Cassie llegaría a casa con la tía Jem, a esa casa nueva tan bonita que siempre se imaginaba David. Nunca había estado allí, pero le gustaba representársela. Baldosas en el camino que llevaba a la puerta, cristales emplomados en las ventanas. Una aldaba en forma de búho: había visto una igual en una de esas casas tan elegantes que había calle abajo. Le gustaban. Tal vez incluso creciera madreselva en la tapia. El tío Sid abriría la puerta. No estaría enfadado ni miraría con sospecha, con esa mirada de comadreja (como si dijera «¿Qué hacen esos mocosos aquí?») que se le ponía siempre que veía a los hijos de Emily. Diría con una sonrisa:

—¡Vaya, hola, Cassie! ¿Cómo tú por aquí, preciosa?

—Viene a vivir con nosotros —diría Jem—. Pasa, cielo, vamos a darte algo de comer.

Y entrarían, colgarían sus abrigos en el perchero, irían a la cocina, donde habría una de esas mesas con alas que se abrían para hacer sitio a los invitados, como él. Tal vez pudiera pasar las Navidades con ellos. Había hecho un dibujo de una comida de Navidad que había visto el año anterior por una ventana, al pasar por Thornhill Square, en aquella casa con la aldaba de búho. A David le gustaban los búhos. Le gustaba dibujarlos copiándolos de las ilustraciones de los libros.

Se había quedado mirando el salón de aquella casa, agarrado tan fuerte a la verja que después se le habían quedado las manos manchadas de óxido. Del techo colgaban cadenetas de papel de colores, y en un sillón había una niña pequeña cantando *Navidad, Navidad* una y otra vez, en voz baja. Brincaba de emoción en su sitio, pensando en aquel día, y David comprendió cómo debía de sentirse. Eso era lo más raro de todo. Que sabía lo maravilloso que debía de ser estar en la piel de aquella niña.

Mientras miraba, apareció un hombre que llevaba un lustroso pudín de Navidad de color marrón. En torno al pastel brillaban llamitas eléctricas de color azul, y la gente que había en torno a la mesa se puso a aplaudir. Nadie se fijó en él, que observaba la escena con la cara pegada a la ventana.

Jem y Sid tomarían pudín de Navidad. Y habría un salón bonito, con sofás y sillas de verdad para sentarse y pasarse el día leyendo. Y una radio de verdad (a Cassie le encantaba la radio).

Todo eso sería para su hermana, que ahora estaba a salvo en otra casa. David cerró los ojos, se hizo el muerto y esperó a que su padre se durmiera. Luego podría volver a salir y seguir dibujando. Y con un poco de suerte no lo matarían, al menos ese día.

Lucy

Mayo de 2013

—Come unas galletas.

Martha deslizó el plato hacia Lucy, que cogió una galleta y, como hacía siempre, miró la escena pintada al fondo del plato que iba quedando al descubierto cada vez que alguien cogía una galleta. Se metió un trozo de galleta en la boca y entornó los párpados para observar a los tres chinos pintados que cruzaban un puentecillo muy adornado; dejó escapar un suspiro. Las galletas de jengibre de Martha eran la cosa más rica de este mundo: crujientes, sabrosas, rebosantes de un sabor dulce y jugoso. Aquella hornada estaba un poco rancia, pero aun así seguía siendo deliciosa.

—¿Tienes hambre, Luce? —preguntó su padre con una leve sonrisa.

—Umm —contestó, diciendo lo que creía que querría oír su abuela—. Están buenísimas. Siguen siendo las mejores, abuela.

Martha hizo un gesto afirmativo.

—Me alegra saberlo.

Miró por la ventana mientras jugueteaba con un trozo de brida de alambre.

La balumba de objetos domésticos, antes encantadora, amenazaba ahora con hacerse agobiante. Cuencos llenos de monedas anteriores al euro, trozos de papel, figurillas navideñas y pinzas de la ropa se amontonaban sobre el aparador. Una taza con el asa rota descansaba melancólicamente sobre la mesa, delante de ellos, cubierta por una ligera película de polvo gris.

La jornada de verano había empezado ya, y aunque Lucy había salido temprano, el tráfico del fin de semana le había impedido llegar antes de la hora del té. Cuando llegó estaba oscuro y lloviznaba: la lluvia se extendía como un manto que cubría el valle. Cuando llegó, la abuela le dijo que estaba ocupada haciendo algo en la planta superior y la dejó en el cuarto de estar, sin saber si debía tocar algo, retirar los pañuelos y los chales y ponerse a limpiar. Lamentó no haber ido a pasar la noche a casa de su padre. Se empeñaba en imponerle su presencia a la abuela, y la abuela no parecía notar si estaba allí o no. Lucy no sabía qué hacer. Últimamente tenía la impresión de no poder concentrarse en nada: lo estaba pasando fatal en el trabajo. Comía demasiado y no dormía. Una de dos: o estaba en el *Daily News*, asqueada, o en casa, temiendo que llegara el día siguiente. Se preocupaba por todo, cometía errores absurdos, no parecía capaz de hacer nada a derechas: ni conseguir cambio para el café, ni encontrar la pareja de un calcetín, ni acordarse de cargar el teléfono. Sentía que todo lo que había aprendido se iba desvaneciendo, y que ella también se desvanecía.

Dejó la galleta en el plato y miró con tristeza la habitación oscura y desordenada. Martha siguió la dirección de su mirada.

—Como ves, lo tengo todo un poco desordenado. No he tenido tiempo de preparar tu habitación. Cat durmió en tu cuarto. No sabía que ibas a quedarte aquí. Creía que irías a casa de tu padre.

—Puedo ir a dormir allí, no pasa nada. Solo quería ver cómo estabas. —Lucy sabía que su voz sonaba demasiado alta—. Es maravilloso que no vayan a procesarte.

—Sí —contestó Martha, inexpresiva—. Es sencillamente maravilloso, ¿verdad?

Lucy cruzó los brazos, incómoda.

—Perdona, no lo decía en ese sentido.

Bill dio unas palmadas en la mesa.

—Bueno, mamá, como le estaba diciendo a Lucy, por lo menos ya estamos tranquilos.

Martha sirvió más té.

—¿Tranquilos por qué?

Bill comenzó a tamborilear sobre la mesa con los dedos, marcando un ritmo constante, casi jovial.

—Por nada, solo por eso: es buena noticia que no haya que hacer nada más. Podrías haber ido a la cárcel, ¿sabes?

—Sí, lo sé.

—Podemos hablar de lo que quieres hacer ahora. Respecto a Daisy. —Martha no parecía escucharle—. Su entierro. Dicen que podemos volver a inhumarla. Aquí no, pero deberíamos pensar en lo que quieres hacer. ¿Mamá?

Martha cruzó los brazos. Sonrió.

—Supongo que sí.

Lucy miró a su padre, que seguía forcejeando pacientemente con la abuela.

—Esto está muy oscuro, mamá. ¿Te importa si enciendo la luz? —Bill se levantó y pulsó el interruptor—. Vaya.

—Se han fundido. —Martha se sirvió un poco más de té—. Una a una. Tenía intención de cambiarlas pero al final nunca me pongo con ello. —Se encogió de hombros—. Tengo esta de aquí. —Encendió una vieja lamparita de mesa que había enchufado junto al fogón—. Así está bien.

—Voy a la entrada a buscar unas bombillas.

—He dicho que así está bien —dijo con energía—. ¿Sabes, Bill? He estado pensando. Seguramente venderé Winterfold este verano. Me mudaré.

Lucy levantó la vista y Bill se giró en la silla con brusquedad y torpeza.

—¿Estás segura, mamá? —preguntó—. ¿No es un poco pronto?

—¿Pronto? ¿Por qué? ¿Es que crees que dentro de un año estaré preparada para pasar página? —Se rió—. Mira, no podemos ponernos sentimentales con esta casa. Ya no.

Lucy tragó saliva. De pronto le dolía la garganta.

—A mí me parece buena idea que se venda en algún momento, pero abuela…

—¿En qué momento? —preguntó Martha en tono de reproche, y se volvió para mirar a su nieta—. ¿En qué momento, te estoy preguntando?

Miró a Lucy con fijeza, como exigiendo una repuesta, y su nieta, cansada y triste, no supo qué decir. Se limitó a encogerse de hombros.

—Bueno, ya lo hablaremos más adelante. Puedo pedirle a alguna agencia inmobiliaria que la tase, si es lo que quieres —dijo su padre—. Puede que sea buena idea. Cuando sepas lo que quieres hacer, avísame.

—Lo haré —repuso Martha, y Lucy vio un destello de pánico en su semblante.

Su padre cambió de tema.

—¿Sabéis?, creo que el juicio de Flo ya habrá acabado la semana que viene. Hoy he leído algo sobre eso en el periódico. Creo que no le está yendo muy bien.

—¿De veras? —Martha esbozó una sonrisa cansina—. No sé. A mí no me ha dicho nada.

—Creo que no quería preocuparte —dijo Bill.

—Ya. ¿Cuándo crees que lo sabremos?

—Cuando llame, imagino. Es tan maniática con eso de los móviles. Está viviendo con Jim y su mujer en Islington, pero no tengo el número de su casa.

—Islington —repitió Martha inexpresivamente—. Entiendo. No sabía que estaba allí. Tiene gracia, ¿no?

Lucy no entendió qué quería decir.

—Jim es muy simpático —dijo—. Lo conocí el otro día, cuando comí con ella. Me...

—¿Comiste con Flo? —preguntó Martha, sorprendida.

—Sí, me lo pidió ella.

—¿Por qué?

«Bueno, porque la noche que murió Zocato descubrió que era adoptada y supongo que quería hablar con alguien sobre ese asunto, sobre el que por lo visto nadie le había comentado nada».

—Eh... Pues quería que escribiera un artículo poniéndola por las nubes. Le dije que no. Que no creía que el *Daily News* lo aceptara. —Lucy se encogió de hombros—. Está muy preocupada por todo ahora mismo.

Martha comenzó a recoger las cosas del té con diligencia.

—Florence siempre ha estado en su mundo. Cuesta conseguir que te escuche.

—Abuela, necesita tu... —comenzó a decir Lucy, pero se detuvo.

No le correspondía a ella decirle a la abuela lo que había descubierto Florence. Ni siquiera tenía la certeza de que fuera verdad. Últimamente, apenas estaba segura de qué era real y qué no.

—No me hagas sentir culpable. Soy demasiado dura con ella, lo sé. —Martha meneó la cabeza. Parecía estar hablando consigo misma—. No puedo evitarlo.

Lucy se enroscó la falda en el dedo. Miró a su padre, pero él no dijo nada. Fuera, junto a la puerta trasera, la lluvia goteaba en un cubo.

Su abuela dijo de pronto:

—Nos equivocamos, ¿sabéis? Lo he hecho todo mal. Pensaba que las cosas irían mejor cuando lo sacara todo a la luz. Él quería un hogar para su familia. Un sitio en el que estuviéramos todos unidos y a gusto. Y lo intentamos con todas nuestras fuerzas, pero la cosa se torció en algún momento.

Bill y Lucy dijeron a la vez:

—No, nada de eso, mamá.

—Todas las familias tienen sus problemas.

—Eso decís vosotros. Pero sois los únicos que quedáis. —Había desprecio en su voz, algo que Lucy no había oído nunca antes—. Su mujer se escapó. —Señaló a Bill con el dedo—. Sus dos mujeres, en realidad. Y Florence también huyó. Y Daisy. Crié a su hija y ella se largó.

—Mis dos mujeres no. Clare no se escapó —repuso Bill en tono ligero, tratando de hacer una broma—. Decidimos que era lo mejor. Y Karen… No se ha escapado. Solo se ha ido de casa. Estuvimos de acuerdo en que debía marcharse.

«Papá —le dieron ganas de gritar a Lucy—. ¡Defiéndete!»

Martha se volvió hacia él. Sus ojos verdes centelleaban.

—Ay, Bill, estás en Babia. Ni siquiera te diste cuenta de que tu mujer llevaba casi seis meses liada con otro, y eso que lo tenías delante de las narices.

El padre de Lucy se levantó y llevó unos platos al fregadero.

—La verdad es que sí lo sabía. Lo supe desde el principio.

—¿Qué?

—Susan Talbot. Me lo dijo ella. Los vio besándose una vez. —Torció el gesto—. Pero yo ya me lo olía. No soy tonto. Veréis, la conozco muy bien. La conozco desde el principio, desde que… En fin, el caso es que pensé que se le pasaría. Pensaba que nuestro matrimonio funcionaba por lo que no nos decíamos el uno al otro, en vez de al revés.

—Qué manera tan extraña de llevar un matrimonio —comentó Martha, parpadeando con fuerza.

—Eso parece. —Bill se sentó y apuró su té con aspereza—. Bueno, entonces me voy. —Se levantó, se acercó a la puerta y miró a su hija—. Luce, te veo mañana. ¿Vendrás a tomar un café o algo así?

—Claro. —Deseó poder marcharse con él, pasar el brazo por sus delgados hombros y devolverle a la casita un poco de vida y bullicio. De pronto no quería quedarse a solas con su abuela—. Avísanos si sabes algo de Florence, ¿quieres? Dile que todos esperamos que esté bien.

—Sí —dijo Martha—. Avísanos. —Alargó la mano cuando su hijo pasó a su lado y él se agachó para darle un beso en la mejilla. Luego, Martha susurró contra su pelo—: Ay, Bill, cariño mío. Lo siento. Qué mal está saliendo todo.

Él la abrazó cerrando los ojos con fuerza.

—No pasa nada, mamá.

Martha lo agarró de la muñeca y lo miró fijamente.

—Bill.

—¿Sí, mamá?

Ella tenía los ojos nublados. No lo miraba a él, sino a algo que parecía haber detrás de su cabeza.

—Ya está empezando. Ya está aquí. No puedo quitármelo de encima. Intento alejarlo, pero siempre vuelve. —Volvió la cara—. No. No.

—Mamá, no pasa nada —dijo él con calma. Le puso una mano sobre los hombros—. No pasa nada.

—Creo que no lo entiendes.

—Claro que sí. —Bill se agachó para mirar a su madre a los ojos—. Estás intentando negar la situación, mamá. Es normal.

—No —repuso Martha en voz baja—. Es solo que a veces le odio.

Se acuclilló delante de ella como si fuera una niña pequeña y le puso un mechón de pelo detrás de la oreja.

—Mira, mamá, ¿puedo darte un consejo?

—Claro.

—No fuerces las cosas. Nada. Deja de intentar controlarlo.

Ella lo miró fijamente.

—Quiero que esto pare —dijo—. Quiero poder alejarlo de mí.

—Pero no puedes, mamá. ¿De acuerdo?

Lucy los observaba acongojada.

—Mamá —dijo Bill con delicadeza—, papá ha muerto. No va a volver.

Para espanto de Lucy, la cara de su abuela se contrajo, asomó la mandíbula y en su boca se dibujó un flojo agujero.

—Dijo que vendría. Solo un tiempo. Me mintió. —Meneó la cabeza—. Ojalá lo hubiera sabido. Le habría ayudado, habría hecho que se sintiera mejor.

—No —contestó Bill con firmeza—. Mamá, yo lo sabía. No pude ayudarle y soy médico. No podrías haber hecho nada, absolutamente nada. Por favor, por favor, créeme. Vivió mucho más de lo que yo pensaba. Tienes que entenderlo: llevaba mucho tiempo enfermo. Vivió para conocer a Luke y para volver a ver a Cat, ¿no? Y pronto iba a celebrarse la exposición. Quería que estuviéramos orgulloso de ella, que lo celebráramos. Y sabía que tú estabas bien, y que seguirías estando bien. Tienes que recordarlo. —Le puso la mano en la mejilla y ella asintió con una sonrisa forzada y fantasmal—. ¿Sí? ¿Me crees?

Martha lo miró.

—No sé.

Salieron los tres a la entrada y se quedaron en el umbral, mirándose unos a otros, hasta que Martha rompió el silencio.

—Bueno, adiós —dijo.

Dio media vuelta, entró en el estudio y cerró la puerta.

—¿Estás bien? —le preguntó Lucy a su padre, mientras bajaban juntos por el camino—. ¿Seguro que no quieres que te acompañe?

Había dejado de llover y de los árboles recién reverdecidos caían gruesos goterones.

—Claro que sí, pero gracias de todos modos —contestó Bill, sacudiéndose las gotas brillantes de la chaqueta con gesto preciso—. Nos vemos por la mañana.

—Sí, papá —repuso ella. Deseó poder preguntarle qué iba a pasar, qué debían hacer, pero comprendió por sus hombros encorvados y sus ojos tristes y abatidos que no podía ayudarla—. Deberías ser así más a menudo, ¿sabes?

—¿Cómo?

—Más directo. Más resolutivo, papá. Se te da muy bien.

Él soltó una risa impotente.

—Me temo que yo no soy así, Lucy.

—Sí que lo eres. Lo que pasa es que crees que no. La abuela necesita que le digas la verdad.

Su padre se echó de nuevo a reír.

—Lo cierto es que nunca he entendido cuál es la verdad. Y todo esto demuestra que tengo razón. —La abrazó—. Adiós, Luce. Has madurado tanto últimamente… Casi no te reconozco.

Ella lo miró con curiosidad.

—Papá, sigo siendo la misma.

—Ya nada es lo mismo, Lucy —respondió él—. Cuanto antes se haga la abuela a la idea, mejor.

Mientras regresaba por el camino, Lucy contempló la casa. Los gabletes de madera se veían grises a la luz del anochecer, y el musgo cubría los marcos de las ventanas. Habían brotado hierbajos entre la grava. Como si el tiempo quisiera apuntalar su lúgubre estado de ánimo, empezó a llover otra vez, una lluvia espesa como la niebla. Se frotó los ojos. Era como si la casa estuviera desapareciendo ante ella, y lamentó no poder poner en marcha el carrusel y cambiar la imagen, sustituirla por la fiesta de su décimo cumpleaños, cuando la casa se convirtió en un barco pirata y Cat le regaló su vieja camiseta de Benetton. O aquella vez en que Florence estaba tan rabiosa por cómo había interpretado un crítico su lectura de un cuadro antiguo que lanzó el libro por la ventana del estudio, hacia el césped, y dio a Bill en la cabeza, y Zocato, Cat y ella se rieron tanto que a Cat se le salió la limonada por la nariz. O la vez que besó a Xavier, el chico francés que había venido de intercambio, en el bosque lleno de ajos silvestres: el sabor de sus labios carnosos y salados, el olor a ajo y a tierra fresca. Cualquier recuerdo menos aquel, el del día presente.

Abrió con cuidado la puerta del estudio y, al ver a Martha sentada tras la mesa de Zocato, se sobresaltó, como le pasaba siempre. Su abuela sostenía una factura de teléfono, y a un lado había un *Wilbur* dibujado que correteaba por el margen.

Lucy dejó escapar un «¡Oh!» al verlo. Evitaba ver a *Wilbur* todo lo que podía porque verlo la hacía llorar. Mientras Lucy la miraba, Martha rompió el papel en dos muy despacio, de un extremo a otro, con los ojos fijos en su nieta.

—No hagas eso —le dijo Lucy enfadada.

—Tú no lo entiendes —contestó Martha—. Este lo dibujé yo. Es mi *Wilbur*. No puedo volver a dibujarlo nunca más. Si él se ha ido, *Wilbur* también.

Lucy dio una palmada sobre la mesa.

—Tú no tienes que dibujar a *Wilbur*. ¿De qué estás hablando? ¿Se puede saber qué te pasa?

Martha la miró con perplejidad. Sus ojos verdes parecían cansados.

—¿Que qué me pasa? A mí nada. Sois vosotros los que estáis equivocados, no yo. —Se rió—. Dios mío, me estoy volviendo loca, ¿verdad?

—Abuela, ¿por qué dices que estamos equivocados? —preguntó Lucy cruzando los brazos.

—Esa idea de toda la familia aquí, esta casa. —Su abuela volvió a rasgar el papel, lo rompía cada vez en trozos más pequeños—. Es todo mentira. Creía que arreglaría las cosas si contaba lo de Daisy, pero no.

—No —dijo Lucy de repente—. No es verdad. Somos bastante fuertes. Lo somos.

Martha le dedicó una sonrisa casi tierna.

—Ay, Lucy, no, nada de eso. Mira a tu alrededor.

—Eres tú, eres tú la que piensas así porque todo te parece triste y feo, y lo entiendo —comenzó a decir Lucy, retorciéndose las manos—. Nadie es feliz todo el tiempo. No soy tan ingenua. Sé que no todo era perfecto, pero, abuela, no era mentira. Éramos felices. A mí, venir aquí era lo que más me gustaba del mundo. Me encantó criarme aquí, estar con Cat. Ser vuestra nieta. —Tragó saliva—. Veros a Zocato y a ti todo el tiempo, y hacer café y leer libros con Florence y todo eso. Sucedió, abuela, no es una fantasía.

Martha negó con la cabeza.

—Despierta, Lucy. No es un cuento de hadas. Dime una sola persona que siga en pie después de esto y… Ay, no puedo. Márchate. Déjame en paz, por amor de Dios.

Lucy se puso en jarras. Estaba temblando.

—No. No voy a marcharme.

De pronto Martha se puso a gritar con la voz ronca por la ira.

—¡Vete! —Señaló la puerta—. Por Dios, Lucy, tú no tienes ni idea. Tú nunca te has despertado preguntándote si tu padre te mataría a patadas ese mismo día, como Zocato, ni te han metido en un tren y te han mandado lejos de tu familia cuatro años, como hicieron conmigo.

Cuando volví, estaba tan cambiada que ya nadie me conocía. Vas por ahí levitando, diciendo que quieres escribir y que te encanta estar aquí y lo maravillosa que es esta familia, y te equivocas. —Su voz se suavizó—. Sé que has idealizado todo esto, imagino que es por el divorcio y por lo de tus padres, pero te equivocas.

Lucy intentó no llorar. Asintió con un gesto.

—Está bien.

—Lo siento —dijo Martha, pero Lucy retrocedió, salió a la entrada y se alejó de ella.

Corrió arriba, a su antiguo dormitorio, y cerró la puerta. Estaba encima del cuarto de estar, y al otro lado de la ele que formaba la casa, lejos del dormitorio de la abuela y Zocato. A menudo, Cat entraba a hurtadillas de madrugada y se metía en la cama con ella, y se quedaban charlando y riendo hasta que la luna dorada brillaba en lo alto como un sol de medianoche, a través de las finas cortinas de flores. Las dos camas gemelas, cubiertas con las mismas colchas de lana ajadas, parecían sudarios. Aquella era la habitación donde había tenido su primera regla; donde había escrito su primer relato, *La niña que se comió la Luna*; donde se pintó el pelo con esmalte de uñas y tuvo que cortarse un flequillo desastroso y ladeado. Allí le enseñaba los pechos a Cat, y Cat a ella. Aunque se llevaban tres años y medio, Lucy se había desarrollado pronto, y su prima tarde. La alta ventana con su marco de madera estaba flanqueada por sus libros infantiles preferidos: *La familia Bell*, *Linternas en la nieve*, *La caja mágica*. La Navidad que siguió a la separación de sus padres, pasó todas las vacaciones allí, tendida en su cama, leyendo. Nadie la molestaba, nadie intentaba que «se integrara». Se compadecía de las familias que tenían ese ansia de integración. Aquí, cada cual hacía lo que quería, y a veces estaban todos juntos, y a veces no. Martha se preparaba sus huevos a la escocesa solo para ella, y Cat y Lucy iban solas a Bath en autobús a ver *La Comunidad del Anillo*, y luego estuvo aquella Navidad en que…

Miró por la ventana sin fijarse en nada en particular, aferrándose a su cuaderno, preguntándose por Martha, por Florence, por todos ellos. Luego se sentó en la cama y cruzó las piernas. Estaba todo en silencio. Solo se oía el tictac del viejo reloj de la entrada. Sacó un boli de la mesilla de noche y comenzó a escribir tranquilamente, con letra clara.

Dices que no éramos una familia feliz, abuela. Pero yo me acuerdo de la Navidad de mis nueve años. Se nos averió el coche cuando veníamos hacia aquí, en la carretera nacional, justo al salir de Bristol, y mamá salió hecha una furia y se metió en un pub, y llamamos a Zocato y vino a recogernos, pero mamá estaba muy cabreada y no quiso salir del pub, y papá y ella se quedaron allí tomando algo y yo volví con Zocato, acurrucada en el asiento trasero del coche y arropada con la manta grande de viaje (la naranja, la que tejió Joan Talbot con un trozo morado en el centro, porque tenía mala vista).

Recuerdo muy claramente lo fantástico que fue dejarlos en aquel pub. Porque no era ningún secreto que su matrimonio hacía aguas por todas partes, ¿sabes? Para mí era evidente. Me di cuenta mucho antes que ellos. Lo único que quería era que se dieran cuenta de que no estaban hechos para vivir juntos. Quería que lo asumieran y dejaran de fingir que éramos una familia feliz. Porque la verdad es que no lo éramos: olvidas, abuela, que yo ya he vivido en una familia infeliz. Es obvio. Y es horrible ser hija única y estar entre dos personas que te mienten porque creen que es lo mejor.

Así que pienso mucho en esa Navidad porque fue la primera vez que me di cuenta de que los niños suelen tener razón, aunque nadie les haga caso. Zocato se pasó todo el camino a Winterfold silbando. Iba muy despacio porque las carreteras estaban cubiertas por una capa de hielo de dos días y resbalaban, y cuando ya estábamos cerca de Winterfold oscureció y pensamos que era de noche, pero lo que pasaba era que se acercaba otra tormenta de nieve. Zocato puso su cinta de los Rat Pack y cantamos Jingle Bells, *y* Blue Christmas *y* Let It Snow, *y Zocato se puso a imitar a Dean Martin tan mal como siempre, y dijimos que ojalá estuvieras con nosotros allí, cantando, porque siempre te sabías todas las letras y te chiflaba cantar. Tiene gracia. Te apasiona cantar, igual que a mi padre y que a Zocato. Y a Florence. Cantáis todos constantemente.*

Oíste el coche cuando llegamos y apareciste en la puerta, y me acuerdo de esa Navidad mejor que de ninguna por ese momento. Llevabas puesto tu delantal de Navidad, el que tenía frutas del bosque, y habías adornado la puerta con acebo, hiedra y lustrosas hojas verdes que brillaban a la luz del porche. Y ya había empezado a nevar, era como si alguien hubiera bajado la cremallera a las nubes y la nieve cayera como las plumas de una almohada. Salimos del coche y corrimos hacia ti, y todavía percibo ese olor de cuando nos acercamos, ese olor delicioso a madera y a pinos, a humo de leña, a especias, a árboles de Navidad, a tierra, a nieve y a frío, todo mezclado cuando te abracé.

Y tú dijiste: «¡Cuánto me alegro de que los viajeros hayan regresado!». Dijiste «regresado», como si se supusiera que teníamos que estar allí.

Ese día nevó, y estuvimos mirando por la ventana cómo cuajaba la nieve sobre el valle y cómo cubría los árboles grises con su manto blanco. Cuando se hizo de noche llegaron mis padres y tú siempre sabías arreglártelas para que mamá estuviera de mejor humor. Le hiciste una manzanilla y le preguntaste por sus pacientes y comimos galletas de jengibre de las tuyas, y decoramos el árbol de Navidad, solo que nos encargamos de hacerlo Cat y yo, y tú y Zocato no parabais de cambiar las cosas de sitio y de colgar cosas raras del árbol cuando no mirábamos, y nos partíamos de risa. Colgasteis un paquete de pañuelos de papel, y un calcetín de Cat, o tus gafas de leer, qué sé yo. Esa noche, Cat y yo nos inventamos una obra de teatro basada en la canción She's Electric *de* Oasis, *pero era tan absurda que nos dimos cuenta de que no podíamos representarla para nadie. Cat dijo que no quería hacer más obras, y era normal, pero yo me puse muy triste. Esa noche estuvimos viendo* Tras el corazón verde *en vídeo, en la tele nueva, hasta las tres de la madrugada. Y a mí me encantó, porque Kathleen Turner es una escritora muy cuadriculada hasta que empiezan a pasarle todas esas aventuras increíbles y entonces tiene el pelo más bonito, y mejor color, y una raja en la falda de seda.*

Al día siguiente era Nochebuena y había una capa de nieve de varios centímetros. Hicimos un muñeco y le pusimos como cabeza uno de los cubos que nos llevábamos a Dorset de vacaciones, y tenía un aspecto muy raro, como de robot pero con mucha arena por encima. Teníamos la cara muy colorada y las rodillas y las manos empapadas. Convertimos al muñeco en un auténtico robot: un enchufe viejo por boca, unos fusibles por ojos, una percha de alambre como si fuera una especie de indicador metálico y unas macetitas herrumbrosas en las manos para que pareciera lo más mecánico posible. ¡Medía un metro y medio de alto! Era tan alto como yo entonces.

Acabamos de preparar el pastel de Navidad y Flo y yo hicimos tostadas con queso derretido (a Flo siempre, siempre se le queman las tostadas; ese día también), y tú llenaste hasta los topes la vieja tetera marrón, porque no solo había llegado Flo, también estaba Gilbert Prundy, que vino a traer el radiador de sobra que tenía en su trastero (me acuerdo muy bien de él: el viejo vicario con sus chalecos bordados y su anillo de sello con un extraño símbolo masónico. Estábamos convencidas de que abría la puerta a otra dimensión, como en una película de Indiana Jones). A ti se te cayó un plato en la cocina, una de las fuentes azules con un sauce pintado, y se hizo añicos y mientras barríamos tú dijiste: «Lo que viene fácil, fácil se va», y te encogiste de hombros como si tal cosa, y yo pensé: «Así es como quiero vivir». Entonces me di cuenta de que es una manera distinta de ver la vida. Yo siempre me preocupaba mucho por todo, siempre tenía algo rondándome por la cabeza. Y tú me hiciste ver que todo era perfecto tal y como era, en ese momento. Porque éramos felices allí, barriendo los trozos del plato, tú cantando canciones de Dean Martin y Zocato haciendo los coros desde el estudio. Así que eso es lo que recuerdo cuando intento pensar en nuestra familia. Esa Navidad. No esta casa tan bonita, ni los preciosos adornos de la mesa, ni la comida que seguramente llevabas días preparando. Sino el hecho de que estuviéramos allí todos juntos. Cantando. La voz de Zocato, haciendo esos gallitos horrorosos. Igual que hace ahora papá, o Flo. ¿Verdad que es curioso que Flo cante igual que ellos, abuela? Cat tiene una voz muy suave. Y la tuya es preciosa. A mí me recordaba a un clarinete. Siempre cantamos, y para mí es tan divertido.

Estoy llorando mientras escribo esto. Todavía veo al muñeco de nieve robot, con su arena de playa. El fuego y el árbol y la alegría de estar todos juntos. La sensación de respirar y de relajarse porque estábamos a salvo, juntos, con las puertas y las ventanas cerradas al resto del mundo. Eso siempre está ahí, aunque él se haya ido. No va a desaparecer.

Martha

Estaban al pie de la escalera, mirándose. A Martha le temblaban las manos mientras leía la fina hoja de papel. Pasados unos minutos, la dejó sobre la mesa de la entrada y entró en el cuarto de estar sin mirar a Lucy. Se detuvo junto a las puertas cristaleras y contempló el césped y el cielo. Sentía su respiración, yendo y viniendo, entrando y saliendo, sentía cómo subían y bajaban sus escápulas. Estaba allí.

Había mucho silencio. Sabía que tenía que decir algo.

—Yo no lo recuerdo así —dijo por fin.

—Ya —dijo Lucy—. ¿Y cómo lo recuerdas, entonces? Porque yo era feliz, abuela. No son fantasías mías. Sabía que mis padres no se llevaban bien. Sabía que pasaban muchas cosas horribles en el mundo. Pero cuando venía aquí era feliz.

Martha miró a su nieta. La cara en forma de corazón de Lucy estaba ruborizada.

—Recuerdo que era… Supongo que recuerdo que… —Se detuvo—. No sé. Puede que lo haya confundido todo. Me acuerdo de Daisy, de que deseaba que Daisy estuviera aquí. Por todos, pero sobre todo por Cat.

—Pero Daisy nunca había estado, así que ¿cómo iba a echarla de menos Cat? —Lucy se rascó el cuello, por el que le subía un intenso rubor—. No nos gustaba que viniera, había mucha tensión y era todo un poco raro. Estabais todos en vilo. Y siempre le olía el aliento.

Martha dio un respingo de sorpresa.

—¿Qué?

Lucy pestañeó avergonzada.

—No debería haber dicho eso.

—¿Le olía el aliento?

—Sí. Como si hubiera comido algo podrido. Yo lo odiaba. No me gustaba abrazarla y todo eso.

—¿Cat pensaba lo mismo?

Lucy asintió con la cabeza despacio, sin mirarla a los ojos.

—Pues sí, abuela. Quería que se marchara. No era agradable que estuviera aquí.

—¿Por su aliento?

—No, porque era muy falsa. Me ponía nerviosa. Era demasiado simpática con Cat, ¿entiendes lo que quiero decir? —Lucy observó a su abuela—. No, claro. Era muy exagerado. Y se portaba fatal con Florence. Se le notaba en pequeños detalles. Comentarios malintencionados y esas cosas, y Flo lo aceptaba todo. Ya sabes como es, siempre tan distraída, como si estuviera a kilómetros de distancia.

A Martha se le encogió el estómago al recordar a Florence cuando tenía siete años y subió por el camino con sus trenzas rojas llenas de barro, la falda del colegio, que le quedaba larga, toda rota, chupándose el dedo y llorando. Y luego le dijo flemáticamente:

—Eh, creo que me he caído.

Las avispas que casi la matan, la puerta atrancada. Y aquella otra vez, cuando la mordió *Hadley*, mucho antes de volverse loco, y Florence no supo decirles cómo ni dónde. Las páginas arrancadas de sus libros que ella pegaba con celofán y seguía leyendo. Martha sabía todo eso, pero también sabía que Daisy necesitaba que alguien la defendiera y…

Florence. Miró su reloj y luego miró fuera, como si su hija pudiera llegar por sorpresa, aunque sabía que no llegaría. De pronto tuvo unas ganas inmensas de verla, de abrazar a aquella hija suya valiente y angulosa, de contarle la verdad, de decirle cuánto lo sentía y lo tonta que había sido. La luz entraba a raudales por las ventanas. Se frotó los ojos, cansada.

—Nos gustaba estar solo nosotros, los de siempre, y que viniera gente de visita y todo fuera normal —decía Lucy—. Zocato haciendo dibujitos absurdos. Tú cantando o ayudándonos a representar nuestras obras de teatro. O a preparar bebidas raras.

Martha contempló el rostro de su nieta. Lucy, la dulce Lucy, tan franca, tan espontánea. Lucy, que le había dicho la verdad porque nunca había aprendido a mentir. Lucy, que amaba aquella casa y todo lo que Martha había creado, a pesar de los secretos y las mentiras que desde hacía décadas (o esa era su impresión) habían envuelto

Winterfold en una red, como madejas de sedoso hilo de araña que lo cubrían todo.

«Así que algo de lo que hice sirvió. Lucy se lo creyó todo». Una sola persona no podía echar todo aquello por tierra, una sola persona contra todos los demás. Odiaba pensar en Daisy como en el enemigo: no lo era. Pero de pronto comprendió que la había protegido, que había cargado con ella demasiado tiempo. Quizás...

Se le aceleró el corazón. Un extraño sabor metálico le inundó la boca. Daba miedo pensar que alguien pudiera ver todo aquello desde otra perspectiva. Probar una nueva forma de encarar las cosas.

Pero tenía que hacerlo. Parpadeó y cerró los ojos, se obligó a pensar en lo que le había dicho Lucy.

—Mingo... ¿Cómo se llamaba tu batido favorito? —preguntó por fin—. Teníamos que prepararlo cada vez que venías.

—Sí —asintió Lucy—. Me gustaba el mingo de manzana y a Cat...

—El plátano bomba —dijo Martha.

Sintió que de nuevo se le distendía el pecho, como si le quitaran de encima del esternón un peso invisible que había llevado hasta entonces. Todo aquel amor que tenía para dar, enterrado tan profundamente. «Cat, ay, Cat, mi dulce niña, ¿qué he hecho? ¿Por qué te dejé marchar así?».

—Mi preferido era el plátano bomba.

—No, el mingo de manzana era el mejor, solo que Cat nunca quería decirnos qué llevaba el suyo —dijo Lucy muy seria—. Yo sigo pensando que le ponía sirope de arce. Y eso es hacer trampa, porque se suponía que no teníamos que usar azúcar. Y además... ¡Ah!

Lucy se sobresaltó cuando Martha se le acercó y le apartó el pelo de la frente con una caricia.

—Mi querida Lucy. —La agarró de la barbilla, contempló sus mejillas sonrosadas, sus bellos ojos castaños, su cara tierna y redondeada—. Gracias.

—¿Por qué? —Su nieta se rió—. ¿Estás bien, abuela?

Martha la abrazó.

—El mingo de manzana.

La apretó con fuerza, hasta que Lucy dejó escapar un quejido sofocado.

—Caray, abuela, qué fuerza tienes. —Se apartó—. ¿Qué quieres decir? ¿Es que me crees?

—Sí, te creo —comenzó a decir Martha, pero añadió—: Solo que...
Sí, te creo. Pero escúchame, Lucy. Nadie es feliz todo el tiempo. No vivíamos en una especie de jaula dorada de recuerdos ideales. Es importante que también tengas eso presente.

Lucy esbozó una sonrisa remolona.

—Pues claro que sí, abuela. Ya te lo he dicho, ¿recuerdas? Olvidas que mis padres se divorciaron cuando yo tenía trece años. Fue horroroso, aunque todos nos alegráramos de que se divorciaran. Y también me acuerdo de la boda de papá y Karen. Y ese, desde luego, no es un recuerdo precioso que guarde como un tesoro.

—A mí me cae bien Karen.

Lucy levantó las cejas como si fuera a decir algo, pero se contuvo.

—Pues la verdad es que ¿sabes qué? Lo triste del caso es que a mí también me caía bien.

—No está muerta —repuso Martha, y se quedaron las dos calladas un momento en la penumbra de la habitación.

—Nunca dejaré de echar de menos a Zocato —añadió Lucy al cabo de un momento—. Pero he estado pensando mucho en eso. —Entrelazó los dedos con los de su abuela y le cogió la mano entre las suyas—. Me digo a mí misma que es horrible que haya muerto, pero también que nos alegramos muchísimo de que haya existido. Haber podido conocerlo y compartir nuestra vida con él. Estoy triste, pero al mismo tiempo no puedo evitar alegrarme de haber disfrutado de él tanto tiempo. Eso es lo que pienso.

Martha le apoyó la cabeza en el hombro.

—Sí —dijo en voz queda mientras pensaba en todas las cosas que Lucy ignoraba, en lo mucho que había sufrido su abuelo para llegar hasta allí y en la felicidad que había brindado a los demás, en lo fuerte que era su espíritu.

En cómo había salvado a Cassie, acogido a Florence, en cómo se habían encontrado el uno al otro. Pero sabía que todo eso debía quedar para otro día.

—Sí, tienes razón.

Exhaló un profundo suspiro y asintió con un gesto. Había ocurrido, ahora lo veía, y aunque fuera difícil, de pronto veía la salida, el modo de empezar otra vez.

Dijo:

—Muy bien. Las cosas cambian. Aquí todo cambia.

—¿A qué te refieres?

—Me refiero a que estoy harta de todo esto. Ahora las riendas las llevo yo. Vamos a poner la tetera al fuego y a pensar en qué hacemos ahora. En lo que tengo que hacer. Porque ahora tengo que hacerlo todo de otra manera —añadió en voz baja.

Se acercó al gran armario de la entrada y sacó unas bombillas.

—Un momento iluminador —dijo, y Lucy, que estaba en la cocina, preguntó:

—¿Qué?

—Nada, nada.

Mientras se calentaba la tetera, Martha retiró el pañuelo verde con el que había cubierto la vieja y recia butaca de Zocato y Lucy se subió a ella, se puso de puntillas y empezó a cambiar las bombillas. Pero cuando estaba a medias, la silla crujió y se ladeó. El primer crujido bastó para alertar a Lucy, que se bajó de un salto justo antes de que la butaca se desplomara. Aterrizó pesadamente en el suelo de baldosas, se frotó el trasero y miró a Martha, colorada por la vergüenza.

—La butaca de Zocato. Ay, abuela. Lo siento muchísimo. La llevaré a arreglar.

Martha se limitó a mirar la silla fijamente.

—¡Santo cielo! ¿Estás bien?

—Sí —contestó Lucy—. Pero sé que al abuelo le encantaba y…

Martha se agachó, pasó las manos por la madera suave y cálida, palpó con las yemas de los dedos las patas traseras rotas, una de las cuales había cedido sin más.

—Por favor, no te preocupes. Es culpa mía.

Lucy trató de reírse.

—Siento que tu nieta la gorda te haya roto una silla.

—Era muy vieja. Creo que mañana deberíamos ir a Bath a comprar una nueva, ¿umm? A esta pobre podemos quemarla —repuso Martha, apartando a un lado el cadáver de la silla y levantándose.

Ayudó a Lucy a ponerse en pie asiéndola del brazo con sus fuertes manos.

—Lo que fácil viene, fácil se va, cariño. Bueno, vamos a ver si podemos reservar unos billetes.

Cuarta parte

El final y el principio

Creo que ahora mismo no nos quieren allí. Creo que será mejor que nos vayamos rápidamente y sin hacer ruido.

E. Nesbit, *Los chicos del ferrocarril*

Florence

Se le hizo raro salir del Real Tribunal de Justicia. Estaba tan cerca del Courtauld, la única zona de Londres que conocía de verdad. El sol se había abierto paso entre los nubarrones violáceos y grises de la mañana y, tras cruzar el gran vestíbulo del edificio gótico victoriano, poblado por un enjambre de hombres y mujeres de negro, Florence se descubrió entornando los ojos al salir a la acera. Le salió al paso una inmensa barahúnda, una oleada de gente que gritaba y hablaba en voz alta. Se sentía completamente desorientada. Todavía no estaba segura de haber oído bien las palabras del juez.

Fuera, la acera estaba atestada de gente y cámaras de televisión. Se quedó paralizada de asombro. Había manifestantes enarbolando pancartas. Florence leyó una de ellas: ¿tanto la odiaban todos? FUERA DE AQUÍ, decía. Se acordó de esa mañana, cuando se estaba lavando los dientes en casa de Jim, mirándose al espejo con el ceño fruncido mientras escuchaba el programa *Today*. Sí, claro, eso era. Ese día estaba previsto el inicio de una vista en la Corte de Apelación para dirimir el derecho de una compañía de *fracking* a perforar en Sussex.

Uno de los síntomas de la paranoia es creer que todo el mundo va a por ti. Pero hoy no, hoy no era así. Florence soltó una risa temblorosa y se adentró aliviada entre el gentío de indignados, casi conmovida por el vigor de sus convicciones, por la pasión que reflejaban sus caras. Ella había sido así en tiempos, y no era real, ahora lo sabía. Era una falacia, una forma de consuelo, algo a lo que aferrarse por las noches, en su soledad, como el conejito de trapo que tenía cuando era pequeña. Y ahora se lo había quitado de encima, se había expuesto, había dejado al descubierto su vida triste y rara, y no tenía ni idea de qué iba a hacer.

Sacudió la cabeza intentando conservar la calma y miró frenéticamente a su alrededor en busca de una salida.

—*Lo que ha de dirimir este tribunal no es una cuestión de plagio ni de disquisiciones académicas. Se trata de un caso de engaño manifiesto y de obtención de beneficios económicos de manera fraudulenta mediante suplantación de autoría. Hizo usted creer al público en general que era un historiador del Arte que no solo escribía y presentaba su propia serie de documentales televisivos, sino que había publicado un libro complementario a la serie por el que la editorial Roberts Miller Press le pagó un anticipo de 50.000 libras. Hemos escuchado el testimonio de la directora de dicha editorial. La señora Hopkin afirma que creía de buena fe, al igual que el público, que era usted el autor de este libro, tan bien escrito y documentado que se granjeó no solo críticas muy favorables dentro del mundo académico, sino un gran éxito de público gracias al boca a boca, al refrendo de un programa literario de televisión, etcétera. Y de resultas de esa creencia recibió usted otras 100.000 libras en concepto de adelanto por un libro nuevo. Eso por no mencionar los sustanciosos pagos por derechos de autor que ha obtenido por las ventas de su primer libro. Profesor Connolly, la demanda presentada contra usted por la profesora Winter tiene bases muy sólidas. La profesora Winter es posiblemente la mayor experta mundial en su campo de estudio, y su cínico intento de sacar provecho de esa realidad, su arrogancia y su engaño sin ambages resultan francamente sobrecogedores. Considero veraces las alegaciones de la profesora Winter, y condeno al profesor Connolly a pagar las costas judiciales de este proceso. Se admite la denuncia de la demandante.*

No estaba loca, no había oído mal, ¿verdad que no? Había ganado. Lo había hecho, había hecho aquella cosa tan rara, tan impropia de ella. ¿Verdad?

Después de escuchar la resolución del juez, se había puesto en pie junto al estrecho banco de madera, sin saber qué hacer. Su abogado, un joven rubicundo llamado Dominic, se había esfumado tras darle unas palmaditas en el hombro. Florence había visto a Jim por la mañana, pero esa tarde tenía clases y no había podido venir. Lucy tampoco estaría allí, claro, ni Bill, ni mamá. Los había apartado a todos de su vida conscientemente.

Antes de que ocurriera todo aquello, siempre había creído que estaba muy unida a su hermano. Bill y ella no tenían costumbre de hablar a diario, pero sí de vez en cuando: charlas divertidas y relajadas en las que él le hablaba del pueblo y de lo que se estaba perdiendo, le preguntaba por su trabajo y esas cosas. Bill era irónico, divertido y amable. Muy amable. Y también era ecuánime: siempre lo veía todo con perspectiva. O, mejor dicho, había sido ecuánime. Porque ahora parecía estar contra ella. Del lado de su padre, pero también contra ella, de alguna manera. Y no había nadie con quien ella pudiera hablar de lo que pasó la noche en que murió su padre. Y eso estaba, en fin, estaba bien, porque ahora estaba sola. Así que más valía que se fuera acostumbrando.

Sí, tenía que acostumbrarse. Había tantas cosas a las que tenía que acostumbrarse. Parpadeó y cerró los ojos anhelando un instante de quietud en medio de la calle ruidosa y deslumbrante. Cuando abrió los ojos, vio allí cerca un hombre de aspecto extraño con un cuaderno. Se esforzó por ignorarle y fingió que se recolocaba la chaqueta de traje gris que había comprado el día anterior al comienzo del juicio.

—Tienes que ponerte algo serio y formal, aunque sea solo un poco —le había aconsejado Jim, riéndose al ver su incomodidad—. No puedes presentarte en el juicio con una falda desteñida y con lentejuelas o con ese vestido con bolsillos. Hasta yo lo pienso.

Y eso era mucho decir viniendo de Jim, que entre marzo y septiembre solía vestir de tela de estopilla arrugada, así que Florence se había ido a una tienda benéfica de Upper Street y había vuelto a casa con aquella chaqueta. Estaba muy satisfecha con su adquisición.

Hoy, en cambio, no estaba segura de que la chaqueta que había comprado fuera de hombre o de mujer. Estaba en la sección de mujer, pero le quedaba fatal, como si fuera un magnate de alguna serie televisiva, como *Dallas*. Volvió a desabrocharse el botón y estaba mirando calle abajo por si venía el autobús que la llevaría a casa de Jim cuando oyó una voz:

—¿Ya estás contenta?

Le dio un vuelco el corazón al volverse.

—Ah, Peter —dijo—. Creía que estabas… Da igual. Pues sí, contenta. Gracias.

Su «gracias» sonó más exultante de lo que pretendía.

Peter Connolly estaba a escasos metros del gentío. La barba le negreaba los mofletes, como le pasaba siempre a media tarde. Era muy, muy peludo. Tenía pelos en las orejas, en la nariz. Y la verdad es que, pensándolo bien, no era nada agradable.

Se despidió de su abogado con una inclinación de cabeza y se acercó a ella sin prisas. Cuando llegó a su lado dijo:

—Bien, te has salido con la tuya, supongo. No hay duda de que eres una vieja rancia y amargada.

—Ya se ha acabado, Peter. Venga.

Estaba tan furioso que escupía.

—Viviendo en tu triste pisito con tus tristes baratijas, esperando como una araña en su red para atraparme.

Se metió las manos en los bolsillos, puso cara de idiota y caminó a su alrededor imitándola burlonamente mientras los manifestantes *antifracking* les miraban con curiosidad. Uno o dos de ellos, al reconocer a Peter, se dieron codazos.

—Peter...

Apareció Talitha Leafe y le puso una mano pálida sobre la arrugada manga del traje de lino azul, era como el que siempre llevaba en televisión. Florence conocía aquel traje: Peter lo llevaba puesto el día en que lo vio comiendo en Da Camillo con un par de estudiantes y «fingió» pasar por allí y se acercó a saludar y tuvieron que pedirle que se quedara, claro...

—No —susurró para sí misma—. Se acabó.

—Dios mío —dijo, inclinando sobre ella su enorme cara—. No tienes ni idea de cuánto desearía no haberte puesto nunca un dedo encima.

Talitha habló en voz baja, con los labios crispados en un rictus de fría rabia:

—Peter, por amor de Dios, ¡cállate! La prensa... Están por todas partes.

—«Está» por todas partes —masculló Florence en voz baja.

Le hizo gracia ver que aquel individuo del cuaderno, ligeramente desaliñado, se acercaba a ellos con disimulo.

Se detuvo ante ellos y anunció con amabilidad:

—Hola, soy del *Guardian*. ¿Algún comentario acerca de la resolución judicial?

—Eh, pues… —Florence sintió que empezaba a sudar bajo la chaqueta, entre los omóplatos. Ignoraba qué debía decir—. Estoy encantada.

Peter meneó la cabeza y espetó en voz baja:

—Te arrepentirás de esto, lo sabes, ¿verdad? Para ti es el fin, lo será de una manera o de otra. Has quemado tus naves. George no va a querer…

Alguien lo llamó y Peter cambió de expresión: su semblante se transformó por completo. Se dio la vuelta y dijo con su voz más meliflua:

—¡Vaya, hola! ¡Kit! ¡Hola, Jen!

—Hola, Peter —saludó una mujer con voz neutra.

Florence la reconoció de repente: era la productora de su serie de televisión.

—¡Sí! Gracias por venir. Me preguntaba si estarías aquí, si vendríais. Gracias por tu apoyo, Kit.

—Teníamos que venir —repuso la mujer—. Nos habían citado.

Peter contestó alzando la voz:

—Tengo que ir a hacer el doblaje de la última parte frente a Santa Croce, lo sé.

Florence pensó por primera vez que se parecía mucho al pedante vicario inglés de *Una habitación con vistas*, y se dio cuenta de hasta qué punto aquello formaba parte de su encanto para el público en general, y también para ella. Pero era todo fingido, naturalmente. El verdadero Peter era sencillamente un mediocre.

Las dos mujeres se despidieron con una cortés inclinación de cabeza y, cuando ya se alejaban, la mayor de las dos se detuvo de pronto y le susurró algo a la otra. Luego volvió corriendo hacia Florence y evitó la mirada de Peter.

—Tenga —dijo.

Le puso una tarjetita en la mano. Se le clavó en la palma y Florence la miró con sorpresa.

—Quédese con mi tarjeta. Nos encantaría hablar con usted sobre un proyecto que estamos valorando. Sé que este no es el momento más oportuno, pero lo haría usted de maravilla. Soy Kit, la responsable de programación. Llámeme porque… Bueno, porque ha estado usted fantástica ahí dentro. Me he sentido muy orgullosa. En fin…

Esquivó la mirada incrédula y anonadada de Peter y se alejó a toda prisa por la calle, donde la esperaba Jen.

Peter y Talitha se marcharon en dirección contraria sin decir nada más, los tacones de Talitha repicaban con furia, como zapatos de claqué, sobre la acera. Florence se quedó con la tarjeta en la mano en medio de la calle, más aturdida que nunca. El ruido que hacían los manifestantes era cada vez mayor. Ella no quería salir en la tele, ¿verdad? ¿Qué pasaría ahora con el programa de Peter? ¿Con su contrato para escribir otro libro, con su villa cerca de Siena, con su piso en Bloomsbury, con sus conferencias en el *Queen Mary*? Ella había echado todo eso a perder, ¿y para qué?

—Entonces… —dijo el periodista del *Guardian*. Florence había olvidado que seguía allí—. ¿Qué va a hacer ahora? ¿Cree usted que este tipo de casos reflejan el estado actual del mundo académico, de la política de programación de las televisiones?

—Ah… —dijo Florence—. No lo sé. Simplemente tenía que hacerlo. Tenía que decir la verdad. Sacarlo todo a la luz. —Notó que se le cerraba la garganta.

—Ya. —El hombre comenzó a escribir atropelladamente en su libreta—. Claro. Correcto. —Echó una ojeada a lo que había escrito—. Y, si no me equivoco, es usted hija de David Winter, ¿correcto?

Florence descubrió horrorizada que no podía hablar. Se le llenaron los ojos de lágrimas, agarró con fuerza el asa de su bolso. Abrió la boca.

«Pues no, la verdad que es no».

—Lo echará usted mucho de menos —continuó el periodista—. Era un hombre muy querido, ¿verdad? No hace mucho que murió, si no me equivoco.

¿Cómo podía preguntarle esas cosas? Se quedó mirándolo, atónita, sin saber qué iba a hacer. Luego alguien la agarró el brazo con suavidad.

—Vamos, Flo. —Levantó la vista y vio a Jim delante de ella, resoplando casi sin aliento—. Vamos a tomar una copa.

—Ah, Jim. —Le dieron ganas de echarle los brazos al cuello.

Jim se apoyó contra una pared, jadeando.

—Dios mío, no estoy nada en forma. Acabo de llegar. No he podido saltarme la clase. En la sala común no se habla de otra cosa, te lo aseguro. —Se volvió hacia el periodista—. Bueno, adiós —dijo a su manera tímida pero firme, y agarró a Florence del brazo—. ¿Volvemos al Courtauld? —preguntó mientras cruzaban la calle—. Te espera un recibimiento triunfal, si te apetece.

—Ay, no, no, para nada, lo siento. Quiero paz y tranquilidad.

—Ya. Entonces, ¿quieres que me vaya?

—No, por favor, no te vayas. —Lo agarró de la mano con tanta vehemencia que Jim se echó a reír.

—Claro, no te preocupes. Anda, vamos a un pub.

En el Ye Olde Cheshire Cheese, un pequeño y laberíntico pub cerca de Fleet Street, Florence encontró una mesa al fondo de los sótanos abovedados mientras Jim se acercaba a pedir a la barra. Se sentó a esperarlo, pestañeando con fuerza y agarrando su bolso sobre el regazo mientras deseaba que no hubiera tanto ruido dentro de su cabeza, que se apagara el clamor de todas aquellas voces.

Apareció Jim y le dio un *gin-tonic*.

—Enhorabuena —dijo entrechocando sus vasos—. ¿Cómo te sientes?

Florence bebió un largo trago.

—Aliviada, supongo —contestó—. Me alegro de que se haya acabado.

Jim se quedó mirándola.

—¿Vas a llamar a tu madre? ¿A tu familia?

—Pues… Puede que luego. —Meneó la cabeza—. No les va a importar. No les he contado gran cosa. Nada, en realidad.

—Vamos, Flo. Estarán encantados. Todos lo estamos.

Florence no podía decirle lo que quería, lo que le había dicho a Lucy. No soportaba decirlo otra vez. «No son mi familia. Ya no tengo a nadie».

Se encogió de hombros.

Jim dijo con suavidad:

—Flo, ha sido horrible la forma en que esos abogados han intentado desprestigiarte. Podrías demandar a Peter por difamación.

Florence sintió que le escocían los ojos de cansancio y de vergüenza al recordar lo que habían dicho. Se los frotó. No soportaba pensar en los últimos cuatro días del juicio, en como, en su alegato inicial, el abogado de Peter había expuesto en cinco minutos escasos su triste y patética existencia.

—Mis días de demandante se han acabado. —Apuró su copa. No se sentía eufórica. Solo inquieta, y muy desquiciada—. Quizá no debería haberlo hecho. Ojalá las cosas no hubieran salido así.

—¡Vamos, Flo! —Jim parecía escandalizado—. No puedes decir eso.

—Es humillante. —Miró casi con sorpresa su copa vacía—. Me han hecho parecer tan patética. No me sentía así desde...

«Desde que vivía con Daisy».

—Permíteme recordarte, Flo —dijo Jim—, que cuando te embarcaste en esto lo tenías muy claro. Querías demostrar que tenías razón. Querías demostrarles que no podían mangonearte.

—Sí. Sí. Supongo que sí. Ya no recuerdo por qué. —Se frotó la frente con la mano, aturdida—. Peter... George y él intentaban librarse de mí. Y yo soy mejor que ellos dos juntos. No sabía qué más podía hacer.

—Pero sabes que podrías haber vuelto aquí.

—¿Y qué habría hecho?

Levantó la vista, inquieta, cuando se abrió la puerta.

—Flo, acabas de ganar un juicio por plagio. El juez ha dictaminado que escribiste el libro sobre el Renacimiento más vendido de los últimos tiempos. Vienen estudiantes de todo el mundo para escuchar las clases magistrales que impartes en el Courtauld. ¿Sabes que las matrículas para tu curso aumentaron en un sesenta por ciento cuando te contratamos?

Ella negó con la cabeza.

—Has escrito otros tres libros —continuó Jim—. Vas a estar muy solicitada. Ve haciéndote a la idea. Deja de pensar que eres una marginada.

—Claro. Está bien. —Florence se puso a tirar del ajado reborde del taburete—. Claro. Es solo que...

—¿Qué? —preguntó Jim con voz suave.

Ella levantó la vista y lo sorprendió observándola atentamente con sus bondadosos ojos grises. Pensó en lo bien que lo conocía, en lo afortunada que era por seguir teniendo un amigo, un único amigo.

Pensó en el hecho de haber guardado en una bolsa especial un pañuelo de papel que Peter Connelly se había dejado en su apartamento.

En sus listas de cosas que habían hecho juntos, que Peter había encontrado en uno de los manuscritos que todavía guardaba. En las anécdotas, repetidas una y otra vez delante de compañeros de trabajo, en las notas que él le había escrito. En la taza que había usado Peter y que ella nunca fregaba. En un trozo de papel rosa que tenía pegado en la nevera, una octavilla que anunciaba una conferencia conjunta en la facultad: Profesor Connolly y profesora Winter. Ver sus nombres impresos el uno al lado del otro había seguido haciéndole ilusión mucho después de que el papel perdiera el color y se arrugara por el sol.

Siempre le había dicho a todo el mundo que no le importaba lo que pensaran de ella. Le había dicho a Daisy que no le importaban las notas que le dejaba en la cama, lo del avispero, los pellizcos y los golpes que le daba constantemente y en los que nadie parecía reparar. Solo una vez se había derrumbado y se lo había dicho a su madre. Entró a hurtadillas en la cocina mientras Daisy estaba fuera con *Wilbur*. Le corrían lágrimas por la cara manchada, y mamá la besó y dijo: «Ay, Flo. Tienes que aprender a llevarte bien con los demás, pajarito, en vez de venir contando cuentos. Hazme caso. Defiéndete».

Y ella, Florence, se quedó con la boca abierta y la lengua seca. Deseaba poder seguir hablando, pero estaba demasiado asustada. «Creo que ella podría matarme si me defiendo».

Siempre le había resultado más fácil y seguro replegarse en sí misma. Y, además, ¿quién había que pudiera ayudarla, que quisiera escucharla? Había quemado sus naves con todo el mundo, salvo con Jim. Pero al sonreírle y ver su cara bondadosa comprendió que de eso no podía hablarle. Le caía demasiado bien. Sintió que las puertas se cerraban, notó que cerraba la trampilla, que volvía a encerrarse. Lo cierto era que había vivido tanto tiempo encerrada en su mundo que ya no sabía si alguna vez podría vivir en otra parte.

Jim interrumpió sus cavilaciones.

—¿Qué vas a hacer ahora?

Ella se aclaró la garganta y trató de adoptar un tono desapasionado.

—Creo que quizá vuelva a Florencia la semana que viene. Para ponerme un poco al día con el trabajo. Un artículo nuevo para la revista *I Tatti Studies* de Harvard acerca de la relación entre Lorenzo de Medici y Gozzoli y sobre cómo este último controlaba la imagen pública de Lorenzo, ya sabes, no solo los frescos sino también… —Vio que Jim la miraba con los ojos un poco vidriosos y se detuvo—. En fin, necesito trabajar. La mayor parte del verano, supongo.

—¿Qué hay de los de la tele?

—Bueno, solo querían ser amables, ¿no crees?

—No se dedican a la beneficencia. Deberías llamarles.

—Oye, Jim —dijo, deseando cambiar de tema—. Gracias. Gracias por todo lo que has hecho estos últimos meses. No sé qué habría hecho sin ti. Volverme loca, seguramente. Y gracias también por acogerme en tu casa. Es fantástico que a Amna no le importe que ocupe vuestra casa.

Él se rió.

—No creo que le importe mucho.

—¿Cuándo vuelve?

Jim le había dicho que estaba en un congreso en Estambul, pero los congresos no duraban un mes. Florence había estado tan ensimismada últimamente que acababa de darse cuenta de que aquello no era normal.

—Bueno, ya ha vuelto. Volvió hace un par de semanas, de hecho. El congreso fue bien.

Jim asintió con la cabeza y luego miró su vaso.

—¿Ah, sí? —Florence no entendía nada—. Ah. ¿Y dónde está, entonces?

De pronto se preguntaba si habría estado tan absorta que no había notado que Amna desayunaba con ellos todos los días o charlaba sobre historia o sobre cotilleos académicos por las noches mientras preparaba pasta en la cocina.

—Florence, nos hemos separado.

—¿Quiénes?

—Por Dios santo, concéntrate. ¡Yo! Yo y Amna, quiero decir.

Ella movió la cabeza, atónita.

—No lo sabía.

—No has preguntado.

—Deberías habérmelo dicho. —Se sentía avergonzada—. No me habría quedado si…

Jim se rió.

—¿Acaso eres una señorita victoriana? ¿No te parece correcto que estemos solos bajo el mismo techo sin Amna como carabina?

—No te rías de mí —masculló ella poniéndose colorada.

—No me estoy riendo, perdona. —Su simpático rostro se puso serio, y dijo—: Nunca la veía. Estaba fuera tres semanas de cada cuatro. La casa es demasiado grande para que uno de los miembros de la pareja espere a que el otro vuelva a casa. Y... En fin, no es ninguna sorpresa: hay otra persona.

—Ah. Ay, Dios mío. —Florence puso impulsivamente la mano sobre la de Jim, que seguía rodeando el vaso—. No tenía ni idea, Jim. Lo siento mucho. Tengo la sensación de haber sido muy mala amiga, que estuviera pasando todo esto y que tú... —Sintió de nuevo ganas de llorar y se clavó las manos en los muslos.

«Por amor de Dios, deja de compadecerte. Espera a llegar a casa. Entonces podrás llorar todo lo que quieras. Podrás hacer lo que quieras con tu vida».

En ese instante, una semilla prendió en sus pensamientos, una semilla que germinó y creció rápidamente y que —lo comprendió enseguida— era la única solución a todo aquello. Pero no le dijo nada a Jim, que la observaba intensamente.

—No pasa nada, estoy bien —dijo él—. Lo nuestro se había acabado hacía años, en realidad, y ahora puedo seguir con mi vida. Dejar eso atrás. —Carraspeó—. ¿Entiendes lo que quiero decir?

Se miraron.

—Sí —contestó ella—. Puede que sí.

—Todo ha cambiado —prosiguió él, y se acercó un poco a ella, pero las rodillas de Florence chocaron con el taburete que había entre ellos y, al apartarlo con impaciencia, lo tiró al suelo. Mientras Jim lo levantaba y lo ponía derecho, ella estuvo observándolo y comprendió que no tenía ánimos para aquello, no ahora, ni nunca, posiblemente.

El querido Jim. Hizo un esfuerzo monumental, compuso una sonrisa y dijo:

—Cambiemos de tema. Quiero saber qué opinas de Talitha Leafe. Escuché decir a alguien de la Academia que había pedido salir a David Starkey antes de ir a por Peter. Por lo visto le atraen los historiadores mediáticos. ¿Has coincidido con ella alguna vez?

Jim se quedó callado un momento. Luego dejó escapar una de sus encantadoras carcajadas y cambió de postura en el taburete, y Florence se alegró de haberle hecho sonreír, de olvidarse de todo lo demás, de estar chismorreando y charlando sobre otra persona, por una vez. Sería cuando volviera a Florencia cuando diera el siguiente paso, el paso final. Hoy no.

Cat

Desde que habían vuelto, Luke no paraba de preguntar cuándo volverían a ver a Zocato. Cuándo volverían a Inglaterra. Todavía lloraba cuando Cat lo dejaba en la *crèche*, aunque habían pasado casi cinco meses. Tenía cuatro años y era muy travieso, a pesar de que cuando había pasado los «terribles dos» y los «terribles tres» había sido un niño muy tranquilo y tierno. Cat se había armado de valor y se había puesto en contacto con Olivier para preguntarle si podían ir a visitarlo a Marsella. Ahora que se sentía más fuerte, tal vez fuera hora de aflojar un poco las riendas, de dejar que Luke conociera mejor a su padre, aunque todas las fibras de su ser le gritaban que aquello no era lo que quería para él.

Pero Olivier se había esfumado por completo. Cat le había escrito varios correos electrónicos y hasta lo había llamado a pesar de que temía hablar con él. Sin resultado. Incluso había vuelto al bar Georges y había preguntado por él. Didier le había dicho que se había marchado de Marsella y se había ido a vivir a Reunión. Su nueva novia, que tenía un club de jazz en la isla, en Saint-Denis, le había ofrecido que actuara allí con regularidad, le contó Didier, que la invitó a un cortado mientras estaba en la barra, temblando de rabia y de alivio. De puro y dulce alivio al pensar que tal vez Olivier dejara de ser un problema para siempre, y que la culpa que sentía y la preocupación de que pudiera aparecerse bajo la cama como el hombre del saco de sus pesadillas infantiles y robarle a su hijo hubiera desaparecido al fin, y todo hubiera acabado.

Así que por fin estaban solos de verdad ella y Luke, y Luke se portaba peor cada día. Parecía haber crecido casi treinta centímetros desde Navidad. Era demasiado grande para su minúsculo e incómodo apartamento. Era maleducado y se portaba tan mal que *madame* Poulain se negó a cuidar de él cuando Cat tuvo que ir al médico por un dedo del pie que tenía hinchado. Se había dado un golpe con los traicioneros adoquines mientras sorteaba a un grupo de estudiantes italianos junto a Notre Dame, hacía dos semanas, y se le había puesto enorme y muy rojo, como una herida de un libro de Astérix. No podía dormir y cada vez que se movía en la cama el dolor la atravesaba como un dardo de fuego. Y Luke también se despertaba.

—No voy a cuidar de ese crío. Es *méchant*, un horror. Es un niño malo. Dibuja unos animales asquerosos.

—Lo sé. Y le pido disculpas.

El dragón que había dibujado en rotulador verde en la pared del cuarto de baño aún no se había quitado del todo, a pesar de que Cat llevaba una semana restregándolo dos veces al día.

—Y se mete los dedos en los ojos y me llama cosas muy feas.

Cat, que ya tenía la mano en la puerta, se detuvo.

—¿Qué le llama?

Madame Poulain sacudió el puño.

—Troglodita. Dice que... —Se aclaró la garganta—. Que se lo enseñó su bisabuelo. Es horrible que haga eso, mentir sobre lo que dijo tu querido *grand-père*, que en paz descanse.

A Cat empezaron a temblarle los hombros casi sin querer. Le sucedía con mucha frecuencia desde hacía un tiempo: aquella sensación de no saber si estaba a punto de echarse a reír o a llorar.

—Lo siento mucho —logró decir—. Perdone. Pero, por favor, si pudiera...

Pero *madame* Poulain se negó, y Cat tuvo que llevarse a rastras a Luke, que mientras cruzaban el puente en dirección al bulevar Saint Germain, donde estaba la consulta del médico, no paró de llorar y chillar «¡No! ¡Suéltame!».

Dos días después, por la tarde, seguía lloviendo a mares. Mientras cojeaba precariamente, con el dedo gordo de un pie enfundado en una especie de bota de plástico que parecía sacada de unos dibujos animados, volvió a resbalar en los adoquines y estuvo a punto de caerse encima de un anciano que vestía con mucha elegancia. Lo agarró por los hombros.

—*Excusez-moi, monsieur.*

El hombre se volvió hacia ella.

—No pasa nada —le dijo con una voz tan parecida a la de Zocato que casi se le paró el corazón—. No se disculpe. Esto resbala mucho.

Cat siguió caminando e intentó no llorar. Pero, como llovía cada vez más fuerte, finalmente se dio por vencida y cedió al llanto. ¿Cómo había sabido aquel hombre que era inglesa? ¿Que aquel no era su sitio y que quizá lo fuera menos que nunca?

—Luke, por favor, ¿puedes recoger tus pinturas y ayudarme a poner la mesa?

—Todavía no —contestó Luke—. Tengo que acabar este Grúfalo con mucho cuidado. Es muy impotente.

—Importante. No, puedes acabarlo luego. Después de cenar.

—Es un monstruo —dijo *madame* Poulain, que estaba bebiendo su vermú.

—Sí —dijo Cat distraídamente.

La lluvia se colaba por la minúscula grieta de la ventana empañada de la cocina. Tenía metido en la nariz el hedor a tuberías y a basura que emanaba de la cocina estrecha. El dedo fracturado le dolía más que nunca. Estaba convencida de que ir al médico había sido un error. Se lo habían vendado tan fuerte al dedo de al lado que ahora le dolía todo el pie, y no solo el dedo gordo. De pronto *madame* Poulain se puso a chillar a Luke.

—¡Quita de ahí esas cosas! ¡Quítalo! Esta es mi casa y aquí mando yo, niño sucio y malvado.

—*Madame* Poulain… —dijo Cat cansinamente.

—¡No! —gritó Luke. Recogió los rotuladores como si fueran palos de plástico de colores y se los lanzó a *madame* Poulain—. ¡Te odio! ¡Te odio! ¡Odio estar aquí! ¡Eres horrible, nos tienes aquí encerrados como una bruja, deberías dejar salir a mamá! ¡Te odio! Espero que te conviertas en pájaro y que te choques con una torreta eléctrica y, ¡zas!, te frías y te mueras y sea todo asqueroso.

Mientras Cat lo miraba paralizada de espanto, Luke cogió el rotulador que tenía más cerca, uno de color verde ácido, y corrió hacia la pared blanca. De pronto sonó su teléfono: vibró sobre la mesa, a su lado, sacándola de su parálisis. Corrió detrás de Luke y lo cogió en brazos por detrás para alejarlo de la pared.

—¡Luke! ¡No! ¡No, no hagas eso!

Le quitó el rotulador de la mano y le dio un manotazo en la muñeca. Le pareció un gesto patético y él le lanzó una mirada extrañada, casi divertida, y aquella oleada de emoción que era a medias una risa y a medias un sollozo volvió a embargarla. Intentó dominarse. Volvió a sonar su teléfono y lo tiró de la mesa de un golpe, furiosa.

—Llévate al niño arriba y déjalo allí. Y luego...

Madame Poulain titubeó y Cat vio que no sabía qué hacer, ni ella tampoco. No había entre ellas ningún vínculo formal, ningún lazo que las atara. No eran familia.

Mientras Cat estaba allí, jadeando y sujetando a Luke, que seguía chillando, su teléfono sonó otra vez, en el suelo. Soltó a su hijo muy de repente y el niño le pisó el dedo vendado. Cat también gritó, un gran alarido de dolor, y Luke la miró con los ojos como platos. Ella le acarició el pelo.

—Perdona. Es mi dedo. Estoy bien.

Madame Poulain no se movió, así que Cat se acercó cojeando a la mesa, muy despacio, se inclinó y recogió el teléfono. Rodeó con el brazo los hombros de Luke.

—Por favor, Luke. Pide perdón. —Sin hacer caso del dolor del dedo, respondió—: *Allô?*

—¿Están matando a alguien por ahí? —preguntó una voz clara—. Eso parece, con tanto ruido.

—¿Quién es? —preguntó Cat muy despacio—. ¿Eres tú?

—Sí, cariño.

—¿Abuela? —susurró Cat—. ¿Qué haces aquí?

—Estoy aquí —dijo Martha.

—¿Dónde? —Cat tragó saliva.

—Abajo. Esperando fuera. Dijiste que viniera a visitarte. Pues aquí estoy. ¿No es buen momento? He oído unos ruidos espantosos. Y eso que está lloviendo.

—Ahora es muy buen momento —dijo Cat riendo. No sabía qué más hacer—. Te abro.

Recorrió con la mirada el apartamento luminoso y atestado de trastos, como una tienda de antigüedades. Miró el semblante frío y ceñudo de *madame* Poulain. Y a Luke, asustado y enfadado, con los brazos cruzados y la mirada fija en el suelo.

—No. Quédate ahí. Ya bajo yo. No quiero que subas aquí.

—¿Qué, cariño? Se ha cortado un momento.

—Espera un minuto.

Cada vez lo veía todo más claro, como si estuviera saliendo el sol.

—¿Cuándo vas a volver? —preguntó *madame* Poulain con frialdad—. Necesito más vermú y hielo. ¿Quién es, Cat? ¿Quién hay abajo?

—Mi abuela —contestó. Sentó a Luke sobre su regazo—. Luke, vamos a ponerte los zapatos. —Miró su cara delgada y enfurruñada—. No sé cuándo voy a volver, *madame* Poulain. No me espere. Voy a llamar a Henri. Él vendrá a ayudarla. Luke, ponte la chaqueta, por favor.

Los ojos de *madame Poulain* parecieron redondearse por completo y agrandarse como si fueran a salirse de sus cuencas hundidas.

—No te atrevas a decir eso. Dijiste que esta noche limpiarías el baño. Necesito que esté hecho antes de asearme.

Cat abrió el cajón de la cómoda y se guardó dos pasaportes en el bolsillo del pantalón. No sabía por qué pero el fichero de su mente se movía sin cesar, barajaba las ideas que constantemente atravesaban su cabeza: lo que había que hacer, lo que tenía que llevar aquí o allá, lo que podía permitirse comprar, lo que tenía, todo ello minuciosamente clasificado. De pronto, sin embargo, se daba cuenta de que solo necesitaba una cosa: a Luke. Y los medios para sacar a Luke de allí, para apartarlo de aquel sofocante zoo de cristal, lejos de la sombra de su padre, que ni siquiera se había puesto en contacto con ellos desde su regreso, lejos de la vida en aquel extraño y hermoso islote que, día a día, iba torturándolos hasta la muerte.

El corazón le latía con tanta fuerza en el pecho que pensó que iba a estallar.

—Adiós —dijo mientras le abrochaba la chaqueta a Luke—. Gracias.

Se puso su vieja gabardina y cogió su bolso, abrió la puerta, bajó a la pata coja los escalones lo más deprisa que pudo, le dijo a Luke que la siguiera y por fin llegó al pie de las escaleras.

Abrió de golpe el portal. Y allí, cubierta con un gran impermeable amarillo con capucha, estaba Martha. Tenía los ojos verdes rodeados por sendos cercos de color marrón apagado. Y sonreía.

Cat no dijo nada: se limitó a abrazarla y sollozó contra la chirriante pechera amarilla de su impermeable. Martha abrazó a Luke y los tres se quedaron de pie en la estrecha acera, abrazándose.

—¡Abuela! —gritó Luke al romper el abrazo, y saltó a los brazos de su bisabuela. Martha se tambaleó y estuvo a punto de caerse—. ¡Abuela, has venido! ¡Has venido!

Cat agarró a Martha y notó lo delgada que estaba. La abrazó otra vez. Las lágrimas que se deslizaban por su cara se mezclaban con la lluvia, y de pronto comprendió qué era aquel sentimiento medio de tristeza, medio de felicidad, que la asaltaba a cada paso últimamente. Era amor.

—Vamos a tomar un chocolate caliente —propuso, alejando a su abuela del portal—. Creo que nos sentará bien a los tres.

Martha cogió a Luke de la mano.

—Claro que sí. ¿Necesitas un paraguas? ¿Qué pasa con vuestra temible casera? ¿No tenéis que decirle adónde vais?

—La llamaré dentro de un rato y le diré que vendremos después —contestó Cat. Distinguió en lo alto una finísima línea de plata en el cielo. Respiró hondo y dijo—: O a lo mejor no. A lo mejor no volvemos nunca. —Agarró a Luke de la otra mano—. ¿Qué te parece?

Se lo estaba preguntando a Luke, no del todo en serio, como si reconociera a medias que su situación tenía que cambiar, pero Martha contestó:

—A mí me parece una idea estupenda.

Cat la miró.

—Era una broma, en realidad —dijo.

—Lo sé, pero ¿tenéis que volver? No. Quiero decir que tendrás que hacer las maletas y recoger tus cosas, claro, o podría hacerlo yo. O... ¿sabes qué? —Martha le apretó la mano y se agachó junto a su nieto—. Podría volver al piso, coger vuestros pasaportes y podríamos irnos a casa esta misma noche. De vuelta a Winterfold.

A Cat le temblaba la mano cuando sacó los pasaportes.

—Los tengo aquí.

—¿Por qué?

Su abuela se rió.

—No lo sé, la verdad. Es solo que... Oí tu voz. —Empezó a llorar—. Y pensé que teníamos que encontrar la manera de no volver. Siempre estoy intentando dar con una salida. Constantemente. —Hipó—. Y ya me he acostumbrado.

—¿Qué más necesitas? —preguntó Martha con voz queda.

Cat miró a su hijo.

—Nada más —dijo—. Pero no deberíamos hacerlo, sería faltarle al respeto a *madame* Poulain y…

Se interrumpió. La idea de salir de allí, de marcharse por fin, era tan embriagadora como el champán. Saber que aquello se había terminado, esa vida triste, solitaria y mezquina que llevaba desde hacía años. Se sentía casi mareada. Y entonces vio la cara de Luke.

—Mira, mi querida niña, parece bastante sencillo —dijo Martha—. Yo te necesito a ti, Cat. Y tú a mí. Y Luke necesita muchas cosas que no tiene aquí.

Su nieta vaciló. Luego dijo:

—Sí. Es verdad. Sí.

Se abrazaron otra vez, apretándose contra una pared para dejar pasar a una elegante anciana con su perrito. La anciana los miró desde debajo de su paraguas: el pelo de Cat, que colgaba en mojados mechones alrededor de su cara risueña, a Luke dando brincos y a Martha, que se tapaba los ojos con las manos para no llorar. Encogió un poco los hombros, un gesto tan típicamente galo, y con eso lo dijo todo. «Están locos estos ingleses».

Cat cogió en brazos a Luke y lo abrazó con fuerza. Luego rodeó con el brazo a su abuela mientras echaban a andar por la calle.

—¿Qué haces aquí, abuela? —dijo—. Me refiero a qué te ha hecho venir.

—Fue algo que dijo Lucy —repuso Martha—. No estoy segura de poder explicarlo, por lo menos aún. No hasta que todo haya acabado.

La lluvia repicaba en las aceras. El Sena, crecido y de un azul grisáceo, se agitaba allá abajo, y las espadañas doradas de Notre Dame se veían negras en la penumbra del atardecer.

—No tienes que explicar nada.

—Claro que sí. A ti y a Florence, ¿sabes? Lo he hecho todo mal. —Cat hizo amago de hablar, pero su abuela añadió—: Tengo que enmendar las cosas. Siempre trataba de controlarlo todo, ¿sabes? He hecho mal intentando protegeros de la verdad todos estos años. A ti y a Florence.

Luke, liberada ya la tensión, estaba jugueteando con los botones alargados de su chaqueta y les daba vueltas para que giraran como un corcho. Cat lo observó un momento.

—¿Qué tiene que ver esto con Florence?

—Voy a ir a verla, si ella me deja. Ha ganado el juicio. Ya te lo contaré entonces. —Se estremeció—. Qué tiempo tan horroroso. ¿Dónde está esa chocolatería?

—Horroroso, sí —dijo Luke alegremente—. ¡Un tiempo horroroso!

—Está nada más pasar la esquina —respondió Cat. Sacudió la cabeza y salpicó agua por todas partes—. ¿Quieres...? Luego debería volver a recoger algunas cosas de Luke, ¿no?

—Claro que sí, y yo iré contigo. No tienes por qué huir de noche, como un ladrón, ¿sabes, Cat? Y me gustaría ver dónde has pasado todo este tiempo. Y conocer a *madame* Poulain. Luego nos iremos, y os prometo que nunca tendréis que volver. —Martha asintió para sí misma—. Sí, eso es. Ya está hecho. —Se estremeció un poco—. ¡Y qué fácil ha sido! ¿Verdad? —Bajó la mirada—. ¿Luego te gustaría ir a casa, a Winterfold, Luke? ¿Te gustaría venir a vivir conmigo una temporada?

—Gracias, Jesusito y Santa María —dijo Luke solemnemente, juntando las manos como si rezara y mirando hacia el cielo—. Por fin me habéis hecho caso.

Abrió la puerta de la atestada y acogedora cafetería y se quedó mirando a su madre y a su bisabuela mientras volvían a abrazarse, atrapadas otra vez entre la alegría y el llanto.

Florence

Sus sandalias resonaron con fuerza en el frío mármol cuando acarreó la maleta por la escalera, sudando y en silencio, envuelta en el intenso calor de la tarde. Llevaba fuera de Italia casi dos meses, y en su ausencia había llegado el verano.

Al abrir la puerta la recibió de golpe una nube de calor enrarecido. Había un montón de correo desparramado por el suelo. Los nombres impresos en los sobres asaltaron su vista: Universidad de Oxford, Harvard, la BBC, Yale University Press. Efectivamente, como todos predecían, estaba muy solicitada.

Una fina película de polvo recubría todas las superficies: la mesita de madera en la que comía, los vasos que había junto a la puerta cristalera. Dejó su bolsa en el suelo y abrió la puerta de la terraza. Una brisa suave entró en el apartamento. Se pasó las manos por el pelo y contempló los tejados intentando alegrarse de estar de nuevo en casa. Pero estar de regreso le producía una extraña vergüenza, después de las cosas que, durante los meses anteriores, habían salido a la luz sobre su vida en aquel lugar.

Su vuelo había llegado con retraso. Estaba sucia, pegajosa y cansada, con ese cansancio aturdido que produce el viajar. Se preparó un café y comenzó a deshacer la maleta, y mientras lo hacía sonó el teléfono. No hizo caso. Luego, mientras guardaba la ropa, ponía una lavadora y colocaba los libros en la estantería de su despacho, sonó su móvil. El fijo volvió a sonar. Florence guardó los papeles del caso en un archivador y cerró la tapa con firmeza. No quería volver a verlos nunca más. A veces, cuando pensaba en lo que había salido a relucir en la sala del juzgado, tenía la impresión de que iba a caerse redonda, a desmayarse. Mientras la inercia del juicio la había llevado en volandas aquello le había parecido soportable, pero en las semanas transcurridas desde entonces, las notas, la taza, su extraña conducta, las declaraciones de los testigos, todo había ido haciendo mella en su cerebro. La atormentaba, y ya no era capaz de pensar en otra cosa. Había ido a juicio para defenderse, y se había convertido en el hazmerreír de todo el mundo. Antes solo resultaba ligeramente risible.

Y eso era lo que querían ellos, toda esa gente se empeñaba en llamarla y escribirle. Querían sacar tajada de su notoriedad, no les interesaba su intelecto, y aquello no iba a parar. El martilleo que notaba en la cabeza, la sensación de no saber quién era, qué iba a hacer. Eso no pararía.

—Todo es culpa mía —se dijo al sentarse con su café para revisar el correo de los dos meses anteriores.

Tres cartas de editoriales que querían «conversar» con ella acerca de su nuevo proyecto. Dos cadenas de televisión, aparte de la BBC, que querían conocerla. Innumerables cartas de desconocidos que le mostraban su apoyo o la insultaban, personas que no la conocían y que Florence no se explicaba cómo habían conseguido su dirección. Las leyó con una especie de cansina resignación: unos querían decirle que era fantástica y otros que debería avergonzarse de sí misma. Uno incluso afirmaba: «Son las mujeres como usted las responsables del desorden que reina en la actualidad».

Florence pensó en responderle con una misiva exquisitamente trabajada que lo pusiera en su sitio con tanta firmeza que no volviera a escribir otra carta cruel a una desconocida.

Pero se dijo que no tenía sentido.

Y luego encontró su carta. Su postal, en realidad. El San Francisco de Sassetta domando al lobo de Gubbio. Un lobo muy pequeño, parecido a un perro, con la pata apoyada en la mano de san Francisco, y una plétora de miembros amputados y cuerpos destrozados esparcidos tras él. Sabía que era uno de los cuadros preferidos de Jim.

Querida Flo:

Una postalita para darte la bienvenida a casa y decirte que ESPERO QUE ROMPAS TANTAS TAZAS TUYAS COMO HAS ROTO AQUÍ.

Y también que VUELVAS PRONTO porque estoy escribiendo esto y tú te acabas de marchar y, bueno… Maldita sea, ¿por qué no decirlo? Te echo de menos. Te echo muchísimo de menos, Flo.

Besos,
Jim

Se apretó la postal contra el corazón y sintió que se le aceleraba el pulso. Su querido, su dulce, su bondadoso Jim. Recordó, sin embargo, que había hecho exactamente lo mismo con las notas de Peter. Revestirlas de simbolismos absurdos. En aquella misma habitación.

Como si hubiera invocado a su espíritu, al dejar la postal de Jim vio la letra de Peter, negra, escabrosa y enmarañada, en un sobrecito blanco.

Le tembló la mano al abrirlo. Miró ansiosamente a su alrededor, como si deseara que hubiera allí alguien más, un fantasma amigo que luchara con aquel demonio, que habitara con ella el apartamento.

Querida Florence:

No me cabe duda de que no debería escribirte esto. Estoy seguro de que me traerá más problemas. Solo quiero dejarte una cosa clara:

Me arrepiento de verdad de todo lo que he hecho.

De verdad.

Me arrepiento de haber arruinado mi carrera por ti y tu intelecto de segunda fila. Te crees una experta, pero no te expones ante nadie. Todavía no me explico cómo conseguiste ese trabajo en el Courtauld, y a George le pasa lo mismo. No eres una experta en tu campo. Eres lo peor que puede ser un profesor: mordaz e ignorante.

Mantener relaciones sexuales contigo y haberte visto en ropa interior es una de las cosas que más lamento de toda mi existencia. Me ha perjudicado mucho, y no mereció la pena.

Te escribo esto por dos motivos: para pedirte por última vez que, ahora que ha terminado el juicio, nos dejes a Talitha y a mí en paz. Creo que eres una mujer muy rara, muy triste y con muchos problemas, el mayor de los cuales es, desde mi punto de vista, que careces de sentido de la realidad. Lamento mucho haberte conocido y más aún que hayamos vivido tan cerca. Y en segundo lugar porque, a la luz de este desafortunado juicio y hablando como miembro del mismo claustro al que perteneces, aunque escape a mis atribuciones como jefe de tu departamento, te aconsejo encarecidamente que busques ayuda psiquiátrica.

Lamentándolo mucho,
Peter Connolly

Florence dejó la carta como si pesara mucho. Arrugó el ceño pensando en la última noche que había pasado con Jim en su casa de Islington. En cómo, al levantar la vista del parmesano que se gratinaba en el horno, mientras hacían pasta por última vez, se encontró su mirada fija en ella. Sus ojos grises y afables, su cara tierna, larga y delgada y todavía atractiva aunque hubiera envejecido un poco.

Deseó poder extender el brazo, coger su mano, besarlo. Solo una vez.

Deseó que estuviera allí. Ahora que estaba de vuelta le parecía todo tan sencillo. Pero era ya demasiado tarde, estaba casi segura. Sacudió la carta de Peter preguntándose si debía guardarla.

Entonces vio de nuevo el frasco de pastillas sobre el arcón y de pronto le pareció que sería muy fácil hacerlo ya. Era una idea tenue, pero fue creciendo como un soplo de aire que se convirtiera en una ráfaga y luego en una tormenta. El efecto mariposa.

«Sería muy fácil hacerlo ahora. Nadie me echaría de menos, en realidad. Nadie. Papá está muerto.»

Había una lista que repasaba continuamente en su cabeza. «Cómo me siento todo el tiempo. El juicio. Levantarme mañana y seguir adelante.

Winterfold. Lo mal que me porté con Lucy, con Bill, con mamá. Papá ha muerto. Papá ha muerto, ha muerto y yo no sé quién soy».

Era la verdad: no sabía quién era. Aquella certeza había ido abriéndose paso poco a poco hasta su conciencia, desde hacía siglos. Antes de la muerte de David, en realidad. Cuando llegó la invitación a la fiesta, hacía ya casi un año. Quizás antes, incluso: toda su vida, tal vez. Comprendió que todo aquello había ido creciendo hasta conducirla a ese momento de lucidez, a esta primera noche en casa. Se mordió la lengua, tan fuerte que notó el sabor de la sangre. «No pienses en papá». Si pensaba en él de verdad, lloraría, y si empezaba a llorar nunca lo haría.

No supo cuánto tiempo llevaba allí. Había mucho silencio en el piso superior del viejo palacete. Mientras caía la tarde y el sol empezaba a deslizarse por los tejados, se quedó quieta, sin pensar en nada. Volvió a sonar el teléfono. No hizo caso. Las polillas se estrellaban contra los cristales de la puerta de la terraza. Pasaban ambulancias a toda velocidad. Se sentía clavada en el sitio. Lo único que le recordaba que seguía respirando eran los chasquidos de su propia lengua.

Por fin, cuando ya había oscurecido, se levantó y se acercó al arcón. Oyó el ruido de sus pasos, pensó en lo raro que era todo aquello. Sonido, gusto, tacto. ¿Hasta qué punto sería difícil ponerle fin, desprenderse de todo aquello?

Cogió el frasco y se echó unas cuantas píldoras en la palma de la mano. Se quedó mirándolas. La campana de una iglesia comenzó a tañer en dirección al río: un repique desacompasado y estruendoso. Se acordó de repente de la historia del médico de Lorenzo de Médici, tan apenado por la muerte del príncipe que se tiró a un pozo. Sonrió, pensando que quizá no fuera mala forma de desaparecer. Al menos era valiente.

El teléfono volvió a sonar. Florence estiró el brazo y arrancó el cable de la pared. Se levantó y miró con sorpresa el cable que tenía en la mano, el agujero que había dejado en el yeso.

—Ya —dijo, limpiándose una lágrima.

Miró el frasco que tenía en la mano y le prestó atención por primera vez. Leyó la etiqueta. Y entonces volvió a mirarlo y se echó a reír.

Joe

Todo empezó porque Joe quiso recoger unas ortigas. Para hacer sopa. Era un día de mayo precioso y se estaba volviendo loco, allí encerrado. Necesitaba estirar las piernas, sentir el cielo azul sobre su cabeza. Allá lejos, en su casa, en un día así saldría a los páramos a primera hora de la mañana, sentiría la hierba bajo sus pies y la voz de su madre resonaría aún en sus oídos: «¡Vuelve antes de la hora de comer, Joe Thorne, o iré a buscarte y verás lo que es bueno!».

—Solo voy a ir al bosque. No tardaré más de una hora. —Titubeó, estrujando la bolsa de plástico entre las manos—. ¿Te apetece venir conmigo? Hace un día precioso.

Karen, que estaba leyendo una revista en el sofá y comiendo unas patatas fritas, levantó la vista.

—Joe, ¿tengo pinta de querer ir contigo?

—No sé. He pensado que a lo mejor te apetecía dar un paseo.

Ella soltó una risa breve y cortante.

—Me encantaría dar un paseo, pero teniendo en cuenta que cuando camino más de cien metros tengo la sensación de haber corrido un maratón, creo que paso, gracias.

—Ya. Perdona.

Aquello solo pareció irritarla aún más.

—No estoy diciendo que sea culpa tuya. Solo digo que no quiero ir. No te lo tomes como algo personal.

—Claro que no.

Joe le sonrió.

Pero no era cierto. Aún le quedaban tres semanas para salir de cuentas y en el ambiente se respiraba una especie de torva resignación. Últimamente, cada vez que estaban juntos, Joe tenía la sensación de que Karen estaba enfadada con él, y no sabía qué hacer. Al fin y al cabo no podía bromear con ella hasta que se le pasara el enfado, ni darle un abrazo o un masaje en los pies. Eran —Joe lo sabía ya— dos desconocidos que compartían un piso diminuto, unidos exclusivamente por las tres o cuatro noches que habían pasado juntos.

Sheila había intentado sonsacarle al respecto hacía un par de semanas.

—Pero esto... Vosotros dos... ¿Va todo bien? ¿Estás a gusto?

—Claro que sí. Soy responsable de ese bebé.

Joe quiso decirle que no se metiera donde no la llamaban.

—No, la responsable es ella —había contestado Sheila tajantemente—. Yo sé que cortaste la relación cuando te enteraste de que estaba casada. Yo sé la verdad, cariño mío. Y tú también la sabes. No tenías ni idea de quién era ella cuando empezó la cosa. Puede que ni siquiera sea tuyo, Joe.

Él se había encogido de hombros. No podía decirle que lo único que tenía sentido de todo aquello era su convicción de que debía hacer lo correcto. Karen iba a tener un hijo suyo. Una personita a la que coger en brazos, de la que cuidar, a la que ayudar a vivir. Esta vez iba a hacerlo bien. Aquel bebé tendría un padre de verdad, lo vería todos los días, le haría los mejores almuerzos para el recreo de todo el país, viviría en la puerta de al lado, tan cerca que lo oiría si se despertaba por la noche. Tal vez no fuera la manera más convencional de criar a un niño, pero entre los dos conseguirían que saliera bien.

Karen se removió en el sofá sin mirarlo. Joe vio sus tobillos hinchados y amoratados, sus ojeras amarillentas, vio que se masajeaba con la mano los músculos doloridos que soportaban el peso de su enorme vientre. Lo embargó una oleada de compasión. Esta vez no podía cagarla.

Le puso la mano en el hombro, indeciso.

—Vamos, Karen. Te sentará bien salir de casa.

—Es que me preocupa que nos encontremos con alguien.

No quería encontrarse con Bill, ni con ninguno de los demás, en realidad. Con todo esa gente.

—Ya lo sé. Pero en algún momento pasará. Y yo estoy aquí, ¿no? Vamos, Karen, cielo. Iré despacio. Te sentará bien. Y cuando volvamos te prepararé un baño y te haré una infusión. Dormirás mucho mejor y te despertarás como nueva. Te lo prometo.

—Ay, Joe. Gracias. —Se le llenaron los ojos de lágrimas—. No te merezco, de verdad. —Soltó un suspiro hondo y trémulo—. Perdona.

—No empieces con eso otra vez —dijo Joe en tono ligero. Se acercó al sofá—. Escucha, sé que no es lo ideal, pero vamos a hacer que esto funcione, ¿de acuerdo?

—Ni que lo digas. —Bajó las piernas del sofá—. Muy bien, me encantaría dar un paseo contigo. Vamos.

Era el primer fin de semana realmente caluroso del año. Mientras caminaban lentamente por la calle mayor, un tenue olor a flores y barbacoa impregnaba el aire. Joe olfateó y ella se echó a reír.

—Los dos olores más deliciosos del mundo —dijo—. Mataría por una hamburguesa ahora mismo.

—Luego te hago una.

Karen vaciló.

—Me encantaría. Gracias, Joe.

Él seguía esforzándose por hacerle cosas, por alimentarla, por darle lo que quería para que estuviera contenta y no tuviera que oírla sofocar sus sollozos en el cuarto de baño por las noches, con la radio puesta y el agua corriendo. Pero los primeros macarrones con queso que le había preparado llevaban también trufa, y le habían dado ganas de vomitar. Y su tarta de queso con fruta de la pasión tenía «demasiada fruta de la pasión», había dicho Karen.

—A mí me gusta sencilla. Lo siento, tesoro.

Joe le hizo pizza, pero a ella no le gustaban los pimientos, y la masa le pareció demasiado fina. Pero por lo menos se rieron de la situación.

Joe le tocó el brazo con suavidad.

—Oye, sé que no te apetece hablar de esto, pero ¿qué más crees que tendríamos que comprar?

—No pasa nada. Ya me he puesto con ello. Hasta he hecho una hoja de cálculo. —Sonrieron los dos—. Creo que solo necesitamos unos cuantos peleles más y ya está. Mi madre tiene algunas cosas en Formby. Las traerá cuando nazca el bebé. —Miró a Joe—. Por cierto, ¿te parece bien que se quede unos días? Lo digo porque nosotros no tenemos ni idea de lo que hay que hacer, ¿no?

—Bueno, con Jamie… —comenzó a decir él, pero se detuvo—. Pero sí, seguramente era todo completamente distinto.

Karen meneó la cabeza.

—Claro. Siempre se me olvida que tú ya te sabes todo esto. Perdona.

—No me refería a eso. No, en serio, es genial que tu madre quiera venir a quedarse unos días.

Karen se paró en medio de la calle, junto al monumento a los caídos en la guerra. Se puso de puntillas y le dio un beso en la mejilla.

—Ay, Joe. Eres un buen hombre, ¿sabes? Un hombre encantador.

Su barriga estaba en medio y ambos se echaron a reír cuando él se inclinó para darle otro beso.

—Lo mismo digo. Eres una mujer buena y encantadora. Vas a ser una mamá fantástica.

Karen sonrió y se dejó caer en el banco, junto al monumento.

—Me está matando la espalda, Joe. Creo que voy a quedarme aquí un ratito.

—¡Joe Thorne! —gritó alguien, y Joe y Karen se quedaron helados, como si les hubieran sorprendido haciendo algo malo.

Un niño pequeño corrió hacia ellos.

—¡Hola, Joe Thorne! ¡Hola!

Joe entornó los ojos.

—¿Luke?

Luke tenía el pelo largo y revuelto por la carrera al viento. Se detuvo ante ellos, jadeando.

—¡Hola! Hola, Karen —dijo, mirándola—. Tienes un bebé en la tripita.

Tenía un acento ligeramente francés y sonó como una pregunta.

—Sí —contestó Karen—. Nacerá dentro de un par de semanas.

Guardó silencio al ver la cara de Joe y siguió su mirada.

Estaba observando a dos personas que acababan de aparecer por el recodo de la colina.

Martha llevaba una bolsa de malla cargada con un cartón de huevos manchados de paja y tierra, y estaba contando una historia, haciendo aspavientos. A su lado iba Cat. Sostenía un ramo de flores del campo: perejil silvestre coronado de blanco, prímulas amarillas, silenes de un rojo intenso. Estaba cubierta de hojas de miscanto: se le habían clavado en el jersey azul, en el pelo, en los vaqueros. Martha llegó al punto álgido de su historia, juntó los puños y Cat echó la cabeza hacia atrás y soltó una sonora carcajada.

Joe miraba absorto a las dos mujeres, que al verlos se detuvieron junto al banco.

—Hola, Joe —saludó Martha con amabilidad—. Karen, querida, ¿cómo estás? Tienes buen aspecto.

La señora Winter tenía un aire grácil y liviano, irradiaba una especie de serenidad. Joe la había visto en el pueblo últimamente, con la cara crispada, la boca fruncida, los ojos llenos de furia y empañados, como si estuviera ida. Ahora parecía relajada. Como si se hubiera liberado de las ataduras que la mantenían prisionera, como una marioneta.

—Estoy bien, gracias —contestó Karen con educación—. Ya no me falta mucho. —Se interrumpió, azorada.

—Sí —dijo Joe con energía.

Apenas podía apartar los ojos de Cat, aunque sabía que tenía que hacerlo. Debía de ser evidente para todos, ¿verdad? Aquella loca y estremecedora sensación de volver a la vida cuando la veía. Cuando se habían encontrado en el parque infantil estaba tan pálida, tan flaca, tan triste. Como un árbol desnudo en invierno. Desde entonces, Joe había procurado alejarla de sus pensamientos. No pensar en cuánto deseaba estrecharla entre sus brazos, darle de comer, llevarla a dar largas y enérgicas caminatas para que sus mejillas recobraran el color.

Se avergonzaba de sí mismo, entonces y ahora, por pensar así. Hizo un ímprobo esfuerzo, cerró los ojos un momento y se volvió hacia Karen.

—Estamos muy emocionados —admitió señalándola con la cabeza.

—Es maravilloso —repuso Martha. Su tono era enteramente neutral, pero le dedicó a Karen una sonrisa afectuosa.

—He oído que Florence ganó el juicio —comentó ella, apoyándose las manos sobre el vientre—. Es estupendo. ¿Va a venir pronto?

El sereno semblante de Martha se nubló un momento.

—Yo… no lo sé. Su amigo Jim dice que volvió ayer a Italia. Tengo que hablar con ella. No paro de llamarla, pero no contesta. —Sonrió—. Pero sí, ha ganado el juicio y ahora tenemos que traerla de vuelta aquí.

—Parecía un auténtico cretino, ese tipo.

—Sí, en efecto, creo que lo era —respondió Martha con una sonrisa—. Florence ha sido muy valiente, ¿verdad? Pero así es ella.

—¡Florence! ¡Florence! —canturreó Luke, y luego se detuvo y miró a Karen—. ¿Cuándo vas a tener al bebé?

—Dentro de unas tres semanas —contestó ella—. Supuestamente.

—¿Dónde está Bill?

Cat intervino rápidamente:

—Estás estupenda, Karen. —Le dio un beso en la mejilla y añadió con sinceridad—: Oye, perdona que no me haya pasado a verte todavía. Me sentía un poco violenta y no sabía qué pasaba, o si querrías ver a alguien de la familia.

Karen tragó saliva.

—Pues… Gracias, Cat. Claro que… Es… —Miró a Martha con nerviosismo—. Es difícil, y me doy cuenta de que… Lo… —Se llevó la mano a la garganta y añadió—: No sabía que habías vuelto.

—Llevo aquí más de quince días —repuso Cat—. Hemos decidido venirnos a vivir con la abuela, ¿verdad, Luke?

Su hijo sonrió.

—Sí. ¡Ahora vivimos aquí! No tengo que volver a ver a François nunca más. Le huelen mucho los pies y muerde a la gente. A mí me mordió y a Josef también.

—Bueno, pero no nos fuimos por eso.

—¿Por qué os fuisteis? —preguntó Karen con amabilidad—. Ha sido muy repentino, ¿no?

Cat hizo una mueca.

—Cuando sabes que eres capaz de hacer una cosa, tienes que lanzarte. —Se encogió de hombros y volvió a sonreír—. Sé que parece una locura. Parezco una hippie cuando intento explicarlo.

—No, tiene mucha lógica —opinó Karen lentamente.

Joe la miró con curiosidad. Karen era la persona menos hippie del mundo.

—¿Qué vas a hacer, entonces? ¿En qué vas a trabajar, quiero decir?

—Ni idea. —Cat volvió a hacer una mueca—. Pero tengo que encontrar algo pronto. Algún día me gustaría abrir un vivero. Hierbas aromáticas y verduras comestibles, lavanda y rosas para fabricar aceite, ese tipo de cosas. Y una zona para tomar café y para que jueguen los niños. —Sonrió—. Bueno, no es más que un sueño, pero quizás algún día. La abuela y yo hemos comentado que podría abrirlo en Winterfold, quizá. Pero primero tengo que encontrar algún empleo.

Martha dijo:

—Te lo digo constantemente: no hace falta que busques trabajo todavía, Cat. Tómate unos meses de relax para decidir qué quieres hacer.

Pero su nieta contestó con firmeza:

—Yo siempre he trabajado. No puedo vivir de ti para siempre. No podría quedarme de brazos cruzados sin hacer nada. No sería bueno para Luke. Tengo que hacer planes.

Joe se oyó decir:

—En el pub hay trabajo si tienes experiencia como camarera.

—Sí, claro. —Pareció asombrada—. ¿Lo dices en serio?

—Viene muchísima gente. Sí. ¿Estás segura? ¿Qué hay de lo del vivero, las flores y eso?

—Todo a su debido tiempo. Quiero que Luke se acostumbre a ir al colegio aquí y a decidir qué hacemos antes de lanzarme. ¿Por qué? ¿Es que necesitas asesoramiento para poner un huerto? Deberías hacerlo, te lo aconsejo. —Ladeó la cabeza mirándolo—. Lo de ese trabajo me parece de perlas, Joe. Gracias. ¿Tengo que llamar a…?

—Sí, llama a Sheila —dijo Joe en voz demasiado alta—. Pero también me gustaría que me asesoraras para plantar un huerto. Es nuestro próximo…

Pero se detuvo, incapaz de decir nada más. Era cierto, pero sonaba todo demasiado forzado.

—Oye, creo que no voy a poder avanzar mucho más —le dijo Karen. Se levantó apoyándose en él—. ¿Por qué no vais a ver a Sheila y habláis de ello y yo vuelvo a casa a echar una siesta? ¿Qué os parece?

—Yo puedo llevarme a Luke a casa si quieres —dijo Martha.

Luke se agarró de un salto a la mano de Joe.

—Joe, la semana pasada dormimos en el bosque. Montamos una tienda de campaña, mamá y yo.

—Fue horrible —dijo Cat—. No pegué ojo. Había olvidado lo triste que es el canto de los búhos. Y se oían toda clase de cosas haciendo ruidos a nuestro alrededor. Y murciélagos. Por todas partes. —Sus labios dibujaron una sonrisa ancha y espontánea—. No hay nada que me guste más que estar en el jardín, pero no estoy hecha para acampar en el bosque. Nunca me ha gustado.

—Oye, Luke —dijo Joe—, a mí me encanta acampar. Podría ir contigo.

Karen lo miró y él sintió que se sonrojaba. «No. Tienes un hijo. Ellos no te necesitan. Karen sí».

—Quiero decir... algún día. Me encantaría.

—¿El fin de semana que viene? ¿Qué tal el fin de semana que viene? Cat se agachó.

—Luke, Joe va a estar muy ocupado porque dentro de poco va a tener un bebé. Puede que te lleve más adelante, este verano, o cuando venga Jamie. ¿Te acuerdas de Jamie? Podríais ir todos juntos.

Luke dijo que sí con la cabeza. Sonrió a Joe, que sintió ganas de llorar, de estrecharlo contra su pecho para sentir su cuerpecillo y su olor de niño, para hacerse la ilusión de que era Jamie a quien abrazaba, Jamie quien estaba allí, con él. Tragó saliva, miró hacia arriba y se encontró con la mirada de Cat. Lo miraba fijamente, entornando los ojos al sol, con las mejillas sonrosadas. Pero desvió la mirada de inmediato y se sacó otra bolsa de malla del bolsillo.

—Íbamos a recoger unas flores de saúco para hacer licor, pero todavía es muy pronto. Tontas de nosotras. He olvidado cómo son las cosas en mi país. En fin... —Miró a su abuela—. Si no te importa, abuela.

—Claro que no —contestó Martha—. Probaré a llamar otra vez a Florence. Luego nos vemos. ¡Buena suerte!

—Yo creo que va a ir muy bien —dijo Sheila. Se echó un paño de cocina al hombro—. Me alegro mucho de que hayas venido, Cat. De verdad. No sabía que tenías experiencia como camarera.

—He hecho de todo —contestó Cat sentándose a la mesa, junto a la barra—. Gracias por esto. —Bebió un sorbo de la gran copa de vino blanco que le había dado Sheila—. Beber sin ningún motivo especial en plena tarde tiene algo de perverso.

—Sí que hay motivo —repuso Joe—. Celebramos que Sheila ya no tendrá que hacer de camarera. Te aseguro que es algo muy penoso de ver.

—Déjalo, Joe Thorne. A ver si pruebas a hacerlo tú algún día. —Cat se rió y Sheila le dedicó una sonrisa—. Me alegro mucho de que hayas vuelto, cielo. Bueno, os dejo. Avísame cuando quieras que hablemos del huerto, Cat. Me apetece mucho seguir planeándolo.

Se alejó casi con brusquedad dejando a Joe de pie junto a la mesa.

Cat le hizo una seña.

—¿No vas a acompañarme? No puedo quedarme aquí sentada bebiendo sola. —Él consultó su reloj—. Ah. Seguro que tienes montones de cosas que hacer antes de la hora de la cena. —Se desplazó hacia un lado del banco—. Te dejo, entonces.

—No, no. —Joe puso la mano en la mesa—. Todavía tengo un rato. Por favor, no te vayas. —Se sirvió una copa de la nevera que había detrás de la barra y se sentó frente a ella—. Salud —dijo—. Por los nuevos comienzos.

—En más de un sentido —repuso ella al entrechocar sus copas—. Buena suerte con el pequeño Joe o la pequeña Karen.

Se puso el pelo detrás de la oreja y levantó la copa agarrándola por el pie y mirando el líquido verde amarillento. La atmósfera del bar era muy tranquila. El cálido sol se extendía por la tarima del suelo, detrás de ellos, pero no llegaba hasta su mesa, situada junto a la cocina. Joe la contempló por un momento. Sus dedos delgados, sus uñas cortas y anchas, las finas arrugas que tenía alrededor de los ojos. Tenía unas cuantas pecas en la nariz (nunca se había fijado). En realidad, no la conocía. En absoluto.

Se aclaró la garganta.

—Estamos ilusionados. Los dos.

—Creía que erais pareja, Karen y tú —dijo ella con franqueza—. Pero mi abuela dice que no.

—Eh, pues no. Karen vive conmigo.

—Claro.

—Y yo la estoy ayudando.

—Sí.

—Estamos juntos en esto —continuó él con firmeza—. Seguramente vamos a comprar la casa de al lado y a reformarla, para que yo viva en la puerta de al lado y esté siempre ahí. Ya sabes. Así podré ir a recogerlo o recogerla al colegio cuando Karen trabaje hasta tarde y esas cosas.

—Me parece muy buen plan —comentó Cat. Hizo un gesto de asentimiento y sonrió—. ¿Sabes qué? Bueno, no debería decirlo.

—Continúa —la urgió Joe, intrigado.

Ella bebió un poco más de vino.

—Esto se me está subiendo directamente a la cabeza. Y la última vez que bebí demasiado acabé besándote.

—Pues a mí me gustó —repuso él—. Por si te sirve de algo.

—A mí también. —Sus ojos se encontraron por encima de las copas de vino y ambos sonrieron—. Solo quería decirte que siento haberme puesto tan grosera contigo. Creía que eras un depravado. Y puede que no lo seas.

Él se encogió de hombros.

—He decepcionado a mucha gente. Y eso no me gusta.

—¿Y eso? ¿A quién?

Joe meneó la cabeza. No quería hablar de eso.

—Es igual.

Lamentó no ser uno de esos hombres que hablaban de sus sentimientos. La miró e imaginó que decía: «Siento haber jugado contigo. Fui un idiota. Karen es preciosa y divertida y nos lo pasamos bien y fuimos de verdad un consuelo el uno para el otro, antes de que me enterara de que estaba casada. Me cae bien. Pero tú me gustas aún más. Me gusta todo de ti: tu sonrisa, tu forma de pensar, tu manera de fruncir el ceño porque te asustan estas cosas. Lo bien que te portas con Luke y con Jamie. Lo valiente que eres».

Pero no lo diría nunca. Le gustaba hacer cosas, pero no se le daba bien explicarse. Se frotó la barbilla y la miró fijamente.

—No soy de ese tipo de personas —dijo—. Pero no tienes por qué creerme, lo sé. Y con Karen…

Cat se inclinó sobre la mesa.

—No me malinterpretes, pero tengo que hacer esto.

Y lo besó.

Cat

Había olvidado lo bien que sabía, lo delicioso que era sentir su boca imprimiéndose en la de él como en una superficie blanda y elástica cuando se inclinó hacia él.

Al otro lado de la mesa, Joe le devolvió el beso, hundió la lengua en su boca, dejó escapar un gemido gutural, y luego, igual de repentinamente, se apartó de ella.

—¿Por qué demonios has hecho eso? —preguntó, sorprendido.

Cat se encogió de hombros y se recogió el pelo en una coleta.

—Mira, solo quería hacer borrón y cuenta nueva. Por aquello del orgullo herido. Me porté muy mal contigo. Hiciste una tontería al besarme, pero ahora yo también te he besado. No somos niños.

—¿No somos niños? Pero, por Dios, Cat. Podría haber entrado cualquiera, y Karen...

Ella lo interrumpió:

—Los dos hemos pasado momentos muy malos, ¿de acuerdo? —Sentía cómo le latía el corazón en el pecho, casi en la garganta. Dilo, acaba de una vez—. Tú me gustas, yo te gusto, el momento no es el más oportuno, y ya está. —Asintió con un gesto y se recostó contra el respaldo—. ¿De acuerdo?

—¿De acuerdo? —Él se echó a reír suavemente, casi con impotencia—. Cat, estás como una cabra. Es una locura intentar neutralizar un problema así, ¿es que no lo ves?

Ella se encogió de hombros otra vez.

—Antes estaba loca. Pero ya no. Como te decía: borrón y cuenta nueva.

Joe la observaba, riendo todavía. Ella dijo:

—Con todo lo que ha ocurrido, tengo la sensación de que han pasado siglos desde aquello. No quiero que pienses que soy una especie de

víctima. O que te sientas mal por lo que pasó entre nosotros y que car-
gues con esa culpa y tengamos que evitarnos y nos sintamos violentos
cada día en el trabajo. Que pensemos «qué poca vergüenza tiene». O «es
una mala persona». Y estar siempre andando con pies de plomo.

—Bueno, eso tendría que decidirlo yo. —Joe seguía pareciendo atónito, y a Cat se le encogió el estómago—. Como te decía, si hubiera entrado alguien...

—Tu vida no le importa a nadie más que a ti —repuso Cat con franqueza—. Es lo más importante que he aprendido estos últimos años. La
verdad es que en el fondo todos estamos solos. —Se inclinó otra vez sobre la mesa—. ¿Sabes que les pasa a los hombres y las mujeres? ¿Sabes
que es lo más absurdo de las relaciones de pareja?

—¿Qué? —preguntó él con cautela.

—Que la gente empiece a adoptar roles. Es una mierda. Karen y tú
deberías hacer lo que os venga en gana.

—¿Qué quieres decir?

—Antes de empezar a salir con Olivier, yo era una persona segura de
mí misma. Podía colgar una estantería, discutir con un gendarme, pedir
un filete. Y luego, por su culpa, por como me sentía cuando estaba con
él, por lo inútil que me hacía sentir, cambié. No era así, pero me volví así,
y él me trataba como una mierda, así que el resto de la gente hacía lo
mismo. Me volví tímida, patética, todo me daba miedo. Me conformaba
con todo lo que me pasaba. En fin, lo que quiero decir es que yo no era
así al principio. Y en eso consisten las relaciones de pareja. Las buenas,
quiero decir. Uno tiene que ser flexible. No se trata de que uno de los dos
esté al mando y el otro le siga, ni de que uno sea la estrella y el otro el que
aplaude. Mi abuela y Zocato lo tenían todo, el paquete completo. A él se
le daban mejor unas cosas y a ella otras, pero los dos estaban al mando.
—Cat frotó la copa de vino con los dedos, mirándola con el ceño fruncido—. Estaban los dos al frente, eran compañeros porque sabían lo que
les importaba, lo que era importante, y todo lo hacían girar en torno a
eso. A veces la estrella era él y a veces ella.

Sabía que Joe estaba mirándola, pero se sentía demasiado azorada
para detenerse a mirarlo.

—Siempre he pensado —continuó— que es en ese momento cuando
empiezan los malos rollos, cuando empiezas a adoptar un papel y de

pronto no puedes romper con ese papel. —Asintió con la cabeza y se levantó—. Eso es lo que quería decir. Que todo es cuestión de ser flexible. De ser tolerante. En los momentos buenos y en los malos. Cuando pienso en Olivier, no creo que ni un solo día de los que pasé con él fuera de verdad yo misma.

—Lo mismo me pasaba a mí con Jemma —dijo Joe—. Hacíamos muy mala pareja. Hacía solo un año yo había sido el niño gordito y con granos. Ella estaba completamente fuera de mi alcance. No me podía creer que fuera detrás de mí.

—Pero tú no estabas con ella porque fuera una modelo despampanante. Te gustaba, ¿no?

—Sí, pero se trataba más bien de que creía que podía cuidar de ella. Demostrar que no era un cabrón, como mi padre. Salvarla de esos cerdos que la trataban mal.

Cat observó cómo se masajeaba la mejilla, áspera por la barba que empezaba a asomar.

—¿Y dónde está ahora?

Joe se apoyó en la barra frente a ella.

—Pues viviendo con Ian Sinclair.

—¿Quién es Ian Sinclair?

—Lo tiene todo. Es abogado, tiene una casa preciosa en York, conduce un Subaru de los grandes, le compra todo lo que quiere, Jamie va a un colegio privado. Todo eso —explicó Joe—. Y la madre de ella también tiene un piso nuevo. Se lo ha comprado él. Es como un mago.

—Bueno, ¿y no te alegras por ella? ¿Y por Jamie?

—Sí, claro que me alegro —dijo con impaciencia—. Claro que sí.

—¿Y no te paras a pensar que, si no hubiera estado contigo y no hubiera tenido a Luke, habría acabado con alguien peor? Podría haberse ido con uno de esos cerdos, y ¿quién sabe qué habría sido de ella?

—Jemma es muy dura —contestó Joe.

—Yo también era dura cuando conocí a Olivier —repuso Cat—. ¿Sabes?, a menudo las mujeres no tenemos elección. Nos dejamos absorber por las cosas. Mi madre se marchó cuando yo tenía unas semanas de vida. —Tocó la mano de Joe, intentando hacerle entender—. No sé cómo lo hizo, debió de dolerle, pero yo nunca pensaba en ella, solo en mí misma. Sintió que no tenía otra opción, y eso es horrible. Vivimos en un mundo sexista. Hacemos creer a las niñas que recibirán una recompensa por ser decorativas, y luego piensan que es normal que las traten como si fueran una mierda.

—Tu abuela no te hizo eso a ti.

—Claro que no. Pero yo crecí sin padres —dijo Cat en voz baja—. Y por eso deseaba tanto caerle bien a la gente, toda mi vida. Quería que mi madre volviera y dijera que me quería y que iba a cuidar de mí, pero no lo hizo. Creo que eso te convierte en alguien que necesita angustiosamente la aprobación de los demás, eso es todo.

Las lágrimas le nublaron la vista. Parpadeó para disiparlas. Daisy todavía tenía el poder de abrumarla, pero Cat sabía que ese poder se estaba esfumando.

—Mira, Joe, lo único que digo es que puede que salvaras a Jemma de algo peor. La quisiste y le diste a Jamie. Teníais un hijo. Y Karen… Mi tío y ella siempre formaron una extraña pareja. Creo que te utilizó un poco. ¿Sabes?

—Yo también la utilicé a ella —repuso Joe—. Ha sido muy raro vivir aquí. Sin Jamie. —Se apartó algo de la frente. Cat vio el espasmo de emoción que recorría su rostro—. Me sentía muy solo. Quiero decir que yo estaba dispuesto. Y, como puedes imaginarte, Karen es muy decidida cuando algo se le mete en la cabeza.

Cat no quería oír lo fantástica que era Karen en la cama. No quería pensar en que otra mujer tocara a Joe, lo envolviera en sus brazos, lo tuviera para ella sola. Quería quedarse así, en aquella sala cálida y desierta mientras se ponía el sol, apoyados los dos en la barra, en su mundo aparte, en el que todo tenía perfecto sentido.

Pero el hechizo ya estaba disipándose. Cat apuró su bebida.

—Bueno, Karen tiene suerte. Suerte de que seas un buen tío, Joe. De verdad que lo eres. Estoy segura de que va a salir todo bien. —Empujó la copa a un lado—. ¿De acuerdo?

Le horrorizó darse cuenta de hasta qué punto era mentira todo aquello. En realidad, quería que Joe se sacudiera sus responsabilidades, allí mismo, en el acto. Que dijera «te deseo, Cat. Te deseo ahora. Voy a dejar que Karen se las apañe como pueda, estará bien. Necesitamos estar juntos, yo lo sé y tú también. Voy a cerrar la puerta del pub, a bajar las persianas y hacerte el amor en el suelo, y va a ser la mejor experiencia que hayas tenido nunca, Catherine Winter. Una pasión arrebatadora, de las que hacen temblar la tierra, y luego nos iremos a vivir con Jamie y Luke y tendremos más hijos, y cultivaremos plantas y cocinaremos y nos amaremos todos los días, en nuestra propia casa».

Se sonrió un poco y le tendió la mano. Él se la estrechó con energía.

—Muchísimas gracias, Cat —dijo con una sonrisa irónica—. Está bien tener una amiga. Lo digo en serio. Gracias por tu comprensión.

—De nada —contestó ella con un gesto de asentimiento.

Regresó a Winterfold sofocada por la vergüenza y el deseo. Las sombras se alargaban sobre los campos recién verdecidos. Se acercaba la noche y la brisa cálida la sosegó. En los setos crecían escaramujos y los tallos de los espárragos se mecían suavemente. Cogió un puñado para llevarlos al trabajo al día siguiente. Se imaginó la cara que pondría Joe, el placer que le daría ver los espárragos, y sonrió. Sabía que no iban a estar juntos. Y estaba bien, entendía el motivo. Después de todo lo que había pasado, contar con él como amigo era más de lo que podía esperar. Las cosas mejoraban de día en día.

Luke y Martha estaban merendando fuera cuando subió por el camino. Luke le pasaba una pelota a su bisabuela, que sucesivamente arrancaba flores secas, bebía de su taza y se paseaba de un lado a otro. Martha se volvió al oír llegar a Cat.

—Cariño… Qué bien que hayas vuelto. Luke, corre, ve a traer a tu madre una taza para el té. Y trae también un poco más de bizcocho.

Luke salió corriendo y Martha se acercó a su nieta.

—¿Qué tal ha ido?

—Bien —contestó Cat—. Ha ido bien.

Martha la observó con sagacidad.

—Es simpático.

—Muy simpático —repuso Cat con energía—. ¿Verdad que es genial? —Advirtió la expresión preocupada de su abuela—. ¿Ocurre algo?

Martha negó con la cabeza.

—No consigo localizar a Florence. Ni tampoco Jim —dijo. Sus labios parecían muy delgados—. No contesta a su móvil y el número de su piso está desconectado. Nadie sabe nada de ella.

Florence

Al día siguiente de su regreso, Florence durmió como si la hubieran dejado inconsciente de un golpe, y cuando la despertó el ruido de un claxon y los gritos de alguien en la calle, estaba mareada. Resacosa, como si tuviera la cabeza llena de arena húmeda. Miró a su alrededor con ojos legañosos, contemplando su pequeña habitación, semejante a la celda de una monja.

Entonces vio el frasquito arañado, lleno hasta los topes de pastillitas blancas. Se acordó de la noche anterior, de lo que decía la etiqueta.

Martha Winter

Comprimidos de magnesio
Dos al día en caso de estreñimiento
Fecha de caducidad: 09/12/12
NO EXCEDER LA DOSIS RECOMENDADA

El cartel de una exposición de Masaccio que había en la pared de enfrente había ido perdiendo el color con el paso de los años y las figuras parecían espectros de color amarillo verdoso.

Había un montón de páginas escritas a máquina dispersas por el suelo de fría piedra. La transcripción de la sentencia del tribunal. Florence se tumbó de lado y pestañeó. «La profesora Winter es posiblemente la mayor experta mundial en su campo de estudio, y su cínico intento de sacar provecho de esa realidad, su arrogancia y su engaño sin ambages resultan francamente sobrecogedores».

Volvió a tumbarse boca arriba, se incorporó lentamente y miró con alegría los espectros que tenía delante.

—Buenos días —dijo, tratando de parecer más feliz de lo que era en realidad—. Te estoy hablando —le dijo a la figura de Adán—. Sí, a ti. Qué maleducado. Muy bien, ignórame si quieres.

Se sentó al borde de la cama, movió los dedos de los pies, se estiró y fue a prepararse un café.

La carta de Peter descansaba, junto con el resto del correo, sobre el arcón. Se había arrugado durante la noche, como si intentara plegarse sobre sí misma otra vez. Florence recogió el correo, las cartas, las revistas, las invitaciones, los requerimientos, todo salvo la postal de Jim. Tiró todo el montón a la basura.

—Si pudieras verme ahora, profesor Connolly —dijo en voz alta, mientras esperaba a que borboteara la cafetera y percibía los reconfortantes olores de su casa, tan antiguos y familiares.

Miró su mesa, casi eufórica al pensar que iba a poder entregarse de nuevo en su trabajo.

—Sí, hablo sola. Sí, estoy loca. Y me trae sin cuidado.

No tenía conexión wi-fi en su piso, así que no podía saber quien había intentado ponerse en contacto con ella, y eso le gustaba, pero sabía también que tenía que echar un vistazo a su móvil y al teléfono fijo, que no habían parado de sonar desde su llegada. Su móvil parecía estar saturado de llamadas perdidas, pero en lo único que se fijó —y le dio un vuelco el corazón al verlo— fue en un mensaje de texto de Jim. Respiró hondo y lo leyó.

«¿Has llegado bien? Estoy muy solo aquí sin ti».

Se sentía tan valiente que contestó, tecleando trabajosamente, cometiendo muchos errores y maldiciendo cada dos por tres.

«Claro que sí. Larga noche del alma y todo eso, pero ya pasó. Gracias por tu postal, es preciosa. Yo también te echo de menos, Jim. ¿Puedo ir a verte pronto? Llevaré tazas nuevas para romperlas».

Después de mandar el mensaje, le aterrorizó lo que había hecho y tiró el teléfono al sofá, donde se coló detrás de los cojines. No soportaba ponerse en esa situación, estaba segura de que había dado un paso en falso, uno terrible. Se sentía como una adolescente.

Los demonios de la noche anterior parecían ahora muy lejanos, pero era consciente de que podían volver, y ello moderaba su alegría, porque se sentía extrañamente alegre, teniendo en cuenta lo ocurrido. ¿Se reiría de todo aquello algún día? ¿De cómo había intentado matarse con las píldoras para dormir de su padre y por error había cogido las pastillas para el estreñimiento de su madre? Pensó que quizá fuera algo simbólico: sabía que Daisy se había matado con las pastillas que birló de aquel mismo armario, pero Daisy había cogido las pastillas correctas, y las había mezclado con heroína. En resumidas cuentas, que Daisy había sabido cómo matarse.

Y ahora ella, Florence —que sentía desde hacía siglos que los últimos meses tenían que conducirla indefectiblemente a esa noche, a ese instante con las píldoras y la decisión de acabar con su vida— ahora se enfrentaba a la cuestión de qué iba a hacer a partir de entonces.

Dejó vagar su mente. Una de dos: o cambiaba algo y seguía adelante con otro rumbo, o seguía por el mismo camino y aceptaba que en algún momento cerraría el círculo y volvería a hallarse en aquel mismo recodo del camino. Había entrenado su cerebro con los años. Lo había nutrido, ejercitado, tratado con respeto. Ahora tenía que hacerle caso, sentir que podía extraer alguna enseñanza de la convicción que la había asaltado la noche anterior, de esa certeza de que había llegado el momento de que todo cambiara. Haber vuelto le aclaró un poco las ideas. Intentó precisar de qué se trataba, pero tal vez no pudiera verlo del todo aún, y eso también lo aceptaba.

—Hice lo correcto —dijo en voz alta mientras recogía las hojas de la transcripción y las guardaba—. Hice lo correcto —repitió, y cogió la postal de Jim—. Hice lo correcto.

Respiró hondo y cogió el teléfono fijo para llamar a su madre, pero entonces se acordó de que había arrancado el cable de la pared.

Intentó volver a enchufarlo, pero no funcionaba. Así que buscó en el respaldo del sofá y sacó su móvil del fondo del bastidor. Además del mensaje de Jim, había dos mensajes de voz de Martha. Florence se arrodilló en el sofá, que crujió bajo su peso, y escuchó atentamente el último.

—Oye, Flo, llámame, por favor. No sé dónde estás. ¿Has vuelto a Italia? Parece que tu teléfono no funciona. Llámame, por favor, cariño.

Cat está aquí. Ha vuelto. Necesito hablar contigo. Tengo que decirte una cosa y tenemos que hablar. Quiero verte. Llámame, tesoro.

Florence miró la postal de la pared. Respiró hondo. Se sentía como si estuviera asomándose a la puerta de un avión en pleno vuelo, con el paracaídas colgado a la espalda. Se dijo en voz baja:

—Sí.

Se preparó otro café y llamó a su madre.

—¿Hola?

—¿Hola? ¿Quién es?

—Soy yo, mamá, Flo.

—¡Florence! —La voz de Martha sonó alegre y llena de alivio—. Por Dios, cariño, ¿cómo estás? He estado intentando localizarte. Me tenías muy preocupada.

—¿Preocupada?

—Tenía una sensación absurda. —Su madre se rió—. Es una tontería.

Florence dijo lentamente:

—Vaya. Pues ya he vuelto. Llegué anoche.

—Ah. ¿Y cómo estás?

—Bien. —Miró el frasco de pastillas y se sonrió—. Muy bien. ¿Cómo estás tú?

—Bien, muy bien. Flo...

Florence la interrumpió, temerosa de pronto de lo que vendría a continuación.

—Mamá, solo llamaba para decirte que me olvidé de una cosa cuando estuve allí. Mis notas antiguas sobre Filippo Lippi, las necesito para un artículo que tengo que escribir.

—Bueno, dime dónde están y te las mando por correo.

—Están en el cuarto de papá. En el estudio. Como mis demás papeles, en la estantería de debajo de las enciclopedias. Es una carpeta de tela, roja y negra.

Oyó a su madre atravesar la casa.

—Muy bien, ya la veo. Entonces, ¿quieres que te los mande?

—Sí, por favor, mamá.

—Estupendo.

Hubo una pausa. Breve y expectante.

—Y también quería decirte una cosa.

—¿Sí? Bueno, pues... Vale. Tú primero.

Florence añadió con atropello:

—Siento mucho cómo me porté la última vez que estuve en casa. Fue por el juicio y todo eso. Durante un tiempo he perdido el norte. He sido muy infeliz. Muy egoísta. No era... En fin, que lo siento.

—¿Tú lo sientes?

Su madre se rió. Florence se puso tensa. Se preguntaba si debía colgar el teléfono. Pero entonces la voz de Martha se suavizó.

—No eres tú quien debería sentirlo.

—Ah.

—Flo, cariño, esto es ridículo. ¿Cuándo vas a volver? Me gustaría muchísimo verte. Hablar contigo de verdad. Solas las dos.

Florence empujó despacio y con un dedo el frasco de pastillas por la encimera de la cocina.

—No estoy segura. Acabo de volver a Italia. No puedo marcharme hasta dentro de un tiempo, hay cosas que... En agosto, probablemente.

—De acuerdo —repuso Martha, desanimada.

—Mamá, ¿necesitas que vuelva?

—No. Sí.

—¿Qué ocurre? ¿Estás bien?

—Perfectamente. Pero necesito decirte una cosa. —Martha exhaló un pequeño suspiro—. Se trata de ti, Flo, querida. Es algo que tienes que saber.

Florence salió de la cocina soleada y penetró en la penumbra del amplio cuarto de estar. El corazón le latía como un tambor. Apoyó la mano en el aparador para sostenerse y se alegró de estar sola y de que nadie pudiera verle la cara. Llevaba casi toda su vida esperando ese momento. Desde que tenía diez años, de hecho. Y ahora que por fin había llegado, no quería que sucediera.

—Ya lo sé —dijo.

—¿Que sabes qué?

La voz de Martha sonó muy cerca del micrófono.

—Siempre lo he sabido, mamá. —Aquella última palabra salió de su boca como si pesara—. Sé que no soy hija vuestra. Sé que mi madre me dejó en la calle y que me adoptasteis de algún orfanato. Me lo dijo Daisy, mamá. Después de la muerte de *Wilbur*, y se puso muy desagradable. Solía susurrármelo al oído por las noches.

Se hizo el silencio, salvo por un suave sollozo.

—¿Mamá? —dijo indecisa tras una larga pausa.

Por fin Martha contestó:

—Ay. No son ni las diez de la mañana.

—¿Qué?

—Lo siento. No sé qué decir. Es horrible, cariño. ¿De verdad te dijo eso?

—Pues sí, mamá. Tú nunca me creías cuando te contaba cosas sobre ella, así que… Así que pasado un tiempo dejé de hacerlo.

—Ay, Daisy —dijo Martha en voz baja—. Florence, cielo. No eres de ningún orfanato. Eres sobrina de papá. Su hermana era tu madre. Solo tenía diecinueve años.

Allá abajo, un coche recorrió a toda velocidad la estrecha calle. Alguien lanzó un improperio y un perro ladró al apartarse de su camino. Florence se quedó muy quieta. Por fin dijo:

—¿Soy…, soy la…, la sobrina de papá?

—Su sobrina, sí. Siempre formaste parte de él. Ay, sí, cariño, claro que sí.

—¿Su hermana? —Florence se dio la vuelta lentamente y siguió girando—. ¿Era mi madre?

—En aquel entonces las cosas eran distintas. Ella estaba prometida con otro. Quiso… Estuvimos de acuerdo en… Nosotros queríamos quedarnos contigo. Te convertiste en nuestra hija.

Florence había dejado de girar sobre sí misma. Se detuvo, tapándose los ojos con las manos como si le aterrorizara lo que podía ver.

—¿Por qué no me lo dijisteis?

Martha habló con voz ronca:

—Cassie nos suplicó que no se lo dijéramos a nadie. Tu padre se lo prometió. Tuvieron una infancia terrible y… Ahora no puedo explicártelo todo. Ay, Daisy. ¿Qué hiciste? —Dejó escapar un sollozo—. Daisy te mintió, cariño. No sé cómo se enteró, debió de oírnos hablar. Ya sabes cómo era.

—Sí, lo sé, mamá —repuso Florence.

—Pues se equivocaba. No es cierto. No eres hija de papá, eres su sobrina, pero… Ay, era a ti a quien de verdad quería él. Mi ángel. Así solía llamarte.

—¿Quién era el padre?

No quería decir «mi padre».

—No lo sé. Un profesor de música. Mayor que ella. Se largó, pero estoy segura de que podemos averiguarlo, no quiero que… ¡Ay, madre! Dios mío. —De pronto se echó a reír: una risa débil y argentina—. Lo estoy haciendo todo mal. Tenerte a ti y a Cat aquí, eso es lo que yo quería. Quería contártelo cara a cara, no que te enteraras así. —Respiró hondo—. Decírtelo por teléfono no está bien.

—Ya lo sabía, mamá.

—Sí, lo sabías. —Martha respiraba con agitación—. Lo siento. Creo que me estoy volviendo loca.

—¿Dónde está? —preguntó Florence, intentando disimular su miedo.

—¿Quién?

—Mi madre biológica.

—¿Tu…? Cassie. Cassie, claro. Pues… Ay, amor, no lo sé. Hace muchos años que no la vemos.

—¿De verdad?

—Sí. —Martha se retorció las manos—. Ojalá… Acabo de empezar a revisar el estudio, los papeles de tu padre. Tiene que haber algo ahí. Lo último que sé de ella es que vivía en Walthamstow.

—¿Cuánto hace de eso?

Se hizo un silencio.

—Veinte años.

Florence agachó la cabeza.

—¿Papá nunca…?

—La llamé, cariño. Ya no vive allí. Yo… Pero ya veremos, ¿de acuerdo? La encontraremos. Cassie Doolan. Pero estaba casada, y no sé cómo se apellida su marido. Estoy segura de que se cambió el apellido. Pero, cariño, ella no quería que siguiéramos en contacto. Se lo dejó muy claro a tu padre.

—¿De veras?

—Sí. Lo siento mucho. Pero vamos a empezar a buscarla. La encontraremos.

—Mamá, necesito pensar en todo esto. Hacerme a la idea.

—Claro, cariño.

El sonido de la nada chisporroteó en la línea telefónica. Florence se imaginó los cables tendidos bajo el mar, a través de la arena, cargando con el peso de aquel silencio que había surgido entre ellas dos. Seguía sin saber qué hacer. Entonces Martha carraspeó

—Bueno, ya basta. Flo, cariño, ¿puedo ir a verte? Estaré ahí a la hora de la cena. ¿Te parece bien?

Florence se puso a pellizcar la desgastada silla de mimbre.

—Mamá, creo que estás confundida. Estoy en Florencia. Yo iré a verte pronto. De verdad, te lo prometo.

La voz del otro lado de la línea sonó divertida.

—Sé dónde estás, cielo. No he perdido la chaveta. Quiero ir a verte.

—¿Qué? ¿Hoy? Mamá, no puedes subirte a un avión y...

Se interrumpió. ¿Por qué no podía?

—He estado mirando vuelos con Cat. Hay plazas para esta mañana, dentro de un rato sale un vuelo desde Bristol. Quería sentarme delante de ti, contarte todo esto de una manera razonable y sensata. Mirarte a los ojos, cariño.

—Pero para eso no tienes que... —Florence miró a su alrededor. ¿Su madre, allí?—. Está tan lejos.

Martha la interrumpió:

—No, qué va. Luego te veo. Sí. Esta noche tomaremos una copa juntas. Un *gin-tonic*. Procura...

—Claro, mamá. Limas. Por supuesto, ¿quién te crees que soy?

Florence sonrió. Tenía un nudo en la garganta.

—Sé perfectamente quién eres. Pues quedamos así. —Martha hablaba con energía y eficacia, como si todo aquello fuera de lo más normal—. Tengo tus señas, y voy a decirle a Bill que te llame para darte los datos del vuelo. Soy perfectamente capaz de coger un taxi desde el aeropuerto. Tú ten preparada esa copa. Adiós, mi dulce niña. Hasta dentro de un rato.

Y entonces se cortó la llamada y Florence se quedó mirando el teléfono, boquiabierta.

Karen

Mayo de 2013

Los dolores comenzaron por la mañana, justo después de que llamara al taxi. Pero ya había tenido antes dolores parecidos. La matrona decía que eran falsas contracciones. Así que siguió haciendo la maleta. No tardó mucho: sabía lo que necesitaba. La lista decía «varios camisones», pero ¿quién llevaba camisón en estos tiempos? Tenía su chándal Juicy (tres, en realidad), montones de camisetas de tirantes, sus Uggs, chanclas, discos de lactancia, sujetadores de lactancia, y eso, básicamente, era todo. Más unas bragas. Su iPad cargado con las temporadas dos y tres de *Modern Family*. Y algunos peleles, pañales, chaquetitas, un gorrito muy, muy pequeño y unos calcetines tan diminutos que le daban ganas de llorar cuando los veía. El resto del precioso ajuar nuevo del bebé podía mandarlo a casa de su madre, o podía quedárselo Joe por si le hacía falta. En algún momento.

Karen no era una mujer terca. Solo era decidida. Estaba acostumbrada a saber lo que quería y a esforzarse por obtenerlo. A los hombres se les recompensaba por su osadía. A las mujeres, no. Ella lo sabía, y a veces tenía que dar marcha atrás y replantearse la estrategia. Aquel día, sin embargo, las cosas tenían que salir exactamente como quería.

Joe se había ido temprano, pensando que todo iba perfectamente.

—Adiós, Karen. Luego nos vemos —le había dicho al salir de la cocina, con la cabeza puesta ya en el restaurante y en el día que le esperaba. Luego se había vuelto para mirarla—. ¿Estás bien? ¿Sí?

—Genial. —Ella lo había mirado—. Gracias, Joe. Muchas gracias.

—De nada. —Él le había sonreído, una sonrisa vacilante, como si no supiera qué quería decir—. Llámame si necesitas algo, ¿vale?

Ella había esperado hasta oír que se cerraba la puerta. Después había sacado la maleta pequeña de debajo de la cama y, moviéndose con la lentitud de un hipopótamo, había guardado sus escasas posesiones. Sacó

Gestión de proyectos para dummies y volvió a guardarlo en la maleta. Era un regalo de Bill. Una especie de broma, en realidad, porque él sabía lo mucho que le gustaban los libros de gestión. Cómo le encantaba planificar, hacer las cosas bien. Tres páginas de aquel libro y recuperaba la calma. «Como si tocaran un gong», decía Bill.

Cuarta parte. Pilotar el barco: cómo gestionar tu proyecto para que sea un éxito. Ella llevaba haciendo planes algún tiempo, desde que se habían encontrado con Cat aquel día, en la calle. ¿Lo sabían ellos? Tenían que saberlo. Había pasado algo entre ellos, anteriormente. Joe había arrollado al hijo de Cat con su coche o algo así. No era precisamente un comienzo ideal, ¿no?

Ella le había preguntado por Cat esa misma noche y Joe le había dicho:

—Sí, es genial, ¿verdad? Me alegro mucho de que haya vuelto.

Karen se daba cuenta cuando la gente ocultaba sus sentimientos. No era tonta. Y Joe tampoco. Estaba perpleja. A la semana siguiente había vuelto a encontrarse con Cat en el parque.

—¿Joe? Es fantástico. Me alegro mucho de que todo vaya bien —le había dicho Cat con alegría, y Karen había escudriñado su cara en busca de grietas en su actitud, pero no había encontrado ninguna.

De pronto se había sentido mareada, como si estuviera a punto de vomitar. Parpadeó y se inclinó hacia delante, y Cat la agarró y Karen tuvo que excusarse. «Estoy cansada. Tengo bajo el nivel de azúcar en sangre. Creo que será mejor que me vaya a casa». Mientras regresaba lentamente al piso de encima del pub, se había mordido las uñas. Ahora, ahora sabía que todo aquello era un error, aquel acuerdo fraternal con Joe: era un error. Sabía lo que quería, pero era demasiado tarde.

¿Cómo podía dejar a Joe, con todo lo que había hecho por ella, con lo ilusionado que estaba con el bebé? ¿Cuando era casi seguro que era hijo suyo? Sabía que estaba acorralada. No tenía ni idea de qué podía hacer, pero sabía que no se pueden acometer grandes cambios en la vida habiendo un bebé recién nacido a bordo. A menos que fueras Daisy, y ella no era un buen ejemplo a seguir. Se le estaba agotando el tiempo. Luego, a la semana siguiente, estando en el pub, Karen vio algo mágico. Vio que tiraban un paño de cocina.

Estaba sentada en el asiento de la ventana, en el rincón, tomando un zumo de grosella con gaseosa y preguntándose si aquello sería el punto culminante de su vida social tras el nacimiento del bebé, cuando vio pasar volando un paño de cocina. Se dio la vuelta y, como a cámara lenta, vio a Joe con la mano levantada tras tirar el paño y a Cat agarrándolo y sujetándolo contra su pecho, con los ojos brillantes y la boca ancha dibujando una enorme sonrisa.

—Qué mal lanzas, Joe Thorne —dijo Cat—. Ya entiendo por qué te echaron del equipo de críquet. Jamie tira mejor.

—Y tú tienes la coordinación de un cordero recién nacido, Cat Winter. Te tiemblan las piernas. Y mueves los brazos como un molino averiado. —Cat abrió la boca, indignada—. Es la verdad. Recepcionas fatal. Y ahora, venga, a trabajar.

Ni siquiera era que estuvieran flirteando. Karen no creía que estuvieran liados: era sencillamente que parecían felices, que estaban totalmente absortos el uno en la compañía del otro.

Dos días después, Karen entró en la oficina de correos y los vio allí juntos, al lado del mostrador, eligiendo semillas de un catálogo. Tenían ambos la cabeza inclinada sobre las fotografías y hablaban entusiasmados de esta o aquella variedad de tomillo y de dejar sitio para plantar acederas. Pero ¿quién comía acederas?, se preguntó Karen. ¿Qué demonios eran las acederas?

Sintiéndose como *miss* Marple dilucidando el misterio del pueblo, Karen había carraspeado y ellos se habían dado la vuelta para disculparse por estar en medio, y la habían visto.

—¡Hola! —exclamó Cat con una sonrisa—. ¡Hala! Esa túnica es preciosa. Ojalá yo hubiera ido tan elegante cuando estaba embarazada.

—Ah, hola, Karen, cariño. —Joe se acercó a ella—. ¿Va todo bien?

—Sí, bien, es que os he visto aquí dentro y se me ha ocurrido entrar.

Saludó fríamente a Susan con una inclinación de cabeza. Susan se removió detrás del mostrador, azorada.

De pronto, a Karen le dieron ganas de estar en el sofá, debajo de una manta, llorando a lágrima viva. Se dijo que eran las hormonas. Tenía la sensación de que sobraba.

—Bueno, me voy. No quiero estar de pie mucho rato.

—Luego nos vemos —dijo Joe—. Te llevaré lo que quieras para cenar, ¿de acuerdo? Cat, me gustaría probar con estas plantas de verbena. Aunque puede que no sea buen momento para comprarlas.

—Pueden ser lo primero que pongamos en el invernadero, si es que llegamos a construirlo. —Ella se rió—. Estoy segura de que se derrumbará al primer soplo de viento otoñal. Susan, ¿crees que Led podría ayudarnos? Construyó el invernadero de Stoke House, ¿no?

—Pues sí, uno bien grande. Y están encantados con él.

—Bueno, pues entonces ya está. —Cat se inclinó sobre el mostrador—. Puede que vaya a preguntárselo luego. Así podrás sembrar todos los calabacines que quieras, Joe. —Se volvió hacia Karen—. Y el bebé podrá comer todo tipo de comida cultivada en casa. Será estupendo. ¡Un invernadero bien grande!

«Ah, Dios, calabacines cultivados en casa. Odio los calabacines. Y no voy a ser una de esas mamás que se pasan la vida haciendo purés. Para eso están los supermercados, ¿no? Por la comodidad».

Pero sonrió a Cat, incapaz de resistirse a su entusiasmo contagioso.

—Planta unos bocadillos de beicon, Cat, guapa, y te ayudaré a recogerlos.

—Eso está hecho —contestó Cat, y Joe le tocó el brazo.

—La verbena, Cat. ¿Qué hacemos con ella? Quiero probar a sazonar con verbena algún plato, un estofado de cordero, quizá. Algo muy delicado, a ver qué resulta.

Ella se encogió de hombros, sonriéndole, y Karen volvió a sentirse un poco indispuesta.

—Sí, tienes razón. Vamos a pedirla.

—Muy bien.

Joe escribió algo en el impreso de pedido.

Ni siquiera miraba a Cat cuando hablaba con ella. A Karen, en cambio, ponía mucho cuidado en mirarla solícitamente, con nerviosismo, cuando le preguntaba cómo estaba o qué quería, como si fuera un petardo chino que pudiera estallar de repente y cuyas instrucciones de uso fueran indescifrables. Karen salió de aquella absurda tienda de pueblo. La endeble puerta se cerró de golpe tras ella y el sonido de la campanilla taladró su cansado cerebro.

Había muchas cosas que desconocía. No sabía si Joe era consciente de que estaba enamorado de Cat. O si lo sabía Cat. No sabía dónde acabaría teniendo al bebé si volvía a casa (daba por sentado que tendría que ir al hospital de Southport). No sabía qué haría después, ni cómo cuidaría ella sola del bebé. No sabía si Bill querría volver a hablarle alguna vez, o si merecía la pena intentarlo. Estaba casi segura de que la respuesta era no. Quería que luchara por ella. Y él quería dejarla marchar. Karen no sabía por qué, y ya no sabía cómo preguntárselo. Los días se le hacían cada vez más largos, y cada vez había más cosas que quería decirle.

«Creía que no podíamos tener hijos».

«Creía que ya no me querías».

«Siento muchísimo lo de tu padre, yo también lo quería».

Había dos cosas de las que estaba segura: la primera era que no estaba enamorada de Joe, ni él de ella, y aquello ya no era justo. Joe se había portado bien con ella, y era hora de que ella madurara y asumiera su responsabilidad.

Y la segunda que tenía que salir de allí y dejarles el campo libre, porque él jamás daría el paso. Si no se marchaba ya, cuando aún no había dado a luz, se quedaría atrapada allí hasta que hicieran otros planes, sentada arriba noche tras noche, encima del pub, con un bebé llorón, escuchando el ruido de la felicidad, de la vida que seguía su curso debajo de ella. Era hora de marcharse.

Los dolores habían empeorado cuando volvió a llamar a la empresa de taxis.

—¿Puede decirle al taxista que voy a necesitar que me eche una mano con la maleta? Y...

Dejó escapar un quejido estrangulado y se inclinó sobre la cama, respirando con fuerza e intentando sofocar un gemido contra la almohada. El sudor le resbalaba por la frente y se le metía en el pelo.

—¿Señora? ¿Se encuentra usted bien, señora?

—Sí. Es que estoy em... ¡Ahhhh!

Karen dejó el teléfono sobre el edredón. Respiró hondo e intentó calmarse. Aquello no podía ser. No había otros indicios, nada. Había pasado tan de repente, y aún le faltaban dos semanas para salir de cuentas, por más que dijeran que, según las ecografías, su fecha prevista de parto era anterior a la fecha que calculaba ella. Se acordaba de la última vez que se había acostado con Joe, ¿cómo no iba a acordarse? Eran falsas contracciones, todavía le quedaban muchos días por delante. Miró su reloj.

—¿Señora? El taxi ya está fuera.

Era ahora o nunca. Tenía unos minutos para llegar abajo, por si las contracciones empezaban otra vez, y quería llegar con tiempo de sobra para coger el tren. Rechinó los dientes.

—Gracias —dijo, y colgó.

Dejó la nota que había escrito en el centro de la mesa baja. Había pasado días redactándola de cabeza, explicando con precisión y brevedad el motivo de su marcha, y luego, en el último minuto, al escribirla esa misma mañana, había anotado impulsivamente al final:

«*PD: Creo que estás enamorado de Cat. No sé si eres consciente de ello, pero deberías hacer algo al respecto. Ella también está enamorada de ti. Quiero que seas feliz, Joe. Besos*».

Por fin consiguió bajar y, al salir al sol, el taxista la miró extrañado. Karen se dio cuenta de que debía de tener un aspecto bastante chocante. Se había recogido el pelo en la coronilla, su amorfo maxivestido marrón parecía un saco de patatas, estaba colorada y sudorosa y el rímel se le había corrido por las mejillas. Pero se enderezó y le sonrió.

—Gracias. Vamos a la estación de Bristol Parkway. Tengo que coger un tren a las doce.

Metió la cabeza en el bolso, inclinándose sobre el asiento para comprobar que lo llevaba todo, y aprovechó aquellos segundos para dejar de jadear.

—No sé, señora —le dijo el taxista, dudoso—. No sé si debería usted viajar. La he oído gritar arriba. ¿Está...? ¿Tiene algún problema?

Karen lo miró confiando en que algún día, cuando todo aquello quedara muy atrás, podría reírse de aquel instante. «¿Algún problema?»

—Estoy bien —dijo con firmeza, y se puso las gafas de sol—. Solo necesito... —Se detuvo—. Solo necesito que me lleve a la estación.

—¿Va a ponerse de parto?

—Sí, en algún momento, cielo —dijo en su tono más enérgico—. Por eso no quiero quedarme aquí charlando. ¿De acuerdo? Mi maleta está arriba, ¿me haría el favor de ir a buscarla?

El hombre subió de mala gana y volvió a aparecer con la maleta. La metió en el coche, volvió a mirar a Karen y dijo:

—Mire, tengo que llamar a la oficina. Porque no creo que estemos asegurados... Sanitariamente y por seguridad... —añadió vagamente.

Karen cerró los ojos, procurando calmarse y no romper a llorar.

—Mire, lo he llamado para que me lleve a la estación. ¿Va a llevarme o no?

—Yo te llevo —dijo una voz serena a su espalda, y Karen se quedó paralizada, como si la hubieran pillado in fraganti—. Yo te llevo, Karen.

Ella se dio la vuelta y allí estaba Bill.

* * *

Karen se incorporó muy despacio.

—Hola —dijo él.

—Bill... Hola.

Él se tocó la nuca, nervioso.

—¿Cómo estás?

Karen tragó saliva.

—Pues no muy bien. Este idiota no quiere llevarme a la estación.

—Qué raro. —Se estaba comiendo una manzana y la envolvió con cuidado en una servilleta de papel: era un gesto muy de Bill, y aquella serenidad que le resultaba tan familiar hizo que a Karen le diera vueltas la cabeza—. ¿Dónde quieres ir?

—A Bristol Parkway —dijo ella, intentando no parecer asustada—. Quiero irme a casa.

Hacía semanas que no veía a Bill. Parecía prodigarse muy poco, y Karen había oído decir que además había estado fuera, que había ido con su madre a visitar a Florence a Italia, ese viaje que siempre le insistía en que hicieran juntos. Estaba moreno y sonreía un poco. Karen lo miró como si fuera un gran baso de bebida fría, helada y dulce.

El taxista había dejado de hablar con su oficina. Puso los brazos en jarras, nervioso.

—Mira, guapa, no puedo llevarte. El seguro no lo cubre. Lo siento.

—Pero… —Karen miró frenéticamente la tranquila calle mayor, que se cocía al calor de la mañana—. ¡Pero tengo que irme ya!

—Yo te llevo —repitió Bill.

—No te burles de mí —repuso ella, casi llorando.

Sacó la maleta de la parte trasera del coche, tan bruscamente que Bill no tuvo tiempo de ayudarla, y estuvo a punto de darle con ella cuando se acercó de un salto para intentar cogerla. El motor del coche se revolucionó y Karen dio un paso atrás, exhausta.

—¡Que te jodan, capullo! —le gritó al taxista, cuando éste arrancó haciendo rechinar los neumáticos.

El conductor pitó con agresividad al salir del pueblo y subir por la cuesta, y Karen se volvió hacia Bill.

—Mira —dijo entrecortadamente—, me voy a casa de mi madre. Tengo que llegar cuanto antes. Si no… —Se detuvo con una mueca de dolor.

—Si no vas a parir en la calle —concluyó Bill.

—No es eso —repuso Karen—. Todavía no me toca.

—Yo no estaría tan seguro —dijo él.

—¿Cómo diablos lo sabes?

—Bueno, soy médico. Algunas cosas sé, Karen. —La agarró del brazo con suavidad—. Mira, ven a ca… Ven a New Cottages.

—¡No, Bill! —dijo ella levantando la voz—. ¡No voy a volver contigo! ¡No!

Un anciano que pasaba poco a poco por el otro lado de la calle estrecha los miró con curiosidad y luego fijó la vista al frente.

—No estoy intentando secuestrarte. Solo quiero que te sientes y tomes un poco de hielo. Te echaré un vistazo y veremos qué hacemos a continuación. ¿De acuerdo?

Le tendió el brazo. Karen miró el pub, las largas y estrechas escaleras que subían al piso. Quizá debería volver, pasar el resto del día tumbada en el sofá y esperar a que Joe acabara de trabajar por la noche, hacer como si nada hubiera pasado.

Pero no podía. Aunque pareciera un disparate, ahora que se había decidido, tenía que seguir adelante.

—Me voy de casa de Joe —dijo agarrando el brazo de Bill, y echaron a andar. Bill le llevaba la maleta—. Sé que no es forma de mantener esta conversación, pero no iba a funcionar que viviéramos juntos en estas condiciones.

Ignoraba qué iba a decir Bill y suponía que tenía derecho a no decir nada, pero él se detuvo y dijo con voz templada:

—Bueno, supongo que es una suerte que te hayas dado cuenta ahora. ¿Qué opina él?

Karen no le hizo caso.

—Creo que lo mejor será que vuelva a casa de mi madre. Luego ya veré qué hago.

—Ya —dijo Bill—. Parece sensato.

—No te rías de mí —contestó ella en voz baja. Una lágrima le rodó por la mejilla.

Bill dejó de tirar de la maleta. Se detuvo delante de ella en la angosta acera y le limpió la lágrima temblorosa con un dedo.

—Yo nunca haría eso, Karen —dijo con suavidad—. Estoy seguro de que has tomado la decisión correcta. Siempre se te ha dado bien pensar con lógica. O casi siempre. Vamos.

Karen se acordó entonces de por qué le había gustado tanto al principio: porque nunca se sentía intimidado por ella, como les pasaba a muchos hombres. Porque ella podía calcular una propina más rápidamente que él, conducir mejor, beber más, organizarse mejor. Aquel primer año de noviazgo, Bill le había comprado *Los siete hábitos de la gente altamente efectiva* y se lo había leído en voz alta mientras veraneaban en las Seychelles y ella se dedicaba a tomar el sol como una auténtica profesional.

Y se acordaba muy bien de lo mucho que les había gustado a ambos su cuerpo bronceado y resplandeciente, embadurnado de crema, y las tardes ociosas y cálidas, con aquella brisa fresca que entraba en la habitación mientras hacían el amor durante horas, sorprendidos los dos por lo unidos que se sentían, por lo a gusto que estaban juntos, por lo perfecto que era todo. La mirada firme y tierna de Bill sobre ella, la enorme sonrisa que se dibujaba en su rostro cuando acababan, su entusiasmo infantil. En muchos sentidos era un niño pequeño que fingía ser un adulto, que buscaba la aprobación de los demás, que quería que la gente se sintiera mejor.

Le había pedido que se casara con él en Bristol, en lo alto de la torre Cabot, mientras contemplaban toda la ciudad. Y después habían pasado junto a un parque infantil y él se había sentado en un columpio mientras ella se ataba el zapato y lo había visto así, agarrado a las frías cadenas del columpio, rozando el suelo con los pies y observándola con aquella mirada tan feliz, tan tierna y sonriente, balanceándose suavemente adelante y atrás. Tan lleno de ilusión. Tan contento.

Se sonrojó y procuró alejar aquellos pensamientos.

—Bueno, ¿qué tal estás, Bill? —preguntó mientras avanzaban lentamente por la calle.

Bill seguía llevando su pequeña maleta.

—Bien, gracias. He estado muy atareado.

—¿Qué tal en Italia? Porque has estado allí, ¿no?

Se apoyó en él, agradecida por la fuerza de su brazo derecho.

—Sí, cuatro días. Fue fantástico, la verdad. No hice gran cosa, solo pasear por ahí. El piso de Flo es una maravilla.

—¿Está contenta por lo del juicio? —preguntó Karen.

—Mucho más contenta de lo que da a entender. Hay unos productores de televisión que quieren que haga un programa piloto. ¿No crees que estaría fantástica en televisión? —Bill sonrió—. Ya la veo agitando los brazos delante de un cuadro.

Un pie delante del otro, sin prisa pero sin pausa. Karen ya se sentía más calmada.

—Sí —dijo—. Estaría absolutamente fantástica. —Y añadió—: Qué bien. Me alegro mucho por ella.

—Yo también. Acabamos de probar a hablar por Skype, ¿sabes? Es genial. Va a venir unos días en agosto y mamá ya está emocionadísima.

—¿Sí? ¿Por qué?

Bill titubeó.

—Es una larga historia. Daisy. Ya sabes. Papá. Todo eso. —La miró, y sus ojos reflejaron una dulce tristeza—. Ya te lo contaré en otro momento. —Karen no tenía derecho a enterarse de nada más acerca de su familia o de Winterfold, y lo sabía—. Creo que Florence finge que le gusta estar sola, pero que en realidad no le gusta. —Se detuvo—. Creo que a nadie le gusta estar solo.

Se quedaron callados unos minutos. Al pasar por la iglesia, Bill carraspeó con delicadeza.

—Entonces, ¿Joe sabe que te has ido?

—No.

—¿No deberías decírselo?

—Le he dejado una nota.

Habían llegado a su antigua casa.

—Estoy seguro de que has hecho bien, Karen. Pero no sé por qué tienes que irte precisamente hoy, en este mismo momento.

Bill abrió la puerta y ella entró, y se alegró de ver el cuarto de estar, que siempre le había parecido tan pequeñito y que ahora se le antojaba deliciosamente fresco y acogedor.

Se dejó caer en el sofá.

—Tengo que llegar a casa de mi madre antes de que nazca el bebé. Si no, me habría encontrado atrapada allí, encima del pub. No habría podido marcharme.

Bill se paró delante de ella mordisqueándose un dedo y dijo con calma:

—Claro que habrías podido. ¿De veras crees eso?

—Sí —contestó ella con energía—. Mira, Bill, gracias, pero puedes traerme un vaso de agua y coger las llaves para que nos vayamos. Ah. Ahhh…

Se volvió en el sofá y se deslizó lentamente hasta el suelo, se puso a gatas. Entornó los ojos e intentó concentrarse en las estanterías, contaba todo lo que podía para no ponerse a gritar por el dolor desgarrador que parecía partirla en dos. No le importaba dónde estaba Bill, ni si la estaba observando. El dolor pareció durar una eternidad y, cuando pasó, volvió a recostarse en el sofá, mareada y pálida, y con las piernas estiradas como una niña.

Bill le puso delante un vaso de agua, sobre la mesa de cristal.

—Karen, ¿me permites que te examine?

—¿Qué? —Ella pestañeó—. ¡No! Ni hablar.

Él sonrió.

—¿Por qué será que tengo que seguir recordándote que soy médico, Karen? Siempre te estabas quejando de que trabajaba demasiado. Pensaba que te acordarías de por qué nunca estaba en casa.

—Me da igual. No vas a… —Sofocó un quejido.

—Ay, mi amor. —La miró con preocupación—. Creo que de verdad estás de parto, ¿sabes? He visto muchas contracciones en mi vida. Y eso era una contracción. ¿Has roto aguas?

Ella meneó la cabeza, afligida.

—No. No pasa nada. Solo necesito que… —Pero se le quebró la voz.

Bill se agachó delante de ella.

—Yo te llevo.

—¿A casa de mi madre?

—No. Al hospital. Aquí. A Bath. Y luego te llevaré a casa de tu madre. Te lo prometo. Si eso es lo que quieres, recogeré tus cosas, iré a buscaros a ti y al bebé y os llevaré en coche. Son dos o tres cosas. Por favor, deja de preocuparte por eso.

—¿Por qué vas a hacer eso?

—Eres mi mujer, Karen —contestó él, y se le quebró un poco la voz.

—Quieres decir que lo haces porque, según la ley, el niño es hijo tuyo. —Karen escondió la cabeza entre las manos.

Bill se encogió de hombros.

—No, porque no nos hemos divorciado todavía y prometí amarte y protegerte. Por eso.

Karen levantó la mirada y pensó que nunca antes había reparado en lo mucho que se parecía Bill a su padre.

—Sigo queriéndote. No te preocupes, no pasa nada, ya se me pasará en algún momento. Pero quiero cuidar de ti porque necesitas ayuda y vas a tener un bebé. Y eso es una cosa maravillosa, al margen de las circunstancias. —Cogió las llaves del coche—. ¿Confías en mí?

—¿Por qué haces esto?

Karen se secó la nuca sudorosa.

—Porque… Bueno, acabo de decírtelo.

—Ah.

—Y porque no hice lo suficiente cuando estábamos juntos. Fui demasiado estirado. No como mi padre, ya sabes. —Se subió las mangas—. Pero no pensemos en eso ahora. Ya tienes bastante de lo que preocuparte.

—Eres muy amable, Bill.

Quería decirle lo mucho que lo sentía. Que había sido injusta con todos ellos al decir que eran unos esnobs, cuando la esnob era ella. Cuánto deseaba volver a formar parte de todo aquello, solo que… Sacudió la cabeza y se preparó para la siguiente oleada de dolor.

—Pues venga, vamos —dijo Bill.

—Espera un minuto. Quiero quedarme quieta solo un momento.

Él sonrió y se sentó a su lado.

—¿Sabes? —dijo con despreocupación—, de todos modos he estado pensando en mudarme a Bristol —dijo—. Siempre me ha gustado aquello.

—A mí también me gusta Bristol...

Después le pareció que había oído un suave y agudo pop, pero debieron de ser imaginaciones suyas. De pronto, sin embargo, había agua por todas partes, corriendo por el suelo, saliendo de ella como un torrente. Se frotó los ojos cansados, intentó levantarse.

—¡Ay, mira! ¡Ay, no! Cuánto lo siento. Dios mío. Me he hecho pis en el sofá. ¡Ay, Dios! ¡Ay, Dios mío!

Bill miró hacia abajo.

—No, has roto aguas. Ya te he dicho que estabas de parto. Vamos.

Karen se quedó quieta un momento.

—¡He estropeado el sofá! ¡Me encantaba este sofá!

—Yo lo odiaba —repuso él.

Karen apartó la mirada de su tripa.

—¿Qué? ¡Pero si lo compramos en el taller de cuero! ¡Dijiste que te encantaba el color!

—Es muy resbaladizo y no queda bien aquí. Aquí nada queda bien. —Bill se puso la chaqueta y se metió las llaves en el bolsillo—. Vamos —dijo con calma—. No te prometo nada, pero calculo que a la hora de la merienda ya serás madre.

—Bill... —Karen miró el desbarajuste que había causado, el sofá impecable manchado de agua y el suelo pegajoso—. Gracias.

Quería decir algo más, decirle que le había roto el corazón, que la había alejado de sí poco a poco, que le había querido muchísimo. Pero no podía decírselo. Ahora no.

—Yo... Nunca fue mi intención hacerte daño —dijo, y sonrió—. Bueno, la verdad es que eso es una tontería. Sí que quería hacerte daño. Quería que te fijaras en mí.

Él se había inclinado para recoger su bolso y, al oírla, se incorporó con expresión tensa.

—Siempre me he fijado en ti —dijo en voz baja.

—No, Bill. Lo siento. Lo siento muchísimo, pero estuviste a punto de volverme loca. De verdad.

Se echó a reír, entre lágrimas.

—Ah. —Bill tragó saliva. Cerró los ojos un momento como si le doliera algo y asintió—. Me imagino que sí. Me acostumbré a ir a mi aire cuando era pequeño. Lucy siempre me lo está diciendo. No me quedó más remedio. Pero he cambiado. Eso espero, por lo menos.

Karen le puso una mano en el brazo.

—Bill... No debería haber dicho eso, no es el momento, vamos a...

—Es el momento perfecto. —En su semblante triste y dulce se dibujó una sonrisa—. Vamos, Karen, levanta, si no tendré que llevarte en brazos al hospital y acabarás dando a luz en un seto. No voy a dejarte sola. Ya nos preocuparemos por lo demás más tarde, ¿de acuerdo?

—De acuerdo —contestó ella.

Asintieron, sonriéndose, y luego Bill la ayudó a levantarse, se colgó su bolso del hombro y salieron de la casa, dejando atrás el sofá estropeado, el inmaculado cuarto de estar y las gerberas de plástico, aquel hogar en el que nunca se habían sentido del todo a gusto.

Cat

Julio de 2013

—Lo de la fiesta sorpresa me parece una idea horrible —dijo Cat al acabar su café—. ¿No es demasiado celebrar una fiesta que básicamente viene a decir «¿Te queremos aunque resulte que eres adoptada y que no sabes dónde están tus padres?».

—¡No! —contestó Lucy, enfadada—. Cat, ¿es que no tienes corazón? —Se inclinó sobre la mesa de la cocina y se acercó la mantequilla—. Mira, será fantástico. —Comenzó a untarse vigorosamente una tostada con mantequilla—. Una fiesta de bienvenida, ya sabes. Con una gran pancarta y todo lo demás. Para ti y para Luke también. Puede venir mi padre con Bella y Karen. Estaremos todos juntos.

—¿Y qué dirá la pancarta? ¿«Sed todos bienvenidos»? —preguntó Cat, intentando no reírse del entusiasmo de Lucy—. «Otra vez».

—Exacto. —Su prima la miró—. Ah, te estás cachondeando de mí.

—No, es solo que no estoy segura de que… ¿Florence quiere una gran pancarta en la que diga que es adoptada? ¿Y qué me dices de Karen?

—Umm —dijo Lucy—. Karen ahora solo tiene ojos para Bella.

Cat sabía por Facebook que Bella Winter, de dos meses de edad (llevaba el apellido de Bill, y Bill aparecía en lugar destacado en todas las fotografías) era una cosita preciosa, aunque, según decía Lucy, no dormía y ya daba señales de salir a su madre: era extremadamente decidida y pasaba mucho tiempo con los ojos abiertos, mirándolo todo.

—Seguro que a tu padre no le importa.

—Pues no, claro. Ya conoces a papá. Pero… —Lucy bajó la voz—. Van a hacer una prueba de paternidad.

—¿En serio?

—Mi padre dice que tiene que saber si es suya o no. No creo que le importe que no lo sea. Quiero decir que… —Se miraron—. Uf, bueno, es mejor que no entremos a comparar la capacidad reproductora de mi padre y la de Joe Thorne. No soporto pensarlo. ¡Se me ponen los pelos de punta! Pasemos a otro tema. En fin, que he pensado que sería bonito celebrar una fiesta para dar la bienvenida a Florence y también a Bella, etcétera. —Cat ladeó la cabeza. Lucy añadió—: Pues a mí me gusta. Pero quizás en vez de eso celebremos un bautizo. Voy a sugerírselo a la abuela cuando vuelva de Londres.

—¿Cuánto tiempo va a estar fuera?

Lucy se encogió de hombros.

—Ha dicho que dos días. Dijo que tenía que dar el visto bueno a la exposición. Aunque yo no la creo.

—¿Qué quieres decir?

—No sé. Seguro que no es nada grave. Está tan cambiada.

—Sí, es cierto —repuso Cat—. Pero ya lo estaba antes, cuando todavía vivía Zocato. Es raro, ¿no? No doy con la palabra para expresarlo.

—Tan… —Lucy siguió untando su tostada y miró por la ventana—. Tan despreocupada. Eso es. Pobre abuela. —Se quedaron las dos calladas. Luego Lucy dijo—: Mira qué bonito está todo. Creo que fue una gran idea por mi parte venir a pasar aquí las vacaciones.

—Una idea brillante —repuso su prima—. ¡Ay, Luce, es fantástico volver a verte!

Mojó un último trozo de pan en el café para disimular que se le habían saltado las lágrimas. Últimamente, desde hacía un par de meses, lloraba por todo. Como si estuviera resarciéndose por todos aquellos años de contención. Lloraba por las noticias, por un conejito muerto en la cuneta de la carretera. Había llorado cuando la nueva maestra de Luke le dijo que era «un cielo de niño».

—Lo mismo digo, Cat. ¿Echas de menos algo de París? —preguntó Lucy, pensativa, masticando su tostada.

—Los cruasanes como Dios manda. Y el gel de ducha Petit Marseillais. Nada más. —Titubeó—. Bueno, no. La verdad es que sí lo echo de menos, seguramente. Echo de menos algo que había en el ambiente. La sensación de caminar por las calles a primera hora de la mañana, hay algo mágico en eso. Se percibía incluso en los peores días.

—Pues deberíamos volver algún día —dijo Lucy—. Me encantaría ir a París como es debido. Podrías hacerme de guía.

Aunque era más joven, Lucy siempre sabía lo que había que hacer, desde que eran pequeñas. Era tan reconfortante.

—Es una idea estupenda. No quiero que Luke olvide esa parte de su vida. —Cat dudó. De pronto tenía la boca seca—. Quiero que recuerde que es medio francés, aunque no vuelva a ver a Olivier.

Era la primera vez que decía su nombre desde hacía mucho tiempo y le sorprendió lo poco que le pesaba. Ya se sentía más fuerte.

Miró por la ventana y sonrió. Estaban sentadas la una frente a la otra, en la misma postura de siempre: Lucy inclinada sobre la comida, con los pies apoyados en el travesaño de la silla, lamiéndose las migas de los dedos, y ella en la desgastada butaca azul en la que se sentaba siempre, con los codos apoyados sobre la mesa, bien separados, y los dedos hundidos en las mejillas, mirando a su prima, más joven, más brillante, más vital que ella.

—¿Sabes? —dijo de pronto—, ayer Luke me preguntó cuál era mi canción preferida, porque la canción preferida de Zach es *Firework*, de Katy Perry, y por lo visto todo lo de Zach es perfecto. Y yo no supe qué decir. Tuve que subir a mirar una caja de CDs viejos para acordarme de qué música me gustaba antes. Es como si… En fin, la culpa es mía, pero la verdad es que Olivier me dejó sin nada.

—¿Y se puede saber por qué te echas la culpa? —preguntó Lucy—. Era un maltratador, Cat. No sonrías y menees la cabeza. Es la verdad. ¿Cómo es posible que te culpes?

Cat sintió que el rubor le subía por el cuello, cruzó los brazos y esbozó una sonrisa torcida que confiaba no pareciera tan amarga como la sentía.

—Siempre te sientes culpable, Luce, da igual lo que te diga la gente. Es así. —Entró una brisa suave por la ventana. Arrastraba un olor a rosas y a madreselva, y Cat se levantó—. Tengo que irme a trabajar. ¿Seguro que no te importa ir a recoger a Luke a casa de Zach?

—Claro que no —contestó su prima—. Voy a meterme en la cama un rato. A leer el periódico. A tumbarme a pensar en qué voy a hacer el resto de la semana.

—¿Buscar otro trabajo?

—Si te digo la verdad, no creo que nadie vaya a contratarme —respondió Lucy.

—¿A escribir un *best-seller* sobre nuestra familia? —Cat vio la expresión que aparecía en los ojos de su prima—. ¡Ah! Ah, conque es eso. ¡Es eso! Vas a escribir una novela. ¿Puedo pedirme un nombre bonito?

—No seas absurda. —Lucy llevó su plato al fregadero, refunfuñando—. No voy a escribir una novela y, aunque la escribiera, no se lo contaría a nadie. —Metió los cubiertos en el lavavajillas con estrépito.

—Vale —dijo Cat, incrédula—. Bueno, me alegro por ti. ¿Puedo llamarme Jacquetta? Siempre he querido llamarme Jacquetta.

—Mira, por última vez, déjalo ya. —Lucy estaba inclinada sobre el lavavajillas—. No voy a escribir ninguna novela. Además, ya tengo bastantes cosas que hacer con papá y Karen. Dije que les echaría una mano con Bella cuando vuelvan de casa de la madre de Karen. —Puso los ojos en blanco—. Aunque no sé dónde van a acabar. Y también le dije a la abuela que iba a ayudarla con la exposición de Zocato. La han pasado a octubre y la gente ya está preguntando por ella. Luego me buscaré un trabajo que no deteste.

—¿Sabes?, a nadie le gusta su trabajo cuando está empezando. O por lo menos a la mayoría de la gente no le gusta. Creo que te exiges demasiado a ti misma.

—Qué va, te lo aseguro. —Lucy se sirvió más café y se quedó de pie en la puerta—. En serio. No te preocupes por mí. Solo tengo que aclarar mis ideas. Sé lo que necesito, y solo tengo que esperar un poco. Como Liesl en *Sonrisas y lágrimas*. Sé que quiero ser escritora, pero no estoy segura de que vaya a dedicarme a eso aún. Algunas personas nacen sabiendo lo que quieren hacer, como papá, que siempre quiso ser médico. O Zocato, que quería ser pintor.

—Zocato me dijo una vez que al principio odiaba su trabajo. Que él quería ser un pintor serio, y que siempre le encargaban viñetas para acompañar críticas de vodeviles o ilustraciones de señoras esperando en el veterinario con sus loros enfermos. Y que él quería contar la historia de dónde había crecido, y que a nadie le interesaba. Y luego se le ocurrió lo de *Wilbur*, así, de repente.

—Bueno, ya tenía a *Wilbur*, era su perro —repuso Lucy.

—Sí, pero se le ocurrió convertirlo en un personaje de cómic, supongo. Lo que quiero decir es que con los años se hartó un poco de *Wilbur*. Recuerdo que lloraba cuando empeoró de la artritis y decía que ya no podía más. Pero siguió adelante, ¿no? Le encantaba, porque sabía cuánto les gustaba a los demás. Zocato vivía para hacer felices a los demás.

Lucy abrió la boca para decir algo.

—¿Qué? —preguntó Cat.

—No importa —dijo Lucy—. Era sobre *Wilbur*. Creo que al final tenía un truco para dibujarlo. Si te sirve de consuelo. En fin, ¿adónde quieres ir a parar?

—Pues… —Cat notó que se había producido una turbulencia en la conversación que había pasado por alto y se preguntó si se había pasado de la raya pinchando a Lucy—. Solo quería decir que no todos conseguimos nuestro trabajo soñado. Alguien a quien querer y alguien que te quiera, y comida y bebida suficientes. ¿No es ese el dicho? Es todo lo que una puede esperar, y más de lo que tiene mucha gente.

—Vale, gracias, prima —dijo Lucy con solemnidad, y asintió con la cabeza—. Eso es muy profundo.

—Mucho, sí —repuso Cat. Se colgó el bolso en bandolera—. Hasta luego, prima.

Le encantaba ir andando a trabajar. Bajar por la sinuosa calle que llevaba de Winterfold al pueblo, con los setos cuajados de verde estival y las palomas torcaces arrullándose al calor de mediodía. Atajó por el campo al llegar abajo pasando sus largas piernas por encima del cercado y miró las zarzamoras que bordeaban la carretera. Las moras estaban aún prietas y verdes, pero en algunas se adivinaba ya un asomo de morado rosáceo. Joe había dicho que saldrían a recoger moras dentro de un par de semanas, para hacer tarta, mermelada y licor. Se suponía que tenía que subir a Winterfold la semana siguiente para echar un vistazo a las manzanas: Martha le había dicho a Joe que podía llevarse todas las que quisiera cuando estuvieran maduras. Faltaban todavía un mes o dos, pero ya quedaba menos para que estuvieran en su punto. Se acercaba el otoño. No había llegado aún, pero no andaba muy lejos. Hacía casi un año que la abuela había mandado las invitaciones. Un año entero, y todo había cambiado.

A pesar de que le encantaba trabajar en el pub, Cat sabía que necesitaba un proyecto, algo que le permitiera tener un futuro allí. Aparte de todo lo demás, no quería vivir a costa de su abuela eternamente. Por bonito que fuera Winterfold, no era su casa, ni siquiera aunque para ella fuera un sueño despertar cada mañana en aquel viejo cuarto, bajar a desayunar, contemplar las colinas y tocar la madera cálida, y ver a Luke destrozarse la ropa correteando por el jardín. Era un sueño del que no quería despertar. Deseaba, sin embargo, volver a tener la sensación de que su vida era real, por primera vez en años. Quería tener algo suyo, porque sabía que su sitio y el de su hijo estaba allí, en aquellas colinas verdes y tranquilizadoras.

También habían esparcido las cenizas de su madre allí. Tal vez quedara alguna mota en el aire que respiraba. En ella, en Luke, en las hojas de los manzanos, en el bancal de las margaritas, posándose sobre la casa. La habían incinerado una semana después de que el juez impusiera una multa a Martha y la dejara en libertad sin cargos. Habían esparcido las cenizas por el jardín. Cat llevaba una semana en casa cuando había tenido lugar la ceremonia, si es que podía llamársela así. Estaba quitando las malas hierbas del huerto cuando Martha apareció en la puerta de la cocina y dijo:

—Creo que deberíamos hacerlo ahora.

Así que ella, Cat, subió a su cuarto —que también había sido el de su madre— y cambió sus vaqueros por un vestido. Una tontería, pero sentía que debía hacerlo. Una muestra de respeto por Daisy, que había elegido marcharse sin despedirse. Y cuando volvió a bajar ya estaban en el jardín Natalie la abogada, Kathy la vicaria y Bill.

—Les he pedido que vinieran —dijo su abuela—. Me ha parecido lo mejor.

Se quedaron callados y Bill sonrió a Cat y le apretó el brazo cuando pasó a su lado, y de pronto a ella le dio mucho miedo todo aquello. Como su abuela se lo había pedido, fue ella quien cogió el primer puñado: notó en los dedos el metal frío y luego el polvo gris, y lo lanzó hacia la brisa con habilidad. Una persona entera y cuán pocas cenizas.

Luego le pasó la urna a Martha y observó el semblante insondable de su abuela. Muy seria, con la boca cerrada en una línea recta. Se quedó quieta, sin moverse, y Cat no supo qué hacer, pero Bill tendió el brazo, cogió la urna y dijo en voz baja:

—Adiós, Daisy. Que descanses.

Se echó el contenido de la urna en las manos y echó a correr. Estaban de cara al huerto, mirando hacia el valle. Bill levantó los brazos y el sol de la tarde se reflejó en las motas de ceniza que, como un enjambre de avispas o abejas, planearon unos instantes en el aire, casi doradas, y luego se disiparon por completo.

Ya no quedaba nada que demostrara que Daisy había estado allí. Aquello apenaba a Cat en cierto sentido, aunque por otro lado entendía por fin la verdad: es decir, que en realidad Daisy nunca había morado del todo allí. Nunca había sido de verdad su madre, ni la hermana de Bill, ni la hija de la abuela. ¿Había sido de verdad ella misma en algún lugar, o no? Y aunque no pudiera decírselo a nadie, todavía la aterrorizaba pensar que pudiera ser como su madre. ¿Había algo que la mantenía encerrada en sí misma? Pensaba a menudo en lo poco que le había costado convencer a Joe de que no sentía nada por él. En lo fácil que había sido alejarlo de sí, reprimir sus sentimientos. Porque era fácil recubrirse con un caparazón y muy, muy difícil quitarse esa coraza que se quemaba al sol, que se encogía al contacto de otra mano.

Saltó el último cercado y cruzó la calle en dirección al pub. Estaba todo en silencio cuando entró, no había nadie en la barra. Solo se oía la radio, emitiendo *Call me maybe*. Oyó a Sheila canturreando en el jardín trasero y siguió su voz.

Sheila estaba en la pequeña terraza del pub, cortando romero de una mata pequeña. Se guardaba las ramitas en el bolsillo del delantal mientras hacía un gesto de «llámame» fingiendo que tenía un teléfono en la mano.

—Hola, cielo. Otra vez estamos escasos de personal. John tampoco viene hoy. Dice que son sus varices, pero no me lo creo. Tiene veintiocho años: no puede tener varices. Te apuesto a que oyó a Dawn quejándose de las suyas. Estará con resaca. El muy caradura. —De pronto gritó—: «¡*Call me maybe!*». —Se quedó un buen rato en silencio mientras la música sonaba de fondo y luego vociferó otra vez—: «¡*Call me maybe!*». No me sé la letra —aclaró mientras Cat la miraba, riendo.

—Bueno, parte sí que te sabes —dijo Cat.

—¡Qué canción! ¡Qué canción! Mejor que *Blurred lines*, con todas esas barbaridades que dicen en el rap. —Cantó el estribillo desafinando, convirtiéndolo en un galimatías—. ¿Qué puedo hacer por ti, tesoro?

Cat buscó a Joe con la mirada, pero no lo vio. Le quitó las tijeras de la mano a Sheila, intentando ganar tiempo.

—No deberías hacer esto teniendo la espalda como la tienes. ¿Qué más necesitas?

—Eres muy amable, cielo. ¿Cómo me las arreglaba antes de que vinieras? Necesitamos un poco de tomillo. Y perejil, a montones. Y también un poco de estragón.

—Ah. —Cat empezó a cortar. Miró hacia la valla—. Oye, Sheila, estaba pensando una cosa.

—Ay, ven a bailar —dijo Sheila—. Esta parte me encanta. ¿Verdad que es chula esta canción? Me encanta bailar.

—A mí también —dijo Cat, sonriendo—. ¡Me encanta!

Bailaron un poco por el jardín, dando palmas, cantando y riendo hasta que Sheila se inclinó contra el alféizar de la ventana y bajó el volumen de la radio.

—Ay, mis costillas. Eres la alegría de este sitio, Cat, en serio.

—Venga ya. —Cat se encogió de hombros intentando que no se le notara cuánta ilusión le hacía oírle decir aquello. Se quitó la chaqueta de punto—. Quería preguntarte una cosa, Sheila. Lo hablé con Joe, pero hace ya tiempo. ¿Has pensado alguna vez en ampliar el jardín? ¿En tener un huerto en la parte de abajo y poner unas mesas bajo un toldo?

—Bueno, íbamos a hacerlo este verano. Pero entre unas cosas y otras no hemos tenido tiempo. Yo me voy a Weston mañana, y Joe está enfadado conmigo. No entiende por qué necesito unas vacaciones. —Sheila cruzó los brazos—. ¡Ay, ahora mismo no piensa en nada más que en trabajar, trabajar y trabajar! Quiere que todo esté ya, ese es su problema. Pues tendrá que esperar.

—Joe tiene suerte de contar contigo.

Sheila se rió.

—Cariño, la suerte la tengo yo por contar con él. Bendito sea, a pesar de su malhumor, y ahora mismo está de un humor de perros, ¿no crees?

—¿Qué quieres decir? —preguntó Cat, intentando que su tono sonara normal.

—Venga, Cat, ya sabes. Últimamente es como un león enjaulado.

—¿Lo dices por Karen?

—Claro. Está hecho polvo. Nunca lo había visto así.

Cat se acercó a la mata de estragón.

—Yo pensaba que quizá se alegraría. No sabía que... Bueno, que...

—Sabía que Sheila la miraba con curiosidad y tragó saliva. Procuró hablar con normalidad, pero la alegría de hacía un momento se había desvanecido—. Debe de ser muy duro para él.

Al pasarle un puñado de hierbas a Sheila, le alarmó darse cuenta de que se había puesto colorada. Cambió de tema:

—Entonces, ¿qué me dices del huerto? ¿Quieres que hablemos en serio de ello cuando tengas un rato libre?

Sheila asintió, observándola.

—Buena idea. —Se apoyó en el alféizar y tocó en el cristal. Cat vio que la ventana estaba abierta—. Ya ha vuelto. ¡Hola, Joe! ¡Ven aquí! Cat va a contarnos lo que tenemos que hacer con el jardín. Deberíamos hacerle caso. Seguro que tiene razón.

Unos segundos después Joe apareció en la puerta.

—Hola, Cat.

La saludó con una inclinación de cabeza.

—Hola —contestó ella.

Su camaradería de principios del verano se había desvanecido desde la marcha de Karen, y desde hacía un par de semanas Joe apenas le hablaba. La única vez que Cat le había parado y se había atrevido a preguntarle cómo estaba, en el oscuro pasillo que daba al jardín, Joe había apretado los puños y la había mirado fijamente.

—Bien, gracias. ¿Por qué lo preguntas?

—Ah, por nada. Es solo que, como hace tiempo que no hablamos...

—Sí. Estoy liado con una cosa, Cat, lo siento. Tengo que seguir.

—Abrió la puerta del aseo de caballeros y la dejó plantada en el pasillo, sintiéndose como una idiota.

Ahora estaba ante ellas, con los brazos cruzados.

—Sheila, los portobello no estaban en la caja de las verduras esta mañana. ¿Puedes llamar al proveedor y preguntar qué ha pasado? Si no, hoy solo tendremos dos segundos platos.

—Voy a matarlos, ya lo creo que sí. Es la tercera vez este mes. —Sheila se apartó del alféizar de la ventana—. Cat, ven a verme luego —dijo—. Joe, que te cuente su idea. Es muy buena. Así no volverán a pasarnos estas cosas.

Se quedaron los dos de pie entre las sombras del patio, donde todavía no daba el sol.

—Discúlpame, ¿quieres? Tengo que echar un vistazo a la sopa —dijo Joe, y volvió a entrar.

Cat lo siguió a la cocina blanca y atestada de cosas. Vio que una mosca pasaba zumbando peligrosamente cerca de la lámpara matainsectos ultravioleta, cerca del techo.

—Hoy esto está muy tranquilo, para variar —comentó, deseando que se le diera mejor conversar.

—Estamos en julio. Faltan dos camareros y tengo un crítico gastronómico y un grupo de diez personas para almorzar. Descuida, vas a tener trabajo de sobra —dijo con una satisfacción casi amarga—. Bueno, ¿qué pasa?

Cat buscó a su alrededor un sitio donde colocarse. Tenía la sensación de que estorbaba, y no quería hablar con él si iba a ponerse así. No había imaginado que tuviera mal carácter, que fuera de esas personas a las que les gustaba ver retorcerse de angustia a los demás llevando la voz cantante. Pero al parecer se equivocaba. ¿Cómo era posible que se comportara así?

—Joe… Es por el jardín. Pero no hace falta que lo hablemos hoy.

—¿Hoy?

—Sí. Ya hablaremos en otro momento.

Joe entornó sus ojos cansados, duros como el pedernal.

—¿Has estado hablando con Lucy?

—¿Con Lucy? Sí, ¿por qué? —preguntó ella con sorpresa.

—¡Vosotros los Winter! Siempre haciendo piña, ¿verdad? Debería intentar recordarlo.

La miró con enfado y con una especie de repulsión.

—¿Qué pinta Lucy en todo esto?

—Lo sabes perfectamente, Cat. Entras aquí y te pones a contarle cosas a Sheila sobre las maravillas del jardín, intentando que también se una a vuestra banda. Hola, formo parte de ellos, todo el mundo nos adora, somos mejor que el resto.

Cat se sintió como si le hubiera dado una bofetada.

—¿A qué demonios viene eso? —preguntó con aspereza—. Tienes una idea muy equivocada sobre nosotros. No estamos pegados como si fuéramos una especie de clan.

—Un clan. Qué pijo.

Su semblante tenía una expresión desagradable.

—Cállate —le dijo Cat, furiosa de pronto—. Todo eso son imaginaciones tuyas, está todo dentro de tu cabeza. Estas últimas semanas has estado inaguantable. Deja de comportarte como si estuvieras resentido con todo el mundo por...

—¿Resentido? —gritó él, y ella dio un paso atrás, sorprendida—. Tiene gracia, Cat. Casi me dan ganas de reír. —Apartó la mirada y se tapó los ojos con el brazo. Luego volvió a mirarla—. Deberíais estarme todos agradecidos. Esa niña va a crecer y algún día lamentará que las cosas no hayan salido al revés. Que yo no sea su padre. Pero no lo soy, ¿verdad? Va a quedarse con vosotros. ¡Qué vida esta!

Le dio la espalda y comenzó a aplastar dientes de ajo con una cuchara de madera.

—Ay, Joe. —Cat se aclaró la voz—. ¿Es por la pequeña Bella? —Se mordió la lengua—. ¿Joe? ¿Ya tienen los resultados de los análisis?

Él no se movió. Siguió aplastando ajos, quitándoles la piel y moliéndolos hasta hacerlos puré. Cat observó su espalda encorvada. Le escocían los ojos. Le oía respirar.

—Es de Bill, ¿verdad? Joe, lo siento mucho.

No podía verle la cara.

—¿Por qué lo sienes? No la conozco, no sé nada de ella.

—Creía que sería bonito que fuera... —Aquello sonaba absurdo—. Yo solo quería que fueras feliz. —La tensión se palpaba en el ambiente. Cat se pasó la mano por la frente—. Mira, no debería haberte preguntado. Lo siento.

—No. —Joe dejó la cuchara, todavía de espaldas a ella—. Soy yo quien lo siente. Siento haberte gritado así. —Se quedó mirando por la ventana—. No debería haberlo pagado contigo, tú... Es igual.

—¿Querías de verdad que fuera hija tuya, ¿verdad?

Se encogió de hombros.

—Puede ser.

Cat estiró el brazo y le dio una palmadita en la espalda. Luego retrocedió. Él agachó la cabeza, se llevó la mano a los ojos.

—Es una tontería. Ver a Luke… Cada vez que lo veo me acuerdo de Jamie. Y pienso, «bueno, Jamie conoce a Luke, han jugado juntos». Así que por lo menos cuando miro a tu hijo sé que tiene alguna relación con el mío, aunque esté a trescientos kilómetros de aquí. Hasta ese punto le echo de menos. ¿Te parece una locura?

Cuando Daisy estuvo de visita una semana en Winterfold cuando ella tenía ocho años, Cat memorizó todo lo que había tocado. El libro de estampaciones de William Morris. La cacerola naranja. El teléfono. La silla a la derecha de la de Zocato en la cocina, pintada de azul hacía muchos años y raída por los bordes. Todavía se sentaba en esa silla por costumbre, cada vez. Y ese era el motivo. Solo ahora lo entendió.

—Sé a qué te refieres, Joe.

—Creía que esta vez sería distinto. Y ahí lo tienes: ni siquiera soy el padre. —Se dio la vuelta y le dedicó una leve sonrisa—. Me he enterado esta mañana. Los resultados llegaron por correo. A la antigua. Y no me lo esperaba. Ha sido un poco traumático.

Se interrumpió con la cabeza gacha.

Cat pensó que quizás estuviera llorando y se acercó a él, le tocó el brazo con suavidad.

—Debe de ser muy duro.

Esta vez Joe no la detuvo. Dijo en voz baja:

—Un día me fui a trabajar y le dije adiós antes de salir, y me miró y dijo «gracias, Joe». Y me pareció raro. «Gracias, Joe». Cuando volví ya no estaba. Se había ido sin dejar rastro.

—¿Quieres verla? O ver a Bella, por lo menos. Estoy segura de que volverá. Nunca se sabe, lo suyo con Bill…

Pero Joe le lanzó una mirada extraña.

—Les irá bien juntos. Yo lo sabía desde el principio. Siempre lo he sabido.

—¿En serio? —preguntó Cat.

—Karen necesita un hombre mayor que ella. Necesita a alguien que vaya a otro ritmo. Bill puede cuidar de Bella mientras Karen sale al mundo.

—Si te soy sincera, nunca los he entendido como pareja —dijo Cat—. Me cae bien Karen, y a él lo quiero mucho, es mi tío. Pero no los veo juntos.

—¿No? Pues yo sí. Más que ella, creo. Mira, tengo que seguir con esto, Cat. Perdona otra vez. No quería cargar contra ti.

Ella hizo un gesto afirmativo.

—No pasa nada, de verdad, Joe. —Se atrevió a estirar la mano y tocarle el brazo preguntándose si empezaría a gritarle otra vez. Pero no lo hizo—. Ojalá no estuvieras tan triste. Oye, si necesitas hablar con alguien... ¿De acuerdo?

—De acuerdo. Gracias. Eres una buena amiga.

Cat deseó poder hacer algo más: quitarle aquella niña a Bill y dársela a Joe solo un par de horas para que al menos pudiera verla, decirle hola. Cerró la puerta de la cocina sin hacer ruido y entró en el pub.

—Cat, ¿puedes doblar las servilletas? —preguntó Sheila desde detrás de la barra. Señaló una cesta de ropa recién lavada.

—Claro. Habrá que darse prisa, supongo.

Hablaba más para sí misma que para Sheila. Aunque seguía haciendo un día precioso, hacía fresco en el pub y se estremeció. Procuró hacer caso omiso de aquella antigua voz que le gritaba, que intentaba amedrentarla, hundirla de nuevo. Que le decía que era como su madre, que Luke corría peligro, que las relaciones de pareja eran un problema, que era preferible una vida cómoda y mezquina a una vida emocionante, temible y ruidosa como la montaña rusa de la feria que habían visitado la semana anterior, en Bristol Downs. Se puso a canturrear *Call me maybe* mientras doblaba servilletas. Casi había aprendido a ignorar aquella voz. Casi.

—Entonces, ¿has hablado con él? —preguntó Sheila—. ¿Con Joe?

—Ahora no es buen momento —contestó, apoyando la mano sobre el montón de servilletas y sintiendo la fresca suavidad de la tela bajo su piel.

Martha

Agosto de 2013

Esa mañana, al abrir los ojos, se dio cuenta de que había dormido mal. Había vuelto a soñar. Le pasaba mucho, últimamente.

Mientras estaba tumbada en la cama, mirando las vigas del techo, recordó lo que había soñado. La desastrosa fiesta de verano de... ¿1978 o 1979? Hacía mucho tiempo que no pensaba en ella y, sin embargo, allí estaba: un recuerdo perfectamente formado, como una esfera navideña con la nieve inmóvil.

Aquel fue un verano espantoso. Llovió durante semanas. El césped estaba tan encharcado que *Hadley* (el perro que tuvieron después de *Wilbur*, al que difícilmente podía igualar), que era muy nervioso, se hundía cada vez que salía a darse una carrera y había que tirar de él como de una ventosa. Aún no tenían la pérgola de hierro y plástico, y Martha, ayudada por David —que en realidad la estorbaba, más que ayudarla—, construía su entoldado de siempre sirviéndose de endebles palos de bambú, dos pértigas de hierro y una lona de plástico que cada año doblaba con mucho cuidado y volvía a sacar en agosto. Cuando la desdoblaba y la sacudía sobre el césped, estaba llena de arañas que se escabullían entre la hierba. El hecho de sacar el toldo y extenderlo sobre el césped representaba para ella el verano del mismo modo que Studland Bay o que el sombrero que David se ponía los días que brillaba el sol.

Ese año, a pesar de la lluvia incesante, Martha y David levantaron el toldo, decoraron las mesas, prepararon la comida y esperaron a que llegara la noche. En el fondo, Martha confiaba en que algunos invitados no se presentaran, pero no: subieron trabajosamente por el camino con sus botas de goma, ataviados con largos y vaporosos vestidos de flores, camisolas y vaqueros, o traje y corbata. Martha los vio apiñarse bajo el entoldado con una especie de divertida consternación. Allí se quedaron todos el resto de la velada, contemplando el jardín mojado y neblinoso en el que ella había trabajado tanto ese verano para que estuviera perfecto para la fiesta. En el gramófono del cuarto de estar sonaba el disco *High Society*, y las voces de Louis Armstron y Bing Crosby salían al jardín por la ventana entornada. Las mujeres hundían sus tacones en la hierba, todas salvo Florence, que a sus dieciséis años se enorgullecía inmensamente de haberse puesto unas chanclas. Bill, que ya estudiaba Medicina y estaba de vacaciones (parecía tener únicamente piernas y nuez), repartía las bebidas con diligencia y charlaba con los invitados preguntándoles por sus vacaciones, por sus hijos, por su salud. Daisy, como siempre, no se dejaba ver. Llevaba fuera todo el día. De compras, decía ella. Ese otoño se iría a estudiar Sociología a Kingston. Pero sus planes no parecían muy reales. Los planes de Daisy nunca lo eran.

A Martha le encantaban las fiestas, por lo general: las ideas, los pequeños detalles, la comida. La delicada labor que exigía con frecuencia juntar a la gente. Esa noche, en cambio, nada le agradaba. Quería que la fiesta se acabase de una vez. Estar dentro de casa, seca y calentita. No tener que vigilar a *Hadley*, que estaba más hiperactivo que nunca: daba vueltas sin cesar alrededor de la carpa, salpicando de hierba mojada y barro a los invitados. La fiesta no estaba saliendo bien: todos tenían frío y parecían ceremoniosos y molestos. Molestos con ella, quizá. Deseó estar arropada en la cama con un ponche caliente, o incluso con una bolsa de agua caliente y David a su lado, riéndose los dos de aquella horrible velada.

Aún hoy podía verlo: el momento en que *Hadley* dejó de pronto de perseguirse la cola por el césped, dio media vuelta, gruñó a la gente reunida y se metió bajo el toldo, se enganchó en un trozo de cordel suelto y se estrelló contra el poste exterior. Entonces se lanzó contra Gerald Lang, que vivía en Stoke Hall y al que los Winter detestaban: Bill decía que era un tramposo, y Florence que era un pervertido que le había metido la mano debajo de la camiseta en la fiesta de la parroquia. Hadley se abalanzó sobre él y Gerald cayó al suelo.

El entoldado comenzó a derrumbarse sobre los invitados, que huyeron gritando. Martha vio cómo los dientes amarillos de *Hadley* se clavaban en el muslo de Gerald. Patricia, la formidable y flamante esposa de Gerald, intentó quitarle al perro de encima, pero algo se había encendido dentro del siempre inestable cerebro de *Hadley*, y fue casi imposible apartarlo.

Bill agarró al perro por el hocico, le sujetó el tronco entre las rodillas y, dando un fuerte tirón, consiguió por fin apartarlo de Gerald. Los invitados observaban la escena bajo la lluvia. Algunos gritaban.

Daisy salió corriendo al césped.

—¡He llamado a una ambulancia! —dijo. Luego se detuvo y miró a Gerald—. Espero que te haya arrancado la polla, cerdo.

—¡Daisy! —gritó Martha, mientras David se acercaba con una correa y agarraba a *Hadley* por el collar.

Fue a encerrarlo en una de las casetas que había al fondo del jardín.

Al día siguiente, cuando el veterinario les dijo que había sacrificado a *Hadley* —«Me temo que era necesario. Ya que lo ha hecho una vez, es imposible saber si volverá a hacerlo o no»—, Daisy se puso furiosa. Dijo que Martha debía de estar loca, que odiaba a los perros, que siempre los había odiado, y tuvieron una bronca tremenda. Daisy se fue a Londres al día siguiente, a casa de unos amigos del colegio. Regresó para pasar una semana en Winterfold antes de que empezaran las clases, pero solo para hacer las maletas. Aquel nunca había sido su hogar, en realidad.

Aquella noche, sin embargo, no sabían nada de eso: lo ignoraban por completo. Ignoraban que *Hadley* tendría que morir, que Daisy se marcharía y que ya no volvería nunca, que Gerald y su flamante esposa no tendrían hijos y que pronto se extendería el rumor de que Gerald —al que, según se decía, convenía evitar en las fiestas si había alcohol de por medio— no era tan hombre como antes. Aquello se convirtió en una broma terrible y macabra entre David y Martha, el chiste privado de una pareja: si alguien lo hubiera oído, se habría escandalizado.

Después de que la ambulancia se llevara a Gerald Lang, Martha buscó refugio un momento en la cocina. Se apoyó en el fregadero, aturdida. Luego abrió la puerta de la cocina y encontró a su hijo vomitando en un cubo.

—Todavía estoy un poquito verde —dijo Bill limpiándose la boca, avergonzado—. No ha sido bonito de ver, me temo. Pobre Gerald.

—Has estado maravilloso, Bill. —Su madre lo agarró de los hombros—. ¡Qué mayor eres! No puedo creerlo. ¡Vaya si lo eres! Vas a ser un médico estupendo. Tan valiente.

Le besó la mano. Estaba increíblemente orgullosa de él. Gilbert Prundy, el viejo vicario, apareció en la puerta de la cocina.

—El héroe del día: William Winter. Bien hecho, muchacho. Muy bien hecho.

Lo raro de aquella noche fue que la fiesta continuó. De hecho, acabó bastante tarde. Gilbert Prundy trajo de la vicaría sus discos de Oscar Peterson y David y él estuvieron cantando y bailando. Kim Kowalski, que acababa de comprar la casa que había calle abajo, tocó la guitarra. Se quedaron fuera, entre las ruinas de la fiesta: el toldo rajado y manchado de barro en el suelo, inservible, y la vieja mesa de caballete volcada y rota. No salió la luna esa noche, pero después de tomar vino y licores en cantidad suficiente a nadie pareció importarle. Hacia la medianoche arreció la lluvia y los invitados pasaron dentro. La fiesta continuó hasta el amanecer. Y Martha, relajada por primera vez esa noche, se divirtió. Porque había sido la peor fiesta que podía celebrarse y, sin embargo, seguían todos allí cuando hasta los conejos, que en verano correteaban continuamente por el prado, se pusieron a cobijo de la lluvia.

No dejaba de pensar en aquella fiesta mientras preparaba la comida, la primera comida de verdad que celebraba desde la muerte de David. Pobre *Hadley*. ¿Qué era lo que le había hecho reaccionar así aquel día? Después se lo habían preguntado sin descanso. ¿Era algo que hicieron ellos? Por fin, David dijo:

—Debió de ser una especie de cortocircuito cerebral.

Pero después estuvo casi un mes sin dibujar a *Wilbur*.

—¿Qué dibujaste durante ese mes? —se preguntó Martha en voz alta—. No me acuerdo.

La comida ya estaba lista: fiambres, empanada, ensaladas y hamburguesas. Deambuló por la cocina tocando sus objetos de siempre. Se sentía muy tranquila. «¿Qué es lo peor que podría pasar? Ya lo he arreglado todo».

Pensó en Florence y en Jim, que vendrían de camino. En Lucy, que cantaba arriba, en la ducha. En Luke y Cat, que estaban en el río. En Karen y Bill, que habían llegado la noche anterior del piso que acababan de alquilar en Bristol y habían salido a dar un paseo matutino con Bella. Y pensó en Bella, su nueva nieta, a la que David ya no conocería.

Más tiempo. Lo único que quería era un poco más de tiempo. No mucho: una semana más, un día más, aunque solo fuese una hora más con él. Con eso bastaba. Solo un poquito más de tiempo para sentarse en la cocina como ahora, rodeando con las manos la misma taza de siempre y mirando por la ventana, para saber que él también estaba en la casa. Arriba, cantando mientras se afeitaba. O en su despacho, riéndose de algo. O gritando por el pasillo «¿Me preparas un té, Em?».

Su voz. Podía oírla con tanta claridad que le parecía real. Esta vez no sonaba dentro de su cabeza. Respiró y sintió la prieta pelota de dolor que parecía tener encima de los pulmones desde la muerte de David. La dejaba sin respiración, la hacía llorar, le inflamaba la garganta de pura tristeza. Estaba siempre ahí.

«¿Me preparas un té, Em?».

¿Qué pasaría si, solo por un minuto, creyera que estaba allí, delante de ella? ¿Si lo creyera de verdad? Se relajó y cerró los ojos, dejando que el sol le calentara la cara.

La habitación estaba en silencio, no se oía ningún ruido: era como si tuviera los oídos tapados con cera. Se quedó sentada, esperando. Sintió que algo frío la rozaba y descubrió que no podía abrir los ojos, que no quería abrirlos.

Entonces supo que estaba allí. Que estaba esperándola, allí, a su lado.

Se quedó paralizada. Abrió los ojos muy despacio y allí estaba, frente a ella, en la puerta. Sin su bastón.

—¿Me preparas un té, Em?

—Sí —contestó, y le sonrió, y fue como si no hubiera pasado nada. Como si siempre hubiera estado allí, esperando para entrar por la puerta—. Está un poco amargo. Lleva un rato en la tetera.

—Por mí estupendo. —David se sentó en su butaca—. ¿Qué le ha pasado a esta silla? Está distinta.

—Lucy se subió encima y se rompió.

Martha le sirvió un té, no podía dejar de mirarlo.

La arruga de su camisa era real. Sus ojos, su barbilla, su pecho. Estaba de veras allí. Se desvió de la taza y el té salpicó la mesa.

—La he arreglado yo —dijo.

—Claro que sí —dijo David, y le pasó el paño de cocina del castillo de Rochester arrugando los ojos al sonreír.

Estaba allí, estaba delante de ella. Martha no le quitaba ojo, y no desaparecía. De algún modo, se las arregló para seguir hablando.

—Es increíble lo que puede hacerse con un poco de cola y de cinta adhesiva.

—No es increíble. Tú puedes arreglar cualquier cosa, cariño —repuso él, y los dos bebieron té, juntos en la cálida cocina, como si tal cosa.

De pronto, Martha no supo qué decir, y aquella pelota de tristeza pareció alojársele en la garganta con tanta fuerza que pensó que iba a ahogarse.

—Te echo de menos, David —dijo por fin con lágrimas en los ojos.

—Lo sé, Em.

David ya no sonreía.

—Lo hice todo mal, todo. No debí celebrar aquella comida.

—No, cariño. Tenían que saberlo. Teníamos que decirles la verdad.

—Pero te perdí.

—Me habría ido de todas formas. —Parecía estar cambiando ante sus ojos. ¿Tenía el cabello menos gris, más castaño, era más joven cada vez que lo miraba?—. Me estaba muriendo, Em. No podías hacer nada. Lo entiendes, ¿verdad? Tenías que decirles la verdad sobre Daisy. Y yo tenía que morirme. Esos son los hechos. Tenía que suceder a su debido tiempo.

A su debido tiempo. Por primera vez, Martha lo creyó.

—Sí.

La mesa era demasiado ancha, no podía estirar el brazo y tocarlo. Dudó.

—Bien —dijo él.

—Odio estar aquí sin ti.

—Lo sé, pero antes de... —dijo David—. Antes de eso, nos encantaba. Nos encantaba estar aquí. Éramos felices. Somos felices.

Martha se enjugó las lágrimas. Carraspeó y dijo:

—¿Crees que está bien lo que voy a hacer hoy? ¿Es lo correcto?

—Claro que sí —contestó él.

—Ya no estoy segura. Últimamente parece que no puedo concentrarme en nada. Ellos creen que estoy mucho mejor, pero no es cierto. Yo... Nosotros...

Se interrumpió con un sollozo, agachó la cabeza y se frotó el pecho.

—Estoy aquí, ya lo sabes —dijo David—. Estoy siempre contigo. No me iré nunca.

Le tendió las manos por encima de la mesa.

Sus manos. Martha las miró. Eran fuertes y ágiles, parecían casi como nuevas.

Martha intentó tocarle los dedos, estirarse hacia él, pero David no se movió.

—No te alcanzo. —Las lágrimas le nublaban la vista—. David, no puedo… —Se levantó, tambaleándose, y cuando levantó la vista él había desaparecido.

Llamaron a la puerta, un toque muy leve en la puerta trasera, y Martha miró a su alrededor. «Yo estaba aquí. Él estaba aquí».

—¿Martha? —La puerta se abrió con un chirrido—. ¿Mamá?

Entró Karen llevando en brazos a su hijita, con Bill tras ella.

—¿Va todo bien? —preguntó Karen, mirándola—. Parece que… Estás muy pálida.

Martha miró de nuevo a su alrededor frenéticamente. David seguía allí, ¿verdad? Detrás de la puerta. Tal vez al otro lado de la puerta.

—Yo… ¿Habéis visto a alguien?

Bill miró a su madre.

—¿A quién?

—A… Nada. —Meneó la cabeza—. Nada.

Besó en la mejilla a su nuera y acarició el pelo oscuro de su nieta. Como si todo fuera normal, como si todo siguiera igual, como si David no estuviera allí con ella. Pero entonces vio que, en efecto, allí estaba. Miró detrás de ellos, y le pareció entreverlo allí, junto a la puerta del comedor. Quizá solo fuera el viento que entraba por la ventana abierta, trayendo aire fresco del exterior.

Miró la mesa y vio la taza de té que le había dado. Estaba medio llena.

—¿Ya está todo listo, entonces?

—¿El qué?

—La comida de Florence.

—Florence no ha llegado aún. Todo lo demás está listo. —Pestañeó intentando concentrarse—. Bill, estaba pensando en aquella fiesta de verano.

—¿Aquella en la que Florence se emborrachó con ginebra y se puso a cantar *Luck be a lady* por la ventana del cuarto de baño?

—No. La horrorosa.

—Ah, vaya por Dios. La verdad es que tengo que decir —Bill se frotó los ojos— que fue una fiesta estupenda.

—Para Gerald no, claro —dijo Martha.

Su hijo pareció arrepentido.

—No, claro. Pobre Gerald. Siempre me olvido de él.

—¿Qué ocurrió? —preguntó Karen.

—Bueno —comenzó a decir Bill, y se detuvo—. Fue hace mucho tiempo. Es historia antigua.

La puerta de la cocina se cerró con tanta fuerza que todos se sobresaltaron. Martha se giró con brusquedad, pero allí no había nada. Bella se despertó y empezó a llorar.

—Voy a darle el pecho, ya que está despierta. Bill, ¿tienes mi…?

Desaparecieron por el pasillo, hablando en voz baja.

Y entonces alguien dijo:

—Vaya, no esperaba dormir hasta estas horas. ¿Se puede saber qué ha sido ese ruido?

Había una figura en la puerta, tan parecida a David que Martha se sobresaltó de nuevo y enseguida notó las manos pegajosas.

Tenían los dos la misma forma de cara, los mismos ojos. Pero ella era más joven, tenía la cara menos arrugada, la piel más tersa. Era algo corpulenta. Imponente, mejor dicho. Reservada, un poco tímida quizá. La noche anterior a su llegada, Martha se había esforzado por hablar con ella. Hacía casi cincuenta años que no la veía, y acusaba intensamente la ausencia de David y su facilidad para hablar. Era elegante, tenía el pelo entre dorado y gris, recogido pulcramente en un moño anticuado. Al igual que su hermano, se había rehecho a sí misma.

—Cassie —dijo Martha, levantando la mirada. Se acercó a ella—. ¿Has dormido bien?

—Sí, y llevo un rato levantada. He tomado un baño y he estado leyendo algunos de los libros antiguos de *Wilbur*. —Se adentró en la cocina.

Martha la agarró de las manos y se las apretó.

—Me alegro mucho de que hayas venido. Gracias.

—Bueno. Él quería que viniera. Quería que viniera antes de morir. Yo... lo siento muchísimo. Ojalá hubiera venido antes.

—Ni siquiera me dijo que os habíais visto. —Martha le apretó las manos con más fuerza—. Verás, hacía meses que no entraba en su estudio. No vi tu carta.

Había estado tres veces en Londres, buscándola. Había ido a la oficina del Registro Civil en Kew y examinado registros y censos parroquiales sin encontrar nada. Incluso había ido a Angel y caminado por aquellas calles que David conocía tan bien, en busca de una mujer que se pareciera a él, como Florence. Pero no encontró nada y empezó a desesperarse.

Tres días antes, sin embargo, cuando estaba buscando algo que le habían pedido para la exposición de David en Muriel Street, había abierto por fin el cajoncito del escritorio de David y había visto allí la carta. Encima de las gomas viejas, de los lápices reducidos a su mínima expresión a fuerza de sacarles punta, del papel secante y los cartuchos de tinta. David abría aquel cajón cada mañana para sacar sus materiales. Debía de haber visto la carta todos los días desde su llegada. Pero después de su muerte a nadie, y menos ella, se le había ocurrido mirar allí.

Querido Davy:

Siento no haberme puesto en contacto contigo desde aquella vez que quedamos. Me alegré mucho de verte, de veras que sí.

He estado pensando en lo que dijiste. Sobre la familia y sobre eso de que somos los únicos que quedan para recordar. Me gustaría ir a veros algún día. Ver a Florence. Me gustaría conocerla. ¿Puedo ir a esa casa tan pija que tienes a tomar el té como una dama? Prometo portarme bien. ¿Qué te parece?

Mi número de teléfono está al dorso.

Puede que sea mala idea. No estoy segura. Solo se me ha ocurrido preguntar.

Con cariño,
tu hermana Cassie

—Me enteré de su muerte —le dijo Cassie cuando Martha la llamó temblando—. Pero no sabía cómo llamarte. No sabía si querrías que te llamara.

Florence tenía que llegar el sábado. Iba a venir a Winterfold y a traer a Jim, que llevaba casi todo el verano con ella en Italia. Por lo visto, solo iba a pasar allí una noche (había puesto una excusa: por lo visto, Jim tenía que ir al museo Holburne de Bath a ver un retrato de Joseph Wright de Derby), pero ni siquiera ella parecía muy convencida. En realidad, se trataba de un acontecimiento mucho más importante. Bill iba a traer a casa a Karen y Bella. Y Lucy, Cat y Luke también estarían allí.

Así que estarían todos de vuelta. Se suponía que era así como tenía que ocurrir. Martha seguía pensando en los dos meses que había desperdiciado buscando a Cassie. Pensó en cómo, sin saberlo ella, Florence había encontrado su partida de nacimiento la noche de la muerte de David. Le había pedido a Florence que saliera del estudio, y si hubiera dejado que se quedara un rato más tal vez su hija hubiera abierto el cajón y encontrado la nota de Cassie.

Pero ¿y qué si lo hubiera hecho? ¿Acaso no tenía razón David? Las cosas tenían que suceder a su debido tiempo. Ella, Martha, tenía que estar lista para cambiar las cosas, para alterar el guión de su familia.

—Te habría escrito enseguida si lo hubiera sabido —dijo Cassie.

—Lo sé, y deberíamos haberte encontrado antes. Ha sido culpa mía.

Cassie negó con la cabeza.

—No pasa nada. Oye, Martha, estoy muy nerviosa con todo esto —dijo con franqueza. Se sentó en la butaca de David—. Ha sido todo tan repentino. No estoy segura. ¿Y si se asusta? Puede ser muy traumático, encontrarse así con alguien.

—Lo sé. —Martha tenía la boca seca—. Lo sé. Pero tiene que pasar. Ella quiere conocerte, te lo aseguro. Sabe que te estoy buscando, y que no te encontraba por ninguna parte.

—A Davy y a mí nos gustaba pasar desapercibidos entre la gente —comentó Cassie—. Creo que eso lo heredamos de mi madre. No nos quedaba otro remedio. En fin, alguna vez tenía que suceder, ¿no?

—Sí, así es. —Martha miró a su cuñada, sentada en la butaca de David, y algo se sosegó dentro de ella.

Se sentía tranquila por primera vez desde hacía mucho tiempo.

—No sé qué voy a decirle. —Cassie se puso a toquetear sus botones. Sus dedos blancos y finos se movían sin cesar—. No soy madre, no sé cómo serlo.

Martha la cogió de la mano.

—Claro que eres madre —dijo.

Oyeron el ruido de unos neumáticos sobre la grava. Oyeron llorar a Bella, a Lucy bajando las escaleras. Ruido y caos. Cassie se quedó muy quieta, con las manos juntas.

—Sí.

Martha la dejó sola en la cocina y corrió a abrir la puerta de entrada.

—¡Flo! ¡Jim! —Lucy avanzó hacia ellos con Bella en brazos—. ¡Mirad! ¡Mi hermanita! ¡Y tu nueva sobrina, Flo! ¡Mírala! ¿A que es preciosa? Mira que carrillos tiene. —Besó a Bella, con su cabello y sus ojos negros. La pequeña miró a su tía y luego a Jim sin inmutarse—. ¡Bueno, pasad! —dijo Lucy alzando un poco la voz.

—Gracias —dijo Florence, abrazando a Karen y a Bill—. Bill —dijo, y lo agarró del codo—. ¡Qué maravilla verte, querido hermano! Este es Jim.

Hizo avanzar a Jim clavándole un dedo en la espalda y él tendió la mano tragando saliva.

—Bill, me alegro de conocerte. Hola, Martha.

Le dio un beso y Martha, que había coincidido con él en Italia, sonrió y le dio un abrazo.

—Me alegro muchísimo de que hayas venido —susurró—. De verdad que sí. —Luego se volvió hacia Florence—. Hola, cariño mío.

—Mamá. —Florence la besó en la mejilla—. Hola. Mira, te he traído esa tarta de almendra que te gustó tanto. —Con cierta torpeza le puso en las manos un gran paquete de papel encerado—. Ten.

Se hizo un silencio. Lucy dijo:

—Deberíais entrar.

—Sí, por favor —dijo Jim con su voz suave, y todos se rieron con nerviosismo.

Lucy se adelantó.

—Estamos todos aquí. Y mamá te tiene preparada una sorpresa, Florence.

«¿Cómo lo haces? ¿Cómo das el siguiente paso?».

Sencillamente, respiras hondo y sigues adelante.

Enlazó el brazo con el de Florence. Lucy abrió la puerta del cuarto de estar. Martha los vio a través de la rendija de la puerta abierta: Bill con la cabeza apoyada en el hombro de Karen, Karen con los pies encima del taburete, agotada. Sonrió cuando entró Lucy, tendiendo los brazos para coger a su hija. Lucy se rió en voz baja por algo y cerró la puerta.

—Es que es…

Su voz sonó como un murmullo al cerrarse la puerta.

—Jim —dijo Martha con calma—, Flo tiene que entrar primero en la cocina.

—¿Por qué? —Florence miró a través de la puerta abierta, hacia la mesa, hacia la figura sentada sosegadamente, con la cabeza vuelta hacia ellos—. ¿Quién hay ahí? —preguntó, y se quedó paralizada—. Mamá, ¿quién…?

Miró a Martha y Martha pestañeó y asintió con un gesto. Quería decir algo, suplicarle que no quisiera más a su nueva madre. Quería entrar corriendo, adelantarse a Florence, allanar el camino. Gritarle a Cassie: «¡Sé buena con ella, dile lo maravillosa que es! Pregúntale por su nuevo libro. No hagas que se sienta violenta, o tonta. No la provoques, no debes burlarte de ella. Le encanta el sol. Le encanta el café, igual que a su padre. Igual que a David. Por favor, no me la quites. Por favor, no le hagas daño».

Florence la miró y le tocó la mejilla con suavidad.

—Mamá —dijo—, menudo golpe de efecto. Bien hecho.

Le dio a Jim las llaves del coche. A través de la puerta de la cocina, vio que Cassie se levantaba con rigidez mientras Florence se acercaba a ella.

—Hola, Florence, querida mía —dijo con sencillez—. Soy… soy Cassie.

Florence se quedó muy quieta. Como si dudara.

—Hola, Cassie —dijo por fin en voz baja, con la mano en la puerta.

Martha deseó poder cogerle la mano, empujarla hacia delante, pero no podía. Aquella era quizá la última cosa que haría por ella. Por cualquiera de ellos.

—Me alegro mucho de conocerte.

Florence se volvió y sonrió a Martha. Luego cerró la puerta y se hizo el silencio en la entrada en penumbra. Solo se oyó la voz de Lucy y la risa suave de Karen, y luego nada más.

Jim y Martha se miraron el uno al otro. Él puso una mano sobre la de ella.

—¿Vamos a dar un paseo? ¿Quieres enseñarme el jardín, Martha? —preguntó él—. Me encantaría verlo.

—Y a mí enseñártelo —repuso Martha.

Enhebró su brazo en él de él y, al salir por la puerta, cogió sus tijeras de podar. La glicinia estaba demasiado salvaje y la madreselva acabaría por asfixiarlo todo algún día. Siempre había algo que hacer y siempre lo habría. Salieron al sol y bajaron por el prado, hacia el bancal de las margaritas, alejándose de la casa y de sus moradores. Solo por un rato.

—Adiós, amor mío —susurró Martha, y miró hacia el cielo—. Gracias. Adiós.

Cat

Al pie de la colina pero antes de que empezara el pueblo estaba el lindero del bosque, y allí la red de torrentes que bajaban de las colinas de los alrededores convergía en una poza poco profunda, rodeada de árboles, burbujeante y llena de minúsculos pececillos casi trasparentes. Desembocaba en un riachuelo cerca de Winter Stoke y discurría junto al parque.

Sentada en la orilla, Cat movía los pies en el agua con los pantalones arremangados y una hoja de papel doblada en forma de gorro en la cabeza. En una mano sostenía la cuchara de madera y en otra una trompeta de plástico.

—¿Dónde estás? —gritó una voz desde el otro lado del río, y la cara de Luke, tiznada con corcho quemado, apareció entre los juncos.

—Aquí —dijo Cat.

—Quédate ahí. Todavía estoy construyendo mi barco. Si intentas escapar mis hombres te darán una paliza y te matarán con sus puños —anunció Luke, y volvió a desaparecer.

—Ay, no —exclamó Cat—. Bueno, voy a escaparme de todos modos. Tengo superpoderes. Me he convertido en un monstruo y voy a cruzar a la otra orilla y a comerte.

—¡No! —gritó Luke—. No puedes comerme.

—¡Claro que puedo! —afirmó Cat, y avanzó lentamente por el riachuelo—. Voy a hacerlo. Ay, cariño, lo siento —dijo cuando su hijo arrugó la cara y comenzó a llorar de terror.

Cruzó corriendo el resto del río y lo tomó en sus brazos.

—No me gustan los monstruos, mamá.

—A mí tampoco. Pero no son de verdad, ¿no?

—Bueno, a veces sí. Zach dice que cuando te mueres vas al infierno, y que un monstruo te come todas las noches, y que luego vuelve a crecerte la carne por el día. Su madre es la vicaria. Se lo ha dicho ella.

—Ya. —Cat lo besó en la coronilla—. Bueno, eso que dice Zach son tonterías. No es verdad.

Él se estremeció.

—Todavía tengo miedo.

—Ay, Luke, lo siento muchísimo.

Cat lo estrechó con fuerza.

—Vámonos a casa.

Ella titubeó.

—Todavía no podemos. La señora que ha venido a visitar a la abuela quiere conocer a Florence y le he dicho que nos iríamos a jugar un rato mientras hablaban. —No sabía cómo explicarle el verdadero motivo—. Oye —dijo—, ¿te he enseñado esto? —Se sacó un cordel del bolsillo—. Los verdaderos piratas arponean los peces en el agua. Pero los piratas aprendices los cogen con esto.

—¿En qué país?

—Bueno, en todo el mundo. En el Amazonas, principalmente. —Cat enredó en el cordel el pan que había comprado y lo ató a un palo—. Es todo tuyo.

—¿Cuándo podemos volver? —preguntó su hijo, mirando atentamente el palo al meter la caña en el agua con mucho cuidado.

—Después. Cuando hayamos pescado un pez.

—Jamie no come pescado. No le daremos pescado de comer.

—¿Jamie? No, claro. —Cat no le estaba escuchando, en realidad.

—A su papá le gusta el pescado. Le gusta comer pescado. Me dijo que hay unos peces pequeñitos que te los puedes comer enteros, con cabeza y todo. —Luke le dio un codazo—. ¡Mamá! ¿Por qué no me escuchas? ¿Por qué siempre estás pensando en cosas?

—Soy una pirata muy ocupada —contestó Cat.

—¿En qué estás pensando?

—Da igual. ¡Eh, mira! Ahí están.

Oyó sus pasos aplastando la hojarasca y las ramas del suelo.

—¡Hola! —gritó Joe al acercarse a ellos—. Hola. Hola, Luke. ¿Qué tal tu rana?

—¿Qué rana? —preguntó Cat sorprendida.

—Tengo una rana en una caja —dijo Luke—. La cogí cuando fuimos de acampada Joe, Jamie y yo. —Saludó a Jamie con la mano—. ¿Qué tal tu rana?

—Muerta. —Jamie rebuscó en su bolsa mientras Joe se sentaba y abría la neverita portátil—. Papá ha hecho unos sándwiches. ¿Queréis?

Luke miró a Cat.

—¿Los piratas comen sándwiches? ¿Sí?

—Sí, claro —contestó Joe—. Los piratas grandes se los comen con huesos y ojos. —Luke puso unos ojos como platos y Joe se apresuró a añadir—: Pero eso solo pasa en las películas. No pasa en la vida real.

—Vale, Joe —dijo Luke con alegría.

—Tú también eres un pirata, Luke —añadió Joe—. No pueden darte miedo los otros piratas. Es como si a uno de los dedos de tus pies les dieran miedo los otros. —Se acomodó junto a Cat—. ¿Qué pasa? —preguntó.

—Nada, ¿por qué?

—Tienes cara de no haber dormido —respondió él.

—Sé que volvemos a ser amigos —repuso ella—, pero te aconsejo que no vayas por ahí diciéndole eso a la gente.

Joe no contestó, pero ella vio que volvía a mirarla de reojo. Cogió el sándwich que le ofrecía y le dio un gran mordisco. La masa estaba esponjosa y la corteza crujiente.

—Qué rico. ¿De qué es?

—Sobras del redondo de ternera de ayer, un poco de mayonesa y unos berros que cogí del camino. ¿Te gusta?

—Ya te lo he dicho, Joe. Haces el mejor pan del mundo.

—Gracias, el placer es mío —dijo él—. De verdad. Luke y tú sois mis mejores clientes en lo que al pan se refiere.

Los niños se estaban adentrando en el bosque, gritando de alegría. Luke miró a Cat y saludó con la mano, con los ojos brillantes de emoción.

—Luego nos vemos. Si no vuelvo… Por favor, no te pongas triste, mamá, ¿vale?

—Claro —contestó ella—. De acuerdo. Entendido. Cambio y corto.

Joe y Cat guardaron silencio, ella movía los pies dentro del agua. A pesar del frescor de los árboles, todavía hacía calor. Dos libélulas pasaron danzando sobre la corriente. Ella las observó. La luz moteada se le reflejaba en las alas.

—Gracias por venir. En casa hay mucho jaleo y me apetecía perderme un rato.

—Ya —dijo Joe—. ¿Reunión familiar?

Cat lo miró.

—Sí, han venido todos. —Tragó otro trozo de sándwich—. Karen también ha venido, con Bill. Y Bella.

—Claro —repuso él en voz baja.

—Por si acaso. Ya sabes.

—Tengo entendido que él está buscando una clínica en la que entrar como socio en Bristol —comentó Joe.

—Sí.

—Es una lástima.

—Ay, Joe.

—Quiero decir que es un médico estupendo, lo echaremos de menos por aquí. —Comió un poco de sándwich—. Esto no tiene suficiente pimienta, Cat. Lo siento.

Ella no le hizo caso.

—Te veo muy tranquilo. Por lo de Bella, quiero decir.

—Me alegro por ellos. —Arrugó la nariz—. Me gustaría conocerla algún día. A la pequeñina.

Se quedaron en silencio unos segundos y Cat se acordó de nuevo, agradecida, de lo fácil que era estar con él. Joe lo entendía todo.

—Es por Florence —dijo por fin—. Va a conocer a su madre. A su madre biológica. Florence es la sobrina de Zocato, ellos la adoptaron. Su hermana no podía cuidar de ella, tuvieron una infancia muy dura y él quería echarle una mano. Algo así. Zocato fue siempre muy reservado con su pasado.

—¿Por qué?

—He visto los dibujos que hizo, los que van a formar parte de esa exposición. Fue horrible —dijo con tristeza—. Pero el caso es que aquí está ella. Y he pensado que podía llevarme un rato a Luke. Disfrutar del sol.

Respiró hondo.

Joe le sonrió.

—Cat, ¿por eso no querías estar ahí arriba esta mañana? ¿Por tu madre?

Ella cogió una manzana.

—Puede ser.

—¿Por qué?

—Madres e hijas. Todavía me entristece.

Cat notó con espanto que se le saltaban las lágrimas.

Joe la atrajo enseguida hacia sí y la rodeó con sus brazos.

—Ay, Cat. Oye... No llores.

Se apoyó contra él.

—Perdona. No quería llorar.

Él le dio unas palmadas en la espalda.

—Pobrecilla. Sigue siendo difícil, ¿verdad? Lo siento mucho.

Cat asintió con un gesto. Se volvió hacia él y Joe la estrechó entre sus brazos.

—Llora si quieres —anunció, y el pelo de Cat le amortiguó la voz.

Se aferró a él dando gracias a su buena suerte por tener un amigo como Joe, por haberse encontrado.

—Todos esos años... —dijo al echarse hacia atrás y limpiarse la nariz con la mano—. Pasé muchos años pensando que algún día volveríamos a reunirnos, que ella vendría a buscarme, que me llevaría a casa, ya sabes. —Se incorporó sorbiendo por la nariz y se apartó el pelo de la cara—. Lo siento mucho, Joe. Siempre tuve esa idea de ella, incluso cuando ya sabía que siempre iba a dejarme en la estacada. Pero creo que en parte me quería. Me echaba de menos. Ay, Dios. Sigo siendo una niña de ocho años. Perdóname.

Se inclinó hacia ella y le tocó la mejilla.

—No hay nada que perdonar, Cat. Nunca, jamás.

Ella se quedó mirándolo. Miró las pecas de su nariz, sus ojos azules. Joe le sostuvo la mirada.

—Mi abuela me dijo esta mañana que hace un año que envió las invitaciones para su fiesta —dijo Cat por fin.

—Tengo entendido que la comida de la fiesta estaba exquisita.

—Y yo tengo entendido que el chef era un peligro: estuvo a punto de llevarse por delante al bisnieto de Martha y se acostó con su nuera.

—Pero sus canapés de hojaldre eran sensacionales.

—Ha estado bien, ¿verdad? —dijo Cat al cabo de un rato. Abrió los brazos de par en par—. Todo esto. Este año.

—Ah. Sí, claro.

Se sonrieron de nuevo. Cuando lo miraba a los ojos Cat no veía nada escondido. Solo sinceridad, franqueza, bondad. Se veía a sí misma, a él, a los dos. Y de pronto sintió terror, como si un río efervescente se hubiera alzado y estuviera a punto de arrastrarlos en su corriente. No podía hacerlo.

No podía. Le tocó la mano con suavidad y se levantó.

—Tengo que irme. ¿Te importa vigilar a Luke una hora o así?

Joe se levantó y la miró, confuso.

—¿Adónde vas?

—Tengo que volver a casa.

—¿Por qué?

—Tengo que volver —repitió. Tenía que irse—. ¿No te importa?

—Tenemos que recoger el gorro de Jamie, así que me pasaré por allí dentro de un rato. De todos modos, creo que estaría bien saludarlos a todos.

Para él, todo era sencillo y directo. Nada de juegos mezquinos ni de quebraderos de cabeza. Era tan claro como el agua del riachuelo.

—Claro, buena idea —dijo Cat.

Intentó que no pareciera que estaba huyendo de él. Deseó que hubiera polvo que levantar, cualquier cosa que formara una nube que le permitiera marcharse, huir a la carrera.

—Gracias. Adiós.

Salió corriendo de la arboleda tirándose de la camiseta como si estuviera cubierta de zarzas que tiraran de ella, y mientras subía corriendo por la cuesta se tragó sus lágrimas, asqueada ya de sí misma.

Al llegar arriba, la calle describía una curva suave y, al tomarla, Cat se sobresaltó. Había una persona en un banco sosteniendo un bebé. El cabello largo le caía sobre la cara y ambos, tanto la mujer como el bebé, parecían dormir. Cat aflojó el paso, aturdida todavía. El sol brillaba en el pelo de la mujer y Cat se descubrió pensando de nuevo en las cenizas de su madre, esparcidas por el jardín, volando aún por las colinas empujadas por la brisa. Se detuvo y sacudió la cabeza, sonriéndose. Eran Karen y Bella. Se paró a unos metros de distancia, sin saber qué hacer. Notaba un hormigueo en las piernas. Se sentía frenética, como si tuviera que seguir corriendo, seguir más allá de la casa, subir por la colina.

La inscripción del banco decía: «Descansa aquí, viajero fatigado».

HARRIET EVANS

Bella estaba en brazos de su madre, envuelta casi por completo en un viejo chal de Martha. Su pecho subía y bajaba. Cat había olvidado lo rápido que respiraban los bebés, lo alarmante que parecía a veces. Se quedó mirando, súbitamente absorta. Los deditos de una mano se movieron involuntariamente, en un gesto parecido al de un mago, y Cat se rió por lo bajo.

—Hola —dijo Karen, levantando de pronto la cabeza y abriendo los ojos.

El día anterior, cuando habían llegado, Cat había pensado que estaba muy cambiada. Sobre todo, sin maquillaje. Parecía mucho más joven.

—Me estoy aficionando a las siestas. Perdona. Hemos salido a dar un paseo después de la última toma, me he sentado al sol y me he quedado dormida. Seguro que has pensado que éramos un par de vagabundas.

—Parecíais muy tranquilas —dijo Cat con una sonrisa.

Se sentó a su lado y procuró no moverse con nerviosismo.

—He pensado que estaría bien quitarnos de en medio un rato. —Karen se apartó el pelo de la cara—. El llanto de un bebé no es precisamente el sonido más indicado para... eh... el ambiente que querrán tener ahora mismo, ¿sabes lo que quiero decir?

—Estoy totalmente de acuerdo —repuso Cat—. Eres muy sabia.

—¿Dónde está Luke?

—Con Joe y Jamie, en el río. Son tan felices ahí abajo. —Cat vaciló y se removió en el asiento—. A Joe le encantaría veros a ti y a Bella, estoy segura.

—¿En serio? Nunca he tenido noticias suyas. Y le mandé un correo electrónico. Y lo llamé.

—Estaba muy disgustado. Ya conoces a Joe, le encantan los niños. Le encantaría tener una familia. —Se rió exasperada consigo misma por haber huido así—. Por eso me he prestado a darle el mío.

Karen se quedó mirándola. Luego su rostro pareció despejarse.

—¡Qué maravilla, Cat! Esperaba de verdad que se decidiera. No lo sabía. ¡Por fin estáis juntos! Es fantástico.

—Eh —dijo Cat con atropello—. No, Karen. Quería decir que... No es eso. Quería decir que le he... No, solo está cuidando de Luke. Una hora o así.

Karen cambió de postura a Bella, que seguía dormida.

—Ah.

—Entre Joe y yo no hay nada —añadió Cat, avergonzada—. No es… Somos amigos. Muy buenos amigos. De verdad. Es genial. —Asintió con la cabeza—. Genial. —El sol brilló en sus ojos.

Karen se quedó mirándola. Luego se echó a reír.

—¡Tonterías!

—¿Qué?

—He dicho que eso son tonterías. Cat, está enamorado de ti.

Bella abrió lentamente los ojos y miró soñolienta a su madre.

—¿Joe? —dijo Cat, como si Karen no la hubiera entendido.

—Sí, Cat. Sé a quién te refieres. Joe Thorne. Metro ochenta y cinco, ojos azules, pelo negro. Tiene una cicatriz en el dedo, le encanta *Juego de tronos* y hace un pan buenísimo. —Hablaba despacio, como si Cat fuera un poco sorda—. Está enamorado de ti.

Cat acarició el pelo a Bella. Se le había acelerado el corazón.

—No, qué va. No tenemos ese tipo de relación. Una vez… Bueno, ya sabes. Una vez estuvimos a punto de… Pero…

—Cat, es evidente. Os he visto juntos. He visto cómo te miraba. Por eso me fui. No era justo para ti, ni para él. Ni para mí, ni para Bill. —Esbozó una sonrisa divertida, levantó un poco a Bella y se ajustó la bandolera—. Mira, Cat, no es asunto mío, pero creo que deberías dejar de obsesionarte con el pasado. Olvídate de lo que pasó. Creo que todos tenemos que hacerlo.

—Sí —dijo Cat, mirándola. Se levantó—. Sí.

Miró calle abajo, hacia la vieja casa. Oyó risas a través de las ventanas abiertas y miró, a ver qué distinguía. Figuras borrosas, distorsionadas por los cristales emplomados. No veía quién era, quién había allí.

Podía volver a la casa. Entrar, saludar a Cassie y Florence. Formar parte de aquella familia, ser la sobrina, la nieta, la prima, y luego Joe traería a Luke y los saludaría a todos y no pasaría nada, claro que no. Y después se marcharía, y ella lo vería al día siguiente y al otro…

Pero no quería formar parte de esa familia, no así. Quería tener su propia familia. Quería tener una vida propia. Quería a Joe. Quería que estuvieran juntos. Quería tener un hijo suyo, quería su comida, su vida, quería hacerle sentir seguro y a salvo para que nunca volviera a tener aquella mirada de soledad que le fruncía la frente. Quería que tuviera un hogar que Jamie sintiera suyo, tan suyo como lo sentían los demás.

«Quiero esa vida para nosotros. Nuestra familia. Nuestro hogar».

¿Era demasiado tarde?

—Karen, diles que luego vengo, ¿de acuerdo? Tengo que... Tengo que ir a recoger a Luke.

—Sí —contestó Karen, y asintió con la cabeza—. Claro.

—Estoy bien —añadió innecesariamente—. Pero tengo que irme.

Tal vez fuera ya demasiado tarde.

Sabía lo que tenía que hacer, pero ¿y si era demasiado tarde? ¿Y si, en uno de los movimientos infinitesimales de la Tierra, durante los cuales tienen lugar millones de pequeños cambios, el mundo se había transformado y el camino por el que viajaban ya no tenía vuelta atrás? ¿Y si había perdido su oportunidad? Corrió, pateando tan fuerte el camino reseco que su cuerpo se estremecía a cada paso, un pie delante del otro, cada zancada más larga que la anterior. Corrió con todas sus fuerzas, más deprisa que nunca.

Cruzó el bosque tomando atajos, los viejos senderos que conocía tan bien. Saltó el arroyo y siguió corriendo como si la persiguieran.

Lo vio en el lindero del bosque, al pie de la calle. Junto al puente que cruzaba hacia el pueblo.

—¡Eh! —gritó.

Vio a Jamie y a Luke en el jardín delantero de Zach, columpiándose de una cuerda colgada de un árbol. Joe los señaló con el pulgar.

—¡Luke está aquí! Está bien.

—¡Joe! —gritó ella, casi temiendo que desapareciera, que se esfumara ante sus ojos.

Vio sus botas plantadas en el suelo, los sándwiches que sobresalían de sus bolsillos, los palos que asomaban en el cubo que llevaba cogido. Vio sus ojos, tan cálidos al mirarla, y estaba sonriendo. Ahora sonreía constantemente. Se acercó para salir a su encuentro al pie de la colina.

—¿Qué prisa hay? —preguntó, agarrándola de los brazos para que se detuviera cuando se acercó corriendo, casi incapaz de parar—. ¡Hey! ¿Estás bien?

Cat miró a su alrededor, jadeando, incapaz de hablar. Los niños no les prestaban atención. Un coche dobló la esquina y se hicieron a un lado.

Cat lo cogió de la mano. Se acercó a él. Le acarició la palma con los dedos. Le sonrió mirándolo a los ojos.

—Tenía que volver —dijo casi sin aliento, con las mejillas sonrosadas y la boca seca—. Tenía que decírtelo antes de que fuera demasiado tarde.

—Cat... —dijo él en voz baja.

Ella notó que lo entendía. Pero tenía que decirlo.

Y, sin embargo, estaba tan asustada que el miedo y la adrenalina inundaban su cuerpo. Estaba aterrorizada, de hecho, porque aquello era la vida: enamorarse, querer a tus hijos, temer lo peor, querer lo mejor. Hacía demasiado tiempo que se había alejado de todo eso. Y que mantenía alejado a Luke.

—Tengo que decírtelo —repitió.

Él le acercó la mano a la mejilla y le acarició la cara, con la palma pegada a su piel. Les separaban apenas unos centímetros.

—Deja que lo diga.

Se quedaron allí, absortos, sonriéndose.

Uno de los niños llamó desde el jardín, pero no le hicieron caso.

—Contigo me siento en casa —dijo Cat—. Igual que en casa. Por primera vez. En toda mi vida.

Él asintió.

—Lo sé —dijo.

—No quiero que seamos amigos —añadió ella con urgencia—. Por favor, ¿podemos no ser amigos?

El semblante de Joe se ensombreció y luego se relajó.

—Sí.

—Te quiero —dijo, y se inclinó hacia él, salvó aquella última brecha que los separaba, y lo besó, sintió su calor, su solidez, lo bien que lo conocía. Después, se apartó—. Tenía tanto miedo de cosas estúpidas —admitió.

—No, eran reales. Y no eres estúpida. —La atrajo hacia sí tomando su cara entre las manos—. Cat, estoy enamorado de ti desde noviembre, ¿sabes? No sabía qué hacer. He intentado fingir que no era real.

—Yo también —repuso ella.

La descarga de emoción, de tensión, de años y años de huida... Y allí estaba, abrazando a Joe, besándolo, y él la quería, aunque Cat no creyera que pudiera quererla tanto como ella a él.

—No podemos hacer esto ahora —le dijo por fin—. Aquí fuera, ¿verdad?

—Podemos, si es para siempre —contestó Joe.

Soltó sus dedos entrelazados, le puso las manos suavemente en las mejillas y la besó.

Allá arriba, el cielo estaba despejado, sin nubes, y más allá el bosque era de un verde oscuro, el último estallido del verano. Cat sabía que la casa estaría allí, a su espalda, si se volvía. En el jardín de la vicaría, los niños seguían jugando ajenos a todo. Volvió a besar a Joe, riendo. Estaban solos, ellos dos.

Epílogo

Agosto de 1948

Esa mañana, cuando abrió los ojos, el hedor a mierda y a otra cosa, a algo podrido, impregnaba el aire. Comprendió que lo había despertado un ruido fuera y se arrodilló para mirar por la ventana. Allí estaba su padre, bajando despacio por los escalones. Se detuvo y levantó la vista como si supiera que lo observaban. David se escondió detrás de la cortina verde y apolillada y rezó para que no lo viera, para que la cortina no se moviera.

Cuando su padre desapareció al doblar la esquina, David se incorporó y miró a su alrededor. La habitación vacía, con dos colchones, un baúl que les había conseguido la parroquia, un jarro lleno de agua, una palangana. Las moscas se arremolinaban alrededor de la palangana, y David vio que su padre había vuelto a utilizarla como orinal. Cuando estaba borracho no se molestaba en salir al retrete.

Al ponerse los pantalones sucios, vio algo escrito en el papel de la pared, con pintura verde, y se acordó de la última vez que había visto a Cassie. Había sido el verano anterior, tres meses después de irse a vivir con Jem. David había cogido un tren para Leigh-on-Sea y había ido a la playa con ellos. Cassie tenía tres años, se lo decía continuamente: era una cosita preciosa, con el pelo rizado y una gran sonrisa, igual que su madre. En tres meses ya había cambiado. Seguía sabiendo quién era él, pero ahora era a Jem a quien más quería en el mundo. Aquello le dolió un poco: verla acurrucarse en el regazo de Jem, correr hacia ella cuando un pequeño cangrejo se metió en su cubo, gritarle cosas a pleno pulmón. Pero era lo que él había decidido, y sabía que había hecho bien.

—Es igualita que Emily, ¿a que sí, cielo? —La tía Jem se tendió en la arena y se estiró con recato el vestido de algodón sobre las piernas.

David asintió con un gesto. Todavía no podía hablar de su madre.

Miró a su hermanita golpear con decisión unas algas y reírse con otros niños, y se sintió más solo que nunca. Sabía que no le haría ningún bien volver a verla. Solo le hacía daño. Sabía que Cassie no podría volver nunca a Londres, con él. Seguiría pasando el tiempo y él también tendría que seguir adelante. Era lo que la guerra les había enseñado a miles de niños en Londres. Las cosas se rompían, se destrozaban. Perdías a tus amigos, a tus padres, a tus hermanos. Pero seguías adelante. Jugabas entre las ruinas, tenías una casa nueva, quizás un nuevo hermanito o hermanita, o quizá no. De eso hacía ya un año. Jem mandaba una postal de vez en cuando, pero nada más, y así lo prefería él. ¿No? Su plan había funcionado. Solo tenía que seguir recordándose que Cassie estaba bien. Que estaba allí fuera, en alguna parte.

De pronto sintió que una especie de levedad se apoderaba de él. Miró de nuevo por la ventana para asegurarse de que su padre no volvía. Luego se puso una camisa, agarró su cuaderno de dibujo, la foto de su madre, el colgante que llevaba la noche que murió y miró debajo del ladrillo donde su padre guardaba el dinero. Cogió todo lo que había. No dejó una nota. Su padre no sabía leer. Además, no quería dejar ningún rastro. Su padre podía ir en su busca.

No estaba seguro de adónde iba, solo quería alejarse, irse a algún lugar que no se pareciera a aquel, a ese rincón de Londres que era lo único que conocía. Al principio se subió a un autobús pensando en ir a Buckingham Palace, pero se quedó dormido, acabó en la estación de Paddington y lo echaron del autobús. Pensó en caminar hasta el parque, pero no le pareció lo bastante lejos. Se dijo que, ya que había empezado, tenía que seguir adelante. Todavía era temprano, no eran aún las nueve y media. Y no quería volver a casa.

Y luego, de pronto, se le ocurrió que no tenía que volver si no quería. Tenía su beca, tenía una habitación cerca de la escuela a partir de septiembre. Quedaban solo dos semanas. El señor Wilson, el mismo profesor que había mandado sus dibujos a Slade, le había ofrecido una habitación libre en su casa, yendo hacia Cally Road, y el ayuntamiento pagaba el alquiler. Tenía el dinero que le había robado a su padre, y el padre de Billy, un compañero del colegio, le había prometido un par de semanas de trabajo en Covent Garden, descargando verduras. No tenía que volver. ¿Verdad? ¿Verdad que no?

No le dio miedo pensarlo. Era la sensación más maravillosa que había experimentado en mucho tiempo. Podía dormir en el campo. Podía dibujar siempre que quisiera. ¡Hasta podía tomar el ferry en Victoria y marcharse a Francia!

Pero no, no iba a hacer eso, todavía no. Lo que sí iba a hacer era alejarse de allí, ese mismo día.

Un silbato resonó a su lado, estridente, y David se sobresaltó. Se volvió y vio el tren a su espalda. La locomotora lanzaba blandas nubes de vapor hacia el techo ennegrecido de la estación.

—¿Adónde va? —preguntó.

El guarda levantó la cabeza con brusquedad.

—Al oeste —dijo secamente.

El oeste. Bueno, a algún sitio tenía que ir, ¿no? Seguía notando aquella maravillosa sensación de libertad y no quería pensar en ello, solo disfrutarlo. Se subió al tren con la vaga idea de ir a Bath, de ver las zonas bombardeadas y hacer más dibujos que añadir a su colección. Tal vez almorzara en un pub, en el campo. Tal vez hiciera toda clase de cosas. El día, y el tiempo en su totalidad, se extendía ante él, espléndido, infinito, como un perfecto cielo azul.

Sentado en el tren, vio pasar los edificios, las filas de casas, los huecos que los bombardeos habían abierto en ellas, los hombres que trabajaban en la reconstrucción de la ciudad. Los almacenes vacíos, las calles desaparecidas. Todos esos espacios, cada uno con su historia de muerte y devastación. No se sentía patriota, no se enorgullecía de su país. Se sentía entumecido, experimentaba una serena sensación de alegría porque Cassie y él hubieran sobrevivido.

Cuando se apeó en la estación de Bath, miró a su alrededor preguntándose qué era aquel ruido. ¿Un tornillo golpeando contra algo, un órgano? Entonces se dio cuenta de que era el canto de los pájaros, tan hermoso que se le saltaron las lágrimas. Ya no se oía cantar a los pájaros en Londres.

De pie frente a la taquilla reforzada con hierro, miró hacia un lado y otro, hacia el desnudo cuadrado de tierra en el que antaño hubo edificios. Pasó por un túnel, por encima de una carretera, sin importarle adónde iba. Y siguió caminando.

Caminó y caminó, subió por una cuesta bordeada de gráciles villas y frondosos jardines, hasta que vio extenderse ante él el campo abierto. Y siguió caminando. Al llegar a lo alto de la colina más alta el terreno se allanaba y se detuvo a tomar un trago en un pub tranquilo, el Cross Keys. La dueña le dio un poco de pan con queso y le dijo, con un acento que David no había oído nunca antes, que estaba en la región más bella del mundo. Él había olvidado su sombrero, así que antes de continuar se subió las perneras de los pantalones y se puso el pañuelo, atado con nudos, sobre la cabeza abrasada, se despidió de la señora y siguió su camino.

Vio que la ciudad georgiana se curvaba como una caracola dorada y blanca, alojada en el amplio valle de más abajo. Unas nubes perfectas se arremolinaban allá arriba, pero por lo demás el cielo seguía siendo de un azul profundo y amable. Así que David siguió andando por la carretera, que volvía a bajar y se adentraba en otro pliegue del terreno, hasta que llegó a un río, y a campos de labor, y vio bosques a lo lejos. Miró su reloj: llevaba casi dos horas caminando, y de pronto se le ocurrió que tendría que regresar a pie a la estación, a no ser que no volviera, que se quedara allí, en aquel lugar tan hermoso. ¿Quién lo echaría de menos? Era una persona solo a medias: era lo que te pasaba si nadie se preocupaba de si volvías por la noche a casa. Si vivías a la sombra de otros.

Así que se tumbó en la hierba, que acababa de salir de la zona de sombra que proyectaba la oscuridad del bosque, y estaba deliciosamente fresca y húmeda. Y masticó una mazorca de maíz maduro con la vista fija en el cielo, sin mirar nada en particular.

Cuando se levantó para seguir caminando, la cuesta que tenía delante le pareció muy empinada. El camino era arduo y empezó a lamentar no haber llevado un sombrero. Pero siguió caminando a buen ritmo. Tenía las piernas fuertes, el corazón ligero y, al encontrar dos manzanas que la señora del pub debía de haberle metido a escondidas al fondo de la mochila, se comió una, sonriendo agradecido. Cuando llevaba media hora caminando cuesta arriba, llegó a la cresta del valle, se volvió de nuevo hacia el norte y entonces lo vio. Un camino umbrío, flanqueado por robles gruesos, y un banco delante.

«Descansa aquí, viajero fatigado».

Se sentó en el banco, jadeando, y se comió la otra manzana mientras contemplaba la vista. Los árboles gruesos y quietos. La carretera sinuosa que llevaba al río. Las casas diseminadas aquí y allá en el frondoso paisaje, algunas de ellas con un blanco hilillo de humo. Los vencejos que volaban frenéticamente sobre su cabeza, entrando y saliendo de los setos. El olor a escaramujo y a humo de leña.

Cuando acabó de comerse la manzana, bajó tranquilamente por el camino, listo para echar a correr si hacía falta: los meses que había pasado recorriendo la capital bombardeada le habían dotado de vista rápida y pies ligeros, así como de un agudo sentido del peligro.

Había una casa más allá de una glorieta circular. Baja, apacible, al cobijo de la colina. De piedra de color caramelo, con ventanas emplomadas en la planta baja, altos gabletes de madera de chilla en la primera planta y tejado de pizarra recubierto de musgo. Unas flores moradas trepaban por la fachada amarillenta, y las ventanas relumbraban al sol de la tarde. Un tumulto de flores rosas, rojas y amarillas —seguro que Jem sabría sus nombres—, abrazadas a la casa, y detrás, a la derecha, varias ringleras de hortalizas. Como la madre de Rapónchigo en el cuento que solía leerle su madre, pensó que se moriría si no probaba una de aquellas lechugas, frescas y verdes sobre la tierra negra. Oyó risas, gritos de alegría dentro de la casa.

No sabía por qué, pero siguió caminando hacia la puerta. Levantó la aldaba. Era un gran búho. Le hizo sonreír. Llamó con energía.

Salió a abrir una señora de pelo gris, con un moño y una blusa con puntillas, la espalda muy erguida y un ajado sombrero de paja en la cabeza. Lo miró inquisitivamente.

—¿Puedo ayudarte en algo?

Tenía uno ojos castaños enormes, moteados de azul y marrón oscuro.

—Siento molestarla, señora —dijo David—. Llevo todo el día andando y tengo muchísima sed. ¿Podría darme un poco de agua?

Ella abrió la puerta de par en par.

—Claro que sí. Esa colina cansa a cualquiera, si lo sabré yo. Soy Violet Heron. —Le tendió la mano y él se la estrechó, un poco asombrado—. Pasa, por favor.

David la siguió al recibidor. Alguien gritaba con alegría, y al mirar a su izquierda David vio a dos niños peleándose en el suelo: una niña con un pichi medio roto y un niño cuyos pantalones estaban recubiertos de una sustancia negra parecida a la creosota.

—¿Es Em? —gritó uno de ellos—. ¿Dónde está? Dijo que vendría a jugar con nosotros.

—No hagas caso de mis nietos, son unos maleducados. Te pido disculpas —dijo la señora, aunque no parecía avergonzada.

—Pero ¿dónde está Em? ¿Tú lo sabes, abuela? —preguntó la niña.

—Está arriba, leyendo. Ha dicho que bajará pronto. Callaos, niños. —Se volvió hacia David—. Ha venido a visitarnos una jovencita de Londres que estuvo evacuada aquí una larga temporada.

Abrió la puerta que llevaba a la cocina. Una mujer de cara colorada estaba amasando algo en una fuente de barro marrón.

—Dorcas —dijo la señora Heron—, este joven quiere un poco de agua.

Dorcas dejó un montón de masa reluciente y elástica sobre la encimera de mármol y hundió las manos en ella. Miró a David con expresión calculadora.

—Tiene pinta de querer algo más que agua. ¿Quieres un poco de estofado y pan?

David asintió con la cabeza sin decir nada. Miró el valle por la ventana de la cocina. Nunca había estado en un lugar tan hermoso.

—Dicen que en una noche despejada, cuando caían bombas sobre Bath, podían oírse las campanas de la catedral de Wells en la dirección contraria, en medio del silencio. —La señora Heron se encogió de hombros—. Yo no me lo creo, pero es un consuelo pensarlo. —Lo observó un momento y luego se levantó otra vez—. Dorcas, saca la bandeja a la terraza, ¿quieres? —Señaló a David—. Sígueme.

Cuando abrieron la puerta, el sol de la tarde les dio en los ojos y Violet se puso el sombrero. Señaló una terraza de piedra más allá de la cual el jardín se desbocaba, convertido ya en bosque.

—Siéntate.

David se sentó. El sol parecía blanquearle los huesos y una intensa sensación de paz se apoderó de él. El tiempo pareció detenerse. Solo se oía el zumbido de las abejas, el canto de los pájaros en la arboleda y, de vez en cuando, los gritos de los niños retumbando en la casa. Era como estar en un sueño. Todavía no sabía qué hacía allí. No podía explicar por qué había tomado aquel camino.

—Su padre desapareció en Monte Cassino —dijo la señora Heron de repente—. Esos niños… Todavía creen que va a volver.

David se enderezó.

—Lo siento mucho. ¿Dónde está su madre?

La señora Heron miró a lo lejos. Dijo con voz neutra:

—Murió en Londres. En uno de los últimos bombardeos.

David quiso decirle «la mía también», pero no le salieron las palabras. Dorcas apareció con una bandeja con pan, estofado frío y agua, y David le dio las gracias, refrenándose para no engullirlo todo con atropello. El estofado estaba aguado, casi como una sopa —todavía escaseaba la carne—, pero para David fue la comida más deliciosa que había probado nunca. Tenía la sensación de llevar meses fuera de Londres. Con cada paso que había dado alejándose de la estación de tren, se había alejado de la guerra, de las amenazas de su padre, de los alaridos de su hermana, del grito agónico de su madre.

La señora Heron cruzó las manos sobre el regazo mientras él comía y, cuando acabó, dijo:

—Bueno, ¿a qué te dedicas?

—A nada, de momento —contestó él—. Pero el mes que viene empiezo a ir a la escuela de bellas artes. A Slade —añadió con orgullo.

—Santo cielo, pareces mucho mayor. ¿De dónde es tu familia?

—De Islington —contestó escuetamente.

—Yo me crié en Bloomsbury, muy cerca de Slade —dijo ella—. Echo de menos las tiendas. Y los edificios.

Él le dedicó una gran sonrisa.

—¿Cómo se puede echar algo de menos en un sitio así?

—Bueno, se echan de menos algunas cosas. —Le sonrió—. Pero seguramente tienes razón. En realidad, no echo nada de menos.

—¿Cuánto tiempo lleva aquí?

—Cincuenta años. Tantos como tiene la casa.

David rebañó el estofado con un trozo de pan.

—¿Usted construyó esta casa?

—La construyó mi marido para mí. Winterfold fue mi regalo de boda. Él murió hace diez años. Me alegro de que no viviera la guerra, le habría destrozado. Luchó en la Gran Guerra y... —Se interrumpió y apartó la mirada, y David vio lágrimas en sus bellos ojos castaños—. Todo debe continuar.

Él cambió de tema.

—¿Winterfold? ¿Así se llama la casa?

—Sí. El pueblo se llama Winter Stoke, y aquí estamos en el pliegue de la colina. Es un buen nombre, creo yo.

La madre de David se apellidaba Winter de soltera. Se levantó.

—Es un buen nombre.

—¿Cómo te llamas tú, querido? —preguntó amablemente la señora Heron.

—David —contestó él, y su juventud lo traicionó—. David Winter.

Ella esbozó una sonrisa.

—No me digas.

Su padre también había luchado en la Gran Guerra. Había vuelto con una mano que ya no funcionaba bien, con pesadillas que le hacían gritar por las noches y con una fuerza de hierro de la que todos los días se servía, de una manera o de otra. David podría habérselo contado a Violet Heron. Podría haber dicho su apellido, haberse convertido en una persona real, en alguien a quien ella pudiera seguirle la pista si quería. El hijo de su padre. Su padre, que la semana anterior había dado a Sally, su nueva novia, la de la carnicería, una paliza tan tremenda que habían tenido que ingresarla en el hospital. Su padre, que, al encontrar la carpeta forrada de tela de David, llena de dibujos de niños londinenses, de casas bombardeadas, de cascotes, podredumbre, esperanza y experiencia, le había empujado contra la pared y, sujetándole el cuello con el brazo, había roto cada hoja de papel, había hecho tiras de dos centímetros de ancho que caían al suelo formando nidos de colores.

—Sí, me llamo David Winter —dijo—. Por mi madre. Era su nombre de soltera. —Metió la barbilla y echó la cabeza hacia atrás porque no quería llorar—. No me crea si no quiere.

Ella asintió con una mirada bondadosa.

—Claro que te creo.

David se arrepintió de pronto y se sintió joven y estúpido. Le había contado demasiado a aquella mujer y no debería haber ido allí. Se sacó del bolsillo el pañuelo, anudado todavía. De pronto estaba inquieto.

—Gracias por su amabilidad. Seguramente debería marcharme ya. Tengo un largo viaje de vuelta.

Quería irse enseguida. Se sentía avergonzado, como si haber ido allí hubiera liberado algo dentro de él. Como si no hubiera debido llamar a la puerta, como si hubiera tenido que quedarse mirando desde fuera y haber vuelto a bajar por la colina. Rodearon la casa en silencio.

—Bueno, gracias otra vez —dijo—. Adiós.

Violet Heron se quedó parada un momento como si quisiera decir algo. Luego se quitó el sombrero y se lo dio.

—Cógelo. Para la caminata. Era de mi marido. Yo tengo el mío y me gustaría que te lo quedaras. Seguro que te sirve.

Estaba muy ajado y tenía los bordes deshilachados. La paja era suave al tacto y flexible. David se lo puso con una sonrisa.

—Es usted muy amable. Es más de lo que merezco. Yo… —Se detuvo, incapaz de hablar—. Lo digo en serio.

Entonces oyó una voz:

—¡Señora Heron! Me voy ya. Tengo que coger ese tren.

Y apareció una chica haciendo aspavientos y poniéndose un sombrero. Era de su edad, o un año más joven, quizá.

—Muchísimas gracias, ha sido absolutamente fantástico. Ah. —Se detuvo al ver a David—. Perdón. No sabía que estaba interrumpiendo.

Su voz era ronca. Del sur de Londres, pensó David. La señora Heron se enderezó.

—No interrumpes nada, querida. Los niños te estaban buscando. Espero que no te hayan molestado mientras trabajabas.

—No, qué va. Tengo todo lo que necesito, creo. Muchísimas gracias. Hola. ¿Tú quién eres?

Le tendió la mano y él se la estrechó sin dejar de mirarla.

—David Winter —dijo, y sonó bien, perfectamente normal, cuando lo dijo—. Ese es mi nombre.

«¡Qué idiota! ¿Por qué había dicho eso?».

Ella lo miró como si fuera un necio.

—Ya.

—A Em la evacuaron aquí durante la guerra —explicó la señora Heron, rodeando a la muchacha con el brazo—. Cuatro años maravillosos. La echamos mucho de menos. Ha vuelto a pasar el fin de semana, para vernos.

Em parecía incómoda, pero contenta. Guardó un cuaderno de dibujo en su bolsa y se pasó la mano por la lustrosa media melena.

—Adiós, señora Heron —dijo de mala gana—. Espero verla pronto.

—¿Vendrás a vernos en otoño?

—Todavía no sé qué clases voy a tener. Le escribiré. —Cuando besó a la mujer en la mejilla, esbozó una sonrisa afectuosa—. Gracias otra vez por todo.

Parecía tan dueña de sí misma. ¿Cómo había aprendido a ser así? David metió un dedo por el agujero de sus pantalones mugrientos y apestosos, consciente como nunca antes de lo sucios y estropeados que estaban. Ella debía de pensar que era un vagabundo.

—Ven a quedarte cuando quieras, mi querida niña. —La señora Heron le sonrió—. Te echamos de menos.

—Y yo a ustedes. Y Winterfold. ¿Cómo no iba a echarlo de menos? —Se volvió hacia David—. Era mi hogar, ¿sabes? Ojalá no hubiera conocido otro.

En ese instante, David deseó regalárselo, arrancar la casa de la tierra como si fuera un mago, encogerla y ofrecérsela en la palma de la mano. «Ten».

—Tengo que coger el tren y voy andando a la estación. Así que será mejor que me vaya.

—Yo también voy a la estación —dijo él, y su voz le pareció estúpida y chillona—. ¿Adónde vas? ¿A Bath?

—Sí —contestó ella, mientras apretaba la mano de la señora Heron y echaba a andar a buen paso por el camino—. Bueno —añadió por encima del hombro—. ¿Vienes o no?

David corrió tras ella, saludando con la mano a la señora Heron, que les gritó:

—Adiós, queridos, adiós.

David se caló el sombrero de paja. Le quedaba como un guante, y la paja le refrescó la frente. Miró atrás y sonrió a la señora Heron, se tocó el ala del sombrero con alegría y ella asintió, complacida.

No volvió a verla, pero nunca la olvidó. La larga curva que describió su brazo cuando los saludó a lo lejos, antes de que doblaran el recodo y la perdieran de vista.

Cuando llegaron a lo alto de la calle, la chica se detuvo junto al cartel en el que se leía «Winterfold» y miró a David.

—¿Cómo has dicho que te llamas?

—David —contestó él.

—Ah. Bueno, yo soy Martha. Ese es mi nombre, pero me gusta que me llamen Em, para abreviar. Solo quería tenerlo claro, por si me atacas y tengo que denunciarte a la policía.

David no sabía si estaba bromeando. No estaba acostumbrado a las conversaciones ligeras y desenfadadas, y mucho menos a coquetear.

—Yo no… No es…

—Solo era una broma. No pongas esa cara de susto —repuso ella con una sonrisa—. Es bonito esto, ¿verdad?

—Sí. No sabía que había sitios así en la vida real. Quiero dibujarlo.

—Entonces, ¿a ti también te gusta dibujar? —preguntó ella con curiosidad, como si se fijara en él por primera vez.

—Sí. ¿Y a ti?

—Me encanta —contestó ella, agarrando la bolsa con el cuaderno—. El año que viene voy a intentar que me den una beca. En la Escuela de Arte de Chelsea, o en la de Slade. Estoy convencida de que voy a ser una pintora famosa. Pintaré todo lo que quiera, los domingos pondré un puesto en Hyde Park y ganaré un montón de dinero en una tarde. Puedo copiar toda clase de cosas, ¿ves? Esto lo copié el mes pasado.

Sacó un dibujo.

—¡Pero si es Bubbles! —David estaba atónito—. ¡Es igualito! ¿Lo has hecho tú? ¿En pasteles? ¿De dónde los has sacado?

—Fueron mi regalo de cumpleaños y de Navidad, todo junto. Mi padre estuvo siglos ahorrando. Mi cumpleaños es en noviembre. Fue un regalo adelantado. —Volvió a guardar el dibujo—. Ya te he dicho que era buena. ¿Tú eres bueno?

—No así —contestó él—. Más… No sé. —Se encogió de hombros—. Me cuesta explicarlo.

—Ah, él es un artista de verdad. —Echó a andar a su lado, con la cabeza gacha y el labio caído, imitándolo—. Es demasiado bueno para eso. ¡No puede hablar de su arte! —Se rió—. Madre mía.

David se detuvo y sonrió apartándose el sombrero de la cara.

—Venga ya. La verdad es que no hablo de eso con otra gente.

Ni de eso, ni de ninguna otra cosa.

—Ya, te entiendo. —David supo que, en efecto, le entendía sin necesidad de decir nada más—. Yo he venido aquí a dibujar. Me encanta. Y aquí se me ocurren las mejores ideas.

David miró de nuevo sus ojos danzarines y pensó que nunca había visto una chica más hermosa.

—No me extraña nada.

—Te sienta bien ese sombrero —dijo ella de repente, y añadió—: Tú también tendrás que volver aquí algún día.

—Sí, creo que volveré —contestó David intentando aparentar despreocupación, aunque el corazón le latía con fuerza en el pecho.

Siguieron caminando juntos. El sol de la tarde brillaba a lo lejos. Sus rayos dorados caían sobre la frondosa y difusa carretera que se extendía ante ellos.

Agradecimientos

Gracias a:

Mi amiga Jo Roberts-Miller, a la que echo de menos y no veo lo bastante a menudo. Un día me llamó por teléfono y tuvimos una conversación alucinante de la que surgió la idea de escribir *Un lugar para nosostros*. Gracias, querida Jo-Jo.

A Chris, porque sin ti no sería capaz de hacer nada, ni nada valdría la pena. Y a Cora, mi preciosa niña, que todos los días me alegra la vida.

A Fred y Tugie, por su jerga de niños. A Maura Brickell por los datos culturales. A Olivia Bishop por el italiano, y a Victoria Watkins por el francés, aunque cualquier error es solo mío. Gracias en especial a Richard Danbury por guiarme en los aspectos jurídicos más macabros de la novela: baste decir, sin desvelar nada, que me salvó de quedar sepultada bajo una montaña de términos jurídicos, y de nuevo he de dejar muy claro que cualquier error es mío y solo mío.

A Lucia Rae (Lucia para Presidenta del Mundo), Melissa Pimentel y a toda la gente de Curtis Brown. Y a Jonathan Lloyd un gracias inmenso por Todo —con T mayúscula— lo que has hecho por mí estos últimos meses.

A mi hermosa Galería de Damas y Caballeros en la Avenida de las Américas: gracias a toda la gente de Simon and Schuster. ¡Karen! ¡Alex! ¡Os marchasteis, pero aun así muchas gracias! ¡Paige! ¡Jen! Ay, Jen. ¡Louise! Soy una cabrona inglesa con mucha suerte. Y un gracias enorme a Kim y David de Inkwell, por estar siempre ahí y por acertar siempre.

Por último, gracias a toda la gente de Headline, por su bienvenida, su energía, su profesionalidad ¡¡¡y por despertarme cada mañana tan feliz por estar con vosotros!!! Ah, qué maravilla. Gracias a Jamie, Jane, Barbara, Viviane, George, Elaine, Frankie, Liz, Frances, Louise, Justin… Ojalá tuviera espacio para mencionaros a todos. Pero, sobre todo, gracias a Mari Evans. Pase lo que pase, nunca olvidaré la confianza que depositaste en mí cuando yo no tenía ninguna en mí misma. Me siento una persona distinta gracias a ti. (Sé que decir esto podría resultarte una carga, pero tendrás que asumirlo.) Me llena de asombro tu capacidad para editar, barra publicar, barra vivir.

Este libro está dedicado a Thomas Wilson y Bea McIntyre, porque cuando tengo una historia sorprendente siempre me apetece guardármela para vosotros dos, y llega un momento en que te das cuenta de que hace tanto tiempo que eres amiga de alguien que ese alguien ya es, de verdad, como de la familia.

ECOSISTEMA DIGITAL

NUESTRO PUNTO DE ENCUENTRO

www.edicionesurano.com

2 AMABOOK
Disfruta de tu rincón de lectura
y accede a todas nuestras **novedades**
en modo compra.
www.amabook.com

3 SUSCRIBOOKS
El límite lo pones tú,
lectura sin freno,
en modo suscripción.
www.suscribooks.com

DISFRUTA DE 1 MES DE LECTURA GRATIS

1 REDES SOCIALES:
Amplio abanico
de redes para que
participes activamente.

4 APPS Y DESCARGAS
Apps que te
permitirán leer e
**interactuar con
otros lectores**.